Quatre garçons dans la nuit

Du même auteur,
aux Éditions J'ai lu

Le tueur des ombres, *J'ai lu* 6778
Au lieu d'exécution, *J'ai lu* 6779
La dernière tentation, *J'ai lu* 7409

Val McDermid

Quatre garçons dans la nuit

Traduit de l'anglais
par Philippe Bonnet et Arthur Greenspan

Titre original :
THE DISTANT ECHO
Publié chez HarperCollins*Publishers*, Londres

Pour ceux qui ont réussi à partir ; et pour les autres,
en particulier ceux du Thursday Club,
qui ont rendu le départ possible.

À présent, c'est comme si je parlais de mon pays à des étrangers.

Deacon Blue, *Orphans*, paroles de Ricky Ross

Prologue

Novembre 2003. St Andrews, Écosse

Il avait toujours aimé venir au cimetière à l'aube. Non que le point du jour laissât présager un nouveau départ, mais parce qu'à cette heure matinale il n'y avait pas âme qui vive. Même en plein hiver, quand la lueur blafarde surgissait si tard dans le ciel, c'était la solitude garantie. Aucun curieux pour se demander qui il était ni ce qu'il faisait, la tête inclinée, devant cette sépulture. Personne pour remettre en cause son droit d'être là.

Le chemin qui l'avait conduit jusqu'à cet endroit avait été long et ardu. Mais pour dénicher des informations, il était sans égal. Obsessionnel, auraient dit certains. Lui préférait tenace. Il était devenu expert dans l'art de dépouiller les sources officielles, et, après plusieurs mois d'exploration, il avait fini par trouver ce qu'il cherchait. Les réponses n'étaient pas entièrement satisfaisantes, mais au moins elles l'avaient amené à cette dalle. Pour bien des gens, une tombe représentait une fin. Pas pour lui. Pour lui, c'était un commencement. En quelque sorte.

Conscient que les informations qu'il détenait ne suffiraient pas, il avait attendu un signe pour lui montrer la voie. Et ce signe lui était enfin apparu. Tandis que le ciel virait du noir crépusculaire à un bleu nacré, il repêcha dans sa poche la coupure de presse du journal local.

LA POLICE DE LA FIFE DÉCIDE LA RÉOUVERTURE
DES AFFAIRES CLASSÉES

La police a annoncé cette semaine qu'elle allait procéder au réexamen des affaires d'homicide non résolues et cela sur une période pouvant aller jusqu'à trente ans.

Le directeur de la police, Sam Haig, a expliqué qu'avec les progrès récents en matière de recherche médico-légale, tous les espoirs étaient permis. Les pièces à conviction stockées dans les archives depuis des décennies seront réétudiées à la lumière des nouvelles méthodes comme l'analyse de l'ADN.

Chargé de cette opération, le directeur adjoint James Lawson a confié au *Courier* : « Les homicides que l'on dit classés ne le sont en réalité jamais. Pour les victimes et leurs familles, il est de notre devoir de ne pas baisser les bras. Dans un certain nombre de cas, nous possédions à l'époque un suspect, mais qui n'a pas été inquiété, faute de preuves. Il n'est pas impossible qu'aujourd'hui, grâce aux techniques modernes, un simple cheveu, une trace de sang ou de sperme nous permette de le confondre. En Angleterre, on a vu des affaires semblables, vieilles de plus de vingt ans, se solder par une condamnation. Une équipe d'inspecteurs chevronnés fera des dossiers de ce genre sa priorité. »

Le directeur adjoint Lawson s'est refusé à préciser de quels dossiers il s'agissait, mais celui de l'assassinat tragique de Rosie Duff doit forcément figurer en tête de liste. Voilà vingt-cinq ans que cette jeune fille, alors âgée de 19 ans, domiciliée à Strathkinness, a été violée et poignardée avant d'être abandonnée agonisante sur Hallow Hill. Ce meurtre particulièrement brutal n'a jamais donné lieu à une arrestation.

Son frère Brian, 46 ans, qui occupe toujours Caberfeidh Cottage, la maison familiale, et qui travaille dans une fabrique de papier à Guardbridge, a déclaré hier soir : « Nous n'avons jamais perdu l'espoir qu'un jour l'assassin de Rosie serait traduit en justice. Il y avait bien eu des soupçons, mais la police a été incapable d'apporter les preuves nécessaires. Malheureusement, mes parents sont morts sans savoir qui avait perpétré ce crime abominable. Peut-être est-ce nous qui aurons bientôt la réponse qu'ils attendaient. »

Il connaissait l'article par cœur, mais ne se lassait pas de le relire. C'était comme un talisman qui lui rappelait que sa vie avait désormais un but. Cela faisait tellement longtemps qu'il cherchait quelqu'un à blâmer. C'est à peine s'il avait osé nourrir des espoirs de vengeance. Mais à présent, après tout ce temps, l'heure du châtiment avait peut-être sonné.

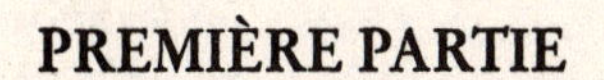

PREMIÈRE PARTIE

1

1978. St Andrews, Écosse

Quatre heures du matin, en plein mois de décembre. Quatre silhouettes floues s'avançaient en titubant dans les flocons emportés par le vent du nord-est balayant la mer du Nord depuis l'Oural. Une fois de plus, les huit pieds des Quatre de Kirkcaldy, comme ils se désignaient entre eux, foulaient le raccourci de Hallow Hill débouchant dans Fife Park, la plus moderne des résidences universitaires de St Andrews, où leurs lits, éternellement défaits, draps et couvertures jonchant le sol, les attendaient.

La conversation s'engagea, aussi familière que le chemin qu'ils suivaient pour rentrer. « Moi, je te le dis, le roi, c'est Bowie », bafouilla Sigmund Malkiewicz, son expression d'ordinaire imperturbable amollie sous l'effet de l'alcool. À quelques pas derrière lui, Alex Gilbey serra la capuche de son anorak autour de sa tête et se mit à glousser tout bas, anticipant la réplique qui ne manquerait pas de venir.

« De la foutaise ! répondit Davey Kerr. Bowie n'est qu'un minable. Il n'arrive même pas à la cheville des Pink Floyd. *Dark Side of the Moon*, ça, c'est génial ! Bowie n'a jamais rien fait d'approchant. » Ses longues boucles brunes commençaient à se défaire sous le poids de la neige fondue. D'un geste agacé, il les écarta de son visage angélique.

Et les voilà repartis, Sigmund et Davey faisant pleuvoir, tels des sorciers se jetant des maléfices, titres de chanson, paroles et riffs de guitare, selon une discussion rituelle qui se répétait depuis six ou sept ans déjà. Peu importait qu'à présent, la musique que leurs enceintes déversaient sur le campus fût plutôt celle des Clash, de Jam ou des Skids. Leurs anciennes passions demeuraient vivantes et se retrouvaient jusque dans les surnoms qu'ils s'étaient donnés. La première fois qu'ils avaient écouté ensemble *Ziggy Stardust and the Spiders from Mars*, qu'Alex venait d'acheter, Sigmund, en raison de son charisme, avait été baptisé Ziggy, et devait le rester jusqu'à la fin de ses jours. Les autres n'avaient plus qu'à se contenter du rôle de *Spiders*. Alex eut beau protester que, pour un garçon qui rêvait d'une carrure de rugbyman, Gilly faisait plutôt gringalet, Gilly il resta. S'agissant du troisième de la bande, tout le monde avait été d'accord que Weird[1] lui allait comme un gant, car il n'y avait pas plus fantasque que Tom Mackie. Le plus grand étudiant de sa promotion, même ses jambes d'échalas semblaient le fruit d'un accident génétique, ce qui s'accordait parfaitement avec son goût du bizarre.

Ne restait plus que Davey, le fana des Pink Floyd, qui refusa catégoriquement de se voir affubler d'un sobriquet tiré du répertoire de Bowie. Pendant un certain temps, on l'appela Pink, mais le cœur n'y était pas. Puis ils entendirent *Shine on You Crazy Diamond*, et là il n'y avait plus de discussion possible. Davey avait tout d'un diamant insolite, projetant des rayons dans les directions les plus inattendues, tendu et mal à l'aise hors de sa monture. Alors on l'appela Mondo, pendant cette année de terminale et les années de fac qui suivirent.

Malgré la brume dans laquelle le trop-plein de bière l'avait plongé, Alex secoua la tête, ému par ce ciment qui les avait soudés pendant toutes ces années. Rien que d'y penser, il sentit un peu de chaleur l'envahir, contre laquelle même le froid mordant de la nuit ne pouvait rien. Il trébucha sur une racine dissimulée sous la neige. « Merde ! » grogna-t-il, télescopant Weird qui, en bon camarade, lui rendit la pareille, l'envoyant valser devant lui. Les bras battant l'air dans une tentative pour se maintenir en équilibre, il se laissa emporter par son élan et

---

1. *Weird* signifie « bizarre » en anglais. *(NdT)*

se mit soudain à grimper la courte pente, comme grisé par la neige collée à ses joues rouges. Arrivé au sommet, il fut surpris par une crevasse. La terre se déroba sous ses pieds et il s'étala la tête la première.

Il heurta quelque chose de mou. Il s'efforça de se relever, se raccrochant à cette masse sur laquelle il avait atterri. Recrachant de la neige, il souffla énergiquement par le nez et s'essuya les yeux, les doigts parcourus de picotements. Il regardait autour de lui, cherchant à identifier ce qui avait amorti sa chute, lorsque ses trois comparses accoururent pour se gausser de ce numéro d'acrobate involontaire.

Même dans l'étrange lumière reflétée par la neige, on voyait bien qu'il ne s'agissait pas d'une plante, mais d'une forme humaine. Les gros flocons qui commençaient à fondre en touchant le sol lui révélèrent un corps de femme, les tresses mouillées de sa chevelure brune étalées sur la neige en une évocation de Méduse. Sa jupe était remontée jusqu'à la taille et ses bottes noires paraissaient d'autant plus incongrues contre ses jambes pâles. De curieuses taches foncées maculaient sa chair ainsi que le corsage blanc collé à sa poitrine. Alex contempla ce spectacle pendant un long moment. Puis il regarda ses mains et y découvrit les mêmes taches sombres.

Du sang. Alors même que cette constatation se faisait jour dans son esprit, la neige bouchant ses oreilles fondait, laissant pénétrer les faibles sifflements d'une respiration.

« Oh, mon Dieu ! » balbutia-t-il en tentant de s'éloigner de l'horreur qu'il venait de découvrir. Mais il en fut empêché par ce qui ressemblait à de petits murs de pierre. « Mon Dieu ! » D'un geste désespéré, il leva la tête pour chercher ses compagnons, comme si leur présence pouvait dissiper ce sortilège, puis il regarda à nouveau la vision de cauchemar gisant dans la neige. Ce n'était pas une hallucination d'ivrogne. C'était bel et bien la réalité. Il se tourna à nouveau vers ses amis. « Il y a une fille ici », leur cria-t-il.

La voix de Weird Mackie lui parvint, chargée d'une ironie macabre. « Veinard !

— Déconne pas. Elle perd son sang. »

Le rire de Weird déchira la nuit. « Alors t'as moins de veine qu'on le pensait. »

La rage lui serrant la gorge, Alex s'écria : « Je rigole pas. Monte vite, Ziggy. Grouille-toi. »

À présent il n'y avait plus moyen d'ignorer l'anxiété dans sa voix. Ziggy en tête, comme à l'accoutumée, ils se mirent à patauger dans la neige en direction de la crête. Ziggy s'avançait avec des mouvements saccadés, Weird dans une galopade effrénée et Mondo, qui fermait la marche, en posant un pied précautionneux devant l'autre.

Weird fit la culbute, heurtant Alex avec une force qui les envoya tous les deux sur le corps de la fille. Ils se débattirent pour se libérer, Weird gloussant bêtement : « Dis donc, Gilly, t'as peut-être jamais été si près d'une nana.

— Ce que tu peux être con quand t'es défoncé », lui lança Ziggy, le chassant de là pour s'accroupir auprès de la fille, les doigts posés sur son cou à la recherche du pouls. Il battait, mais avec une faiblesse terrifiante. L'appréhension le dessoûla aussitôt tandis qu'il dressait le bilan de ses observations. Il n'était peut-être qu'un carabin en dernière année de fac, mais il en savait assez pour reconnaître une blessure potentiellement mortelle.

Weird s'assit et grommela : « Hé, vous savez où on est ? » Personne ne lui prêtait la moindre attention, mais il continua quand même. « Au cimetière picte. Ces bosses dans la neige, comme des murets, ce sont les pierres qui leur servaient de cercueils. Bordel, Alex a trouvé un corps dans un cimetière ! » Et il s'esclaffa, son rire résonnant de façon insolite dans l'air nocturne assourdi par la neige.

« Tu vas te taire, à la fin ! » Faisant courir sa main le long du torse, Ziggy sentit sous ses doigts la mollesse inquiétante d'une blessure profonde. Il pencha la tête pour mieux voir. « T'as ton briquet, Mondo ? »

Celui-ci s'approcha d'un pas hésitant et sortit le Zippo. Il actionna la mollette puis, le bras tendu, passa la petite flamme au-dessus du corps, depuis la taille jusqu'au visage. De sa main libre, il se couvrit la bouche, tâchant en vain d'étouffer la plainte qui s'échappait de sa gorge. La flamme tremblait. Ses yeux bleus se dilatèrent, horrifiés.

Ziggy inspira profondément, les contours de son visage prenant un aspect fantomatique dans la lueur vacillante. « Merde ! murmura-t-il, c'est Rosie, du Lammas Bar. »

Alex ne s'était jamais senti aussi mal. Les paroles de Ziggy lui firent l'effet d'un coup de poing à l'estomac. Un petit gémissement lui échappa alors que, se détournant des autres, il vidait son estomac, bière, chips et pain à l'ail aspergeant la neige blanche.

« Il faut aller chercher de l'aide, dit Ziggy avec fermeté. Elle est encore en vie, mais elle ne va pas tenir longtemps. Weird, Mondo, passez-moi vos manteaux. » Tout en parlant, il enlevait déjà son blouson en peau de mouton pour envelopper les épaules de Rosie. « Gilly, c'est toi le plus rapide. Va chercher de l'aide. Trouve un téléphone. Sors quelqu'un du lit s'il le faut. Mais débrouille-toi pour que les premiers secours arrivent vite, d'accord ? »

Encore sous le choc, Alex se redressa péniblement. Il descendit la pente le plus vite possible, ses bottes écornant la neige tandis qu'il luttait pour garder son équilibre. Émergeant d'un bosquet d'arbres, il se retrouva sous les réverbères qui bordaient l'impasse d'un lotissement construit depuis peu. Revenir sur leurs traces, tel était l'itinéraire le plus rapide.

La tête baissée, il se mit à courir sur la chaussée, s'efforçant de conjurer l'image de ce qu'il venait de voir. Autant de chances que d'avancer d'un pas assuré dans cette neige traîtresse. Cette chose hideuse gisant parmi les tombes pictes ne pouvait pas être la Rosie du Lammas Bar. Ils y étaient allés le soir même, tout joyeux et pleins d'entrain, vider quelques chopes de Tennent's, profitant au maximum de leurs dernières heures de liberté avant d'étouffer sous les contraintes d'un Noël passé en famille, à cinquante kilomètres de là.

Voilà quelques heures à peine, il faisait du gringue à Rosie, avec cette maladresse typique des jeunes de vingt ans oscillant entre blanc-bec et homme mûr. Il lui avait demandé, ce qui n'était pas nouveau, à quelle heure elle terminait son service. Il lui avait même donné l'adresse de la fête où ils se rendaient, la griffonnant au verso d'un dessous de verre en carton qu'il avait poussé vers elle sur le comptoir humide. Elle l'avait ramassé en lui adressant un sourire de pitié et il s'était dit que le carton allait sûrement finir à la poubelle. Qu'est-ce qu'une fille comme Rosie avait à faire d'un jeunot comme lui ? Avec son joli visage et sa silhouette aguichante, elle n'avait que l'embarras du choix. Si elle devait jeter son dévolu sur quelqu'un, ce serait un type ayant les moyens de lui payer du bon temps et pas un pauvre étudiant dont la bourse lui permettait à peine de tenir jusqu'à la fin du mois et qui attendait de retrouver son job de manutentionnaire au supermarché pendant les vacances.

Alors comment était-il possible que ce fût Rosie qui perdait son sang dans la neige, sur Hallow Hill ? Ziggy avait dû confondre, voilà ce qu'Alex se répétait en prenant à gauche vers l'artère principale. À la lumière vacillante du briquet de Mondo, il était facile de se tromper. D'ailleurs, la barmaid brune n'avait jamais spécialement intéressé Ziggy. Pour ce genre de chose, il s'en remettait à Mondo et à Alex lui-même. C'était sans doute une pauvre fille qui lui ressemblait. Ça doit être ça, se rassura-t-il. Une méprise, quoi.

Alex fit halte pour reprendre haleine et choisir une direction. Il y avait des maisons tout autour, mais aucune lumière. Et même s'il parvenait à tirer quelqu'un du lit, il y avait de fortes chances pour qu'on refuse d'ouvrir à un jeune en nage, empestant l'alcool, au beau milieu d'une tempête de neige.

Il lui vint une idée. Normalement, à cette heure, il y avait une voiture de police garée devant le Jardin botanique, à tout juste quatre cents mètres de là. Ils l'avaient assez remarquée, cette voiture, en rentrant tant bien que mal au petit matin, faisant de leur mieux pour paraître sobres en passant devant le chauffeur dont ils sentaient le regard peser sur eux. Ce qui ne manquait pas de faire fulminer Weird, pour qui la police n'était qu'un ramassis de vendus et de tire-au-flanc. « Ils feraient mieux de s'occuper des vrais criminels, des mecs en costume trois pièces qui n'arrêtent pas de nous arnaquer, au lieu de passer la nuit avec leur Thermos et leur sac de scones à attendre que s'amène un pauvre soulard ou qu'un imbécile dépasse la limite de vitesse. Quelle bande de glandeurs. » Eh bien, peut-être que ce soir Weird verrait son souhait exaucé. Car ce soir, le glandeur dans la voiture aurait autre chose à faire que de s'empiffrer de scones.

Alex prit la direction de Canongate et se remit à courir, la neige fraîchement tombée crissant sous ses bottes. Il regretta d'avoir laissé tomber l'entraînement de rugby en sentant un point de côté le tarauder, sa foulée régulière se transformant en un sautillement désordonné alors qu'il s'efforçait de remplir ses poumons d'oxygène. Encore quelques mètres, se dit-il. Il ne fallait pas s'arrêter maintenant, alors que la vie de Rosie dépendait de sa rapidité. Il scruta la rue devant lui, mais la neige tombait tellement dru qu'il ne voyait pas grand-chose.

Il avait presque atteint la voiture de police quand il l'aperçut enfin. Son soulagement se changea aussitôt en appréhension. L'effort physique et le choc émotionnel lui avaient rendu sa lucidité et il se rendit compte que, échevelé, transpirant et couvert de sang, il ne ressemblait guère au genre de citoyen respectable que la police a l'habitude de voir débarquer pour signaler un crime. Il lui fallait absolument trouver le moyen de convaincre ce flic, qui faisait déjà mine de descendre, qu'il ne s'agissait ni d'une chimère ni d'une mauvaise blague. Il s'arrêta à un mètre de la voiture, tâchant de prendre l'air inoffensif, attendant que l'autre vienne jusqu'à lui.

Rajustant son képi sur ses cheveux bruns coupés court, la tête penchée sur le côté, l'agent de police observa Alex avec méfiance. Malgré l'épais anorak de service, la tension de ses muscles était visible. « Qu'est-ce qu'il y a, mon petit ? » demanda-t-il. L'appellation familière masquait mal le fait qu'il avait à peu près le même âge qu'Alex, et son air inquiet contrastait avec son uniforme.

Alex tâcha de maîtriser sa respiration. En vain. « Il y a une fille sur Hallow Hill, lâcha-t-il. Elle a été agressée. Elle saigne vraiment beaucoup. Elle a besoin d'aide. »

L'agent plissa les yeux, grimaçant pour voir à travers la neige. « Agressée ? Qu'est-ce qui vous fait dire ça ?

— Il y a du sang partout. Et... » Alex hésita, réfléchissant. « Elle n'est pas habillée pour un temps pareil. Elle n'a même pas de manteau. Écoutez, vous ne pourriez pas faire venir une ambulance ou un médecin ? Elle est vraiment mal en point.

— Et vous êtes tombé sur cette fille en pleine tempête de neige, c'est ça ? Vous n'auriez pas fait la tournée des pubs, mon petit ? » Les mots avaient beau être paternalistes, le trouble dans la voix n'en était pas moins évident.

Alex se dit que ce genre de chose ne devait pas se produire souvent, la nuit, dans une petite ville proprette comme St Andrews. Il fallait qu'il arrive à le convaincre de le prendre au sérieux. « Bien sûr que j'ai bu, répondit-il avec une irritation manifeste. Autrement, qu'est-ce que je ferais dehors à une heure aussi matinale ? Écoutez, mes copains et moi, on prenait le raccourci qui mène à Fife Park. On chahutait pas mal. Je me suis mis à courir jusqu'en haut de la colline. J'ai trébuché et alors je suis tombé en plein sur elle. » D'un ton plaintif, il ajouta : « Je vous en prie. Faites quelque chose. Elle va mourir sinon. »

L'agent le contempla pendant ce qui parut être un instant interminable avant de se pencher à l'intérieur de la voiture et de se lancer dans une conversation incompréhensible sur sa radio. « Montez ! On va rouler jusqu'à Trinity Place. Et j'espère pour vous que ce n'est pas un canular », ajouta-t-il, sévère.

La voiture remonta la rue, chassant à droite et à gauche, faute de pneus adaptés au temps. Les quelques véhicules qui les avaient précédés n'avaient laissé que de légers sillons à peine visibles sur la couche de poudreuse, tellement ça tombait. Maugréant, l'agent dérapa en prenant le virage, évitant de justesse un réverbère.

Arrivé au bout de Trinity Place, il se tourna vers Alex. « Bon. Montrez-moi l'endroit. »

Alex partit au trot, retrouvant la trace de ses pas qui commençait déjà à disparaître sous la neige. Il se retourna à plusieurs reprises pour vérifier que le policier le suivait. À un moment donné, il faillit s'étaler, n'ayant pas eu le temps de s'habituer à l'obscurité grandissante, là où les arbres cachaient l'éclairage urbain. La neige semblait projeter sa propre luminosité sur le paysage, nimbant les buissons qui paraissaient exagérément grands, réduisant le chemin à un ruban beaucoup plus mince que dans la réalité. « C'est par ici », annonça Alex en virant à gauche. Il tourna la tête une fois de plus pour s'assurer de la présence de son compagnon.

Celui-ci marqua un arrêt. « Vous ne seriez pas drogué, des fois ? demanda-t-il avec méfiance.

— Venez ! » lui cria Alex en apercevant les silhouettes sombres en haut de la colline. Sans plus se soucier de la présence de l'autre, il s'élança le long de la pente. Le jeune agent le rattrapa à quelques pas du sommet. L'écartant, il s'avança, puis s'arrêta à un mètre du petit groupe.

Ziggy était encore accroupi près du corps, un mélange de neige et de transpiration collant sa chemise à son torse mince.

Weird et Mondo se tenaient derrière lui, les bras croisés sur la poitrine, les mains enfouies sous les aisselles, la tête rentrée dans les épaules. Sans leurs manteaux, ils cherchaient tout bonnement à se tenir chaud, mais leurs attitudes respiraient malencontreusement l'arrogance.

« Eh bien, qu'est-ce qui se passe, les gars ? » demanda le policier sur un ton agressif censé marquer son autorité en dépit de leur supériorité numérique.

Ziggy se releva avec lassitude, repoussant les cheveux mouillés qui lui tombaient devant les yeux. « C'est trop tard. Elle est morte. »

2

Rien dans sa jeune vie n'avait préparé Alex à un interrogatoire au beau milieu de la nuit. Les feuilletons à la télé donnaient l'impression d'une machine bien huilée. Mais cette chienlit était encore plus éprouvante que ne l'aurait été une discipline militaire. Ils avaient fini tous les quatre dans un poste de police en pleine effervescence. Après les avoir houspillés, on les avait fait poireauter en bas de la colline dans la lumière bleue des gyrophares des voitures de police et des ambulances sans que personne ait la moindre idée de ce qu'il fallait faire d'eux.

Pendant une éternité, ils étaient restés plantés près d'un réverbère, grelottant sous le regard renfrogné de l'agent qu'Alex était allé chercher et d'un de ses collègues, un type grisonnant au dos voûté et à l'expression maussade. Ni l'un ni l'autre ne leur adressaient la parole, mais ils ne les quittaient pas des yeux.

Finalement, un flic à l'air surmené s'approcha, emmitouflé dans un pardessus trop grand, ses chaussures à semelles minces peu adaptées au terrain. « Lawson, Mackenzie, conduisez ces gosses au poste et arrangez-vous pour les séparer. On reviendra s'occuper d'eux dans un moment. » Puis, faisant demi-tour, il repartit cahin-caha dans la direction de leur terrible découverte, à présent masquée par des écrans en toile d'où filtrait une étrange lumière verdâtre marbrant la neige.

Le jeune policier lança un regard inquiet à son collègue. « Comment on va les ramener ?

— Tu n'as qu'à les fourrer dans ta Panda. Moi, je suis venu dans la Sherpa.

— On ne pourrait pas la prendre ? Comme ça, tu les aurais à l'œil pendant que je conduis. »

Le plus âgé hocha la tête en faisant la moue. « Bon, bon, d'accord. » Il fit signe aux Quatre de Kirkcaldy. « Allez, vous autres, dans la fourgonnette. Et pas de blagues, compris ? » En les escortant vers le véhicule, il lança par-dessus son épaule à son collègue : « Demande les clés à Tam Watt. »

Lawson se mit à remonter la colline, les laissant avec Mackenzie. « J'aime mieux ne pas être à votre place quand l'inspecteur-chef redescendra », dit ce dernier sur le ton de la conversation avant de grimper à leur suite. Alex frissonna, mais ce n'était pas de froid. Il commençait à se rendre compte que la police les considérait comme des suspects plutôt que comme des témoins. À aucun moment ils n'avaient eu le loisir de discuter entre eux, d'accorder leurs violons. Tous quatre échangèrent des regards anxieux. Même Weird avait retrouvé suffisamment ses esprits pour comprendre qu'il ne s'agissait pas d'une plaisanterie de mauvais goût.

Lorsque Mackenzie les avait poussés dans la fourgonnette, ils étaient restés seuls quelques secondes. Le temps que Ziggy murmure distinctement : « Surtout, pas un mot sur la Land Rover. » Une lueur passa aussitôt dans leurs yeux.

« Ouais, bordel ! » répondit Weird avec un tressaillement. Mondo se mit à mâchonner son pouce en silence. Alex se contenta de hocher la tête.

Au poste de police régnait la même pagaille que sur le lieu du crime. En voyant débarquer les deux agents avec quatre énergumènes censés ne pas communiquer entre eux, le sergent à la réception se mit à se plaindre amèrement. Apparemment, il n'y avait pas assez de salles d'interrogatoire pour les garder séparés. On installa Weird et Mondo dans des cellules non fermées, tandis qu'Alex et Ziggy étaient relégués dans les deux salles disponibles.

Celle où se retrouva Alex était minuscule. À peine trois pas de côté, estima-t-il après quelques secondes à se morfondre. Pas de fenêtre et un plafond bas avec des carreaux en polystyrène grisâtres qui ne faisait que renforcer l'impression d'étouffement. Pour tout mobilier, une table en bois délabrée et quatre chaises disparates aussi inconfortables qu'elles en avaient l'air. Alex les essaya l'une après l'autre et finit par opter pour celle qui lui sciait le moins les cuisses.

Il se demanda si on avait le droit de fumer. À en juger par l'odeur de tabac refroidi, il ne serait pas le premier. Mais c'était un garçon bien élevé et l'absence de cendrier le fit hésiter. En fouillant dans ses poches, il repêcha un papier d'argent provenant d'un sachet de bonbons à la menthe. Avec soin, il le lissa, rabattit les coins. Puis, extirpant son paquet de Benson, il l'ouvrit d'une chiquenaude. Il en restait neuf. Cela devrait suffire.

Allumant une cigarette, il se mit à réfléchir à sa situation pour la première fois depuis leur arrivée au poste. À y regarder de plus près, c'était l'évidence même. Ils avaient trouvé un corps. Ils étaient forcément suspects. Tout le monde sait que, dans une histoire de meurtre, les principaux candidats à la réclusion perpétuelle sont, soit les derniers à avoir vu la victime vivante, soit ceux qui ont découvert le cadavre. Et ils étaient les deux à la fois.

Il secoua la tête. « Le cadavre. » Voilà qu'il se mettait à parler comme eux. Ce n'était pas un simple cadavre. C'était Rosie. Quelqu'un qu'il connaissait, aussi peu que ce soit. Ce qui ne le rendait que plus suspect, supposa-t-il. Mais il n'avait pas envie d'y songer pour l'instant. Il tenta de chasser cette idée de son esprit ; pourtant, dès qu'il fermait les yeux, il revoyait la colline. La belle, la ravissante Rosie disloquée et perdant son sang dans la neige. « Pense à autre chose », se dit-il à haute voix.

Il se demanda comment les autres réagiraient lors de l'interrogatoire. Weird était complètement défoncé, ça ne faisait aucun doute. Alex l'avait vu un joint à la main peu auparavant, et qui sait ce qu'il avait pris d'autre. Des comprimés d'acide avaient circulé. Alex en avait refusé à deux reprises. Il n'avait rien contre la drogue, mais il ne tenait pas à se griller le ciboulot. Weird, en revanche, était à l'affût de tout ce qui était censé reculer les limites de la conscience. Alex espérait ardemment que les effets de ce qu'il avait avalé, inhalé ou sniffé se seraient dissipés lorsque viendrait son tour d'être interrogé. Sans quoi Weird risquait de mettre les flics en rogne. Et n'importe quel idiot sait bien que ce n'est pas ce qu'il y a de plus futé dans une enquête pour homicide.

Mondo, lui, c'était une autre paire de manches. Il se mettrait à flipper d'une manière totalement différente. Dans le fond, c'était quelqu'un de beaucoup trop sensible. À l'école, c'était toujours lui qui se faisait asticoter, traiter de lavette, à cause de son apparence et aussi parce qu'il ne ripostait jamais. Ses cheveux tombaient en boucles drues autour de son visage de lutin, ses grands yeux saphir continuellement écarquillés telle une souris aux aguets. Il avait la cote auprès des filles, c'est sûr. Un jour, Alex en avait entendu deux déclarer avec des gloussements que Davey Kerr était le portrait tout craché de Marc Bolan. Mais, dans un bahut comme Kirkcaldy High, ce qui vous attirait les faveurs des filles pouvait également vous valoir une raclée dans les vestiaires. Sans les trois autres pour le soutenir, Mondo aurait passé de sales quarts d'heure. Il en avait d'ailleurs parfaitement conscience et il le leur rendait bien. Sans son aide, jamais Alex n'aurait réussi son examen de français.

Mais là, Mondo serait tout seul avec les policiers, sans personne pour lui tenir la main. Alex le voyait déjà la tête inclinée sur la poitrine, dardant de temps à autre un regard étrange par-dessous ses sourcils en se mordillant le pouce ou en ouvrant et refermant son stylo. Ils en seraient pour leurs frais, se diraient qu'il avait quelque chose à cacher. Ce qu'ils ne pigeraient jamais, mais alors là jamais, c'est que le grand secret de Mondo, quatre-vingt-dix-neuf fois sur cent, c'était qu'il n'y avait pas de secret. Aucun mystère par-delà cette apparence énigmatique. Juste un type qui adorait les Pink Floyd, la soupe de poisson avec une masse de vinaigre, la bière Tennent et les parties de jambes en l'air. Et qui, bizarrement, se débrouillait en français comme si c'était sa langue maternelle.

Sauf que, ce soir, il y avait effectivement un secret. Et si quelqu'un devait vendre la mèche, ce serait Mondo. *Mon Dieu, faites qu'il s'écrase pour la Land Rover !* pensa Alex. Au mieux, ils seraient accusés de l'avoir empruntée sans l'autorisation de son propriétaire. Au pire, les flics en déduiraient que l'un d'eux, ou les quatre, disposait du moyen idéal pour transporter une fille mourante jusqu'à un flanc de colline désert.

Weird ne dirait rien ; c'était lui qui avait le plus à perdre. Il s'était pointé au Lammas un sourire jusqu'aux oreilles, le trousseau de clés de Henry Cavendish se balançant à son doigt comme s'il avait gagné à la loterie.

Alex ne dirait rien, il en était persuadé. Garder un secret était une des choses qu'il savait faire le mieux. S'il fallait la boucler pour détourner les soupçons, il n'hésiterait pas un instant.

Ziggy ne dirait rien non plus. Avec lui, c'était toujours prudence, prudence. D'autant plus qu'il avait quitté la fête en douce pour déplacer la Land Rover lorsqu'il s'était aperçu que Weird commençait à disjoncter. « J'ai pris les clés dans la poche de sa veste, avait-il confié à Alex. Je vais déménager la bagnole, qu'il ne soit pas tenté de s'en resservir. Il a déjà emmené des clampins faire le tour du pâté de maisons. Il vaut mieux arrêter ça avant qu'il ne tue quelqu'un. » Combien de temps était-il resté absent, Alex n'en avait aucune idée, mais, à son retour, Ziggy lui avait dit que la Land Rover était planquée derrière une des usines de Largo Road. « On la récupérera demain matin.

— On pourrait aussi bien la laisser là, avait répondu Alex avec un grand sourire. Un gentil petit rébus pour ce cher Henry quand il reviendra au prochain trimestre.

— Il vaut mieux pas. Dès qu'il s'apercevra que son précieux tacot n'est plus là où il l'a laissé, il ira trouver les flics et on sera dans le pétrin. Il y a nos empreintes partout. »

Il avait raison. Entre les Quatre de Kirkcaldy et les deux Anglais qui partageaient leur pavillon de six pièces sur le campus, ce n'était pas le grand amour. Jamais Henry ne trouverait amusant que Weird ait emprunté la Land Rover. L'humour de ses colocataires avait tendance à lui échapper. Alors Ziggy ne dirait rien. C'était évident.

Mais Mondo peut-être. Il fallait espérer que la mise en garde de Ziggy ait suffisamment atteint son égocentrisme pour qu'il voie clairement ce qui leur pendait au nez. Raconter aux flics que Weird avait pris la Land Rover ne le tirerait pas d'affaire pour autant. Cela ne servirait qu'à les enfoncer tous les quatre. D'ailleurs, il l'avait lui-même pilotée lorsqu'il avait raccompagné cette fille à Guardbridge. *Pour une fois dans ta vie, réfléchis bien, Mondo.*

Côté cogitation, avec Ziggy vous étiez servi. Derrière sa franchise apparente, son charme naturel et sa vivacité d'esprit, il se passait bien plus de choses qu'il n'y paraissait. Cela faisait neuf ans et demi qu'ils étaient copains et Alex avait l'impression d'avoir à peine effleuré la surface. Ziggy était capable de vous surprendre par une remarque, de vous déstabiliser par une question, de vous faire voir un truc sous un jour nouveau parce qu'il avait retourné le monde dans tous les sens comme un Rubik's Cube et qu'il en avait une vision différente. Alex savait deux ou trois choses sur Ziggy que Mondo et Weird ignoraient encore, il en était pratiquement sûr. Et seulement parce que Ziggy avait tenu à le mettre au courant, certain qu'avec Alex ses secrets seraient bien gardés.

Il imagina Ziggy face à ses interrogateurs. Calme, détendu, la conscience tranquille. Si quelqu'un pouvait persuader les flics qu'ils avaient trouvé le corps sur Hallow Hill par pur hasard, c'était Ziggy.

Dans le bureau de la police judiciaire, l'inspecteur-chef Barney Maclennan jeta son pardessus sur la chaise la plus proche. La pièce était grande comme une salle de classe d'école primaire, beaucoup plus vaste que nécessaire. St Andrews n'arrivait pas très haut sur la liste des foyers de délinquance dans le comté de Fife, comme en témoignaient les effectifs limités. Maclennan avait été relégué aux frontières du royaume, non qu'il manquât d'ambition, mais il faisait des vagues, il était le genre d'empêcheur de tourner en rond que les hauts fonctionnaires préfèrent tenir à distance. Il n'arrêtait pas de se plaindre qu'il n'y avait rien d'intéressant à se mettre sous la dent. Ce qui ne signifiait pas pour autant qu'il fût ravi du meurtre d'une gamine dans son secteur.

Ils avaient établi l'identité tout de suite. Certains des agents fréquentaient le pub où travaillait Rosie Duff, et Jimmy Lawson, le premier sur les lieux, l'avait immédiatement reconnue. Comme la plupart des hommes présents, il avait été visiblement secoué. Maclennan n'arrivait pas à se souvenir de la dernière fois où ils avaient eu un meurtre qui ne fût pas strictement familial ; ces blancs-becs en avaient vu trop peu pour être cuirassés contre le spectacle auquel ils avaient eu droit sur la colline enneigée. Du reste, lui-même n'en avait pas vu tant que ça, et jamais rien d'aussi pitoyable que le corps martyrisé de Rosie Duff.

D'après le médecin légiste, elle semblait avoir été violée, puis poignardée au bas-ventre. Un seul coup, sauvage, décrivant un chemin mortel vers le haut à travers les intestins. Et son agonie avait probablement duré un bout de temps. Rien que d'y penser, Maclennan aurait volontiers étranglé le coupable de ses propres mains. Dans des moments pareils, la loi faisait l'effet d'être moins une aide qu'un frein dans la quête de justice.

Il poussa un soupir, alluma une cigarette. Puis il s'assit à sa table pour noter les quelques informations qu'il possédait déjà. Rosemary Duff. Dix-neuf ans. Employée au Lammas Bar. Habitant Strathkinness avec ses parents et deux frères. Les frères travaillaient à la fabrique de papier de Guardbridge, le père était jardinier à Craigtoun Park. Maclennan n'enviait pas Iain Shaw et la femme policier qu'il avait envoyés au village délivrer la nouvelle. Il savait qu'il lui faudrait parler à la famille à un moment ou à un autre. Pour l'heure, il était préférable de faire avancer l'enquête. Sauf qu'il ne débordait pas d'inspecteurs rompus aux grosses affaires. S'il voulait éviter d'être poussé sur la touche par les ronds-de-cuir du quartier général, il avait intérêt à se mettre au boulot et à obtenir des résultats.

Il regarda sa montre avec impatience. Il lui fallait un collègue pour interroger les quatre étudiants qui affirmaient avoir trouvé le corps. Il avait demandé à Allan Burnside de rappliquer dès que possible et il n'y avait toujours aucun signe de lui. Maclennan poussa un nouveau soupir. Des gros bras sans une once de cervelle, c'est avec ça qu'il devait bosser.

Retirant ses pieds de ses chaussures humides, il pivota et les posa sur le radiateur. Bon sang, quelle nuit infernale pour enquêter sur un crime. La neige avait transformé les lieux en cauchemar, masquant les indices éventuels, rendant les choses mille fois plus difficiles. Comment distinguer entre les traces laissées par l'assassin et celles appartenant aux témoins ? À supposer, bien entendu, qu'il s'agisse de deux entités différentes. Se frottant les yeux pour en chasser le sommeil, il réfléchit à la stratégie à adopter.

Toute son expérience lui disait de commencer par le gosse qui avait réellement trouvé le corps. Solide, les épaules larges, un visage qu'il avait à peine entrevu sous l'épaisse capuche de la parka. Maclennan se pencha en arrière pour attraper son calepin. Alex Gilbey, c'était bien ça. Le lascar lui avait fait un drôle d'effet. Non qu'il se fût montré sournois à proprement parler, mais il n'avait pas regardé Maclennan en face avec cet air de candeur atterrée qu'auraient eu la plupart des jeunes gens. Et il était certainement assez costaud pour monter la pente douce de Hallow Hill en trimbalant un corps. Peut-être y avait-il là bien plus qu'il n'y paraissait. Ce ne serait pas la première fois qu'un assassin organiserait une telle mise en scène afin de se faire passer pour un témoin. Non, il laisserait M. Gilbey mijoter encore un peu.

Le sergent à la réception lui avait dit que l'autre salle d'interrogatoire était occupée par l'étudiant en médecine au nom polonais. Celui qui avait soutenu mordicus que Rosie était encore en vie lorsqu'ils l'avaient trouvée et qu'il avait fait de son mieux pour qu'elle le reste. Il avait semblé plutôt décontracté vu les circonstances, plus décontracté que Maclennan n'en aurait eu la force. Il se dit qu'il commencerait par là. Du moins, dès que Burnside aurait montré le bout de son nez.

L'autre salle d'interrogatoire faisait le double de celle d'Alex, et Ziggy avait fini par trouver une position pas trop inconfortable. Affalé sur une chaise, le dos appuyé au mur, il regardait dans le vague. Il était éreinté. Il aurait pu facilement s'endormir si l'image du corps de Rosie n'avait flamboyé dans sa tête chaque fois qu'il fermait les yeux. Aucun traité de médecine ne l'avait préparé à la réalité brutale d'un être humain détruit de manière aussi gratuite. En définitive, il ne s'y connaissait pas assez pour avoir été utile à Rosie au moment crucial et cela l'ulcérait. Il aurait dû ressentir de la pitié pour la morte, mais sa frustration était trop grande pour laisser place à d'autres sentiments. Même la peur.

Pourtant, il était assez intelligent pour savoir qu'il y avait de quoi avoir peur. Il avait le sang de Rosie sur ses vêtements, sous ses ongles. Et même dans ses cheveux probablement ; il avait le souvenir d'avoir remonté sa frange alors qu'il essayait de voir d'où venait l'hémorragie. Rien que d'assez anodin en fait, du moins si la police voulait bien croire son histoire. Mais il était aussi l'homme sans alibi, grâce aux idées fixes de Weird sur ce qui constitue une partie de rigolade. Que la police découvre ses empreintes digitales dans un véhicule particulièrement pratique pour rouler dans une tempête de neige et il serait mal barré. Lui qui était toujours d'une extrême prudence, voilà que sa vie risquait d'être détruite par une simple parole en l'air. Insupportable.

Ce fut presque un soulagement lorsque la porte s'ouvrit et que deux policiers entrèrent. Il reconnut celui qui avait ordonné aux agents de les conduire au commissariat. Dépouillé de son énorme pardessus, il paraissait menu, ses cheveux châtain clair un peu plus longs que ne le voulait la mode. Les joues non rasées montraient qu'il s'était levé au milieu de la nuit, mais la chemise d'un blanc immaculé et le complet élégant avaient l'air de sortir de chez le teinturier. Il se laissa tomber sur la chaise en face de Ziggy. « Je suis l'inspecteur Maclennan et voici l'inspecteur Burnside. Il est indispensable que nous revoyions ensemble les événements de ce soir. » Il indiqua Burnside d'un signe de tête. « Mon collègue prendra des notes, puis on préparera une déposition que vous n'aurez plus qu'à signer. »

Ziggy acquiesça. « Très bien, allez-y. » Il se redressa sur son siège. « Je ne pourrais pas avoir une tasse de thé ? »

Maclennan se tourna vers Burnside, qui se leva et quitta la pièce. Après quoi il se renversa en arrière pour examiner son témoin. Curieux, tout de même, ce retour de la vogue des cheveux courts. Le gosse brun en face de lui n'aurait pas détonné dix ans plus tôt dans les Small Faces. Il ne ressemblait pas à un Polonais, du moins selon l'image que s'en faisait Maclennan. Il avait le teint clair et les joues rouges d'un habitant de la Fife, mais les yeux marron, ce qui était plutôt rare avec cette couleur de peau. Les pommettes saillantes donnaient à son visage un aspect buriné légèrement exotique. Un peu comme ce danseur russe, Rudolph Nourinov, ou un nom dans ce goût-là.

Burnside revint presque tout de suite. « Ça arrive », déclara-t-il en s'asseyant et en ramassant son stylo.

Maclennan posa les bras sur la table, les doigts entrelacés. « D'abord quelques renseignements personnels. » Ils en finirent rapidement avec les préliminaires, puis le policier déclara : « Une sale affaire. Vous devez être drôlement secoué. »

Ziggy commençait à se sentir embarqué dans l'univers des lieux communs. « On peut le dire comme ça.

— J'aimerais que vous me racontiez ce qui s'est passé ce soir. »

Ziggy se racla la gorge. « On retournait à Fife Park... »

Maclennan leva la main pour l'arrêter. « Un peu avant. La soirée complète, hein ? »

Le cœur de Ziggy se serra. Il espérait ne pas avoir à mentionner leur visite au Lammas Bar. « D'accord. Nous habitons tous les quatre le même pavillon dans Fife Park, et nous avons l'habitude de prendre nos repas ensemble. Ce soir, c'était mon tour de faire la cuisine. Nous avons mangé des œufs avec des frites et des haricots. Aux environs de neuf heures, on est partis faire un tour en ville. On devait aller à une fête un peu plus tard et on avait envie d'une bière. » Il s'interrompit pour laisser à Burnside le temps d'écrire.

« Où avez-vous bu cette bière ?

— Au Lammas Bar. » Les mots restèrent comme suspendus dans l'air entre eux.

Maclennan n'eut aucune réaction, bien que son pouls se fût accéléré. « Vous y alliez souvent ?

— Assez. La bière n'est pas chère et ils sont sympas avec les étudiants, contrairement à d'autres endroits en ville.

— Alors vous avez dû voir Rosie Duff ? La fille qui est morte ? »

Ziggy eut un haussement d'épaules. « Je n'ai pas vraiment fait attention.

— Quoi ? Une gosse aussi mignonne, vous ne l'avez pas remarquée ?

— Ce n'est pas elle qui m'a servi quand je suis allé au comptoir.

— Mais vous lui aviez sûrement parlé par le passé ? »

Ziggy avala une grosse goulée d'air. « Encore une fois, je ne fais jamais très attention. Draguer les serveuses, ce n'est pas mon truc.

— Pas assez bon pour vous, c'est ça ? répliqua Maclennan d'un ton bourru.

— Je ne suis pas un fils de la haute, inspecteur. J'ai grandi dans une cité de banlieue. Simplement, je ne prends pas mon pied en jouant les machos dans les pubs, d'accord ? Oui, je savais qui elle était, mais je n'ai jamais bavardé avec elle au-delà de "Quatre pintes s'il vous plaît".

— Vos amis lui témoignaient-ils davantage d'intérêt ?

— Pas que je sache. » Sous sa nonchalance apparente, Ziggy commençait à s'inquiéter de la tournure prise par l'interrogatoire.

« Vous avez donc bu une bière au Lammas Bar. Et ensuite ?

— Comme je vous l'ai dit, on est allés à une fête. Chez un étudiant en maths de troisième année nommé Pete que connaît Tom Mackie. Il habite St Andrews, dans Learmonth Gardens, j'ai oublié le numéro. Ses parents étaient absents et il organisait une soirée. On est arrivés vers minuit et il n'était pas loin de quatre heures quand on est partis.

— Vous avez passé la soirée ensemble ? »

Ziggy poussa un grognement. « Vous êtes déjà allé à une soirée d'étudiants, inspecteur ? Alors vous savez comment c'est. On franchit la porte ensemble, on prend une bière et chacun va de son côté. Puis, quand vous en avez marre, vous regardez qui tient encore debout, vous battez le rappel et vous déguerpissez dans la nuit. Le bon berger, c'est moi, ajouta-t-il avec un sourire ironique.

— Autrement dit, vous êtes arrivés tous les quatre ensemble et vous êtes repartis de même, mais vous n'avez aucune idée de ce que les autres ont fait dans l'intervalle ?

— Oui, c'est à peu près ça.

— Vous ne pourriez même pas jurer que l'un d'eux ne s'est pas éclipsé pour revenir un peu plus tard ? »

Si Maclennan s'attendait à voir Ziggy s'affoler, il fut déçu. Celui-ci inclina la tête sur le côté d'un air pensif. « Probablement pas, non, admit-il. Je suis resté presque tout le temps dans la serre à l'arrière de la maison. En compagnie de deux Anglais. Désolé, je ne me souviens pas de leurs noms. On a parlé musique, politique, ce genre de chose. Quand on est passés à l'autonomie écossaise, c'est devenu sacrément houleux, comme vous pouvez l'imaginer. Je suis allé plusieurs fois me rechercher une bière, j'ai traversé la salle à manger pour dégoter quelque chose à me mettre sous la dent, mais je n'étais pas chargé de les surveiller.

— Est-il habituel que vous rentriez tous ensemble ? »

Maclennan ne savait pas trop où il allait, mais cela lui avait semblé la bonne question.

« Sauf quand quelqu'un a une touche. »

Manifestement, il était à présent sur la défensive, se dit le policier. « Et cela arrive souvent ?

— Quelquefois. » Le sourire de Ziggy était légèrement forcé. « Hé, on est des jeunes gens sains et vigoureux, vous savez.

— Et pourtant, vous rentrez généralement ensemble au bercail. Admirable !

— Que voulez-vous, inspecteur, les étudiants ne sont pas tous des obsédés sexuels. Certains ont conscience de la chance qu'ils ont d'être là et n'ont pas envie de la gâcher.

— De sorte que vous préférez la compagnie les uns des autres ? D'où je viens, les gens penseraient que vous êtes des tapettes.

— Et alors, ce n'est pas interdit par la loi ! rétorqua Ziggy, perdant un instant son calme.

— Tout dépend de ce que vous fabriquez et avec qui, dit Maclennan sans feindre l'amabilité plus longtemps.

— Écoutez, qu'est-ce que ça a à voir avec le fait que nous soyons tombés par hasard sur le corps d'une jeune femme agonisante ? demanda Ziggy en se penchant en avant. Qu'est-ce que vous essayez d'insinuer ? Nous sommes pédés, donc nous avons violé et tué une gamine ?

— C'est vous qui le dites, pas moi. Il est bien connu que certains homosexuels détestent les femmes. »

Ziggy secoua la tête d'un air incrédule. « Connu de qui ? Des réacs et des analphabètes ? Écoutez, ce n'est pas parce qu'Alex, Tom et Davey ont quitté la fête avec moi que ça fait d'eux des pédés, non ? Il leur serait facile de vous donner une liste de filles capables de prouver que vous vous fourrez le doigt dans l'œil.

— Et vous, Sigmund ? Vous pourriez en faire autant ? »

Ziggy se raidit pour empêcher son corps de le trahir. Il existait un monde de la taille de l'Écosse entre la loi et la tolérance. Il avait atterri dans un endroit où la vérité n'est pas toujours bonne à dire. « On ne pourrait pas en revenir à nos moutons, inspecteur ? J'ai quitté la fête aux environs de quatre heures avec mes trois amis. On a descendu Learmonth Place, pris à gauche dans Canongate et traversé Trinity Place. Pour rentrer à Fife Park, c'est plus court par Hallow Hill...

— Avez-vous aperçu quelqu'un aux alentours de la colline ? l'interrompit Maclennan.

— Non, mais la visibilité était plutôt réduite à cause de la neige. On suivait le chemin en bas quand Alex s'est mis soudain à grimper. Comme j'étais devant, je n'ai pas vu quelle mouche l'avait piqué. Une fois au sommet, il a trébuché et s'est cassé la figure dans un trou. L'instant d'après, il nous criait de venir, qu'il y avait une fille blessée. » Ziggy ferma les yeux, puis les rouvrit précipitamment tandis que la morte lui apparaissait à nouveau. « On est montés et on a trouvé Rosie gisant dans la neige. J'ai tâté la carotide. Le pouls était très faible, mais il battait. Elle semblait saigner d'une blessure à l'abdomen. Une entaille maousse apparemment. Dans les huit ou dix centimètres de long. J'ai dit à Alex d'aller chercher de l'aide. D'appeler la police. On l'a couverte avec nos manteaux et j'ai essayé d'arrêter l'hémorragie. Mais c'était déjà trop tard. Trop de dégâts internes. Trop de sang perdu. Elle est morte quelques minutes plus tard. » Il poussa un profond soupir. « Je n'aurais rien pu faire. »

Même Maclennan fut momentanément réduit au silence par l'intensité des paroles de Ziggy. Il jeta un coup d'œil à Burnside, qui grattait comme un fou. « Pourquoi avoir envoyé Alex Gilbey chercher de l'aide ?

— Parce qu'Alex était plus sobre que Tom. Et que Davey a tendance à perdre la boule dans les situations critiques. »

C'était parfaitement logique. Presque trop. Maclennan repoussa sa chaise. « À présent, un de mes hommes va vous raccompagner chez vous. Il nous faudrait les vêtements que vous portiez, pour le labo. Ainsi que vos empreintes, à titre de comparaison. Et nous aurons sans doute besoin de vous reparler. » Il y avait des choses que Maclennan aurait bien aimé savoir sur Sigmund Malkiewicz. Mais cela pouvait attendre. L'impression de malaise que produisaient sur lui ces quatre morveux ne faisait que croître de minute en minute. Il était résolu à avancer. Et il avait le sentiment que, si l'un d'eux devait craquer, ce serait précisément celui qui avait tendance à perdre la boule dans les situations critiques.

3

La poésie de Baudelaire semblait un bon truc. Roulé en boule sur un matelas si dur qu'il méritait à peine ce nom, Mondo parcourait mentalement *Les Fleurs du mal.* Ô combien approprié aux événements de la nuit. La musique des vers l'apaisait, effaçant la réalité de la mort de Rosie Duff et de la cellule où elle l'avait expédié. C'était comme une force irrésistible le sortant de lui-même pour le transporter dans un autre monde où le rythme régulier des syllabes était tout ce que pouvait recevoir son cerveau. Il n'avait pas envie de se frotter à la mort, ni à la culpabilité, ni à la peur, ni au soupçon.

Son refuge fut pulvérisé par le grincement de la porte. L'agent Jimmy Lawson se pencha au-dessus de lui. « Debout, fiston. On te demande. »

Mondo se recula, loin de ce jeune flic qui, de sauveur, s'était brusquement changé en persécuteur.

Le sourire de Lawson n'avait rien de rassurant. « Pas la peine de mouiller ta culotte. Allez, grouille-toi. L'inspecteur Maclennan a horreur d'attendre. »

Mondo se leva lentement et suivit Lawson le long d'un couloir à la lumière éblouissante. Tout cela était trop concret, trop tranchant à son goût. Nom d'un chien, qu'est-ce qu'il aurait aimé ne pas être là !

Lawson tourna à un coude, puis ouvrit une porte en grand. Mondo hésita sur le seuil. Assis à la table se trouvait l'homme qu'il avait vu sur Hallow Hill. Il paraissait trop petit pour être un flic. « Monsieur Kerr ? » demanda-t-il.

Mondo hocha la tête. « Ouais. » Le son de sa voix le surprit.

« Venez vous asseoir. Je suis l'inspecteur Maclennan et voici l'inspecteur Burnside. »

Il s'installa en face des deux hommes, les yeux fixés sur le dessus de la table. Burnside accomplit les formalités avec une politesse qui étonna Mondo, lequel s'attendait à un numéro dans le style *The Sweeney :* aboiements et fanfaronnades machistes.

Lorsque Maclennan prit le relais, une note de brusquerie s'infiltra dans la conversation. « Vous connaissiez Rosie Duff.

— Ouais. » Mondo continuait à baisser la tête. « Je savais qu'elle était serveuse au Lammas, ajouta-t-il dans le silence pesant.

— Une jolie gosse », dit Maclennan. Mondo ne broncha pas. « Ne me dites pas que vous ne vous en étiez pas aperçu. »

Mondo eut un haussement d'épaules « Je ne lui ai jamais accordé la moindre pensée.

— Elle n'était pas votre type ? »

Mondo leva les yeux, un coin de la bouche relevé en un demi-sourire. « En tout cas, je n'étais sûrement pas le sien. Elle ne faisait jamais attention à moi. Il y avait toujours d'autres zèbres qui l'intéressaient davantage. Il fallait sans cesse que j'attende pour être servi.

— Cela devait vous rendre furieux. »

Un éclair de panique passa dans le regard de Mondo. Il commençait à comprendre que Maclennan était beaucoup plus fin qu'il ne l'aurait imaginé de la part d'un flic. Il allait être obligé de jouer serré et de se servir de sa matière grise. « Pas vraiment. Quand on était pressés, je demandais à Gilly d'y aller à ma place.

— Gilly ? C'est-à-dire Alex Gilbey ? »

Mondo acquiesça avant de repiquer du nez. Pour empêcher ce type de lire les sentiments qui se bousculaient en lui. *Mort, culpabilité, peur, soupçon.* Il aurait tellement voulu être hors du coup, hors de ce poste de police, hors de cette histoire. Il n'avait aucune envie de flanquer qui que ce soit dans le pétrin, mais il n'en pouvait plus d'être là. C'était au-dessus de ses forces, il le savait, et il ne tenait pas à se conduire de telle manière que ces flics finissent par penser qu'il avait l'air louche, l'air d'un coupable. Parce que le coupable, ce n'était pas lui. Il n'avait pas dragué Rosie Duff, encore qu'il n'aurait pas demandé mieux. Il n'avait pas volé la Land Rover. Il l'avait juste empruntée pour raccompagner une fille à Guardbridge. Il n'avait pas trouvé de cadavre dans la neige. Ça, c'était Alex. C'était de la faute des autres s'il était dans ce merdier. Qu'il ait dû, pour se protéger, inciter les flics à regarder ailleurs, bah, Gilly n'en saurait jamais rien. Et même dans ce cas, Mondo était persuadé qu'il lui pardonnerait.

« Alors comme ça, elle aimait bien Gilly ? demanda Maclennan, implacable.

— Je ne sais pas. À ma connaissance, c'était un client comme un autre.

— Mais à qui elle prêtait plus d'attention qu'à vous.

— Ouais, mais ça n'avait rien de particulièrement exceptionnel.

— Vous voulez dire qu'elle flirtait avec lui ? »

Mondo secoua la tête en se maudissant. « Non. Pas du tout. C'était son boulot. Elle était serveuse, elle avait intérêt à être gentille avec les gens.

— Mais pas avec vous. »

Mondo se mit à tripoter nerveusement les frisettes autour de ses oreilles. « Vous êtes en train de tout déformer. Écoutez, elle n'était rien pour moi et je n'étais rien pour elle. Maintenant, je peux m'en aller ?

— Pas encore, monsieur Kerr. Qui a eu l'idée de passer par Hallow Hill ce soir ? »

Mondo eut un froncement de sourcils. « Personne. C'est juste le plus court chemin pour retourner à Fife Park. Ça nous arrive souvent de rentrer par là. On ne s'est même pas posé la question.

— Et l'un d'entre vous avait-il déjà éprouvé le besoin de foncer jusqu'au cimetière picte ? »

Mondo secoua la tête.

« On savait qu'il était là. On est allés jeter un coup d'œil quand ils ont exhumé les tombes. Comme la moitié de St Andrews. C'est pas pour ça qu'on est des mecs glauques.

— Je ne dis pas le contraire. Mais vous n'aviez encore jamais fait ce crochet en regagnant votre résidence ?

— Pour quelle raison ? »

Maclennan haussa les épaules « Je l'ignore. Des petits jeux stupides. Vous avez peut-être vu *Carrie* un peu trop souvent. »

Mondo tira sur une mèche de cheveux. *Mort, culpabilité, peur, soupçon.* « Les films d'horreur ne m'intéressent pas. Écoutez, inspecteur, on est juste des types lambda qui ont atterri sans le vouloir en plein milieu d'un truc dingue. Ni plus, ni moins. » Il écarta les mains dans un geste d'innocence qui se voulait convaincant. « Je suis désolé de ce qui est arrivé à cette môme, mais je n'y suis pour rien. »

Maclennan se laissa aller en arrière. « C'est ce que vous dites. » Mondo ne répondit pas, se contenant d'émettre un long soupir de lassitude. « Et à la fête ? Quelles ont été vos allées et venues ? »

Mondo se tourna sur sa chaise, chacun de ses muscles trahissant son désir de s'enfuir. La fille parlerait-elle ? Il en doutait. Elle s'était ramenée en douce, elle aurait dû être rentrée depuis des heures. De plus, elle n'était pas étudiante, ne connaissait presque personne là-bas. Avec un peu de chance, son nom ne serait même pas mentionné et on ne lui poserait aucune question. « Écoutez, qu'est-ce que ça change ? On a juste trouvé un corps et puis voilà.

— Nous devons explorer toutes les possibilités.

— Vous faites simplement votre boulot, hein ? répliqua-t-il avec un ricanement. Eh bien, vous perdez votre temps si vous croyez qu'on a quoi que ce soit à voir avec cette histoire. »

Maclennan eut un haussement d'épaules. « Malgré tout, j'aimerais en savoir un peu plus sur cette fête. »

L'estomac en compote, Mondo produisit une version aseptisée qui lui semblait pouvoir tenir la route. « Bon. C'est difficile de se souvenir de chaque détail. Peu après notre arrivée, j'ai fait du gringue à une fille. Marg qu'elle s'appelait. D'Elgin. On a dansé un moment. Je pensais que c'était dans la poche. » Il prit un air piteux. « C'est alors que son petit copain s'est radiné. Elle n'en avait rien dit. J'en avais plutôt gros sur la patate, alors j'ai bu deux ou trois bières, puis je suis monté à l'étage. Il y avait un bureau, une espèce de débarras en fait, avec une table et une chaise. Je suis resté là un moment à m'apitoyer sur mon sort. Pas longtemps. Juste assez pour vider une cannette. Puis je suis redescendu et j'ai traînassé. Ziggy était dans la serre avec des Angliches en train de leur débiter sa Déclaration d'Arbroach, alors je me suis bien gardé d'y aller. Je l'ai tellement entendue que je la connais par cœur. Je n'ai pas vraiment fait attention aux autres. Il n'y avait pas grand-chose comme gonzesses et ce qu'il y avait était déjà en mains. Pour dire la vérité, ça faisait un bail que j'en avais ma claque quand on a fini par mettre les voiles.

— Mais vous n'avez pas proposé de partir ?

— Non.

— Pourquoi ? Vous n'êtes pas capable de penser par vous-même ? »

Mondo lui lança un regard de dégoût. Ce n'était pas la première fois qu'on l'accusait de suivre les autres comme un mouton. « Bien sûr que si. Simplement, ça me cassait les pieds, d'accord ?

— Très bien, répondit Maclennan. On vérifiera votre histoire. Vous pouvez rentrer chez vous à présent. Nous aurons besoin des vêtements que vous portiez ce soir. Un de mes hommes passera les prendre à la résidence. » Il se leva, les pieds de sa chaise raclant le sol avec un grincement qui mit les nerfs de Mondo à vif. « On se reverra, monsieur Kerr. »

L'agent Janice Hogg referma la portière de la voiture de police le plus doucement possible. Inutile de réveiller toute la rue. La nouvelle se répandrait bien assez vite. En entendant le constable Iain Shaw claquer avec désinvolture la portière du conducteur, elle sursauta et fusilla du regard l'arrière de sa tête dégarnie. Vingt-cinq ans et déjà une calvitie de vieux fossile, se dit-elle non sans un brin de satisfaction. Et avec ça, il se prend pour un bourreau des cœurs.

Comme si la teneur de ses pensées avait traversé son crâne, Shaw se retourna, la mine maussade. « Alors, vous venez. Qu'on en finisse avec ça. »

Janice jeta un rapide coup d'œil à la maison tandis que Shaw poussait le portail en bois et remontait à grands pas la courte allée. Elle était typique du quartier : une construction basse avec deux lucarnes dépassant du toit en tuile, des pignons dentelés couverts de neige. Une minuscule véranda s'avançait entre les deux fenêtres du rez-de-chaussée, le châssis peint dans une couleur brunâtre difficile à identifier à la maigre lueur des réverbères. L'air plutôt bien entretenue, estima-t-elle en se demandant quelle chambre avait été celle de Rosie.

Chassant cette pensée de son esprit, elle se prépara à l'épreuve qui l'attendait. On l'envoyait porter les mauvaises nouvelles plus souvent qu'à son tour. Parce que c'était une femme. Comme Shaw actionnait le lourd heurtoir en métal, elle rassembla ses forces. Au début, rien ne bougea. Puis une faible lueur scintilla derrière la fenêtre de droite. Une main apparut, tirant le rideau. Suivie d'un visage, éclairé de profil. Un homme proche de la soixantaine, les cheveux gris en bataille, les considéra avec ahurissement.

Shaw sortit sa carte et la brandit. Un geste sans la moindre ambiguïté. Le rideau retomba. Quelques minutes plus tard, la porte s'ouvrit sur l'homme serrant autour de sa taille la ceinture d'une épaisse robe de chambre. Les jambes de son pantalon tirebouchonnaient sur de vieilles pantoufles à carreaux. « Qu'est-ce qu'il y a ? lança-t-il, de l'appréhension mal dissimulée par le ton belliqueux.

— Monsieur Duff ? demanda Shaw.

— Ouais, c'est moi. Qu'est-ce que vous fichez là à une heure pareille ?

— Je suis le constable Shaw et voici l'agent Hogg. Pouvons-nous entrer, monsieur ? Nous avons besoin de vous parler.

— Mes sacrés gars ont encore fait des bêtises ? » Il se recula en agitant la main. La porte d'entrée donnait directement sur la salle de séjour. Un salon trois pièces en skaï marron entourait le plus gros poste de télévision que Janice eût jamais vu. « Asseyez-vous », dit-il.

Ils se frayaient un passage jusqu'au canapé quand Eileen Duff émergea d'une porte à l'autre bout de la pièce. « Qu'est-ce qui se passe, Archie ? » Son visage démaquillé luisait de crème de nuit, un foulard en mousseline beige protégeait sa mise en plis, son peignoir matelassé était boutonné de travers.

« C'est la police », répondit son mari.

Les yeux de la femme étaient agrandis d'anxiété. « À quel sujet ?

— Pouvez-vous venir vous asseoir, madame Duff ? » dit Janice. S'approchant, elle la prit par le coude, puis la guida jusqu'au canapé avant de faire signe au mari de s'installer à côté d'elle.

« Des mauvaises nouvelles, c'est ça ? demanda la femme d'une voix misérable en agrippant le bras de son époux. Les lèvres serrées, Archie Duff contemplait, impassible, l'écran de télévision vide.

— Je suis vraiment désolée, mais je crains que vous n'ayez raison. Nous avons effectivement de très mauvaises nouvelles. » Shaw se tenait gauchement, la tête légèrement penchée, les yeux rivés aux arabesques multicolores du tapis.

La femme poussa son mari. « Je te l'avais dit de ne pas laisser Brian acheter cette moto. Je te l'avais dit. »

Shaw lança un regard suppliant à Janice. Faisant un pas vers les Duff, elle déclara doucement : « Ce n'est pas Brian. C'est Rosie. »

Un miaulement sourd s'éleva de la gorge de Mme Duff. « C'est pas possible », protesta-t-elle.

Janice se força à continuer. « Un peu plus tôt dans la soirée, le corps d'une jeune femme a été retrouvé sur Hallow Hill.

— C'est sûrement une erreur, dit Archie Duff d'un ton buté.

— Hélas non. Plusieurs des policiers sur place ont reconnu Rosie. Ils l'avaient vue au Lammas Bar. J'ai le regret de vous dire que votre fille est morte. »

Janice avait assené le coup suffisamment souvent pour savoir qu'il existe en général deux types de réactions. La dénégation, comme Archie Duff. Et l'explosion de douleur qui s'empare des proches avec sauvagerie. Eileen Duff rejeta la tête en arrière et rugit sa souffrance en direction du plafond, ses mains se tordant de désespoir sur ses genoux, le corps parcouru de soubresauts. Son mari la contemplait comme s'il ne la reconnaissait plus, le front plissé dans un refus opiniâtre d'admettre la tournure des événements.

Janice resta là, laissant la première vague l'éclabousser telle une marée d'équinoxe sur la plage des West Sands. Shaw se balançait d'un pied sur l'autre sans savoir quoi dire.

Tout à coup, des pas se firent entendre dans l'escalier. Des jambes vêtues d'un pantalon de pyjama apparurent, suivies d'un torse nu, puis d'un visage endormi surmonté d'une tignasse de cheveux bruns. Le jeune homme s'arrêta à quelques marches du bas pour observer la scène. « Putain, qu'est-ce qui se passe ? grogna-t-il.

— Ta sœur est morte, Colin », répondit Archie sans tourner la tête.

Colin Duff resta bouche bée. « Quoi ? »

Janice s'engouffra à nouveau dans la brèche. « Je suis sincèrement désolée, Colin, mais on a découvert le corps de votre sœur il y a un instant.

— Où ? Qu'est-ce qui s'est produit ? Ça veut dire quoi, on a découvert son corps ? » Les paroles tombèrent mollement de ses lèvres. Les jambes flageolantes, il s'affala sur la première marche.

« Elle a été retrouvée sur Hallow Hill. » Janice respira à fond. « Nous pensons que Rosie a été assassinée. »

Colin laissa tomber sa tête dans ses mains. « Nom de Dieu ! » murmura-t-il encore et encore.

Shaw se pencha en avant. « Nous aurions besoin de vous poser quelques questions, monsieur Duff. On pourrait peut-être s'installer dans la cuisine ? »

Le premier choc passé, Eileen commençait à se remettre. Cessant de gémir, elle tourna son visage en larmes vers Archie. « Reste là. Je suis pas un bébé auquel on a besoin de cacher la vérité.

— Auriez-vous du cognac ? » demanda Janice. Archie parut ne pas comprendre. « Ou du whisky ? »

Colin s'éloigna d'un pas lourd. « Il y en a dans l'office. »

Les paupières gonflées, Eileen regarda Janice. « Qu'est-ce qui est arrivé à ma Rosie ?

— Il est difficile d'être certain à ce stade. Il semble qu'elle ait été poignardée. Mais il faut attendre le rapport du médecin légiste pour être sûr. »

À ces mots, Eileen eut un mouvement de recul comme si c'était elle qui avait reçu le coup. « Qui a pu faire une chose pareille à Rosie ? Elle qui n'aurait jamais fait de mal à une mouche.

— Nous ne le savons pas non plus, intervint Shaw, mais on

le trouvera. On le trouvera. Je sais bien qu'il n'y a pas de pire moment pour poser des questions, mais plus vite nous aurons les renseignements dont nous avons besoin, plus nous pourrons avancer rapidement.

— Je peux la voir ? demanda Eileen.

— On arrangera ça dans la journée », répondit Janice. Elle s'accroupit près d'Eileen et posa une main réconfortante sur son bras. « À quelle heure Rosie était-elle de retour d'habitude ? »

Colin émergea de la cuisine avec une bouteille de Bells et trois verres. « Le Lammas finit de servir à dix heures et demie. En général, elle était là à onze heures et quart. » Il posa les verres sur la table basse et versa trois doses bien tassées.

« Mais certains soirs, elle rentrait plus tard ? » demanda Shaw.

Colin tendit leur whisky à ses parents. Archie vida d'un trait la moitié du sien. Eileen serra son verre sans le porter à ses lèvres. « Oui, quand elle avait une fête par exemple.

— Et hier soir ? »

Colin avala une gorgée de whisky. « Je ne sais pas. Maman, elle t'a parlé de quelque chose ? »

Eileen leva les yeux vers lui, l'air désemparé. « Elle a dit qu'elle devait rencontrer des amis. Elle n'a pas précisé où et je ne lui ai pas posé la question. C'est sa vie, elle a le droit d'en faire ce qu'elle veut. » Le ton était nettement défensif, et Janice comprit que cela avait dû être un sujet de disputes, probablement avec Archie.

« Comment Rosie rentrait-elle, d'habitude ? demanda Janice.

— Quand on était en ville, Brian et moi, on allait la chercher à la fermeture. Ou bien une des autres serveuses, Maureen, la ramenait si elles étaient de service toutes les deux. Les fois où il n'y avait personne pour l'emmener, elle prenait un taxi.

— Où est Brian ? » demanda Eileen, soudain inquiète pour sa progéniture.

Colin eut un haussement d'épaules. « Il n'est pas rentré. Il a dû rester en ville.

— Il aurait mieux valu qu'il soit là. Qu'il ne l'apprenne pas par des étrangers.

— Il sera de retour pour le petit déjeuner, dit Archie d'une voix rauque. Il faut qu'il se prépare pour son travail.

— Rosie voyait-elle quelqu'un ? Avait-elle un petit ami ? » Pressé d'en finir et de ficher le camp, Shaw tenait à remettre la discussion sur les rails.

Archie fit la grimace. « Des petits amis, elle n'en manquait pas.

— Un en particulier ? »

Eileen but une minuscule gorgée de whisky. « Elle sortait avec quelqu'un ces derniers temps. Mais elle n'a pas voulu me dire qui. Je lui ai demandé. Elle a répondu qu'elle me le dirait le moment venu.

— Un type marié, je parie », grommela Colin d'un air renfrogné.

Archie jeta un regard furieux à son fils. « T'as intérêt à être plus poli quand tu parles de ta sœur, tu m'entends ?

— Ben, sinon, pourquoi elle l'aurait caché ? » Le jeune homme avança la mâchoire d'un air de défi.

« Peut-être qu'elle n'avait pas envie que vous y mettiez à nouveau votre grain de sel, ton frère et toi », rétorqua Archie. Il se tourna vers Janice. « Une fois, ils ont tabassé un type parce qu'ils pensaient qu'il ne se conduisait pas bien avec Rosie.

— Qui ça ? »

Les yeux d'Archie s'agrandirent de surprise. « Il y a de ça des années. Ça n'a rien à voir. Le gars n'habite même plus ici. Il a déménagé en Angleterre peu de temps après.

— J'aimerais tout de même avoir son nom, insista Shaw.

— John Stobie, déclara Colin avec mauvaise grâce. Son paternel entretient la pelouse de l'Old Course. Comme dit papa, jamais il n'oserait s'approcher de Rosie.

— Ce n'est pas un homme marié, murmura Eileen. Je lui ai posé la question. Elle m'a assuré qu'elle ne voulait pas nous attirer d'ennuis. »

Secouant la tête, Colin se détourna en sirotant son whisky. « Je ne l'ai vue avec personne récemment. Mais elle aimait ça, Rosie, les petits secrets.

— Nous aurions besoin de jeter un coup d'œil à sa chambre, dit Shaw. Pas tout de suite. Dans le courant de la journée. Il vaut mieux que vous ne touchiez à rien. » Il s'éclaircit la gorge. « Si vous voulez, l'agent Hogg peut rester avec vous. »

Archie secoua la tête. « On se débrouillera.

— Des journalistes viendront sûrement sonner à votre porte. Avec un policier ici, ce serait plus facile pour vous.

— Vous avez entendu mon père. On préfère être seuls, répliqua Colin.

— Quand est-ce que je pourrai voir Rosie ? demanda Eileen.

— Une voiture passera vous chercher. On vous appellera pour fixer une heure. Et s'il vous revenait quoi que ce soit concernant l'endroit où Rosie allait ce soir et la personne qu'elle devait rencontrer, faites-le-nous savoir. Ça nous avancerait beaucoup si vous dressiez une liste de ses amis. En particulier, ceux qui sont susceptibles de savoir où elle se trouvait la nuit dernière et avec qui. Pensez-vous pouvoir y arriver ? » Maintenant qu'il se voyait déjà dehors, Shaw s'était adouci.

Archie acquiesça et se mit debout. « On le fera. Plus tard. »

Janice se redressa, les genoux engourdis. « Ne vous dérangez pas. »

Elle suivit Shaw jusqu'à la porte. Dans la pièce, la douleur faisait l'effet d'une matière solide, rendant l'atmosphère irrespirable. C'était toujours pareil. Dans les premières heures suivant l'annonce de la nouvelle, la tristesse semblait augmenter progressivement.

Mais cela changerait. Bientôt, la colère ferait son apparition.

4

Ses bras maigres croisés sur sa poitrine étroite, Weird lança un regard noir à Maclennan. « Je voudrais une clope. » L'acide qu'il avait pris un peu plus tôt s'était volatilisé, si bien qu'il avait le trac et les nerfs en pelote. Il n'avait aucune envie d'être là, et il était bien décidé à en sortir le plus vite possible. Ce qui ne voulait pas dire pour autant qu'il était prêt à céder d'un pouce.

Maclennan secoua la tête. « Désolé, fiston, je n'en ai plus. »

Weird se mit à regarder fixement la porte. « Je croyais que la torture était interdite par le règlement. »

Maclennan refusa de mordre à l'hameçon. « Nous avons quelques questions à vous poser à propos de ce qui s'est passé ce soir.

— Pas sans un avocat. » Weird eut un petit sourire intérieur.

« Pourquoi auriez-vous besoin d'un avocat si vous n'avez rien à cacher ?

— Parce que vous êtes flic, que vous avez un macchabée sur les bras et qu'il vous faut à tout prix un coupable. Et vous pouvez me garder aussi longtemps que vous voudrez, je ne signerai pas de faux aveux. »

Maclennan poussa un soupir. Que les excès de quelques brebis galeuses donnent à ce genre de petit malin un bâton pour taper sur la police tout entière lui flanquait le bourdon. Il était prêt à parier une semaine de salaire que ce morveux qui brandissait ses droits avait un poster de Che Guevara sur le mur de sa chambre. Et qu'il se prenait pour un champion de la classe ouvrière. Ce qui ne signifiait pas qu'il aurait été incapable de tuer Rosie Duff. « Vous avez une curieuse vision de notre manière de travailler.

— Allez dire ça aux six de Birmingham et aux quatre de Guilford, répliqua Weird comme s'il s'agissait d'un argument massue.

— Si vous ne tenez pas à subir le même sort, je vous suggère de vous mettre à coopérer. De deux choses l'une, ou bien je vous pose quelques questions et vous me répondez bien gentiment, ou bien nous pouvons vous mettre sous les verrous jusqu'à ce que vous ayez trouvé un avocat cherchant désespérément du boulot.

— Êtes-vous en train de nier mon droit à une représentation légale ? »

Weird avait pris un ton pompeux qui aurait consterné ses amis s'ils l'avaient entendu. Mais ce n'est pas un étudiant monté sur ses grands chevaux qui pouvait impressionner Maclennan. « C'est comme vous voudrez. » Il s'écarta de la table.

« Très bien, répondit Weird avec obstination. Je n'ai rien à dire hors de la présence d'un avocat. » Maclennan se dirigea vers la porte, Burnside sur ses talons. « Alors vous allez faire venir quelqu'un, d'accord ? »

Maclennan se retourna sur le seuil. « Ce n'est pas mon domaine, fiston. Si vous voulez un avocat, vous n'avez qu'à appeler vous-même. »

Weird réfléchit. Il ne connaissait aucun avocat. Et n'importe comment, il n'avait pas de quoi payer, nom de Dieu ! Il lui était facile d'imaginer ce que dirait son père s'il téléphonait pour lui demander de le tirer de ce guêpier. Et cette pensée n'avait rien d'encourageant. De plus, il serait forcé de raconter à un avocat l'histoire de A à Z et tout avocat payé par son père serait tenu de faire à celui-ci un rapport complet. Il y avait bien pire, songea-t-il, que d'aller en taule pour avoir fauché une Land Rover. « Je vous propose une chose, dit-il à contrecœur. Vous me posez vos questions. Si elles sont aussi anodines que vous semblez le penser, j'y répondrai. Mais à la moindre tentative pour me faire porter le chapeau, je ne dis plus rien. »

Refermant la porte, Maclennan revint s'asseoir. Pendant un long moment, il posa sur Weird un regard dur, englobant les yeux vifs, le nez aquilin et les lèvres étrangement pleines. Il doutait que Rosie Duff l'eût considéré comme un parti désirable. Elle aurait probablement éclaté de rire s'il lui avait fait des avances. Le genre de réaction susceptible d'inspirer de la rancune. Une rancune qui aurait très bien pu déborder et conduire à un meurtre. « Vous connaissiez bien Rosie Duff ? »

Weird inclina la tête sur le côté. « Pas au point de savoir son prénom.

— Avez-vous essayé de sortir avec elle ? »

Weird faillit s'étrangler de rire. « Vous plaisantez. J'ai plus d'ambition que ça. Les filles de la cambrousse avec des rêves de quatre sous, ce n'est pas mon truc.

— Et vos amis ?

— M'étonnerait. Si on est là, c'est précisément parce qu'on a de plus grandes idées que ça. »

Maclennan fronça les sourcils. « Vraiment ? Vous avez fait tout le trajet de Kirkcaldy à St Andrews pour élargir votre horizon ? Eh bien, le monde doit être en train de retenir son souffle. Écoutez, fiston, Rosie Duff a été assassinée. Et les rêves qu'elle avait sont morts avec elle. Alors vous pouvez garder vos airs supérieurs. »

Weird soutint le regard de Maclennan. « Je voulais seulement dire que notre existence n'avait rien de commun avec la sienne. Si nous n'avions pas trouvé par hasard son cadavre, jamais vous n'auriez entendu prononcer nos noms. Et si nous sommes les seuls suspects que vous ayez réussi à dénicher, elle est franchement minable, votre enquête. »

L'air entre eux était chargé d'électricité. D'ordinaire, Maclennan ne dédaignait pas les parties de bras de fer. C'était le meilleur moyen d'amener les gens à en dire plus qu'ils ne l'auraient voulu. Et il avait l'intuition que ce freluquet cachait quelque chose sous son apparente arrogance. Ce n'était peut-être rien d'important, mais cela pouvait être aussi bien un détail capital. Même s'il n'y avait rien à gagner à le pousser dans ses derniers retranchements, sauf lui flanquer la migraine, Maclennan ne pouvait pas résister. Histoire de voir. « Parlez-moi de la fête », dit-il.

Weird leva les yeux au ciel. « Bien sûr, ça ne doit pas vous arriver souvent d'être invité. Alors voilà comment ça se passe. Des garçons et des filles se réunissent dans une maison ou un appartement, ils boivent un verre ou deux, dansent sur de la musique. Quelquefois, ils se font des papouilles. Parfois même, ils s'envoient en l'air. Puis chacun rentre chez soi. C'était comme ça ce soir.

— Et parfois aussi, ils se droguent, fit Maclennan d'un ton badin, refusant de laisser les sarcasmes de ce gamin l'agacer plus longtemps.

— Pas quand vous êtes là, je parie, répondit Weird avec un sourire méprisant.

— Vous vous êtes drogué ce soir ?

— Bon. Nous y voilà. Vous essayez de me fourrer dans le bain.

— Avec qui étiez-vous ? »

Weird se mit à réfléchir. « En fait, je ne me rappelle pas très bien. Je suis arrivé et reparti avec les potes. Entre-temps ? Je ne peux pas dire que je m'en souvienne. Mais si vous essayez d'insinuer que je me suis esquivé pour commettre un meurtre, alors vous faites fausse route. Demandez-moi plutôt *où* j'étais et je vous répondrai. Je n'ai pas bougé de la salle de séjour, sauf une fois où je suis monté pisser.

— Et vos amis. Où étaient-ils ?

— Aucune idée. Je ne suis pas chargé de les surveiller. »

Maclennan nota aussitôt la similitude avec les paroles de Sigmund Malkiewicz. « Mais vous veillez les uns sur les autres, n'est-ce pas ?

— Vous l'ignorez sans doute, mais c'est ce que font les amis, répondit Weird d'un ton sarcastique.

— De sorte que vous n'hésiteriez pas à mentir pour vous couvrir mutuellement ?

— Ça y est, la question piège. "Depuis quand avez-vous cessé de battre votre femme ?" Nous n'avons pas besoin de mentir pour nous couvrir mutuellement en ce qui concerne Rosie. Pour la simple raison que nous n'avons rien fait qui nécessite de mentir. » Weird se frotta les tempes. Il brûlait d'envie d'aller se coucher au point d'en avoir des démangeaisons partout. « On n'a pas eu de chance et voilà tout.

— Racontez-moi comment ça s'est passé.

— Alex et moi, on faisait les idiots. On s'amusait à s'envoyer valdinguer dans la neige. À un moment, je l'ai poussé et il s'est mis à escalader la colline. Comme si la neige le rendait tout excité. Puis il a fait un faux pas, s'est étalé et brusquement, le voilà qui nous crie de rappliquer à toute vitesse. » Pendant un instant, la suffisance de Weird disparut et il parut beaucoup plus jeune. « C'est alors qu'on l'a trouvée. Ziggy a bien essayé... mais il n'aurait pas pu la sauver. » Il enleva d'une chiquenaude une tache de boue sur la jambe de son pantalon. « Je peux m'en aller maintenant ?

— Vous n'avez vu personne là-haut ? Ou dans le chemin ?

— Non. Le meurtrier fou a dû passer ailleurs. » Ses défenses étaient à nouveau en place et Maclennan comprit que toute nouvelle tentative pour lui arracher des informations se solderait probablement par un échec. Mais il y aurait d'autres occasions. Et sûrement d'autres moyens de se glisser sous les défenses de Tom Mackie. Lesquels, tout le problème était là.

D'un pas mal assuré, Janice Hogg traversa le parking dans le sillage d'Iain Shaw. Ils étaient restés plus ou moins silencieux durant le voyage de retour, chacun rattachant la rencontre avec les Duff à sa propre vie avec des degrés de soulagement divers. Alors que Shaw poussait la porte menant à la chaleur bienfaisante du poste de police, Janice le rejoignit. « Je me demande pourquoi elle n'a pas voulu révéler à sa mère qui elle voyait. »

Shaw haussa les épaules. « Le frère a peut-être raison. C'est peut-être un type marié.

— Et si elle disait vrai ? Si ce n'était pas le cas ? À propos de qui d'autre aurait-elle fait des cachotteries ?

— C'est vous la femme. À votre avis ? » Shaw continua jusqu'au cagibi qui servait de salle des archives. Au milieu de la nuit, le bureau était vide, mais les classeurs avec leurs étiquettes rangées par ordre alphabétique n'étaient pas fermés.

« Eh bien, si ses frères avaient la fâcheuse habitude de menacer les soupirants inadéquats, il faut sans doute se demander quel genre d'individu Colin et Brian n'auraient pas trouvé à leur goût, dit-elle d'un ton songeur.

— Ce qui donne ? » demanda Shaw, ouvrant le tiroir marqué « D ». Ses doigts, étonnamment longs et minces, se mirent à parcourir les fiches.

« Ma foi, je réfléchis tout haut... À en juger d'après la famille, conformiste, éprise de respectabilité... n'importe qui ayant l'air d'être au-dessous ou au-dessus d'elle. »

Shaw lui jeta un coup d'œil. « Avec ça, on est bien avancés.

— J'ai dit que je réfléchissais tout haut, marmonna-t-elle. S'agissant d'un abruti quelconque, elle aurait probablement pensé qu'il était à même de tenir tête à ses frères. Mais si c'était quelqu'un d'un peu plus raréfié...

— Raréfié ? Un bien grand mot dans la bouche d'un simple flic, Janice.

— Un simple flic n'implique pas un flic simplet, constable Shaw. D'ailleurs, n'oubliez pas que vous étiez encore en uniforme il n'y a pas si longtemps que ça.

— D'accord, d'accord. Va pour raréfié. Comme un étudiant, vous voulez dire ? demanda Shaw.

— Exactement.

— Par exemple un de ceux qui l'ont trouvée ? » Il se tourna pour reprendre ses recherches.

« Ce n'est pas exclu. » Janice s'appuya au chambranle. « Elle avait des tas d'occasions de rencontrer des étudiants à son boulot.

— Et voilà ! s'exclama Shaw en tirant deux fiches du tiroir. Je savais bien que ce Colin Duff ne m'était pas totalement inconnu. » Il lut la première fiche, puis la passa à Janice. Remplie à la main, d'une écriture soignée, elle disait : *Colin James Duff. Date de naissance : 5/03/55. Domicile : Caberfeidh Cottage, Strathkinness. Employé à la fabrique de papier de Guardbridge comme conducteur de chariot de levage. 09/74 En état d'ivresse, 25 £ d'amende. 05/76 Attentat à l'ordre public, mise en liberté conditionnelle. 06/78 Excès de vitesse, 37 £ d'amende. Fréquentations douteuses : Brian Stuart Duff, son frère. Donald Angus Thomson.* Janice retourna la fiche. De la même écriture, mais cette fois au crayon de manière à pouvoir les effacer si nécessaire, figuraient les observations suivantes : *Duff aime la bagarre quand il a un verre dans le nez. Sait se servir de ses poings, s'arrange pour ne pas avoir à payer les pots cassés. Une petite brute. Pas malhonnête, seulement infernal.*

« Pas le genre de lascar que vous aimeriez voir avec votre petit copain étudiant à l'âme sensible », commenta Janice en prenant la seconde fiche des mains de Shaw. *Brian Stuart Duff. Date de naissance : 27/05/57. Domicile : Caberfeidh Cottage, Strathkinness. Employé à la fabrique de papier de Guardbridge comme magasinier. 06/75 Coups et blessures, 50 £ d'amende. 05/76 Coups et blessures, trois mois, purgés à Perth. 03/78 Attentat à l'ordre public, mise en liberté conditionnelle. Fréquentations douteuses : Colin James Duff, son frère. Donald Angus Thomson.* Au dos, elle lut : *Le jeune Duff est un rustre qui se prend pour un dur à cuire. Il aurait un casier encore plus chargé si son grand frère n'était pas là pour le tirer du pétrin avant que les choses ne deviennent sérieuses. A commencé de bonne heure – en 1975, John Stobie ayant eu un bras et plusieurs côtes cassées, probablement à cause de lui, a refusé de faire une déposition, affirmant qu'il était tombé de vélo. Soupçonné d'être impliqué dans le cambriolage non élucidé d'un magasin de vins et spiritueux de la Porte Ouest en août 78. Se retrouvera un jour à l'ombre pour un bout de temps.* Janice appréciait toujours les observations dont leur archiviste émaillait les comptes rendus officiels. Quand vous alliez procéder à une arrestation, ce n'était pas rien de savoir s'il risquait d'y avoir du vilain. Et manifestement, ces Duff pouvaient devenir très vilains. Dommage, vraiment. Maintenant qu'elle y songeait, Colin Duff était plutôt beau gosse.

« Qu'est-ce que vous en dites ? demanda Shaw, la prenant au dépourvu, parce qu'elle avait l'esprit ailleurs, mais aussi parce qu'elle n'était pas habituée à ce qu'un inspecteur de police judiciaire la croie capable d'aligner deux idées.

— Je pense que Rosie cachait avec qui elle sortait parce qu'elle savait que ça déplairait à ses frères. Ils ont l'air d'une famille unie. Alors peut-être qu'elle les protégeait autant qu'elle protégeait son petit ami. »

Shaw eut un froncement de sourcils. « Comment ça ?

— Elle ne tenait pas à ce qu'ils aient à nouveau affaire à la justice. Avec le casier de Brian en particulier, encore une agression et ils se seraient retrouvés tous les deux en taule. Alors elle la bouclait. » Janice remit les fiches dans le classeur.

« Pas bête. Écoutez, je vais aller rédiger le rapport. Pendant ce temps-là, descendez à la morgue et arrangez une visite pour la famille. Les gars de la relève vont devoir aller chercher les Duff, alors il faudrait leur indiquer une heure approximative. »

Janice fit la moue. « Pourquoi est-ce que c'est toujours moi qui récolte les boulots sympas ?

— Ça vous étonne ? » répliqua Shaw en haussant les sourcils.

Janice ne répondit pas. Laissant Shaw aux archives, elle se dirigea vers le vestiaire des femmes en bâillant. Il y avait là une bouilloire dont ses collègues masculins ignoraient l'existence. Son organisme avait besoin de caféine et si elle devait se taper la morgue, elle méritait bien une petite gâterie. Après tout, Rosie Duff ne risquait pas de se sauver.

Alex en était à sa cinquième cigarette. Il commençait à se demander si le paquet tiendrait jusqu'au bout lorsque la porte de sa salle d'interrogatoire s'ouvrit enfin. Il reconnut le policier en civil au visage en lame de couteau qu'il avait vu sur Hallow Hill. Il paraissait nettement plus en forme qu'Alex n'avait l'impression de l'être. Rien d'étonnant : c'était bientôt l'heure du petit déjeuner pour la plupart des gens. Et ce flic ne devait pas être affligé d'une gueule de bois qui lui martelait la base du crâne. Il vint s'asseoir sur la chaise en face sans le quitter des yeux. Alex se força à soutenir son regard, déterminé à ne pas laisser la fatigue lui donner l'air fourbe.

« Je suis l'inspecteur Maclennan », dit l'homme d'un ton sec.

Alex se demanda quelle était l'étiquette en vigueur. « Et moi, Alex Gilbey, hasarda-t-il.

— Je sais, fiston. Et aussi que vous en pinciez pour Rosie Duff. »

Alex sentit le rouge lui monter aux joues. « Ce n'est pas un crime », répondit-il. Inutile de nier ce dont Maclennan semblait certain. Il essaya de deviner lequel de ses amis avait révélé son intérêt pour l'ex-serveuse. Mondo, presque à coup sûr. Il vendrait sa grand-mère si on le poussait un peu, puis se persuaderait que c'était la meilleure issue pour la vieille.

« Non. Mais ce qui lui est arrivé ce soir en est un, de la pire espèce. Et c'est mon boulot de trouver qui l'a commis. Or, jusqu'ici, la seule personne présentant un lien avec la victime, et aussi avec la découverte du corps, c'est vous, monsieur Gilbey. Bon, vous êtes de toute évidence un garçon intelligent. Il est donc inutile que je vous fasse un dessin, je suppose ? »

Alex donna nerveusement une tape sur sa cigarette bien qu'il n'y eût pas de cendre à faire tomber. « Les coïncidences, ça existe.

— Beaucoup moins souvent que vous ne pourriez le penser.

— Eh bien, c'en est une. » Les yeux de Maclennan lui faisaient l'effet d'insectes rampant sous sa peau. « Je n'ai pas eu de chance en trouvant Rosie comme ça, tout simplement.

— Que vous dites. Pour ma part, si j'avais laissé Rosie pour morte sur une colline gelée, que je craignais d'avoir du sang sur moi et que j'étais un garçon intelligent, je ferais en sorte que ce soit moi qui la découvre. De cette manière, j'aurais une excellente excuse pour être couvert de son sang. » Maclennan désigna les taches brunes de sang séché qui maculaient la chemise d'Alex.

« Vous, sûrement. Mais pas moi. Je n'ai pas quitté la fête. » Alex commençait à avoir franchement la frousse. Il se doutait bien que sa conversation avec la police ne serait pas de tout repos, mais il ne s'attendait pas à ce que Maclennan attaque aussi fort d'entrée de jeu. Ses mains étaient moites de sueur. Il dut se retenir de les essuyer sur son jean.

« Vous avez des témoins ? »

Alex ferma les yeux dans l'espoir que son mal de tête se calmerait suffisamment pour lui permettre de se souvenir de ses allées et venues. « Une fois là-bas, j'ai discuté un moment avec une fille. Penny Jamieson. Elle est partie danser, alors j'ai fait le pied de grue dans la salle à manger en grappillant par-ci par-là. Les gens entraient et sortaient. Je n'ai pas fait très attention. J'avais du vent dans les voiles. Un peu plus tard, je suis allé dans le jardin, histoire de me remettre les idées en place.

— Tout seul ? » Maclennan se pencha légèrement en avant.

Avec une pointe de soulagement, Alex se rappela soudain d'un détail. « Oui. Mais il vous sera probablement facile de retrouver le rosier près duquel j'ai été malade.

— Cela aurait pu se produire à n'importe quel moment, fit observer Maclennan. Par exemple, si vous veniez de violer et de poignarder une jeune femme. Cela aurait très bien pu vous rendre malade. »

Le bref espoir d'Alex s'envola en fumée. « Peut-être, mais je n'ai rien fait de semblable, répondit-il d'un ton de défi. Si j'avais eu du sang partout, vous ne pensez pas que quelqu'un l'aurait remarqué au moment où je retournais à la fête ? Après avoir vomi, je me sentais mieux. Je suis rentré et j'ai été danser dans la salle de séjour. Des tas de gens ont dû me voir.

— On leur posera la question. Il nous faudrait une liste complète des invités. Nous parlerons à la personne qui vous a reçus ainsi qu'à toutes celles que nous pourrons contacter. Et si Rosie Duff a mis les pieds à cette fête, ne serait-ce qu'une minute, nous aurons, vous et moi, une conversation beaucoup moins cordiale, monsieur Gilbey. »

Alex sentit son visage le trahir à nouveau et s'empressa de détourner la tête. Pas assez vite, cependant. Maclennan bondit. « Elle était là ? »

Alex secoua la tête. « Je ne l'ai jamais revue après notre départ du Lammas Bar. » Une lueur apparut au fond du regard placide de son interlocuteur.

« Mais vous lui avez demandé de venir à la fête. » Les mains agrippant le bord de la table, le policier se pencha en avant, si près qu'Alex perçut une odeur incongrue de shampooing.

Il hocha la tête, trop tenaillé par l'angoisse pour nier. « Je lui ai donné l'adresse. Quand on était au pub. Mais elle ne s'est pas pointée. Et je n'y comptais pas non plus. » Il avait à présent des sanglots dans la voix, sa fragile assurance s'évanouissant tout à coup au souvenir de Rosie derrière le comptoir, pétillante, espiègle, amicale. Les larmes lui montèrent aux yeux tandis qu'il observait l'inspecteur.

« Vous étiez en colère ? Qu'elle ne soit pas venue ? »

Alex secoua la tête. « Non. Je n'avais pas grand espoir. Écoutez, je suis désolé qu'elle soit morte. Désolé de l'avoir trouvée. Mais il faut me croire. Je n'ai rien à voir avec ça.

— C'est vous qui le dites, fiston. C'est vous qui le dites. » Maclennan demeura dans la même position, à quelques centimètres du visage d'Alex. Tout son instinct lui criait qu'il y avait quelque chose de tapi sous la surface de ces interrogatoires. Et d'une manière ou d'une autre, il allait en avoir le cœur net.

5

Janice Hogg jeta un coup d'œil à sa montre. Encore une heure et elle aurait fini son service, du moins en principe. Avec une enquête criminelle sur le feu, il y avait de fortes chances pour qu'elle fasse du rab, d'autant plus que les femmes policiers n'étaient pas légion à St Andrews. Elle avait à peine mis un pied dans le hall d'entrée que la porte de la rue s'ouvrit avec une brutalité qui l'envoya contre le mur.

Elle avait été propulsée par un jeune type à la carrure presque aussi large que l'embrasure. Des flocons s'accrochaient à ses cheveux bruns ondulés et son visage était mouillé de larmes, de sueur ou de neige fondue. De la rage roulant dans sa gorge, il se précipita vers le planton. Surpris, le constable eut un mouvement de recul qui faillit le faire dégringoler de son tabouret. « Où qu'ils sont, ces salauds ? » rugit l'inconnu.

Le policier réussit à puiser un peu de sang-froid dans les tréfonds de ses cours de formation. « Je peux vous aider ? » demanda-t-il en se mettant hors de portée des poings qui martelaient le comptoir. Janice fit discrètement marche arrière. Si les choses tournaient mal, comme cela en prenait le chemin, elle aurait au moins l'avantage de la surprise.

« Je veux les putains de fumiers qui ont zigouillé ma sœur ! » brailla le jeune homme.

Tiens, pensa Janice. La nouvelle avait donc atteint Brian Duff.

« Je ne vois pas de quoi vous parlez, répondit le policier d'un ton affable.

— Ma sœur. Rosie. Elle a été assassinée. Et les salauds qui ont fait le coup sont ici. » Duff semblait prêt à escalader le comptoir dans sa soif effrénée de vengeance.

« On vous a sans doute mal renseigné.

— Te fous pas de moi, espèce de connard ! hurla Duff. Ma sœur est étendue raide et quelqu'un va payer. »

Janice choisit cet instant. « Monsieur Duff ? » demanda-t-elle avec calme en faisant un pas en avant.

Pivotant sur lui-même, il la regarda avec de grands yeux, l'écume à la bouche. « Où qu'ils sont ? grommela-t-il.

— Je suis vraiment désolée pour votre sœur. Mais aucune arrestation relative à sa mort n'a encore été effectuée. L'enquête n'en est qu'à ses débuts et nous interrogeons actuellement des témoins. Pas des suspects. Des témoins. » Elle posa prudemment une main sur son avant-bras. « Vous feriez mieux de rentrer chez vous. Votre mère a besoin de ses fils auprès d'elle. »

Duff se dégagea. « On m'a dit que vous les aviez bouclés. Les salopards qui ont fait ça.

— On vous a sans doute mal renseigné. Nous sommes tous impatients d'attraper l'auteur de cet acte horrible et cela incite parfois à des conclusions hâtives. Faites-moi confiance, monsieur. Si nous tenions un suspect, je vous le dirais. » Janice le regarda sans ciller dans l'espoir que son attitude placide se révélerait payante. Sans quoi, il était capable de lui abîmer le portrait d'un seul coup de poing. « Dès que nous aurons procédé à une arrestation, votre famille sera la première à le savoir. Je vous le promets. »

Duff avait l'air aussi déconcerté que furieux. Puis, soudain, ses yeux se remplirent de larmes et il s'effondra sur une des chaises de la zone d'attente. S'enfouissant la tête dans les mains, il éclata en sanglots. Janice échangea un regard d'impuissance avec le planton derrière le comptoir. Celui-ci fit le geste de passer des menottes. Elle répondit par un signe négatif et s'assit sur la chaise voisine.

Brian Duff reprenait peu à peu contenance. Laissant retomber ses mains sur ses genoux comme des pierres, il tourna son visage baigné de larmes vers Janice. « Vous allez le coffrer, hein ? Le salopard qui a fait ça ?

— Nous ferons de notre mieux. En attendant, pourquoi ne pas me laisser vous reconduire chez vous ? Votre maman se faisait du mauvais sang à votre sujet tout à l'heure. Cela la rassurerait de savoir que vous allez bien. » Elle se leva et resta là à l'observer, dans l'expectative.

La rage de Duff s'était provisoirement évanouie. L'air soumis, il se leva à son tour et hocha la tête. « Ouais. »

Janice se tourna vers son collègue. « Prévenez l'inspecteur que je ramène M. Duff chez lui. Je m'occuperai du reste en rentrant. » Personne ne lui reprocherait d'avoir agi de sa propre initiative, pour une fois. À ce stade, tout ce qu'on pouvait découvrir au sujet de Rosie Duff et de sa famille apportait de l'eau au moulin de l'enquête, et elle était dans une position idéale pour faire parler Brian Duff à présent qu'il avait perdu ses défenses. « Rosie, c'était une fille adorable, dit-elle sur le ton de la conversation tandis qu'elle l'accompagnait jusqu'au parking.

— Vous la connaissiez ?

— Je vais parfois prendre un verre au Lammas. » Un petit mensonge, bien commode dans ces circonstances. Janice trouvait le Lammas Bar aussi attrayant qu'un bol de flocons d'avoine froid sentant le tabac rance.

« J'en reviens pas, dit Duff. C'est des trucs qu'on voit à la télé. Ça n'arrive pas à des gens comme nous.

— Comment l'avez-vous su ? » demanda Janice avec une curiosité non feinte. Dans une petite ville comme St Andrews, les nouvelles voyageaient en général à la vitesse du son, mais pas au beau milieu de la nuit.

« J'ai pieuté chez un de mes potes la nuit dernière. Sa copine sert le petit déj' dans un troquet de South Street. Elle l'a appris en arrivant au boulot à six heures et elle m'a aussitôt téléphoné. Sur le coup, j'ai cru que c'était une blague débile. Vous auriez pas réagi pareil à ma place ? »

Janice déverrouilla la voiture en pensant, *en fait, non. Ce n'est absolument pas le genre d'humour de mes amis.* « Bien sûr. On se dit que ça ne peut pas être vrai.

— Exactement, approuva Duff en s'installant sur le siège du passager. Mais qui ferait une chose pareille à Rosie ? Je veux dire, c'était une honnête fille, vous savez. Une brave gosse. Pas une espèce de traînée.

— Vous la teniez à l'œil, votre frère et vous. Avez-vous vu quelqu'un de louche lui tourner autour ? » Janice démarra, frissonnant au contact de l'air froid de la ventilation. Bon Dieu, quelle matinée glaciale !

« Il y avait toujours des mecs pendus à ses basques. Mais ils savaient qu'ils auraient affaire à Colin et à moi s'ils embêtaient Rosie. Ce qui fait qu'ils gardaient leurs distances. On veillait sur elle. » Il abattit soudain son poing dans la paume de son autre main. « Et où est-ce qu'on était hier soir quand elle aurait vraiment eu besoin de nous ?

— Vous ne devez rien vous reprocher, Brian. » Quittant le parking au pas, la voiture de police s'engagea sur la couche de neige tassée de la grand-rue. Le gris jaunâtre du ciel donnait aux illuminations de Noël un air blafard. Le laser éblouissant installé par le département de physique de l'université faisait l'effet d'un gribouillage délavé contre les nuages bas.

« C'est pas à moi que j'en veux. C'est au fumier qui a fait ça. Simplement, je regrette de pas avoir été là pour empêcher ce qui s'est passé. Trop tard, toujours trop tard, bordel, marmonna-t-il entre ses dents.

— Alors vous ne saviez pas avec qui elle avait rendez-vous ? »

Il secoua la tête. « Elle m'a menti. Elle m'a raconté qu'elles allaient à une fête de Noël, elle et Dorothy, la fille avec qui elle bosse. Mais Dorothy s'est ramenée à la fête où j'étais. Elle a dit que Rosie était partie retrouver un mec. Je m'apprêtais à lui passer un savon dès que je la verrais. Je veux dire, ne pas mettre papa et maman au parfum, c'est une chose. Mais Colin et moi, on a toujours été de son côté. » Il se frotta les yeux avec le dos de sa main. « J'arrive pas à avaler ça. Ce qu'elle m'a dit en dernier, c'était un mensonge.

— Quand l'avez-vous vue pour la dernière fois ? » Janice s'arrêta à la Porte Ouest en dérapant, puis prit lentement la route de Strathkinness.

« Hier, après mon boulot. Je suis allé la rejoindre en ville pour acheter le cadeau de maman. On s'était cotisés tous les trois pour lui offrir un nouveau séchoir à cheveux. Puis on a été chez Boots lui prendre un savon parfumé. J'ai raccompagné Rosie au Lammas et c'est à ce moment-là qu'elle m'a dit qu'elle devait sortir avec Dorothy. » Il secoua la tête. « Elle a menti. Et maintenant elle est morte.

— Non, elle n'a pas forcément menti, Brian, fit remarquer Janice. Peut-être qu'elle comptait se rendre à la fête et qu'il s'est produit un événement un peu plus tard dans la soirée. » C'était probablement aussi vrai que l'histoire inventée par Rosie, mais Janice savait d'expérience que, pour garder intacte l'image de l'être qu'ils ont perdu, les gens se cramponneraient à n'importe quel fétu de paille.

Duff ne fit pas exception à la règle. De l'espoir éclaira son visage. « Ouais, ça doit être ça. Parce que Rosie, c'était pas une menteuse.

— Ce qui ne l'empêchait pas d'avoir ses petits secrets. Comme toutes les filles. »

Il reprit l'air maussade. « Les secrets, c'est des trucs à problèmes. Elle aurait bien dû s'en douter. » Quelque chose le frappa soudain et son corps se raidit. « Est-ce qu'elle a été... euh, vous savez bien ? Abusée ? »

Rien de ce qu'aurait pu dire Janice ne lui aurait procuré de réconfort. Si le lien qu'elle semblait avoir établi avec Duff avait le moindre avenir, elle ne pouvait pas avoir l'air d'une menteuse elle aussi. « Nous ne le saurons à coup sûr qu'après l'autopsie, mais c'est probable, en effet. »

Duff envoya son poing dans le tableau de bord. « Le salaud ! » rugit-il. Tandis que la voiture chassait en grimpant la côte menant à Strathkinness, il se tourna sur son siège. « Vous avez intérêt à l'attraper avant moi, bordel, parce que, je le jure devant Dieu, je le tuerai ! »

C'était comme une profanation, songea Alex en ouvrant la porte du logement dont les Quatre de Kirkcaldy avaient fait leur fief. Les deux anciens élèves de *public schools* anglais, Cavendish et Greenhalgh, avec lesquels ils partageaient les lieux, y passaient le moins de temps possible. L'arrangement convenait parfaitement à tous. Ils étaient déjà repartis chez eux pour les vacances, mais en ce jour les braiments aigus qu'Alex trouvait si snobs lui auraient paru bien plus accueillants que la présence de la police qui semblait infecter l'air même qu'il respirait.

Maclennan sur ses talons, il monta à sa chambre. « N'oubliez pas, il nous faut tout ce que vous portiez. Y compris les sous-vêtements », lui rappela le flic tandis qu'Alex ouvrait la porte. L'inspecteur s'immobilisa sur le seuil, quelque peu dérouté en apercevant les deux lits dans la pièce minuscule, visiblement conçue pour un seul. « Avec qui l'occupez-vous ? » demanda-t-il.

Alex n'avait pas eu le temps de répondre que la voix calme de Ziggy se fit entendre. « Il croit que nous sommes tous les quatre des tapettes, déclara-t-il d'un ton sarcastique. Et que c'est pour ça que nous avons assassiné Rosie. Peu importe l'absence totale de logique, il s'est fourré cette idée dans le crâne. En réalité, inspecteur, l'explication est beaucoup plus simple. » Il indiqua par-dessus son épaule la porte close de l'autre côté du palier. « Allez donc jeter un coup d'œil. »

Curieux, Maclennan saisit l'invitation de Ziggy. Alex profita de ce qu'il lui tournait le dos pour se déshabiller à la hâte, enfilant son peignoir afin de couvrir sa nudité. Puis il traversa le palier à leur suite. Il ne put s'empêcher de sourire devant l'expression médusée de Maclennan.

« Vous voyez ? dit Ziggy. Il n'y a tout simplement pas de place pour une batterie complète, un orgue Farfisa, deux guitares et un lit dans une de ces cages à lapin. On a tiré à la courte paille et Weird et Gilly se sont retrouvés à partager la même chambre.

— Alors comme ça, vous faites partie d'un groupe ? » Maclennan parlait comme son père, pensa Alex avec un élan d'affection qui l'étonna.

« Voilà cinq ans que nous faisons de la musique ensemble, répondit Ziggy.

— Eh ben ! Vous allez devenir les nouveaux Beatles ? » laissa échapper Maclennan.

Ziggy leva les yeux au ciel. « Non, et cela pour deux raisons. La première, c'est que nous jouons uniquement pour notre plaisir. Contrairement aux Rezillos, nous n'avons pas l'ambition d'être le groupe le plus populaire du pays. La seconde, c'est le talent. Nous sommes des musiciens parfaitement compétents, mais nous n'avons pas la moindre pensée originale à nous quatre. Nous avions pris le nom de Muse, avant de constater que nous n'en avions aucune qui nous appartienne en propre. Depuis, nous nous sommes rebaptisés les Moissonneurs.

— Les Moissonneurs ? répéta faiblement Maclennan, déconcerté par ce brusque accès de confidence.

— Là encore, deux raisons. Les moissonneurs récoltent ce qu'ont semé les autres. Comme nous. Et aussi à cause du morceau du même nom. Rien ne nous distingue de la masse. »

Maclennan se détourna en secouant la tête. « Il nous faudra aussi fouiller là-dedans, vous savez. »

Ziggy poussa un grognement. « La seule violation de la loi dont vous relèverez la trace sera l'atteinte au copyright, dit-il. Écoutez, on s'est tous montrés coopératifs avec vos collègues et vous. Quand allez-vous nous laisser tranquilles ?

— Dès que nous aurons embarqué vos vêtements. Nous aimerions aussi agendas, répertoires, carnets d'adresses.

— Alex, file à ce type ce qu'il demande. On a remis nos affaires. Plus vite ils auront débarrassé le plancher et plus vite on pourra reprendre une vie normale. » Ziggy se tourna à nouveau vers Maclennan. « Voyez-vous, inspecteur, ce que vous ne semblez pas avoir remarqué, vos larbins et vous, c'est que nous venons de subir une épreuve terrible. Que nous sommes tombés par hasard sur le corps inerte et ensanglanté d'une jeune femme que nous connaissions, même de loin. » Sa voix se brisa, révélant la fragilité de son calme apparent. « Et si nous vous avons paru bizarres, inspecteur Maclennan, c'est peut-être tout simplement que nous en avons pris un sacré coup sur la caboche cette nuit. »

Passant devant le policier, Ziggy descendit les marches quatre à quatre, tourna dans la cuisine et claqua la porte derrière lui. Maclennan pinça les lèvres.

« Il a raison, dit doucement Alex.

— Il y a une famille à Strathkinness qui a passé une nuit bien pire que la vôtre, fiston. Et c'est mon travail d'apporter des réponses à ses interrogations. Si cela signifie froisser votre amour-propre, eh bien, tant pis. Alors donnez-moi vos vêtements. Et les autres affaires avec. »

Il attendit sur le seuil tandis qu'Alex empilait ses vêtements sales dans un sac-poubelle. « Vous avez besoin de mes chaussures également ? demanda-t-il en les levant avec une expression contrariée.

— Tout, répondit Maclennan, qui prit note mentalement de recommander au médecin légiste d'examiner les souliers de Gilbey avec un soin tout particulier.

— C'est la seule paire costaude que je possède. Il me reste mes chaussures de sport, mais par un temps pareil, ce n'est pas ce qu'il y a de mieux.

— Ça me fend le cœur. Dans le sac, fiston. »

Alex jeta ses chaussures sur le tas de vêtements. « Vous perdez votre temps, vous savez. Chaque minute que vous nous consacrez est une minute de perdue. Nous n'avons rien à cacher. Nous n'avons pas tué Rosie.

— Pour autant que je sache, personne ne prétend le contraire. Mais vu la manière dont vous n'arrêtez pas de le répéter, je vais finir par avoir des doutes. » Maclennan saisit le sac ainsi que le vieil agenda universitaire qu'Alex lui tendait. « À bientôt, monsieur Gilbey. Et ne vous éloignez pas de cette ville.

— Il était prévu qu'on rentre chez nous aujourd'hui », protesta Alex.

Maclennan se figea au bas de l'escalier. « Première nouvelle, dit-il sur un ton suspicieux.

— Je ne crois pas que vous ayez posé la question. On doit prendre le car cet après-midi. On a tous des boulots de vacances qui démarrent demain. Enfin, sauf Ziggy. » Sa bouche se contracta en une moue ironique. « Son paternel pense que les étudiants ont besoin de potasser leurs bouquins durant les congés scolaires et pas de remplir des étagères chez Safeway. »

Maclennan réfléchit. Ses soupçons ne justifiaient pas de les obliger à rester à St Andrews. Après tout, Kirkcaldy n'était pas si loin. « D'accord, vous pouvez y aller, finit-il par dire. Du moment que ça ne vous dérange pas de nous voir débarquer chez vos parents. »

Alex le regarda partir, la consternation le plongeant encore davantage dans la déprime. Exactement ce qu'il lui fallait pour passer d'excellentes fêtes de fin d'année.

6

Les événements de la nuit étaient en tout cas venus à bout de Weird. En montant après une tasse de café morose en compagnie de Ziggy, Alex le trouva dans sa position habituelle. Allongé sur le dos, les jambes et les bras pendant hors des couvertures, il troublait la paix relative de la matinée par des ronflements grognons se muant de temps à autre en un sifflement aigu. D'ordinaire, Alex n'aurait eu aucun mal à dormir malgré ce concert. Chez lui, sa chambre donnait sur la voie ferrée, il n'avait pas besoin du silence de la nuit.

Mais ce matin-là, il savait qu'il n'arriverait pas à fermer l'œil avec ce vacarme comme fond sonore au tourbillon de ses pensées. Bien qu'abruti par le manque de sommeil, il n'avait pas la moindre envie de dormir. Il attrapa la poignée de vêtements sur sa chaise, chercha ses chaussures de sport sous le lit et ressortit à reculons. Il s'habilla dans la salle de bains, puis descendit l'escalier à pas de loup. Même la compagnie de Ziggy ne lui disait rien pour le moment. Il s'immobilisa devant le porte-manteau de l'entrée. La police avait emporté sa parka. Ce qui ne lui laissait qu'une veste en jean ou un sweat à capuche. Il s'éclipsa avec les deux.

Dehors, la neige avait cessé, mais les nuages étaient encore bas et lourds. La ville semblait prise dans du coton. Le monde extérieur avait viré au monochrome. Il lui suffisait de fermer à demi les yeux pour que les immeubles de Fife Park s'évanouissent, seuls les rectangles des fenêtres vides venant rompre la pureté de la vue. Alex traversa ce qui avait dû être de l'herbe en direction de la grand-route. Aujourd'hui, elle ressemblait à un sentier des Cairngorms, la neige aplatie indiquant le passage laborieux de véhicules occasionnels. Personne, à moins d'un cas d'urgence, ne prendrait sa voiture dans des conditions pareilles, se dit-il. Lorsqu'il atteignit les terrains de jeux de la fac, il avait les pieds humides et glacés, comme il se doit. Ayant réussi à dénicher l'allée, il se dirigea vers les terrains de hockey. Au milieu d'une étendue blanche, il dégagea un panneau et se jucha dessus. Assis, les épaules sur les genoux, le menton dans les mains, il contempla la nappe de neige ininterrompue jusqu'à ce que des étoiles se mettent à danser devant ses yeux.

En dépit de tous ses efforts, il n'arrivait pas à avoir le crâne aussi vide que le paysage. Des images de Rosie Duff voletaient derrière ses pupilles telles des lucioles. Rosie remplissant une pinte de Guinness, l'air concentré. Rosie à demi tournée, riant d'une remarque lancée par un client. Rosie les sourcils levés, le taquinant à propos de quelque chose qu'il avait dit. Ces souvenirs-là, il pouvait faire avec. Mais ils ne voulaient pas se fixer. Ils étaient constamment chassés par l'autre Rosie. Le visage tordu par la souffrance. Perdant son sang dans la neige. Rendant son dernier souffle.

Il se baissa pour ramasser des flocons qu'il serra avec une telle force que ses mains devinrent violettes de froid, des gouttes d'eau dégoulinant le long de ses poignets. Le froid se changea en douleur, la douleur en engourdissement. Si seulement il avait pu provoquer la même réaction dans sa tête. Passer l'éponge, tout effacer. Ne laisser qu'un vide d'un blanc aussi immaculé que ce champ de neige.

En sentant une main sur son épaule, il manqua s'étaler, se retint de justesse. Puis il se retourna d'un bloc, ses poings toujours serrés plaqués contre sa poitrine. « Ziggy ! Purée, tu m'as flanqué une de ces trouilles !

— Pardon. » Ziggy paraissait au bord des larmes. « Je t'ai appelé, mais tu n'as pas répondu.

— Je n'ai pas entendu. Bon sang, à prendre les gens par surprise, tu vas te faire une sale réputation, mon vieux », dit Alex, s'efforçant de transformer sa peur en boutade.

Ziggy racla la neige avec la pointe de ses bottes en caoutchouc. « Je sais que tu avais probablement envie d'être seul, mais quand je t'ai vu sortir, je t'ai suivi.

— C'est bon, Zig. » Alex se pencha pour enlever un peu plus de neige du panneau. « Viens me rejoindre sur mon luxueux divan où les filles du harem nous régaleront de sorbets et d'eau de rose. »

Ziggy réussit à esquisser un sourire. « Je te refilerai les sorbets. Ça me donne soif. Je ne te dérange pas ? Sûr ?

— Non, non. Pas du tout

— Je me faisais du souci à ton sujet. De nous tous, c'est toi qui la connaissais le mieux. Je me disais que tu avais peut-être envie d'en discuter seul à seul. »

Alex haussa les épaules, secoua la tête. « Il n'y a pas grand-chose à dire. C'est juste que je n'arrête pas de revoir son visage. Je ne crois pas que j'aurais pu dormir. » Il poussa un soupir. « Dormir, tu parles. En fait, j'avais trop la pétoche pour essayer. Quand j'étais petit, un ami de mon père a été victime d'un accident au chantier naval. Une sorte d'explosion. Je n'ai jamais su au juste. En tout cas, il a eu la moitié du visage emportée. Littéralement. Il ne lui restait plus qu'une moitié. L'autre était un masque en plastique qu'il devait porter sur la chair brûlée. Tu as dû le croiser, dans la rue ou aux matchs de foot. Il est difficile de le rater. Mon père m'a emmené le voir à l'hôpital. Ça m'a complètement fichu les boules. Je n'arrêtais pas d'imaginer ce qu'il y avait derrière le masque. La nuit, je me réveillais en hurlant parce qu'il revenait hanter mes rêves. Parfois, quand le masque se détachait, c'étaient des asticots. D'autres fois, une bouillie sanguinolente, comme ces illustrations dans ton manuel d'anatomie. Le pire, c'est quand le masque tombait et qu'il n'y avait rien, seulement la peau lisse et un trou à la place du reste. » Il se mit à tousser. « C'est pourquoi j'ai les foies d'aller me coucher. »

Ziggy passa un bras autour de ses épaules. « Ça a dû être dur, effectivement. Mais tu n'es plus un môme. Ce qu'on a vu hier soir, c'était l'horreur intégrale. On ne peut pas imaginer pire. Quels que soient tes rêves à présent, ce ne sera jamais aussi affreux que de voir Rosie comme ça. »

Alex aurait souhaité tirer davantage de réconfort de ces paroles. Mais il pressentait qu'elles étaient au-dessous de la vérité. « Nous allons tous avoir à nous battre avec des démons, dit-il.

— Certains plus réels que d'autres, répondit Ziggy, retirant son bras et agitant nerveusement ses mains. Je ne sais pas comment, mais Maclennan a découvert que j'étais homo, ajouta-t-il en se mordant la lèvre.

— Ah merde ! s'exclama Alex.

— Tu es la seule personne à qui je l'ai jamais dit, tu sais ça ? murmura Ziggy avec un sourire forcé. À part les mecs avec lesquels je suis sorti, évidemment.

— Évidemment. Comment l'a-t-il appris ?

— Je me suis efforcé de ne pas mentir, il a deviné la suite. Et maintenant, j'ai peur que ça se sache.

— Pourquoi est-ce que ça se saurait ?

— Les gens adorent les ragots. Et, dans ce domaine, je pense que les flics ne sont pas différents du commun des mortels. Il y a de fortes chances pour qu'ils prennent contact avec la fac. Ce serait un bon moyen de nous mettre la pression. Et s'ils rappliquaient à Kirkcaldy ? Si Maclennan trouvait astucieux de le dire à mes parents ?

— Il ne le fera pas, Ziggy. Nous sommes des témoins. Il n'a aucun intérêt à nous avoir à dos. »

Ziggy poussa un soupir. « J'aimerais le croire. Mais tout ce que je vois, c'est que Maclennan nous traite plus comme des suspects que comme des témoins. Ce qui signifie qu'il ne reculera devant aucun moyen.

— Tu deviens parano.

— Peut-être. Et s'il en parlait à Weird ou à Mondo ?

— Ce sont tes amis. Ils ne te laisseraient pas tomber à cause de ça. »

Ziggy pouffa de rire. « Eh bien, moi, je vais te le dire ce qui se passerait si Maclennan leur glissait à l'oreille que leur meilleur copain est pédé. Weird voudra me casser la figure et Mondo ne rentrera plus dans des toilettes avec moi jusqu'à la fin de ses jours. Ils sont homophobes, Alex. Tu le sais bien.

— Ils te connaissent depuis des années. Ça compte infiniment plus que des préjugés stupides. Je n'ai pas flippé, moi, quand tu me l'as dit.

— Si je te l'ai dit, c'est précisément parce que je savais que tu ne flipperais pas. Tu n'es pas un réac débile. »

Alex eut une moue faussement désabusée. « De fait, le raconter à quelqu'un dont le peintre préféré est le Caravage n'était peut-être pas un pari très risqué. Mais ce ne sont pas des dinosaures non plus, Ziggy. Ils prendront sur eux. Modifieront leur vision du monde à la lumière de ce qu'ils savent de toi. À mon avis, tu peux dormir tranquille. »

Ziggy haussa les épaules. « Tu as sans doute raison. Mais je préfère ne pas tenter l'expérience. Et même en admettant qu'il n'y ait pas de problème avec eux, qu'est-ce qui se passera si ça s'ébruite ? Des homos notoires dans cette fac, tu peux en citer combien ? Tous ces garçons qui ont passé leur adolescence à se tripoter dans les collèges anglais, ça ne sort pas de l'anonymat. Ils sont tous à s'afficher avec des nanas pour sauver l'honneur de la famille. Regarde Jeremy Thorpe. Il est accusé d'avoir voulu tuer son ancien amant rien que pour cacher son homosexualité. On n'est pas à San Francisco, Alex. On est à St Andrews. Il me reste encore plusieurs années de fac avant d'obtenir mon doctorat et, si Maclennan vend la mèche, ma carrière de toubib est dans le lac, je te le garantis.

— Ça n'arrivera pas, Ziggy. Tu exagères la situation. Tu es fatigué et, comme tu l'as dit toi-même, cette histoire nous en a fichu un sacré coup. Je vais te dire ce qui me tracasse, moi.

— C'est quoi ?

— La Land Rover. Qu'est-ce qu'il faut faire ?

— On va la rapatrier. Il n'y a pas d'autre solution. Sans quoi, elle sera signalée comme volée et on sera dans une merde noire.

— Ouais, je sais. Mais quand ? On ne peut pas la bouger aujourd'hui. Le type qui a trucidé Rosie avait forcément une bagnole et la principale raison pour laquelle on n'a pas l'air trop suspects, c'est que nous, on n'en a pas. Mais si jamais quelqu'un nous aperçoit à bord d'une Land Rover, on se retrouve directement en tête du hit-parade de Maclennan.

— Ce serait pareil si une Land Rover faisait soudain son apparition devant la bicoque, répliqua Ziggy.

— Alors ? »

Ziggy shoota dans la neige. « Attendons un peu que les choses se soient calmées, je reviendrai ensuite la changer de place. Heureusement, j'ai pensé aux clés juste à temps pour les glisser dans la ceinture de mon caleçon. Autrement, on était marron lorsque Maclennan nous a fait retourner nos poches.

— Sans rire. Tu veux la déplacer ?

— Vous avez tous des boulots pendant les vacances. Je peux m'échapper facilement. Je raconterai que j'ai besoin d'aller à la bibliothèque de la fac. »

Alex remua avec gêne sur son perchoir. « Il t'est venu à l'esprit que le fait de cacher que nous avions la Land Rover pouvait protéger l'assassin ? »

Ziggy parut scandalisé. « Tu ne penses pas sérieusement... ?

— Que quoi ? Que l'un de nous aurait été capable de faire ça ? » Alex n'en revenait pas d'avoir exprimé les soupçons perfides qui s'étaient insinués dans son subconscient. Il essaya aussitôt de se rattraper. « Non. Mais les clés se sont pas mal baladées pendant la fête. Quelqu'un en a peut-être profité pour les prendre... » Il s'interrompit.

« Tu sais bien que non. Et au fond de toi, tu sais pertinemment qu'aucun de nous n'aurait pu tuer Rosie », dit Ziggy avec assurance.

Alex aurait aimé en être certain. Qui sait ce qui se passait dans le crâne de Weird quand il était drogué jusqu'à la racine des cheveux ? Et Mondo ? Il avait ramené cette fille chez elle, manifestement persuadé que l'affaire était dans le sac. Mais si elle l'avait repoussé ? Furieux, vexé, il était peut-être suffisamment ivre pour se venger sur une autre qui l'avait déjà envoyé sur les roses, comme Rosie tant de fois au Lammas. S'il l'avait croisée en revenant ? Alex secoua la tête. Cette idée le rendait malade.

Comme devinant ses pensées, Ziggy murmura : « Si tu songes à Weird et à Mondo, il faut me rajouter sur la liste. Ça m'était possible autant qu'à eux. Et tu te rends compte, j'espère, combien cette supposition est ridicule.

— Tu n'as jamais fait de mal à qui que ce soit.

— Même chose pour les deux autres. Le soupçon est comme un virus, Alex. Et Maclennan te l'a refilé. Il faut que tu t'en débarrasses avant qu'il gagne ton esprit et ton cœur. Souviens-toi de ce que tu sais de nous. On n'a rien de tueurs sans pitié. »

Les paroles de Ziggy ne suffirent pas à dissiper son malaise, mais il n'avait pas envie d'en discuter. Il posa une main sur son épaule. « Tu es un pote, Zig. Viens. Allons en ville. Je te paierai une crêpe. »

Ziggy sourit. « Monsieur veut jouer les grands seigneurs, hein ? Une autre fois, si ça ne t'ennuie pas. D'ailleurs, je n'ai pas vraiment faim. Et rappelle-toi : tous pour un et un pour tous. Ce qui ne signifie pas fermer les yeux sur nos défauts mutuels, mais se faire confiance. Une confiance fondée sur une amitié de longue date. Ne laisse pas Maclennan bousiller ça. »

Barney Maclennan parcourut des yeux la salle de réunion de la brigade criminelle. Pour une fois, elle était bondée. Contrairement à la plupart de ses collègues, il tenait à inviter les agents en uniforme quand il faisait le point sur une affaire importante. Pour qu'ils se sentent davantage concernés. D'autant plus qu'ils connaissaient mieux le terrain. Ils pouvaient fort bien flairer quelque chose qui aurait échappé aux enquêteurs. Leur donner le sentiment de faire partie du groupe les incitait à aller jusqu'au bout de leurs intuitions plutôt que de les écarter en les jugeant anodines.

Flanqué de Burnside et de Shaw, il se tenait debout à l'extrémité de la pièce, faisant tinter machinalement des pièces de monnaie au fond de la poche de son pantalon. Il se sentait écrasé de fatigue et de tension, mais il savait que l'adrénaline le maintiendrait en ébullition pendant des heures encore. C'était toujours comme ça quand il suivait son instinct. « Vous savez pourquoi nous sommes ici, déclara-t-il une fois chacun installé. Le corps d'une jeune femme a été découvert au petit matin sur Hallow Hill. Rosie Duff a été tuée d'un coup de couteau dans le ventre. Nous ne possédons encore que peu de détails, mais il semble qu'elle ait été violée. Il est rare que nous ayons une affaire de ce genre dans le secteur, ce qui ne veut pas dire que nous ne soyons pas capables de l'élucider. Et vite. Il y a une famille qui a droit à des explications.

« Jusqu'ici, nous n'avons pas grand-chose pour orienter nos recherches. Rosie a été retrouvée par quatre étudiants qui rentraient à Fife Park après une fête dans Learmonth Gardens. Il est possible qu'il s'agisse de badauds innocents, comme il est possible qu'il s'agisse de bien plus que ça. Ce sont les seules personnes, à notre connaissance, qui se baladaient au beau milieu de la nuit couvertes de sang. Je veux une équipe pour vérifier tout ce qui s'est passé lors de cette soirée. Qui était là ? Qu'ont-ils vu ? Nos lascars ont-ils réellement des alibis ? Y a-t-il des trous dans leur emploi du temps ? Quel a été leur comportement ? Le constable Shaw dirigera cette équipe et j'aimerais qu'il ait des agents avec lui. Histoire de flanquer une peur de tous les diables aux invités. Bon, Rosie travaillait au Lammas Bar, comme le savent, j'en suis sûr, un certain nombre d'entre vous. » Il lança un regard circulaire, vit quelques têtes s'incliner, y compris celle du constable Jimmy Lawson, le premier arrivé sur les lieux. Il connaissait Lawson : jeune et ambitieux, un peu de responsabilité ne serait pas pour lui déplaire. « Nos quatre étudiants y ont bu un verre un peu plus tôt dans la soirée. Aussi l'inspecteur Burnside prendra une autre équipe pour interroger tous ceux qui s'y trouvaient. Quelqu'un s'intéressait-il à Rosie ? Que faisaient les étudiants ? Comment se conduisaient-ils ? Constable Lawson, vous fréquentez l'établissement. Je veux que vous secondiez l'inspecteur Burnside, que vous l'aidiez autant que possible à identifier les habitués. » Maclennan marqua un temps d'arrêt, balayant la pièce du regard.

« Il faudrait aussi faire du porte-à-porte dans Trinity Place. Rosie ne s'est pas rendue à Hallow Hill à pied. Le meurtrier disposait d'un moyen de transport. On aura peut-être la chance de dégoter l'insomniaque local. Ou au moins quelqu'un qui s'est levé pour aller aux toilettes. Je tiens à ce qu'on me signale tout véhicule ayant descendu ce chemin dans les premières heures de la matinée. »

Maclennan contempla à nouveau la salle. « Il est probable que Rosie connaissait son assassin. Un inconnu qui l'aurait attaquée dans la rue ne se serait pas donné le mal de déplacer son corps. Il est donc indispensable de passer sa vie au peigne fin. Sa famille et ses amis risquent de ne pas apprécier et nous devons tenir compte de leur chagrin. Ce qui ne signifie pas pour autant faire les choses à moitié. Il y a en ce moment un assassin qui court en liberté. Et je veux le voir en taule avant qu'il ne recommence. » Un murmure d'approbation parcourut l'assistance. « Des questions ? »

À sa grande surprise, Lawson leva une main, l'air quelque peu embarrassé. « Monsieur ? Je me demandais si l'endroit où le corps a été abandonné n'avait pas de l'importance.

— Que voulez-vous dire ? répondit Maclennan.

— Que ce soit le cimetière picte. Peut-être qu'il s'agit d'une sorte de rite satanique. Dans ce cas, est-ce qu'un inconnu n'aurait pas pu faire monter Rosie dans sa voiture parce qu'elle correspondait au genre de sacrifice humain qu'il mijotait ? »

L'estomac de Maclennan se souleva à cette évocation. Comment n'y avait-il pas pensé ? Si Jimmy Lawson en avait eu l'idée, la presse pouvait très bien l'avoir aussi. Et la dernière chose qu'il souhaitait, c'étaient des gros titres proclamant qu'un tueur rituel s'était déchaîné. « Voilà une hypothèse intéressante. Que nous devons tous avoir à l'esprit. Mais qu'il vaut mieux ne pas mentionner hors de ces murs. Pour le moment, concentrons-nous sur les éléments tangibles. Les étudiants, le Lammas Bar et le porte-à-porte. Ce qui ne veut pas dire qu'il faille écarter d'autres possibilités. À présent, au travail. »

La séance levée, Maclennan traversa la pièce, s'arrêtant pour un mot d'encouragement ici et là, tandis que les policiers se rassemblaient autour des tables afin de se répartir les tâches. Son espoir secret était qu'ils parviennent à établir un lien avec l'un des étudiants. Cela permettrait de boucler l'enquête rapidement, la seule chose qui comptât aux yeux du public dans les affaires semblables. Mieux encore, cela éviterait que le soupçon se diffuse dans la ville. C'était toujours plus rassurant quand les méchants venaient de l'extérieur. Même si, en l'occurrence, l'extérieur ne se trouvait qu'à cinquante kilomètres seulement.

De retour à la résidence, Ziggy et Alex avaient une heure de libre avant leur départ pour la gare routière. Ils étaient allés s'assurer que les transports fonctionnaient, bien que les horaires fussent des plus aléatoires. « Essayez toujours, leur avait dit l'employé. Je ne peux pas vous garantir l'heure, mais des cars, il y en aura. »

Ils trouvèrent Weird et Mondo penchés sur un café dans la cuisine, pas rasés et plutôt mal en point. « Je vous croyais K.O. », dit Alex en remplissant la bouilloire pour en refaire.

« Pas de danger, grommela Weird.

— On avait compté sans les vautours, expliqua Mondo. Les journalistes. Ils n'arrêtent pas de frapper à la porte et on n'arrête pas de les envoyer chier. Sans succès, du reste. Dix minutes plus tard, ils sont de retour.

— C'est comme un fichu jeu. J'ai dit au dernier que, s'il ne nous fichait pas la paix, je lui casserais la gueule.

— Mmm, dit Alex. Et le lauréat du concours de tact et de diplomatie cette année est...

— Parce que j'aurais dû les laisser entrer ? explosa Weird. Ces connards, il faut leur parler un langage qu'ils comprennent. Ça ne suffit pas de leur dire non. »

Ziggy rinça deux verres et y versa du café en poudre. « On n'a vu personne en arrivant, hein, Alex ?

— Non. Weird les a sans doute convaincus qu'ils avaient tort. N'empêche, s'ils reviennent, on devrait peut-être leur faire une déclaration, vous ne pensez pas ? Ce n'est pas comme si on avait quelque chose à cacher.

— On en serait débarrassés », approuva Mondo à sa manière habituelle. Il avait l'art de prendre un ton légèrement incrédule et de se ménager ainsi une porte de sortie au cas où il se retrouverait à contre-courant. Son besoin d'être aimé colorait tous ses faits et gestes. Ça et le désir de se protéger.

« Si tu comptes sur moi pour parler à ces valets de l'impérialisme capitaliste, tu peux toujours te brosser, affirma Weird qui, pour sa part, ne laissait jamais place au doute. Des ordures ! Est-ce que tu as déjà lu un compte rendu de match qui présentait la moindre ressemblance avec ce que tu venais de voir ? Regarde comment ils se sont payé la tête d'Ally McLeod. Avant qu'on aille en Argentine, ce mec était un dieu, le champion qui allait nous rapporter la coupe du monde. Et maintenant ? Il n'est même pas bon à te torcher le cul. S'ils n'ont pas le respect du foot, comment veux-tu que nos paroles ne soient pas déformées ?

— J'adore quand Weird se lève de bonne humeur, dit Ziggy. Mais il a raison sur un point, Alex. Autant garder un profil bas. Demain, ils seront passés à autre chose. » Il remua son café et se dirigea vers la porte. « Je dois finir mes bagages. Il serait préférable de se donner un peu de marge, de partir plus tôt que d'habitude. Les trottoirs sont traîtres au possible et, grâce à Maclennan, nous n'avons plus de godasses convenables. Quand je pense que je vais devoir me balader avec des bottes en caoutchouc.

— Fais gaffe que la brigade du bon goût ne te voie pas, lui lança Weird. C'est dingue ce que je suis vanné. Quelqu'un n'aurait pas des amphés ? ajouta-t-il en bâillant.

— Si on en avait, ça fait longtemps qu'ils seraient partis dans la cuvette des chiottes, répondit Mondo. Tu oublies que les poulets ont fouiné partout ? »

Weird parut embarrassé. « Pardon. Suis-je bête ! En me réveillant, j'ai presque cru que j'avais fait un mauvais trip hier soir. De quoi me dégoûter de l'acide jusqu'à la fin de mes jours. » Il secoua la tête. « Pauvre gosse. »

Alex y vit un signal pour disparaître et monta fourrer un dernier paquet de livres dans son sac. Il n'était pas mécontent de rentrer chez lui. Pour la première fois depuis qu'ils vivaient à quatre, il avait l'impression d'étouffer. Il brûlait d'envie d'avoir sa propre chambre ; une porte qu'il pourrait fermer sans que personne songe à la franchir sans permission.

C'était l'heure de partir. Trois sacs de voyage et l'immense sac à dos de Ziggy s'entassaient dans l'entrée. Les Quatre de Kirkcaldy s'apprêtaient à regagner leurs pénates. Leur fardeau sur l'épaule, ils ouvrirent la porte. Ziggy était en tête. Hélas, l'effet des invectives de Weird s'était apparemment dissipé. Alors qu'ils s'avançaient dans la neige fondue, cinq hommes surgirent de nulle part. Trois d'entre eux portaient des appareils photo. Ils avaient à peine eu le temps de comprendre ce qui se passait que l'air se remplit du bourdonnement de moteurs de Nikon.

Deux journalistes contournèrent le flanc des photographes en les mitraillant de questions. On aurait dit une conférence de presse à eux seuls tellement ils parlaient vite. « Comment avez-vous découvert la fille ? » « Lequel l'a trouvée ? » « Qu'est-ce que vous faisiez sur Hallow Hill en pleine nuit ? » « Était-ce une sorte de rite satanique ? » Et bien sûr, l'inévitable « Qu'est-ce que vous avez ressenti ? »

« Bordel de bordel de bordel, grommela Mondo comme un disque rayé.

— À l'intérieur ! cria Ziggy. Rentrons. »

Alex, qui fermait la marche, battit promptement en retraite. Mondo faillit le renverser dans sa hâte d'échapper à la meute tenace et au crépitement des boîtiers. Weird et Ziggy leur emboîtèrent le pas, claquant la porte derrière eux. Ils se regardèrent avec abattement. « Et maintenant, qu'est-ce qu'on fait ? » demanda Mondo, se faisant l'interprète de leur pensée commune. Ils paraissaient perdus. La situation dépassait totalement leur maigre expérience.

« Pas question d'attendre qu'ils se lassent, continua Mondo d'un ton irrité. Il faut absolument que je rentre. Je reprends le boulot à Safeway à six heures demain.

— Alex et moi aussi », dit Weird. Ils regardèrent Ziggy d'un air interrogateur.

« Et si on se tirait par-derrière ?

— Il n'y a pas de sortie par-derrière, Ziggy. Tout ce qu'on a, c'est la porte d'entrée, répondit Weird en la montrant du doigt.

— Il y a une fenêtre dans les toilettes. Tous les trois, vous n'avez qu'à filer par là, moi je resterai. Je mettrai la lumière en haut et je ferai un peu de boucan. Ils penseront qu'on est toujours là. Je peux rentrer demain, quand ça se sera calmé. »

Les trois autres échangèrent des regards. Ce n'était pas une mauvaise idée. « Tu crois que ça ira ? demanda Alex.

— Pas de problème. Du moment que vous téléphonez à mes parents pour leur expliquer ce qui se passe. Je ne tiens pas à ce qu'ils l'apprennent par les journaux.

— Je leur passerai un coup de fil, promit Alex. Merci, Ziggy. »

Ziggy leva le bras, imité par ses trois compères. Ils se serrèrent les mains en une étreinte familière. « Tous pour un, dit Weird.

— Et un pour tous », répondirent les autres en chœur.

Cela n'avait pas moins de sens que lorsqu'ils l'avaient fait pour la première fois neuf ans plus tôt. Alex en éprouva un léger réconfort, comme il n'en avait plus connu depuis qu'il était tombé sur Rosie Duff dans la neige.

7

Franchissant le pont de la voie ferrée d'un pas lourd, Alex tourna à droite dans Balsusney Road. Kirkcaldy était comme un autre pays. Tandis que le bus serpentait le long de la côte de la Fife, la neige avait fait place peu à peu à de la gadoue, puis à cette grisaille humide et mordante. Le temps de se frayer un chemin jusque-là, le vent du nord-est avait déversé sa cargaison de neige et n'avait plus rien à offrir aux agglomérations mieux abritées, sinon des rafales de pluie glaciales. Il avait l'impression d'être un de ces paysans déguenillés des tableaux de Breughel regagnant sa chaumière avec lassitude.

Soulevant le loquet de la vieille grille en fer forgé, il remonta l'allée de la petite maison en pierre où il avait passé son enfance. Puis il repêcha ses clés dans sa poche de pantalon et entra. Une bouffée de chaleur l'enveloppa. Le chauffage central avait été installé l'été précédent, mais c'était la première fois qu'il pouvait juger de la différence. Il laissa tomber son sac près de la porte et cria : « Je suis là. »

Sa mère sortit de la cuisine en s'essuyant les mains sur un torchon. « Je suis bien contente de te voir. Entre, il y a de la soupe et du ragoût. Je t'attendais plus tôt, alors on a déjà pris notre dîner. Je suppose que c'est à cause des intempéries. J'ai vu aux informations que vous aviez été gâtés. »

Il se laissa bercer par ses paroles, leur ton familier et leur effet apaisant. Puis, ôtant son sweat, il traversa l'entrée pour la serrer dans ses bras. « Tu as l'air fatigué, mon garçon, remarqua-t-elle non sans une certaine inquiétude.

— J'ai passé une nuit absolument épouvantable, maman », dit-il en la suivant dans la minuscule cuisine.

Une voix s'échappa de la salle de séjour.

« C'est toi, Alex ?

— Salut, pa, répondit-il. J'arrive tout de suite. »

Sa mère, qui avait déjà versé la soupe, lui tendait le bol et une cuillère. Quand elle servait les repas, Mary Gilbey refusait de se laisser distraire par des détails mineurs tels que les problèmes personnels. « Va t'asseoir avec ton père. Je fais réchauffer le ragoût. Il y a des pommes de terre au four. »

Alex alla dans la salle de séjour, où son père était dans son fauteuil face à la télévision. Son assiette l'attendait à la table dans le coin. Il s'y installa pour manger sa soupe.

« Ça va, fiston ? demanda son père sans quitter des yeux le jeu télévisé à l'écran.

— Non, pas vraiment. »

Jock Gilbey dressa l'oreille. Il tourna vers son fils un de ces regards scrutateurs dont les maîtres d'école sont spécialistes. « Tu n'as pas bonne mine. Qu'est-ce qui te tracasse ? »

Alex avala une cuillerée de soupe. Il n'avait pas faim en arrivant, mais en sentant l'arôme de bouillon de viande, il s'était rendu compte qu'il avait l'estomac dans les talons. La dernière fois qu'il avait avalé quelque chose, c'était à la fête, et il avait vomi à deux reprises. À présent, tout ce qu'il désirait, c'était se remplir la panse, mais ce ne serait pas de tout repos. « Il est arrivé un truc dingue hier soir. Une fille a été assassinée. Et c'est nous qui l'avons découverte. Enfin, moi, mais j'étais avec Ziggy, Weird et Mondo. »

Son père le dévisagea, bouche bée. Sa mère, qui était entrée à la fin de ces révélations, s'enfouit le visage dans les mains, l'air horrifié. « Ah, Alex, c'est... Ah, mon pauvre petit, murmura-t-elle en se précipitant pour lui prendre la main.

— C'était pas joli à voir, continua-t-il. Elle avait été poignardée. Et elle était encore en vie quand on l'a trouvée. » Il ferma les yeux. « On a passé le reste de la nuit au commissariat. Ils nous ont pris nos vêtements et tout comme si on y était pour quelque chose. Parce qu'on la connaissait, voyez-vous. Enfin, pas spécialement. Elle était serveuse dans un pub où nous allons de temps en temps. » À ce souvenir, son appétit s'évanouit. Il reposa sa cuillère, la tête inclinée. Des larmes perlèrent au coin de ses paupières et coulèrent le long de ses joues.

« Je suis vraiment désolé, fiston, dit son père, à côté de la plaque. Ça a dû être un sacré choc. »

Alex s'efforça de ravaler sa salive. « Avant que j'oublie. Je dois téléphoner à M. Malkiewicz pour le prévenir que Ziggy ne rentrera pas ce soir. »

Jock Gilbey le regarda, éberlué. « Ils ne l'ont pas gardé au poste ?

— Non, non, ce n'est pas ça, répondit Alex en s'essuyant les yeux avec le revers de la main. Des journalistes se sont ramenés à Fife Park pour des photos et des interviews. Et on n'a pas voulu leur parler. Si bien que Weird, Mondo et moi, on s'est sauvés par la fenêtre des toilettes. On doit tous être à Safeway demain matin. Comme Ziggy n'a pas de boulot, il a proposé de rester et de rentrer chez lui plus tard. On ne tenait pas à laisser la maison avec la fenêtre ouverte, vous comprenez ? Il faut que j'appelle son père pour lui expliquer. »

Alex se libéra gentiment de l'étreinte de sa mère. Dans l'entrée, il composa de mémoire le numéro. Il entendit la sonnerie, puis la voix familière à l'accent polonais de Karel Malkiewicz. Et rebelote, pensa-t-il. Il allait devoir faire à nouveau le récit de la nuit précédente. Et il avait le sentiment que ce n'était pas la dernière fois non plus.

« Voilà ce qu'on récolte quand on passe ses nuits dehors à boire et à Dieu sait quoi, s'exclama Frank Mackie d'un ton âpre. Des emmerdements avec la police. Je suis un homme respecté dans cette ville, tu sais. Jamais la police n'est venue sonner à ma porte. Mais il suffit d'un abruti comme toi et les ragots vont aller bon train

— Si on n'était pas rentrés tard, elle serait restée là jusqu'au matin. Elle serait morte toute seule, protesta Weird.

— Ce n'est pas mon affaire », répliqua son père en allant se servir un whisky au bar. Il l'avait installé dans la pièce de devant afin d'impressionner ceux de ses clients qu'il jugeait suffisamment estimables pour les inviter chez lui. Quoi de plus normal qu'un comptable arborant les attributs de la réussite ? Tout ce qu'il désirait, c'était que son fils montre un peu d'ambition, alors qu'il avait engendré une espèce de propre à rien ne pensant qu'à traîner dans les pubs. Et le pire, c'est que Tom avait visiblement un don pour les chiffres. Mais au lieu d'en tirer avantage en optant pour des études de comptabilité, il avait choisi le monde farfelu des mathématiques pures. Comme si c'était le plus court chemin vers la fortune et la respectabilité. « Alors que les choses soient bien claires. Le soir, tu resteras ici. Pas de fêtes, pas de pubs pour toi pendant ces vacances. Tu es consigné. Tu vas à ton travail et tu rentres directement.

— Mais papa, c'est Noël, protesta Weird. Tout le monde sort. J'ai envie d'aller retrouver mes copains.

— Tu aurais mieux fait d'y penser avant de t'attirer des ennuis avec la police. Tu as des examens cette année. Tu n'as qu'à utiliser ce temps pour les préparer. Tu me remercieras plus tard, tu verras.

— Mais papa...

— Le sujet est clos. Tant que tu vis sous mon toit, que je paie tes études, tu fais ce que je te dis. Quand tu te mettras à gagner ta vie, tu t'organiseras à ta guise. Jusque-là, c'est moi qui commande. Maintenant, disparais. »

Furieux, Weird sortit de la pièce et grimpa l'escalier quatre à quatre. Ce qu'il pouvait détester cette famille. Ce qu'il pouvait détester cette bicoque. Raith Estate se targuait d'être le dernier cri en matière d'habitat moderne, mais il était convaincu qu'il s'agissait encore d'une arnaque montée par des requins en costume cravate. Pas besoin d'être malin pour se rendre compte que c'était de l'esbroufe, comparé à la maison où ils habitaient auparavant. Des murs en pierre, de solides portes en bois avec panneaux sculptés et garnitures, du verre teinté à la fenêtre du palier. Ça c'était une maison ! D'accord, cette bicoque avait davantage de pièces, mais elles étaient petites et sombres, les plafonds et les embrasures de porte tellement bas qu'il avait l'impression d'avoir à se baisser sans arrêt pour loger son mètre quatre-vingt-dix. Les murs étaient du papier à cigarette. On pouvait même entendre quelqu'un lâcher un pet à côté. Ce qui était plutôt comique, en fait. Ses parents étaient tellement inhibés qu'ils ne savaient même plus ce que c'était qu'une émotion. Et malgré ça, ils avaient dépensé une fortune dans une espèce de bocal à la promiscuité insupportable. Partager une chambre avec Alex lui procurait plus d'intimité que de vivre sous le toit de ses parents.

Pourquoi n'avaient-ils jamais fait le moindre effort pour le comprendre ? Il avait l'impression d'avoir passé sa vie à se rebeller. Ils n'avaient jamais su apprécier ce qu'il avait pu accomplir parce que ça ne rentrait pas dans les limites étroites de leurs aspirations. Lorsqu'il avait remporté le tournoi d'échecs à l'école, son père avait affirmé avec un raclement de gorge qu'il aurait mieux fait de s'inscrire dans l'équipe de bridge. Lorsqu'il avait demandé à apprendre un instrument de musique, son père avait refusé tout net, proposant de lui payer des cannes de golf à la place. Lorsqu'il avait obtenu le prix de mathématiques au lycée, son père n'avait rien trouvé de mieux que de lui acheter des bouquins de comptabilité, passant complètement à côté de l'essentiel. Pour Weird, les mathématiques ne consistaient pas à additionner des chiffres. C'était la beauté du graphique d'une équation du second degré, l'esthétique du calcul, le mystérieux langage de l'algèbre. Sans ses copains, il aurait eu l'impression d'être un phénomène de foire. En l'occurrence, ils lui avaient offert un espace où se défouler en toute sécurité, la possibilité de déployer ses ailes sans s'écraser au sol.

Et lui n'avait rien fait que leur causer des tracas. Il fut saisi de remords en songeant à sa dernière folie. Cette fois, il était allé trop loin. Cela avait commencé comme une simple blague : piquer la bagnole de Henry Cavendish. Ce qui pouvait en résulter à présent, il aurait été bien en peine de le dire. Les autres ne parviendraient pas à lui sauver la mise si la chose finissait par se savoir, de cela il était bien conscient. Il espérait seulement ne pas les entraîner avec lui.

Il glissa sa nouvelle cassette des Clash dans la chaîne stéréo et se jeta sur le lit. Il écouterait la première face, après quoi il se laisserait sombrer dans le sommeil. Il devait être debout à cinq heures pour aller retrouver Alex et Mondo au supermarché. En temps normal, la perspective de se lever aussi tôt l'aurait plongé dans une déprime pas possible. Mais vu l'atmosphère ambiante, ce serait un soulagement de quitter la maison, une bénédiction d'avoir quelque chose qui empêche son esprit de tourner en rond. Bon sang, si seulement il avait un joint.

Au moins, la réaction brutale de son père avait relégué l'image obsédante de Rosie Duff au second plan. Lorsque Joe Strummer entonna *Julie's in the Drug Squad*, Weird dormait déjà d'un sommeil lourd et sans rêve.

Karel Malkiewicz conduisait au mieux comme un pépé. Lent, indécis, totalement imprévisible aux carrefours. D'ailleurs, il ne prenait le volant que par beau temps. D'ordinaire, au premier signe de brouillard ou de gelée, la voiture restait au garage et il descendait à pied la pente raide de Massareene Road jusqu'à Bennochy, où il attrapait le bus qui l'emmenait à Factory Road et à son travail. Cela faisait longtemps que les relents d'huile de lin, qui valaient à la ville la réputation d'avoir « une drôle d'odeur », avaient disparu. Mais, même si le linoléum était complètement passé de mode, ce qui sortait de l'usine de Nairn n'en continuait pas moins à revêtir le sol de millions de cuisines, de salles de bains et d'entrées. Cela avait permis à Karel Malkiewicz de mener une existence agréable depuis qu'il avait été démobilisé de la RAF après la guerre, et il en était reconnaissant.

Pour autant, il n'avait pas oublié les raisons qui l'avaient amené à quitter Cracovie. Personne n'aurait pu survivre à cette atmosphère empoisonnée de méfiance et d'hypocrisie sans en garder des séquelles, surtout pas un juif polonais ayant eu la chance d'échapper au pogrome qui l'avait privé de toute sa famille.

Il avait dû refaire sa vie, se bâtir un nouveau foyer. Ses parents n'ayant jamais été très pratiquants, il ne lui en avait pas trop coûté d'abandonner sa religion. « À Kirkcaldy, il n'y a pas de juifs », lui avait-on dit quelques jours après son arrivée, il s'en souvenait encore. Le message était clair : « C'est aussi bien comme ça. » Il s'était donc assimilé, allant jusqu'à se marier dans une église catholique. Il avait appris à se fondre dans cette étrange contrée insulaire qui l'avait accueilli. Il s'était étonné lui-même de la fierté ardente qu'il avait ressentie lorsqu'un Polonais était devenu pape. Il lui arrivait si rarement de se sentir polonais.

Il approchait de la quarantaine lorsque le fils dont il avait toujours rêvé avait enfin vu le jour. C'était un sujet de réjouissance, mais aussi de craintes redoublées. À présent, il avait beaucoup plus à perdre. On était dans un pays civilisé. Jamais les fascistes ne prendraient le pouvoir ici. C'était du moins l'opinion courante. Mais l'Allemagne aussi avait été un pays civilisé. Qui sait ce qui pourrait advenir dès que le nombre de déshérités atteindrait un seuil critique ? N'importe quel messie ferait des émules.

Et ces derniers temps, il y avait eu de solides motifs de crainte. Insidieusement, le Front national se faisait une place sur l'échiquier politique. Grèves et revendications ouvrières mettaient le gouvernement à cran. Les attentats de l'IRA donnaient aux politiciens tous les alibis nécessaires pour prendre des mesures répressives. Et cette espèce de peau de vache à la tête du Parti conservateur n'arrêtait pas de parler des immigrants qui détruisaient la culture nationale. Il ne manquait plus grand-chose pour que ça explose.

Aussi, lorsque Alex Gilbey avait téléphoné pour lui dire que son fils avait passé la nuit dans un poste de police, Karel Malkiewicz décida qu'il n'avait pas le choix. Il voulait son fils sous son toit, sous sa garde. Personne ne viendrait le lui enlever en pleine nuit. Il s'habilla chaudement, demanda à sa femme de préparer une Thermos de soupe chaude et des sandwichs. Puis il se lança à travers la Fife pour ramener son fils au bercail.

Il lui fallut environ deux heures pour parcourir les cinquante kilomètres dans sa vieille Vauxhall. Soulagé en voyant de la lumière dans la maison que Sigmund occupait avec ses amis, il gara la voiture, prit les provisions et remonta l'allée.

Tout d'abord, il n'y eut pas de réponse lorsqu'il frappa à la porte. Se déplaçant avec précaution dans la neige, il lorgna par la fenêtre de la cuisine brillamment éclairée. La pièce était vide. Il cogna à la fenêtre en criant : « Sigmund ! Ouvre, c'est ton père. »

Il entendit un bruit de pas dans l'escalier, puis la porte s'ouvrit, révélant son gracieux fils, un sourire épanoui, les bras écartés dans un geste de bienvenue. « Papa, dit-il en s'avançant pieds nus dans la boue pour étreindre son père. Je ne m'attendais pas à te voir.

— Alex a appelé. Je ne voulais pas te laisser seul. Alors je suis venu te chercher. » Malkiewicz serra son fils contre lui, la peur battant des ailes dans sa poitrine comme un papillon. L'amour, pensa-t-il, est une chose terrible.

Mondo était assis en tailleur sur son lit, sa platine à portée de main. Il écoutait pour la énième fois son morceau favori, *Shine On, You Crazy Diamond*. Les descentes de guitares, la sincérité poignante de la voix de Roger Waters, la poésie des synthés, le timbre voilé du saxophone fournissaient un fond sonore idéal pour se lamenter sur son sort.

Et se lamenter sur son sort, c'était exactement ce dont Mondo avait envie. Il avait échappé au flot d'inquiétude maternelle qui s'était abattu sur lui dès qu'il avait expliqué ce qui s'était passé. Cela avait été agréable un moment, de se sentir enveloppé comme dans un cocon. Mais il s'était bientôt mis à suffoquer et avait invoqué le besoin d'être seul. Le numéro à la Greta Garbo marchait toujours avec sa mère, qui le prenait pour un intellectuel parce qu'il lisait des livres en français. Oubliant apparemment qu'il est difficile de faire autrement quand on suit des cours de licence dans cette matière.

C'était aussi bien, du reste. Il aurait eu du mal à donner la raison des sentiments tumultueux qui menaçaient de le submerger. La violence lui était étrangère, un langage inconnu dont il n'avait jamais assimilé la syntaxe ni le vocabulaire. D'y avoir été confronté l'avait laissé tremblant et bizarre. Il ne pouvait pas dire en toute franchise que la mort de Rosie Duff l'avait secoué ; plus d'une fois, elle l'avait humilié devant ses copains alors qu'il lui servait le genre de boniments qui semblait marcher avec les autres filles. Mais de se retrouver dans cette situation difficile pour laquelle il n'était pas fait, ça oui, ça l'avait secoué.

Si seulement il avait pu tirer un coup. Cela aurait chassé de son esprit les horreurs de la nuit précédente. Une sorte de thérapie. De remise en selle. Malheureusement, il n'avait pas de petite amie à Kirkcaldy. Peut-être qu'il devrait passer deux ou trois coups de fil. Quelques-unes de ses ex ne seraient que trop heureuses de renouer avec lui. Elles écouteraient ses malheurs d'une oreille secourable et cela l'occuperait au moins jusqu'à la fin des vacances. Judith, par exemple. Ou Liz. Oui, Liz probablement. Les grosses étaient toujours si reconnaissantes qu'on leur file un rancard qu'elles cédaient sans la moindre résistance. À cette pensée, il sentit son membre durcir.

Il s'apprêtait à se lever du lit pour aller téléphoner quand on frappa à la porte. « Entrez », soupira-t-il avec lassitude en se demandant ce que sa mère voulait encore. Il changea de position pour cacher son érection naissante.

Mais ce n'était pas sa mère. C'était Lynn, sa sœur de quinze ans. « Maman a pensé que tu aimerais peut-être un Coca, dit-elle, le verre brandi dans sa direction.

— Il y a bien d'autres choses dont j'aurais envie.

— Tu dois être drôlement retourné, dit Lynn. Je n'ose pas imaginer ce que ça a dû être. »

En l'absence de petite amie, il lui faudrait se contenter d'impressionner sa frangine. « Ç'a été plutôt dur. Je ne voudrais pas repasser par là pour tout l'or du monde. Et les flics se sont conduits comme de fieffés crétins. Pourquoi ont-ils éprouvé le besoin de nous cuisiner comme si on était une bande de terroristes, je ne le comprendrai jamais. Il faut un sacré cran pour leur tenir tête, c'est moi qui te le dis. »

Curieusement, l'admiration et le soutien qu'il était en droit d'attendre ne semblaient pas venir. Lynn s'appuyait au mur avec l'air de quelqu'un qui guette le moment où il pourra en venir à ce qui lui trotte dans la tête. « Tu m'étonnes, dit-elle machinalement.

— On aura probablement à répondre à de nouvelles questions, ajouta-t-il.

— Ça a dû être terrible pour Alex. Comment va-t-il ?

— Gilly ? Ma foi, ce n'est pas ce qu'on appellerait une âme sensible. Il s'en remettra.

— Alex est beaucoup plus sensible que tu ne le prétends, répliqua Lynn d'un ton farouche. Parce qu'il joue au rugby, tu penses qu'il n'a que des muscles et pas de cœur. Ça a dû le mettre dans tous ses états, d'autant plus qu'il connaissait la fille. »

Mondo maugréa intérieurement. Il avait oublié un instant le béguin de sa sœur pour Alex. Si elle était là, ce n'était pas pour lui offrir du Coca et un peu de réconfort, mais parce que ça lui donnait un prétexte pour parler de celui-ci.

« Il vaut sans doute mieux qu'il ne l'ait pas connue autant qu'il l'aurait souhaité.

— Qu'est-ce que tu veux dire ?

— Il en pinçait salement pour elle. Il lui a même demandé de sortir avec lui. Si elle avait dit oui, tu peux parier tout ce que tu veux qu'il serait le suspect numéro 1. »

Lynn se mit à rougir. « Des sornettes. Alex n'est pas du genre à courir après les serveuses. »

Mondo eut un petit sourire cruel. « Vraiment ? Dans ce cas, c'est que tu le connais bien mal, ton cher Alex.

— Tu veux que je te dise ? tu me dégoûtes, répliqua Lynn. Pourquoi faut-il que tu racontes des choses aussi désagréables sur lui ? C'est un de tes meilleurs amis, à ce qu'il paraît. »

Elle sortit en claquant la porte, le laissant méditer sur cette question. Oui, pourquoi racontait-il des choses aussi désagréables sur Alex, alors que, en temps normal, il n'aurait pas toléré qu'on dise un mot contre lui ?

Petit à petit, l'idée lui apparut que, dans son for intérieur, il rendait Alex responsable de toute cette merde. S'ils avaient continué simplement leur chemin, quelqu'un d'autre aurait trouvé le corps de Rosie Duff. Quelqu'un d'autre serait resté là à épier les derniers filets d'air s'échappant de ses lèvres. Quelqu'un d'autre aurait subi l'humiliation des heures passées dans une cellule.

À présent, il était suspect dans une enquête pour homicide, et tout ça à cause d'Alex. C'était l'évidence même. Mondo se tortilla avec gêne à cette pensée. Il tenta de la repousser, mais il savait qu'on ne referme pas la boîte de Pandore aussi facilement que ça. Qu'une idée une fois plantée, on ne peut pas l'arracher pour qu'elle s'étiole dans un coin. Ce n'était pas le moment de partir dans des divagations qui risquaient de provoquer une brouille entre eux. Ils avaient plus que jamais besoin les uns des autres. Mais il n'en restait pas moins que, sans Alex, il ne serait pas dans le pétrin.

Et si le pire était encore à venir ? On ne pouvait pas nier le fait que Weird s'était baladé dans cette Land Rover la moitié de la nuit. Il avait emmené des filles faire un tour, histoire de leur en mettre plein la vue. Il n'avait pas le moindre alibi. Pas plus que Ziggy, d'ailleurs, qui s'était taillé en douce et avait largué la Land Rover à un endroit où Weird ne la trouverait pas. Et Mondo lui-même non plus. Qu'est-ce qui lui avait pris d'emprunter la Land Rover pour raccompagner cette gonzesse à Guardbridge ? Tirer un coup à la va-vite sur le siège arrière ne justifiait pas les problèmes qui lui pendaient au nez si quelqu'un se rappelait l'avoir vue à la fête. Que la police se mette à interroger les autres invités et quelqu'un les balancerait. Leur prétendu mépris de l'autorité n'y changerait rien. Un des étudiants se dégonflerait et cracherait le morceau. C'est alors que le doigt se pointerait sur lui.

Soudain, en vouloir à Alex fut le cadet de ses soucis. En retournant les événements des jours précédents dans tous les sens, il s'était souvenu de quelque chose qu'il avait vu un soir à une heure tardive. Quelque chose qui pourrait lui ménager une issue. Quelque chose qu'il préférait garder pour lui dans l'immédiat. Il n'avait que faire de « tous pour un et un pour tous ». La première personne qu'il devait protéger, c'était lui-même. Les autres n'avaient qu'à se débrouiller.

8

Maclennan repoussa la porte de la chambre. Coincé sous le plafond en pente, l'agent Janice Hogg à ses côtés, il avait l'impression d'étouffer. C'est bien le plus pitoyable dans une mort soudaine, se dit-il. La victime n'a le temps de rien ranger, aucune possibilité de présenter son meilleur côté au monde. Tout reste exactement comme lorsque la porte s'est refermée pour la dernière fois. Il en avait vu des choses tristes depuis le temps, mais rien d'aussi poignant.

Quelqu'un avait pris la peine d'égayer l'intérieur, en dépit de la maigre lumière qui filtrait par la lucarne donnant sur une des rues du village. Il apercevait St Andrews au loin, d'une blancheur étincelante sous la neige tombée la veille, alors que la réalité était beaucoup moins brillante. Les trottoirs étaient déjà couverts de boue, les routes transformées en une mélasse glissante de saleté et de neige fondue. Au-delà de la ville, la tache grise de la mer se perdait imperceptiblement dans le ciel. Par beau temps, c'était sans doute une belle vue, songea-t-il en se retournant vers la tête de lit rose magnolia et la couette à passementerie, encore froissée là où Rosie s'était assise. Un seul poster au mur, celui d'un groupe appelé Blondie. La chanteuse, vêtue d'une jupe on ne peut plus mini, avait de gros seins et faisait la moue. Est-ce à cela qu'aspirait Rosie ?

« Par où voulez-vous que je commence ? » lui demanda Janice, les yeux tournés vers l'armoire et la coiffeuse des années 1950. Elles avaient été repeintes en blanc, sans doute pour leur donner l'air moins vieillot. Sinon, mis à part le tiroir de la table de nuit, seuls le panier à linge et la corbeille à papier métallique auraient pu receler quelque chose.

« La coiffeuse », répondit-il. Cela lui éviterait d'avoir à se coltiner le maquillage qui ne servirait plus, le soutien-gorge de rechange et le slip glissé tout au fond pour un de ces cas d'urgence qui ne se présentaient jamais. Maclennan connaissait bien ces cachettes intimes et il aimait autant ne pas y toucher.

Tandis que Janice s'asseyait sur le bout du lit où Rosie avait dû s'installer pour se regarder dans la glace en se maquillant, il considéra la table de nuit. Ouvrant le tiroir, il aperçut un gros livre, *Pavillons lointains*. Tout à fait comme ceux qui servaient de prétexte à son ex pour le tenir à distance au lit. « Mais je suis en train de lire, Barney », bougonnait-elle en lui brandissant un pavé sous le nez. Il y avait entre les femmes et les livres quelque chose qu'il n'avait jamais compris. Il extirpa celui-ci tout en s'efforçant de ne pas regarder Janice qui fouillait la coiffeuse. Dessous se trouvait un carnet. Il le sortit méticuleusement, refusant de céder à l'optimisme.

S'il s'était attendu à des confidences, il fut cruellement déçu. Rosie Duff n'était pas le genre journal intime. Sur chacune des pages figurait la liste de ses horaires de travail au Lammas Bar, des anniversaires de ses amis et de sa famille, de ses diverses sorties, dans le style « fête chez Bob », « boum de Julie ». Elle avait inscrit également un certain nombre de rendez-vous, suivis de l'heure et du lieu, puis du mot « lui », le tout accompagné d'un numéro. Apparemment, elle en avait eu quatorze, quinze, voire seize au cours de l'année, le seizième étant, semblait-il, le plus récent. La première apparition du personnage anonyme remontait au mois de novembre, après quoi il revenait au fil des pages à raison de deux ou trois fois par semaine. Toujours à la sortie de son travail, constata Maclennan. Il faudrait redemander au Lammas si on avait vu Rosie en compagnie d'un homme au moment de la fermeture. Il nota le fait qu'ils ne s'étaient pas donné rendez-vous pendant ses jours de congé, ni au cours de la journée quand Rosie ne travaillait pas. L'un des deux tenait manifestement à ce qu'il n'y ait pas de trace de son identité.

Il regarda Janice à l'autre bout de la pièce.

« Alors ?

— Rien de particulier. Juste des affaires que les femmes s'achètent normalement. Pas de ces trucs de mauvais goût que les hommes leur offrent.

— Parce que les hommes leur achètent des trucs de mauvais goût ?

— J'en ai bien peur, monsieur. De la dentelle qui gratte. Du Nylon qui fait transpirer. Ce qu'ils aimeraient que leur copine se mette et qui n'a rien à voir avec ce qu'elle choisirait elle-même.

— Voilà pourquoi je me suis toujours planté avec les femmes. J'aurais dû leur offrir des bermudas de chez Marks and Spencer.

— C'est l'intention qui compte, dit Janice en souriant.

— Est-ce qu'elle prenait la pilule ?

— Je n'en ai pas vu trace pour l'instant. Peut-être Brian avait-il raison en disant que c'était une fille bien.

— Pas tant que ça. D'après le médecin légiste, elle avait déjà eu des rapports sexuels.

— Il n'y a pas qu'une façon de perdre sa virginité, se contenta de répondre Janice, hésitant à remettre en cause les dires d'un médecin que tout le monde savait plus porté sur l'alcool et sa retraite imminente que sur les cadavres qu'il avait à autopsier.

— Exact. Encore que les pilules sont sans doute dans son sac à main, que nous n'avons toujours pas retrouvé. » Poussant un soupir, Maclennan remit le carnet et le roman dans le tiroir. « Je vais m'occuper de l'armoire. »

Une demi-heure plus tard, il dut reconnaître que Rosie Duff n'était pas de celles qui ne jettent jamais rien. Vêtements et chaussures étaient tous à la pointe de la mode. Quant aux livres empilés dans un coin, rien que des volumes énormes promettant autant de beauté et de richesse que d'amour. « On perd notre temps, annonça-t-il.

— Il ne me reste plus qu'un tiroir. Vous pourriez peut-être jeter un œil à son coffret à bijoux ? »

Elle lui tendit une boîte recouverte de cuir blanc en forme de malle au trésor. Rabattant le petit fermoir en laiton, il souleva le couvercle. Dans le plateau du haut, des boucles d'oreilles de couleurs variées, grosses et tape-à-l'œil pour la plupart, et bon marché. Dans la partie inférieure, une montre d'enfant, plusieurs chaînettes en argent ordinaire et des broches de pacotille, l'une représentant du tricot, aiguilles comprises, une autre une mouche de pêche, une autre encore une créature en émail ressemblant à un chat d'une autre planète. Difficile de voir dans tout cela une signification quelconque.

« Elle aimait bien les boucles d'oreilles, dit-il en refermant le coffret. Et son petit ami n'était pas du genre à la couvrir de bijoux de luxe. »

Tendant la main au fond du tiroir, Janice en sortit un paquet de photographies. Apparemment, Rosie avait pioché dans les albums de famille pour se faire sa propre collection. C'était assez typique : la photo de mariage de ses parents, Rosie et ses frères quand ils étaient gamins, divers rassemblements familiaux à travers les décennies, des photos de bébé et des clichés de Rosie avec ses camarades de classe, vêtues de l'uniforme de Madras College, faisant le clown devant l'appareil. Pas de Photomaton en compagnie d'un petit ami. En fait, pas de petit ami du tout. Les ayant feuilletées rapidement, Maclennan les replaça au fond du tiroir.

« Allez, Janice. On va essayer de trouver quelque chose de plus productif à faire. »

Il regarda une dernière fois cette pièce qui lui avait appris sur la victime beaucoup moins qu'il ne l'aurait souhaité. Rosie Duff, qui rêvait d'une vie bien plus fascinante que celle qu'elle avait menée, tenait à sa vie privée, avait emporté ses secrets dans sa tombe et, ce faisant, caché l'identité de son assassin.

Alors qu'ils rentraient à St Andrews, la radio de Maclennan se mit à crépiter. Il tripota les boutons à la recherche de la meilleure fréquence. Quelques secondes plus tard, la voix de Burnside se fit entendre.

« Patron ? Je crois qu'on a dégoté quelque chose. »

Alex, Mondo et Weird avaient fini pour la journée, ayant assuré leur travail de manutention la tête baissée, dans l'espoir que personne ne ferait le rapprochement avec la photo à la une du *Daily Record.* Un paquet de journaux sous le bras, ils descendaient High Street en direction du café où ils avaient passé la plupart de leurs soirées pendant leur adolescence.

« Vous saviez qu'un Écossais sur deux lit le *Record* ? demanda Alex d'une voix morose.

— Et que l'autre est analphabète », ajouta Weird, les yeux fixés sur la photo les montrant tous les quatre sur le seuil de leur pavillon. « Merde, regardez ça. Il ne manque plus que la légende : "Quatre types louches soupçonnés de viol et de meurtre." Qui pourrait voir une photo pareille sans nous croire coupables ?

— J'en ai vu de plus flatteuses de moi, effectivement, dit Alex.

— Toi, tu t'en sors plutôt bien. Tu es planqué à l'arrière-plan. On te devine à peine. Et Ziggy a la tête tournée. Mais Weird et moi, on est de face, se plaignit Mondo. Voyons voir ce qu'il y a dans les autres canards. »

Ils retrouvèrent à peu près le même cliché dans le *Scotsman*, le *Glasgow Herald* et le *Courier*, mais, heureusement, dans les pages intérieures. Le meurtre, en revanche, faisait systématiquement la une, à l'exception du *Courier*. Ce n'était pas une broutille comme un assassinat qui allait prendre la place des petites annonces et des cours du bétail.

Sirotant leur café mousseux, ils se penchaient en silence sur les comptes rendus. « Ça pourrait être pire, déclara Alex.

— Comment ça ? demanda Weird, incrédule.

— Au moins, ils ont orthographié nos noms correctement. Même celui de Ziggy.

— Chic alors ! Bon, je reconnais qu'ils ne nous traitent pas explicitement de suspects, mais je ne vois rien d'autre de positif à en dire. Malgré tout, ça nous donne l'air de jolies fripouilles, Alex. Tu le sais très bien.

— Tout le monde va le voir, dit Mondo, et ils ne vont pas se gêner pour nous mettre en boîte. Si c'est ça mon quart d'heure de gloire, j'aurais préféré m'en passer.

— Ça se serait su de toute façon, remarqua Alex. L'esprit de clocher. Une bande de commères. Les gens n'ont rien de mieux à faire que de cancaner sur leurs voisins. Même sans les journaux, les bruits se répandent à la vitesse grand V. Il y a au moins un bon côté, c'est que la moitié des étudiants habitent en Angleterre, si bien qu'ils n'en sauront rien. D'ici la rentrée, cette histoire sera enterrée depuis longtemps.

— Tu crois ? demanda Weird en repliant le *Scotsman* d'un

geste définitif. Moi je te le dis. Il n'y a plus qu'à espérer que Maclennan mette la main sur le coupable et qu'il soit condamné.

— Pourquoi ? questionna Mondo.

— Parce que sans ça, on va passer jusqu'à la fin de nos jours pour des assassins ayant échappé à la justice. »

Mondo eut l'air d'un homme à qui on vient d'annoncer un cancer en phase terminale. « Tu plaisantes.

— Je n'ai jamais été aussi sérieux de ma vie, dit Weird. Si cette enquête n'aboutit pas, la seule chose qu'on retiendra de cette histoire c'est que nous avons passé la nuit au violon. Sûr et certain, mon pote. On nous collera une étiquette de coupable sans même qu'on soit passés devant un tribunal. "Il est clair que c'est eux qui ont fait le coup, simplement la police n'a pas trouvé de preuves", ajouta-t-il en prenant une voix de femme. Il va falloir que tu te rendes à l'évidence, Mondo. La baise, c'est terminé pour toi. » Il afficha un grand sourire, sachant pertinemment qu'il venait d'asséner à son copain le coup le plus dur.

« Fous-moi la paix, Weird. Moi au moins, j'aurai de beaux souvenirs. »

Ils n'eurent pas le temps d'en dire plus que Ziggy entra en secouant les gouttes de pluie de ses cheveux.

« Je me disais bien que je vous trouverais ici, dit-il.

— Ziggy, d'après Weird..., commença Mondo.

— Pas maintenant. Maclennan est là. Il a besoin de nous voir tous les quatre. »

Alex haussa les sourcils. « Il a l'intention de nous ramener à St Andrews ?

— Non, répondit Ziggy avec un hochement de tête. Il est à Kirkcaldy. Il veut qu'on le retrouve au poste.

— Merde ! s'exclama Weird. Mon paternel va prendre un coup de sang. Je suis privé de sortie. Il pensera que je me paie sa tête. Je ne me vois pas lui raconter que j'ai passé la journée chez les flics.

— C'est grâce au mien si on ne doit pas se rendre à St Andrews. En apercevant Maclennan sur le pas de la porte, il s'est fichu en pétard. Il l'a drôlement engueulé, l'accusant de nous avoir traités comme des criminels alors qu'on avait tout fait pour sauver Rosie. À un moment donné, j'ai bien cru qu'il allait lui taper dessus avec le *Record.* » Il arbora un sourire. « J'étais rudement fier, croyez-moi.

— Bravo pour ton paternel, dit Alex. Il est où, Maclennan ?

— Dehors, dans sa voiture. Celle de mon père est garée juste derrière. » Ziggy se bidonnait, les épaules montant et descendant. « J'ai l'impression que Maclennan n'a jamais eu affaire à quelqu'un comme lui.

— Alors il faut qu'on aille au commissariat ? »

Ziggy acquiesça. « Maclennan nous attend. Il veut bien que mon père nous y emmène, mais il n'est pas d'humeur à ce qu'on le fasse lanterner. »

Dix minutes plus tard, Ziggy était assis, seul, dans une salle d'interrogatoire. Dès leur arrivée, on avait emmené Alex, Weird et Mondo dans une autre salle, surveillée par un agent en tenue. Karel Malkiewicz, au comble de l'inquiétude, avait été largué sans cérémonie à la réception, brusquement informé par Maclennan qu'il lui faudrait rester là. Tandis que Ziggy pousuivait son chemin, flanqué de Maclennan et de Burnside, qui n'avaient pas tardé à l'abandonner.

Ils savaient ce qu'ils faisaient, admit-il piteusement. Pour le déstabiliser, l'isoler ainsi était la meilleure tactique. Et qui marchait. Même si ça ne se voyait pas, Ziggy se sentait aussi tendu qu'une corde de piano vibrant d'appréhension. Les cinq minutes les plus longues qu'il ait jamais connues finirent lorsque les deux policiers revinrent prendre place en face de lui.

Maclennan le foudroya du regard, le visage crispé sous l'effet d'une émotion qu'il parvenait à peine à contenir.

« Mentir à la police est une chose grave, dit-il sans préambule, d'une voix sèche et dure. En plus d'être un délit, cela nous incite à nous demander ce que vous cachez réellement. Vous avez eu toute une nuit pour vous porter conseil. Désirez-vous revenir sur votre déposition ? »

Ziggy eut un frission dans le dos. Visiblement, ils avaient eu vent de quelque chose. Mais de quoi ? Il ne répondit pas, attendant que Maclennan abatte ses cartes.

Celui-ci sortit d'un dossier la feuille d'empreintes digitales que Ziggy avait signée la veille. « Ce sont bien vos empreintes ? »

Ziggy hocha la tête, sachant ce qui allait suivre.

« Alors pouvez-vous m'expliquer ce qu'elles faisaient sur le volant et le levier de vitesses d'une Land Rover enregistrée sous le nom de Henry Cavendish et récupérée ce matin sur le parking d'une zone industrielle dans Largo Road, à St Andrews ? »

Ziggy ferma brièvement les yeux. « D'accord. » Il marqua un temps d'arrêt tandis qu'il s'efforçait de mettre de l'ordre dans ses pensées. Il avait anticipé cette conversation à son réveil le matin, mais maintenant qu'il était face à la réalité, il ne trouvait plus ses répliques.

« J'attends vos explications, monsieur Malkiewicz.

— La Land Rover appartient à un des étudiants avec qui on partage notre pavillon. Nous l'avons empruntée hier soir pour nous rendre à la fête. »

Maclennan bondit sans lui laisser le temps de continuer. « Empruntée ? Vous voulez dire que M. Cavendish vous a autorisés à la prendre ?

— Pas exactement, non. » Ziggy détourna la tête, incapable de soutenir le regard de Maclennan. « Écoutez, je sais qu'on n'aurait pas dû, mais il n'y a pas de quoi fouetter un chat. » Les mots étaient à peine sortis de sa bouche que Ziggy sut que c'était une erreur.

« Il s'agit d'un acte répréhensible. Comme vous le saviez parfaitement. Vous avez donc volé cette Land Rover et vous êtes allés à la fête. Ça n'explique toujours pas comment elle a pu atterrir là où on l'a retrouvée. »

Il sentit sa respiration voleter dans sa poitrine comme un papillon pris au piège. « Je l'ai changée de place pour des raisons de sécurité. On buvait pas mal, et je n'avais pas envie que l'un d'entre nous aille faire un tour avec dans cet état.

— À quelle heure l'avez-vous déplacée ?

— Je ne sais pas au juste. Sans doute entre une et deux heures du matin.

— À cette heure-là, vous aviez sûrement pas mal bu vous-même. » Penché en avant, les épaules arrondies, Maclennan tenait le bon bout et il le savait.

« J'avais sûrement trop bu, effectivement. Mais...

— Un délit de plus. Alors vous mentiez en affirmant que vous n'aviez pas quitté la fête ? » Maclennan le transperçait du regard.

« J'ai été absent le temps de déplacer la voiture et de revenir à pied. Une vingtaine de minutes peut-être.

— Nous n'avons que votre parole pour l'instant. Nous avons interrogé d'autres invités ; ils ne vous ont pas beaucoup vu à la fête. Moi, je pense que vous êtes resté absent plus longtemps que ça, que vous avez croisé Rosie Duff en chemin et que vous l'avez fait monter.

— Non ! »

Maclennan poursuivit impitoyablement. « Quelque chose vous a mis en colère et vous l'avez violée. Puis vous vous êtes rendu compte qu'en vous dénonçant elle briserait votre vie. Paniqué, vous l'avez tuée. Vous saviez qu'il fallait vous débarrasser du corps, mais comme vous aviez la Land Rover, ce n'était pas un gros problème. Après quoi vous avez fait un brin de toilette et vous êtes retourné à la fête. C'est bien ça, n'est-ce pas ?

— Non, répondit Ziggy en secouant la tête. Vous vous trompez sur toute la ligne. Je ne l'ai jamais vue, jamais touchée. Je me suis simplement débarrassé de la Land Rover pour qu'il n'y ait pas d'accident.

— Ce qui est arrivé à Rosie Duff n'avait rien d'un accident. Et c'est vous qui en êtes responsable. »

Rougissant sous l'effet de la peur, Ziggy passa sa main dans ses cheveux. « Non. Vous devez me croire. Je ne suis pour rien dans sa mort.

— Pourquoi faudrait-il vous croire ?

— Parce que c'est la vérité.

— Non. Ce n'est qu'une nouvelle version des événements que vous avez concoctée à partir de ce que vous pensez que je sais. Et qui est encore très loin de la vérité. »

Il y eut un long silence. Ziggy serrait les mâchoires, les muscles de ses joues noués.

Maclennan reprit, mais sur un ton plus doux. « On finira par découvrir le pot aux roses, vous le savez bien. À l'heure qu'il est, une équipe de spécialistes passe la voiture au peigne fin. Une seule tache de sang, un seul cheveu de Rosie Duff, une seule fibre de ses vêtements et il vous faudra attendre longtemps avant de dormir à nouveau dans votre lit. Vous pourriez vous épargner pas mal de tracas, à vous-même et à votre père, en me racontant dès maintenant ce qui s'est passé. »

Ziggy faillit éclater de rire. C'était cousu de fil blanc, un signe on ne peut plus clair du peu d'indices dont disposait Maclennan.

« Je n'ai rien d'autre à vous dire.

— Comme vous voudrez, fiston. Moi, je vous mets en état d'arrestation pour avoir conduit un véhicule sans l'autorisation de son propriétaire. Vous serez libéré sous caution et rappelé au poste de police d'ici une semaine. » Maclennan recula sa chaise. « À votre place, monsieur Malkiewicz, je prendrais un avocat. »

Puis ce fut le tour de Weird, comme de bien entendu. Ils étaient là pour l'histoire de la Land Rover, s'était-il dit dans la salle d'interrogatoire où ils se tenaient en silence. Bon, il porterait le chapeau tout seul. Il n'était pas question que les autres trinquent à cause de ses bêtises. On ne le mettrait pas en taule, pas pour un truc aussi anodin. Il y aurait une amende à payer et il se débrouillerait pour réunir le fric. En prenant un travail à temps partiel, par exemple. Ce n'était pas un casier judiciaire qui empêchait d'être mathématicien.

Avachi sur la chaise en face de Maclennan et de Burnside, une cigarette pendouillant à un coin de sa bouche, il s'efforça de prendre un air décontracté.

« En quoi puis-je vous être utile ?

— Tout d'abord en nous disant la vérité, répondit Maclennan. Il semble vous être sorti de l'esprit que vous vous étiez baladé dans une Land Rover alors que vous étiez censé être à une fête.

— Là vous m'avez eu, dit Weird en écartant les bras. L'exubérance de la jeunesse, monsieur l'inspecteur. »

Maclennan abattit sa paume sur la table. « On n'est pas là pour rigoler, fiston. Il s'agit d'un meurtre. Alors cessez de faire l'imbécile.

— Mais c'est vrai, je vous assure. Écoutez, il faisait un temps de chien. Les autres étaient déjà partis pour le Lammas et je terminais la vaisselle. La Land Rover était garée juste devant la fenêtre de la cuisine. Je me suis dit : pourquoi pas ? Henry était rentré en Angleterre. Si je l'empruntais durant quelques heures, personne n'en saurait rien. Alors je l'ai prise pour aller au pub. Quand je suis arrivé, ils étaient furax tous les trois, mais en regardant tomber la neige, ils se sont ravisés. On est montés dedans et on est partis à la fête. Ziggy l'a déplacée par la suite pour que je ne fasse pas de connerie. Ça se résume à ça. » Il haussa les épaules. « Si on ne vous en a pas parlé plus tôt, c'est qu'on ne voulait pas que vous perdiez votre temps avec quelque chose qui n'en valait pas la peine. »

Maclennan lui lança un regard meurtrier. « À présent, c'est vous qui me faites perdre mon temps. » Il ouvrit son dossier. « J'ai ici la déposition de Helen Walker, qui affirme que vous l'avez emmenée faire un tour dans la Land Rover. Vous n'arrêtiez pas, paraît-il, de la peloter en conduisant, au point que la voiture a dérapé pour finir contre le trottoir. Elle a réussi à s'échapper et elle est retournée à la fête en courant. Elle a déclaré, je cite : "Il avait perdu les pédales." »

Le visage de Weird se contracta convulsivement, envoyant la cendre de sa cigarette sur son pull. « Quelle petite idiote ! s'exclama-t-il, la voix bien moins confiante que ses paroles.

— À quel point aviez-vous perdu les pédales, fiston ?

— Encore une de vos questions pièges, répondit Weird avec un sourire hésitant. Écoutez, je me suis laissé emporter, soit. Mais entre s'amuser un peu dans une bagnole empruntée et commettre un assassinat, il y a une sacrée marge. »

Maclennan fixa sur lui un regard méprisant. « C'est ce que vous appelez s'amuser ? Harceler une jeune femme et lui flanquer une telle frousse qu'elle préfère braver une tempête de neige au milieu de la nuit plutôt que de rester avec vous dans une voiture ? » Weird se détourna, poussa un soupir. « Vous deviez être drôlement en colère. Vous aviez réussi à faire monter cette fille dans votre Land Rover volée, persuadé que ça l'impressionnerait et que vous arriveriez à vos fins, et voilà qu'elle se sauve. Alors que se passe-t-il ensuite ? Vous apercevez Rosie Duff marchant dans la neige et vous vous dites que vous avez peut-être une chance avec elle. Sauf qu'elle ne veut rien savoir, qu'elle vous repousse, mais vous êtes plus fort qu'elle. C'est alors que vous perdez la tête, parce que vous savez qu'elle peut détruire votre vie. »

Weird se leva d'un bond. « Je ne vais pas rester là à écouter des conneries pareilles. Tout ça c'est du vent, vous n'avez aucune preuve contre moi et vous le savez. »

Burnside était debout, lui barrant le passage jusqu'à la porte. Maclennan se laissa aller en arrière sur sa chaise. « Pas si vite, mon petit. Vous êtes en état d'arrestation. »

La tête rentrée dans les épaules, Mondo se préparait tant bien que mal à l'inévitable. Maclennan le fixa d'un regard glacial. « Des empreintes digitales, déclara-t-il. Les vôtres, sur le volant et le levier de vitesses d'une Land Rover volée. Vous avez des commentaires ?

— Pas volée. Empruntée. Quand on vole quelque chose c'est sans l'intention de le rendre, non ? » Mondo avait pris un ton agressif.

« Je vous écoute, dit Maclennan, ignorant la réplique.

— J'ai ramené une fille chez elle, d'accord ? »

Maclennan se pencha en avant tel un chien de chasse ayant flairé sa proie. « Qui ?

— Une fille que j'avais rencontrée à la fête. Il fallait qu'elle rentre à Guardbridge, alors je lui ai proposé de l'emmener. » Il sortit une feuille de la poche intérieure de sa veste. En prévision de cet instant, il avait noté les coordonnées de la fille pendant qu'il attendait. Ne pas prononcer son nom à haute voix en faisait quelque chose de moins réel, de moins significatif. Du reste, il lui semblait qu'en racontant l'histoire sur le ton qui convient, il aurait l'air encore plus innocent. Tant pis si ça la flanquait dans le pétrin, elle et ses parents. « Tenez. Vous n'avez qu'à lui demander. Elle vous le confirmera.

— Quelle heure était-il ?

— Je ne sais pas, répondit-il avec un haussement d'épaules. Deux heures, dans ces eaux-là. »

Maclennan jeta un coup d'œil au nom et à l'adresse. Ils ne lui disaient rien. « Qu'est-ce qui s'est passé ? »

Mondo le gratifia d'un petit sourire narquois plein de complicité masculine. « Je l'ai ramenée chez elle. On a fait l'amour. On s'est dit au revoir. Alors vous voyez, monsieur l'inspecteur, Rosie Duff ne m'aurait pas intéressé, même si je l'avais rencontrée. Et je ne l'ai pas rencontrée. Je venais de tirer un coup. J'étais plutôt content de moi.

— Vous dites que vous avez fait l'amour. Où ça ?

— Sur la banquette arrière de la Land Rover.

— Vous avez utilisé un préservatif ?

— Moi, je ne me fie pas aux femmes qui prétendent prendre la pilule. Et vous ? Bien sûr que j'ai utilisé un préservatif. »

À présent, Mondo se sentait plus décontracté. Il s'y connaissait dans ce domaine où les hommes se comprennent à demi-mot tels des conspirateurs.

« Qu'en avez-vous fait ?

— Je l'ai balancé par la fenêtre. Le laisser traîner dans la bagnole de Henry aurait risqué de lui mettre la puce à l'oreille, vous ne croyez pas ? »

De toute évidence, Maclennan ne savait plus où il en était. Il avait eu raison. Son aveu avait fichu la ligne directrice de leur interrogatoire en l'air. Il n'avait pas rôdé dans la neige, complètement frustré. Alors qu'est-ce qui aurait pu le pousser à violer et à assassiner Rosie ?

Maclennan regarda Mondo avec un sourire sinistre, refusant de se prêter à son petit jeu de la camaraderie. « Nous allons vérifier vos dires, monsieur Kerr. Nous verrons bien si cette jeune fille confirme votre histoire. Parce que, dans le cas contraire, le tableau serait tout différent, pas vrai ? »

9

Ça n'avait rien d'une veille de Noël. En se dirigeant vers la boulangerie pour acheter la tourte qui lui servirait de repas de midi, Barney Maclennan se sentait comme dans un univers parallèle. Les vitrines débordant de décorations, le crépuscule scintillant de lumières féeriques, les rues regorgeant de passants croulant sous le poids de leurs achats avaient quelque chose d'étrange. Leurs préoccupations n'avaient rien à voir avec les siennes. Eux pouvaient espérer davantage qu'un réveillon auquel l'échec risquait de donner un goût amer. Il s'était déjà écoulé huit jours depuis l'assassinat de Rosie Duff et rien ne permettait d'envisager une quelconque arrestation.

Il avait été convaincu que la découverte de la Land Rover lui fournirait de quoi faire inculper un ou plusieurs des étudiants. Surtout après les interrogatoires à Kirkcaldy. Leurs explications tenaient debout, bien entendu ; ils avaient eu un jour et demi pour les peaufiner. Malgré ça, il avait eu le sentiment qu'ils lui cachaient quelque chose, même si la nature de leurs mensonges lui échappait encore. Il n'avait pas cru un traître mot de ce que lui avait raconté Tom Mackie, mais il était assez lucide pour reconnaître que l'antipathie qu'il portait à l'étudiant en math y était sans doute pour beaucoup.

Avec Ziggy Malkiewicz, ça allait être coton, c'était clair. Maclennan savait que, si c'était lui l'assassin, il lui faudrait des preuves en béton. L'étudiant en médecine n'était pas du genre à s'écrouler sous de simples pressions. Quant à Davey Kerr, il avait cru trouver une faille dans son histoire lorsque la fille habitant Guardbridge avait nié avoir eu des rapports sexuels avec lui. Mais Janice Hogg, qu'il avait emmenée pour respecter les convenances, avait deviné que la fille mentait bêtement pour sauver sa réputation. Effectivement, lorsque Janice était retournée discuter seule à seule avec elle, elle avait avoué avoir cédé à Kerr.

Apparemment, elle n'était pas près de renouveler l'expérience. Ce que Maclennan avait jugé non dénué d'intérêt. Peut-être que Davey Kerr était moins guilleret et content de lui qu'il ne le prétendait.

Alex Gilbey était également un suspect prometteur, ne serait-ce que parce que rien n'indiquait qu'il se fût trouvé au volant de la Land Rover. On avait relevé ses empreintes partout, sauf sur le siège du conducteur. Ce qui ne le disculpait pas pour autant. Si Gilbey avait tué Rosie, il est probable qu'il avait fait appel à ses copains, qui ne l'auraient pas laissé tomber. Maclennan était loin de sous-estimer l'amitié qui les liait. Dans le cas où Gilbey aurait eu avec Rosie un rendez-vous ayant mal fini, Malkiewicz aurait tout fait pour le protéger. Quand bien même Gilbey l'ignorait, il était clair pour Maclennan que son ami lui était profondément attaché. Il l'avait su tout de suite, d'instinct.

Malheureusement, son instinct n'était pas tout. Après la série d'interrogatoires qui l'avait laissé sur sa faim, il s'apprêtait à retourner à St Andrews quand une voix familière l'avait hélé à l'autre bout du parking.

« Barney ! On m'avait bien dit que tu étais en ville ! »

Maclennan se retourna. « Robin ? C'est toi ? »

Une silhouette mince en tenue d'agent émergea dans une flaque de lumière. Robin Maclennan avait quinze ans de moins que son frère, mais la ressemblance était frappante. « Tu croyais pouvoir filer sans me dire bonjour.

— Je pensais que tu étais en patrouille. »

Ils se serrèrent la main.

« J'étais passé chercher des docs. Viens prendre un verre avec moi avant de repartir. » Souriant, il lui donna une tape sur l'épaule. « J'ai des informations qui risquent de t'être utiles. »

Maclennan fronça les sourcils en le regardant s'éloigner. Toujours aussi sûr de son charme, Robin n'avait même pas attendu un signe d'acquiescement. Il se dirigeait déjà vers la cafétéria. Maclennan le rattrapa à la porte du bâtiment.

« Comment ça ?

— Ces étudiants qui sont le point de mire de ton enquête... Je me suis dit que je pourrais frapper à quelques portes, profiter de mes contacts.

— Ne te mêle pas de cette histoire, Robin. Ce n'est pas ton affaire, protesta Maclennan en le suivant le long du couloir.

— Un assassinat est l'affaire de tout le monde.

— N'empêche. » S'il devait échouer, il ne voulait pas que son frère, aussi séduisant qu'intelligent, en pâtisse. Robin, lui, n'était pas le genre à faire des vagues. Il monterait plus haut que Maclennan dans le service. Ce qu'il méritait, du reste. « De toute façon, ils ont tous un casier vierge, j'ai déjà vérifié. »

Sur le seuil de la cafétéria, Robin se retourna, un grand sourire illuminant son visage. « Écoute, je suis ici chez moi. Les gens me racontent des choses qu'ils ne te confieraient jamais. »

Intrigué, Maclennan le suivit jusqu'à une table un peu à l'écart, puis attendit qu'il revînt avec leurs cafés. « Eh bien, ces renseignements ?

— Ces quatre gamins sont loin d'être aussi innocents que l'agneau qui vient de naître. Déjà, à treize ans, ils ont été arrêtés pour vol à l'étalage.

— À cet âge-là, c'est plutôt courant, dit Maclennan en haussant les épaules.

— Sauf qu'il ne s'agissait pas de piquer quelques tablettes de chocolat ou des paquets de clopes. C'était ce qu'on pourrait appeler le Grand Défi de la fauche. Une escalade de difficultés qu'ils devaient surmonter à tour de rôle. Ils volaient pour le plaisir, le plus souvent chez les petits commerçants. Et pas spécialement des objets qu'ils affectionnaient ou dont ils avaient besoin. Tout et n'importe quoi, depuis les sécateurs jusqu'aux flacons de parfum. C'est Kerr qui s'est fait prendre en chourant un bocal de gingembre confit chez un épicier. Les trois autres, qui l'attendaient dehors, ont trinqué également. À peine arrivés au poste, ils se sont tous mis à table. Ils ont même signalé la remise derrière la maison de Gilbey où ils stockaient leur butin. » Robin se mit à secouer la tête d'un air pensif. « Une véritable caverne d'Ali Baba, d'après le collègue qui l'a visitée.

— Et ensuite ?

— Ils ont fait jouer le piston. Le père de Gilbey est directeur d'école, celui de Mackie joue au golf avec le superintendant. Ils en ont été quittes pour un avertissement et des menaces à faire trembler de peur.

— Intéressant. Mais ce n'est quand même pas le casse du siècle. »

Robin acquiesça. « Non, mais il n'y a pas que ça. Quelques années plus tard, des voitures en stationnement ont été prises pour cible, l'intérieur du pare-brise couvert de graffitis faits au rouge à lèvres. Sauf que les propriétaires retrouvaient leur voiture fermée à clé comme à l'accoutumée. Les saccages ont pris fin aussi brusquement qu'ils avaient commencé, à peu près à l'époque où une voiture volée a été incendiée. On n'a jamais identifié les auteurs de ce méfait, mais d'après notre agent de renseignements ici, il y a de fortes chances pour que ce soient eux les coupables. Ils semblent portés sur ce genre de blague. »

Robin aurait souhaité que son frère lui raconte l'enquête en détail, mais ce dernier changea de sujet avec fermeté. Ils se rabattirent sur des sujets bien rodés – famille, foot, cadeaux de Noël pour les parents –, après quoi Maclennan s'éclipsa. Dans ce que Robin lui avait appris sur les Quatre de Kirkcaldy, il n'y avait pas grand-chose à se mettre sous la dent, si ce n'est leur goût du risque. C'était effectivement le genre de comportement qui pouvait facilement déboucher sur des actes beaucoup plus graves.

Une hypothèse séduisante, certes, mais qui ne lui rapporterait rien sans des preuves solides. Et c'étaient bien les preuves qui manquaient. La Land Rover s'était révélée être une impasse. On l'avait quasiment démantelée pièce par pièce sans rien trouver de concluant. Toute l'équipe avait tressailli de joie à la nouvelle des traces de sang relevées à l'intérieur, mais les analyses effectuées par la suite avaient établi non seulement qu'il ne s'agissait pas du sang de Rosie, mais que ce n'était même pas du sang humain.

La seule lueur d'espoir qui lui restait avait surgi tout juste la veille. En vaquant à ses occupations habituelles dans son jardin, un habitant de Trinity Place avait remarqué un vêtement trempé coincé au milieu d'une haie. Mme Duff avait confirmé qu'il appartenait bien à Rosie. Maclennan l'avait envoyé au labo, tout en sachant que, malgré la mention « Urgent », il ne se passerait rien avant la nouvelle année. Une frustration de plus à ajouter à la liste.

Il ne savait même pas s'il devait poursuivre Mackie, Kerr et Malkiewicz pour l'emprunt de la voiture. Ils avaient respecté scrupuleusement les obligations de leur mise en liberté sous caution. Il n'en était pas moins tenté de les faire inculper pour vol lorsqu'il avait surpris une conversation entre deux agents au foyer de l'amicale de la police. Installé sur une autre banquette, il ne les voyait pas, mais il n'eut aucun mal à reconnaître les voix de Jimmy Lawson et d'Iain Shaw. Ce dernier aurait voulu leur coller le maximum, mais Lawson, à la grande surprise de Maclennan, n'était pas d'accord. « On aurait l'air de quoi ? De flics chicaniers et vindicatifs. Autant coller une grande affiche sur la porte du poste : "On n'a pas réussi à les coincer pour meurtre, mais on va faire de leur vie un enfer."

— Et alors, où est le problème ? rétorqua Iain Shaw. S'ils sont coupables, il est normal qu'ils trinquent.

— Justement. Peut-être qu'ils ne sont pas coupables, s'empressa de répondre Lawson. On est censés faire régner la justice, non ? Il ne s'agit pas seulement d'arrêter les coupables ; il faut aussi protéger les innocents. Ils ont menti à Maclennan pour l'histoire de la Land Rover. Et après ? Ça n'en fait pas des assassins pour autant.

— Si ce n'est pas un de ces quatre-là, alors c'est qui, l'assassin ? lança Shaw.

— Moi, je continue à penser que ça a un rapport avec Hallow Hill. Quelque rite païen. Tu sais aussi bien que moi que, tous les ans, les gens de Tentsmuir Forest parlent de bêtes qui semblent avoir été victimes de sacrifices. Et si on ne donne jamais suite, c'est parce que, comparé au reste, ça a l'air d'une peccadille. Mais si c'était un cinglé qui se faisait la main ? On n'était pas loin des saturnales, après tout.

— Des quoi ?

— Les fêtes de l'équinoxe d'hiver, que les Romains célébraient vers le 17 décembre. La date n'était pas fixe. »

Shaw pouffa d'un rire incrédule. « Ben dis donc, Jimmy. Tu en as fait, des recherches !

— Je suis simplement allé poser la question à la bibliothèque. J'aimerais passer à la Criminelle, tu sais. J'essaie d'y mettre du mien.

— Alors tu penses que c'est un illuminé satanique qui s'est offert Rosie ?

— Je n'en sais rien. C'est une supposition, voilà tout. Mais on aurait l'air d'une jolie bande d'abrutis si on coffrait ces quatre morveux et qu'il y ait un autre sacrifice humain à la Beltane.

— La Beltane ? répéta Shaw d'une voix à peine audible.

— Fin avril début mai. Une grande fête païenne. Tant qu'on n'aura pas de preuves solides, on ferait bien d'y aller mollo avec ces étudiants. En fin de compte, ils ne seraient pas tombés sur le cadavre de Rosie, ils auraient ramené la Land Rover. Ni vu ni connu. Ils n'ont pas eu de pot, c'est tout. »

Sur ce, ils avaient vidé leur verre et étaient repartis. Mais les paroles de Lawson s'étaient gravées dans l'esprit de Maclennan. Celui-ci avait suffisamment le sens de la justice pour reconnaître le bien-fondé de tels propos. S'il avait connu au départ l'identité de l'homme mystérieux avec qui sortait Rosie, le quatuor de Kirkcaldy n'aurait pas spécialement retenu son attention. Peut-être s'acharnait-il sur eux parce qu'il n'avait rien d'autre. Quoi qu'il en soit, même s'il n'était pas facile de se faire rappeler à ses devoirs par un simple constable, c'était Lawson qui l'avait décidé à ne pas inculper Malkiewicz et Mackie.

Du moins, pour le moment.

En attendant, il brancherait ses antennes sur d'autres ondes, se renseignerait sur les rites sataniques dans le coin. Sauf qu'il ne savait absolument pas par où commencer. Peut-être enverrait-il Burnside discuter avec les prêtres du coin. Ça les changerait du petit Jésus, c'est sûr.

Leur journée finie, Weird salua Alex et Mondo et mit le cap vers le front de mer. Il avançait le dos voûté, le menton rentré dans son écharpe pour s'abriter du vent glacial. Il devait terminer ses achats de Noël, mais avant d'affronter la gaieté oppressante de High Street, il avait besoin d'être seul.

C'était marée basse. Il descendit les quelques marches visqueuses menant à la plage. En cette fin d'après-midi grisâtre, le sable mouillé était couleur de vieux mastic et collait désagréablement aux pieds. Ce qui coïncidait parfaitement avec son humeur. Il ne s'était jamais senti aussi déprimé de sa vie.

À la maison, c'était encore plus houleux que d'habitude. Il avait bien été obligé de raconter l'arrestation à son père, qui l'avait accablé de reproches, l'accusant de ne pas être un bon fils. À présent, il allait être forcé de se justifier chaque fois qu'il mettrait le nez dehors comme s'il avait à nouveau dix ans. Le pire, c'est qu'il ne pouvait même pas se consoler sur le plan moral. Tous les torts étaient de son côté. Il avait le sentiment d'avoir mérité le mépris de son père, et c'est ce qu'il y avait de plus décourageant. Jusque-là, il s'était toujours dit que, dans le fond, c'était lui qui avait raison. Mais en l'occurrence, il avait dépassé les bornes.

Et ce n'était pas mieux à son travail : ennuyeux, répétitif, avilissant. Fut un temps où il aurait tourné la chose en dérision, une occasion de plus de vider son sac à malices. Mais le garçon qui se délectait à mettre les petits chefs en boîte et à embarquer Alex et Mondo dans une suite de canulars lui paraissait complètement étranger. Ce qui était arrivé à Rosie Duff et son rôle dans cette histoire l'avaient obligé à reconnaître en lui le fils prodigue que son père ne cessait de stigmatiser. Et une telle constatation n'avait rien de particulièrement stimulant.

L'amitié ne lui était d'aucun réconfort non plus. Pour la première fois, la compagnie de ses amis ne lui faisait pas l'effet d'un soutien. Elle servait plutôt à lui rappeler ses tares. Comment leur présence aurait-elle pu lui éviter la culpabilité qui le taraudait alors que c'étaient précisément ses actes qui les avaient mis dans le pétrin jusqu'au cou, même s'ils ne donnaient pas l'impression de lui en vouloir ?

Reprendre ses études à la rentrée lui semblait au-dessus de ses forces. Glissant sur le goémon, il remonta les marches au bout de la plage. Comme ces algues, tout lui paraissait gluant et instable.

Le soleil disparaissait à l'horizon lorsqu'il prit la direction des magasins. L'heure de faire à nouveau semblant d'appartenir à ce monde.

10

Veille du nouvel an 1978. Kirkcaldy, Écosse

Ils avaient conclu un pacte, à l'âge de quinze ans, quand leurs parents avaient enfin accepté de les laisser sortir le soir du 31. À minuit, les Quatre de Kirkcaldy devaient se réunir sur la grand-place pour s'élancer ensemble dans l'année nouvelle. Jusque-là, ils avaient tenu parole tous les ans, attendant en se flanquant des bourrades que les aiguilles de l'horloge municipale aient atteint le chiffre 12. Muni du transistor de Ziggy pour être sûrs de ne pas rater l'heure, ils se passaient les boissons qu'ils avaient pu récupérer : la première année, une bouteille de sherry sirupeux et quatre cannettes de Carlsberg Special, ces derniers temps, du whisky Famous Grouse.

Il n'y avait pas de célébration officielle à proprement parler, plutôt, depuis quelques années, des groupes de jeunes gens qui se retrouvaient là. L'endroit n'était pas particulièrement attirant, l'hôtel de ville au clocher couvert de vert-de-gris donnant l'impression d'un produit de l'architecture soviétique parmi les moins alléchants. Mais c'était le seul espace dégagé dans le centre-ville, à part la gare routière, qui était encore plus insipide. De plus, la place arborait un arbre de Noël et des guirlandes électriques, ce qui la rendait un peu plus festive que la gare.

Cette année-là, Alex et Ziggy arrivèrent ensemble. Ziggy était venu le chercher, usant de son charme auprès de Mary

Gilbey pour se faire offrir un verre de scotch, ce qui les aiderait à se tenir chaud. Après quoi, les poches bourrées de sablés faits maison, de petits pains au lait noirâtres que personne ne mangerait et de cake, ils se mirent en route, passant devant la gare et la bibliothèque, le Centre Adam-Smith, dont les affiches annonçaient *Babes in the Wood* avec Russell Hunter et les Patton Brothers, puis les jardins du cimetière. Leur conversation porta d'abord sur la question de savoir si Weird réussirait à convaincre son père de lui lâcher la bride pour la Saint-Sylvestre.

« Il se conduit de manière plutôt bizarre depuis quelques jours, dit Alex.

— Weird est toujours bizarre. C'est pour ça qu'on l'appelle Weird.

— Je sais, mais là c'est différent. Je l'ai remarqué en bossant avec lui. Il a l'air éteint. Il n'ouvre pratiquement pas la bouche.

— Vu ses difficultés actuelles à se procurer de l'alcool et de la drogue, ce n'est pas étonnant, ironisa Ziggy.

— Il n'est même pas contrariant. Ça, c'est un signe qui ne trompe pas. Tu le connais. Normalement, dès que quelqu'un lui marche sur les pieds, il explose. Mais il garde la tête basse, sans la ramener, quand les chefs de rayon lui sonnent les cloches. Il se contente d'attendre la fin de l'orage, après quoi il fait tout ce qu'ils lui demandent. Tu penses que c'est l'histoire avec Rosie qui le turlupine ? »

Ziggy haussa les épaules. « Possible. Sur le moment, il a pris ça à la rigolade, mais il était complètement défoncé. À dire vrai, je lui ai à peine parlé depuis le jour où Maclennan est venu.

— Moi, je le vois seulement au boulot. Dès que c'est l'heure, il fiche le camp. Il ne veut même pas aller prendre un café avec Mondo et moi. »

Ziggy fit la moue. « Ça m'étonne que Mondo ait le temps de prendre un café.

— Ne sois pas trop dur avec lui. C'est sa façon d'assumer les choses. Quand il prend son pied avec une nana, il ne pense pas au meurtre. Ce qui explique qu'il ait un tableau de chasse long comme le bras », ajouta Alex avec un grand sourire.

Traversant la route, ils descendirent Wemyssfield, une petite rue débouchant sur la grand-place. Ils marchaient du pas assuré d'hommes sur leur territoire, un endroit si familier que cela vous confère une sorte de droit de propriété. Il était minuit moins dix lorsqu'ils dévalèrent les marches menant au parvis de l'hôtel de ville. Il y avait déjà plusieurs groupes, des bouteilles passant de main en main. Alex regarda autour de lui pour essayer d'apercevoir les autres.

« Là-bas ! s'écria Ziggy, près de la poste. Mondo a amené sa dernière conquête. Ah, et Lynn est avec eux. » Il désigna l'endroit et ils allèrent les rejoindre.

Après les échanges de salutations, et un accord unanime comme quoi Weird n'avait pas eu le dernier mot à la maison, Alex se retrouva à côté de Lynn. Elle avait grandi, pensa-t-il. Ce n'était plus une enfant. Avec ses traits angéliques et ses boucles brunes, on aurait dit une réplique féminine de Mondo. Mais, paradoxalement, les éléments qui donnaient au frère une expression de fragilité faisaient l'effet contraire chez elle. Elle n'avait pas l'air fragile le moins du monde. « Alors, comment ça va ? » dit-il. Ce n'était pas très original, mais il ne tenait pas à ce qu'on le soupçonne de draguer les gamines de quinze ans.

« Super. Tu as passé un bon Noël ?

— Pas mal. (Il plissa le front.) Il était difficile de ne pas penser à... tu vois ce que je veux dire.

— Oui. Je n'arrivais pas à la chasser de mon esprit, moi non plus. Je n'arrêtais pas de me demander ce que ça devait être pour ses proches. Il est probable qu'ils lui avaient déjà acheté ses cadeaux de Noël. Quel souvenir abominable de les avoir à la maison.

— Presque tout doit être un souvenir abominable, j'imagine. Bon, parlons d'autre chose. Ça marche à l'école ? »

Elle se rembrunit. Elle n'avait aucune envie qu'on lui rappelle leur différence d'âge, comprit-il. « Très bien. Je passe le brevet cette année. Ensuite, ce sera le bac. J'ai hâte d'en avoir fini pour me lancer sérieusement.

— Tu sais ce que tu vas faire ? demanda Alex.

— L'école des beaux-arts d'Édimbourg. Une fois le diplôme en poche, j'irai à Courtauld, à Londres, apprendre la restauration de tableaux. »

Sa confiance faisait plaisir à voir. Avait-il jamais été aussi sûr de lui ? Il avait plus ou moins atterri en histoire de l'art parce qu'il ne s'était jamais fait d'illusion sur ses talents de dessinateur. Il siffla tout bas. « Sept ans d'études ? Ce n'est pas rien.

— C'est ce que je désire faire et il n'y a pas d'autre moyen.

— Pourquoi veux-tu restaurer des tableaux ? » Sa curiosité était sincère.

« Ça me fascine. La recherche, le savoir et puis ce saut dans l'inconnu où il faut se mettre au diapason de ce que l'artiste a voulu montrer. C'est passionnant. »

Avant qu'il ait eu le temps de répondre, les autres clamèrent : « Il a réussi ! »

Pivotant sur les talons, il vit la silhouette de Weird se découper dans la pénombre du palais de justice, ses bras s'agitant en l'air comme ceux d'un pantin désarticulé. Il poussait des cris de triomphe en courant. Alex leva la tête vers l'horloge. À une minute près.

Puis Weird les serra dans ses bras, un sourire jusqu'aux oreilles. « Je me suis dit comme ça, c'est ridicule. Je suis majeur et mon vieux veut m'empêcher de rencontrer mes copains la nuit de la Saint-Sylvestre. À quoi ça rime ? » Il secoua la tête. « S'il me flanque à la porte, je pourrai toujours dormir chez toi, n'est-ce pas, Alex ? »

Alex lui donna une tape sur l'épaule. « Pourquoi pas ? Je suis habitué à tes ronflements ignobles.

— Silence, tout le monde ! s'exclama Ziggy au-dessus du brouhaha. Ce sont les cloches. »

Ils se turent aussitôt, tendant l'oreille pour entendre le son métallique de Big Ben provenant du transistor de Ziggy. Alors que le carillon commençait, les Quatre de Kirkcaldy se regardèrent. Leurs bras se levèrent comme tirés par un même fil, les mains se joignant au dernier coup de minuit. « Bonne année ! » braillèrent-ils en chœur. Alex constata que, comme lui, ses amis avaient la gorge serrée.

Puis ils se séparèrent et tout fut fini. Il se tourna vers Lynn, l'embrassa chastement sur les lèvres. « Bonne année.

— Ça devrait aller », répondit-elle, le rouge aux joues.

Ziggy ouvrit la bouteille de Grouse et la fit circuler. Déjà, les groupes sur la place se dispersaient, chacun s'abordant et se souhaitant bonne année avec de grandes effusions, l'haleine empestant l'alcool. Plusieurs anciens camarades de classe les plaignirent d'avoir eu la malchance de trouver le cadavre d'une fille dans la neige. Il n'y avait aucune méchanceté dans leurs propos, mais Alex lut dans le regard de ses amis que ça ne leur plaisait pas plus qu'à lui. Une bande de filles avait improvisé un quadrille à huit près de l'arbre de Noël. Alex regarda autour de lui, incapable d'exprimer les émotions qui gonflaient sa poitrine.

Lynn glissa sa main dans la sienne. « À quoi penses-tu ? »

Il baissa la tête vers elle, s'efforça de sourire. « Je me disais que ce serait tellement bien si le temps pouvait s'arrêter maintenant. Si je n'avais plus jamais à remettre les pieds à St Andrews.

— Ça se passera peut-être mieux que tu ne le crois. D'ailleurs, plus que six mois et tu seras libre.

— Je pourrais revenir le week-end. » Les mots sortirent de sa bouche sans même qu'il se doute qu'il allait les proférer. Tous deux savaient ce que cela signifiait.

« J'aimerais bien. Simplement, inutile d'en parler à mon horrible frère. »

Une nouvelle année, un nouveau pacte.

À l'amicale de la police de St Andrews, l'alcool coulait à flots depuis un certain temps déjà. C'est tout juste si on entendit les cloches dans la bonhomie tapageuse du bal de la Saint-Sylvestre. Le seul frein à l'exubérance de ceux qui supportaient quotidiennement les contraintes imposées par leur travail était la présence des épouses, des fiancées et des recrutées d'office, amenées là pour permettre aux solitaires de sauver la face.

Les joues en feu, flanqué des deux matrones d'âge mûr qui tenaient le standard du poste de police, Jimmy Lawson exécutait une *Dashing White Sergeant*. La jolie réceptionniste d'un cabinet dentaire avec laquelle il était arrivé avait filé aux toilettes, laminée par son enthousiasme apparemment sans bornes pour les danses traditionnelles écossaises. Il s'en moquait ; à la Saint-Sylvestre, il y avait toujours une kyrielle de volontaires pour guincher, et Lawson aimait bien se détendre un peu. Une soupape bien méritée, vu l'énergie qu'il mettait dans son boulot.

Barney Maclennan était adossé au bar, entre Iain Shaw et Allan Burnside, chacun avec un whisky bien tassé. « Seigneur, regardez-les, grommela-t-il. Si on en est à la *Dashing White Sergeant*, la *Strip the Willow* ne va pas tarder.

— Des soirées pareilles, il fait bon être célibataire, remarqua Burnside. Personne pour vous arracher à votre verre et vous traîner sur la piste. »

Maclennan ne répondit pas. Il ne comptait plus le nombre de fois où il avait essayé de se convaincre qu'il s'en sortait mieux sans Elaine. Il n'y était jamais parvenu plus de quelques heures à la fois. Ils avaient encore passé ensemble la dernière Saint-Sylvestre. Ils se tenaient avec bien moins de vigueur que les danseurs sur la piste. À peine quelques semaines plus tard, elle lui avait fait part de sa décision. Elle en avait assez que son boulot passe avant elle.

Non sans une pointe d'ironie, il se souvint d'une de ses diatribes. « Si encore il s'agissait de délits importants comme des viols ou des meurtres, mais tu passes toutes tes journées à courir après des petits voleurs minables. Tu crois que c'est drôle de jouer les seconds couteaux pour une bourge qui s'est fait faucher son Austin ? » Eh bien, ses souhaits avaient été exaucés. Voilà qu'un an plus tard, il se retrouvait embringué dans la plus grosse affaire de sa carrière. Sauf que tout ce qu'il faisait, c'était de tourner en rond.

Chaque piste qu'ils avaient explorée s'était révélée être un cul-de-sac. Aucun témoin ne se rappelait avoir vu Rosie avec un homme après le début novembre. Une chance pour le mystérieux inconnu que l'hiver ait été rude et les braves gens plus préoccupés par le carré de trottoir sous leurs pieds que par qui fricotait avec qui. Une chance pour lui, mais pas pour la police. Ils avaient fini par mettre la main sur ses deux derniers petits amis. L'un d'eux l'avait laissée tomber pour une fille avec laquelle il continuait de sortir. Il n'avait aucune raison d'en vouloir à l'ancienne serveuse. Rosie avait plaqué l'autre début novembre, ce qui semblait plus prometteur à première vue. Il ne l'avait pas digéré, était retourné deux ou trois fois au pub faire du raffût. Mais il possédait un alibi en béton pour la fameuse soirée. Il était resté jusqu'à plus de minuit à la fête de Noël organisée à son bureau, puis il était rentré chez lui en compagnie de la secrétaire de son patron, avec laquelle il avait passé la nuit. Il avait reconnu qu'il avait été furieux contre Rosie sur le moment, mais, pour être franc, c'était tout de même plus agréable d'être avec une fille moins avare de ses faveurs.

Comme Maclennan insistait pour savoir ce qu'il entendait par là, son orgueil de mâle s'était insurgé et il n'avait plus dit un mot. Mais, pressé davantage, il avait admis qu'ils n'avaient jamais eu réellement de rapports sexuels, juste des petits jeux à volonté. Non que Rosie fût prude. Simplement, elle renâclait à aller jusqu'au bout. Il avait vaguement parlé de pipes et de branlettes tout en affirmant que les choses n'étaient jamais allées plus loin.

Ainsi Brian avait eu raison, dans une certaine mesure, en prétendant que sa sœur était une fille bien. Rosie n'avait rien d'une Marie-couche-toi-là, telle était la conclusion à laquelle en était arrivé Maclennan. Cependant, cette constatation ne l'avançait guère, s'agissant de dénicher le meurtrier. Il y avait de fortes chances, pensait-il, pour que l'homme qu'elle avait rencontré cette nuit-là eût déjà obtenu d'elle ce qu'il désirait avant de se transformer en assassin. Cela pouvait être Alex Gilbey ou un de ses amis. Mais peut-être pas.

Ses inspecteurs avaient fait valoir que, si le type avec lequel elle avait rendez-vous ne s'était pas manifesté, il y avait sans doute une bonne raison. « Peut-être qu'il est marié », avait dit Burnside. « Peut-être craint-il qu'on lui fasse porter le chapeau », avait renchéri Shaw avec cynisme. Autant d'explications plausibles, se disait Maclennan. Toutefois, cela ne changeait pas d'un iota sa conviction. Quant aux théories de Lawson sur les rites sataniques, elles n'avaient rien donné. Aucun des pasteurs auxquels avait parlé Burnside n'avait jamais eu vent de quoi que ce soit de semblable dans la région. Et, pour ce type d'informations, estimait Maclennan, on pouvait leur faire confiance. En un sens, cela le soulageait ; les choses étaient déjà suffisamment embrouillées comme ça. Il était convaincu que Rosie connaissait son assassin et qu'elle l'avait suivi dans la nuit sans se méfier.

Comme le feraient ce soir des milliers d'autres femmes à travers tout le pays. Maclennan espérait ardemment qu'elles finiraient toutes saines et sauves dans leur lit.

À cinq kilomètres de là, une atmosphère totalement différente avait salué l'arrivée de l'année nouvelle à Strathkinness.

Là, pas de décorations de Noël. Les cartes de vœux avaient été reléguées en tas sur une étagère. La télévision, qui, d'ordinaire, annonçait le premier janvier à grand fracas, se taisait dans un coin. Un verre de whisky intact à côté d'eux, Eileen et Archie Duff étaient tassés sur leur siège. Le silence oppressant reflétait le poids de leur chagrin et de leur désespoir. Au fond d'eux-mêmes, ils savaient qu'il n'y aurait plus pour eux de bon nouvel an. Que la période des fêtes serait à jamais assombrie par la mort de leur fille. Aux autres de se réjouir ; eux ne pourraient que se lamenter.

Avachis sur des chaises en plastique, Brian et Colin se trouvaient dans l'arrière-cuisine. Contrairement à leurs parents, ils n'avaient aucune difficulté à arroser la nouvelle année. Depuis la mort de Rosie, ils se bituraient à bloc. Leur réaction à la tragédie avait été non pas de se replier sur eux-mêmes, mais de s'extérioriser davantage. Les patrons de pubs s'étaient fait une raison des incartades éméchées des frères Duff. Du reste, ils n'avaient guère le choix s'ils ne voulaient pas encourir la colère de leur clientèle volatile, qui pensait que Colin et Brian méritaient plutôt de la compassion.

Ce soir-là, la bouteille était déjà à moitié vide. Colin consulta sa montre. « On a raté le coche », fit-il observer.

Brian le regarda d'un œil ensommeillé. « Qu'est-ce que j'en ai à foutre ? Rosie, elle le ratera tous les ans.

— Ouais. Et à l'heure qu'il est, le mec qui l'a zigouillée est probablement en train d'arroser le pot qu'il a eu de s'en sortir.

— C'est eux. Je suis sûr que c'est eux. Tu vois cette photo ? Est-ce qu'on peut avoir l'air plus coupable ? »

Colin vida son verre et empoigna la bouteille avec un signe d'approbation. « Y avait personne d'autre dans les parages. Et ils ont déclaré qu'elle respirait encore. Alors si c'est pas eux, où qu'il est passé, ce meurtrier ? Il s'est quand même pas envolé dans les airs.

— On devrait prendre une résolution.

— Comme quoi ? Ne me dis pas que tu veux encore arrêter les clopes ?

— Je suis sérieux. On devrait se jurer un truc. C'est bien le moins qu'on puisse faire pour Rosie.

— Qu'est-ce que tu veux dire ? Quel genre de serment ?

— C'est pas compliqué, Col. » Brian remplit son verre. Il le leva, dans l'expectative « Si jamais les flics n'arrivent pas à obtenir d'aveux, alors nous on s'en chargera. »

Colin réfléchit un instant. Puis il leva son verre et heurta celui de son frère. « Si jamais les flics n'arrivent pas à obtenir d'aveux, nous on s'en chargera. »

11

Perchées sur un promontoire rocheux situé entre deux criques sablonneuses, les imposantes ruines de Ravenscraig Castle dominent majestueusement l'estuaire du Forth et ses alentours. À l'est, un long mur de pierres sert de défense contre la mer et les maraudeurs. Il s'étend jusqu'à Dysart, jadis port actif et prospère, aujourd'hui en grande partie ensablé. Au bout de la baie arrondie, de l'autre côté du pigeonnier qui accueille encore pigeons et oiseaux de mer, là où le mur forme une pointe en V, se dresse une tour de guet, percée de meurtrières et couverte d'un toit pentu.

Depuis leur adolescence, les Quatre de Kirkcaldy considéraient cet endroit comme leur fief personnel. L'un des meilleurs moyens d'échapper à la surveillance des adultes était les promenades, jugées saines et aux antipodes des voies du Mal. Il suffisait qu'ils proposent de partir explorer la côte et les bois avoisinants pendant une journée pour qu'on fût ravi de leur fournir des paniers de pique-nique.

Il leur arrivait de filer dans le sens inverse, le long d'Invertiel, en passant devant la sinistre mine de Seafield en direction de Kinghorn. Mais le plus souvent, ils venaient à Ravenscraig, aussi parce que la camionnette du marchand de glaces stationnait pas très loin dans le parc voisin. Par beau temps, allongés dans l'herbe, ils donnaient libre cours à leurs fantasmes les plus débridés, imaginant ce que serait leur vie dans un avenir tantôt proche tantôt lointain. Ils évoquaient les péripéties de leur trimestre au collège, les embellissant et les récrivant à souhait. Ils jouaient aux cartes, faisaient d'interminables parties de vingt-et-un en pariant des allumettes. C'est là qu'ils avaient fumé leur première cigarette, Ziggy virant au vert et vomissant dans les ajoncs.

Parfois, ils grimpaient sur le grand mur de pierre pour observer le trafic fluvial dans l'estuaire. Le visage fouetté par le vent, ils avaient l'impression d'être à la proue d'un cargo ballotté par les vagues, les planches gémissant sous leurs pieds. Et quand il se mettait à pleuvoir, ils allaient se réfugier dans la tour de guet. Ziggy avait un tapis de sol qu'ils étalaient sur la terre boueuse. Encore maintenant, alors qu'ils se prenaient pour des adultes, ils aimaient descendre les marches en pierre menant du château à la plage, déambulant dans la poussière de charbon et les coquillages jusqu'à la tour.

La veille de la rentrée à St Andrews, ils se retrouvèrent à midi au Harbor Bar pour prendre un verre. L'argent gagné à Noël tintant dans leurs poches, Alex, Mondo et Weird n'auraient pas demandé mieux que d'y passer la journée, mais Ziggy les emmena dehors. L'air était agréablement frais, le soleil dessinait un rond liquide sur fond de ciel bleu pâle. Ils traversèrent le port, se faufilant entre les gigantesques silos de la minoterie en direction de la plage à l'ouest. Weird se tenait un peu en arrière, contemplant l'horizon comme à la recherche d'une inspiration.

En approchant du château, Alex s'échappa pour grimper sur l'amas de rochers qui, à marée haute, était presque entièrement immergé. « Rappelle-moi combien il a touché. »

Mondo répondit aussitôt, sans avoir à réfléchir. « Pour la construction d'un château à Ravenscraig, David Boys, maître maçon, reçut par ordre de la reine Marie de Gueldre, veuve de Jacques II d'Écosse, la somme de six cents livres écossaises. Mais, attention, les matériaux étaient à sa charge.

— Et ce n'était pas donné. En 1461, quatorze arbres provenant des bords de la rivière Allan furent abattus et acheminés à Stirling au prix de sept shillings. Puis il fallut verser deux livres dix shillings à un certain Andrew Balfour pour en faire des solives, coupe, rabotage et transport jusqu'à Ravenscraig compris, récita Ziggy.

— J'ai bien fait de prendre ce travail à Safeway, plaisanta

Alex. Ça paie beaucoup mieux. » La tête penchée en arrière, il examinait le château en haut de la falaise. « Je pense que les Sinclair ont fait quelque chose de beaucoup plus joli que ce qu'aurait réalisé la reine Marie si elle n'avait pas passé l'arme à gauche avant la fin des travaux.

— Un château fort n'est pas censé être joli, dit Weird en les rejoignant. C'est un refuge et un bastion.

— Tristement utilitaire », se plaignit Alex en sautant à terre depuis son perchoir. Les autres le suivirent le long de la plage, leurs pieds effleurant les débris jonchant le sable à la limite des hautes eaux.

À mi-chemin, sur un ton plus sérieux que jamais, Weird lança soudain : « J'ai quelque chose à vous dire. »

Alex pivota pour lui faire face, marchant à reculons. Les autres se tournèrent également vers lui. « Voilà qui ne présage rien de bon, remarqua Mondo.

— Je sais que ça ne va pas vous plaire. Je vous demande seulement de respecter mon choix. »

Alex vit de l'appréhension dans le regard de Ziggy. À tort, estima-t-il. La déclaration de Weird serait comme toujours purement égocentrique et axée sur sa propre personne. « Alors accouche. On veut savoir ce que c'est », dit-il en s'efforçant de prendre un ton encourageant.

Weird enfonça ses mains dans les poches de son jean. « Je suis devenu chrétien », laissa-t-il tomber d'une voix bourrue. Alex le dévisagea, perplexe. Weird aurait avoué avoir tué Rosie Duff, il en aurait été moins époustouflé.

Ziggy éclata de rire. « Merde, je m'attendais à une révélation bouleversante. Chrétien, tu dis ?

— Pour une révélation, c'en est une, répondit Weird, la mâchoire saillante en une expression de défi. J'ai accepté le Christ comme mon Sauveur. Et je vous prie de garder vos plaisanteries pour vous. »

Ziggy se tordait de rire, les bras serrés autour de la taille. « Je n'ai jamais rien entendu d'aussi drôle... Bon Dieu, je crois que je vais pisser dans mon froc. » Il s'appuya contre Mondo, tout sourires lui aussi.

« Et je vous serais reconnaissant de ne pas blasphémer le nom de Dieu », ajouta Weird.

Ziggy se mit à rire de plus belle. « Ça, par exemple. Qu'est-ce qu'on dit déjà ? Qu'il y aura plus de joie dans le ciel pour un seul pécheur repenti que pour quatre-vingt-dix-neuf justes qui n'ont pas besoin de repentance. Eh ben, ça doit être la fiesta là-haut d'avoir chopé un pécheur comme toi ! »

Weird prit un air outragé. « Je reconnais avoir fait des bêtises par le passé. Mais c'est de l'histoire ancienne. Je suis régénéré, ce qui veut dire que mon ardoise est à nouveau propre.

— Pour effacer la tienne, ça a dû demander des heures de ménage. Quand est-ce que le grand événement a eu lieu ?

— Je suis allé à la messe de minuit, ç'a été le déclic. Je me suis rendu compte de l'envie que j'avais d'être lavé dans le sang de l'agneau, d'être purifié.

— C'est dingue ! s'exclama Mondo.

— Tu n'en as pas dit un mot à la Saint-Sylvestre, fit observer Alex.

— J'attendais que vous ne soyez pas pétés. Ce n'est pas rien, donner sa vie au Christ.

— Il faut m'excuser, dit Ziggy, mais tu es bien la dernière personne dont j'aurais attendu une chose pareille.

— Je sais, répondit Weird. Mais je suis sincère.

— On restera copains quand même, dit Ziggy sans pouvoir retenir un petit sourire narquois.

— En tout cas, tant que tu ne chercheras pas à nous convertir. Je t'aime comme un frère, mais pas assez pour laisser tomber la baise et l'alcool, précisa Mondo.

— Ce n'est pas ça, aimer Jésus.

— Fichons le camp d'ici, coupa Ziggy. Je me les gèle. Montons à la tour. »

Et il s'en alla, Mondo à son côté. Les deux autres leur emboîtèrent le pas. Alex se sentait étrangement triste pour son ami. Quel isolement avait dû être le sien pour qu'il cherche une consolation auprès des dingos du Christ. *J'aurais dû être là pour l'aider*, se dit-il, non sans une pointe de remords. Il n'était peut-être pas trop tard. « Ça a dû te faire tout drôle », dit-il.

Weird secoua la tête. « Pas du tout. Je me suis senti en paix. Comme si j'avais enfin trouvé ma place. Je ne sais pas comment le dire autrement. J'y étais allé pour accompagner ma mère. Et là, à Abbotshall Kirk, au milieu des cierges dont les flammes dansaient comme toujours à la messe de minuit, avec Ruby Christie chantant *Douce Nuit* a capella, c'est comme si les poils de mon corps s'étaient dressés et soudain tout a été clair. J'ai compris que Dieu avait sacrifié son fils pour racheter les péchés du genre humain. Et donc les miens aussi. J'ai compris que je pouvais être sauvé.

— Impressionnant. » La sincérité de ces propos mit Alex mal à l'aise. Ils étaient amis depuis des années, mais jamais il n'avait eu avec Weird de conversation de ce genre. Surtout pas lui, dont la seule profession de foi semblait être d'avaler le maximum d'hallucinogènes avant de casser sa pipe. « Alors qu'est-ce que tu as fait ? » Il l'imaginait courant jusqu'à l'autel pour demander l'absolution. L'humiliation suprême, pensa-t-il. Le genre de souvenir à vous donner des sueurs froides une fois abandonnée la quête de Dieu et revenu à la vie normale.

« Rien du tout. Je suis resté jusqu'à la fin de l'office, puis je suis rentré à la maison. Je me disais que ça allait passer, que c'était une espèce de crise mystique bizarroïde. Qu'il y avait peut-être un rapport avec tout ce qu'avait remué la mort de Rosie. Ou même avec des choses que j'avais éprouvées sous l'effet de l'acide. Mais en me réveillant le lendemain, je me sentais pareil. Alors j'ai regardé dans le journal ce qu'il y avait comme office le jour de Noël et je me suis retrouvé chez les évangélistes à Links. »

Oh la la. « Un matin de Noël, tu devais être tout seul.

— Tu rigoles, répondit Weird avec un gloussement. C'était plein à craquer. Et magnifique. Une musique super et des gens qui m'ont accueilli comme si on se connaissait depuis toujours. À la fin, je suis allé parler au prêtre, avoua-t-il en baissant la tête. Ç'a été très fort comme rencontre. En tout cas, le résultat, c'est que j'ai été baptisé la semaine dernière. Et il m'a donné l'adresse d'une congrégation sœur à St Andrews. » Il adressa à Alex un sourire béat. « Voilà pourquoi il fallait que je vous en parle aujourd'hui. Je vais y aller demain, dès notre retour à Fife Park. »

C'est seulement le lendemain soir qu'ils eurent l'occasion de discuter ensemble de la conversion miracle de leur copain pécheur, une fois que Weird, sa guitare électrique rangée dans son étui, fut parti rejoindre les évangélistes près du port, de l'autre côté de la ville. Installés dans la cuisine, ils le regardèrent s'éloigner dans la nuit.

« Eh bien, c'est la fin de notre groupe, affirma Mondo. Parce qu'il n'est pas question que je fasse des concerts spirituels genre "Jésus m'aime".

— Messieurs, Elvis a quitté le navire, affirma Ziggy. Moi, je vous le dis, il a perdu la boule.

— C'est du sérieux, les gars, dit Alex.

— Ce qui n'arrange pas les choses. Ça va être insupportable, répondit Ziggy. Il va nous mettre les barbus aux fesses. Ils viendront sauver notre âme qu'on le veuille ou non. La disparition de notre petit orchestre va être le cadet de nos soucis. "Tous pour un et un pour tous", c'est fini et bien fini.

— Moi, cette histoire me met mal à l'aise, dit Alex.

— Comment ça ? demanda Mondo. Ce n'est pas comme si tu l'avais emmené de force écouter Ruby Christie.

— Il n'aurait pas déraillé à ce point s'il n'avait pas eu un cafard noir. C'est lui qui semblait le plus cool, je sais, mais le meurtre de Rosie a dû sacrément le bouleverser. Et nous autres, on était tellement absorbés par nos propres états d'âme qu'on n'y a vu que du feu.

— Il n'y a peut-être pas que ça, suggéra Mondo.

— Qu'est-ce que tu veux dire ? » demanda Ziggy.

Mondo racla le plancher avec la pointe de ses bottes. « On n'a aucune idée de ce qu'il fichait réellement dans la Land Rover la nuit où Rosie a été tuée. Il prétend ne pas l'avoir vue, mais on n'a que sa parole. »

Alex sentit le sol vaciller sous ses pieds. Depuis qu'il avait fait part de ses doutes à Ziggy, il s'était efforcé de refouler ces pensées insidieuses. Et voilà que Mondo venait de redonner corps à l'inadmissible.

« C'est horrible de dire ça.

— Peut-être. Mais je parie que tu y as pensé, toi aussi, répondit Mondo d'un ton de défi.

— Tu ne crois tout de même pas que Weird serait capable de violer et même de tuer quelqu'un ? protesta Alex.

— Il était complètement défoncé ce soir-là. Qui sait ce qu'il aurait pu faire dans un état pareil ?

— Ça suffit ! » La voix de Ziggy fendit la méfiance ambiante comme une lame. « Si tu ouvres la porte à ce genre de soupçon, ça n'en finira pas. Moi aussi, je suis sorti faire un tour ce soir-là. Alex avait carrément invité Rosie à la fête. Et toi, tu as mis une éternité à ramener cette fille à Guardbridge. Qu'est-ce que tu as fabriqué pendant tout ce temps, Mondo ? » Il le foudroya du regard. « C'est ça, le genre de question que tu veux qu'on se pose ?

— J'ai jamais rien dit sur vous deux. Alors vous n'avez aucune raison de vous en prendre à moi.

— Mais t'en prendre à Weird alors qu'il n'est même pas là pour se défendre, ça ne te dérange pas ? Et tu te dis son ami ?

— Eh bien maintenant, c'est Jésus son ami, rétorqua Mondo en ricanant. Ce qui me paraît plutôt excessif comme réaction. Pour moi, c'est tout bonnement de la culpabilité.

— Arrêtez à la fin ! s'écria Alex. Vous vous entendez parler ? Des gens prêts à nous traîner dans la boue, il y en aura bien assez comme ça sans qu'on se mette de la partie. Si on ne reste pas solidaires, on est foutus.

— Alex a raison, admit Ziggy d'une voix lasse. Mettons fin à ces accusations, d'accord ? Maclennan meurt d'envie de nous monter les uns contre les autres. Ce qu'il veut, c'est une condamnation, et il s'en fout royalement de savoir qui porte le chapeau. Notre intérêt est de faire en sorte que ce ne soit pas l'un de nous. À l'avenir, tu ferais mieux de garder tes idées empoisonnées pour toi, Mondo. » Ziggy se leva. « Moi, je vais acheter du pain et du lait à l'épicerie du coin. On pourra au moins prendre un café ensemble avant que ces Tories ne reviennent nous abrutir avec leur fichu accent anglais.

— Je t'accompagne, dit Alex. J'ai besoin de clopes. »

En rentrant une demi-heure plus tard, ils constatèrent que l'affaire avait connu un nouveau rebondissement. La police était de retour et leurs deux colocataires se tenaient sur le pas de la porte, leurs valises à leurs pieds, l'air ébahi.

« Bonsoir, Harry. Bonsoir Eddie, leur dit Ziggy d'un ton affable en jetant par-dessus leur épaule des coups d'œil dans le couloir, où Mondo faisait grise mine à un agent. J'ai bien fait d'acheter deux litres au lieu d'un.

— Bon sang, qu'est-ce qui se passe ? demanda Henry

Cavendish. C'est cet imbécile de Mackie qu'on arrête pour trafic de drogue ?

— Rien d'aussi prosaïque, répondit Ziggy. Il est vrai qu'un vulgaire assassinat ne mérite sans doute pas qu'on en parle dans *Tatler* ou dans *Horse and Hounds*.

— Mon Dieu, gémit Cavendish. Toujours ces répliques minables. Je croyais que tu avais dépassé ces discours de héros du peuple à la con.

— Pas de blasphème, s'il te plaît. On a à présent un chrétien parmi nous.

— Mais qu'est-ce que tu racontes ? dit Edward Greenhalgh. Un assassinat ? Un chrétien ?

— Weird a découvert Dieu, répondit brièvement Alex. Pas le dieu de votre grande église anglicane, plutôt celui qu'on accompagne de musique de tambourins et d'alléluias. Désormais, les séances de prière auront lieu dans la cuisine. »

Aux yeux d'Alex, il n'y avait pas de sport plus savoureux que d'asticoter ceux qui croyaient en leurs privilèges. Et à St Andrews, les cibles potentielles ne manquaient pas.

« Quel rapport avec le fait que la maison soit remplie de policiers ? demanda Cavendish.

— Si je ne me trompe, celui qui est dans le couloir est une femme. À moins que la police de la Fife ne recrute à présent des travelos particulièrement bien roulés. »

Cavendish grinça des dents. Il ne supportait pas l'entêtement des Quatre de Kirkcaldy à le tourner en ridicule. C'est d'ailleurs pour cette raison qu'il passait là le moins de temps possible. « Pourquoi la police ?

— Parce que nous sommes suspects dans une enquête pour homicide, répondit Ziggy en souriant.

— Il veut dire, s'empressa de préciser Alex, que nous sommes des témoins. Une des barmaids du Lammas Bar a été assassinée juste avant Noël. C'est nous qui avons découvert le corps.

— Mais c'est épouvantable, s'exclama Cavendish. Je n'étais pas au courant. Les pauvres parents de la fille. Et ça a dû être dur pour vous aussi.

— Ce n'était pas la joie, effectivement », dit Alex.

Visiblement décontenancé, Cavendish jeta un nouveau coup d'œil à l'intérieur de la maison. « Écoutez. Ça risque de ne pas être une période facile. On ferait peut-être mieux de s'installer ailleurs. Viens, Ed. On demandera à Tony et à Simon de nous héberger pour la nuit. Puis, demain matin, on s'arrangera pour changer de pavillon. » Il se retourna, avant de se raviser en fronçant les sourcils. « Où est la Land Rover ?

— Ah, répondit Ziggy. C'est un peu compliqué. Vois-tu, nous l'avons empruntée et...

— Empruntée ! répéta Cavendish, scandalisé.

— Je suis désolé. Il faisait un temps de chien, alors on s'est dit que ça ne t'ennuierait pas trop.

— Eh bien, où est-elle ? »

Ziggy parut gêné. « Il faudrait poser la question à la police. C'est le soir où on l'a prise que la fille a été assassinée. »

La compassion de Cavendish s'était complètement dissipée.

« Ce n'est pas vrai ! rugit-il. Ma voiture est mêlée à une histoire de meurtre ?

— Je crains bien que oui. Désolé. »

Cavendish avait l'air furieux. « Vous allez avoir de mes nouvelles, croyez-moi ! »

Dans le silence sinistre qui s'ensuivit, Alex et Ziggy regardèrent les deux autres redescendre l'allée, courbés sous le poids de leurs valises. Ils n'avaient pas encore eu le temps d'échanger un mot lorsqu'ils durent s'effacer pour laisser repartir les policiers. Quatre en tenue et deux en civil. Sans un regard pour Alex et Ziggy, ils se dirigèrent vers leurs voitures.

« C'était quoi ce cirque ? demanda Alex une fois à l'intérieur.

— Ils n'ont rien dit, répondit Mondo, avec un haussement d'épaules. Ils ont prélevé des échantillons de peinture sur les murs, les plafonds et les boiseries. J'ai entendu l'un d'entre eux faire allusion à un pull, mais ils n'ont pas touché à nos vêtements. Ils ont fouillé partout, m'ont demandé si on avait fait faire des travaux récemment.

— Ce n'est pas demain la veille, dit Ziggy en ricanant. Et ils s'étonnent de passer pour des andouilles.

— Je n'aime pas ça, dit Alex. Je croyais qu'ils en avaient fini avec nous. Et voilà qu'ils rappliquent pour tout mettre sens dessus dessous. Ils doivent être en possession de nouveaux indices.

— Eh ben, nouveaux indices ou pas, nous on n'a rien à craindre, dit Ziggy.

— Si tu le dis, répondit Mondo d'un ton sarcastique. Pour ma part, je vais continuer à avoir le trac. Comme le disait Alex, ils nous avaient laissés tranquilles jusqu'ici et maintenant ils sont de retour. On ne peut pas balayer ça d'un revers de main.

— Mondo, nous sommes innocents, tu te souviens ? Cela veut dire qu'il n'y a aucune raison de s'inquiéter.

— Ouais, c'est ça. Alors qu'est-ce que ça a donné avec Harry et Eddie ?

— On dirait que ça les dérange de cohabiter avec des tueurs en série », lança Ziggy par-dessus son épaule en se rendant à la cuisine.

Alex le suivit. « Tu n'aurais pas dû dire ça.

— Quoi ? Que nous sommes des tueurs en série ?

— Non. Des suspects dans une enquête pour meurtre.

— Je plaisantais, dit Ziggy en haussant les épaules. Harry s'intéresse bien plus à sa précieuse Land Rover qu'à tout ce qu'on aurait pu faire. Si ce n'est que ça lui donne enfin la possibilité de déménager, ce qu'il souhaite depuis longtemps. Du reste, c'est surtout toi qui vas en profiter. Avec ces deux chambres libres, tu n'auras plus à partager avec Weird. »

Alex saisit la bouilloire. « N'empêche, tu aurais mieux fait de t'abstenir. J'ai comme l'impression qu'on va tous s'en mordre les doigts. »

12

La prédiction d'Alex se réalisa beaucoup plus tôt qu'il ne l'aurait cru. Deux jours plus tard, descendant North Street en direction du département d'histoire de l'art, il aperçut Henry Cavendish en compagnie d'une bande de copains, s'avançant d'un pas conquérant dans des tenues en flanelle rouge. Cavendish donna un coup de coude à un de ses acolytes en murmurant quelque chose à voix basse. Bientôt, Alex se retrouva au milieu d'un océan de vestes en tweed, de pantalons de serge et de visages hautains.

« Tu as un sacré culot de te montrer par ici, Gilbey, dit Cavendish avec une expression méprisante.

— Il me semble que je suis plus en droit que toi et tes potes de circuler dans ces rues, répondit Alex d'un ton badin. C'est mon pays, pas le tien.

— Un pays où les gens peuvent piquer des voitures en toute impunité. Je n'arrive pas à croire que vous ne soyez pas encore inculpés pour ce que vous avez fait. Si vous vous êtes servis de ma Land Rover pour couvrir un meurtre, ce n'est pas seulement aux flics que vous aurez affaire. »

Alex essaya de passer, mais il était cerné, bousculé de toutes parts. « Va te faire voir, Henry, tu veux ? On n'est pour rien dans le meurtre de Rosie Duff. C'est nous qui avons donné l'alerte. Nous qui avons essayé de la maintenir en vie.

— Et les flics croient ça ? dit Cavendish. Ils sont encore plus stupides que je ne le pensais. » Un poing vola à la vitesse de l'éclair, atteignant durement Alex en dessous des côtes. « Me faucher ma bagnole ? Hein ?

— J'ignorais que tu étais capable de penser, répondit Alex d'une voix hachée, incapable de résister au plaisir de faire enrager son bourreau.

— C'est une honte que tu fasses encore partie de cette université, s'écria un autre en lui plantant un doigt osseux dans la poitrine. Au fond, tu n'es qu'un petit voleur de merde.

— Bon Dieu, mais écoutez ça. On dirait un mauvais sketch », rugit Alex, soudain en colère. Baissant la tête, il se mit à pousser, comme il l'avait fait dans d'innombrables mêlées sur le terrain de rugby. « À présent, hors de mon chemin ! » hurla-t-il. Haletant, il émergea de l'autre côté du groupe et se retourna avec un sourire sarcastique. « Moi, j'ai cours. »

Désarçonnés par sa réaction, ils le laissèrent partir. Alors qu'il s'éloignait, Cavendish lui lança : « J'aurais parié que tu allais à l'enterrement, pas à un cours. Ce n'est pas ce que font les assassins d'habitude ? »

Alex se retourna. « Quoi ?

— Tu n'es pas au courant ? On enterre Rosie aujourd'hui. »

Alex se mit à dévaler la rue, tremblant de rage. Il avait eu peur, il devait en convenir. Là, pendant un instant, il avait eu peur. Il ne pouvait pas croire que Cavendish lui ait menti à propos de l'enterrement de Rosie. C'était aussi invraisemblable que le fait que personne ne les ait prévenus que c'était aujourd'hui. Non qu'il aurait voulu y aller. Simplement, cela aurait été plus correct de les avertir.

Il se demanda comment les autres se débrouillaient, regrettant à nouveau que Ziggy n'ait pas tenu sa langue.

Alors qu'il pénétrait dans la classe d'anatomie, Ziggy fut accueilli au cri : de « Voilà le récupérateur de cadavres ! »

Il leva les mains, reconnaissant bien là l'esprit facétieux de ses collègues carabins. Si quelqu'un devait faire de l'humour noir avec la mort de Rosie, c'étaient eux. « Les macabs qu'on nous refile pour s'exercer ne te suffisent plus ? cria l'un d'eux à tue-tête.

— Trop vieux et trop tartes pour Ziggy, répondit un autre. Il lui faut de la chair fraîche.

— D'accord, j'ai compris, dit Ziggy. Vous êtes jaloux parce que je me suis lancé avant vous. »

Une poignée de ses camarades firent cercle autour de lui. « Comment c'était ? Il paraît qu'elle respirait encore quand tu l'as trouvée. Tu as eu les chocottes ?

— Ouais. Mais j'étais surtout furieux de ne pas avoir pu la sauver.

— Bah, mon vieux, t'as fait ton possible, dit l'un d'eux pour le réconforter.

— Mon possible ne valait pas grand-chose. C'est dingue, pendant des années on se bourre le crâne d'un tas de trucs et quand on se trouve face à la réalité, on ne sait même pas comment s'y prendre. Elle aurait eu plus de chances avec n'importe quel chauffeur d'ambulance. » Ziggy se débarrassa de son manteau d'un mouvement d'épaule et le laissa tomber sur une chaise. « Je me suis senti inutile. J'ai compris qu'on ne devient pas médecin avant d'avoir soigné des patients en chair et en os. »

Une voix s'éleva derrière eux. « Vous avez reçu là une précieuse leçon, monsieur Malkiewicz. » À leur insu, leur professeur était entré durant la conversation. « C'est une bien maigre consolation, je le sais, mais le médecin légiste m'a dit qu'elle était déjà dans un état désespéré quand vous l'avez trouvée. Elle avait perdu beaucoup trop de sang. » Il donna à Ziggy une tape sur l'épaule. « Hélas, nous ne faisons pas de miracles. Maintenant, mesdames et messieurs, installez-vous. Nous avons du pain sur la planche ce trimestre. »

Ziggy gagna sa place, l'esprit complètement ailleurs. Il repensait au sang sur ses mains, au pouls faible et irrégulier, à la chair froide, au souffle de plus en plus ténu. Il pouvait encore sentir le goût âcre sur sa langue. Il se demanda s'il arriverait jamais à franchir le cap, à devenir médecin, sachant que, quoi qu'il fasse, le résultat final serait toujours l'échec.

À quelques kilomètres de là, les parents de Rosie se préparaient à porter leur fille en terre. La police avait fini par rendre le corps et les Duff pouvaient faire le premier pas officiel sur la longue route du deuil. Eileen redressa son chapeau devant la glace, sans prêter la moindre attention à ses traits tirés. Ces jours-ci, elle n'avait que faire de se maquiller. À quoi bon ?

Ses yeux étaient ternes et battus. Les comprimés qu'on lui avait prescrits n'avaient pas chassé la douleur, ils l'avaient juste mise hors de portée, la changeant en un objet de contemplation plus qu'en une sensation réelle.

Archie se tenait à la fenêtre, attendant le corbillard. La paroisse de Strathkinness n'était qu'à deux cents mètres. Il avait été convenu que la famille suivrait le cercueil à pied pour accompagner Rosie dans son dernier voyage. Ses larges épaules s'affaissaient. En quelques semaines, c'était devenu un vieillard, un vieillard ayant perdu l'envie de retrouver le monde des vivants.

Tirés à quatre épingles comme personne ne les avait encore jamais vus, Brian et Colin buvaient un whisky dans l'arrière-cuisine pour se donner des forces. « J'espère qu'ils auront le bon sens de rester à l'écart, dit Colin.

— Qu'ils viennent. Je suis prêt à les recevoir, répondit Brian, une expression maussade sur ses traits séduisants.

— Pas aujourd'hui. Bon Dieu, Brian. Un peu de tenue. » Colin vida son verre et le reposa brutalement dans l'égouttoir.

« Ils sont là ! » cria son père.

Colin et Brian échangèrent un regard, promesse tacite de passer cette journée sans rien faire qui puisse leur causer du tort ou porter atteinte à la mémoire de leur sœur. Redressant les épaules, ils sortirent.

Le corbillard était garé devant la maison. La tête inclinée, les Duff descendirent l'allée, Eileen s'appuyant lourdement sur le bras de son mari. Ils se rangèrent derrière le cercueil, suivis par le morne essaim des proches et des amis. La police venait en dernier. Maclennan menait le détachement, fier qu'un certain nombre de ses coéquipiers aient pris sur leur temps libre. Pour une fois, la presse avait fait preuve de discrétion.

Une foule de villageois bordait la rue jusqu'à l'église. Beaucoup se joignirent au cortège à mesure qu'il s'acheminait vers l'édifice de pierre grise, au sommet de la colline qui dominait St Andrews. Une fois tout le monde à l'intérieur, la petite église était comble. Plusieurs participants durent rester debout sur les côtés et dans le fond.

La cérémonie fut brève et sans chichis. Eileen étant au-delà de ces détails, Archie avait demandé qu'on s'en tienne au strict minimum. « Pour nous, c'est juste une formalité, avait-il expliqué au pasteur. Ça ne changera rien au souvenir qu'on garde de Rosie. »

Maclennan trouva les mots simples du service funèbre extrêmement poignants. Des mots qui auraient davantage convenu à un être parvenu au bout de son destin qu'à une jeune femme ayant à peine gratté la surface de ce que sa vie aurait pu être. Il inclina la tête pour la prière, conscient que ce rituel n'apporterait pas d'apaisement à ceux qui avaient connu Rosie. Qu'aucun d'entre eux ne serait en paix tant qu'il n'aurait pas rempli sa mission.

Et il paraissait de plus en plus improbable qu'il arrive à répondre à leurs attentes. L'enquête était pratiquement en panne. Le seul indice nouveau était venu de l'analyse du cardigan. Lequel avait fourni en tout et pour tout quelques fragments de peinture, mais qui ne présentaient pas la plus petite ressemblance avec les échantillons récupérés dans le logement des étudiants à Fife Park. Le travail qu'il avait accompli avec son équipe avait été examiné en haut lieu, ce qui signifiait qu'on ne les jugeait pas à la hauteur. Mais l'inspecteur envoyé sur place avait été forcé de reconnaître que Maclennan avait fait de l'excellente besogne. Il avait été incapable d'émettre la moindre suggestion susceptible de relancer l'enquête.

Malgré lui, Maclennan en revenait toujours aux quatre étudiants. Ils ne possédaient aucun alibi digne de ce nom. Gilbey et Kerr avaient eu tous les deux un faible pour Rosie. Ce que Dorothy, l'une des autres serveuses, n'avait cessé de répéter lors de sa déposition. « Le grand costaud aux cheveux bruns, celui qui ressemble un peu à Ryan O'Neal », avait-elle déclaré. Même si, pour sa part, il n'aurait pas décrit Gilbey en ces termes, il savait de qui elle voulait parler. « Il la trouvait vachement à son goût. Et celui qu'on prendrait pour un membre des T-Rex. Il n'arrêtait pas de la dévorer des yeux. Elle ne lui aurait même pas donné l'heure, notez bien. Elle le trouvait beaucoup trop imbu de lui-même. Quant à l'autre, le costaud, elle disait qu'elle aurait bien passé la nuit avec s'il avait eu cinq ans de plus. »

Il existait donc une ombre de motif. Et, bien sûr, ils disposaient du véhicule rêvé pour transporter un cadavre. Qu'on n'ait relevé aucune trace ne signifiait pas pour autant qu'ils ne s'étaient pas servis de la Land Rover. Une bâche goudronnée, un tapis de sol, ou même une simple feuille de plastique un peu épaisse aurait retenu le sang et laissé l'intérieur nickel. En tout cas, l'assassin de Rosie avait eu une voiture, c'est sûr.

À moins qu'il ne s'agisse d'un des respectables habitants de Trinity Place. L'ennui, c'est qu'on avait déjà questionné tous les résidents de sexe masculin entre quatorze et soixante-dix ans. Soit ils étaient au diable vauvert, soit ils dormaient, ou encore ils avaient des alibis en béton. Deux adolescents avaient été soumis à un contrôle minutieux, mais rien ne les reliait à Rosie ou au crime.

L'autre élément jouant en faveur de Gilbey, c'étaient les analyses du labo. À partir du sperme trouvé sur les vêtements, on avait identifié le groupe sanguin du violeur, et donc de l'assassin : il appartenait au groupe O. Or Alex Gilbey était AB, ce qui voulait dire qu'il ne l'avait pas violée, à moins d'avoir utilisé un préservatif. En revanche, Malkiewicz, Kerr et Mackie étaient tous du groupe O. De sorte qu'en théorie cela aurait pu être l'un d'entre eux.

À ses yeux, Kerr n'avait pas le profil. Mais Mackie, tout à fait. Il avait eu vent de la brusque conversion du jeune homme. Pour lui, cela avait tout l'air d'un acte de désespoir provoqué par la culpabilité. Malkiewicz, c'était une autre histoire. Maclennan avait eu la chance de percer à jour ses goûts sexuels. S'il était amoureux de Gilbey, il avait peut-être été tenté de se débarrasser de ce qu'il pensait être une rivale. Ce n'était pas impossible.

Absorbé dans ses pensées, il constata soudain que la cérémonie avait pris fin et que l'assistance quittait l'église d'un pas traînant. Le cercueil remontait l'allée centrale, porté par Colin et Brian Duff à l'avant. Le visage de Brian était baigné de larmes. Colin avait l'air de retenir les siennes de toutes ses forces.

Maclennan chercha son équipe du regard et indiqua la sortie d'un signe de tête tandis que le cercueil disparaissait. La famille devait se rendre en voiture au Western Cemetery pour une inhumation dans la plus stricte intimité. Se faufilant au-dehors, il resta près de la porte à regarder la foule se disperser. Il n'était nullement persuadé que l'assassin fût parmi l'assistance ; c'était une hypothèse trop facile pour qu'il puisse s'en satisfaire. Ses collègues se regroupèrent derrière lui, discutant à voix basse entre eux.

Masquée par un coin du bâtiment, Janice Hogg alluma une cigarette. Après tout, elle n'était pas en service, et il lui fallait un coup de fouet pour se remettre de cette épreuve. Elle en était à sa seconde bouffée lorsque Jimmy Lawson apparut. « J'ai cru sentir de la fumée. Ça ne vous dérange pas que je me joigne à vous ? »

Il alluma une cigarette à son tour, adossé au mur, les cheveux dans les yeux. Il avait maigri depuis quelque temps, se dit-elle, et ça lui allait bien : les joues plus creuses, le menton moins empâté. « Je ne suis pas près de recommencer, déclara-t-il.

— Moi non plus. On aurait dit que tous les regards étaient fixés sur nous dans l'attente d'une réponse que nous n'avons pas.

— Et rien à l'horizon. Le patron n'a pas un seul suspect qui tienne la route », répondit Lawson d'une voix aussi aigre que le vent de l'est emportant leur fumée.

« Ce n'est pas *Starsky et Hutch,* pas vrai ?

— Dieu merci. Je veux dire, vous avez envie de porter des gilets de laine ? »

Janice ne put s'empêcher de pouffer. « Vu sous cet angle... »

Lawson tira longuement sur sa cigarette. « Janice... ça vous dirait d'aller boire un verre un de ces jours ? »

Janice le regarda, stupéfaite. Elle n'aurait jamais imaginé une seconde que Jimmy Lawson se fût aperçu qu'elle était une femme, sauf pour faire du thé ou porter les mauvaises nouvelles. « Vous me demandez de sortir avec vous ?

— Ça en a l'air. Qu'est-ce que vous en pensez ?

— Je ne sais pas, Jimmy. Les relations sentimentales dans le travail, je ne suis pas sûre que ce soit une bonne chose.

— Et comment voulez-vous rencontrer quelqu'un d'extérieur, à moins de l'arrêter ? Allez, Janice. Juste un petit verre. Histoire de voir si ça colle. » Son sourire lui conférait un charme qu'elle n'avait pas remarqué jusque-là.

Elle l'examina en réfléchissant. Ce n'était pas ce qu'on pouvait appeler un apollon, mais il n'était pas mal tout de même. Il avait une réputation de tombeur, un de ces types qui obtiennent en général d'une femme ce qu'ils désirent sans trop se fatiguer. Néanmoins, il l'avait toujours traitée avec respect, contrairement à bon nombre de ses collègues, dont le mépris n'était jamais très loin de la surface. Et ça faisait si longtemps qu'elle n'était pas sortie avec quelqu'un d'intéressant... « D'accord, répondit-elle.

— En repassant, je jetterai un coup d'œil au tableau de service. Pour savoir quand on est libres tous les deux. » Il laissa tomber son mégot et l'écrasa d'un coup de talon. Elle le regarda tourner le coin pour aller retrouver les autres. Elle avait un rancard, semblait-il. C'était bien la dernière chose à laquelle elle s'attendait en venant à l'enterrement de Rosie Duff. Le pasteur avait peut-être dit vrai. Il y avait un temps pour regarder derrière soi et un temps pour regarder devant.

13

Aucun de ses trois amis n'aurait qualifié Weird d'esprit sensé, même avant qu'il eût été touché par la grâce. Il avait toujours été un mélange instable de cynisme et de naïveté. Malheureusement, ses croyances de fraîche date lui avaient fait perdre son cynisme sans lui mettre pour autant du plomb dans la tête. Aussi, lorsque ses nouvelles connaissances, disciples du Christ, proclamèrent que l'enterrement de Rosie Duff constituait une occasion en or pour prêcher l'Évangile, Weird trouva l'idée géniale. Selon leur raisonnement, les gens présents seraient alors particulièrement conscients de leur condition de mortels. C'était le moment ou jamais de leur rappeler que Jésus leur offrait le plus court chemin pour entrer au royaume des cieux. L'idée d'apporter son témoignage à des inconnus l'aurait fait hurler de rire quelques semaines plus tôt, mais, à présent, cela paraissait la chose la plus naturelle du monde.

Ils se réunirent chez leur pasteur, un jeune Gallois exalté à l'enthousiasme quasi pathologique. Même dans la première ivresse de sa conversion, Weird l'avait trouvé un peu excessif. Lloyd croyait sincèrement que, si toute la population de St Andrews n'avait pas fait siennes les paroles du Christ, cela tenait uniquement aux insuffisances de son prosélytisme et de celui de ses ouailles. On voyait bien, se dit Weird, qu'il ne connaissait pas Ziggy, l'athée des athées. Pratiquement à chaque repas qu'il avait pris à Fife Park depuis qu'ils étaient rentrés, ils s'étaient disputés à propos de religion. Weird n'en pouvait plus. Il n'était pas encore suffisamment calé pour contrer tous les arguments et il avait bien conscience que répondre par un « là commence la foi » était limite. L'étude de la Bible finirait par résoudre le problème, il en était certain. En attendant, il faisait des prières pour ne pas perdre patience et trouver les mots justes.

Lloyd lui fourra des brochures dans la main. « On y trouve une brève introduction au Seigneur ainsi qu'un choix succinct de passages de la Bible, expliqua-t-il. Essayez d'engager la conversation avec les gens, puis demandez-leur s'ils donneraient cinq minutes de leur temps pour se sauver du désastre. C'est alors que vous leur remettez ça en les invitant à le lire. Dites-leur que, s'ils ont des questions à poser, ils peuvent vous rencontrer au service le dimanche. » Lloyd écarta les mains comme pour indiquer que c'était tout.

« Très bien », répondit Weird. Il parcourut des yeux leur petit groupe. Ils étaient une demi-douzaine. À part Lloyd, il n'y avait qu'un seul homme. Il tenait une guitare et semblait plein d'ardeur. Par malheur, son talent n'était pas à la hauteur de son zèle. Weird savait qu'il n'avait pas le droit de porter de jugement, mais il était convaincu que, même dans ses pires moments, il aurait pu en remontrer à ce nigaud. Cependant, comme il ne connaissait pas encore les hymnes, ce n'était pas ce soir qu'il allait se mettre à jouer pour le Christ.

« On installera la musique dans North Street. Il y a toujours du monde par là. Les autres feront la tournée des pubs. Inutile d'aller à l'intérieur. Il suffit d'arrêter ceux qui entrent ou qui sortent. Maintenant, nous allons faire une courte prière avant de nous occuper des affaires du Seigneur. » Ils joignirent les mains, tête inclinée. Tandis qu'il se confiait à la garde de son sauveur, Weird se sentit envahi par ce tout nouveau sentiment de paix.

C'est drôle comme on peut changer, songeait-il un peu plus tard en allant de pub en pub. Auparavant, jamais il n'aurait eut l'idée d'aborder de parfaits inconnus si ce n'est pour leur demander son chemin. Au fond, c'était amusant. La plupart des gens le repoussaient, mais plusieurs avaient accepté ses brochures et il était persuadé qu'il en reverrait quelques-uns. Que la joie et la sérénité qui devaient émaner de lui ne pouvaient leur échapper.

Il était presque dix heures lorsqu'il passa sous l'imposante voûte en pierre de la Porte Ouest pour se diriger vers le Lammas Bar. À présent, en pensant à tout le temps qu'il avait gaspillé dans cet endroit, il était scandalisé. Il n'avait pas honte de son passé ; Lloyd lui avait appris que ce n'était pas la bonne façon de voir les choses. Son passé n'était qu'un point de comparaison mettant en relief la grandeur de sa nouvelle existence. Mais il regrettait de ne pas avoir trouvé la paix et la quiétude plus tôt.

Traversant la rue, il se planta devant la porte du Lammas. Au cours des dix premières minutes, il ne remit qu'un seul prospectus, à un habitué qui lui jeta un coup d'œil intrigué en entrant. Quelques secondes plus tard, la porte s'ouvrit brutalement. Brian et Colin Duff se précipitèrent dehors, suivis de deux ou trois jeunes gens. Ils avaient le visage rouge et paraissaient avoir fait le plein.

« Qu'est-ce que tu fous là ? » rugit Brian en attrapant Weird par le devant de sa parka. Il le projeta contre le mur.

« Je...

— Ta gueule, enculé ! s'écria Colin. On a enterré notre sœur aujourd'hui, à cause de toi et de tes enfoirés de copains. Et tu as le culot de venir ici dégoiser sur Jésus.

— Toi, un putain de chrétien ? Tu as tué notre sœur, fumier. » Brian le cognait contre le mur en cadence. Weird essaya de lui faire lâcher prise, mais l'autre était beaucoup plus vigoureux.

« Je ne l'ai jamais touchée, brailla Weird. Ce n'est pas nous.

— Alors qui ? Y avait pas un chat dans le coin à part vous autres », répliqua Brian avec rage. Il lâcha la parka et leva le poing. « Et ça, tu en veux, connard ? » Il balança un crochet du droit dans le menton de Weird, suivi d'un direct du gauche. Les genoux de Weird cédèrent. Il avait l'impression que la moitié inférieure de son visage allait lui tomber dans les mains.

Ce n'était qu'un début. Soudain, ce fut un déluge de coups de pied et de poing heurtant cruellement sa chair. Le temps semblait s'écouler goutte à goutte, déformant les mots et rendant plus douloureuse la morsure de chaque contact. Jamais il ne s'était trouvé mêlé à une bagarre et cette violence sauvage le terrifiait. « Seigneur, seigneur, murmura-t-il en sanglotant.

— Ce n'est pas lui qui va te tirer de là, espèce de gros plein de soupe », lança quelqu'un.

Au même instant, comme par miracle, tout s'arrêta. Les coups n'avaient pas plus tôt cessé que le silence se fit. « Qu'est-ce qui se passe ici ? » Recroquevillé sur lui-même, Weird leva la tête. Une femme policier était campée au-dessus de lui. Derrière elle, il aperçut l'agent qu'Alex était allé chercher dans la neige. Ses assaillants se tenaient tout près, les mains dans les poches, la mine renfrognée.

« On rigolait un peu, répondit Brian Duff.

— Ça n'en a pas l'air, Brian. Heureusement pour lui que le patron a eu la bonne idée de nous passer un coup de fil », déclara la femme en se penchant pour examiner le visage de Weird. Il se mit en position assise, cracha un paquet de morve et de sang. « Vous êtes bien Tom Mackie, n'est-ce pas ? dit-elle, le reconnaissant soudain.

— Oui, grommela-t-il.

— Je vais appeler une ambulance.

— Non. » Il se releva tant bien que mal, les jambes en coton. « Ça ira. On plaisantait. » Parler lui demandait un effort. C'était comme si on lui avait greffé une mâchoire dont il n'avait pas encore appris à se servir.

« Je pense que tu as le nez cassé, fiston », dit le flic en tenue. Comment s'appelait-il déjà ? Morton ? Lawson ? C'est ça, Lawson.

« C'est bon. J'habite avec un toubib.

— Aux dernières nouvelles, il était encore étudiant en médecine, répliqua Lawson.

— On va vous reconduire dans la voiture de patrouille, dit la femme. Je suis l'agent Hogg et voici l'agent Lawson. Jimmy, occupez-vous de lui, voulez-vous ? J'ai deux mots à dire à ces demeurés. Colin, Brian ? Venez par ici. Vous autres, faites-vous oublier. » Elle les emmena à l'écart. En prenant soin de rester suffisamment près de Lawson pour qu'il ait le temps de rappliquer au cas où la situation lui échapperait.

« Bon sang, qu'est-ce que ça signifie ? demanda-t-elle. Regardez dans quel état vous l'avez mis. »

La bouche molle, l'œil vitreux et la sueur au front, Brian eut un ricanement d'ivrogne. « C'est rien à côté de ce qu'il mérite. Ce que ça signifie, vous le savez parfaitement. On est en train de faire votre boulot à votre place vu que vous n'êtes qu'une bande de crétins qui se noieraient dans un verre d'eau.

— La ferme, Brian », intervint Colin. Il était juste un peu moins soûl que son frère, mais il avait toujours eu davantage de flair pour éviter les ennuis. « Écoutez, on est désolés, d'accord ? Les choses sont allées un peu trop loin.

— Comme vous dites. Vous avez failli le tuer.

— Ouais, ben, ses copains et lui, quand ils s'y mettent, ils ne font pas les choses à moitié », répondit Brian avec pugnacité. Soudain, son visage se fripa et il se mit à pleurer à chaudes larmes. « Ma petite sœur. Ma Rosie. Même un chien, on ne le traiterait pas comme ils l'ont fait avec elle.

— Vous vous trompez, Brian. Ce sont des témoins, pas des suspects, dit Janice avec lassitude. Je vous l'ai déjà expliqué le soir où c'est arrivé.

— Vous êtes bien les seuls à penser comme ça par ici, fit observer Brian.

— Tu vas la fermer ? » dit Colin. Il se tourna vers Janice. « Vous nous arrêtez, ou quoi ? »

Janice poussa un soupir. « Je sais que vous avez enterré Rosie ce matin. J'y étais. J'ai vu combien vos parents étaient bouleversés. Par égard pour eux, je suis prête à passer l'éponge. Je ne pense pas que M. Mackie veuille porter plainte. » Avant que Colin ait pu ouvrir la bouche, elle pointa un doigt en signe d'avertissement. « Mais à une seule condition. C'est que Cassius Clay et vous, vous restiez tranquilles. Laissez-nous faire, Colin. »

Il hocha la tête. « OK, Janice. »

Brian le regarda, médusé. « Depuis quand est-ce que tu l'appelles Janice ? Elle n'est pas de notre côté.

— Putain, ferme-la, Brian ! dit Colin en détachant chaque syllabe. Je m'excuse pour mon frère. Il a un peu trop bu.

— Ne vous en faites pas pour ça. Mais vous n'êtes pas stupide, Colin. Vous savez que je suis sérieuse. Mackie et ses copains, pour vous deux, c'est zone interdite. Est-ce clair ? »

Brian se mit soudain à ricaner. « Je crois qu'elle en pince pour toi, Colin. »

L'idée titilla manifestement la partie la plus ivre du cerveau de Colin Duff. « C'est vrai ? Eh ben, qu'est-ce que vous en dites, Janice ? Pourquoi ne pas me garder dans le droit chemin ? Ça vous plairait qu'on sorte ensemble un de ces soirs ? Vous n'auriez pas à le regretter. »

Percevant un mouvement du coin de l'œil, elle tourna la tête pour voir Jimmy Lawson sortir sa matraque et se diriger vers Colin Duff. Elle leva une main pour le mettre en garde, mais la menace suffit à le faire reculer, ébahi, l'air craintif. « Hé ! protesta-t-il.

— Surveille ton langage, espèce de sac à merde, dit Lawson, le visage rigide de colère. Ne t'avise plus, mais plus jamais, de parler à un policier de cette manière. Maintenant, déguerpis avant que l'agent Hogg ne change d'avis et ne décide de vous boucler tous les deux pour un bout de temps. » Il parlait avec férocité, les lèvres plaquées contre les dents. Janice se contint. Elle avait horreur que ses collègues masculins se croient obligés de montrer leur virilité pour défendre son honneur.

Colin saisit Brian par le bras. « Viens. Y a deux pintes qui nous attendent. » Il entraîna son frère à l'intérieur avant qu'il ne crée de nouveaux problèmes.

Janice se tourna vers Lawson. « Ce n'était pas nécessaire, Jimmy.

— Pas nécessaire ? Il vous faisait du rentre-dedans. Il n'est même pas bon à vous cirer les pompes. » Sa voix était chargée de mépris.

« Je n'ai besoin de personne pour veiller sur moi, Jimmy. J'ai connu bien pire que Colin Duff sans que vous soyez là pour jouer les preux chevaliers. Maintenant, ramenons ce gosse chez lui. »

Chacun d'un côté, ils soutinrent Weird jusqu'à la voiture et le glissèrent à l'arrière. Tandis que Lawson faisait le tour pour ouvrir la portière avant, Janice déclara : « Et Jimmy... À propos de ce verre. Je crois que je vais me défiler. »

Lawson lui lança un regard glacial. « Comme vous voudrez. »

Ils mirent le cap sur Fife Park dans un silence de mort. Ils aidèrent Weird à gravir le perron, puis retournèrent à la voiture. « Écoutez, Janice, je regrette de m'être emporté tout à l'heure. Mais Duff avait vraiment dépassé les bornes. On ne peut pas parler comme ça à un officier de police. »

Janice s'appuya au toit de la voiture. « Il avait dépassé les bornes, c'est vrai. Mais si vous avez réagi de cette manière, ce n'est pas parce qu'il insultait l'uniforme. Vous avez tiré votre matraque parce que, dans un coin de votre tête, vous aviez décidé que j'étais votre propriété sous prétexte que j'avais accepté de prendre un verre avec vous. Et qu'il marchait sur vos plates-bandes. Désolée, Jimmy, mais je n'ai pas besoin de ça en ce moment.

— Ce n'était pas la raison, Janice, protesta Lawson.

— N'y pensons plus, Jimmy. Sans rancune ? »

Il haussa les épaules avec mauvaise humeur. « Tant pis pour vous. Une de perdue dix de retrouvées. » Il s'installa sur le siège avant.

Janice secoua la tête sans pouvoir s'empêcher de sourire. Ces hommes, ils étaient bien tous les mêmes. Au premier relent de féminisme, voilà qu'ils couraient aux abris.

Dans le pavillon de Fife Park, Ziggy examinait Weird. « Je te l'avais bien dit que ça finirait par des larmes, maugréa-t-il en palpant les tissus enflés autour des côtes et de l'abdomen. On part pour une petite séance d'évangélisation et on revient comme un figurant de *Dieu, que la guerre est jolie !* En avant, soldats du Christ.

— Ça n'a rien à voir, répondit Weird avec une grimace de douleur. Ce sont les frères de Rosie. »

Ziggy s'interrompit. « Les frères de Rosie t'ont fait ça ? s'exclama-t-il, une ride barrant son front.

— J'étais devant le Lammas. Quelqu'un a dû les prévenir. Ils sont sortis et me sont tombés dessus.

— Merde. » Ziggy alla jusqu'à l'entrée. « Gilly ! » cria-t-il en direction du premier étage. Mondo était sorti, comme presque tous les soirs depuis leur retour. De temps à autre, ils le voyaient au petit déjeuner, mais c'était plutôt rare.

Alex dévala l'escalier, se figeant à la vue du visage tuméfié de son copain. « Mais qu'est-ce qui t'est arrivé ?

— Les frères de Rosie », répondit Ziggy d'un ton laconique. Il remplit un bol d'eau chaude et se mit à nettoyer le visage tuméfié avec du coton.

Alex n'avait pas vraiment compris. « Ils t'ont tabassé ?

— Ils croient que c'est nous, dit Weird. Aïe ! Tu ne pourrais pas faire un peu plus attention ?

— Tu as le nez cassé. Il vaudrait mieux que tu ailles à l'hôpital.

— Je déteste les hôpitaux. Arrange-moi ça. »

Ziggy haussa les sourcils. « Je ne sais pas quel sera le résultat. Tu pourrais finir avec une tronche de boxeur miteux.

— Je cours le risque.

— Au moins, la mâchoire ne présente pas de fracture », dit-il en se penchant sur Weird. Il lui empoigna le nez à deux mains et le tordit, luttant contre la sensation de nausée en entendant le craquement du cartilage. Weird poussa un hurlement, mais Ziggy tint bon. Il avait de la sueur sur la lèvre. « Voilà. C'est tout ce que je peux faire.

— L'enterrement de Rosie a eu lieu aujourd'hui, dit Alex.

— Personne ne nous a informés, se plaignit Ziggy. Ça explique que les esprits aient été aussi échauffés.

— Alors tu ne penses pas qu'ils voudront recommencer ? demanda Alex.

— Les flics les ont mis en garde », expliqua Weird. Il avait de plus en plus de mal à parler à mesure que sa mâchoire s'engourdissait.

Ziggy observa attentivement son patient. « Eh bien, vu l'état dans lequel ils t'ont laissé, mon pote, Dieu fasse qu'ils aient écouté. »

14

S'ils avaient espéré que la mort de Rosie ne serait qu'un feu de paille, le récit de l'enterrement dans la presse les fit déchanter. Il s'étalait en première page de tous les journaux. Personne en ville n'aurait pu rater la suite du feuilleton même après avoir manqué le début.

À nouveau, Alex fut la première victime. Deux jours plus tard, rentrant du supermarché, il passait par le bas du Jardin botanique quand déboulèrent Henry Cavendish et ses copains en tenue d'entraînement de rugby. Dès qu'ils l'aperçurent, ils se mirent à le huer, puis l'entourèrent en le poussant et l'entraînèrent vers l'accotement herbeux pour le jeter sur la neige fondue. Alex roula par terre, s'efforçant d'échapper aux pointes de leurs chaussures. Il y avait peu de risques de violences réelles comme celles qu'avait subies Weird, de sorte qu'il était plus en colère qu'effrayé. Un pied égaré lui heurta le nez et il sentit le sang gicler.

« Si vous me fichiez la paix, maintenant ! cria-t-il en essuyant la boue, le sang et la neige sur son visage. Allez, foutez le camp !

— C'est toi et ta bande de tueurs qui devriez foutre le camp, cria à son tour Cavendish. On ne veut pas de vous ici.

— Et qu'est-ce qui vous fait croire qu'on veut de vous ? » lança une voix avec calme.

Alex se frotta les yeux et vit Jimmy Lawson debout à la lisière du groupe. Il mit un moment à le reconnaître sans uniforme, mais alors son cœur fit un bond.

« Barrez-vous, répondit Edward Greenhalgh. C'est pas vos oignons. »

Lawson glissa une main dans son anorak et en sortit sa carte. Il l'ouvrit d'une chiquenaude. « Voilà qui devrait vous faire changer d'avis. Maintenant, si vous voulez bien me donner vos noms. Cette affaire mérite d'être portée à l'attention des autorités universitaires. »

Aussitôt, ils redevinrent des gamins, traînant les pieds, baissant la tête, marmonnant leur identité pour que Lawson prenne note dans son calepin. Pendant ce temps-là, Alex s'était relevé. Trempé et dégouttant, il contemplait les débris de ses courses répandus par terre.

Lawson congédia ses assaillants et resta un moment à le contempler, le sourire aux lèvres. « Vous avez l'air dans un sale état. Heureusement que je passais par là.

— Vous ne travaillez pas ? demanda Alex.

— Non, j'habite tout près. J'étais juste sorti poster du courrier. Allons, venez chez moi, on va nettoyer ça.

— C'est très aimable à vous, mais ce n'est pas nécessaire. »

Lawson eut un grand sourire. « Vous ne pouvez pas vous balader dans St Andrews comme ça. Vous seriez probablement arrêté pour avoir fait peur aux joueurs de golf. De plus, vous tremblez de froid. Vous avez besoin d'une tasse de thé. »

Ils tournèrent dans une rue flambant neuve, si neuve qu'il n'y avait pas encore de trottoirs. Les premières maisons étaient finies, mais ensuite c'était un dédale de chantiers de construction. Lawson dépassa les pavillons achevés et s'arrêta devant une caravane garée sur ce qui serait un jour un jardin. Derrière, quatre murs et une charpente couverte d'une bâche offraient la promesse de quelque chose d'un peu plus majestueux qu'une caravane quatre places. « Je construis moi-même, expliqua-t-il en déverrouillant la porte. Toute la rue en fait autant. On se file des coups de main et des conseils les uns aux autres. Ça me permettra d'avoir une maison de superintendant avec un salaire d'agent de police. » Il grimpa dans la caravane. « Mais pour le moment, j'habite ici. »

Alex le suivit. L'intérieur était confortable, avec un chauffage à gaz portable dégageant une chaleur sèche dans l'espace restreint. Il fut surpris par la propreté.

La plupart des célibataires qu'il connaissait vivaient dans des porcheries, mais ici, c'était immaculé. Les chromes luisaient. La peinture venait d'être refaite. Les rideaux, de couleur claire, étaient attachés avec soin. Tout était à sa place ; les livres sur des étagères, les tasses à des crochets, les cassettes dans une boîte, les plans d'architecte soigneusement empilés. Le seul signe d'habitation était une casserole cuisant à feu doux sur un réchaud. Une odeur de soupe aux lentilles flotta jusqu'à Alex. « Pas mal », dit-il en jaugeant l'ensemble d'un coup d'œil.

« On est un peu à l'étroit, mais en rangeant bien, ce n'est pas trop étouffant. Retirez votre veste, on va l'accrocher au-dessus du chauffage. Vous feriez bien de vous laver la figure et les mains... le cabinet de toilette est là, juste après le réchaud. »

Alex se glissa dans la minuscule cabine. Il se regarda dans le miroir au-dessus du lavabo de maison de poupée. Il avait vraiment une tête pas possible. Sang et boue séchés. Et du fromage blanc collé dans les cheveux. Pas étonnant que Lawson l'eût ramené chez lui. Il fit couler de l'eau et se frotta avec soin. Lorsqu'il revint, le policier était penché au-dessus du réchaud.

« C'est déjà mieux. Asseyez-vous près du chauffage, vous serez bientôt sec. Une tasse de thé ? J'ai aussi de la soupe aux lentilles faite maison si ça vous tente.

— De la soupe ! ce serait super. »

Lawson versa dans un bol une soupe d'un jaune doré dans laquelle flottaient de gros morceaux de jambon et le posa devant Alex qui lui demanda : « Sans vouloir vous froisser, pourquoi êtes-vous aussi gentil avec moi ? »

Lawson s'assit en face de lui et alluma une cigarette. « Parce que je vous plains, vous et vos amis. Tout ce que vous avez fait, c'est de vous conduire comme des citoyens responsables, moyennant quoi vous écopez du rôle des méchants. Et je me sens en partie fautif. Si j'étais allé patrouiller au lieu de rester bien au chaud dans la bagnole, j'aurais peut-être pris ce type sur le fait. » Il inclina la tête en arrière et cracha une volute de fumée. « Voilà pourquoi je pense que ce n'est pas quelqu'un de la région. N'importe qui connaissant le coin aurait su qu'il y avait généralement une voiture de patrouille stationnée là tous les soirs... On ne nous donne pas assez d'essence pour rouler toute la nuit, alors on est obligés de s'arrêter quelque part, ajouta-t-il avec une grimace.

— Maclennan pense toujours que ça pourrait être nous ? demanda Alex.

— J'ignore ce qu'il pense, fiston. Je serai franc avec vous. On patauge complètement. Ce qui vous vaut de vous retrouver tous les quatre dans la ligne de mire. Les Duff veulent votre peau et, si j'en crois ce que je viens de voir, même vos copains se sont retournés contre vous. »

Alex poussa un grognement. « Ce ne sont pas mes copains. Vous allez vraiment les signaler ?

— Vous y tenez ?

— Pas plus que ça. Ils trouveraient le moyen de nous rendre la pareille. Je ne pense pas qu'ils nous embêteront à nouveau. Trop peur que papa et maman l'apprennent et leur coupent les vivres. Les Duff m'inquiètent davantage.

— Je crois qu'ils vous ficheront la paix également. Ma collègue leur a passé un savon. Votre copain Mackie les a croisés au mauvais moment. Après l'enterrement, ils étaient remontés à bloc.

— Je ne peux pas le leur reprocher. Simplement, je ne tiens pas à subir le même traitement que Weird.

— Weird ? Vous voulez dire Mackie ? » Lawson fronçait les sourcils.

« Oui. C'est le surnom qu'on lui a donné. À cause de la chanson de David Bowie. »

Lawson sourit jusqu'aux oreilles. « Bien sûr. *Ziggy Stardust and the Spiders from Mars.* Alors vous êtes Gilly, c'est ça ? Et Sigmund est Ziggy.

— Gagné.

— Je ne suis pas beaucoup plus vieux que vous. Et Kerr dans tout ça ?

— Ce n'est pas un grand fan de Bowie. Lui, ce qu'il aime, c'est les Floyd. Alors on l'appelle Mondo. *Crazy Diamond.* Vous pigez ? »

Lawson acquiesça.

« Au fait, la soupe est géniale.

— Une recette de ma mère. Alors vous vous connaissez depuis longtemps ?

— On s'est rencontrés en arrivant au collège. Depuis, on est toujours restés copains.

— Des copains, on en a tous besoin. C'est pareil dans ce boulot. Vous travaillez avec les mêmes gens pendant une période et ils deviennent comme des frères. On donnerait sa vie pour eux s'il le fallait. »

Alex eut un sourire d'assentiment. « Je sais. C'est la même chose pour nous. » *Ou plutôt, c'était,* songea-t-il avec un pincement au cœur. Ce trimestre, tout avait changé. Weird partait sans arrêt en expédition avec l'escadron du Christ et qui sait où se trouvait Mondo les trois quarts du temps. Les Duff n'étaient pas les seuls à pâtir de la mort de Rosie, se dit-il soudain.

« De sorte que vous mentiriez les uns pour les autres le cas échéant ? »

La cuillère s'immobilisa à mi-chemin de la bouche d'Alex. C'était donc ça ! Repoussant le bol, il se leva et attrapa sa veste. « Merci pour la soupe. Ça va très bien maintenant. »

Ziggy souffrait rarement de solitude. Enfant unique, il avait l'habitude de rester seul et ne manquait jamais de distractions. Quand les autres parents se lamentaient que leurs enfants s'ennuyaient pendant les vacances scolaires, sa mère les regardait comme s'ils étaient fous. L'ennui n'était pas un problème avec lequel elle avait eu à se battre.

Mais ce soir-là, la solitude s'était infiltrée dans la petite maison de Fife Park. Il avait largement de quoi s'occuper avec son travail, mais, pour une fois, Ziggy avait terriblement besoin de compagnie. Weird avait filé avec sa guitare apprendre à louer le Seigneur sur trois notes. Alex était rentré d'humeur massacrante après une bagarre avec leurs anciens colocataires et une rencontre avec ce flic, Lawson, qui avait mal tourné. Il s'était changé, puis était ressorti pour aller à une conférence illustrée de diapositives sur la peinture vénitienne. Et Mondo était quelque part, probablement au pieu.

Après tout, c'était une idée. Sa dernière baise, c'était bien avant la découverte de Rosie Duff. Il était allé à Édimbourg pour la soirée, dans le seul pub acceptant les homosexuels qu'il eût réussi à dénicher. Il s'était installé au bar, serrant un demi et lançant à la dérobée des regards de droite et de gauche d'un air détaché. Au bout d'environ une demi-heure, un homme proche de la trentaine l'avait rejoint. Pantalon, chemise et veste en jean. Séduisant, dans le genre dur à cuire. Il avait engagé la conversation et ils avaient fini par tirer un coup, rapide mais pas désagréable, contre le mur des toilettes. Tout était terminé bien avant l'heure du dernier train.

Ziggy rêvait d'autre chose que de rencontres anonymes avec des inconnus, sa seule expérience sexuelle. Il avait envie de ce à quoi ses amis hétéros semblaient accéder si naturellement. Il avait envie de délicatesse et de sentiment. De quelqu'un avec qui partager une intimité allant au-delà des simples frottements d'épiderme. D'un petit ami, d'un amant, d'un compagnon. Et il ne savait pas comment le trouver.

Il y avait bien une association gay à l'université. Mais, à sa connaissance, elle se réduisait à une demi-douzaine d'olibrius qui semblaient se délecter de la polémique suscitée par une reconnaissance officielle. La question de la libération homo ne le laissait pas indifférent, mais, à voir la manière dont ces types se pavanaient dans le campus, il était évident qu'ils n'étaient pas motivés par un engagement politique sérieux. Plutôt par le désir de se faire remarquer. Ziggy n'avait pas honte d'être homosexuel, mais il ne tenait pas à ce qu'on lui colle une étiquette. De plus, il voulait être médecin, et il avait la nette impression qu'une carrière de militant gay ne l'aiderait pas à réaliser ses ambitions.

Pour l'instant, son seul exutoire demeurait donc les amours de rencontre. Il n'y avait pas de pub à St Andrews pouvant lui offrir ce qu'il cherchait. Mais il existait deux ou trois endroits où rôdaient des types en quête d'étreintes furtives. L'inconvénient, c'est que cela se trouvait en plein air et que, par ce temps, ils ne devaient pas être nombreux à avoir bravé les éléments. N'empêche, il n'était sûrement pas le seul habitant de St Andrews à avoir envie de prendre son pied ce soir-là.

Ziggy mit sa veste en peau de mouton, laça ses chaussures et sortit dans l'air glacial. Quinze minutes de marche à vive allure le conduisirent à l'arrière de la cathédrale en ruine. Poursuivant jusqu'aux Scores, il se fraya un chemin vers les vestiges de l'église St Mary. Dans l'ombre des murs délabrés, des individus étaient souvent tapis, l'air de faire une promenade du soir agrémentée d'un petit coup d'œil au patrimoine architectural. Redressant les épaules, Ziggy s'efforça de prendre une attitude désinvolte.

Près du port, Brian Duff buvait avec sa bande. Ils s'ennuyaient ferme. Et ils étaient tout juste assez ivres pour avoir envie d'y remédier. « Qu'est-ce qu'on s'emmerde, se plaignit Donny, son meilleur copain. Et on n'a même pas de quoi se payer une boîte sympa. »

La doléance fit lentement le tour du groupe. C'est alors que Kenny eut une idée. « J'sais ce qu'on pourrait faire. Pour rigoler et empocher un peu de fric. Sans avoir de compte à rendre.

— C'est quoi ? demanda Brian.

— Se fader quelques tantes. »

Ils le regardèrent comme s'il parlait en chinois. « Quoi ? fit Donny.

— On se fendra la pêche. Et ils ont probablement du pognon sur eux. Ils ne risquent pas de nous donner du fil à retordre. C'est tous des lavettes.

— Tu veux qu'on se mette à dévaliser les gens ? » dit Donny d'un ton dubitatif.

Kenny eut un haussement d'épaules. « Des tapettes ! Ça compte pas. Et ils vont pas se précipiter chez les flics, pas vrai ? Sans quoi il leur faudrait expliquer ce qu'ils fabriquaient autour de l'église St Mary dans le noir.

— Ça pourrait être marrant, ricana Brian. Faire chier ces enculés dans leur froc. Leur coller le trouillomètre à zéro. Y en a qui vont regretter d'être sortis. » Il vida son demi et se leva. « Eh bien, venez. Qu'est-ce que vous attendez ? »

Ils partirent dans la nuit en se donnant des coups de coude dans les côtes et en gloussant. Il n'y avait pas loin à aller de la côte aux ruines de l'église. Le clair de lune filtrant par intermittence entre les nuages faisait miroiter la mer et éclairait leur route. En approchant, ils se turent et contournèrent l'édifice sur la pointe des pieds. Rien. Ils longèrent la façade, franchirent les restes d'une porte. Et là, dans une niche, ils trouvèrent ce qu'ils cherchaient.

Un homme s'adossait au mur, la tête en arrière, de petits gémissements de plaisir sortant de ses lèvres. Un autre était agenouillé devant lui.

« Tiens, tiens, tiens, grommela Donny. Qu'est-ce que nous avons là ? »

Sursautant, Ziggy tourna la tête pour faire face à son pire cauchemar.

Brian Duff s'avança vers lui. « Je crois que je vais bien me marrer. »

15

Ziggy n'avait jamais eu aussi peur. Il sauta sur ses pieds et battit en retraite. Mais, d'un bond, Brian l'avait déjà saisi par le revers de sa peau de mouton. Il le projeta contre le mur, lui coupant le souffle. Donny et Kenny hésitèrent en voyant l'autre type remonter promptement sa fermeture Éclair et prendre ses jambes à son cou. « Brian, tu veux qu'on le rattrape ?

— Non, c'est impec. Vous savez qui est ce sale petit pédé ?

— Nan, répondit Donny. Qui ça ?

— Un des saligauds qui ont tué Rosie. » Il serra les poings, les yeux rivés sur Ziggy comme pour le mettre au défi de s'enfuir.

« On n'a pas tué Rosie, dit Ziggy sans pouvoir arrêter le tremblement dans sa voix. C'est moi qui ai essayé de la sauver.

— C'est ça, après l'avoir violée et poignardée. Tu voulais peut-être prouver à tes copains que t'étais un homme et pas une tapette ? s'écria Brian. Eh bien, mon gars, l'heure des aveux a sonné. Tu vas me raconter ce qui est arrivé à ma sœur.

— Je vous dis la vérité. On n'a pas touché à un cheveu de sa tête.

— J'te crois pas. Et moi, la vérité, je vais te la faire cracher, ça c'est sûr. Kenny, retourne au port et ramène-moi une corde, ordonna-t-il sans détacher son regard de Ziggy. Fais gaffe qu'elle soit assez longue. »

Ziggy n'avait aucune idée de ce qui l'attendait, mais il savait que ça n'aurait rien d'agréable. Sa seule chance de s'en sortir, c'était de parlementer. « Ce n'est pas une bonne idée. Je n'ai pas tué votre sœur. Et je sais que les flics vous ont déjà mis en garde. Si vous vous imaginez que je n'irai pas me plaindre, vous vous trompez. »

Brian se mit à rire. « Tu me prends pour un idiot ? Tu irais à la police en disant : *J'vous en prie, m'sieur, j'étais en train de tailler une pipe à un mec quand Brian Duff est arrivé et m'a donné une claque* ? J'suis pas tombé de la dernière pluie. Tu ne diras rien à personne. Autrement, tout le monde saura que t'es de la jaquette.

— Ça m'est égal », répondit Ziggy. Et à cette seconde, c'était effectivement une perspective moins terrifiante que tout ce que pouvait mijoter un Brian Duff exacerbé. « Je cours le risque. Vous croyez que votre mère n'a pas assez de chagrin comme ça ? »

Les mots avaient à peine franchi ses lèvres que Ziggy comprit qu'il s'agissait d'un mauvais calcul. Le visage de Brian se ferma comme une huître. Levant la main, il lui donna une tape si brutale que Ziggy entendit craquer les vertèbres de son cou. « Ne parle pas de ma mère, espèce de pédé ! Le chagrin, elle ne savait même pas ce que c'est avant que des fumiers comme vous ne tuent ma sœur. » Il le frappa à nouveau. « Allez, avoue. Tu sais que tu paieras tôt ou tard.

— Je n'ai rien à avouer », répondit Ziggy d'une voix étranglée. Il avait un goût de sang dans la bouche ; l'intérieur de sa joue s'était déchirée contre l'arête tranchante d'une dent.

Brian recula le bras et l'abattit de toutes ses forces. Ziggy se plia en deux. Un jet de vomi fumant arrosa le sol, lui aspergeant les pieds. Haletant, il sentit la pierre dure contre son dos, la seule chose qui le maintînt à la verticale.

« Parle ! » rugit Brian.

Ziggy ferma les yeux. « Je n'ai rien à dire », réussit-il à articuler.

Lorsque Kenny revint, il avait pris quelques coups supplémentaires. Il n'aurait jamais pensé qu'il fût possible de souffrir autant sans s'évanouir. Le sang d'une entaille à une lèvre lui couvrait le menton. Et ses reins lui faisaient un mal de chien.

« Qu'est-ce que t'as fichu ? » demanda Brian. D'un mouvement brusque, il ramena les mains de Ziggy en avant. « Attache-lui les poignets avec un bout, ordonna-t-il à Kenny.

— Qu'est-ce que vous allez me faire ? » demanda Ziggy à travers ses lèvres enflées.

Brian sourit. « Te forcer à parler, pédé ! »

Quand Kenny eut fini, Brian prit la corde. Il la passa autour de la taille de Ziggy en serrant. Celui-ci avait maintenant les bras collés au corps. Brian tira sur la corde. « Viens, on a du boulot. » Ziggy se cabra, mais Donny empoigna la corde avec Brian et tira si violemment qu'ils faillirent l'arracher du sol. « Kenny, vérifie que la voie est libre. »

Kenny courut vers le porche. Il inspecta les environs. Il n'y avait pas signe de vie. Il faisait trop froid pour se balader pour le plaisir et ce n'était pas encore l'heure des pipis de chiens. « Y a personne, Bri », lança-t-il à voix basse.

Tirant la corde, Brian et Donny se mirent en route. « Plus vite », dit Brian à Donny. Ils remontèrent le promontoire au trot, Ziggy s'efforçant de ne pas tomber tout en essayant de défaire ses liens. Bon Dieu, qu'est-ce qu'ils avaient en tête ? C'était la marée haute. Ils n'allaient quand même pas le jeter à l'eau ? Dans la mer du Nord, on pouvait mourir en quelques minutes. Quoi qu'ils aient concocté, Ziggy savait d'instinct que ce serait encore pire que tout ce qu'il était capable d'imaginer.

Le sol se déroba soudain sous lui et il s'effondra, faisant des tonneaux pour atterrir dans les jambes de Brian et de Donny. Il y eut un déluge de jurons, puis des mains l'agrippèrent, le remirent brutalement sur pied avant de lui plaquer le visage contre un mur. Ziggy se repérait peu à peu. Ils se trouvaient sur le sentier longeant le mur d'enceinte du château. Ce n'était pas un rempart médiéval, juste une barrière moderne destinée à dissuader les vandales et les amoureux. Est-ce qu'ils allaient l'emmener à l'intérieur pour le pendre aux créneaux ?

« Qu'est-ce qu'on fait ici ? » demanda Donny avec inquiétude. Il n'était pas certain d'avoir assez de cran pour ce que projetait Brian.

« Kenny, grimpe le mur », dit Brian.

Habitué à lui obéir, Kenny s'exécuta, escaladant tant bien que mal les deux mètres et disparaissant de l'autre côté. « Je lance la corde, lui cria Brian. Attrape. »

Il se tourna vers Donny. « On va le passer par-dessus. Comme pour un lancer de tronc, mais à deux.

— Je vais me briser les os, protesta Ziggy.

— Pas si tu fais attention. On te hissera. Une fois en haut, tu n'auras plus qu'à te tourner dans l'autre sens et te laisser tomber.

— Je ne peux pas faire ça. »

Brian haussa les épaules. « Comme tu veux. Que ce soit la tête ou les pieds devant, de toute façon, tu vas y aller. Sauf, bien sûr, si tu es prêt à dire la vérité.

— Je vous l'ai déjà dit, hurla Ziggy. Vous devez me croire. »

Brian secoua la tête. « Moi, la vérité, je la reconnais quand je l'entends. On y va, Donny ? »

Ziggy tenta de prendre la fuite, mais ils lui sautèrent dessus. Ils le mirent face au mur puis, l'empoignant chacun par une jambe, le soulevèrent tant bien que mal. Il n'osait pas se débattre, sachant combien est peu protégée la moelle épinière à la base du crâne, et il n'avait pas envie de finir paraplégique. Il se retrouva courbé sur le mur comme un sac de patates. Lentement, avec d'infinies précautions, il passa une jambe de l'autre côté. Puis, encore plus lentement, il pivota pour ramener l'autre au sommet. Ses phalanges écorchées lui enflammaient les bras.

« Grouille-toi, pédé ! » cria Brian avec impatience. Il prit son élan et, l'instant suivant, il était près de Ziggy. Il le poussa du pied, lui faisant perdre l'équilibre. La vessie de Ziggy céda tandis qu'il basculait dans le vide, la terreur faisant grimper en flèche son taux d'adrénaline. Il atterrit lourdement sur les pieds, ses genoux et ses chevilles fléchissant sous le choc. Il demeura recroquevillé sur le sol, des larmes de honte et de douleur lui picotant les yeux. Brian sauta à côté de lui. « Bravo, Kenny », dit-il en reprenant la corde.

Le visage de Donny apparut au ras du mur. « Vas-tu me dire à quoi rime tout ça ?

— Et gâcher la surprise ? Jamais de la vie. » Brian donna un coup sec sur la corde. « Allez, pédé. On va faire une balade. »

Ils remontèrent la pente herbeuse en direction des vestiges du mur est du château. De temps à autre, Ziggy faisait un faux pas et s'étalait, mais il y avait toujours des mains pour le remettre debout. Ils franchirent le mur et se retrouvèrent dans la cour. La lune sortit de derrière un nuage, les nimbant d'une lumière féerique. « Mon frère et moi, on adorait venir ici quand on était gosses, expliqua Brian en ralentissant l'allure. C'est l'Église qui a fait bâtir le château. Pas un roi. Tu savais ça, pédé ? »

Ziggy secoua la tête. « Je ne suis jamais venu ici.

— T'aurais dû. C'est super. Souterrain et contre-souterrain. Parmi les plus grands travaux réalisés au monde en prévision d'un siège. » Ils se dirigeaient vers la partie nord, avec la Tour des cuisines à leur droite et la Tour de la mer à leur gauche. « Un sacré endroit. C'était une résidence. Une forteresse. » Il pivota pour faire face à Ziggy, marchant à reculons. « Et une prison.

— Pourquoi me dites-vous ça ?

— Parce que c'est intéressant. Ils ont aussi buté un cardinal ici. Ils l'ont zigouillé, puis l'ont suspendu à poil aux murs du château. Je parie que t'aurais jamais pensé à ça, hein, pédé ?

— Je n'ai pas tué votre sœur », répéta Ziggy.

Ils se trouvaient à présent à l'entrée de la Tour de la mer. « Il y a deux salles voûtées à l'étage inférieur, dit Brian sur le ton de la conversation en leur montrant le chemin. Celle de gauche contient une chose aussi intéressante que le souterrain et le contre-souterrain. Tu sais ce que c'est ? »

Ziggy resta muet. Mais Kenny répondit à sa place. « Tu ne vas pas le balancer dans le Bottle Dungeon[1] ? »

Brian sourit. « Bien vu, Kenny. Vingt sur vingt. » Il fouilla dans sa poche et en sortit un briquet. « Donny, file-moi ton journal. »

Donny tira un exemplaire de l'*Evening Telegraph* de sa poche intérieure. Brian le roula, mit le feu à une extrémité, puis pénétra dans la salle de gauche. À la lueur de la torche de fortune, Ziggy vit un trou dans le sol, couvert d'une lourde grille en fer. « Il est taillé à même le roc. Et joliment profond. »

1. Cachot creusé dans la roche, ainsi nommé parce qu'il est en forme de bouteille. *(NdE)*

Donny et Kenny se regardèrent. Cela commençait à devenir un peu trop sérieux à leur goût. « Attends, Brian, protesta Donny.

— Quoi ? C'est vous qui avez dit que les tapettes comptaient pas. Allez, donnez-moi un coup de main. » Il attacha le bout de la corde de Ziggy à la grille. « Pour soulever ce truc, faut être trois. »

Ils saisirent la grille, s'accroupirent et se mirent à tirer en poussant des grognements. Pendant une longue et délicieuse minute, Ziggy crut qu'ils n'y parviendraient pas. Mais finalement, avec un son aigu de métal raclant la pierre, la grille bougea. L'ayant déplacée sur le côté, ils se retournèrent tous les trois vers Ziggy.

« T'as quelque chose à me dire ? demanda Brian Duff.

— J'ai pas tué votre sœur, répondit Ziggy, à présent désespéré. Vous croyez vraiment pouvoir vous en sortir en me fourrant dans une putain d'oubliette et en me laissant crever ?

— En hiver, le château ouvre le week-end. C'est juste dans deux jours. Tu ne mourras pas. Enfin, avec un peu de bol. » Il donna un coup de coude à Donny et éclata de rire. « Bon, les gars, on lâche la bordée. »

Ils fondirent sur Ziggy et le traînèrent jusqu'à l'ouverture étroite. Il lançait de violents coups de pied, se tordait dans tous les sens, mais, à trois contre un, six mains contre aucune, il n'avait pas la plus petite chance. En quelques secondes, il se retrouva assis au bord de l'orifice, les jambes dans le vide. « Ne faites pas ça. Je vous en prie, ne faites pas ça. On vous collera en taule pour un sacré bout de temps. Je vous en prie. » Il renifla, s'efforçant de retenir les larmes de panique qui l'étouffaient. « Je vous en supplie.

— Suffit que tu dises la vérité, répondit Brian. C'est ta dernière chance.

— C'est pas moi, sanglota Ziggy. C'est pas moi. »

Brian lui flanqua un coup de pied dans le bas du dos et il dégringola de plusieurs mètres, ses épaules heurtant douloureusement la paroi de l'étroit boyau. Puis il s'arrêta avec un soubresaut, le ventre cisaillé par la corde. Le rire de Brian résonna autour de lui. « Tu pensais qu'on te laisserait tomber jusqu'en bas ?

— Je vous en prie, gémit Ziggy. Je ne l'ai pas tuée. Je ne sais pas qui l'a tuée. Par pitié... »

Il recommençait à bouger, la corde descendant par brèves saccades. Il avait l'impression qu'il allait être coupé en deux. Il pouvait entendre leurs halètements au-dessus de lui, avec parfois un juron quand la corde brûlait une main négligente. Chaque centimètre le plongeait dans une obscurité plus épaisse, les faibles clignotements venant du haut s'estompant dans l'atmosphère froide et humide.

Cela parut durer une éternité. Finalement, il sentit une différence dans la qualité de l'air autour de lui. Le goulot de la bouteille s'élargissait. Ils allaient vraiment le faire. Ils allaient vraiment l'abandonner là. « Non ! cria-t-il à tue-tête. Non ! »

Ses orteils effleurèrent une surface stable et, par bonheur, l'étau qui lui broyait les intestins se desserra. Il sentit du jeu dans la corde. Une voix sourde, désincarnée, se fit entendre. « Pour la dernière fois, pédé. Avoue et on te remonte. »

Cela aurait été si facile. Mais cela aurait été un mensonge qui l'aurait mis dans une position intenable. Même pour se sauver, Ziggy ne pouvait pas déclarer qu'il était un assassin. « Vous vous trompez ! » hurla-t-il de toutes ses forces.

La corde lui atterrit sur la tête, les rouleaux s'abattant avec une lourdeur surprenante. Il entendit un ultime ricanement, puis ce fut le silence. Un silence total, écrasant. La lueur venant du haut du puits disparut. Il était prisonnier du noir. Il avait beau écarquiller les yeux, il ne voyait rien. Il avait été plongé dans une nuit cosmique.

Il fit un pas de côté. Il était impossible de dire à quelle distance se trouvaient les parois et il n'avait pas envie de s'ouvrir le crâne contre une saillie. Il se rappela avoir lu quelque chose à propos de crabes blancs et aveugles vivant dans une grotte souterraine. Aux îles Canaries. Des siècles de ténèbres avaient rendu leurs yeux inutiles. Voilà ce qu'il allait devenir, un crabe blanc et aveugle marchant en biais dans une obscurité impénétrable.

La paroi arriva plus vite qu'il ne s'y attendait. Se retournant, il passa les doigts sur la roche granuleuse. Il tenta d'endiguer sa terreur en se concentrant sur son environnement. Il ne pouvait pas se payer le luxe de penser au temps qu'il allait passer là. Il deviendrait cinglé à se faire gicler la cervelle contre la muraille s'il se mettait à gamberger. Ils n'allaient sûrement pas le laisser mourir ? Brian Duff éventuellement, mais il ne voyait pas ses amis prendre un tel risque.

S'adossant à la paroi, il se laissa glisser lentement jusqu'à toucher le sol glacé. Il avait mal partout, mais à première vue rien de cassé. En revanche, il savait à présent qu'il n'est pas besoin de fracture pour ressentir une douleur nécessitant des analgésiques carabinés.

Il savait aussi qu'il ne pouvait pas rester assis sans rien faire. Il allait s'ankyloser, attraper des crampes. Et périr de froid s'il n'activait pas sa circulation, or il ne tenait pas à donner ce plaisir à des sauvages pareils. Il lui fallait absolument se libérer. Il pencha la tête le plus bas possible, et se dit qu'en levant les mains autant que le permettait la corde, il pourrait tout juste attraper le bout noué avec ses dents.

Tandis que des larmes de souffrance et d'apitoiement lui coulaient du nez, Ziggy entama la bataille la plus cruciale de son existence.

16

Alex fut surpris de trouver la maison vide à son retour. Ziggy n'ayant pas parlé de sortir, Alex avait supposé qu'il avait prévu une séance de travail, à moins qu'il soit passé voir un de ses camarades. Ou parti avec Mondo boire un verre. Aucune raison de s'inquiéter. Ce n'est pas parce qu'il s'était fait houspiller par Cavendish et son équipe qu'il était arrivé quelque chose à Ziggy.

Alex se prépara une tasse de café et une pile de tartines grillées. Il s'assit à la table de la cuisine, les notes qu'il avait prises à la conférence étalées devant lui. Il avait toujours eu tendance à confondre les peintres vénitiens, et la projection de diapos avait clarifié un certain nombre de points qu'il ne voulait pas laisser échapper. Il était en train de gribouiller en marge quand Weird fit irruption avec une bonhomie non dénuée d'une certaine solennité. « Waouh, quelle soirée ! s'exclama-t-il avec enthousiasme. Lloyd a fait une analyse absolument édifiante de la Lettre aux Éphésiens. C'est dingue tout ce qu'il arrive à tirer du texte.

— Content que ça se soit bien passé », répondit distraitement Alex. Les entrées de Weird étaient aussi répétitives que théâtrales depuis qu'il s'était mis à fréquenter les serviteurs du Christ. Cela faisait longtemps qu'Alex n'y faisait plus attention.

« Où est Zig ? En train de bosser ?

— Sorti. Je ne sais pas où. Si tu mets la bouilloire à chauffer, je prendrai bien un autre café. »

L'eau frémissait à peine quand ils entendirent le bruit de la porte de dehors. Contre toute attente, ce fut Mondo qui entra et non Ziggy.

« Salut, étranger, dit Alex. Elle t'a viré ?

— Elle s'est brusquement rappelé qu'elle avait une dissert à rendre. Si j'étais resté là, elle m'aurait empêché de pioncer avec ses pleurnicheries. Alors j'ai pensé vous honorer de ma présence, les gars. Où est Ziggy ?

— Je ne sais pas. Suis-je le gardien de mon frère ?

— Genèse, chapitre 4, verset 9, dit Weird avec suffisance.

— Merde, t'en as pas encore fini avec ça ?

— On n'en a jamais fini avec Jésus, Mondo. Je ne m'attends pas à ce qu'une tête de linotte comme toi le comprenne. De fausses divinités, voilà ce que tu vénères. »

Mondo sourit. « Peut-être bien. Mais elle n'a pas son pareil pour tailler une pipe. »

Alex poussa un grognement. « Je n'en peux plus. Je vais me coucher. » Il les laissa à leur crêpage de chignon, se réjouissant à l'idée d'avoir une chambre pour lui tout seul. Personne n'ayant été envoyé pour remplacer Greenhalgh et Cavendish, il avait emménagé dans la chambre de ce dernier. Il s'arrêta sur le seuil de la salle de musique pour y jeter un coup d'œil. Il n'arrivait plus à se souvenir de la dernière fois où ils avaient joué ensemble. Jusqu'à ce trimestre, il s'était rarement écoulé une journée sans qu'ils fassent un bœuf d'une heure ou plus. Mais ça aussi avait disparu, en même temps que leur complicité.

Il en allait peut-être toujours ainsi lorsqu'on devenait adulte. Mais Alex soupçonnait que cela avait surtout à voir avec ce que la mort de Rosie leur avait appris sur eux-mêmes et sur chacun d'eux. Jusqu'ici, le voyage n'avait pas été très brillant. Mondo s'était réfugié dans l'égoïsme et les coucheries ; Weird avait filé sur une planète lointaine dont même le langage était incompréhensible. Seul Ziggy était resté un ami intime. Or même lui semblait avoir disparu sans laisser de traces. Et derrière tout ça, telle une fausse note dans la vie de tous les jours, le grignotement du soupçon et du doute. C'est

Mondo qui avait prononcé les paroles empoisonnées, mais Alex avait déjà fourni un ample festin au ver naissant.

Quelque part, il espérait que la situation s'arrangerait et reviendrait à la normale. Mais il avait aussi conscience que, une fois brisées, certaines choses ne peuvent pas être restaurées. Restauration lui fit évoquer Lynn, et il se mit à sourire. Il rentrerait chez lui ce week-end. Ils iraient à Édimbourg voir un film. *Le ciel peut attendre,* avec Julie Christie et Warren Beatty. Une comédie sentimentale, voilà un bon point de départ. Tous deux savaient tacitement qu'ils ne sortiraient pas à Kirkcaldy. Trop de langues bien pendues aux jugements expéditifs.

Il pensait néanmoins se confier à Ziggy. Il avait compté le faire ce soir. Mais, comme le ciel, ça pouvait attendre. Aucun d'eux n'allait se volatiliser.

Ziggy aurait donné tout ce qu'il possédait pour être ailleurs. Cela faisait des heures, lui semblait-il, qu'on l'avait descendu dans le cachot. Il était transi de froid. La zone humide où il s'était pissé dessus était de glace, son pénis et ses testicules rabougris comme ceux d'un nourrisson. Et il n'avait pas encore réussi à détacher ses mains. Des crampes lui avaient taraudé les bras et les jambes, le faisant hurler de douleur. Mais à la fin il avait cru sentir le nœud se desserrer.

Il saisit une fois de plus la corde en Nylon entre ses mâchoires tremblantes et secoua la tête d'un côté et de l'autre. Oui, il y avait nettement plus de jeu. Ou alors c'est qu'il en était à prendre ses rêves pour des réalités. Un petit coup sur la gauche, puis un autre en arrière. Il répéta la manœuvre plusieurs fois. Lorsque le bout de la corde s'échappa enfin et lui fouetta le visage, il fondit en larmes.

Une fois cette partie du nœud défaite, le reste vint facilement. Soudain, ses mains furent libres. Engourdies, mais libres. Ses doigts avaient l'air aussi gonflés et froids que des saucisses de supermarché. Il les glissa sous sa veste, au creux de ses aisselles. Axillaires, se dit-il en se souvenant que le froid est l'ennemi de la raison, qu'il ralentit les fonctions cérébrales. « Pense anatomie », prononça-t-il à haute voix, se rappelant les fous rires partagés avec un autre étudiant en lisant la façon de réintégrer une épaule déboîtée. « Poser un pied chaussé d'un bas dans le creux axillaire », disait le texte. « Incitation pour les médecins à se travestir, avait remarqué avec ironie son camarade. Il ne faudra pas que j'oublie de mettre un bas de soie noir dans ma trousse au cas où je tomberais sur une luxation. »

Tels étaient les deux ingrédients pour rester en vie. Mémoire et mouvement. À présent, il avait ses bras pour se tenir d'aplomb, il pouvait aller et venir. Et même courir sur place. Une minute de sautillement, deux minutes de repos. Ce qui aurait été parfait s'il avait pu lire l'heure à sa montre, songea-t-il bêtement. Pour une fois, il regretta de ne pas fumer. Il aurait eu des allumettes, un briquet. Quelque chose pour percer cet effrayant vide opaque. « Privation sensorielle, se dit-il. Chasse le silence. Parle tout seul. Chante. »

Des fourmillements dans ses mains le firent sursauter. Il les sortit et les agita avec vigueur. Puis il les frotta maladroitement l'une contre l'autre. Peu à peu, l'engourdissement disparut. Il toucha le mur, réconforté par le rude contact du grès. Il avait craint un dommage permanent dû au blocage de la circulation. Ses doigts étaient encore raides et enflés, mais au moins il les sentait.

Il s'étira et leva les pieds avec régularité comme s'il courait. Il laisserait grimper son pouls, puis il s'arrêterait le temps de retrouver un rythme normal. Il repensa à tous les après-midi durant lesquels il avait détesté l'éducation physique. Les profs de gym sadiques, les entraînements interminables, le cross, le rugby. Mouvement et mémoire.

Il allait s'en sortir sain et sauf. Non ?

Au matin, il n'y avait toujours pas de Ziggy dans la cuisine. Sérieusement inquiet, Alex passa la tête par la porte de sa chambre. Personne. Il était difficile de dire s'il avait dormi dans son lit étant donné qu'il n'avait pas dû le faire depuis le début du trimestre. Il regagna la cuisine, où Mondo s'empiffrait de Coco Pops. « Je me fais du souci à propos de Ziggy. J'ai l'impression qu'il n'est pas rentré hier soir.

— Ce que tu peux être vieux jeu, Gilly. Il ne t'est pas venu à l'idée qu'il s'était peut-être envoyé en l'air.

— Il aurait dit quelque chose. »

Mondo s'étrangla de rire. « Pas Ziggy. S'il a décidé de la boucler, tu ne devineras jamais. Il n'est pas transparent comme toi et moi.

— Mondo, ça fait combien de temps qu'on partage une baraque ensemble ?

— Trois ans et demi, répondit Mondo en levant les yeux au plafond.

— Et combien de fois Ziggy a passé la nuit dehors ?

— Je n'en sais rien, Gilly. Au cas où tu ne l'aurais pas remarqué, j'ai pas mal tendance à déserter la base, moi aussi. Contrairement à toi, j'ai une vie hors de ces quatre murs.

— On ne peut pas dire que je sois un moine non plus, Mondo. Mais pour autant que je sache, Ziggy ne s'est jamais absenté toute la nuit. Et ça me tracasse parce que ça ne fait pas si longtemps que Weird s'est fait tabasser par les frères Duff. Sans compter que, hier, j'ai eu un accrochage avec Cavendish et sa bande de réacs. Et s'il s'était battu ? S'il était à l'hosto ?

— Et s'il avait fait la fiesta ? Écoute-toi, Gilly. Je croirais entendre ma mère.

— Va te faire foutre, Mondo. » Il attrapa sa veste dans l'entrée et se dirigea vers la porte.

« Où vas-tu ?

— Téléphoner à Maclennan. Si lui aussi me dit que je lui rappelle sa mère, alors je m'écrase, d'accord ? » Il claqua la porte derrière lui. Il avait une autre crainte, qu'il n'avait pas mentionnée. Et si Ziggy était allé draguer et s'était fait pincer ? C'était le scénario de cauchemar.

Arrivé aux cabines téléphoniques du bâtiment administratif, il composa le numéro du poste de police. À son grand étonnement, on le passa directement à Maclennan. « C'est Alex Gilbey, inspecteur. Je sais que je vous fais probablement perdre votre temps, mais je suis inquiet pour Ziggy Malkiewicz. Il n'est pas rentré de la nuit, ce qui ne s'était encore jamais produit...

— Et après ce qui est arrivé à M. Mackie, vous ne vous sentez pas tranquille, compléta Maclennan.

— C'est vrai.

— Vous êtes à Fife Park ?

— Oui.

— Ne bougez pas. J'arrive. »

Alex ne savait pas s'il devait être soulagé ou inquiet que le policier l'ait pris au sérieux. D'un pas traînant, il retourna à la maison et informa Mondo qu'il fallait s'attendre à une visite des flics.

« Sûr que Ziggy va te remercier quand il se ramènera, l'air de s'en être payé une tranche », dit Mondo.

Lorsque Maclennan débarqua, Weird les avait rejoints. Il passa un doigt sur son nez encore fragile, à peine cicatrisé. « Pour ça, je suis d'accord avec Gilly. Si Ziggy a eu maille à partir avec les frères Duff, il pourrait être aux urgences en ce moment. »

Maclennan demanda à Alex de lui faire le récit des événements de la veille au soir. « Et vous n'avez aucune idée de l'endroit où il aurait pu aller ? »

Alex secoua la tête. « Il n'a pas parlé de sortir. »

Maclennan le considéra avec une expression narquoise. « Est-ce qu'il fait les tasses, à votre connaissance ?

— C'est quoi, faire les tasses ? » demanda Weird.

Mondo l'ignora et lança un regard noir à Maclennan. « Qu'est-ce que vous insinuez ? Vous traitez mon copain de tapette ? »

Weird parut encore plus déconcerté. « C'est quoi, faire les tasses ? Pourquoi ça, une tapette ? »

Furieux, Mondo s'en prit à lui. « Faire les tasses, c'est un truc de pédé. Racoler des mecs dans les pissotières pour tirer un coup. » Il désigna Maclennan du pouce. « Pour je ne sais quelle raison, ce flic pense que Ziggy est pédé.

— La ferme, Mondo ! dit Alex. On discutera de ça plus tard. » Les deux autres restèrent sidérés par ce brusque accès d'autorité, ahuris devant un tel rebondissement. Alex se tourna à nouveau vers Maclennan. « Il va parfois dans un bar d'Édimbourg. Il n'a jamais parlé de quoi que ce soit ici à St Andrews. Vous croyez qu'il a été arrêté ?

— J'ai vérifié les cellules avant de venir. Il n'est pas chez nous. » Sa radio se mit à grésiller et il passa dans l'entrée pour répondre. « Le château ? Vous voulez rire... En fait, j'ai une idée. Appelez la brigade des pompiers. Je vous rejoins là-bas. »

Il revint, l'air soucieux. « On l'a peut-être retrouvé. On a reçu un appel d'un des guides du château. Tous les matins, il inspecte les lieux. Il a appelé pour dire qu'il y avait quelqu'un dans le Bottle Dungeon.

— Le Bottle Dungeon ? s'écrièrent-ils tous les trois en chœur.

— C'est une fosse taillée dans le roc. En forme de bouteille. Une fois à l'intérieur, vous ne pouvez plus sortir. J'ai besoin d'aller là-bas voir de quoi il retourne. Je demanderai qu'on vous tienne informés.

— Non. On vient aussi, affirma Alex. S'il est resté coincé là-dedans toute la nuit, il mérite bien de voir un visage ami.

— Désolé, les gars. Ça ne se fait pas. Si vous voulez y aller de votre côté, je laisserai la consigne qu'on vous laisse passer. Mais je ne tiens pas à ce que vous semiez la pagaille dans une opération de sauvetage. » Sur quoi, il s'éclipsa.

La porte ne s'était pas plus tôt refermée que Mondo prit Alex à partie. « Bon Dieu, qu'est-ce que c'est que ce bastringue ? Nous clouer le bec comme ça ? Faire des tasses ? »

Alex détourna la tête. « Ziggy est homosexuel. »

Weird eut une moue incrédule. « Non, pas Ziggy. Comment pourrait-il être homosexuel ? On est ses meilleurs amis. On serait au courant.

— Je sais, dit Alex. Il me l'a dit il y a deux ans.

— Magnifique, répliqua Mondo. Merci de nous avoir mis dans la confidence. *Tous pour un et un pour tous*, c'est ça ? On n'était pas assez bons pour apprendre la nouvelle, hein ? C'est très bien que toi, tu sois au courant, mais on a tout de même le droit de savoir que notre soi-disant meilleur copain est pédé ! »

Alex toisa Mondo. « Eh bien, à en juger d'après ta réaction tolérante et décontractée, je dirais que Ziggy a vu juste.

— Tu as dû mal comprendre, dit Weird avec entêtement. Ziggy n'est pas homosexuel. Il est normal. Les homos sont tous des malades. Une abomination. Ziggy n'est pas comme ça. »

Soudain, Alex en eut assez. Il lui arrivait rarement d'exploser, mais alors c'était un spectacle à vous couper le souffle. Le visage cramoisi, il cogna le mur du plat de la main. « Ça suffit, tous les deux ! J'ai honte d'être votre copain. Je ne veux plus entendre un seul propos sectaire de la part de l'un d'entre vous. Ça fait près de dix ans que Ziggy s'occupe de nous. Il est notre ami, il a toujours été là quand on avait besoin de lui et jamais il ne nous a laissés tomber. Et s'il préfère les hommes aux femmes ? Moi, je m'en fous. Ça ne veut pas dire pour autant qu'il ait envie de moi, ou de vous, pas plus que je n'ai envie de toutes les paires de nichons que je croise dans la rue. Ni que j'aie besoin de regarder derrière moi quand je prends une douche. Bon sang ! il n'a pas changé. Et je continue à l'aimer comme un frère. Je lui confierais ma vie, et ça devrait être pareil pour vous. Et toi..., ajouta-t-il en plantant un doigt dans la poitrine de Weird. Toi qui te dis chrétien. Comment oses-tu juger un type qui en vaut dix comme toi et tes maniaques du prêchi-prêcha ? Tu ne mérites pas d'avoir un ami comme Ziggy. » Il décrocha son manteau. « Je vais au château. Et je ne veux pas vous voir là-bas à moins que vous n'ayez changé d'attitude. »

Cette fois-ci, lorsqu'il claqua la porte, même les fenêtres tintèrent.

En apercevant la maigre lueur, Ziggy crut tout d'abord qu'il s'agissait à nouveau d'une hallucination. Il avait sombré dans une sorte de délire, mais il était encore assez lucide par instants pour se rendre compte qu'il commençait à être victime d'hypothermie. En dépit de ses efforts pour rester en mouvement, la léthargie était un adversaire redoutable. De temps à autre, il s'affaissait sur le sol, son esprit partant dans les directions les plus étranges. À un moment, il lui sembla que son père était avec lui et qu'ils discutaient des chances qu'avaient les Raith Rovers de monter en première division. Complètement surréaliste.

Il aurait été incapable de dire depuis combien de temps il était là. Mais lorsque apparut le rayon lumineux, il sut ce qu'il avait à faire. Il se mit à sauter en criant de toutes ses forces : « Au secours ! Au secours ! Je suis ici. Aidez-moi ! »

Pendant un long moment, il ne se passa rien. Puis la lumière l'éblouit. Il dut s'abriter les yeux. « Y a quelqu'un ? » Ces mots résonnèrent dans le goulet, emplissant la cavité.

« Sortez-moi de là ! hurla Ziggy. Sortez-moi de là, je vous en prie !

— Je vais aller chercher du secours, déclara la voix céleste. Si je laisse tomber la lampe, pouvez-vous l'attraper ?

— Attendez », cria Ziggy. Il ne faisait pas confiance à ses mains. En outre, de cette hauteur, la lampe dégringolerait à la vitesse d'une bombe. Il ôta sa veste et son pull, les plia et les posa au centre du vague cercle de lumière. « C'est bon, allez-y. »

La lampe siffla, rebondit contre les parois, projetant des formes démentes sur ses rétines pétrifiées. Tout à coup, il y eut une spirale à la sortie du goulet, puis une grosse lampe-torche en caoutchouc atterrit avec un flop sur la peau de mouton rembourrée. Des larmes picotèrent les yeux de Ziggy dans une réaction autant physique qu'émotionnelle. Ramassant la torche, il la pressa contre sa poitrine comme un talisman. « Merci, murmura-t-il, des sanglots dans la voix. Merci, merci, merci.

— Je vais faire le plus vite possible », dit la voix, diminuant à mesure que son propriétaire s'éloignait.

Maintenant, ça irait, pensa Ziggy. Il avait de la lumière. Il promena la lampe le long des murs. Le grès rougeâtre était complètement lisse par endroits, le plafond et les murs mouchetés de suie. Les prisonniers détenus ici devaient avoir l'impression de se trouver dans l'antichambre de l'enfer. Au moins, lui savait qu'il allait être libéré, et vite. Mais pour eux, la lumière n'aurait été qu'une torture supplémentaire, la reconnaissance de la futilité de tout espoir d'évasion.

En approchant du château, Alex découvrit deux voitures de police, une voiture de pompiers et une ambulance garées devant. À la vue de l'ambulance, son cœur se mit à battre la chamade. Qu'était-il arrivé à Ziggy ? Il passa sans difficulté ; Maclennan avait tenu parole. Un pompier lui indiqua, de l'autre côté de la cour herbeuse, la Tour de la mer, où s'offrait une scène d'une calme efficacité. Une dynamo avait été installée pour alimenter de puissants projecteurs et un treuil. Une corde disparaissait dans un trou au milieu du sol. Alex ne put réprimer un frisson en l'apercevant.

« C'est bien Ziggy. Le pompier vient de descendre dans une sorte de palan. Genre bouée-culotte si vous voyez ce que je veux dire, déclara Maclennan.

— Je crois. Qu'est-ce qui s'est passé ? »

Maclennan eut un haussement d'épaules. « On ne sait pas encore. »

Au même moment, une voix se fit entendre, venue du bas. « Tirez ! »

Le pompier chargé de la dynamo pressa un bouton et l'engin se mit en marche avec un rugissement. La corde s'enroula autour d'un tambour, centimètre par centimètre. Cela n'en finissait pas. Puis la tête de Ziggy apparut. Il était dans un drôle d'état. Son visage était maculé de sang et de crasse. Il avait un œil au beurre noir, la lèvre fendue et couverte d'une croûte. Il battit des paupières, aveuglé par les projecteurs, mais dès qu'il se fut accoutumé et qu'il aperçut Alex, il esquissa un sourire. « Hé, Gilly ! C'est gentil d'être venu. »

Alors que son torse émergeait de l'entonnoir, des mains secourables l'empoignèrent et l'aidèrent à se dégager du harnais. Ziggy tituba, désorienté et recru de fatigue. Alex se précipita vers lui et le prit dans ses bras. Une âcre odeur de sueur et d'urine, mêlée à celle de la boue, lui sauta aux narines. « Ça va, dit-il en le serrant contre lui. Ça va, tu es sauvé maintenant. »

Ziggy se cramponna à lui comme si sa vie en dépendait. « J'avais peur de crever là-dedans, murmura-t-il. J'essayais de ne pas y penser, mais j'avais peur de crever là-dedans. »

17

Maclennan sortit de l'hôpital furieux. De retour à la voiture, il abattit avec force ses deux mains sur le toit. Cette affaire était un cauchemar. Depuis le soir de l'assassinat de Rosie, les choses n'avaient cessé d'aller de travers. Et voilà qu'il se retrouvait avec la victime d'un enlèvement, d'une agression et d'une quasi-séquestration refusant de porter plainte contre ses agresseurs. D'après Ziggy, trois hommes lui avaient sauté dessus. Il faisait si sombre qu'il n'avait pas pu les distinguer vraiment. Il n'avait pas reconnu leurs voix et ils ne s'étaient pas appelés par leur nom. Et pour une raison inconnue, ils l'avaient flanqué dans le Bottle Dungeon. Maclennan l'avait menacé de poursuites pour obstruction à une enquête de police. Blême, éreinté, Ziggy l'avait regardé droit dans les yeux. « Je ne vous demande pas d'ouvrir une enquête, alors comment pourrais-je y faire obstruction ? C'est juste une farce qui est allée trop loin, c'est tout. »

Maclennan ouvrit brutalement la portière du passager et s'engouffra dans la voiture. Assise au volant, Janice Hogg le considéra d'un air interrogateur.

« Il parle d'une farce qui serait allée trop loin. Il ne veut pas porter plainte. Il ne sait pas de qui il s'agit.

— Brian Duff, dit Janice d'un ton catégorique.

— Sur quelle base ?

— Pendant que vous étiez à l'intérieur à attendre qu'ils aient fini d'examiner Malkiewicz, j'ai effectué quelques vérifications. Duff et ses deux potes attitrés ont bu un verre au port hier soir. Pas loin du château. Ils sont repartis vers neuf heures et demie. Selon le patron, ils avaient l'air de mijoter quelque chose.

— Bravo, Janice. Mais ça reste un peu mince.

— À votre avis, pourquoi est-ce que Malkiewicz refuse de porter plainte ? Il a peur des représailles ? »

Maclennan poussa un soupir. « Pas celles que vous croyez. Il était probablement en train de draguer près de l'église. Il a la trouille, s'il nous donne Duff et ses copains, que ceux-ci se lèvent en plein tribunal pour dire que Ziggy Malkiewicz est une tantouze. Le lascar veut être médecin. Pour rien au monde il ne courrait un tel risque. Bon Dieu, ce que je déteste cette affaire. Dans quelque direction que j'aille, ça finit en eau de boudin.

— Vous pouvez toujours mettre la pression sur Duff.

— En disant quoi ?

— Je ne sais pas. Mais peut-être vous sentiriez-vous mieux. »

Surpris, Maclennan regarda Janice. Puis il sourit. « Vous avez raison. Malkiewicz a beau rester suspect, si quelqu'un doit avoir sa peau, c'est nous. Allons à Guardbridge. Cela fait une éternité que je n'ai pas visité cette fabrique de papier. »

Brian Duff se rendit au bureau du directeur avec l'air suffisant de quelqu'un qui croit posséder les clés du royaume. S'appuyant au mur, il lança à Maclennan un regard hautain. « J'aime pas être dérangé dans mon travail.

— Ta gueule, Brian, dit Maclennan d'un ton méprisant.

— Ce n'est pas une façon de parler à un honnête citoyen, inspecteur.

— Je ne parle pas à un honnête citoyen, je parle à un tas de merde. Je sais ce que vous avez fabriqué hier soir, tes copains tarés et toi, Brian. Et je sais aussi que tu comptes t'en tirer à cause de ce que tu as appris à propos de Ziggy Malkiewicz. Eh bien, laisse-moi te dire que tu te trompes. » Il se rapprocha de Duff jusqu'à ne plus être qu'à quelques centimètres. « À partir de maintenant, ton frère et toi, vous êtes marqués d'une croix. Dépassez d'un kilomètre à l'heure la limite permise avec votre bécane et on vous embarque. Buvez un petit verre de trop et on vous fait passer l'alcootest. Touchez ne serait-ce qu'à un cheveu d'un de ces quatre gosses et vous êtes en état d'arrestation. Avec votre casier, vous êtes bon pour retourner au ballon. Et cette fois-ci, ce ne sera pas trois mois. » Il s'arrêta pour respirer.

« C'est de l'abus de pouvoir, protesta Brian avec une assurance à peine entamée.

— Non. L'abus de pouvoir, c'est de se rétamer par hasard sur les marches en descendant aux cellules. De faire un faux-pas et de s'écrabouiller le pif en rentrant dans le mur. » Avec la rapidité de l'éclair, Maclennan empoigna l'entrejambe de Duff. Il serra de toutes ses forces, puis tourna brusquement le poignet.

Duff poussa un hurlement, le visage décoloré. Maclennan le lâcha et se recula promptement. Duff se plia en deux, le couvrant d'injures. « Ça c'est de l'abus de pouvoir, Brian. Tu t'y habitueras. » Maclennan ouvrit la porte d'un coup sec. « Ma foi, il semble que Brian ait heurté le bureau et se soit fait mal », expliqua-t-il à la secrétaire perplexe dans l'antichambre. Il avait le sourire aux lèvres en passant devant elle avant de se retrouver dans l'air froid et ensoleillé. Il remonta en voiture.

« Vous aviez raison, Janice. Je me sens beaucoup mieux », déclara-t-il, la mine épanouie.

Personne ne travaillait dans la petite maison de Fife Park ce jour-là. Mondo et Weird traînassaient dans la salle de musique, mais une guitare et une batterie, ce n'était pas terrible et Alex n'avait visiblement pas l'intention de se joindre à eux. Il était allongé sur son lit, à méditer sur ce qui avait bien pu leur arriver. Il s'était toujours demandé pourquoi Ziggy n'avait aucun désir de partager son secret avec les deux autres. En son for intérieur, il était persuadé qu'ils finiraient par avaler la pilule parce qu'ils connaissaient trop bien Ziggy pour faire autrement. Mais il avait sous-estimé le pouvoir des vieux clichés. Il n'aimait guère ce que leur réaction révélait sur leur compte. De plus, cela remettait en question son propre jugement. Qu'est-ce qu'il fichait à gaspiller autant de temps et d'énergie avec des types qui, au fond, étaient aussi obtus que des salopards comme Brian Duff ? En allant à l'ambulance, Ziggy avait chuchoté à l'oreille d'Alex ce qui s'était passé. Ce qui l'effrayait le plus, c'est l'idée que ses amis nourrissaient les mêmes préjugés.

Certes, Weird et Mondo n'étaient pas du genre à aller passer à tabac des homosexuels parce qu'ils n'avaient rien de mieux à faire ce soir-là. Mais tout le monde à Berlin n'avait pas participé à la Nuit de Cristal. Et on savait où ça avait conduit. Ne pas s'opposer à l'intolérance des extrémistes, c'était leur fournir un soutien tacite. Pour que le mal triomphe, il suffit que les braves gens ne lèvent pas le petit doigt.

Il pouvait presque comprendre la position de Weird. Il s'était embringué dans une bande d'intégristes qui vous obligeait à gober la doctrine en bloc. Vous n'étiez pas libre de laisser les morceaux qui ne vous convenaient pas.

Mais Mondo n'avait aucune excuse. En l'occurrence, Alex n'avait même pas envie de s'asseoir en face de lui. Tout se désagrégeait et il ne savait pas comment arrêter le massacre.

En entendant s'ouvrir la porte d'entrée, il se leva et descendit à toute vitesse. Ziggy s'appuyait au mur, un sourire tremblant aux lèvres. « Tu es déjà sorti de l'hôpital ?

— Ils voulaient me garder en observation. Mais les observations, je peux les faire moi-même. Pas la peine que j'encombre un lit. »

Alex l'aida à marcher jusqu'à la cuisine et mit la bouilloire à chauffer. « Je croyais que tu avais de l'hypothermie ?

— Juste un peu. Ce n'est pas comme si j'avais les mains gelées. Ma température centrale est remontée, alors ça va. Je n'ai rien de cassé, juste des contusions. Je ne pisse pas le sang, ce qui veut dire que mes reins sont en bon état. Je préfère souffrir dans mon propre lit que d'avoir un défilé de médecins et d'infirmières blaguant sur les toubibs qui ne sont pas capables de se soigner eux-mêmes. »

Un bruit de pas dans l'escalier, puis Mondo et Weird apparurent sur le seuil, l'air penaud. « Content de te voir, mon vieux, dit Weird.

— Ouais, approuva Mondo. Qu'est-ce qui s'est donc passé ?

— Ils sont au courant, Ziggy, expliqua Alex.

— C'est toi qui leur as dit ? » L'accusation semblait contenir plus de lassitude que de colère.

« Non, Maclennan, répondit sèchement Mondo. Il n'a fait que confirmer.

— Très bien, dit Ziggy. Je ne pense pas que Duff et ses crétins de potes en avaient spécialement après moi. Ils étaient juste sortis casser du pédé et le hasard a voulu qu'ils tombent sur ce type et moi près de l'église St Mary.

— Tu baisais dans une église ? » Weird avait l'air consterné.

« Elle est en ruine, fit observer Alex. Ce n'est pas exactement un lieu sacré. » Weird parut sur le point d'ajouter quelque chose, mais l'expression d'Alex l'arrêta net.

« Tu baisais avec un inconnu, dehors, par une nuit glaciale ? » dit Mondo avec un mélange de dégoût et de mépris.

Ziggy le regarda dans le fond des yeux. « Tu aurais préféré que je le ramène ici ? » Mondo ne dit rien. « Non, je ne pense pas. Contrairement à la kyrielle de nanas que tu nous infliges régulièrement.

— C'est différent, répondit Mondo en passant d'un pied sur l'autre.

— En quoi ?

— Ben, ce n'est pas interdit pour commencer.

— Merci pour ton soutien, Mondo. » Ziggy se leva, lentement et péniblement, comme un vieillard. « Je vais me coucher.

— Tu ne nous as toujours pas raconté ce qui s'était passé, dit Weird avec ses gros sabots.

— En voyant qu'il s'agissait de moi, Duff a voulu me forcer à avouer. Devant mon refus, ils m'ont ligoté et flanqué dans le Bottle Dungeon. J'ai eu des nuits plus agréables. Maintenant, si vous voulez bien m'excuser. »

Mondo et Weird s'écartèrent pour le laisser passer. L'escalier étant trop étroit pour deux, Alex n'essaya pas de l'aider. D'ailleurs, Ziggy n'aurait sans doute pas accepté d'aide à cette minute, même de sa part. « Tous les deux, pourquoi ne pas aller vivre là où vous vous sentez tellement bien ? » dit Alex en les poussant pour se frayer un passage. Il prit sa sacoche et son manteau. « Je vais à la bibliothèque. Ce serait vraiment sympa si vous n'étiez plus ici à mon retour. »

Deux semaines s'écoulèrent de ce qui ressemblait à une trêve précaire. Weird passait le plus clair de son temps à travailler en bibliothèque ou avec ses amis évangélistes. Ziggy semblait retrouver le moral à mesure que ses plaies se cicatrisaient, mais il hésitait encore à sortir seul le soir. S'en étant aperçu et bien que submergé de travail, Alex se débrouillait pour être là quand il avait besoin de compagnie. Cependant, il partit à Kirkcaldy pour le week-end, emmenant Lynn à Édimbourg. Ils dînèrent dans un petit restaurant italien au décor gai, puis ils allèrent au cinéma. Ils firent à pied le trajet depuis la gare jusque chez elle, à trois kilomètres de la ville. Alors qu'ils traversaient le rideau d'arbres entre Dunnikier Estate et la grand-route, elle l'attira dans l'ombre et l'embrassa avec fougue. Il rentra chez lui en fredonnant.

Paradoxalement, le plus affecté par les événements récents semblait être Mondo. La nouvelle de l'agression contre Ziggy s'était répandue dans l'université comme une traînée de poudre. La version officielle passait sous silence la première partie de l'histoire, de sorte que sa réputation demeurait intacte. Mais beaucoup parlaient d'eux quatre comme s'ils avaient fait quelque chose de louche, comme si le traitement subi par Ziggy était plus ou moins justifié. Ils étaient devenus des parias.

La petite amie de Mondo le plaqua sans cérémonie. Elle craignait pour sa réputation, déclara-t-elle. Il ne lui était pas facile d'en dénicher une autre. Les filles détournaient à présent la tête en le croisant. Elles déguerpissaient quand il se dirigeait vers elles dans les pubs ou les discothèques.

Ses camarades au cours de français lui ayant réservé le même accueil, il se retrouva bientôt isolé comme aucun des autres ne l'était. Weird avait les cathos ; les condisciples de Ziggy étaient fermement de son côté. Alex se fichait de ce qu'on pouvait penser : il avait Ziggy et, même si Mondo n'en savait rien, il avait Lynn.

Mondo s'était demandé s'il lui restait un as dans la manche, mais l'idée de le sortir le rendait nerveux, des fois qu'il se métamorphoserait en joker. Il n'était pas particulièrement facile de mettre la main sur la personne à laquelle il avait besoin de parler, et jusqu'ici toutes ses tentatives pour prendre contact avaient échoué lamentablement. Il n'avait même pas réussi à arranger un petit échange de services mutuels. Car ce n'était rien d'autre, s'était-il persuadé. Pas un chantage. Juste un peu de réciprocité. Mais même ça, c'était apparemment trop pour lui en ce moment. Il se sentait complètement perdu, ratant tout ce qu'il entreprenait.

Avant, le monde lui appartenait, et maintenant il avait un goût de terre dans la bouche. Il avait toujours été le plus fragile des quatre, psychologiquement. Sans leur soutien, il s'écroulait. La déprime l'enveloppait telle une couverture épaisse l'isolant du monde extérieur. On aurait dit qu'il marchait avec un poids sur les épaules. Il n'arrivait plus à travailler, ni à dormir. Il cessa de se laver et de se raser, ne changeant de vêtements qu'à de rares occasions. Il passait des heures interminables sur son lit à regarder le plafond en écoutant des cassettes des Pink Floyd. Il allait dans des pubs où il ne connaissait personne, boire comme une âme en peine. Puis il ressortait dans la nuit d'un pas chancelant pour se mettre à errer à travers la ville jusqu'au petit jour.

Ziggy essaya de lui parler, mais Mondo refusait de l'écouter. Au fond de lui-même, il tenait Ziggy, Weird et Alex pour responsables de ce qui lui était arrivé, et il ne voulait pas de ce qu'il prenait pour de la pitié de leur part. Cela aurait été le comble de l'humiliation. Il avait envie de vrais amis qui l'apprécient, pas d'amis qui le plaignent. Des amis en qui il pouvait avoir confiance au lieu de craindre les conséquences que cette amitié pouvait avoir pour lui.

Un après-midi, sa tournée des pubs le conduisit à un petit hôtel dans les Scores. Il se traîna jusqu'au bar et commanda un demi d'une voix balbutiante. Le barman le considéra avec un mépris à peine déguisé. « Désolé, fiston. Je ne vous sers pas.

— Comment ça, vous ne me servez pas ?

— C'est un établissement respectable et vous avez l'air d'un clodo. Si je ne veux pas de quelqu'un ici, j'ai le droit de refuser de le servir. » Il indiqua du pouce un écriteau à côté de la caisse qui confirmait ses dires. « Fichez-moi le camp. »

Mondo le dévisagea avec incrédulité. Il regarda autour de lui, quêtant le soutien des autres consommateurs. Chacun prenait bien soin de regarder ailleurs. « Va te faire voir, mon pote », dit-il en expédiant un cendrier par terre avant de ressortir furieux.

Pendant le court laps de temps qu'il avait passé à l'intérieur, l'averse qui avait menacé toute la journée s'était concrétisée, balayant les rues sous l'impulsion d'un violent vent d'est. En moins de deux, il fut trempé jusqu'aux os. Il essuya son visage et s'aperçut qu'il pleurait. Il était à bout de forces. Il ne supporterait pas un jour de plus de souffrance et d'inutilité. Il n'avait pas d'ami, les femmes le méprisaient et il savait pertinemment qu'il n'aurait pas ses examens, vu qu'il n'avait pas travaillé. Mais personne ne s'en souciait parce que personne ne comprenait.

Éméché et cafardeux, il remonta les Scores en direction du château. Il en avait assez. Il leur montrerait. Il les forcerait à adopter son point de vue. Il escalada le garde-fou près du sentier et se tint, les jambes flageolantes, au bord de la falaise. Au-dessous, la mer se jetait avec rage contre les rochers, projetant des gerbes d'écume. Mondo aspira les embruns et une étrange sensation de paix l'envahit tandis qu'il contemplait les vagues déchaînées. Écartant les bras, il leva son visage dans la pluie et cria sa douleur au ciel.

18

Maclennan passait devant la salle des communications quand arriva l'appel. Il traduisit le code. Suicide potentiel sur les falaises au-dessus des Castle Sands. Pas vraiment le rayon de la police judiciaire et, d'ailleurs, c'était son jour de repos. Il était seulement venu ranger un peu de paperasse. Il lui suffisait de continuer son chemin pour être chez lui en dix minutes, une bière à la main et la page des sports étalée sur les genoux. Comme presque chaque fois qu'il avait congé, depuis qu'Elaine avait pris le large.

Tu parles !

Il glissa la tête par la porte de la salle. « Dites-leur que j'arrive. Et demandez qu'on envoie un canot de sauvetage d'Anstruther. »

L'opérateur le regarda, surpris, mais lui fit un signe d'acquiescement. Maclennan se dirigea vers le parking. Bon sang, quel après-midi. Rien que ce maudit temps vous aurait rendu suicidaire. Ses essuie-glaces arrivaient à peine à éclaircir le pare-brise entre les trombes d'eau.

Les falaises étaient le lieu favori pour les tentatives de suicide. Avec un vent propice, on était presque toujours sûr de réussir. Un courant perfide entraînait au large en l'espace de quelques minutes ceux qui ne se méfiaient pas. Et personne ne résistait longtemps dans la mer du Nord en hiver. Il y avait eu néanmoins des échecs spectaculaires. Il se souvenait du concierge d'une école primaire qui avait complètement raté son coup. Il avait atterri dans cinquante centimètres d'eau, échappé à tous les rochers, pour être finalement rejeté sur le sable, les deux chevilles brisées. Il avait été tellement mortifié par son fiasco grotesque qu'à peine sorti de l'hôpital, il avait pris un bus pour Leuchars et s'était traîné sur ses béquilles le long de la voie ferrée avant de se jeter sous l'express d'Aberdeen.

N'empêche, ça ne se produirait pas aujourd'hui. Maclennan était à peu près certain que la marée était haute. Le vent de l'est fouetterait la mer, provoquant des tourbillons au bas de la falaise. Il espérait qu'ils seraient là à temps.

Une voiture de police était déjà sur place lorsqu'il arriva. Janice Hogg et un autre agent en tenue se tenaient, indécis, près du garde-fou, observant un adolescent courbé dans le vent, les bras écartés comme le Christ en croix. « Ne restez pas là, dit Maclennan en relevant son col pour se protéger de la pluie. Il y a une bouée de sauvetage un peu plus loin. Avec une corde. Allez la chercher. »

L'agent courut dans la direction indiquée. Maclennan franchit le garde-fou, puis s'avança de quelques pas. « Ça va aller, fiston », dit-il doucement.

Le jeune homme se retourna et Maclennan reconnut Davey Kerr. Un Davey Kerr défait et en capilotade, c'est sûr. Mais il n'y avait pas moyen de se méprendre sur le visage de lutin et les yeux de Bambi terrifié. « Vous arrivez trop tard, marmonna-t-il en oscillant comme un ivrogne.

— Il n'est jamais trop tard, répondit Maclennan. Si quelque chose ne va pas, on peut arranger ça. »

Mondo pivota pour lui faire face. Il laissa retomber ses bras. « Arranger ça ? » Son regard s'embrasa. « C'est vous qui avez fichu la merde, d'abord. À cause de vous, tout le monde pense que je suis un assassin. Je n'ai pas d'amis, pas d'avenir.

— Bien sûr que si. Alex, Ziggy, Tom, ce sont vos amis. » Le vent hurlait et la pluie lui battait le visage, mais Maclennan n'avait d'attention que pour le gosse effrayé devant lui, qui lança : « Ils me détestent.

— Je ne pense pas. » Maclennan raccourcit légèrement la distance. Encore deux ou trois pas et il serait en mesure de l'empoigner.

« Ne vous approchez pas. Restez en arrière. C'est mes oignons. Pas les vôtres.

— Réfléchissez à ce que vous êtes en train de faire. Songez aux gens qui vous aiment. Vous briserez le cœur de vos parents. »

Mondo secoua la tête. « Mes parents, ils s'en balancent. Ils ont toujours préféré ma sœur.

— Racontez-moi ce qui vous tracasse. » *Continue de le faire parler, empêche-le de se foutre en l'air,* s'exhorta Maclennan. *Que tout ça ne se transforme pas encore en un maudit cauchemar.*

« Vous êtes bouché, mon vieux. Je vous l'ai déjà dit, cria Mondo, un rictus de douleur déformant ses traits, vous avez bousillé ma vie.

— Ce n'est pas vrai. Vous avez un grand avenir devant vous.

— Plus maintenant. » Il écarta à nouveau ses bras comme des ailes. « Personne ne comprend ce que j'endure.

— Alors expliquez-moi. » Maclennan s'avança. Mondo voulut faire un pas de côté, mais il dérapa sur l'herbe humide. Son visage n'était plus qu'un masque de surprise horrifiée. En une terrible imitation de la roue, il lutta contre la loi de la pesanteur. Pendant quelques secondes interminables, on eût dit qu'il était sur le point de réussir. Puis ses pieds se dérobèrent et il disparut.

Maclennan fit un mouvement en avant, hélas beaucoup trop tard. Il vacilla sur le bord, mais, retenu par le vent, retrouva l'équilibre. Il regarda en bas. Il crut distinguer des éclaboussures. Puis il vit le visage livide de Mondo dans une trouée au milieu de la blancheur bouillonnante de l'eau. Il se retourna d'un bloc au moment où Janice et son collègue le rejoignaient. Une autre voiture de police s'arrêta, déversant Jimmy Lawson et deux agents en tenue. « La bouée de sauvetage ! cria Maclennan. Tenez la corde ! »

Déjà il retirait son manteau et sa veste, ôtait ses chaussures. Il prit la bouée et regarda à nouveau en contrebas. Cette fois, il distingua un bras noir contre l'écume. Il respira à fond et se lança dans le vide.

La chute fut saisissante. Secoué par le vent, il avait la sensation d'être une chose légère et insignifiante. Cela ne dura que quelques secondes. Heurter la mer fut comme tomber sur un sol dur. Il en eut le souffle coupé. Suffoquant et avalant de grandes gorgées salées et glaciales, il lutta pour remonter à la surface. De toutes parts, il n'y avait que de l'eau, des embruns et de l'écume. Battant des pieds, il s'efforça de s'orienter.

C'est alors que, dans un creux entre les vagues, il entrevit Mondo. L'adolescent se trouvait à seulement quelques mètres sur sa gauche. Maclennan se mit à nager dans sa direction, gêné par la bouée autour de son bras. La mer le soulevait et le laissait retomber, l'emportant droit vers Mondo. Il le saisit par la peau du cou.

Mondo se débattit sous son étreinte. Maclennan crut d'abord qu'il était résolu à se libérer pour se noyer. Avant de comprendre qu'il cherchait à lui prendre la bouée. Maclennan savait qu'il ne pourrait pas tenir indéfiniment. Se cramponnant à Mondo, il laissa aller la bouée.

Mondo s'en saisit. Il glissa un bras à travers et essaya de la passer par-dessus sa tête. Mais Maclennan le tenait toujours par le col, sachant que sa vie en dépendait. En désespoir de cause, Mondo se rejeta vivement en arrière avec son coude libre. Tout à coup, il fut délivré.

Il tira la bouée autour de sa taille, suffoquant dans l'air humide. Derrière lui, s'efforçant de regagner le terrain perdu, Maclennan finit par poser une main sur la corde fixée à la bouée. Cela demandait un effort surhumain avec ses vêtements gorgés d'eau lui disputant chaque centimètre. Le froid s'était maintenant emparé de lui, engourdissant ses doigts. Il s'accrocha à la corde avec un bras et agita l'autre au-dessus de leur tête pour indiquer au petit groupe sur la falaise de les remonter.

La corde se tendit. Parviendraient-ils à cinq à les hisser tous les deux jusqu'en haut ? Quelqu'un avait-il eu la présence d'esprit de faire venir un bateau depuis le port ? Ils seraient morts de froid bien avant qu'un canot de sauvetage n'arrive d'Anstruther.

Ils se rapprochaient des falaises. Pendant une minute, Maclennan eut l'impression de flotter. Puis il ne sentit plus rien si ce n'est qu'on le tirait et qu'il sortait de l'eau peu à peu en se cramponnant de toutes ses forces à la bouée et à Mondo. Levant la tête, il aperçut avec gratitude le visage pâle de l'homme qui tenait la corde à l'avant, ses traits formant une tache floue dans la pluie et les embruns.

Ils étaient à deux mètres du bas de la falaise lorsque, affolé, craignant que leur poids ne les réexpédie dans le maelström, Mondo se mit à lancer des ruades. Les doigts de Maclennan lâchèrent prise. Il replongea, impuissant. Une nouvelle fois il se retrouva sous l'eau, une nouvelle fois il réussit à remonter. Il pouvait voir le corps de Mondo s'élever lentement le long de la paroi. Il n'arrivait pas à y croire. Ce salaud lui avait flanqué des coups de pied pour sauver sa peau. Jamais il n'avait eu l'intention de se tuer. Ce n'était que de la frime, le désir de se faire remarquer.

Maclennan recracha une nouvelle gorgée d'eau. Il était bien décidé à tenir bon, ne serait-ce que pour faire regretter à Davey Kerr de ne pas s'être noyé. Il lui suffisait de garder la tête hors de l'eau. Ils lui relanceraient la bouée. Ils enverraient un bateau. Ils le feraient, non ?

Ses forces déclinaient rapidement. Ne pouvant plus lutter contre les vagues, il se laissa porter. Il s'appliquait à ne pas boire la tasse.

Plus facile à dire qu'à faire. Le courant l'aspirait, la houle lui projetait des paquets d'eau noire dans la bouche et les narines. Il ne sentait plus le froid, ce qui était plutôt agréable. Il entendit vaguement le poc-poc d'un hélicoptère. Il se trouvait maintenant dans un endroit où semblait régner le plus grand calme. Sauvetage en mer, voilà le bruit qu'il percevait. *Balance lentement, doux char. Venant me ramener chez moi. Curieux tout ce qui pouvait vous passer par la tête.* Il glousSa et avala une nouvelle gorgée d'eau.

À présent, il se sentait très léger. La mer était comme un matelas le berçant gentiment pour qu'il s'endorme. Barney Maclennan, faisant un somme sur les vagues océanes.

Le projecteur de l'hélicoptère balaya la mer pendant une heure. Rien. L'assassin de Rosie Duff avait fait une seconde victime.

DEUXIÈME PARTIE

19

Novembre 2003. Glenrothes, Écosse

Le directeur adjoint James Lawson se gara sur l'emplacement marqué de son nom dans le parking de l'hôtel de police. Il ne se passait pas un jour sans qu'il se félicite de sa réussite. Pas mal pour l'enfant naturel d'un mineur ayant grandi dans un minuscule logement social. Leur village dépotoir avait été bâti à la va-vite durant les années 1950 pour abriter des ouvriers déplacés dont la seule possibilité de travail reposait sur l'exploitation du bassin houiller de la Fife alors en plein essor. Quelle foutaise ! En moins de vingt-cinq ans, l'industrie avait rétréci comme une peau de chagrin, abandonnant ses anciens employés à leurs lotissements immondes. Ses copains s'étaient tous fichus de lui lorsqu'il avait tourné le dos au puits de mine pour rallier ce qui leur apparaissait comme le camp des patrons. *Qui rigolait bien maintenant ?* pensa Lawson avec un petit sourire sinistre en retirant la clé du contact de sa Rover de fonction. Thatcher avait réglé leur compte aux mineurs et fait de la police une armée bien à elle. La gauche était morte et le phénix issu de ses cendres aimait manier la trique presque autant que les conservateurs. C'était le bon moment pour devenir flic. Sa pension en serait la preuve.

Ramassant son porte-documents sur le siège du passager, il se dirigea à grands pas vers l'immeuble, la tête inclinée pour se protéger d'un âpre vent de la côte est qui promettait de se transformer en pluie torrentielle avant la fin de la matinée. Il tapa son code de sécurité sur le pavé de touches près de l'entrée arrière et marcha jusqu'à l'ascenseur. Au lieu de gagner directement son bureau, il monta au quatrième étage où la brigade des affaires classées occupait une salle. Il n'y avait pas beaucoup de meurtres non résolus dans les registres de la Fife, si bien que tout succès aurait l'air spectaculaire. Lawson savait que, menée correctement, cette opération était susceptible d'accroître sa réputation. Il était donc bien décidé à éviter le travail bâclé. Aucun d'eux ne pouvait se permettre ça.

La pièce qu'il avait réquisitionnée pour la brigade était de dimension convenable. Même si cela manquait de lumière du jour, il y avait assez de place pour une demi-douzaine de postes informatiques ainsi que pour les panneaux tapissant les murs où l'on affichait le suivi des affaires en cours. Au regard de chacune figurait une liste imprimée des différentes actions à entreprendre. À mesure qu'elles étaient effectuées, de nouvelles tâches inscrites à la main venaient s'ajouter au programme. Des cartons de dossiers s'entassaient jusqu'à hauteur de la taille le long de deux cloisons. Lawson tenait à suivre les choses de près. Malgré le battage publicitaire fait autour de l'opération, elle n'en était pas moins assujettie aux contraintes budgétaires. La plupart des nouveaux tests coûtaient cher et il n'était pas question pour lui de laisser son équipe succomber aux charmes de la technologie en gaspillant toutes leurs ressources dans des notes de labo, ne laissant rien pour la corvée des besognes de routine.

À une exception près, Lawson avait sélectionné une poignée d'inspecteurs, connus pour leur souci du détail et pour leur talent à raccorder des bribes d'information. Cette exception était un policier dont la présence dans la pièce le tracassait. Non que ce fût un mauvais flic, mais son implication était beaucoup trop grande. Barney, le frère de l'inspecteur Robin Maclennan, avait péri au cours d'une de ces enquêtes classées. Si Lawson avait pu décider seul, jamais on ne l'aurait pris pour un tel travail. Mais Maclennan l'avait court-circuité en s'adressant au directeur, qui l'avait imposé.

Lawson était quand même parvenu à tenir Maclennan à l'écart de l'affaire Rosie Duff. Après la disparition de Barney, Robin avait été transféré dans le sud de la Fife. Il n'était revenu qu'à la suite du décès de son père l'année précédente, dans le désir de passer près de sa mère les dernières années le séparant de la retraite. Comme il avait un vague lien avec une autre enquête qui concernait Lesley Cameron, une étudiante violée et tuée à St Andrews dix-huit ans plus tôt, Lawson avait persuadé son patron de lui confier le dossier. À l'époque, Robin Maclennan était basé près du domicile de la fille et il avait été choisi pour servir d'agent de liaison avec la famille, sans doute en raison de ses relations au sein de la police de la Fife. Lawson se doutait bien que Maclennan lorgnait par-dessus l'épaule de l'inspecteur chargé du cas Rosie Duff, mais au moins ses sentiments personnels ne risquaient pas d'interférer directement avec l'enquête.

En ce matin de novembre, seuls deux policiers étaient à leur bureau. Phil Parhatka avait la responsabilité de ce qui était probablement la plus sensible des enquêtes faisant l'objet d'un réexamen. La victime était un jeune homme découvert assassiné à son domicile. Son meilleur ami avait été inculpé et jugé coupable du meurtre, mais une série de révélations fort embarrassantes touchant le travail de la police avait abouti à un coup de théâtre en appel. Plusieurs carrières avaient été affectées, et on faisait à présent pression pour retrouver le véritable assassin. Lawson avait confié l'affaire à Parhatka en partie à cause de son tact et de sa discrétion. Mais il avait également flairé chez le jeune homme cette soif de succès qui l'avait animé quand il avait le même âge. Parhatka avait tellement envie d'un résultat qu'on aurait dit que de la fumée lui sortait des oreilles.

Alors que Lawson entrait, l'autre officier, l'inspectrice Karen Pirie, se leva, ôta du dossier de sa chaise un manteau en peau de mouton démodé mais confortable, et l'enfila. Elle tourna la tête en sentant la présence d'un intrus dans la pièce et adressa à Lawson un sourire las. « Il n'y a pas d'autre solution. Je vais être obligée d'aller parler aux témoins de l'époque.

— Sans les pièces à conviction, ça ne servira à rien, répondit Lawson.

— Mais...

— Il va vous falloir descendre au sous-sol pour faire une recherche. »

Karen parut consternée. « Ça risque de prendre des semaines.

— Je sais. C'est pourtant le seul moyen.

— Mais... Et le budget ? »

Lawson poussa un soupir. « Laissez-moi me préoccuper du budget. Je crains que vous n'ayez pas le choix. On a besoin de ces preuves pour mettre la pression. Elles ne se trouvent pas dans la boîte où elles devraient être. La seule explication qu'a pu fournir le service des archives, c'est qu'elles avaient été *égarées* au moment de l'installation dans les nouveaux locaux. Eux n'ont pas les effectifs pour les retrouver. Du coup, c'est sur vous que ça retombe. »

Karen glissa son sac sur son épaule. « Très bien.

— Je me tue à le répéter depuis le début : pour arriver à quelque chose avec ce truc, les preuves matérielles sont cruciales. Si quelqu'un peut les dénicher, c'est vous. Faites de votre mieux, Karen. » Il la regarda partir, sa démarche même reflétant cette pugnacité qui avait incité Lawson à la choisir pour s'occuper du meurtre, remontant à vingt-cinq ans, de Rosemary Duff. Avec quelques mots d'encouragement à Parhatka, Lawson mit le cap sur le troisième étage.

Il s'installa derrière son luxueux bureau et songea avec une pointe d'inquiétude que cette histoire de réexamen de dossiers pouvait très bien ne pas se passer comme il l'espérait. Expliquer qu'ils avaient fait tout leur possible ne suffirait pas. Il leur fallait au moins une victoire. Il but une petite gorgée de son thé fort et sucré et tendit le bras vers la corbeille du courrier arrivé. Il parcourut deux notes de service, les parapha en haut de page et les flanqua dans la corbeille du courrier interne. Le document suivant était une lettre ordinaire, qui lui était adressée personnellement. C'était déjà assez inhabituel en soi. Mais son contenu cloua James Lawson sur son siège.

12 Carlton Way
St Monans
La Fife

Monsieur le directeur adjoint James Lawson
Hôtel de police de la Fife
Detroit Road
Glenrothes
KY6 2RJ

8 novembre 2003

Monsieur,

J'ai lu avec intérêt dans un communiqué de presse que la police de la Fife avait décidé de procéder à une révision des homicides non élucidés. Je suppose que, entre autres cas, vous examinerez à nouveau celui de Rosemary Duff. J'aimerais vous voir pour en discuter. Je possède en effet des informations qui, bien que sans rapport direct avec l'affaire, pourraient contribuer à votre connaissance du contexte. De grâce, ne prenez pas cette lettre pour l'œuvre d'un illuminé. J'ai des raisons de penser que la police n'était pas au courant de ces informations à l'époque de la première enquête. Dans l'attente d'une réponse de votre part, je vous prie d'agréer, Monsieur, l'assurance de mes sentiments distingués.

Graham Macfadyen

Graham Macfadyen s'habilla avec soin. Il tenait à faire bonne impression au directeur adjoint Lawson. Il avait eu peur que sa lettre ne soit mise sur le compte d'un dingo et flanqué à la poubelle. Mais, à sa grande surprise, il avait reçu une réponse par retour de courrier. Le plus surprenant, c'est qu'elle était de Lawson lui-même et non d'un quelconque sous-fifre en charge du dossier, et que le directeur adjoint lui demandait de téléphoner pour fixer un rendez-vous. Force lui était de reconnaître que la police avait pris la chose très au sérieux. Lorsqu'il avait appelé, Lawson avait proposé de se rendre chez lui à St Monans. « Nous serons plus à l'aise qu'à l'hôtel de police », avait-il déclaré. Macfadyen soupçonnait Lawson de vouloir le rencontrer dans son cadre habituel pour mieux se rendre compte de son état mental. Mais il avait accepté avec plaisir, ne serait-ce que pour éviter les innombrables ronds-points qui faisaient de Glenrothes un labyrinthe.

Macfadyen avait passé la soirée précédente à nettoyer sa salle de séjour. Il se considérait comme un homme plutôt ordonné et cela l'étonnait invariablement qu'il y eût autant de ménage à faire quand il attendait de la visite. Peut-être parce qu'il lui arrivait rarement de recevoir. Il ne voyait pas l'intérêt de sortir avec des femmes et, pour être franc, leur absence dans sa vie ne lui pesait pas trop. Ses contacts avec ses collègues semblaient absorber toute l'énergie dont il disposait pour les relations sociales, et il ne les rencontrait presque jamais en dehors des heures de bureau ; juste assez pour ne pas avoir l'air d'un ours. Enfant, il avait appris qu'il vaut mieux être invisible que d'attirer l'attention. En revanche, malgré les innombrables heures qu'il passait à développer des logiciels, il n'était jamais fatigué de travailler avec les machines. Qu'il s'agisse de surfer sur le Net, d'échanger des informations ou de jouer à des jeux multi-utilisateurs en ligne, Macfadyen n'était jamais aussi heureux que lorsqu'il y avait une barrière de silicium entre lui et le reste du monde. Les ordinateurs ne le jugeaient pas, ne l'accusaient pas d'avoir une case en moins. La plupart des gens les voyaient comme des choses compliquées et difficiles à comprendre, mais ils se trompaient. Les ordinateurs étaient prévisibles et sûrs. Ils ne vous laissaient pas tomber. Avec un ordinateur, vous saviez exactement où vous en étiez.

Il se regarda dans la glace. Il avait appris que la banalité est le meilleur moyen de ne pas susciter de curiosité intempestive. Aujourd'hui, il avait envie d'avoir l'air décontracté, quelconque, anodin. Pas bizarre. Il n'ignorait pas que, pour la plupart des gens, tout individu travaillant dans l'informatique est forcément bizarre et il ne tenait pas à ce que Lawson tire la même conclusion. Il n'était pas bizarre. Seulement différent. Mais ça, il ne voulait absolument pas que Lawson s'en rende compte. Passer inaperçu, voilà comment on arrive à ses fins.

Il avait opté pour un Levis et un polo Guinness. Pas de quoi effaroucher qui que ce soit. Il passa un peigne dans son épaisse chevelure brune, observant son reflet avec une expression légèrement maussade. Une femme lui avait dit un jour qu'il ressemblait à James Dean, mais il l'avait interprété comme un numéro de séduction minable. Il enfila une paire de mocassins en cuir noir et consulta sa montre. Encore dix minutes. Pénétrant dans la chambre d'ami, Macfadyen s'assit devant un des trois ordinateurs. Il allait devoir mentir et, s'il voulait se montrer convaincant, il avait besoin d'être calme.

James Lawson parcourut lentement Carlton Way. Une rue en arc de cercle bordée de petits pavillons bâtis dans les années 1990 à l'imitation du style traditionnel de l'East Neuk. Les murs crépis, les toits de tuile pentus et les pignons dentelés portaient tous la marque de l'architecture locale, et les constructions étaient suffisamment variées pour ne pas défigurer l'environnement. Située à environ un kilomètre et demi du village de pêcheurs de St Monans, c'était une résidence idéale pour de jeunes cadres n'ayant pas les moyens de s'offrir des habitations plus authentiques, achetées par des rentiers avides de pittoresque, soit pour s'y retirer, soit pour les louer à des estivants.

La maison de Graham Macfadyen était une des plus modestes. Salon-salle de séjour, deux chambres, pensa Lawson. Pas de garage, mais une allée suffisamment large pour y mettre deux petites voitures. Une vieille VW Golf métallisée s'y trouvait à cet instant. Lawson se gara dans la rue et remonta le chemin, le pantalon de son complet lui battant les jambes dans la forte brise venant du Forth of Firth. Il sonna et attendit avec impatience. Il ne pensait pas qu'il aurait aimé vivre dans un endroit aussi morne. Sûrement agréable en été, mais lugubre et déprimant par un froid après-midi d'hiver.

La porte s'ouvrit sur un homme proche de la trentaine. Taille moyenne, mince, nota machinalement Lawson. Le genre de tignasse brune dont il est presque impossible de venir à bout. Yeux bleus enfoncés, pommettes saillantes et bouche charnue, presque féminine. Pas de casier judiciaire, d'après la vérification qu'il avait faite. Mais beaucoup trop jeune pour avoir la moindre connaissance directe du cas Rosie Duff. « Monsieur Macfadyen ? »

L'homme acquiesça. « Vous devez être le directeur adjoint de la police James Lawson. C'est comme ça qu'il faut vous appeler ? »

Lawson lui adressa un sourire rassurant. « Pas besoin de titre. Monsieur ira très bien. »

Macfadyen se recula. « Entrez. »

Lawson le suivit le long d'un étroit couloir jusqu'à une salle de séjour impeccablement rangée. Un canapé et deux fauteuils en cuir marron faisaient face à un poste de télévision voisinant avec un combiné magnétoscope-lecteur de DVD. Des cassettes et des boîtes de DVD s'alignaient sur des étagères de chaque côté. Le seul autre meuble dans la pièce était un buffet contenant des verres et plusieurs bouteilles de whisky. Mais ça, Lawson ne s'en aperçut que plus tard. Ce qui lui sauta aux yeux, ce fut l'unique image accrochée aux murs. Une photo agrandie d'environ 50 × 80 cm. Immédiatement identifiable pour quiconque avait été mêlé à l'affaire Rosie Duff. Prise au soleil couchant, elle représentait les longues tombes en pierre du cimetière picte de Hallow Hill, là où on avait découvert le cadavre. Lawson en resta pétrifié. La voix de Macfadyen le ramena dans le présent.

« Puis-je vous offrir un verre ? » Il se tenait près de la porte, immobile comme un gibier surpris par un chasseur.

Lawson secoua la tête, autant pour chasser l'image de son esprit que pour décliner l'offre. « Non merci. » Il s'assit, avec la seule autorisation de ses nombreuses années passées dans la police.

Réintégrant la pièce, Macfadyen prit le fauteuil en face. Lawson ne parvenait pas à saisir qui il était, ce qu'il trouvait quelque peu dérangeant. « Vous disiez dans votre lettre que vous possédiez des renseignements sur le meurtre de Rosie Duff ? commença-t-il avec prudence.

— C'est exact. » Macfadyen se pencha légèrement en avant. « Rosie Duff était ma mère. »

20

Décembre 2003

Un compteur de magnétoscope ; un pot de peinture ; un quart de litre d'essence ; de petits bouts de fil de fer. Rien d'extraordinaire, rien qui ne figure dans n'importe quel tas de rebuts domestiques, au fond d'une cave ou d'une remise de jardin. Assez inoffensif.

Sauf s'ils sont combinés d'une manière particulière. Alors cela devient tout ce qu'il y a de dévastateur.

Le compteur atteignit la date et l'heure fixées ; une étincelle courut le long d'un fil et mit le feu à la traînée d'essence. Le couvercle du pot vola, aspergeant d'essence enflammée les vieux papiers et les chutes de bois environnants. La méthode classique, simple et efficace.

Les flammes trouvèrent de nouveaux aliments dans de vieux rouleaux de moquette, des pots de peinture à moitié vides, la coque vernie d'un dinghy. De la fibre de verre et du carburant de hors-bord, du mobilier de jardin et des bombes aérosol se transformèrent en torches, puis en lance-flammes, l'incendie redoublant d'intensité. Des braises fusaient comme un feu d'artifice.

La fumée commençait à s'accumuler. Tandis que la fournaise rugissait à travers les ténèbres au-dessous, les émanations se répandaient dans toute la maison, paresseusement d'abord, puis avec une énergie croissante, les minces effluves filtrant à travers les planchers et flottant, invisibles, sur les courants d'air chaud. Suffisantes pour faire tousser le dormeur, mais pas assez âcres pour le réveiller. À mesure que la fumée montait, elle devenait de plus en plus perceptible, des spectres brumeux se découpant dans le clair de lune tombant par les fenêtres sans rideaux. L'odeur se faisait de plus en plus tangible elle aussi, un signal d'alarme pour quiconque était à même d'en tenir compte. Cependant, la fumée avait déjà émoussé les réflexes du dormeur. Si quelqu'un lui avait secoué l'épaule, il serait peut-être parvenu à se réveiller et à se ruer vers la fenêtre et sa promesse de sécurité. Mais il n'en était plus là. Le sommeil s'était mué en inconscience. Et bientôt, l'inconscience ferait place à la mort.

Le brasier crépitait et étincelait, projetant des étoiles jaunes et écarlates dans le ciel. Les poutres gémissaient avant de se fracasser sur le sol. C'était aussi spectaculaire et bénin que peut l'être un meurtre.

Malgré la chaleur de son bureau, Alex Gilbey frissonna. Ciel gris, ardoise grise, pierre grise. La gelée blanche qui couvrait les toits de l'autre côté de la rue avait à peine diminué dans la journée. Soit ils avaient une isolation fantastique en face, soit la température n'avait pas grimpé au-dessus de zéro depuis l'aube. Il regarda en bas dans Dundas Street. Tels des spectres, des gaz d'échappement s'élevaient des artères de la ville encore plus obstruées que d'ordinaire. Les gens affluaient de partout pour faire leurs achats, sans se rendre compte que dénicher une place de stationnement dans le centre d'Édimbourg la semaine précédant les fêtes était encore plus difficile que de mettre la main sur le cadeau idéal pour une gamine capricieuse.

Alex leva les yeux vers le ciel bas et chargé, qui annonçait de la neige avec la subtilité d'un spot publicitaire. Son moral diminua d'autant. Jusque-là, il s'en était plutôt bien tiré cette année. Mais s'il se mettait à neiger, toute sa détermination s'effilocherait et il retomberait dans sa morosité saisonnière habituelle. Aujourd'hui surtout, il pouvait fort bien se passer de neige. Exactement vingt-cinq ans plus tôt, le hasard l'avait fait trébucher sur quelque chose qui avait transformé tous les Noëls suivants en un tourbillon de mauvais souvenirs. On aurait beau lui présenter des vœux de bonne année, rien ne saurait effacer l'anniversaire de la mort de Rosie Duff de son calendrier mental.

Il devait être, pensa-t-il, le seul fabricant de cartes de vœux à haïr la période la plus lucrative de l'année. Dans ses bureaux, l'équipe de vente par téléphone prenait les commandes de dernière minute des grossistes regarnissant leurs stocks et en profitait pour stimuler les commandes concernant la Saint-Valentin, la fête des Mères et Pâques. À l'entrepôt, les employés commençaient à respirer, sachant que le plus gros du rush était passé et profitant de cette accalmie pour faire le bilan des dernières semaines. Et au service de comptabilité, ils avaient pour une fois le sourire. Les chiffres de l'année étaient supérieurs de huit pour cent à ceux de l'année précédente, en partie grâce à la nouvelle gamme de cartes qu'Alex avait réalisées lui-même. Même si cela faisait plus de dix ans qu'il avait cessé de gagner sa vie avec ses crayons et ses encres, il aimait bien contribuer de temps à autre à l'éventail de produits proposés. Il n'y avait rien de mieux pour forcer le personnel à rester vigilant.

Mais il avait dessiné ces cartes en avril, bien à l'abri des ombres du passé. C'était étrange comme ce malaise revenait régulièrement. Dès que la fête des Rois voyait les décorations de Noël regagner leurs cartons, le spectre de Rosie Duff se dissolvait peu à peu, le laissant avec l'esprit libre, sans le poids des souvenirs. Il retrouvait alors le plaisir de vivre. Pour le moment, il n'y avait qu'à supporter.

Il avait essayé quantité de stratégies au fil des années pour chasser tout cela. Au second anniversaire, il s'était soûlé à mort. Il aurait été bien en peine de dire qui l'avait ramené jusqu'à sa chambre meublée de Glasgow, ni dans quel bar il avait fini. Et avec pour seul résultat de transformer ses rêves paranoïaques hantés par la moue ironique et le rire facile de Rosie en un kaléidoscope dément dont il était incapable de sortir.

L'année suivante, il était allé sur sa tombe, juste à la lisière de St Andrews. Il avait attendu jusqu'au crépuscule pour ne pas courir le risque d'être reconnu. Il avait garé sa vieille Ford Escort anonyme le plus près possible des grilles, tiré une casquette en tweed sur ses yeux et relevé le col de son manteau avant de se mettre à rôder dans l'obscurité humide. Le problème, c'est qu'il ne savait pas exactement où elle était enterrée. Il avait seulement vu les photos de l'inhumation en première page du journal local et il en avait déduit que c'était quelque part vers l'arrière du cimetière.

Il erra, tête baissée, parmi les tombes avec l'impression d'être un vampire, regrettant de ne pas avoir emporté de lampe, pour se rendre compte ensuite que c'était le meilleur moyen d'attirer l'attention. À mesure qu'ils s'allumaient, les lampadaires répandaient une maigre lumière, juste assez pour lire la plupart des inscriptions. Il était sur le point de renoncer quand il la trouva enfin, dans un coin retiré, contre le mur.

C'était un simple bloc de granit noir. Les lettres étaient dorées, aussi brillantes que le jour où on les avait gravées. D'abord, Alex se réfugia dans son rôle d'artiste, prenant ce qu'il avait devant lui comme un objet purement esthétique. Et, vu sous cet angle, il le jugea satisfaisant. Mais il ne pouvait pas se dérober longtemps au sens des mots dans lesquels il s'était appliqué à ne voir que des formes sculptées : « Rosemary Margaret Duff. Née le 25 mai 1959. Cruellement enlevée aux siens le 16 décembre 1978. À notre fille et sœur bien-aimée disparue pour toujours. Qu'elle repose en paix. » Alex se souvint que la police avait organisé une collecte afin de payer la pierre tombale. Ils avaient plus que réussi, d'après la longueur du texte, se dit-il dans un ultime effort pour résister à ce que ces phrases évoquaient.

L'autre élément qu'il lui était impossible d'ignorer, c'était la multitude d'offrandes disposées avec soin au pied de la dalle. Il devait bien y avoir une douzaine de bouquets et de gerbes de fleurs, dont plusieurs dans de petites urnes rondes vendues à cet effet par les fleuristes. Le surplus était étalé sur l'herbe, témoignage puissant des nombreux cœurs que Rosie Duff habitait encore.

Déboutonnant son manteau, il en tira l'unique rose blanche qu'il avait apportée. Il venait de s'accroupir pour la placer avec les autres quand il sursauta violemment. La main sur son épaule sortait de nulle part. L'herbe humide avait amorti le bruit des pas et il était trop absorbé par ses pensées pour que son instinct l'eût averti.

Il pivota sur lui-même tout en s'écartant, glissa sur l'herbe et tomba en arrière dans une affreuse répétition de cette nuit de décembre trois ans plus tôt. Il eut un mouvement de recul, s'attendant à recevoir un coup de pied ou un coup de poing, lorsque celui qui l'avait dérangé comprit qui il était. La question inquiète provenant d'une voix familière l'appelant par un surnom dont le cercle de ses proches était seul à se servir le prit complètement au dépourvu.

« Hé, Gilly, ça va ? lança Sigmund Malkiewicz en tendant une main pour l'aider à se remettre debout. Je ne voulais pas te faire peur.

— Bon sang, qu'est-ce que tu croyais, à t'approcher de moi à pas de loup dans un cimetière le soir ? protesta Alex en se relevant par ses propres moyens.

— Pardon. » Il indiqua la rose d'un signe de tête. « Bien choisi. Je n'arrive jamais à trouver quelque chose qui convienne.

— Tu es déjà venu ici ? » Alex s'essuya, puis se tourna pour faire face à son vieil ami. Dans la pénombre, Ziggy avait l'air d'un farfadet, son visage pâle paraissait luire de l'intérieur.

Il hocha la tête. « Seulement aux anniversaires. Mais toi, je ne t'avais encore jamais vu. »

Alex eut un haussement d'épaules. « C'est la première fois. N'importe quoi pour essayer d'en finir avec ça, tu comprends ?

— Je ne pense pas que j'y arriverai jamais.

— Moi non plus. » Sans un mot de plus, ils firent demi-tour pour regagner l'entrée, chacun enfermé dans ses propres souvenirs. Par une sorte d'accord tacite, après leur départ de l'université, ils avaient évité de reparler de l'événement qui avait changé si profondément leur existence. L'ombre était toujours là ; mais ces derniers temps, elle ne surgissait plus entre eux. Peut-être était-ce d'avoir évité les discussions sans fin qui avait permis à leur amitié de rester solide. Ils se rencontraient moins souvent maintenant que Ziggy menait l'existence infernale d'un jeune médecin d'Édimbourg. Mais quand ils parvenaient à se voir, la vieille intimité était toujours aussi forte.

À la grille, Ziggy s'arrêta. « Ça te dirait de boire une bière ? »

Alex secoua la tête. « Si je commence, je ne vais pas m'arrêter. Et pour toi et moi, ce n'est pas une bonne partie du monde pour se biturer. Il y a encore trop de gens dans le coin qui pensent qu'on s'en est tirés à bon compte. Non, je remets le cap sur Glasgow. »

Ziggy le serra contre lui. « On se verra au nouvel an, d'accord ? Town Square, à minuit ?

— Oui. Lynn et moi, on y sera. »

Ziggy acquiesça, devinant tout ce que renfermaient ces quelques mots. Il leva une main en guise de salut et s'éloigna dans la nuit tombante.

Alex n'était pas retourné au cimetière depuis. Cela n'avait servi à rien et ce n'était pas non plus de cette façon qu'il avait envie de rencontrer Ziggy. C'était trop brutal, trop chargé de choses qu'ils craignaient de voir s'immiscer entre eux.

Au moins, il n'avait pas à souffrir en secret, comme le faisaient les autres, supposait-il. Lynn n'ignorait rien de la mort de Rosie Duff. Ils étaient ensemble depuis cet hiver-là. Il lui arrivait de se demander si ce n'était pas ça qui lui avait permis de l'aimer, que son plus grand secret ait été un point commun dès le début.

Il était difficile de ne pas penser que cette fameuse nuit lui avait en quelque sorte volé un avenir différent. C'était comme une tache indélébile, une flétrissure qui le marquait de façon définitive. Personne n'aurait voulu être son ami si l'on avait su ce qui était enfoui dans son passé, quels soupçons continuaient d'habiter l'esprit de beaucoup. Pourtant Lynn savait, et elle l'aimait malgré cela.

Elle en avait donné de multiples preuves au cours des années. Et bientôt viendrait la preuve suprême. Dans moins de deux mois, si Dieu le voulait, elle accoucherait de l'enfant qu'ils désiraient depuis si longtemps. Tous les deux avaient préféré attendre d'être installés avant de fonder une famille, puis il avait semblé qu'ils avaient raté le coche. Trois années de vaines tentatives. Ils avaient déjà pris rendez-vous à la clinique de fertilité lorsque, comme par magie, Lynn s'était retrouvée enceinte. C'était le premier redémarrage de zéro qu'il ait connu en vingt-cinq ans.

Alex se détourna de la fenêtre. Sa vie allait changer. Et peut-être, en faisant un gros effort, réussirait-il à échapper à l'emprise du passé. À commencer par ce soir. Il retiendrait une table à la terrasse du restaurant du musée de l'Écosse. Emmener Lynn dîner dehors au lieu de rester à la maison à ruminer.

Il s'apprêtait à saisir le téléphone quand celui-ci se mit à sonner. Ébahi, Alex le contempla bêtement avant de décrocher. « Alex Gilbey à l'appareil. »

Il lui fallut un moment pour reconnaître la voix à l'autre bout du fil. Pas un inconnu, mais pas non plus quelqu'un dont il se serait attendu à recevoir un appel en plein après-midi, a fortiori ce jour-là. « Alex, c'est Paul. Paul Martin. » L'identification était d'autant plus difficile que son interlocuteur semblait dans tous ses états.

Paul. Le Paul de Ziggy. Un spécialiste de la physique quantique à la carrure de rugbyman. L'homme qui faisait rayonner le visage de Ziggy depuis dix ans déjà. « Salut, Paul. Quelle surprise.

— Alex, je ne sais pas comment dire ça... » La voix de Paul se brisa. « J'ai une mauvaise nouvelle.

— Ziggy ?

— Il est mort, Alex. Ziggy est mort. »

Alex faillit secouer le téléphone, comme si un problème technique avait faussé le sens de la phrase. « Non, dit-il. Il doit y avoir une erreur.

— Je voudrais bien, répondit Paul. Il n'y a pas d'erreur, Alex. La maison a brûlé pendant la nuit. Réduite en cendres. Mon Ziggy... il est mort. »

Alex se mit à regarder le mur sans rien voir. Ziggy jouait de la guitare pour faire le vide dans sa tête.

Il n'en aurait plus besoin.

21

Bien qu'il eût passé la moitié de la journée à griffonner la date sur un tas de paperasse à côté de ses initiales, James Lawson avait réussi à en escamoter complètement la signification. Jusqu'à ce qu'il tombe sur une demande du constable Parhatka pour une autorisation d'analyse d'ADN sur un nouveau suspect dans son enquête. L'association de la date et de la brigade des affaires classées lui remit les idées en place. Il n'y avait pas moyen d'y couper. C'était aujourd'hui le vingt-cinquième anniversaire de la mort de Rosie Duff.

Il se demanda comment Graham Macfadyen prenait cela et s'agita sur sa chaise au souvenir de leur entretien pénible. D'abord, il n'en avait pas cru ses oreilles. L'enquête sur la mort de Rosie n'avait jamais parlé d'un enfant. Ni les amis ni la famille n'avaient fait la plus petite allusion à un secret de cette nature. Mais Macfadyen n'avait pas voulu en démordre.

« Vous auriez dû être au courant, avait-il insisté. Le médecin légiste a bien dû s'en apercevoir en pratiquant l'autopsie. »

Instantanément, Lawson revit la silhouette avachie du Dr Kenneth Fraser, déjà en semi-retraite au moment de l'affaire et sentant plus souvent le whisky que le formol. Il s'était surtout occupé de cas simples, rarement de meurtres, et Lawson se souvint que Barney Maclennan s'était demandé à haute voix s'ils ne devraient pas faire appel à quelqu'un de plus expérimenté. « Ce n'est jamais apparu, dit-il sans autre commentaire.

— C'est incroyable.

— La blessure a peut-être occulté la vérité.

— Il faut croire, répondit Macfadyen d'un ton dubitatif. Je pensais que vous connaissiez mon existence et que vous n'aviez pas réussi à me retrouver. Je sais depuis toujours que j'ai été adopté. Simplement, il me semblait que ce n'était que justice vis-à-vis de mes parents adoptifs d'attendre leur disparition avant de me renseigner sur ma mère naturelle. Mon père est décédé voilà trois ans. Et ma mère... euh, se trouve dans une maison. Elle souffre d'un Alzheimer. Elle serait morte que cela ne changerait pas grand-chose pour elle. Alors il y a quelques mois, j'ai commencé à faire des recherches. » Il quitta la pièce et revint presque aussitôt avec un dossier bleu. « Tenez », dit-il en le tendant à Lawson.

Le policier eut l'impression qu'on lui passait un flacon de nitroglycérine. Il ne comprenait pas très bien le léger dégoût qu'il éprouvait, ce qui ne l'empêcha pas d'ouvrir la chemise. À l'intérieur, la liasse de feuilles était classée dans l'ordre chronologique. En tête se trouvait la demande de renseignements de Macfadyen. Il parcourut rapidement l'essentiel de la correspondance. Arrivé à l'acte de naissance, il s'arrêta. Là, dans l'espace réservé à la mère, figuraient des informations qu'il ne connaissait que trop bien. Rosemary Margaret Duff. Née le 25 mai 1959. Occupation de la mère : sans travail. À l'endroit où aurait dû se trouver le nom du père, on avait inscrit le mot « inconnu », mention aussi saisissante que la lettre écarlate brodée sur la robe de femme adultère. Mais l'adresse ne lui disait rien.

Lawson leva la tête. Macfadyen se cramponnait aux bras de son fauteuil, les articulations crispées. « Livingstone House, Saline ? demanda-t-il.

— Tout est là. C'est un foyer appartenant à l'Église d'Écosse où les jeunes filles en difficulté allaient accoucher. C'est devenu un orphelinat, mais, à l'époque, on y envoyait des femmes pour cacher leur péché aux voisins. J'ai réussi à dénicher la directrice. Ina Dryburgh. Elle a aujourd'hui plus de soixante-dix ans, mais elle est en pleine possession de ses facultés mentales. Son empressement à me parler m'a surpris. Je pensais que ce serait plus difficile. D'après elle, c'était trop éloigné dans le temps pour faire du tort à qui que ce soit. Laisser les morts enterrer les morts, telle semblait être sa philosophie.

— Que vous a-t-elle dit ? » Lawson se pencha en avant, invitant Macfadyen à lui révéler le secret qui avait miraculeusement échappé à une enquête pour meurtre menée tambour battant.

Le jeune homme se détendit un peu maintenant qu'on avait l'air de le prendre au sérieux. « Rosie est tombée enceinte à quinze ans. Elle a trouvé le courage de le dire à sa mère au bout de trois mois, avant que quiconque eût deviné. Sa mère n'a fait ni une ni deux. Elle a couru au presbytère et s'est mise en rapport avec Livingstone House. Le lendemain matin, elle a sauté dans le premier car pour aller voir Mme Dryburgh. Cette dernière a accepté de prendre Rosie. On devait raconter qu'elle était partie habiter chez une parente récemment opérée et qui avait besoin de quelqu'un pour s'occuper des enfants. Le week-end suivant, Rosie a quitté Strathkinness afin de se rendre à Saline. Elle y a passé le reste de sa grossesse sous la garde de Mme Dryburgh. » La gorge de Macfadyen se serra.

« Elle ne m'a jamais tenu dans ses bras. Ne m'a même jamais vu. Elle avait une photo, c'est tout. En ce temps-là, on faisait les choses autrement. On m'a remis à mes parents adoptifs le jour de ma naissance. Et à la fin de la semaine, Rosie retournait à Strathkinness comme si de rien n'était. Mme Dryburgh a dit qu'elle n'avait plus eu de ses nouvelles, jusqu'à ce qu'elle entende son nom au journal télévisé. » Il s'interrompit un bref instant pour reprendre son souffle.

« Puis elle m'a avoué que ma mère était morte depuis vingt-cinq ans. Assassinée. Sans que personne ait jamais eu à rendre de comptes. Je ne savais pas quoi faire. J'avais envie de prendre contact avec le reste de la famille. J'ai fini par apprendre que mes grands-parents étaient morts tous les deux. Mais qu'il me restait deux oncles, apparemment.

— Vous n'avez pas essayé de les rencontrer ?

— J'ai hésité. Puis j'ai vu l'article dans le journal à propos de la révision des affaires classées et j'ai préféré vous parler en premier. »

Lawson se mit à contempler le sol. « À moins qu'ils aient beaucoup changé depuis l'époque où je les connaissais, je pense que vous seriez bien avisé de ne pas réveiller l'eau qui dort. » Sentant le regard de Macfadyen peser sur lui, il releva la tête. « Brian et Colin étaient très protecteurs avec Rosie. Et ils n'hésitaient pas à se servir de leurs poings. À mon avis, ils prendront ce que vous avez à leur dire pour une atteinte à sa mémoire. Je doute que cela donne lieu à une réunion de famille très agréable.

— Je me disais comme ça... peut-être qu'ils verront en moi une sorte d'émanation vivante de Rosie.

— Je n'en mettrais pas ma main au feu », répondit Lawson d'une voix ferme.

Macfadyen ne semblait toujours pas convaincu. « Et si ces informations pouvaient faciliter votre nouvelle enquête ? Ils verraient peut-être les choses différemment, vous ne croyez pas ? Ils désirent sûrement qu'on arrête enfin l'assassin. »

Lawson haussa les épaules. « Pour être franc, je n'ai pas l'impression que nous soyons beaucoup plus avancés. Vous aviez presque quatre ans au moment du décès de votre mère.

— Et si elle continuait à voir mon père ? Si cela avait un rapport avec sa mort ?

— Il n'y avait pas le moindre indice d'une relation durable de ce genre dans le passé de Rosie. Elle avait eu plusieurs petits amis l'année précédente. Rien de très sérieux, il est vrai, mais ça ne laissait guère de place pour quelqu'un d'autre.

— Ben, et s'il était réapparu après une longue absence ? J'ai lu les comptes rendus du meurtre publiés par les journaux. Ils laissent entendre qu'elle avait rendez-vous avec quelqu'un, mais que personne ne savait qui. Mon père est peut-être revenu, et elle ne voulait pas que ses parents sachent qu'elle allait retrouver le garçon qui l'avait mise enceinte, insista Macfadyen d'une voix pressante.

— C'est possible. Mais si personne ne savait qui était le père de l'enfant, ça ne nous avance toujours pas.

— Sauf qu'à ce moment-là, vous ignoriez qu'elle avait un enfant. Je parie que vous n'avez jamais demandé avec qui elle sortait quatre ans auparavant. Ses frères auraient pu connaître l'identité de mon père. »

Lawson poussa un soupir. « Je ne voudrais pas vous donner de faux espoirs, monsieur. Entre autres choses, Brian et Colin tenaient absolument à ce que nous retrouvions l'assassin de Rosie, dit-il, énumérant les différents points sur ses doigts. Si le père de l'enfant était demeuré dans les parages, ou s'il était réapparu, vous pouvez être sûr qu'ils se seraient précipités à la police en beuglant pour qu'on le coffre. Et si nous avions refusé, ils lui auraient probablement brisé les deux jambes. Pour le moins. »

Macfadyen se pinça les lèvres. « Alors vous n'allez pas explorer cette piste ?

— Si vous n'y voyez pas d'inconvénient, j'aimerais emporter ce dossier pour en faire une copie et le transmettre à l'inspecteur chargé de l'enquête. Ça ne fait pas de mal de verser ces pièces dans le dossier officiel et ça pourrait même servir. »

Une lueur triomphale dansa brièvement dans les yeux de Macfadyen, comme s'il avait remporté une victoire décisive. « Vous croyez donc ce que je vous ai dit ? Que Rosie était ma mère ?

— Ça en a l'air. Encore qu'il nous faudra faire des vérifications de notre côté.

— Alors vous aurez besoin que je vous donne un échantillon de sang ? »

Lawson fronça les sourcils. « Un échantillon de sang ? »

Macfadyen sauta sur ses pieds dans un brusque accès d'énergie. « Attendez une minute », dit-il, quittant à nouveau la pièce. Lorsqu'il revint, il tenait un gros livre de poche qui s'ouvrit à un endroit où la reliure avait craqué. « J'ai lu tout ce que j'ai pu dégoter sur le meurtre de ma mère », déclara-t-il en tendant le bouquin à Lawson.

Celui-ci jeta un coup d'œil à la couverture. *Meurtres impunis : les plus grandes affaires non résolues du XXe siècle.* Rosie Duff avait droit à cinq pages. Il lut en diagonale, impressionné par le peu d'erreurs qu'avaient commises les auteurs. Cela le ramena en arrière, jusqu'à ce moment terrible où il s'était tenu devant le cadavre de Rosie Duff dans la neige. « Je ne saisis toujours pas.

— Il paraît qu'il y avait des traces de sperme sur son corps et ses vêtements. Qu'en dépit du caractère rudimentaire des tests d'alors, vous avez réussi à établir qu'elles étaient susceptibles d'avoir été laissées par trois des étudiants l'ayant découverte. Avec tout ce qu'on arrive à faire maintenant, vous pouvez sûrement comparer l'ADN du sperme à mon propre

ADN ? S'il appartenait à mon père, il vous serait facile de le dire. »

Lawson commençait à avoir l'impression d'être passé de l'autre côté du miroir. Que Macfadyen eût le désir d'en apprendre le plus possible sur son père, c'était parfaitement naturel. Mais que cela tourne à l'obsession au point de faire de lui l'auteur d'un meurtre, voilà qui était bien plus malsain que de ne pas vouloir le retrouver du tout. « Si nous effectuons des analyses comparatives, ce ne sera pas avec vous, Graham, dit-il aussi gentiment qu'il pût. Ce sera avec les quatre compères dont il est question là-dedans. Ceux qui l'ont trouvée. »

Macfadyen bondit. « Vous avez dit : *si.*

— Eh bien ?

— Vous avez dit : *Si* nous effectuons des analyses. Pas : *Quand* nous en ferons. »

Décidément, ce n'était pas ce livre qu'il tenait dans ses mains. C'était vraiment *Alice au pays des merveilles.* Lawson avait tout à fait l'impression d'avoir dégringolé la tête la première dans un trou, un terrier sombre, sans terrain sûr sous ses pieds. La douleur au bas de son dos s'était subitement réveillée. Chez certaines personnes, douleurs et migraines varient en fonction du temps. Chez Lawson, le nerf sciatique représentait un remarquable baromètre du stress. « C'est très embarrassant pour nous, monsieur, dit-il, se retranchant derrière des formules officielles. À un moment donné au cours des vingt-cinq ans écoulés, les preuves matérielles relatives au meurtre de votre mère se sont égarées. »

Une expression de doute mêlée de fureur se peignit sur le visage de Macfadyen. « Que voulez-vous dire par égarées ?

— Exactement ce que je dis. Les preuves ont changé trois fois de place. Une première fois lorsque le commissariat de St Andrews a déménagé. Ensuite, les éléments ont été envoyés au centre de stockage de l'hôtel de police. Et récemment, nous avons installé un nouveau lieu de stockage. Les sacs contenant les vêtements de votre mère se sont sans doute perdus au cours du transport. Quand nous les avons cherchés, ils n'étaient plus dans les cartons où ils auraient dû être. »

Macfadyen semblait avoir envie de frapper quelqu'un. « Comment est-ce possible ?

— Je ne vois qu'une explication : l'erreur humaine. » Lawson se tortilla sous le regard de mépris courroucé du jeune homme. « Nous ne sommes pas infaillibles. »

Macfadyen secoua la tête. « Ce n'est pas la seule possibilité. On aurait pu les enlever à dessein.

— Pour quelle raison ?

— Voyons, c'est évident. L'assassin ne tient pas à ce qu'on mette la main dessus maintenant. Tout le monde a entendu parler de l'ADN. Dès que vous avez annoncé une révision des affaires classées, il a dû se dire que ses jours étaient comptés.

— Les indices étaient enfermés dans les réserves de la police. Et on ne nous a pas signalé d'effraction. »

Macfadyen poussa un grognement. « Pas besoin d'entrer par effraction. Il suffit de fourrer assez d'argent sous le nez adéquat. Chacun a un prix. Même les fonctionnaires de police. On ne peut plus ouvrir un journal ni allumer la télévision sans qu'il soit question de corruption policière. Vous devriez peut-être vérifier parmi vos collègues s'il n'y en a pas un qui a connu une brusque prospérité. »

Lawson se sentait mal à l'aise. Le personnage raisonnable de Macfadyen s'était lézardé, révélant un côté paranoïaque demeuré jusque-là invisible. « C'est une accusation très grave. Et qui ne repose sur aucun fondement. Croyez-moi, ce qui est arrivé à ces éléments de preuve relève entièrement de l'erreur humaine. »

Macfadyen lui lança un regard rebelle. « Alors c'est ça, hein ? Vous avez l'intention d'étouffer la chose ? »

Lawson s'efforça de prendre une expression conciliante. « Il n'y a rien à étouffer, monsieur. Je puis vous assurer que l'inspectrice chargée de l'enquête est en train de passer les réserves au crible. Il est possible qu'elle finisse par retrouver ces objets.

— Mais il n'y a pas beaucoup de chances, dit Macfadyen d'une voix sombre.

— Non, admit Lawson. Pas beaucoup. »

Quelques jours passèrent avant que Lawson puisse donner suite à son entretien exténuant avec le fils naturel de Rosie Duff. Il s'était brièvement entretenu avec Karen Pirie, qui s'était montrée extrêmement pessimiste. « Une aiguille dans une botte de foin, avait-elle déclaré. J'ai déjà trouvé trois sacs mal classés. Si l'opinion publique savait...

— Ne parlez pas de malheur », avait répliqué Lawson d'un ton lugubre.

Karen avait paru horrifiée. « Oui, Seigneur Dieu ! »

Lawson avait espéré que cet embrouillamini pourrait être enterré. Mais ses espoirs s'étaient envolés du fait de sa propre indiscrétion avec Macfadyen. Et maintenant il allait devoir faire à nouveau son mea-culpa. Si jamais il apparaissait qu'il avait dissimulé cette information précise à la famille, son nom s'étalerait à la une des journaux. Sans que cela profite à personne.

Strathkinness n'avait pas beaucoup changé en vingt-cinq ans. Lawson s'en rendit compte en garant sa voiture devant Caberfeidh Cottage. Il y avait bien quelques maisons nouvelles, mais dans l'ensemble le village avait résisté aux cajoleries des promoteurs. Vraiment étonnant, se dit-il. Avec une vue pareille, c'était l'endroit idéal pour une auberge de luxe répondant aux besoins des amateurs de golf. Même si la population avait évolué, l'atmosphère était toujours celle d'un modeste bourg.

Il poussa la grille, nota que le jardin était aussi bien entretenu que du vivant d'Archie Duff. Peut-être que, faisant fi des prophéties du destin, Brian s'était métamorphosé en son père. Lawson pressa la sonnette et attendit.

L'homme qui ouvrit la porte paraissait en bonne forme. Lawson savait qu'il avait dans les quarante-cinq ans, mais Brian Duff faisait dix ans de moins. Sa peau avait l'éclat de quelqu'un vivant au grand air, ses cheveux courts ne montraient guère d'espaces dégarnis et son tee-shirt révélait une poitrine large et à peine une mince couche de graisse sur un ventre musclé. Lawson se faisait l'effet d'être un vieillard en comparaison. Brian le regarda de haut en bas, puis le gratifia d'un sourire dédaigneux. « Ah, c'est vous.

— Dissimuler des preuves constitue une obstruction à la justice. Et c'est un délit. » Lawson n'allait pas se laisser intimider par Brian Duff.

« Je ne sais pas ce que vous voulez. Mais ça fait vingt ans que je me tiens à carreau et vous n'avez pas le droit de débarquer chez moi en me lançant des accusations à la tête.

— Cela remonte à plus de vingt ans, Brian. Je parle du meurtre de votre sœur. »

Brian Duff ne broncha pas. « J'ai entendu dire que vous espériez vous couvrir de gloire en sortant vos fantassins pour essayer de réparer vos échecs de jadis.

— Ce ne sont guère les miens. À ce moment-là, je n'étais qu'un simple agent de police battant le pavé. Allez-vous m'inviter à entrer ou préférez-vous que tout le monde en profite ? »

Duff haussa les épaules. « Je n'ai rien à cacher. Vous pouvez aussi bien entrer. »

Le pavillon avait subi des transformations intérieures. Moins encombrée et repeinte dans des tons clairs, la salle de séjour dénotait un sens de la décoration indéniable. « Je n'ai jamais rencontré votre femme, dit Lawson en suivant Duff jusqu'à une cuisine moderne doublée d'une extension dans le genre véranda.

— Probable que ça va pas changer beaucoup. Elle rentre que dans une heure. » Ouvrant le réfrigérateur, Duff prit une boîte de bière. Il la décapsula et s'appuya à la cuisinière. « Alors qu'est-ce que vous mijotez ? Dissimulation de preuves ? » Son attention semblait fixée sur la bière, mais Lawson sentit qu'il était sur le qui-vive comme un chat dans un jardin inconnu.

« Aucun de vous n'a jamais mentionné que Rosie avait un fils », dit-il.

Cette simple exposition des faits ne provoqua aucune réaction tangible. « C'est parce que ça n'avait rien à voir avec le meurtre, répondit Duff en haussant nerveusement les épaules.

— Vous ne pensez pas que c'était à nous d'en décider ?

— Non. C'était un truc privé. Ça s'est passé des années avant. Le garçon avec qui elle sortait alors n'habitait même plus dans le coin. Et personne n'était au courant pour le mioche en dehors de la famille. Quel rapport est-ce que ça aurait pu avoir avec sa mort ? On n'avait pas envie que son nom soit traîné dans la boue, ce qui serait fatalement arrivé si vous autres flics vous étiez jetés là-dessus. Vous l'auriez fait passer pour une roulure qui n'avait eu que ce qu'elle méritait. N'importe quoi pour qu'on ne s'aperçoive pas que vous étiez incapables de faire votre boulot.

— Ce n'est pas vrai, Brian.

— Bien sûr que si. Vous l'auriez livrée en pâture aux journaux. Qui en auraient fait la putain du village. Elle n'était pas comme ça, et vous le savez. »

Lawson admit ce point avec une petite grimace. « Oui, je sais. Mais vous auriez dû nous en parler. Cela aurait pu avoir une incidence sur le cours de l'enquête.

— Une perte de temps, voilà ce que ç'aurait été. » Duff but une longue gorgée de sa bière. « Comment vous avez découvert ça après tout ce temps ?

— Le fils de Rosie Duff a plus d'esprit civique que vous. Il nous a contactés quand il a vu l'article dans la presse sur la révision des affaires classées. »

Cette fois-ci, il y eut une réaction. Duff se figea, la boîte de bière à mi-chemin de sa bouche. Il la reposa brutalement sur le plan de travail. « Bordel ! Qu'est-ce que ça veut dire ?

— Il a localisé la femme qui dirigeait le foyer où Rosie a eu le bébé. Elle l'a mis au courant du meurtre. Il n'a pas moins envie que vous que le meurtrier de sa mère soit arrêté. »

Duff secoua la tête. « Ça, j'en doute fortement. Est-ce qu'il sait où on habite, Colin et moi ?

— Il sait que vous vivez ici. Il sait aussi que Colin possède une maison à Kingsbarns, même s'il est le plus souvent en mer du Nord. Il prétend vous avoir retrouvés par des informations disponibles sur le Net. Ce qui est probablement vrai. Il n'a pas de raison de mentir. Je lui ai dit que vous ne seriez pas très contents de le voir.

— Là-dessus, au moins vous avez raison. Les choses auraient peut-être été différentes si vous aviez réussi à mettre le meurtrier sous les verrous. Mais moi, j'aime mieux ne pas me souvenir de cette partie de la vie de Rosie. » Il se frotta un œil avec le revers de sa main. « Alors, est-ce que vous allez finir par choper ces fumiers d'étudiants ? »

Lawson passa d'un pied sur l'autre. « Il n'est pas certain que ce soient eux, Brian. Pour ma part, j'ai toujours pensé qu'il s'agissait d'un étranger.

— Arrêtez ces conneries. Vous savez très bien qu'ils y sont pour quelque chose. Vous n'avez qu'à chercher à nouveau de leur côté.

— Nous faisons de notre mieux. Mais ça n'a pas l'air très prometteur.

— Maintenant, vous avez l'ADN. C'est tout de même autre chose. Il y avait du sperme sur ses vêtements. »

Lawson tourna la tête. Son regard tomba sur un aimant de frigo fait d'après une photo. Rosie Duff le contemplait avec un sourire épanoui malgré les années, et une pointe de culpabilité le transperça jusqu'au tréfonds. « Il y a un problème, dit-il, appréhendant ce qu'il savait devoir suivre.

— Quel genre de problème ?

— Les preuves matérielles ont été égarées. »

Duff se redressa, monté sur la pointe des pieds. « Vous avez perdu les preuves ? » Ses yeux se mirent à flamboyer de cette rage dont Lawson avait gardé le souvenir.

« Je n'ai pas dit perdues. J'ai dit égarées. Nous remuons ciel et terre pour les retrouver et j'ai bon espoir qu'elles réapparaissent. Mais pour le moment, nous sommes coincés. »

Duff serra les poings. « Alors ces salauds vont continuer à être peinards ? »

Un mois plus tard, malgré des vacances prétendument relaxantes passées à pêcher, la fureur de Duff continuait de hanter Lawson. Il n'avait pas eu de nouvelles du frère de Rosie depuis leur entrevue. En revanche, son fils avait appelé régulièrement. Et leur juste colère le rendait doublement conscient de la nécessité d'obtenir un résultat dans ce réexamen des affaires non élucidées. En un sens, l'anniversaire de la mort de Rosie rendait ce besoin encore plus pressant. Avec un soupir, il repoussa son fauteuil et se dirigea vers la salle de la brigade.

22

Alex regarda l'entrée de son allée comme s'il la voyait pour la première fois. Il n'avait aucun souvenir d'avoir quitté Édimbourg, franchi le Forth Bridge et roulé jusqu'à North Queensferry. Hébété, il avança la voiture et la gara sur la partie pavée, laissant largement la place pour la voiture de Lynn plus près de la maison.

Le bâtiment en pierre se dressait sur un promontoire non loin des piliers massifs du pont de chemin de fer. À une telle proximité de la mer, la neige livrait à l'air marin un combat perdu d'avance. La gadoue était traîtresse, et Alex faillit s'étaler deux fois entre la voiture et le perron. Il s'était à peine essuyé les pieds qu'il appela le mobile de Lynn pour lui conseiller d'être prudente sur le chemin du retour.

En traversant l'entrée, il jeta un coup d'œil à l'horloge dans sa boîte étroite, alluma. L'hiver, en semaine, il lui arrivait rarement d'être chez lui à pareille heure, mais, avec ce ciel bas, on avait l'impression qu'il était beaucoup plus tard. Lynn ne serait pas là avant une bonne heure. Il avait besoin de compagnie, mais jusque-là il devrait se contenter de celle que peut procurer une bouteille.

Dans la salle à manger, il se versa un cognac. Pas trop, se conseilla-t-il. Se soûler ne ferait qu'empirer les choses. Prenant son verre, il se rendit dans la vaste véranda d'où l'on avait une vue panoramique du Firth of Forth et s'assit dans la grisaille, indifférent aux lumières des navires scintillant sur l'eau.

Il se sentait complètement dépassé par les nouvelles de l'après-midi.

On n'atteint pas quarante-six ans sans perdre quelqu'un de cher. Mais Alex avait eu plus de veine que la plupart. Certes, il avait enterré ses quatre grands-parents alors qu'il avait seulement la vingtaine. Mais avec des octogénaires, c'est le genre de chose auquel on s'attend et, chacun à sa manière, ces décès avaient été ce que les vivants appellent une « délivrance ». Ses parents et ses beaux-parents étaient toujours en vie. De même que, jusqu'à présent, ses meilleurs amis. Sa seule expérience de la mort d'un proche remontait à deux ans, lorsque son imprimeur en chef avait péri dans un accident de voiture. Alex avait été attristé par la disparition d'un homme pour lequel il avait autant de sympathie que d'estime professionnelle, mais il n'aurait pas pu prétendre éprouver un chagrin qu'il n'avait pas ressenti.

Là, c'était différent. Pendant trente ans, Ziggy avait fait partie intégrante de son existence. Ils avaient partagé chaque rite de passage ; chacun était devenu le principal repère de la mémoire de l'autre. Sans Ziggy, il se sentait comme amputé de sa propre histoire. Il se mit à repenser à leur dernière rencontre. Lynn et lui avaient passé deux semaines en Californie à la fin de l'été. Ziggy et Paul les avaient rejoints pour trois jours de randonnée dans le parc de Yosemite. Le ciel avait été d'un bleu splendide, les sommets abrupts se découpant dans le soleil, chaque détail aussi net qu'un trait de burin dans une plaque de cuivre. Le dernier soir, ils avaient filé jusqu'à la côte, pris des chambres dans un hôtel surplombant le Pacifique. Après dîner, munis d'un pack de bières acheté chez un brasseur local, Alex et Ziggy s'étaient plongés dans un jacuzzi, se félicitant de la chance qu'ils avaient eue dans la vie. Ils avaient parlé de la grossesse de Lynn et Alex avait été ravi de la joie manifestée par Ziggy.

« Tu me laisseras être le parrain ? avait-il demandé en toquant sa bouteille contre celle d'Alex.

— Je ne pense pas que nous fassions de baptême, avait répondu Alex. Mais si les parents poussent à la roue, je ne veux personne d'autre que toi.

— Tu ne le regretteras pas. »

Alex n'en doutait pas une seconde. Mais à présent, ça n'arriverait plus.

Le lendemain matin, Ziggy et Paul étaient partis de bonne heure pour le long voyage de retour jusqu'à Seattle. Dans la lumière nacrée de l'aube, ils s'étaient dit au revoir, se donnant l'accolade sur la terrasse de leur bungalow. Encore une chose qui n'arriverait plus.

Que lui avait donc crié Ziggy par la fenêtre du 4 × 4 tandis qu'ils s'éloignaient sur la piste ? De passer à Lynn tous ses caprices histoire de s'entraîner à ses devoirs de père, ou quelque chose de ce genre. Il ne se souvenait pas des termes exacts, ni de ce qu'il avait répondu. Mais c'était typique de Ziggy que ses derniers mots aient porté sur le bien-être de quelqu'un. Car Ziggy avait toujours été celui qui veillait sur les autres.

Dans tout groupe, il y en a forcément un qui sert d'ancrage, d'écran protecteur permettant aux membres plus faibles de se développer selon leurs propres forces. Pour les Quatre de Kirkcaldy, cela avait été Ziggy. Non qu'il fût un tyran, ou assoiffé de pouvoir, mais il possédait un don naturel pour ce rôle, et les trois autres avaient bénéficié constamment de son aptitude à aplanir les problèmes. Même dans sa vie d'adulte, c'est toujours vers Ziggy qu'Alex s'était tourné quand il avait besoin d'un conseil. Lorsqu'il avait envisagé d'abandonner un emploi bien payé pour prendre le risque de monter sa propre entreprise, ils avaient passé un week-end à New York à peser le pour et le contre. La confiance de Ziggy dans ses talents s'était révélée, pour être honnête, bien plus déterminante que la certitude de Lynn qu'il était capable de réussir.

Ça aussi, ça n'arriverait plus.

« Alex ? » La voix de sa femme interrompit sa méditation. Enfermé en lui-même, il n'avait entendu ni la voiture ni le bruit de ses pas. Il pivota vers le léger nuage de parfum.

« Qu'est-ce que tu fais assis dans le noir ? Pourquoi es-tu rentré si tôt ? » Il n'y avait aucune accusation dans sa voix, seulement de l'inquiétude.

Alex secoua la tête. Il ne tenait pas à la mettre au courant.

« Il y a quelque chose qui ne va pas », insista Lynn, se laissant tomber dans le fauteuil à côté de lui. Elle posa une main sur son bras. « Alex ? Qu'est-ce que c'est ? »

Devant le trouble de sa femme, l'anesthésie du choc disparut tout à coup. Une douleur fulgurante l'empoigna, lui coupant le souffle momentanément. Il croisa le regard anxieux de Lynn et tressaillit. Sans un mot, il avança la main et la posa doucement sur le renflement de son ventre.

Lynn couvrit sa main avec la sienne. « Alex... dis-moi ce qui s'est passé. »

Il eut l'impression d'entendre une voix inconnue, une version fêlée et hésitante de son élocution normale. « Ziggy, réussit-il à dire. Ziggy est mort. »

La bouche de Lynn s'ouvrit. Une expression incrédule envahit ses traits. « Ziggy ? »

Alex se racla la gorge. « Oui. Il y a eu un incendie. Dans la maison. Pendant la nuit. »

Lynn frissonna. « Non. Pas Ziggy. C'est certainement une erreur.

— Hélas non. Je l'ai su par Paul. Il a téléphoné pour me le dire.

— Comment est-ce possible ? Ils dormaient dans le même lit. Comment Paul peut-il être indemne et Ziggy mort ? demanda Lynn d'un ton pesant, son scepticisme résonnant dans la véranda.

— Paul n'était pas là. Il donnait une conférence à Stanford. » À cette pensée, Alex ferma les yeux. « Il a repris un avion le matin. Est rentré directement de l'aéroport. Pour trouver les pompiers et les flics pataugeant au milieu des décombres. »

Des larmes silencieuses scintillèrent sur les cils de Lynn. « Cela a dû être... Seigneur ! Je n'arrive pas à y croire.

— On n'imagine pas que les gens qu'on aime soient fragiles. Ils sont là puis, tout à coup, c'est fini.

— On a une idée de ce qui s'est produit ?

— La police a dit à Paul qu'il était encore trop tôt pour le savoir. Mais il paraît qu'ils l'ont interrogé sans prendre de gants. D'après lui, le feu pourrait être d'origine criminelle et ils trouvent un peu trop commode qu'il ait été absent juste à ce moment-là.

— Mon Dieu, pauvre Paul. » Les doigts de Lynn trahissaient sa tension. « Perdre Ziggy est déjà suffisamment affreux. Mais avoir en plus la police sur le dos...

— Il m'a demandé si je voulais bien prévenir Weird et Mondo. Je n'en ai pas encore eu le courage, dit Alex en secouant la tête.

— J'appellerai Mondo. Mais un peu plus tard. Ce n'est pas comme si quelqu'un d'autre risquait de lui en parler.

— Non, c'est à moi de le faire. J'ai promis à Paul de...

— C'est mon frère. Je sais comment il est. Tu n'as qu'à te charger de Weird. Je ne crois pas que je pourrais supporter d'entendre que Jésus m'aime en ce moment.

— Je sais. Mais il faut bien le lui dire. » Alex trouva le moyen d'esquisser un sourire amer. « Il voudra sans doute prononcer un sermon à l'enterrement.

— Ah non ! Tu ne peux pas laisser faire ça, s'écria Lynn, visiblement consternée.

— Je sais. » Alex se pencha en avant et prit son verre, avalant les dernières gouttes de son cognac. « Tu sais quel jour on est ? »

Lynn se figea. « Bonté divine ! »

Le révérend Tom Mackie reposa le combiné et caressa la croix en argent sur son surplis en soie pourpre. Ses ouailles américaines étaient ravies d'avoir un pasteur britannique. Comme elles étaient incapables de faire la différence entre un Écossais et un Anglais, il satisfaisait leur soif d'apparat avec les plus somptueux ornements de la Haute Église anglicane. De la vanité, il le reconnaissait, mais tout ce qu'il y a d'inoffensif.

Maintenant, seul dans son bureau, sa secrétaire ayant terminé sa journée, il pouvait affronter les émotions confuses suscitées par la nouvelle de la mort de Ziggy Malkiewicz sans avoir à prendre un visage de façade. Même si la manipulation cynique n'était pas entièrement exclue de la manière dont il remplissait ses fonctions pastorales, les croyances étayant son action évangélique étaient sincères et profondes. Et il savait au fond de lui-même que Ziggy était un pécheur, irrévocablement souillé par son homosexualité. Dans l'univers fondamentaliste de Weird, il n'y avait pas de place pour le doute sur ce point. La Bible était claire dans sa condamnation et son horreur d'un tel péché. Le salut aurait été difficile à obtenir, même si Ziggy s'était repenti sincèrement, mais, à la connaissance de

Weird, il était mort comme il avait vécu, en se vautrant dans son vice avec enthousiasme. La manière dont il était mort n'était sûrement pas sans rapport avec son mode de vie dissolu. Le lien aurait été plus patent encore si le Seigneur lui avait dépêché le fléau du sida. Mais Weird s'était déjà forgé un scénario faisant de l'homosexualité la grande responsable du drame. Un amant de rencontre ayant attendu que Ziggy soit endormi pour le cambrioler avant de mettre le feu afin de dissimuler son forfait. Ou peut-être un joint incandescent avait-il été à l'origine du sinistre.

Quoi qu'il en soit, la mort de Ziggy était pour Weird un puissant rappel qu'il est possible de haïr le péché tout en aimant le pécheur. Il n'y avait pas à nier l'amitié qui l'avait soutenu tout au long de son adolescence, quand son esprit indompté était aveugle à la lumière. Sans Ziggy, il aurait certainement eu de gros problèmes. Ou pire.

Subitement, sa mémoire effectua un retour en arrière. Hiver 1972. L'année de quatrième. Alex était devenu un expert dans l'art d'ouvrir une voiture sans abîmer la serrure. Il fallait une fine plaque métallique et pas mal de dextérité. Cela leur donnait le sentiment d'être des anarchistes sans tomber dans la délinquance proprement dite. Les choses se déroulaient toujours de la même façon. Quelques Carlsberg illicites au Bar du Port et les voilà partis tout joyeux dans la nuit. Ils sélectionnaient au hasard une demi-douzaine de voitures entre le pub et la gare routière. Alex introduisait la plaque entre la porte et la carrosserie. Après quoi, Ziggy et Weird grimpaient à bord et griffonnaient leur message sur l'intérieur du pare-brise. Avec un bâton de rouge à lèvres, préalablement dérobé à la pharmacie Boots, ce qui n'était pas de la tarte à enlever. Et ce qu'ils marquaient, c'était le refrain de *The Laughing Gnome* de Bowie. Cela les remplissait tous les quatre d'une gaieté irrépressible.

Puis ils s'éloignaient en hurlant de rire, après avoir pris bien soin de verrouiller à nouveau le véhicule. C'était un jeu qui avait le mérite d'être à la fois stupide et palpitant.

Un soir, Weird s'était glissé derrière le volant d'une Ford Escort. Tandis que Ziggy écrivait, il avait tiré le cendrier et découvert avec ravissement une clé de rechange. Sachant que le vol n'était pas au programme et que Ziggy l'empêcherait de s'amuser un peu, il avait attendu que son ami soit descendu de voiture puis, enfonçant la clé dans le contact, il avait mis le moteur en marche. Il avait allumé les phares, révélant la perplexité sur le visage des trois autres. Sa première idée avait été de leur faire une surprise. Mais, saisi par la tentation du mal, il n'avait pas pu résister. Bien que n'ayant encore jamais conduit, il connaissait la théorie et il avait observé son père suffisamment souvent pour être certain de se débrouiller. Il mit brutalement en prise, relâcha le frein à main et la voiture bondit.

Quittant la place de stationnement par sauts de puce, il prit la sortie menant à la promenade, un boulevard de trois kilomètres longeant la digue. Les lampadaires formaient des taches orangées. Les lettres écarlates du message avaient viré au noir sur le pare-brise tandis qu'il filait, passant les vitesses au fur et à mesure. Il riait tellement qu'il arrivait à peine à tenir le volant droit.

Le bout de la promenade surgit devant lui à une rapidité incroyable. Il braqua à droite, parvint à garder le contrôle du véhicule en virant devant l'entrepôt des bus. Heureusement, il n'y avait pas beaucoup de voitures sur la route, la plupart des gens ayant préféré rester chez eux par cette nuit de février glaciale. Il écrasa le champignon, dévalant Invertiel Road, puis passant sous le pont de chemin de fer avant de couper Jawbanes Road.

La vitesse lui fut fatale. Alors que la route grimpait vers un virage à gauche, il roula sur une flaque gelée et fit un tête-à-queue. Tout se passa au ralenti, la voiture tournoyant en une valse lente à trois cent soixante degrés. Il tira sur le volant d'un coup sec, mais cela ne fit qu'aggraver les choses. Le pare-brise se garnit d'un talus herbeux. Puis la voiture se coucha soudain sur le côté et il fut projeté contre la porte dont la poignée lui broya les côtes.

Il n'aurait su dire combien de temps il resta là, hébété et endolori, écoutant le cliquetis du moteur éteint se refroidissant dans l'air nocturne. Tout à coup, la porte au-dessus de lui disparut, remplacée par Alex et Ziggy qui dardaient sur lui des regards effrayés. « Espèce de crétin ! » cria Ziggy dès qu'il eut compris que Weird était plus ou moins indemne.

Il se hissa tant bien que mal vers le haut tandis qu'ils l'extrayaient de là, ses côtes cassées le faisant hurler de douleur. Il s'allongea sur l'herbe gelée, haletant, chaque respiration semblable à un coup de poignard. Il lui fallut environ une minute pour se rendre compte qu'une Austin Allegro était arrêtée sur la route derrière l'Escort endommagée, ses phares transperçant l'obscurité et projetant des ombres étranges.

Ziggy l'avait remis debout et arraché à l'accotement. « Espèce de crétin », continuait-il à répéter tandis qu'il le poussait sur le siège arrière de l'Allegro. Weird écouta la discussion, abruti par la souffrance.

« Qu'est-ce qu'on fait maintenant ? demanda Mondo.

— Alex va vous conduire jusqu'à la promenade et vous remettrez cette voiture où vous l'avez trouvée. Ensuite vous rentrerez chez vous. Compris ?

— Mais Weird est blessé, protesta Mondo. Il faut le transporter à l'hôpital.

— Ouais, c'est ça. Pour que tout le monde sache qu'il a eu un accident de voiture. » Ziggy se pencha et mit sa main devant le visage de Mondo. « Combien de doigts, crétin ? »

À moitié dans les vapes, Weird se concentra. « Deux, gémit-il.

— Tu vois ? Il n'est même pas commotionné. Étonnant. J'ai toujours pensé qu'il avait un bloc de béton dans le crâne. C'est juste ses côtes, Mondo. Tout ce que fera un hôpital, c'est de lui refiler des analgésiques.

— Mais il souffre le martyre. Qu'est-ce qu'il va raconter en rentrant chez lui ?

— C'est son problème. Qu'il s'est cassé la gueule dans un escalier. Ce qu'il voudra. » Il se pencha à nouveau en avant. « Tu vas devoir faire contre mauvaise fortune bon cœur, crétin. »

Weird se redressa en grimaçant. « Je me débrouillerai.

— Et toi, qu'est-ce que tu vas faire ? demanda Alex en se mettant au volant de l'Allegro.

— Vous donner cinq minutes pour fiche le camp. Et ensuite mettre le feu à la tire. »

Trente ans après, Weird revoyait encore la mine ahurie d'Alex. « Quoi ? »

Ziggy se passa une main sur le visage. « Il y a nos empreintes partout. et notre logo sur le pare-brise. Tant qu'il ne s'agissait que de graffitis sur des vitres, la police n'allait pas s'embêter avec nous. Mais là, il s'agit d'une voiture volée et bousillée. Vous croyez qu'ils vont prendre ça à la rigolade ? De toute manière, elle est foutue. »

Il n'y avait pas de contestation possible. Alex démarra et repartit sans anicroche, cherchant une route transversale pour faire demi-tour. C'est seulement quelques jours plus tard que Weird pensa enfin à demander : « Où as-tu appris à conduire ?

— Sur la plage à Barra. L'été dernier. Mon cousin m'a montré.

— Et comment tu as fait pour démarrer l'Allegro sans clé ?

— Tu n'as pas reconnu la bagnole ? »

Weird secoua la tête.

« C'est celle de "Sammy" Seale.

— Le prof de ferronnerie ?

— Exact. »

Weird eut un grand sourire. La première chose qu'ils avaient réalisée en ferronnerie, c'est une boîte aimantée à fixer au châssis d'une voiture pour y mettre un jeu de clés de rechange. « Tu parles d'une veine !

— Une veine pour toi, crétin ! C'est Ziggy qui l'a reconnue. »

Combien les choses auraient pu tourner différemment, songea Weird. Sans Ziggy à la rescousse, il aurait fini en taule, avec un casier judiciaire, son avenir en miettes. Au lieu de l'abandonner aux conséquences de sa propre bêtise, Ziggy avait trouvé le moyen de le tirer du pétrin. S'exposant lui-même à de graves ennuis par la même occasion. Pour un type ambitieux et foncièrement respectueux de la loi, incendier une voiture n'était pas une petite affaire. Mais Ziggy n'avait pas hésité.

Et maintenant, Weird avait le devoir de le remercier de tout cela et de bien d'autres services du même genre. Il prendrait la parole à l'enterrement. Il prêcherait le repentir et la clémence. Il était trop tard pour sauver Ziggy, mais, avec l'aide de Dieu, il arriverait peut-être à sauver une autre âme plongée dans l'erreur.

23

Attendre était une des choses que Graham Macfadyen savait le mieux faire. Son père adoptif avait été un passionné d'ornithologie, si bien que le garçon avait passé de longues périodes de sa jeunesse à tuer le temps entre deux observations d'oiseaux intéressants. Il avait appris l'immobilité dès son plus jeune âge ; ne serait-ce que pour éviter les sarcasmes paternels. Les reproches peuvent être aussi blessants que les coups physiques et Macfadyen aurait fait tout ce qui était en son maigre pouvoir pour y échapper. Le secret, il l'avait compris très tôt, c'était de s'habiller en fonction du temps. Aussi, bien qu'il eût passé les trois quarts de la journée à essuyer les rafales de neige et la morsure glacée du vent du nord, il continuait à tenir bon dans sa parka en duvet, son pantalon à doublure imperméable et ses grosses chaussures de marche. Il était bien content d'avoir apporté la canne-siège car son poste d'observation n'offrait aucun endroit où s'asseoir à part les tombes. Et ça ne paraissait pas très convenable.

Il avait pris quelques jours de congé maladie. Il avait dû mentir, mais il n'y avait pas d'autre moyen. Il savait qu'il laissait tomber les autres, que son absencc risquait de leur faire rater une échéance cruciale. Mais il y avait des choses plus importantes que de respecter une date limite. Et personne ne soupçonnerait quelqu'un d'aussi consciencieux que lui d'avoir joué la comédie. Mentir, comme se rendre invisible ou demeurer immobile, était un de ses points forts. Lawson n'avait vu que du feu lorsqu'il avait prétendu aimer ses parents adoptifs. Dieu sait qu'il avait essayé. Mais leur attitude distante jointe à la guerre d'usure de leur déception et de leur désapprobation étaient venues à bout de son affection, le laissant seul et indifférent. Cela aurait été sûrement autre chose avec sa vraie mère, il en avait la conviction. Mais on l'avait privé de la possibilité de le savoir et il s'était réfugié dans le rôle d'instrument expiatoire. Il avait placé de grands espoirs dans son entretien avec Lawson, mais l'incompétence de la police l'avait complètement déboussolé. Cependant, ce n'était pas une raison pour renoncer à sa quête. Des années à rédiger des codes de programmation lui avaient enseigné la persévérance.

Quelque chose l'avait poussé à venir là. Si ça ne marchait pas, il trouverait un autre moyen d'obtenir ce qu'il désirait. Arrivé à sept heures tapantes, il s'était rendu directement sur la tombe. Il s'était déjà tenu à cet endroit, déçu de ne pas se sentir plus proche pour autant d'une mère qu'il n'avait jamais connue. Cette fois-ci, il posa le discret tribut floral au pied de la dalle, puis gagna la position stratégique qu'il avait repérée lors de sa visite précédente. Il serait en grande partie masqué par le caveau tarabiscoté d'un ancien conseiller municipal, mais avec une vue claire de la dernière demeure de Rosie.

Quelqu'un viendrait. Il en avait eu la certitude. Mais à présent, alors que les aiguilles de sa montre marquaient bientôt dix-neuf heures, il commençait à se poser des questions. Au diable les conseils de Lawson au sujet de ses oncles. Il prendrait contact avec eux. Il s'était dit qu'une rencontre dans un lieu aussi solennel désamorcerait leur hostilité et les inciterait à voir en lui quelqu'un faisant partie, comme eux, de la famille de Rosie. Apparemment, il avait mal calculé son coup. Cette pensée le rendait furieux.

À cet instant précis, il distingua une forme plus foncée que les tombes. Elle se changea en une silhouette masculine remontant l'allée à grands pas. Macfadyen retint sa respiration.

La tête baissée pour se protéger des intempéries, l'homme quitta l'allée et se fraya un passage entre les monuments funéraires. Comme il approchait, Macfadyen vit qu'il tenait un petit bouquet de fleurs. L'homme ralentit avant de s'arrêter à un mètre cinquante de la tombe de Rosie. Il inclina la tête et resta figé un long moment. Alors qu'il se penchait pour déposer les fleurs, Macfadyen s'avança, sans bruit dans la neige.

L'homme se redressa, puis recula d'un pas, se heurtant à Macfadyen. « Qu'est-ce que... ? » s'exclama-t-il en faisant volte-face.

Macfadyen leva les mains en un geste d'apaisement. « Pardon, je ne voulais pas vous faire sursauter. » Il rabattit la capuche de sa parka pour paraître moins intimidant.

L'homme fronça les sourcils, la tête penchée de côté, scrutant avec intensité le visage de son interlocuteur. « On se connaît ? » dit-il d'une voix non moins agressive que son attitude.

Macfadyen n'eut pas une hésitation. « Je crois que vous êtes mon oncle. »

Alex devait avoir passé son coup de fil à Weird, pensa Lynn. Elle ne pouvait pas attendre plus longtemps pour parler à son frère. En dépit des liens qui les unissaient, de son mépris pour les anathèmes de Weird, elle trouvait curieux que Mondo fût devenu le plus détaché des membres du quatuor initial. Elle se disait souvent que, s'ils n'avaient pas été frère et sœur, il aurait complètement disparu du radar d'Alex. Habitant Glasgow, il était géographiquement le plus proche. Mais, une fois la fac terminée, il s'était visiblement empressé de rompre avec ce qui le reliait à son enfance et à son adolescence.

Il avait été le premier à quitter le pays, partant en France après la remise de diplôme pour suivre une carrière universitaire. Il n'était guère revenu en Écosse au cours des trois années suivantes, n'avait même pas fait une apparition à l'enterrement de leur grand-mère. S'il n'avait pas été nommé maître-assistant à l'université de Manchester, sans doute n'aurait-il même pas pris la peine d'assister à son mariage avec Alex. Chaque fois que Lynn avait essayé de savoir la raison de son absence, il avait éludé la question. Il avait toujours été très bon pour se défiler, son grand frère.

Lynn, qui était restée fermement amarrée à ses racines, n'arrivait pas à comprendre qu'on puisse vouloir se détacher de son passé. Ce n'est pas comme s'il avait eu une enfance pourrie et une adolescence horrible. Certes, il avait toujours été une poule mouillée, mais avec Alex, Weird et Ziggy à ses côtés, il ne s'était jamais fait rudoyer. Elle se souvenait d'avoir envié l'amitié indéfectible des quatre garçons, leur façon toute simple de s'amuser ensemble. Leur musique insupportable, leur côté subversif, leur mépris absolu pour ce que pensaient leurs camarades. À ses yeux, il était complètement masochiste de se priver d'un tel soutien.

Il avait toujours été faible, ça, elle le savait. Quand un problème frappait à la porte, il filait aussitôt par la fenêtre. Raison de plus, dans l'esprit de Lynn, pour demeurer attaché à des amitiés qui l'avaient aidé à traverser tant d'épreuves. Elle avait demandé à Alex ce qu'il en pensait et il avait haussé les épaules. « La dernière année à St Andrews... ç'a été plutôt moche. Il n'a peut-être pas envie d'y repenser. »

En un sens, cela tenait debout. Elle connaissait suffisamment Mondo pour se représenter la honte et la culpabilité qu'avait dû engendrer la mort de Barney Maclennan. Il avait essuyé les railleries des salles de bar où on lui conseillait, la prochaine fois qu'il voudrait se suicider, de le faire proprement. Il avait été torturé par l'angoisse de savoir que son coup d'esbroufe avait volé la vie de quelqu'un d'autre. Il avait subi des séances de psy, ce qui avait surtout eu pour résultat de lui remettre en mémoire ce moment terrible où son égocentrisme avait tourné au pire des cauchemars. Elle se disait que les trois autres étaient sans doute devenus inséparables de ces souvenirs qu'il préférait oublier. Elle savait aussi, même s'il n'en avait jamais parlé, qu'Alex n'était pas sans soupçonner Mondo d'en savoir plus qu'il ne l'avait dit sur la mort de Rosie Duff. Ce qui était vraiment ridicule. Si l'un d'eux avait pu commettre un tel meurtre cette nuit-là, c'était Weird, la cervelle embrumée par le mélange d'alcool et de drogue, déçu que ses singeries avec la Land Rover n'aient pas impressionné les filles autant qu'il l'espérait. Elle s'était toujours posé des questions sur sa soudaine conversion.

Malgré tout, son frère lui avait manqué durant ces vingt dernières années. Quand elle était plus jeune, elle s'imaginait qu'il épouserait une fille qui deviendrait sa meilleure amie ; que l'arrivée d'enfants les rapprocherait encore davantage ; qu'ils formeraient avec le temps une de ces grandes familles où l'on vit les uns sur les autres. Mais il n'en était rien. Après une série de liaisons plus ou moins sérieuses, Mondo avait fini par épouser Hélène, une étudiante française qui avait dix ans de moins que lui et cachait à peine son dédain pour quiconque n'était pas capable de parler avec une égale aisance de Foucault et de haute couture. Alex ne méritait que son mépris pour avoir préféré le commerce à l'art. Lynn, quant à elle, avait droit à un enthousiasme mitigé du fait de son métier de restauratrice de tableaux anciens. Eux non plus n'avaient pas encore d'enfants, mais Lynn avait le sentiment qu'il s'agissait d'un choix et que les choses en resteraient là.

Elle pensait que ce serait plus facile avec la distance. Pourtant, décrocher le téléphone fut une des choses les plus pénibles qu'elle eût jamais faites. Hélène répondit à la deuxième sonnerie. « Allô, Lynn. Quel plaisir de t'entendre. Je vais chercher David », dit-elle, son anglais presque parfait sonnant à lui seul comme un reproche. Et elle était partie avant que Lynn ait eu le temps de l'informer de la raison de son appel. Une minute interminable s'écoula, puis la voix familière de son frère lui parvint.

« Lynn. Comment ça va ? demanda-t-il du ton le plus sincère qui soit.

— Mondo, j'ai de mauvaises nouvelles, j'en ai peur.

— Pas les parents ? s'écria-t-il sans la laisser finir.

— Non, ils vont bien. J'ai parlé à maman hier soir. Cela va te faire un choc. Alex a reçu un coup de téléphone de Seattle cet après-midi. » Elle sentit sa gorge se serrer rien que d'y penser « Ziggy est mort. » Silence. Elle n'aurait su dire si c'était de la surprise ou de l'hésitation quant à la réponse appropriée. « Je suis désolée.

— Je ne savais pas qu'il était malade, répondit Mondo au bout d'un moment.

— Il ne l'était pas. La maison a pris feu pendant la nuit. Il était couché, endormi. Il a péri dans l'incendie.

— C'est affreux. Doux Jésus ! Pauvre Ziggy. Je n'arrive pas à y croire. Lui qui était toujours si prudent. » Il laissa échapper un bruit étrange, une espèce de ricanement. « Si quelqu'un devait finir grillé, j'aurais parié tout ce que j'ai sur Weird. Il n'arrêtait pas d'avoir des accidents. Mais Ziggy ?

— Je sais. C'est difficile à accepter.

— Bon Dieu. Pauvre Ziggy.

— Oui. On a passé de si bons moments avec Paul et lui en Californie au mois de septembre. Ça paraît irréel.

— Et Paul ? Il est mort aussi ?

— Non. Il était en voyage. Il est rentré pour trouver la maison en cendres et Ziggy mort.

— Merde. Ça pourrait le mettre dans le pétrin.

— Je suis sûre que c'est le cadet de ses soucis en ce moment, répondit-elle d'un ton cassant.

— Non, tu ne m'as pas compris. Je voulais dire, il va en baver encore plus. Sapristi, Lynn, je sais ce que c'est quand tout le monde vous regarde comme si vous étiez un assassin », riposta Mondo.

Il y eut un bref silence, chacun tâchant d'éviter la confrontation. « Alex ira à l'enterrement, dit Lynn comme une offre de paix.

— Oh, je doute que ça me soit possible, se hâta de préciser Mondo. On part en France dans deux jours. On a réservé les billets et tout. De plus, ce n'est pas comme si, ces derniers temps, j'avais été aussi proche de Ziggy qu'Alex et toi.

— Tous les quatre, vous étiez comme des frères. Ça ne mérite pas un peu de chambouler tes projets de voyage ? » s'indigna Lynn.

Il y eut un long silence. Puis Mondo déclara : « Je n'ai pas envie d'y aller, Lynn. Ça ne veut pas dire que je me fiche de Ziggy. Simplement, j'ai horreur des enterrements. J'écrirai à Paul, bien sûr. À quoi bon traverser la moitié du globe pour un truc qui me mettra dans tous mes états ? Ce n'est pas ça qui ramènera Ziggy. »

Tout à coup, Lynn en eut assez, contente d'avoir déchargé Alex du fardeau de cette conversation déplaisante. Le pire, c'est qu'elle ne pouvait pas s'empêcher d'éprouver de la compassion pour ce frère hypersensible. « Personne n'a envie de te mettre dans tous tes états, soupira-t-elle. Bon, je vais te laisser, Mondo.

— Juste une minute, Lynn. C'est aujourd'hui que Ziggy est mort ?

— Oui, au petit matin. »

Une brusque aspiration d'air. « C'est à faire froid dans le dos. Tu sais qu'il y a aujourd'hui vingt-cinq ans que Rosie Duff a été tuée ?

— Nous n'avions pas oublié. Ça m'étonne que tu t'en souviennes. »

Il eut un rire amer. « Tu crois que je pourrais oublier le jour où ma vie a été détruite ? C'est gravé en moi.

— Ouais, eh bien, comme ça, tu n'oublieras pas l'anniversaire de la mort de Ziggy », répliqua Lynn avec dépit en mesurant une fois de plus le narcissisme de son frère. Il y avait des moments où elle aurait vraiment souhaité que les liens familiaux puissent se dissoudre.

Lawson reposa le téléphone en lui lançant un regard furieux. Il détestait les politiciens. Il venait d'écouter le député qui représentait le nouveau suspect de Phil Parhatka déblatérer pendant dix minutes sur les droits de l'homme. Lawson avait eu envie de crier : « Et les droits de l'homme du pauvre couillon qu'a zigouillé cette ordure ? » Il s'était contenté de susurrer des réponses apaisantes tout en prenant note mentalement de pousser les parents du défunt à rappeler à leur député qu'il ferait mieux de défendre les victimes plutôt que les criminels. N'empêche, il recommanderait à Phil Parhatka de prendre des pincettes.

Il jeta un coup d'œil à sa montre, étonné de l'heure avancée. Il ferait un crochet par les affaires classées en sortant, au cas où Phil ne serait pas parti.

Mais la seule personne encore présente était Robin Maclennan. Il était plongé dans un dossier de témoignages, le front plissé sous l'effet de la concentration. Dans le cercle de lumière projeté par sa lampe de bureau, la ressemblance avec son frère était frappante. Lawson frissonna malgré lui. C'était comme voir un fantôme, un fantôme qui aurait vieilli de dix ans depuis la dernière fois qu'il avait marché sur la terre.

Lawson se racla la gorge et Robin releva la tête, ce qui dissipa l'illusion, ses propres mimiques se superposant à l'image fraternelle. « Bonsoir, monsieur.

— Vous travaillez encore ? » dit Lawson.

Robin eut un haussement d'épaules. « Diane a emmené les gosses au cinéma. Autant être ici que dans une maison vide.

— Je comprends. Depuis que Marian est morte, il m'arrive souvent d'éprouver la même chose.

— Votre fils ne vit pas avec vous ? »

Lawson poussa un grognement. « Mon fils a maintenant vingt-deux ans, Robin. Michael a eu son diplôme cet été. Maîtrise d'économie. Et en ce moment, il fait le coursier à Sydney, en Australie. Parfois, je me demande pourquoi je me tue à bosser. Ça vous dirait, une bière ? »

Robin parut quelque peu surpris. « Oui, d'accord. » Il referma le dossier et se leva.

Ils choisirent un petit pub des faubourgs de Kirkcaldy, peu éloigné de leurs domiciles respectifs. La soirée battait son plein, le bruit des conversations luttant avec une sélection de classiques de Noël apparemment incontournables à cette époque de l'année. Des guirlandes ornaient la voûte de l'entrée et un horrible sapin synthétique penchait comme un ivrogne à un bout du bar. Alors que les enceintes crachaient les joies de la saison, Lawson commanda deux bières et deux petits verres de whisky tandis que Robin dénichait une place relativement calme dans le coin le plus éloigné de la salle. Il eut un léger sursaut à la vue des deux verres devant lui. « Merci, monsieur, dit-il avec circonspection.

— Oubliez la hiérarchie. Juste pour ce soir, hein ? » Lawson but une grande gorgée de sa bière. « Pour dire la vérité, j'ai été content de vous trouver là. J'avais envie d'un verre, mais je ne voulais pas boire seul. ». Il l'examina avec curiosité. « Vous savez quel jour nous sommes ? »

La prudence grandit soudain sur le visage de Robin. « Le 16 décembre.

— À mon avis, vous pouvez faire mieux. »

Robin prit son whisky et le vida d'un trait. « Ça fait vingt-cinq ans que Rosie Duff a été assassinée. C'est ce que vous vouliez entendre ?

— J'étais sûr que vous auriez deviné. » Ne sachant pas quoi dire ensuite, ils burent quelques minutes dans un silence pesant.

« Comment s'en tire Karen ? demanda Robin.

— Je pensais que vous le saviez mieux que moi. Le patron est toujours le dernier informé, pas vrai ? »

Robin esquissa un sourire. « Pas dans le cas présent. Je l'ai à peine vue ces derniers jours. Elle semble passer tout son temps en bas, au magasin de stockage. Et quand elle est à son bureau, je suis la dernière personne avec qui elle a envie de discuter. Comme les autres, ça la gêne de parler du grand échec de Barney. » Il avala le reste de sa bière et se leva. « La même chose ? »

Lawson opina. Puis, lorsque Robin fut revenu : « C'est votre opinion ? Le grand échec de Barney ? »

Robin secoua la tête avec agacement. « C'était celle de Barney. Je me souviens de ce fameux Noël. Je ne l'avais jamais vu comme ça. Il n'arrêtait pas de se flageller. Il pensait que c'était de sa faute s'il n'y avait pas eu d'arrestation. Il était convaincu d'être passé à côté d'une évidence, quelque chose de vital. Ça le consumait à petit feu.

— Je me souviens qu'il prenait ça très à cœur.

— Très. » Robin se mit à regarder fixement son whisky. « J'aurais tellement voulu lui être utile. La seule raison pour laquelle je me suis engagé dans la police, c'est que Barney était un dieu pour moi. Je voulais lui ressembler. J'ai demandé à être muté à St Andrews pour faire partie de l'équipe. Mais il s'y est opposé. » Il soupira. « Je ne peux pas m'empêcher de me dire que, peut-être, si j'avais été là...

— Vous n'auriez pas pu le sauver, Robin », répondit Lawson avant de descendre son second whisky.

« Je sais, mais je me pose quand même la question. »

Lawson hocha la tête. « Barney était un excellent flic. Je ne lui arrivais pas à la cheville. Et la façon dont il est mort, ça me rend malade. J'ai toujours pensé que nous aurions dû inculper Davey Kerr. »

Robin releva la tête, perplexe. « L'inculper ? Et de quoi ? Tenter de se suicider n'est pas un délit. »

Lawson parut tressaillir. « Mais... vous avez parfaitement raison, Robin. Voyons, où avais-je la tête ? bredouilla-t-il. Oubliez ce que je viens de dire. »

Robin se pencha en avant. « Finissez donc votre phrase.

— Non, vraiment. Ce n'est rien. » Lawson but une gorgée pour essayer de cacher sa confusion. Il s'étrangla, toussa et du whisky lui dégoulina sur le menton.

« Vous alliez dire quelque chose à propos de la façon dont Barney est mort. » Le regard de Robin le cloua sur son siège.

Celui-ci s'essuya la bouche et poussa un soupir. « Je pensais que vous le saviez.

— Que je savais quoi ?

— Homicide involontaire, c'est ce qui aurait dû figurer sur l'acte d'inculpation de Davey Kerr. »

Robin fronça les sourcils. « Ça n'aurait jamais tenu devant un tribunal. Kerr n'a pas fait exprès de tomber de la falaise, c'était un accident. Il voulait son quart d'heure de gloire, pas se suicider pour de vrai. »

Lawson semblait mal à l'aise. Il repoussa sa chaise. « Vous avez besoin d'un autre whisky. » Cette fois, il revint avec un double. « Bon Dieu, dit-il à voix basse. Je sais bien que nous avons décidé de passer ça sous silence. Mais j'étais persuadé que vous en aviez eu connaissance.

— Je ne comprends toujours pas de quoi vous parlez, dit Robin, son visage exprimant un intérêt intense. Mais je pense que je mérite une explication.

— C'est moi qui étais devant à tenir la corde. Je l'ai vu de mes propres yeux. Quand nous les avons hissés le long de la falaise, Kerr s'est affolé et a donné des coups de pied à Barney. »

Une expression incrédule se peignit sur le visage de Robin. « Vous dites que Kerr l'a rebalancé à la flotte pour sauver sa propre peau ? Comment se fait-il que je ne l'apprenne que maintenant ? »

Lawson haussa les épaules. « Je n'en sais rien. Lorsque j'en ai parlé au chef, il a été scandalisé. Mais il a dit que ça ne servirait à rien d'engager des poursuites : jamais le bureau du procureur ne se lancerait dans une action ; la défense arguerait que, étant donné les conditions météo, je n'avais pas pu voir ce que j'avais vu ; que nous voulions nous venger parce que Barney avait essayé de sauver Kerr ; que nous invoquions l'homicide involontaire par dépit parce que nous n'avions pas réussi à épingler Kerr et ses copains pour le meurtre de Rosie Duff. Si bien qu'ils ont préféré mettre ça au fond d'un tiroir. »

Robin saisit son verre d'une main si tremblante qu'il cogna contre ses dents. Toute couleur s'était retirée de son visage, devenu grisâtre et en sueur. « Je n'y crois pas.

— Je sais ce que j'ai vu, Robin. Désolé, je pensais que vous étiez au courant.

— C'est la première... » Il regarda autour de lui comme s'il ne savait plus où il était ni comment il avait atterri là. « Excusez-moi, mais j'ai besoin de prendre l'air. » Il se leva brusquement et se dirigea vers la porte, bousculant les autres clients sur son passage sans se soucier de leurs protestations.

Lawson ferma les yeux et laissa échapper un long soupir. En presque trente ans de carrière dans la police, il n'avait jamais réussi à s'habituer à ce sentiment de vide qui lui serrait ensuite l'estomac quand il communiquait de mauvaises nouvelles. Qu'est-ce qui lui avait pris, après toutes ces années, de révéler la vérité à Robin Maclennan ?

24

Alex déboucha dans le hall de l'aéroport de SeaTac, les roulettes de sa valise grinçant derrière lui. Ils étaient si nombreux à attendre les passagers que, si Paul n'avait pas agité la main, il l'aurait sans doute raté. Les deux hommes s'étreignirent chaleureusement. « Merci d'être venu, dit Paul avec calme.

— Lynn te fait ses amitiés. Elle aurait bien aimé être là, mais...

— Je sais. Ça fait tellement longtemps que vous désirez ce bébé que vous ne pouvez pas prendre de risques. » Paul s'empara de sa valise et mit le cap sur la sortie du terminal. « Le voyage s'est bien passé ?

— J'ai dormi pendant presque tout le trajet au-dessus de l'Atlantique. Mais je n'ai pas pu fermer l'œil à bord du second vol. Je pensais sans cesse à Ziggy et à cet incendie. Quelle fin horrible. »

Paul regarda droit devant lui. « Je n'arrête pas de me dire que c'est de ma faute.

— Comment ça ? demanda Alex en le suivant jusqu'au parking.

— Tu sais que nous avons aménagé les combles pour faire une grande chambre et une salle de bains ? Nous aurions dû avoir une échelle d'incendie à l'extérieur. Je voulais rappeler l'entrepreneur pour qu'il s'en occupe, mais il y avait toujours un truc plus important... » Paul s'arrêta à côté de son 4 × 4, posa la valise d'Alex à l'arrière, sa large carrure mettant sa veste à carreaux à rude épreuve.

« On a tous tendance à remettre les choses à plus tard, dit Alex, une main sur le dos de Paul. Ziggy ne t'aurait fait aucun reproche. Il n'est pas moins responsable. »

Paul haussa les épaules, puis grimpa derrière le volant. « Il y a un motel convenable à environ dix minutes de la maison. C'est là que je suis descendu. J'ai réservé pour toi aussi. Si tu préfères être en ville, on peut changer.

— Non. Je préfère être avec toi. » Il adressa à Paul un sourire triste. « Comme ça, on pourra se lamenter ensemble, d'accord ?

— D'accord. »

Ils se turent tandis que Paul prenait l'autoroute. Ils contournèrent Seattle en direction du nord. Paul et Ziggy avaient habité, en dehors des limites de la ville, une maison en bois juchée sur une colline avec une vue saisissante de Puget Sound, Possession Sound et, au loin, Mount Walker. À leur première visite, Alex avait eu l'impression d'être tombé dans un coin de paradis. « Attends un peu qu'il pleuve », avait dit Ziggy.

Aujourd'hui, le ciel avait la luminosité claire que produit une couverture nuageuse d'altitude. Il aurait préféré qu'il pleuve, pour aller avec son humeur. Mais le temps ne semblait pas disposé à se montrer obligeant. Paul quitta l'autoroute à quelques kilomètres de la sortie pour son ancien domicile. La route menait à travers les pins jusqu'à une falaise d'où l'on pouvait voir au loin l'île de Whidbey. Le motel était dans le style hutte de rondins, ce qu'Alex trouva ridicule pour un bâtiment aussi vaste que celui qui abritait la réception, le bar et le restaurant. Mais les cabanes individuelles s'alignant à la lisière des arbres ne manquaient pas de charme. Paul, qui était logé à côté d'Alex, le laissa défaire ses bagages. « On se retrouve au bar dans une demi-heure ? »

Alex accrocha son costume pour les obsèques. Le reste de ses vêtements pouvait rester dans la valise. Il avait passé presque toute la traversée à dessiner. Il arracha la page dont il était le plus satisfait et l'adossa au miroir. Ziggy le regardait de trois quarts, les yeux rieurs. Pas mal, pour un portrait de mémoire, pensa Alex avec tristesse. Il consulta sa montre.

Presque minuit chez lui. Lynn ne lui en voudrait pas de l'heure tardive. Il composa le numéro. Leur brève conversation dissipa en partie le cafard qui avait failli l'engloutir.

Il remplit le lavabo d'eau froide et s'aspergea le visage. Puis, se sentant un peu plus alerte, il se rendit au bar. Les décorations de Noël lui semblèrent incongrues au regard de sa peine. Paul était installé sur une banquette, une bouteille de bière devant lui. Alex fit signe au serveur de lui apporter la même chose et prit place en face. Maintenant qu'il pouvait l'observer tout à loisir, il distinguait nettement sur le visage de Paul les traces de la fatigue et du chagrin. Les cheveux châtain clair étaient ébouriffés et sales, les yeux bleus las et bordés de rouge. Une zone mal rasée sous l'oreille gauche témoignait d'une négligence inhabituelle chez quelqu'un de toujours si soigné et méticuleux.

« J'ai appelé Lynn. Elle a demandé comment tu allais.

— C'est gentil de sa part, répondit Paul. Depuis cet été, j'ai l'impression de la connaître beaucoup mieux. Sa grossesse semblait la rendre plus ouverte au monde.

— Je vois ce que tu veux dire. Je pensais qu'elle se rongerait les sangs une fois enceinte. Mais elle est parfaitement détendue. » On vint servir Alex.

Paul leva son verre. « Buvons à l'avenir, dit-il. Pour le moment, je n'ai pas l'impression qu'il ait grand-chose à m'offrir, mais je sais que Ziggy m'engueulerait comme du poisson pourri si je me laissais dévorer par le passé.

« À l'avenir », répéta Alex. Il avala une gorgée de sa bière. « Tu tiens le coup ? »

Paul secoua la tête. « Je crois que je ne me rends pas encore compte. Il y a eu trop de choses à faire. Prévenir les gens, mettre au point les préparatifs de l'enterrement et tout le reste. Pendant que j'y pense. Votre ami Tom, celui que Ziggy appelait Weird ? Il arrive demain. »

La nouvelle provoqua chez Alex une réaction mitigée. D'une part, il avait hâte de retrouver ce lien avec son passé que représentait Weird. D'autre part, il n'ignorait pas le malaise qui continuait de l'agiter quand il repensait à la nuit où Rosie Duff avait été tuée. Enfin, il redoutait l'irritation que Weird ne manquerait pas de susciter s'il se laissait aller à son homophobie intégriste. « Il ne va pas célébrer l'office ?

— Non. Ce sera une cérémonie civile. Mais les amis de Ziggy auront la possibilité de prendre la parole. Si Tom veut dire quelques mots, il est le bienvenu. »

Alex laissa échapper un gémissement. « Tu sais que c'est un bigot illuminé qui prêche les feux de l'enfer et la damnation éternelle ? »

Paul eut un sourire désabusé. « Il a intérêt à se surveiller. Il n'y a pas que dans le Sud qu'on pratique le lynchage.

— Je lui en toucherai un mot. »

Ce qui sera aussi efficace qu'une brindille sur le passage d'un train fonçant à toute allure, pensa Alex. Ils sirotèrent leur bière en silence pendant quelques minutes. Puis Paul s'éclaircit la voix.

« Il faut que je te dise quelque chose. À propos de l'incendie.

— L'incendie ? » demanda Alex, la mine perplexe.

Paul se massa l'arête du nez. « Ce n'était pas un accident, Alex. Quelqu'un a mis le feu. Délibérément.

— Ils en sont sûrs ? »

Paul poussa un soupir. « Depuis que les cendres sont refroidies, ça grouille de spécialistes.

— Mais c'est terrible. Qui aurait voulu faire une chose pareille à Ziggy ?

— Alex, je suis le suspect numéro 1.

— Mais c'est fou. Tu aimais Ziggy.

— Ce qui est précisément la raison pour laquelle les flics me soupçonnent. Toujours commencer par regarder du côté de l'épouse. » Le ton de Paul était devenu âpre.

Alex secoua la tête. « Quiconque vous connaissant repousserait aussitôt une telle idée.

— Mais les flics ne nous connaissaient pas. Et même s'ils s'efforcent de ne pas en avoir l'air, la plupart ont à peu près autant de sympathie pour les homos que ton ami Tom. J'ai passé l'essentiel de la journée d'hier à la police, à répondre à des questions.

— Je ne comprends pas. Tu étais à des centaines de kilomètres de là. Comment es-tu supposé avoir incendié ta maison alors que tu te trouvais en Californie ?

— Tu te souviens de l'agencement de la maison ? » Alex acquiesça d'un signe de tête et Paul continua : « Ils disent que le feu a pris dans le sous-sol, près de la cuve à mazout. D'après le spécialise des incendies, quelqu'un aurait rassemblé des boîtes de peinture et des bidons d'essence à un bout de la cuve, puis empilé du papier et du bois tout autour. Ce que nous n'avons assurément pas fait. Mais ils ont aussi découvert ce qui ressemble à des restes de bombe incendiaire. Un dispositif d'une simplicité enfantine, paraît-il.

— Les flammes ne l'ont pas détruit ?

— S'agissant de reconstituer l'origine d'un incendie, ces types sont champions. Les choses se seraient passées de la manière suivante. Ils ont retrouvé les fragments d'une boîte de peinture fermée avec, à l'intérieur du couvercle, les vestiges d'un minuteur électronique. Ils pensent que la boîte contenait de l'essence ou un autre combustible. Quelque chose dégageant des émanations. Qui auraient rempli la majeure partie de l'espace dans la boîte. À l'instant fixé par le minuteur, l'étincelle met le feu aux vapeurs et la boîte explose, faisant pleuvoir le combustible enflammé sur les autres matériaux inflammables. Et comme la maison est en bois, elle s'embrase comme une torche. » La narration des faits laissa place à l'émotion. La bouche de Paul se mit à trembler. « Ziggy n'avait pas une chance.

— Et ils croient que c'est toi qui as fait ça ? » Alex n'en revenait pas. En même temps, il ressentait une profonde pitié pour Paul. Il connaissait mieux que quiconque les conséquences des soupçons sans fondement et le tribut qu'ils exigent.

« Ils n'ont pas d'autres suspects. Ziggy n'était pas du genre à se faire des ennemis. Et je suis le principal bénéficiaire de son testament. De plus, je suis physicien.

— Ce qui veut dire que tu sais fabriquer une bombe ?

— C'est ce qu'ils ont l'air de penser. Il n'est pas très facile d'expliquer ce que je fais au juste, alors ils doivent se dire : "Hé, ce type est un scientifique, il en connaît sûrement un rayon pour ce qui est de faire sauter les gens." Si ce n'était pas aussi tragique, il y aurait de quoi rire. »

Alex fit signe au barman de renouveler la commande. « Donc, d'après eux, tu aurais placé une bombe incendiaire et tu te serais carapaté en Californie pour donner une conférence ?

— Il semble que ce soit leur raisonnement. Je croyais que d'avoir été absent trois nuits de suite me tirerait d'affaire, mais apparemment pas. L'inspecteur chargé de l'enquête a dit à mon avocat que le minuteur avait très bien pu être installé par le meurtrier une semaine à l'avance. Ce qui fait que je continue à être dans de sales draps.

— Tu n'aurais pas pris un tel risque. Et si Ziggy était descendu au sous-sol et avait découvert le pot aux roses ?

— On n'y va presque jamais en hiver. Il n'y avait que les affaires d'été – les dinghys, les planches à voile, les meubles de jardin. Les skis, on les rangeait dans le garage. Ce qui est un élément de plus contre moi. Qui d'autre aurait su que le coup était sûr ? »

Alex balaya l'argument d'un revers de main. « Combien de gens descendent régulièrement dans leur sous-sol en hiver ? Ce n'est pas comme si la machine à laver se trouvait en bas. Aurait-il été difficile d'entrer par effraction ?

— Pas trop, répondit Paul. Il y avait un système de sécurité, mais pas au sous-sol, parce que le type qui s'occupe du jardin est obligé d'aller et venir. Ça nous évitait d'avoir à lui fournir des détails sur le fonctionnement de l'alarme. Je suppose que quelqu'un de déterminé n'aurait guère eu de problème pour entrer.

— Et bien sûr, toute trace d'effraction aurait disparu dans l'incendie.

— Comme tu vois, le tableau se présente sous des couleurs plutôt sombres pour moi.

— C'est dingue ! Je le répète, n'importe qui te connaissant saurait que jamais tu n'aurais fait de mal à Ziggy, sans parler de le tuer. »

Le sourire de Paul fit à peine remuer sa moustache. « Je te remercie de ta confiance, Alex. Et je ne m'abaisserai même pas à répondre à leurs accusations. Mais je tenais à ce que tu sois au courant. Tu comprends certainement ce que ça a de terrible d'être accusé de quelque chose avec lequel on n'a rien à voir. »

Alex frissonna malgré la chaleur de la salle de bar. « Je ne le souhaiterais pas à mon pire ennemi, à plus forte raison à un ami. C'est affreux. Bon sang, Paul, j'espère, dans ton propre intérêt, qu'ils vont mettre la main sur le coupable. Ce qui nous est arrivé jadis m'a empoisonné la vie.

— À Ziggy aussi. Il n'a jamais oublié combien l'être humain peut devenir féroce. Ça le rendait extrêmement prudent dans ses rapports avec les autres. Toute cette histoire est d'autant plus absurde. Il détestait se mettre les gens à dos. Ce n'était pas un poltron pour autant...

— Personne n'aurait pu l'accuser de ça, approuva Alex. Mais tu as raison. La douceur est la meilleure arme contre la colère. Telle était sa devise. Et son travail ? Je veux dire, il arrive que les choses aillent de travers dans les hôpitaux. Des gamins qui décèdent ou dont la santé ne s'améliore pas comme prévu. Les parents cherchent toujours quelqu'un à blâmer.

— Nous sommes en Amérique, Alex, répondit Paul avec ironie. Les médecins ne prennent pas de risques inutiles. Ils ont bien trop peur d'être poursuivis en justice. Évidemment, Ziggy perdait de temps à autre des patients. Ou quelquefois, les choses ne marchaient pas comme il l'espérait. Mais une des raisons pour lesquelles il avait tant de succès, c'est que ses malades et leurs familles finissaient par devenir des amis. Ils lui faisaient confiance, et ils avaient raison. C'était un bon médecin.

— Je sais. Mais parfois, quand un gosse meurt, toute logique disparaît.

— Il n'y avait rien de ce genre. Dans le cas contraire, je l'aurais su. Nous avions de longues conversations, Alex. Même au bout de dix ans, nous nous disions tout.

— Et ses collègues ? Est-ce qu'il avait envoyé balader quelqu'un ? »

Paul secoua la tête. « Je ne pense pas. Il avait ses principes et j'imagine que ceux qui travaillaient avec lui ne faisaient pas toujours le poids. Mais il choisissait son personnel avec beaucoup de soin. Il règne une ambiance formidable à la clinique. Je doute qu'il y ait là-bas une seule personne qui ne l'estimait pas. D'ailleurs, ce sont tous des amis. Ils venaient à la maison pour des barbecues, nous gardions leurs mômes. Sans Ziggy pour diriger la clinique, ils ont de quoi être inquiets pour leur avenir.

— Tu en parles comme d'un être parfait, dit Alex. Mais nous savons tous les deux qu'il ne l'était pas. »

Cette fois, le sourire de Paul monta jusqu'à ses yeux. « Non, il ne l'était pas. Perfectionniste, peut-être. Parfois, il y avait de quoi vous rendre cinglé. La dernière fois qu'on est allés skier, j'ai bien cru que j'allais devoir l'arracher de là par la force. Il y avait un virage sur la piste qu'il n'arrivait pas à négocier correctement. À chaque fois, il se cassait la figure. Ce qui voulait dire qu'il fallait encore recommencer. Mais on n'assassine pas quelqu'un parce qu'il est un peu coincé sur les bords. Si j'avais voulu chasser Ziggy de mon existence, je l'aurais tout bonnement quitté. Tu vois ? Je n'aurais pas eu à le tuer.

— Mais tu n'avais pas envie de le chasser de ton existence. L'important est là. »

Se mordillant la lèvre, Paul regarda fixement les flaques de bière sur la table. « Je donnerais tout ce que j'ai pour le revoir », murmura-t-il à voix basse. Alex lui laissa le temps de se ressaisir.

« Ils découvriront qui a fait ça, affirma-t-il au bout d'un moment.

— Tu crois ? J'aimerais bien être de cet avis. Je n'arrête pas de repenser à ce que vous avez enduré pendant toutes ces années. On n'a jamais su qui avait tué cette fille. Et à cause de ça, tout le monde vous regardait avec d'autres yeux. » Il leva la tête. « Je n'ai pas la force de Ziggy. Je ne sais pas si j'arriverais à le supporter. »

25

À travers un brouillard de larmes, Alex s'efforça de concentrer son attention sur le texte imprimé du programme de la cérémonie. Si on lui avait demandé lequel des morceaux de la liste aurait été capable de le faire pleurer à l'enterrement de Ziggy, il aurait probablement opté pour *Rock and Roll Suicide* de Bowie, avec sa provocante négation finale de la solitude. Mais il n'avait pas craqué lors de ce passage, soutenu au point d'en être transporté par les images de Ziggy dans sa jeunesse projetées sur l'écran géant à l'extrémité du crématorium. Non, ce qui l'avait achevé, c'était la Chorale des homosexuels de San Francisco interprétant la mélodie composée par Brahms sur l'Épître de saint Paul aux Corinthiens concernant la foi, l'espoir et l'amour. *Wir sehen jetzt durch einen Spiegel in einem dunkeln Worte ;* aujourd'hui nous voyons au moyen d'un miroir, d'une manière obscure. Les mots semblaient douloureusement appropriés. Rien de ce qu'il avait entendu à propos de la mort de Ziggy n'avait le moindre sens, ni sur le plan de la logique, ni sur celui de la métaphysique.

Les larmes ruisselaient le long de ses joues, mais cela lui était égal. Il n'était pas le seul à pleurer dans le crématorium bondé, et le fait d'être loin de chez lui semblait le libérer de sa réticence habituelle à manifester ses émotions. À côté de lui se tenait Weird, dans une soutane à la coupe impeccable lui donnant bien plus l'air d'un paon qu'aucun des homosexuels venus rendre un dernier hommage. Il ne pleurait pas, bien entendu. Ses lèvres ne cessaient de s'agiter. Un signe de dévotion plus que de sénilité, supposa Alex, dans la mesure où sa main tripotait sans arrêt la croix en argent suspendue à son cou. Lorsqu'il l'avait aperçu à l'aéroport de SeaTac, Alex avait bien failli éclater de rire. Weird avait trotté vers lui avec assurance avant de laisser tomber sa valise pour de grandes embrassades. Sa peau était si lisse qu'Alex avait aussitôt pensé à la chirurgie esthétique.

« C'est bien que tu sois venu, avait-il dit en l'emmenant vers la voiture qu'il avait louée le matin.

— Ziggy était mon plus vieil ami. Avec Mondo et toi. Il est vrai que nos chemins ont pris des directions différentes, mais cela n'enlève rien à ce que nous avons vécu. L'existence que je mène aujourd'hui, c'est en grande partie à notre amitié que je la dois. Je serais un bien mauvais chrétien de ne pas m'en souvenir. »

Alex n'arrivait pas à savoir pourquoi tout ce que disait Weird semblait fait pour la galerie. À chaque parole qu'il prononçait, on avait l'impression qu'une congrégation invisible était pendue à ses lèvres. Ils n'avaient pas beaucoup eu l'occasion de se voir au cours des vingt dernières années, et cela avait toujours été la même chose. L'hypochrist, voilà comment Lynn l'avait surnommé la première fois qu'ils lui avaient rendu visite dans la petite ville de Géorgie où il exerçait son ministère. Le sobriquet semblait ne rien avoir perdu de sa pertinence.

« Comment va Lynn ? demanda Weird tandis qu'il s'installait sur le siège du passager, tirant sur les plis de son élégant costume de pasteur.

— Enceinte de sept mois et rayonnante, répondit Alex.

— Dieu soit loué ! Je sais combien vous en aviez envie. » Ce qui ressemblait à un sourire sincère illumina le visage de Weird. Mais il passait tellement de temps devant les caméras pour ses prêches télévisés qu'il était difficile de distinguer le vrai du faux. « Je remercie le Seigneur de la progéniture qu'il nous a donnée. Mes plus heureux souvenirs sont ceux liés à mes cinq enfants. L'amour qu'un homme éprouve pour les siens est la chose la plus profonde et la plus pure qui existe en ce monde, Alex. Je suis certain que ce changement d'existence te comblera de joie.

— Merci, Weird. »

Le révérend tressaillit. « Oublie ça, mon vieux, dit-il, retrouvant tout à coup un parler d'adolescent. Je ne pense pas que ce genre de terme soit encore de mise.

— Désolé. Les vieilles habitudes sont tenaces. Pour moi, tu seras toujours Weird.

— Et qui t'appelle Gilly aujourd'hui ? »

Alex secoua la tête. « Tu as raison. Je tâcherai de m'en souvenir, Tom.

— Je t'en serais reconnaissant, Alex. Et si tu veux faire baptiser l'enfant, je serai ravi de célébrer la cérémonie.

— J'ai l'impression que ça n'en prend pas le chemin. Il pourra faire son propre choix quand il sera plus grand. »

Weird pinça les lèvres. « C'est toi qui décides, naturellement. » Le message implicite était clair. *Condamne ton fils à la perdition éternelle si tu y tiens.* Il regarda le paysage par la fenêtre. « Où allons-nous ?

— Paul t'a réservé un bungalow au motel où nous sommes descendus.

— C'est près du lieu de l'incendie ?

— À environ dix minutes.

— J'aimerais y passer avant.

— Pourquoi ?

— Pour dire une prière. »

Alex soupira bruyamment. « Très bien. Écoute, je dois te dire quelque chose. La police pense qu'il s'agit d'un incendie criminel. »

Weird inclina gravement la tête. « C'est bien ce que je craignais.

— Comment ça ?

— Ziggy a choisi une voie périlleuse. Qui sait quel genre d'individu il ramenait chez lui ? Quelle âme corrompue il a poussée à des actes désespérés ? »

Alex abattit son poing sur le volant. « Merde, Weird ! Je croyais que la Bible disait : *Ne juge point, et tu ne seras pas jugé.* Pour qui te prends-tu à sortir des inepties pareilles ? Quels que soient tes préjugés sur la manière de vivre de Ziggy, tu peux les oublier tout de suite. Paul et Ziggy étaient monogames. Ni l'un ni l'autre n'ont eu la moindre aventure depuis dix ans. »

Weird fit une petite moue condescendante qui donna à Alex envie de le gifler. « Tu as toujours cru ce que racontait Ziggy. »

Alex ne voulait pas de dispute. Il ravala une riposte acerbe. « Ce que j'essaie de te dire, c'est que la police s'est fourré dans le crâne l'idée absurde que c'est Paul qui a mis le feu. Alors traite-le avec ménagement, hein ?

— Pourquoi absurde ? Je ne connais pas grand-chose à la manière dont travaille la police, mais j'ai entendu dire que les homicides non imputables à des bandes organisées sont en général le fait du conjoint. Et comme tu m'as demandé de le ménager, je suppose que nous devons considérer Paul comme le conjoint en question. Si j'étais officier de police, j'aurais le sentiment de trahir mon devoir en n'envisageant pas une telle possibilité.

— Très bien. Mais c'est leur boulot. Nous, nous sommes les amis de Ziggy. Lynn et moi avons passé beaucoup de temps avec eux au fil des ans. Et crois-moi, ça ne faisait pas l'effet d'une relation s'acheminant vers un meurtre. Tu ferais bien de te souvenir de ce que c'est que d'être accusé d'un crime que l'on n'a pas commis. Et c'est encore pire si la victime est la personne que l'on aimait. Eh bien, c'est la situation dans laquelle se trouve Paul. Et c'est lui qui mérite notre soutien, pas la police.

— D'accord, d'accord », marmonna Weird avec embarras, la façade cédant momentanément aux assauts de la mémoire tandis qu'il repensait à la peur viscérale qui l'avait jeté dans les bras de l'Église. Il demeura silencieux le reste du voyage, détournant la tête pour contempler le paysage afin d'éviter les regards qu'Alex lui lançait de temps à autre.

Celui-ci prit la sortie familière et mit le cap sur l'ancienne habitation de Ziggy et de Paul. Il sentit son estomac se serrer en reconnaissant la petite route caillouteuse qui serpentait entre les arbres. Il s'était créé un tas d'images de ce qu'avait dû être l'incendie. Mais en tournant dans le dernier virage, il comprit que son pouvoir d'évocation avait été, hélas, très au-dessous de la réalité. Il s'attendait à une carcasse noircie. Mais c'était un anéantissement presque total.

Sidéré, il arrêta la voiture. Il descendit, fit quelques pas vers les décombres. Curieusement, l'odeur de brûlé continuait à flotter dans l'air, irritant la gorge et les narines. Çà et là, de grosses poutres se dressaient de guingois, mais c'était à peu près tout ce qu'il y avait de reconnaissable. La maison avait dû prendre comme un tison plongé dans de la poix. Les arbres les plus proches avaient été eux aussi dévorés par les flammes, leurs squelettes tordus se découpant, lugubres, sur l'étendue de la mer et des îles au loin.

Il s'aperçut à peine que Weird passait près de lui. Les yeux baissés, le pasteur s'arrêta juste au bord des bandes dont la police avait entouré les débris calcinés. Puis il rejeta la tête en arrière, son épaisse chevelure argentée miroitant dans la lumière. « Oh Seigneur », commença-t-il d'une voix sonore.

Alex s'efforça de réprimer le rire montant dans sa gorge. Il savait qu'il s'agissait en partie d'une réaction nerveuse au choc provoqué par les ruines. Mais c'était plus fort que lui. Quiconque avait vu Weird complètement défoncé ou vomissant dans le caniveau après la fermeture des pubs aurait eu du mal à prendre ce numéro au sérieux. Il tourna les talons et regagna la voiture, claquant la porte pour ne pas entendre les boniments que l'autre lançait aux nuages. Il fut tenté de démarrer en abandonnant le prédicateur aux éléments. Mais jamais Ziggy n'avait abandonné Weird – ni aucun d'entre eux, d'ailleurs. Et à ce moment, ce qu'Alex pouvait faire de mieux pour Ziggy, c'était de lui rester fidèle. Il ne bougea pas.

Au bout d'environ dix minutes, Weird remonta dans la voiture, apportant avec lui un souffle d'air froid. « Brrr, dit-il. Je n'ai jamais été convaincu que l'enfer était torride. Si ça ne tenait qu'à moi, il serait aussi glacial qu'un congélateur.

— Tu n'auras qu'à en toucher un mot à Dieu quand tu arriveras là-haut. Bon, on va au motel maintenant ? »

Le trajet avait visiblement rassasié Weird de la compagnie d'Alex. Une fois sa fiche remplie, il annonça qu'il avait appelé un taxi pour l'emmener à Seattle. « J'ai là un collègue avec qui j'aimerais passer un peu de temps. » Il avait prévu de retrouver Alex le lendemain matin pour aller à l'enterrement et il semblait avoir curieusement perdu son entrain. Malgré tout, Alex redoutait ce qu'il allait leur servir à la cérémonie.

Brahms fut terminé et Paul s'approcha du lutrin. « Si nous sommes réunis ici, c'est parce que Ziggy revêtait une importance particulière pour chacun de nous, dit-il, s'efforçant visiblement de maîtriser sa voix. Même si je parlais une journée entière, je ne pourrais pas exprimer la moitié de ce qu'il signifiait pour moi. Aussi, je n'essaierai même pas. Mais si l'un d'entre vous a des souvenirs de Ziggy qu'il désire partager, je sais que nous serons tous heureux de l'entendre. »

Il avait à peine terminé sa phrase qu'un homme âgé se leva au premier rang et marcha d'un pas raide vers l'estrade. Comme il se tournait pour leur faire face, Alex put mesurer ce qu'il en coûtait d'enterrer un enfant. Ses épaules voûtées et ses yeux noirs profondément enfoncés dans leurs orbites, Karel Malkiewicz semblait avoir rapetissé. Cela faisait deux ou trois ans qu'Alex n'avait pas vu le père de Ziggy, devenu veuf depuis, et le changement était déprimant. « Mon fils me manque, déclara-t-il avec un reste d'accent polonais. Toute sa vie, il a fait ma fierté. Même dans sa jeunesse, il ne cessait de penser aux autres. Il a toujours voulu réussir, mais pas pour sa gloire personnelle. Il voulait réaliser tout son potentiel parce que c'est ce qu'il pouvait faire de mieux en ce monde. Ziggy n'accordait guère d'importance au qu'en-dira-t-on. Il pensait qu'il serait jugé sur ses actes et non sur l'opinion d'autrui. Je suis content de vous voir aussi nombreux ici aujourd'hui car cela veut dire que vous avez apprécié cela chez lui. » Le vieil homme prit le verre posé sur le lutrin et but une gorgée d'eau. « J'aimais mon fils. Je ne lui ai sans doute pas assez dit. Mais j'espère qu'il est mort en le sachant. » Il inclina la tête et retourna à sa place.

Alex pinça l'arête de son nez, tâchant de contenir ses larmes. L'un après l'autre, les amis et collègues de Ziggy se succédèrent. Certains se contentaient de dire combien ils l'aimaient et le regretteraient. D'autres racontaient un souvenir, la plupart du temps amical et drôle. Alex aurait voulu aller dire quelque chose, mais il avait peur de ne pas pouvoir se contrôler. Puis vint le moment qu'il appréhendait. Il sentit Weird bouger sur son siège et gémit intérieurement.

En le voyant s'avancer vers l'estrade, Alex songea au personnage que Weird était parvenu à se bâtir au fil du temps. Alors que Ziggy avait toujours charmé son monde, Weird était le maigriot maladroit sur lequel on pouvait compter pour lâcher une bourde, commettre une gaffe ou mettre une fausse note. Mais il avait bien appris sa leçon. On aurait pu entendre une mouche voler lorsqu'il prit place devant le lutrin.

« Ziggy était mon plus vieil ami, entonna-t-il. Je pensais que la route qu'il avait choisie était une erreur. Lui pensait que j'étais, pour utiliser un euphémisme, un imbécile. Voire un charlatan. Mais cela n'avait pas d'importance. Le lien nous unissant était suffisamment fort pour survivre à ces divergences. Car les années que nous avions vécues ensemble sont les plus difficiles dans la vie d'un homme, celles où il passe de l'enfance à l'âge adulte. Une période où nous nous démenons tous, essayant de savoir qui nous sommes et ce que nous avons à offrir au monde. Et rares sont ceux d'entre nous qui ont la chance d'avoir un ami comme Ziggy pour les relever lorsqu'ils trébuchent. »

Alex le regardait, pétrifié. Il n'en revenait pas. Il escomptait l'enfer et la damnation, et voilà que ce qu'il entendait était indubitablement de l'amour. Contre toute attente, il se mit à sourire.

« Nous étions quatre, poursuivit Weird. Les Quatre de Kirkcaldy. Nous nous étions rencontrés le premier jour de collège et quelque chose de magique s'était produit. Des liens s'étaient noués. Nous partagions nos peurs les plus profondes et nos triomphes les plus grands. Pendant des années, nous fûmes le groupe de rock le plus exécrable de la planète, mais nous nous en moquions. Dans toute collectivité, chacun remplit un rôle. Moi, j'étais l'empoté. Le simple d'esprit. Celui qui dépasse les bornes. » Il eut un petit rire gêné. « D'aucuns diraient que ça n'a pas beaucoup changé. Ziggy était celui qui me sauvait de moi-même, me protégeait de la destruction. Il m'a préservé des pires excès de ma personnalité jusqu'à ce que je rencontre un sauveur encore plus puissant. Et même alors, il ne m'a pas abandonné.

« Nous ne nous sommes pas beaucoup vus ces dernières années. Nos vies étaient trop occupées par le présent. Ce qui ne veut pas dire que nous avions tiré un trait sur le passé. À bien des égards, Ziggy demeurait un repère pour moi. Je n'irai pas jusqu'à dire que j'approuvais la totalité de ses choix. Il serait hypocrite de ma part de prétendre le contraire. Mais ici, en ce jour, rien de tout cela n'a d'importance. La seule chose qui compte, c'est que mon ami est mort et que, du même coup, un peu de lumière a disparu de ma vie. Aucun d'entre nous ne saurait se passer de lumière. C'est pourquoi, à cet instant, je pleure la disparition d'un homme qui a rendu beaucoup moins aride mon chemin vers le salut. Le moins que je puisse faire en souvenir de lui, c'est d'essayer de rendre le même service à ceux que je croise dans le besoin. Si je puis aider quiconque parmi vous aujourd'hui, n'hésitez pas à me le faire savoir. En hommage à Ziggy. » Weird regarda autour de lui avec un sourire béat. « Je remercie le Seigneur de nous avoir donné Sigmund Malkiewicz. Amen. »

D'accord, pensa Alex. Le naturel avait repris le dessus à la fin. Mais, à sa manière, Weird avait tracé un portrait élogieux de Ziggy. Lorsque son ami revint s'asseoir, Alex se pencha pour lui presser la main. Et Weird la retint un long moment.

Après cela, ils sortirent en file, s'arrêtant pour saluer Paul et Karel Malkiewicz. Ils émergèrent dans un soleil blafard, entraînés par le cortège vers les offrandes de fleurs. Il y avait des dizaines de couronnes et de bouquets, alors que Paul avait demandé expressément que seule la famille en envoie. « Avec lui, on avait tous l'impression de faire partie de la famille, dit Alex à voix basse.

— On était comme des frères, murmura Weird.

— C'était très bien, ton petit discours de tout à l'heure. »

Weird sourit. « Tu ne t'attendais pas à ça, hein ? Ça se voyait à ta figure. »

Alex ne répondit pas. Il se pencha pour déchiffrer une carte. *Très cher Ziggy, sans toi le monde est trop vaste. Affectueusement, tes amis de la clinique.* Il connaissait ce sentiment. Il parcourut le reste des cartes, puis s'arrêta devant la couronne finale. Vingt-cinq roses blanches garnies de romarin. Alex fronça les sourcils en lisant la carte. *Du romarin*[1] *pour ne pas oublier.*

« Tu as vu ça ? demanda-t-il à Weird.

— Élégant, répondit Weird d'un ton approbateur.

— Ça ne te semble pas un peu... je ne sais pas. Troublant ? »

Le front de Weird se rida. « Je crois que tu vois des fantômes là où il n'y en a pas. C'est un témoignage tout à fait approprié.

— Weird, il est mort le jour du vingt-cinquième anniver-

1. En anglais, *rosemary*. *(NdE)*

saire du meurtre de Rosie Duff. Cette carte n'est pas signée. Tu ne trouves pas que ça fait beaucoup ?

— C'est de l'histoire ancienne, Alex. » Weird indiqua la foule. « Crois-tu sérieusement qu'il y ait ici une seule personne à part nous qui connaisse ne serait-ce que le nom de Rosie Duff ? C'est juste un geste un peu théâtral, ce qui n'est guère étonnant vu le monde qu'il y a.

— Ils ont rouvert le dossier, tu sais. » Alex pouvait être aussi têtu que Ziggy quand ça le prenait.

Weird eut l'air surpris. « Non, je l'ignorais.

— Je l'ai lu dans les journaux. Ils sont en train de revoir les crimes non résolus à la lumière des nouveaux progrès technologiques. L'ADN et tout le bazar. »

Weird porta la main à sa croix. « Merci, mon Dieu.

— Ça ne t'ennuie pas qu'on déballe à nouveau toute cette histoire ?

— Pourquoi ? On n'a rien à craindre. Notre innocence va enfin être reconnue.

— Si seulement c'était aussi simple, répondit Alex, l'air soucieux. »

Le professeur David Kerr repoussa son ordinateur portable avec un bref soupir de contrariété. Cela faisait une heure qu'il essayait de peaufiner un article sur la poésie française contemporaine, mais plus il lorgnait l'écran et moins les mots avaient de sens. Il ôta ses lunettes et se frotta les yeux, essayant de se persuader que c'était seulement la fatigue de fin de trimestre. Mais il savait qu'il se racontait des histoires.

En dépit de tous ses efforts pour ne pas y penser, il était parfaitement conscient que, tandis qu'il fignolait sa prose, les amis et parents de Ziggy lui faisaient leurs derniers adieux sur un autre continent. Il ne regrettait pas de ne pas y être allé. Ziggy représentait une partie si lointaine de son passé que c'était un peu comme un souvenir d'une vie antérieure et ce qu'il devait à son vieil ami ne contrebalançait pas à ses yeux les tracas et désagréments du voyage jusqu'à Seattle. Mais la nouvelle de sa mort avait rappelé à David Kerr des souvenirs qu'il s'était appliqué à enfouir si profondément qu'ils ne remontaient que rarement à la surface. Ce n'étaient pas des souvenirs faits pour soulager la mauvaise conscience.

Pourtant, lorsque le téléphone sonna, il décrocha sans la moindre appréhension. « Professeur Kerr ? » La voix lui était inconnue.

« Oui. Qui est à l'appareil ?

— Inspecteur Robin Maclennan de la police de la Fife. » L'homme parlait lentement et distinctement comme s'il avait bu un verre de plus qu'il n'était raisonnable.

David Kerr frissonna sans le vouloir, soudain aussi transi que s'il était à nouveau immergé dans la mer du Nord. « Et pourquoi m'appelez-vous ? demanda-t-il, dissimulant son trouble derrière un ton agressif.

— Je fais partie de l'équipe de révision des affaires classées. Vous en avez sans doute entendu parler par les journaux.

— Ça ne répond pas à ma question, dit David sèchement.

— J'aimerais vous rencontrer, au sujet des circonstances de la mort de mon frère. Autrement dit l'inspecteur-chef Barney Maclennan. »

Décontenancé, David resta interdit devant la franchise de cette approche. Il avait toujours craint un tel moment, mais au bout de presque vingt-cinq ans, il avait fini par se persuader que ça n'arriverait jamais.

« Vous êtes toujours là ? demanda Robin. Je disais que j'aimerais vous rencontrer...

— J'ai entendu, répliqua David d'une voix cassante. Je n'ai rien à vous dire. Ni maintenant, ni jamais. Même si vous m'arrêtiez. Vos collègues et vous avez brisé ma vie autrefois. Je ne vous donnerai pas la possibilité de recommencer. » Il raccrocha brutalement, haletant, les mains tremblantes. Que se passait-il ? Il ignorait complètement que Barney Maclennan avait un frère. Pourquoi ce dernier avait-il mis si longtemps à lui réclamer des comptes ? Et pourquoi le faire maintenant ? Lorsqu'il avait mentionné les affaires classées, David avait cru que Maclennan voulait lui parler de Rosie Duff, ce qui était déjà un affront suffisant. Mais Barney Maclennan ? La police de la Fife n'avait tout de même pas décidé d'en faire un meurtre après vingt-cinq ans ?

Il frissonna à nouveau et se mit à contempler la nuit. Les lumières scintillantes des arbres de Noël à l'intérieur des maisons étaient comme des milliers d'yeux le dévisageant. Il se leva, tira les rideaux. Puis il s'appuya au mur, les paupières closes, le cœur battant. David Kerr avait fait de son mieux pour enterrer son passé. Fait tout son possible pour le tenir à distance. Visiblement, ça n'avait pas suffi. Il ne restait plus qu'une solution. Toute la question était : avait-il assez de cran ?

26

La lumière venant du bureau fut soudain masquée par de lourds rideaux. Le guetteur fronça les sourcils. Tout à fait inhabituel. Il n'aimait pas ça. Il craignait les raisons possibles d'un tel changement. Mais finalement, les choses revinrent à la normale. Les lumières s'éteignirent au rez-de-chaussée. Il connaissait le scénario à présent. Une lampe s'allumerait dans la grande chambre, puis la silhouette de la femme de David Kerr apparaîtrait à la fenêtre. Elle tirerait d'épaisses tentures, qui ne laisseraient filtrer qu'une mince lueur. Presque au même moment, un rectangle de lumière éclairerait le toit du garage. La salle de bains, supposa-t-il. David Kerr faisait ses ablutions du soir. Comme Lady Macbeth, jamais il n'aurait les mains propres. Environ vingt minutes plus tard, les lumières de la chambre s'éteindraient. Ce serait tout jusqu'au lendemain.

Graham Macfadyen tourna la clé de contact et s'éloigna dans la nuit. Il commençait à avoir une assez bonne idée de la vie quotidienne de David Kerr, mais il voulait en savoir tellement plus. Pourquoi, par exemple, il n'avait pas, comme Alex Gilbey, pris un avion pour Seattle. Quelle indifférence. Comment était-il possible de ne pas aller rendre un dernier hommage à quelqu'un qui était non seulement un de vos meilleurs amis, mais encore votre complice ?

À moins, bien sûr, qu'il y ait eu une brouille. On prétend que les voleurs finissent toujours par se disputer entre eux. À plus forte raison quand il s'agit d'assassins. Il avait sans doute fallu le temps et la distance pour créer cette faille. Au lendemain de leur crime, il n'y avait rien eu de visible. Ce qu'il savait grâce à son oncle Brian.

Le souvenir de cette conversation n'arrêtait pas de défiler dans sa tête. Tout ce qu'il avait voulu, c'était retrouver ses parents ; il ne s'attendait pas à être rongé par cette quête d'une vérité supérieure. Et rongé, il l'était. D'autres l'auraient traité d'obsessionnel, mais c'était typique de gens ne comprenant rien au sens des responsabilités ni au désir de justice. Il était convaincu que le fantôme tourmenté de sa mère l'observait, le poussant à faire le nécessaire. C'était la dernière chose à laquelle il pensait avant de sombrer dans le sommeil et son premier éclair de lucidité en se réveillant. Quelqu'un devait payer.

Son oncle n'avait guère apprécié leur rencontre dans le cimetière. Macfadyen avait d'abord cru qu'il allait l'agresser physiquement. Il avait serré les poings et dodeliné de la tête comme un taureau prêt à charger.

Macfadyen n'avait pas bronché. « Je veux seulement parler de ma mère.

— Je n'ai rien à te dire, gronda Brian Duff.

— Je veux juste savoir comment elle était.

— Je croyais que Jimmy Lawson t'avait conseillé de t'abstenir.

— Lawson est venu vous voir à mon sujet ?

— Ne te vante pas, fiston. Il est venu me parler de la nouvelle enquête sur le meurtre de ma sœur. »

Macfadyen se mit à hocher la tête. « Alors il vous a dit à propos des preuves envolées ? »

Duff fit signe que oui. Ses mains retombèrent et il regarda au loin. « Une bande d'idiots !

— Si vous ne voulez pas parler de ma mère, au moins expliquez-moi ce qui s'est passé quand elle a été tuée. J'ai besoin de le savoir. Et vous étiez là. »

Duff reconnaissait de l'obstination quand il en voyait. Après tout, c'était un trait que l'inconnu partageait avec son frère et lui. « Tu ne vas pas en démordre, hein ? dit-il d'un ton acerbe.

— Non. Écoutez, je ne m'attendais pas à être reçu à bras

ouverts par ma famille biologique. Vous avez probablement le sentiment que je n'en fais pas partie. Mais j'ai le droit de savoir d'où je viens et ce qui est arrivé à ma mère.

— Si je te le dis, est-ce que tu nous ficheras la paix ? »

Macfadyen réfléchit un moment. C'était toujours mieux que rien. Et peut-être qu'il parviendrait à fléchir les défenses de Brian Duff, ce qui lui laisserait une porte entrouverte pour l'avenir. « D'accord, répondit-il.

— Tu connais le Lammas Bar ?

— J'y suis déjà allé. »

Duff haussa les sourcils. « Je te retrouve là-bas dans une demi-heure. » Il pivota sur les talons et partit. Tandis que son oncle disparaissait dans l'obscurité, Macfadyen sentit l'émotion lui serrer la gorge. Cela faisait si longtemps qu'il cherchait des réponses que l'idée d'en avoir enfin, c'était presque trop.

Il se dépêcha de retourner à sa voiture et se rendit directement au Lammas Bar, où il trouva une table dans un coin permettant de discuter tranquillement. Il promena son regard autour de lui, se demandant si les choses avaient beaucoup évolué depuis l'époque où Rosie travaillait derrière le comptoir. On aurait dit que l'établissement avait connu un changement de style majeur au début des années 1990, mais avec la peinture écaillée et l'air général de marasme, il n'avait toujours rien d'un bar branché.

Macfadyen en était à la moitié de sa bière lorsque, poussant la porte, Brian Duff alla droit au comptoir. C'était manifestement un habitué car le barman saisit un verre avant même qu'il eût passé la commande. Armé d'une pinte, Duff rejoignit Macfadyen à la table. « Et alors, dit-il. Qu'est-ce que tu sais au juste ?

— J'ai cherché dans les archives des journaux. Et il y avait un chapitre consacré à l'affaire dans un bouquin sur les faits divers criminels. Mais ça m'a juste donné les faits bruts. »

Duff but une longue gorgée de sa bière sans quitter Macfadyen des yeux. « Les faits, peut-être. La vérité ? Sûrement pas. Pour la bonne raison que l'on n'a pas le droit de traiter quelqu'un d'assassin à moins qu'il n'ait été condamné par un tribunal. »

Le pouls de Macfadyen s'accéléra. Son oncle allait confirmer ses soupçons. « Que voulez-vous dire ? »

Duff inspira profondément, puis laissa échapper l'air lentement. Il était évident qu'il n'avait aucun désir d'avoir cette conversation. « Laisse-moi te raconter l'histoire. Le soir où elle a été tuée, Rosie travaillait ici. Derrière ce zinc. De temps en temps, je la raccompagnais à la maison, mais pas cette fois. Elle avait dit qu'elle allait à une fête. La vérité, c'est qu'elle avait rendez-vous après le boulot. Nous savions tous qu'elle sortait avec quelqu'un, mais elle ne voulait pas dire qui. Elle aimait bien avoir ses petits secrets, Rosie. Colin et moi, on pensait que, si elle faisait des cachotteries au sujet de son petit copain, c'est parce qu'elle savait qu'on ne serait pas d'accord. » Il se gratta le menton. « Peut-être bien qu'on y allait un peu fort. Mais après qu'elle est tombée enceinte... ben, disons qu'on n'avait pas envie qu'elle se retrouve encore avec un bon à rien. Quoi qu'il en soit, elle est partie après la fermeture et personne n'a su qui elle allait voir. C'est comme si elle avait purement et simplement disparu de la surface de la terre pendant ce temps-là. »

Il serra son verre avec force, les phalanges blêmes. « Vers quatre heures du matin, des étudiants rentrant ivres d'une fête l'ont découverte gisant dans la neige sur Hallow Hill. D'après la version officielle, ils sont tombés sur elle par hasard. » Il secoua la tête. « Mais là où elle était, on ne l'aurait pas trouvée comme ça par hasard. C'est le premier point dont tu dois te souvenir. Elle avait reçu un seul coup de couteau dans le ventre. Mais c'était une sacrée blessure. Longue et profonde. » Duff rentra la tête dans les épaules. « Elle a saigné à mort. Son assassin l'a portée là-haut dans la neige avant de la larguer comme un sac d'ordures. C'est la seconde chose à te rappeler. » Sa voix était tendue et entrecoupée, l'émotion continuant à l'empoigner après vingt-cinq ans.

« On a dit qu'elle avait probablement été violée. Certains ont insinué qu'elle était peut-être consentante, mais je n'y ai jamais cru. Rosie avait appris sa leçon. Elle ne couchait pas avec les types avec qui elle sortait. Les flics ont prétendu qu'elle nous jouait la comédie à Colin et à moi. Mais on a parlé à deux de ses ex, qui nous ont juré qu'ils n'avaient jamais eu de rapports sexuels. Et je les crois, vu qu'on n'a pas été très aimables avec eux. Bien sûr, ils se pelotaient. Mais des rapports sexuels, elle n'en voulait pas. Ce qui fait qu'elle a dû être violée. Il y avait du sperme sur ses vêtements. » Il poussa un grognement incrédule. « Je ne peux pas croire que ces connards aient tout perdu. Avec les tests ADN et les preuves qu'ils avaient, ils auraient pu l'épingler. » Il avala une nouvelle gorgée de bière. Macfadyen attendit, tendu comme un chien de chasse en arrêt. Il ne voulait pas dire un mot de peur de rompre le charme.

« Voilà ce qui est arrivé à ma sœur. Et nous voulions savoir qui avait fait ça. Les flics n'avaient pas la moindre piste. Ils ont regardé du côté des quatre étudiants, mais ils ne les ont pas vraiment cuisinés. Tu vois cette ville ? Personne n'a envie de se mettre l'Université à dos. Et c'était encore pire à l'époque.

« Souviens-toi de ces noms : Alex Gilbey, Sigmund Malkiewicz, Davey Kerr, Tom Mackie. Ce sont eux qui l'ont trouvée. Ils étaient couverts de son sang, mais avec une raison légitime, soi-disant. Et où étaient-ils pendant cet intervalle de quatre heures ? À une fête. Une fête d'étudiants pétés où personne n'a l'œil sur personne. Ils auraient pu aller et venir sans que quiconque s'en aperçoive. Si ça se trouve, ils n'ont été là qu'une demi-heure au début et une demi-heure à la fin. De plus, ils avaient une Land Rover. »

Macfadyen parut ébahi. « Je n'ai lu ça nulle part.

— Pas étonnant. Ils ont piqué une Land Rover appartenant à un de leurs copains. Ils s'en sont servis ce soir-là.

— Pourquoi est-ce qu'on ne les a pas inculpés ? demanda Macfadyen.

— Bonne question. De celles qui n'ont jamais obtenu de réponse. Sans doute à cause de ce que je viens de dire. Personne n'a envie de se mettre l'Université à dos. Et peut-être que les flics ne voulaient pas s'embêter avec des broutilles s'ils n'arrivaient pas à décrocher le gros lot. Ils auraient eu l'air de quoi ? »

Posant son verre, il énuméra les divers points sur ses doigts. « Bref, ils n'avaient pas vraiment d'alibi. Ils disposaient d'une bagnole extra pour transporter un cadavre dans une tempête de neige. Ils venaient boire ici. Ils connaissaient Rosie. Colin et moi, on pensait que tous ces étudiants n'étaient qu'une bande de fils à papa qui se servaient des filles comme Rosie et les plaquaient dès qu'ils flairaient ailleurs de quoi faire un mariage convenable. Et Rosie le savait. Elle ne nous aurait jamais rien dit si elle était sortie avec un étudiant. L'un d'entre eux a effectivement avoué l'avoir invitée à cette fête. Et d'après ce qu'on m'a raconté, le sperme sur les vêtements de Rosie aurait pu provenir de Sigmund Malkiewicz, de Davey Kerr ou de Tom Mackie. » Il se laissa aller en arrière, momentanément épuisé par son monologue.

« Pas d'autres suspects ? »

Duff haussa les épaules. « Il y avait le mystérieux petit copain. Mais, comme j'ai déjà dit, ça aurait très bien pu être un des quatre. Jimmy Lawson s'était mis dans le crâne qu'elle avait été enlevée par un cinglé pour un rite satanique. Ce qui expliquerait qu'on l'ait laissée à l'endroit où on l'a retrouvée. Mais il n'y a jamais eu la plus petite preuve. D'ailleurs, comment l'aurait-il ramassée ? Elle ne se serait pas baladée dans les rues par un temps pareil.

— Alors qu'est-ce qui s'est produit cette nuit-là, à votre avis ? ne put s'empêcher de demander Macfadyen.

— Je pense qu'elle sortait avec l'un d'eux. Qu'il en avait marre qu'elle lui résiste. Et qu'il l'a violée. Ou peut-être qu'ils s'y sont mis à quatre, bon Dieu ! En se rendant compte de ce qu'ils avaient fait, ils ont compris qu'ils étaient foutus si elle parlait. Que c'en serait fini de leurs diplômes, fini de leur brillant avenir. Alors ils l'ont tuée. » Il y eut un long silence.

Macfadyen fut le premier à parler. « Je n'ai jamais su qui étaient les trois types que désignait le sperme.

— Ça n'a jamais été rendu public. Mais c'est nickel tout de même. Un de mes potes sortait avec une nana travaillant pour la police. Une civile, mais elle était au courant de ce qui se passait. Avec ce qu'ils avaient sur eux quatre, c'est un crime que ça leur ait filé entre les doigts à ces flics.

— Ils n'ont jamais été arrêtés ? »

Duff secoua la tête. « Ils ont été interrogés, sauf que ça n'a abouti à rien. Non, ils continuent à courir les rues. Libres comme l'air. » Il termina sa pinte. « Bon, maintenant tu sais ce qui est arrivé. » Repoussant sa chaise, il fit mine de se lever.

« Attendez », dit Macfadyen d'une voix pressante.

Duff s'immobilisa, l'air agacé.

« Comment se fait-il que vous n'ayez rien fait ? »

Duff eut un mouvement de recul comme si on l'avait frappé. « Qu'est-ce que tu en sais si on n'a rien fait ?

— Eh bien, vous venez de dire qu'ils couraient les rues, libres comme l'air. »

Duff poussa un si long soupir que les effluves de bière de son haleine balayèrent Macfadyen. « On ne pouvait pas faire grand-chose. On en a démoli deux, mais on était repérés. Les flics nous ont laissé entendre que c'est nous qui irions en taule s'il leur arrivait quoi que ce soit. Colin et moi, on s'en fichait. Mais on ne pouvait pas imposer ça à notre mère. Pas après tout ce qu'elle avait déjà subi. Alors on n'a pas insisté. » Il se mordit la lèvre. « Jimmy Lawson répétait sans cesse que l'affaire ne serait jamais classée. Qu'un jour, celui qui avait tué Rosie aurait ce qu'il méritait. Et avec cette nouvelle enquête, j'ai bien cru que le moment était arrivé. » Il secoua la tête. « Que j'étais bête ! » Cette fois-ci, il se leva. « J'ai tenu parole. Maintenant, à toi de tenir la tienne. Ne t'approche pas de moi ni des miens.

— Une dernière chose. S'il vous plaît. »

Duff hésita, la main sur le dossier de sa chaise, un pied en avant. « Quoi ?

— Mon père. Qui est mon père ?

— Mieux vaut que tu ne le saches pas, fiston. Une espèce de moins que rien.

— N'empêche. La moitié de mes gênes viennent de lui. » Macfadyen lut de l'hésitation dans le regard de Duff. Il s'engouffra dans la brèche. « Donnez-moi mon père et vous n'entendrez plus jamais parler de moi. »

Duff eut un haussement d'épaules. « Il s'appelle John Stobie. Il est parti s'installer en Angleterre trois ans avant la mort de Rosie. » Il tourna les talons et s'en alla.

Macfadyen resta un moment à regarder dans le vide sans toucher à sa bière. Un nom. Quelque chose par où commencer. Il avait enfin un nom. Et même plus que ça. Une justification pour la décision qu'il avait prise après l'aveu d'incompétence de Lawson. Le nom des étudiants n'avait rien d'une nouveauté pour lui. Ils figuraient dans les articles de presse. Cela faisait des mois qu'il les connaissait. Tout ce qu'il avait lu n'avait fait que renforcer son besoin désespéré de chercher un responsable à ce qui était arrivé à sa mère. Lorsqu'il avait commencé à se renseigner sur les quatre étudiants qui, pensait-il, avaient détruit à jamais sa chance de la connaître, il avait eu la déception de constater qu'ils menaient tous une existence prospère, respectable et respectée. Ce n'était vraiment pas juste.

Il avait aussitôt lancé une recherche sur le Net pour obtenir des informations à leur sujet. Et la révélation de Lawson n'avait fait que renforcer son désir de les empêcher de s'en tirer comme ça. Si la police de la Fife était incapable de les flanquer en prison pour leur acte, alors il fallait trouver un autre moyen de les faire expier.

Le lendemain de son entrevue avec son oncle, Macfadyen se leva de bonne heure. Il n'était pas passé au bureau depuis une semaine. Il excellait à créer des logiciels et c'était une chose qui l'avait toujours détendu. Mais ces jours-ci, il n'était pas question de rester cloué devant un ordinateur à affiner les structures alambiquées de son projet actuel. Comparé à tout ce qui bouillonnait dans sa tête, le reste semblait futile, ridicule, sans intérêt. Rien dans sa vie ne l'avait préparé à cette quête et il sentait qu'elle le sollicitait tout entier et pas seulement cette partie qui fonctionnait encore après une journée dans un laboratoire d'informatique. Il était allé voir un médecin et avait prétendu souffrir de stress, ce qui n'était pas entièrement faux. Il avait été suffisamment convaincant pour obtenir un arrêt de maladie jusqu'au nouvel an.

Se glissant hors du lit, il se dirigea vers la salle de bains en titubant comme s'il avait dormi quelques minutes seulement et non plusieurs heures. Il jeta à peine un coup d'œil dans la glace, sans prêter attention aux cernes sous ses yeux et à ses joues creuses. Il avait à faire. Apprendre à connaître les assassins de sa mère était plus important que de penser à se nourrir convenablement.

Sans prendre le temps de s'habiller ni même de préparer du café, il alla droit à la chambre des ordinateurs. Il pressa la souris d'un des PC. Dans un coin de l'écran, un message clignotait : « Courrier en attente ». Il fit apparaître la fenêtre des messages. Deux éléments. Il ouvrit le premier. David Kerr avait publié un article dans le dernier numéro d'une revue universitaire. Des balivernes sur un écrivain français dont Macfadyen n'avait jamais entendu parler. Toutefois, cela prouvait qu'il avait configuré son alerte Internet correctement. David

Kerr n'était pas un nom particulièrement exceptionnel et, jusqu'à ce qu'il eût affiné la recherche, il avait reçu des dizaines de réponses par jour. Ce qui était pour le moins casse-pieds.

Le second message était plus intéressant. Il se référait aux pages web du *Seattle Post Intelligencer.* À mesure qu'il prenait connaissance de l'article, un sourire envahit lentement son visage.

UN PÉDIATRE EN VUE MEURT
DANS UN INCENDIE SUSPECT

Le fondateur de la prestigieuse Clinique de la Fife a péri dans un incendie d'origine vraisemblablement criminelle à son domicile de King County.

Connu de ses patients et de ses collègues comme le docteur Ziggy, Sigmund Malkiewicz est mort dans l'incendie qui a détruit sa maison hier aux premières heures de la matinée.

Trois camions de pompiers ont accouru sur les lieux, mais les flammes avaient déjà détruit la majeure partie du bâtiment en bois. « La maison était complètement en feu lorsque nous avons été alertés par le plus proche voisin, déclare le capitaine des pompiers Jonathan Ardiles. Il n'y avait plus grand-chose à faire, à part empêcher les flammes de se propager aux bois environnants. »

L'inspecteur Aaron Bronstein a révélé aujourd'hui que la police considérait cet incendie comme suspect. « Des spécialistes sont actuellement sur place. Il est impossible d'en dire plus à ce stade. »

Né en Écosse, le Dr Malkiewicz travaillait depuis quinze ans dans la région de Seattle. Il avait été pédiatre à l'hôpital de King County avant de démissionner voilà neuf ans pour monter sa propre clinique. Il s'était taillé une réputation dans le domaine de l'oncologie pédiatrique, se spécialisant dans le traitement de la leucémie.

Le Dr Angela Redmond, l'une de ses collaboratrices, affirme : « Nous sommes tous sous le choc. Le Dr Ziggy était un collègue attentionné et généreux, dévoué corps et âme à ses patients. Tous ceux qui le connaissaient en seront bouleversés. »

Les mots dansaient devant ses yeux, provoquant en lui un curieux mélange d'ivresse et de frustration. Avec ce qu'il savait maintenant à propos du sperme, il semblait approprié que Malkiewicz fût le premier à mourir. Macfadyen regrettait que le journaliste n'eût pas été assez malin pour dénicher les détails sordides de la vie de Malkiewicz. L'article donnait l'impression d'une sorte de Mère Térésa, alors que Macfadyen savait que la vérité était toute différente. Peut-être devrait-il lui envoyer un mail pour éclaircir certains points.

Mais cela n'aurait sans doute pas été très futé. Il aurait plus de mal à surveiller les tueurs s'ils nourrissaient le soupçon que quelqu'un s'intéressait à ce qui était arrivé à Rosie Duff vingt-cinq ans auparavant. Non, mieux valait qu'il se tienne coi pour le moment. Cependant, rien ne l'empêchait de se renseigner sur les préparatifs de l'enterrement et de leur adresser un petit signe à cette occasion, du moins s'ils avaient des yeux pour voir. Ça ne pouvait pas faire de mal de les mettre mal à l'aise, de commencer à leur en faire baver un peu. Ils avaient causé suffisamment de souffrances au fil des ans.

Il vérifia l'heure à son ordinateur. S'il partait tout de suite, il arriverait à temps à North Queensferry pour surprendre Alex Gilbey en route pour son travail. Une matinée à Édimbourg, après quoi il filerait à Glasgow afin de savoir ce que fabriquait David Kerr. Mais avant ça, il avait encore le temps de se mettre en quête de John Stobie.

Deux jours plus tard, il avait suivi Alex jusqu'à l'aéroport et l'avait vu prendre un billet pour Seattle. Vingt-cinq ans après, le meurtre continuait à les lier les uns aux autres. Il n'aurait pas été surpris de voir surgir David Kerr. Mais il n'en avait rien été. Et quand il avait foncé à Glasgow pour s'assurer qu'il n'avait pas raté sa proie, il avait trouvé Kerr dans un amphithéâtre, donnant une conférence comme prévu.

Comme manifestation d'indifférence, on ne faisait pas mieux.

27

Alex n'avait jamais été aussi heureux à la vue des balises d'atterrissage de l'aéroport d'Édimbourg. La pluie cinglait les hublots de l'avion, mais il s'en moquait. Tout ce qu'il désirait, c'était être à nouveau chez lui.

Lynn l'attendait dans la salle des arrivées. Elle avait l'air fatiguée, pensa-t-il. Il aurait souhaité qu'elle s'arrête de travailler. Ce n'était pas comme s'ils avaient besoin d'argent. Mais elle tenait absolument à continuer jusqu'au bout. « Je préfère utiliser mes congés de maternité pour passer du temps avec mon bébé plutôt que de me tourner les pouces en attendant sa venue », avait-elle expliqué. Elle était déterminée à reprendre le boulot au bout de six mois, mais Alex se demandait si ça ne changerait pas.

Il courut vers elle en agitant la main. Puis ils furent réunis, s'étreignant comme s'ils ne s'étaient pas vus depuis des semaines. « Tu m'as manqué, marmonna-t-il dans ses cheveux.

— Toi aussi. » Ils se dirigèrent vers le parking, le bras de Lynn passé sous le sien. « Ça va ? »

Alex secoua la tête. « Pas vraiment. Je me sens vidé. Littéralement. Complètement anéanti. Dieu sait ce que doit éprouver Paul.

— Comment va-t-il ?

— On dirait un bateau à la dérive. L'organisation des obsèques lui a permis de se concentrer sur une tâche, de ne pas penser à ce qu'il a perdu. Mais hier soir, une fois tout le monde parti, il avait l'air totalement déboussolé. Je me demande comment il va s'en sortir.

— Il a des gens pour l'aider ?

— Il a un tas d'amis. Il ne sera pas isolé. Mais au fond, quand ce genre de truc vous tombe dessus, on est toujours tout seul, tu ne crois pas ? » Il poussa un soupir. « Je me rends compte à quel point j'ai de la chance. T'avoir, et bientôt le bébé. Je ne sais pas ce que je ferais s'il t'arrivait quelque chose, Lynn. »

Elle serra son bras. « C'est naturel que tu penses ainsi. Une mort comme celle de Ziggy nous confronte tous à notre vulnérabilité. Mais il ne m'arrivera rien. »

Ils atteignirent la voiture et Alex s'installa au volant. « Alors, à la maison, dit-il. Je n'en reviens pas que, demain, ce soit la veille de Noël. Je rêve d'une soirée tranquille, chez nous, en tête à tête.

— Ah, fit Lynn en passant la ceinture par-dessus son ventre.

— Oh non. Pas ta mère. Pas ce soir. »

Lynn sourit. « Non, pas ma mère. Mais ça ne vaut guère mieux. Mondo est là. »

Alex fronça les sourcils. « Mondo ? Je croyais qu'il devait se rendre en France ?

— Changement de programme. Ils avaient prévu de passer quelques jours avec le frère d'Hélène à Paris, mais sa femme a attrapé la grippe. Alors ils ont reporté leur voyage.

— Et qu'est-ce qui lui prend de venir nous voir ?

— Il prétend avoir une affaire à régler dans le coin, mais je pense qu'il se sent coupable de ne pas être allé avec toi à Seattle. »

Alex laissa échapper un grognement. « Ouais, pour ce qui est de se sentir coupable après-coup, il a toujours été excellent. Ce qui ne l'a jamais empêché de faire ce dont il se sentirait coupable ensuite. »

Lynn posa une main sur sa cuisse dans un geste purement amical. « Tu ne lui as pas vraiment pardonné, n'est-ce pas ?

— Je suppose que non. La plupart du temps, je n'y pense pas. Mais vu les circonstances... Non, j'imagine que je ne lui ai pas pardonné. En partie pour m'avoir flanqué dans le pétrin pendant toutes ces années juste pour que les flics lui fichent la paix. S'il n'avait pas raconté à Maclennan que j'en pinçais pour Rosie, on ne nous aurait pas considérés aussi sérieusement comme des suspects. Mais par-dessus tout, je ne peux pas lui pardonner ce stupide numéro de bluff qui a coûté la vie à Maclennan.

— Tu ne crois pas qu'il s'en veut ?

— En tout cas, il devrait. Si, en premier lieu, il ne s'était pas débrouillé pour nous compromettre tous, il n'aurait pas éprouvé le besoin de se livrer à cette pitrerie. Et on ne m'aurait pas montré du doigt pendant le reste de mes études universitaires. Alors je ne peux pas m'empêcher de lui en vouloir. »

Lynn ouvrit son sac et en tira la monnaie pour le péage du pont. « Il l'a sans doute toujours su.

— Ce qui explique probablement qu'il se soit donné tant de mal pour mettre le maximum de distance entre nous, répondit Alex avec un soupir. Je suis désolé que tu en aies pâti également.

— Ne sois pas stupide, dit-elle en lui tendant les pièces tandis qu'il s'engageait sur la route menant au Forth Road Bridge, dont l'étendue majestueuse offre la meilleure vue sur les trois piliers en losange de la voie de chemin de fer qui enjambe l'estuaire. Si quelqu'un en a pâti, c'est lui, Alex. Je savais en t'épousant que jamais Mondo ne se sentirait à l'aise avec notre couple. Je continue à penser que c'est moi qui m'en suis le mieux tirée. Je préfère t'avoir au centre de ma vie plutôt que mon névrosé de grand frère.

— Je regrette que les choses aient tourné ainsi, Lynn. Il compte encore pour moi, tu sais. J'ai un tas de bons souvenirs dont il fait partie.

— Je sais. Alors tâche de ne pas l'oublier ce soir quand tu auras envie de l'étrangler. »

Alex ouvrit la fenêtre, la pluie lui fouettant le côté du visage. Il donna l'argent et accéléra, non sans une pointe d'émotion comme chaque fois qu'il se rapprochait de la Fife. Il jeta un coup d'œil à la pendule du tableau de bord. « Il passe à quelle heure ?

— Il est déjà là. »

Alex fit la grimace. Pas moyen de décompresser. Aucun endroit où se cacher.

L'inspectrice Karen Pirie courut se réfugier sous le porche du pub et poussa la porte avec soulagement. Une bouffée de chaleur âcre chargée de relents de bière et de tabac l'enveloppa. L'odeur de la liberté. En fond sonore, elle reconnut *Tourist* de Saint-Germain. Un bon choix. Elle tendit le cou, examinant les buveurs de début de soirée pour voir qui il y avait. À l'extrémité du comptoir, elle aperçut Phil Parhatka, penché sur une pinte et un paquet de chips. Elle se fraya un passage à travers la foule et tira un tabouret près de lui. « Un Bacardi Breezer pour moi », dit-elle en le poussant du coude.

Phil sortit de sa torpeur et croisa le regard du barman surmené. Il passa la commande, puis s'appuya au comptoir. Phil aimait bien la compagnie, se souvint Karen. Nul n'était plus éloigné du cliché du flic solitaire et non conformiste des feuilletons télé, assumant seul le rôle de redresseur de torts. Il n'était pas non plus un boute-en-train à proprement parler ; c'est juste qu'il aimait bien traînasser avec la bande. Et elle ne voyait aucun inconvénient à remplacer la multitude. Peut-être que, seul à seule, il s'apercevrait qu'elle était une femme.

« Ça va mieux, souffla-t-elle. J'en avais besoin.

— Fouiller les boîtes d'archives dessèche le gosier. Je ne m'attendais pas à te voir ici ce soir. Je pensais que tu serais rentrée directement chez toi.

— Non, il fallait que je repasse pour vérifier deux ou trois choses à l'ordinateur. Plutôt rasoir, mais c'est le boulot qui veut ça. » Elle avala une nouvelle gorgée et se pencha vers son collègue d'un air de conspirateur. « Et tu ne devineras jamais qui j'ai surpris en train de fureter dans mes dossiers.

— Le directeur adjoint Lawson », répondit Phil sans même faire mine de chercher.

Karen se laissa aller en arrière, vexée. « Comment le sais-tu ?

— Qui d'autre s'intéresse à ce qu'on fabrique ? De plus, il est sans cesse sur ton dos depuis le début de la révision. On dirait qu'il en fait un enjeu personnel.

— C'est quand même lui le premier flic à être arrivé sur les lieux.

— Ouais, mais à l'époque, ce n'était qu'un simple agent. Il n'était pas chargé du dossier. » Il poussa le paquet de chips vers Karen et finit son verre.

« Je sais. Sûrement qu'il se sent plus d'affinités avec cette affaire qu'avec les autres. N'empêche, ça m'a fait drôle de le trouver plongé dans mes dossiers. D'habitude, à cette heure-là, il est parti depuis longtemps. Il a failli sauter au plafond quand je lui ai adressé la parole. Il était tellement absorbé qu'il ne m'avait pas entendue entrer. »

Il s'empara d'une seconde pinte. « Il est allé voir le frangin dernièrement, non ? Pour lui parler de ce merdier dans les pièces à conviction ? »

Karen secoua ses doigts comme pour se débarrasser de quelque chose de désagréable qui y serait collé. « J'étais bien contente qu'il s'en charge, je peux te le dire. Pas le genre d'entrevue qui m'aurait amusée. "Désolé, m'sieur, mais nous avons perdu les preuves qui auraient enfin permis de coffrer l'assassin de votre sœur. C'est malheureux, mais c'est comme ça." » Elle fit la moue. « Et de ton côté, ça marche ? »

Phil haussa les épaules. « Je ne sais pas. Je croyais être sur un truc, mais ça a encore l'air d'un cul-de-sac. Sans compter que le député du coin débloque à plein tube à propos des droits de l'homme. Quel boulot casse-couilles !

— Tu as un suspect ?

— Trois. Ce qui me manque, c'est une preuve digne de ce nom. J'attends que le labo m'envoie les tests ADN. C'est ma seule chance d'avancer. Et toi ? Qui a tué Rosie Duff, à ton avis ? »

Karen écarta les mains. « Un sur quatre dans n'importe quel ordre.

— Tu penses vraiment que c'est un des étudiants qui l'ont trouvée ? »

Karen hocha la tête. « Tous les indices vont dans ce sens. Et il y a autre chose aussi. » Elle se tut pour ménager le suspense.

« D'accord, Sherlock. Je donne ma langue au chat. Qu'est-ce que c'est ?

— La psychologie. Qu'il s'agisse d'un meurtre rituel ou d'un crime sexuel, on sait par les statistiques que ce genre d'assassin ne tombe pas du ciel. Il aurait dû y avoir deux ou trois tentatives antérieures.

— Comme avec Peter Sutcliffe ?

— Exactement. Il n'est pas devenu l'éventreur du Yorkshire

du jour au lendemain. Ce qui m'amène logiquement au point suivant. Les criminels sexuels sont un peu comme ma grand-mère. Ils ont tendance à se répéter.

— Oh, très bon, grommela Phil.

— Inutile d'applaudir, envoyez seulement la monnaie. Et s'ils se répètent, c'est parce qu'ils prennent leur pied en tuant comme les gens normaux prennent leur pied avec du porno. Ce que je veux dire, c'est qu'on n'a jamais relevé d'autres traces de ce tueur précis nulle part en Écosse.

— Peut-être qu'il a mis les voiles.

— Oui. Ou peut-être que ce qu'on nous a présenté n'était qu'une mise en scène. Peut-être qu'un des quatre garçons a violé Rosie et a été pris de panique. Ils ne voulaient pas d'un témoin pouvant les dénoncer. Alors ils l'ont tuée. En s'arrangeant pour que ça ressemble à l'œuvre d'un obsédé sexuel. Le meurtre ne leur ayant donné aucun plaisir, ils n'ont jamais remis ça.

— Tu penses que quatre gosses à moitié ivres auraient eu autant de présence d'esprit avec une fille morte sur les bras ? »

Karen croisa les jambes et tira sur sa jupe. Elle remarqua qu'il l'avait remarqué et éprouva une sensation de chaleur qui ne devait rien au rhum blanc. « Telle est la question, n'est-ce pas ?

— Et quelle est la réponse ?

— Quand on lit les dépositions, on s'aperçoit qu'il y en a une qui tranche sur les autres. Celle de l'étudiant en médecine, Malkiewicz. Il a été tout sauf affolé sur le lieu du crime et ses déclarations sont plutôt cliniques. L'emplacement de ses empreintes indique qu'il a été le dernier à conduire la Land Rover. Et il est l'un des trois à faire partie du groupe O. Cela aurait pu être son sperme.

— Eh bien, voilà une gentille petite théorie.

— Qui mérite bien un autre verre, je pense. » Cette fois, Karen paya la tournée. « Le problème avec les théories, continua-t-elle une fois son verre à nouveau plein, c'est qu'il faut des preuves pour les étayer. Des preuves que je n'ai pas.

— Et le gosse illégitime ? Est-ce qu'il n'a pas un père quelque part ? Si c'était lui ?

— On ignore de qui il s'agit. Brian Duff ne veut rien dire là-dessus. Je n'ai pas encore pu parler à Colin. Mais Lawson m'a glissé qu'il s'agissait probablement d'un dénommé John Stobie. Il avait déjà quitté la ville à ce moment-là.

— Il aurait pu revenir.

— C'est ce que Lawson voulait voir dans le dossier. Si j'avais cherché de ce côté-là. » Karen eut un haussement d'épaules. « Mais même s'il était revenu, pourquoi tuer Rosie ?

— Peut-être qu'il l'aimait toujours, mais qu'elle ne voulait plus entendre parler de rien.

— Je ne pense pas. Ce gamin a fichu le camp parce que Brian et Colin lui ont flanqué une raclée. Pas le genre à rappliquer sur sa fougueuse monture réclamer son amour perdu. Mais on ne sait jamais. J'ai envoyé une demande à nos collègues, là où il habite à présent. Ils iront lui parler.

— Oui, très bien. Il se souviendra sûrement de l'endroit où il était une nuit de décembre il y a vingt-cinq ans. »

Karen poussa un soupir. « Je sais. Mais au moins, les gars qui l'interrogeront se rendront compte si c'est un éventuel candidat. Je continue à parier pour Malkiewicz, seul ou avec ses copains. Bon. Assez parlé boutique. Qu'est-ce que tu dirais d'un dernier curry avant qu'il n'y en ait plus que pour la dinde et les choux de Bruxelles ? »

En voyant entrer Alex dans la véranda, Mondo sauta sur ses pieds et faillit renverser son verre de vin rouge. « Alex », dit-il d'une voix quelque peu nerveuse.

Comme nous avons vite fait de remonter le temps lorsque, arrachés à notre vie quotidienne, nous nous retrouvons en présence de ceux qui ont façonné notre passé, pensa Alex, surpris lui-même de sa perspicacité. Mondo était sans aucun doute quelqu'un de sûr de lui et de compétent dans sa vie professionnelle. Il avait une femme cultivée et élégante avec laquelle il faisait des choses cultivées et élégantes qu'Alex pouvait seulement imaginer. Mais, en présence de ce confident de sa jeunesse, voilà qu'il redevenait l'adolescent aux nerfs à vif, respirant la vulnérabilité et l'insécurité. « Salut, Mondo, répondit Alex d'un ton las en se laissant tomber dans le fauteuil en face et en allongeant le bras pour se verser du vin.

— Tu as fait bon voyage ? » Le sourire frisait la supplication.

« Pas exactement. Je suis rentré entier, ce qui est encore ce qu'on peut dire de mieux des trajets en avion. Lynn prépare le dîner, elle en a pour une minute.

— Je suis désolé de débarquer comme ça chez toi ce soir, mais je devais passer par ici pour voir quelqu'un, puis nous partons en France demain et il n'y avait que cette possibilité... »

Tu n'es nullement désolé, pensa Alex. Tout ce que tu veux, c'est soulager ta conscience à mes dépens. « Dommage que tu n'aies pas su plus tôt que ta belle-sœur avait la grippe. Tu aurais pu venir avec moi à Seattle. Weird était là. » La voix d'Alex était neutre, mais pas les mots. Il les avait choisis pour faire mal.

Mondo se raidit dans son siège, refusant de croiser le regard de son ami. « Je sais que tu penses que j'aurais dû y être également.

— Exact. Ziggy a été un de tes meilleurs amis pendant près de dix ans. Il s'est mis en quatre pour toi. En fait, il s'est mis en quatre pour nous tous. Je tenais à lui exprimer ma gratitude et je pense que tu aurais dû le faire aussi. »

Mondo se passa une main dans les cheveux. Ils étaient encore drus et bouclés, avec maintenant quelques mouchetures argentées. Ce qui lui donnait une touche exotique parmi le commun des mortels écossais. « Comme tu veux. Je ne suis pas bon pour ce genre de chose.

— Tu as toujours été une âme sensible. »

Mondo lui lança un regard contrarié. « Il se trouve que la sensibilité est pour moi une qualité, pas un défaut. Et je n'ai pas l'intention de m'excuser d'en avoir.

— Alors tu devrais être également sensible à la multitude de raisons pour lesquelles j'en ai par-dessus la tête de toi. D'accord, je peux très bien comprendre que tu nous aies fuis comme la peste. Tu voulais te mettre le plus loin possible de tout ce qui, êtres ou choses, pouvait te rappeler le meurtre de Rosie Duff et la mort de Barney Maclennan. Mais tu aurais dû être là, Mondo. Vraiment, tu aurais dû. »

Mondo prit son verre et s'y cramponna comme s'il avait le pouvoir de le tirer d'embarras. « Tu as probablement raison, Alex.

— Eh bien, qu'est-ce qui t'amène ? »

Mondo regarda au loin. « Je suppose que ce réexamen de l'assassinat de Rosie Duff entrepris par la police de la Fife a ramené un tas de choses à la surface. Je me suis rendu compte qu'il m'était impossible de feindre l'indifférence. Que j'avais besoin de parler à quelqu'un qui ait connu cette époque. Et qui sache ce que Ziggy représentait pour nous tous. » Au grand étonnement d'Alex, les yeux de Mondo s'embuèrent soudain. Il battit frénétiquement des paupières, mais des larmes se mirent à couler. Il reposa son verre et couvrit son visage avec ses mains.

C'est alors qu'Alex s'aperçut que lui non plus n'était pas immunisé contre les voyages dans le temps. Il aurait aimé se lever et prendre Mondo dans ses bras. Celui-ci tremblait, tant il faisait un effort pour se maîtriser. Mais il y renonça, les vieux soupçons reprenant le dessus.

« Je suis désolé, Alex, sanglota Mondo. Sincèrement désolé.

— De quoi ? » demanda Alex à voix basse.

Mondo releva la tête, les yeux voilés de larmes. « De tout. Toutes mes erreurs et mes bêtises.

— C'est un peu vague », dit Alex avec plus de douceur que les mots ironiques n'en contenaient.

Mondo tressaillit, l'air blessé. Il s'était habitué à ce que ses imperfections soient acceptées sans commentaires ni critiques. « Par-dessus tout, je suis désolé en ce qui concerne Barney Maclennan. Tu sais que son frère travaille sur la révision des affaires classées ? »

Alex secoua la tête. « Comment le saurais-je ? D'ailleurs, toi, comment es-tu au courant ?

— Il m'a appelé. Pour me parler de Barney. Je lui ai raccroché au nez. » Mondo poussa un grand soupir. « Tout ça, c'est du passé, non ? D'accord, je me suis conduit comme un idiot, mais je n'étais qu'un gosse. Bon Dieu, si on m'avait épinglé pour meurtre, je serais déjà libéré à l'heure qu'il est ! Est-ce qu'on ne peut pas nous laisser tranquilles une bonne fois pour toutes ?

— Comment ça, si on t'avait épinglé pour meurtre ? » demanda Alex.

Mondo remua sur sa chaise. « Façon de parler. C'est tout. » Il vida son verre. « Bon, il vaudrait mieux que je rentre, déclara-t-il en se levant. Je dirai au revoir à Lynn en repartant. » Il passa devant Alex, qui le suivit des yeux, perplexe. Quoi que Mondo était venu chercher, il n'avait pas l'air de l'avoir trouvé.

28

Dénicher un poste d'observation offrant une bonne vue de la maison d'Alex Gilbey n'avait pas été facile. Mais Macfadyen avait persévéré, escaladant les rochers et rampant au milieu des touffes d'herbe sous les énormes suspensions métalliques du pont de chemin de fer. Finalement, il avait trouvé l'endroit idéal, du moins pour une surveillance de nuit. En plein jour, cela aurait été terriblement exposé, mais Gilbey n'était jamais là pendant la journée. Une fois le soleil couché, Macfadyen s'était noyé dans les ombres épaisses du pont, les yeux fixés sur la véranda en contrebas où Gilbey et sa femme avaient l'habitude de s'installer le soir pour profiter de leur magnifique panorama.

Ce n'était pas juste. Si Gilbey avait payé pour ses actes, il serait encore à se morfondre derrière les barreaux ou il mènerait l'existence miteuse de la plupart des anciens détenus condamnés à de longues peines. Un HLM infect entouré de camés et de petits malfrats, avec une cage d'escalier puant la pisse et le vomi, voilà ce qu'il méritait. Pas cette luxueuse demeure avec sa perspective spectaculaire et son double vitrage pour arrêter le bruit des trains passant sur le pont du matin au soir. Macfadyen aurait voulu le dépouiller de tout ça, lui faire comprendre ce qu'il avait volé en prenant part au meurtre de Rosie Duff.

Mais ce serait pour une autre fois. Ce soir, il faisait le guet. Un peu plus tôt, sur le parking de la fac de Glasgow, il avait attendu patiemment le départ de la voiture occupant l'emplacement d'où il pouvait idéalement surveiller la place réservée de Kerr. Lorsque le gibier était apparu à quatre heures tapantes, Macfadyen avait eu la surprise de constater qu'il ne prenait pas la direction de Bearsden. Il l'avait suivi sur l'autoroute qui traverse en serpentant le centre de Glasgow, puis file à travers champs vers Édimbourg. Alors que Kerr tournait pour le Forth Bridge, Macfadyen n'avait pu s'empêcher de sourire. Ainsi, la réunion des conspirateurs allait bien avoir lieu.

Sa prédiction s'était révélée exacte. Mais pas immédiatement. Kerr avait quitté l'autoroute du côté nord de la baie et, au lieu de descendre dans North Queensferry, il s'était dirigé vers l'hôtel moderne dominant l'estuaire depuis les falaises en grès. Il avait garé sa voiture et était entré d'un pas pressé. Lorsque, moins d'une minute plus tard, Macfadyen poussa la porte de l'hôtel, sa proie avait disparu. Elle ne se trouvait ni au bar ni au restaurant. Il fit le tour du hall, son agitation lui attirant des coups d'œil intrigués du personnel aussi bien que des clients. Mais Kerr n'était nulle part. Furieux d'avoir perdu son homme, Macfadyen ressortit comme une tornade, puis frappa le toit de la voiture avec son poing. Ce n'est pas ainsi que les choses auraient dû se dérouler. À quoi jouait Kerr ? S'était-il douté de quelque chose et avait-il essayé de semer son poursuivant ? Macfadyen se retourna d'un bloc. Non, la voiture de Kerr était toujours au même endroit.

Qu'est-ce qui se passait ? Manifestement, Kerr était allé voir quelqu'un et ils ne tenaient pas à être observés. Mais qui cela pouvait-il être ? Était-il possible qu'à son retour des États-Unis, Alex Gilbey eût décidé de rencontrer son complice en terrain neutre pour cacher leur entrevue à sa femme ? Il n'y avait aucun moyen évident de le savoir. Jurant tout bas, il remonta en voiture, les yeux rivés sur l'entrée de l'hôtel.

Il n'eut pas longtemps à attendre. Environ vingt minutes après s'être engouffré dans l'établissement, Kerr regagna son véhicule. Cette fois-ci, il pénétra dans North Queensferry. C'était déjà un point d'acquis. S'il avait rencontré quelqu'un, ce n'était pas Gilbey. Macfadyen demeura au coin de la rue jusqu'à ce que Kerr eût tourné dans l'allée de Gilbey. Moins de dix minutes plus tard, il prenait position sous le pont, bien content que la pluie eût cessé. Il porta ses puissantes jumelles à ses yeux et les braqua sur la maison en dessous. Une faible lueur éclairait la véranda, mais il n'apercevait rien d'autre. Il déplaça son champ de vision le long du mur, trouvant le carré de lumière de la cuisine.

Il vit passer Lynn Gilbey, une bouteille de vin rouge à la main. Rien pendant quelques longues minutes, puis les lampes s'allumèrent brusquement dans la véranda. David Kerr escorta la femme dans la pièce et s'assit tandis qu'elle ouvrait la bouteille et remplissait deux verres. Ils étaient frère et sœur, il le savait. Gilbey l'avait épousée six ans après la mort de Rosie, alors qu'il avait vingt-sept ans et elle vingt et un. Savait-elle réellement ce à quoi son frère et son mari avaient participé ? Il en doutait. On lui avait débité un tissu de mensonges et elle avait accepté d'y croire. De même que la police. Ils avaient tous été trop contents de s'enfouir la tête dans le sable. Eh bien, il allait faire en sorte que ça ne se reproduise pas.

Et voilà que maintenant, elle était enceinte. Que Gilbey allait être père. Ça le rendait furieux de se dire que leur enfant aurait la chance de connaître ses parents, d'être désiré et aimé plutôt que blâmé et accablé de reproches. Kerr et ses amis l'avaient privé de cette chance.

Ils ne semblaient pas très loquaces en bas, nota-t-il. Ce qui pouvait être interprété de deux manières différentes. Ou bien ils étaient si proches qu'ils n'éprouvaient pas le besoin de parler pour remplir le silence. Ou bien il existait un fossé entre eux que même des bavardages n'auraient pu combler. À cette distance, il était impossible de savoir au juste. Au bout d'une dizaine de minutes, la femme jeta un coup d'œil à sa montre et se leva, une main sur les reins, l'autre sur son ventre. Elle rentra dans la maison.

Comme elle ne réapparaissait pas, il se demanda si elle n'était pas partie. Mais bien sûr, c'était logique. Gilbey allait rentrer de l'enterrement. Voir Kerr pour lui raconter. Discuter des questions soulevées par la mort mystérieuse de Malkiewicz.

Il s'accroupit, sortit une Thermos de son sac à dos. Du café noir pour rester éveillé. Non qu'il eût besoin de ça. Depuis qu'il avait commencé à traquer les individus responsables de la mort de sa mère, il semblait bourré d'énergie. Et lorsqu'il s'écroulait sur son matelas le soir, il dormait plus profondément qu'il ne l'avait jamais fait. C'était une confirmation supplémentaire, s'il en était besoin, que le chemin qu'il avait choisi était le bon.

Plus d'une heure s'écoula. Kerr n'arrêtait pas de se lever et de faire les cent pas, retournant dans la maison de temps à autre, puis revenant presque aussitôt. Il n'avait pas l'esprit tranquille, c'était évident. Et tout à coup, Gilbey entra. Il n'y eut pas de poignées de main et il devint vite clair pour Macfadyen que ce n'était pas une entrevue facile, dans une atmosphère détendue. Même à travers ses jumelles, il pouvait deviner que la conversation ne faisait pas les délices des deux hommes.

Pour autant, il ne s'attendait pas à voir Kerr craquer. L'instant d'avant il avait l'air bien, puis il fondit en larmes. Le dialogue qui suivit paraissait houleux, mais ça ne dura pas longtemps. Kerr sauta brusquement sur ses pieds, laissant Gilbey en plan. Quoi qu'il se fût passé entre eux, ça ne les avait amusés ni l'un ni l'autre.

Macfadyen hésita un instant. Devait-il continuer sa surveillance ? Ou filer Kerr ? Ses pieds se mirent en mouvement avant qu'il eût conscience d'avoir pris sa décision. Gilbey n'irait nulle part. Mais David Kerr avait déjà dérogé à ses habitudes. Peut-être le ferait-il une seconde fois.

Il courut à sa voiture, atteignit le coin de la rue juste au moment où Kerr sortait de la petite rue tranquille. Avec un juron, Macfadyen plongea derrière le volant, fit ronfler le moteur et démarra en trombe. Mais il n'avait pas à s'inquiéter. L'Audi gris métallisé de Kerr était encore au carrefour, s'apprêtant à tourner à droite. Au lieu de se diriger vers le pont pour rentrer chez lui, il choisit la A90 en direction du nord. Il n'y avait pas beaucoup de circulation et Macfadyen ne risquait pas de le perdre de vue. Moins de vingt minutes plus tard, il avait une assez bonne idée de l'endroit où se rendait sa proie. Dépassant Kirkcaldy et le domicile de ses parents, elle prit la route de Standing Stone. St Andrews, probablement.

Comme ils atteignaient les faubourgs de la ville, Macfadyen se rapprocha discrètement. Il ne tenait pas à perdre Kerr maintenant. L'Audi clignota à gauche, remontant vers le Jardin botanique. « C'est plus fort que toi, hein ? marmonna Macfadyen. Tu ne peux pas la laisser en paix ! »

Comme il s'y attendait, l'Audi tourna dans Trinity Place. Macfadyen se gara le long de la grand-route et dévala la paisible rue de banlieue. De la lumière brillait derrière les rideaux des fenêtres, mais il n'y avait pas d'autre signe de vie. L'Audi était stationnée au bout du cul-de-sac, les feux de position allumés. Macfadyen passa devant, non sans noter que le siège du conducteur était vide. Il prit le sentier qui contournait le bas de la colline, se demandant combien de fois les quatre étudiants avaient piétiné cette même boue avant la nuit où ils avaient pris leur décision fatale. Levant la tête vers la gauche, il vit ce qu'il pressentait. Au sommet de la colline, se découpant dans la nuit, se tenait Kerr, la tête inclinée. Macfadyen ralentit le pas. C'était curieux comme chaque geste renforçait sa conviction que les quatre hommes qui avaient trouvé le corps de sa mère en savaient beaucoup plus long sur les circonstances de sa mort qu'ils n'avaient bien voulu l'admettre. Il était difficile de comprendre comment les flics avaient pu faire chou blanc à l'époque. Bâcler une affaire aussi simple. À lui seul, il avait plus fait en quelques mois pour la cause de la justice qu'eux en vingt-cinq ans avec tous les hommes et le matériel dont ils disposaient. Il avait été bien avisé de ne pas compter sur Lawson et ses singes savants pour venger sa mère.

Son oncle avait peut-être raison : ils avaient été esclaves des autorités universitaires. À moins qu'il ne fût davantage dans le vrai en accusant la police de corruption. Quoi qu'il en soit, les temps avaient changé. Les vieilles allégeances étaient mortes. Plus personne n'avait peur de l'Université. Et les gens avaient parfaitement conscience à présent que la police était aussi malhonnête que n'importe qui. Il revenait à des hommes comme lui de se débrouiller pour que justice soit faite.

Tandis qu'il l'épiait, Kerr se redressa et regagna sa voiture. Une contribution de plus au grand livre de la mauvaise conscience, pensa Macfadyen. Une nouvelle pierre de posée.

Alex se tourna sur le côté et regarda le réveil. Trois heures moins dix. Cinq minutes de plus que la dernière fois. Ça ne servait à rien. Son organisme était désorienté par le voyage en avion et le décalage horaire. S'il s'obstinait à essayer de dormir, il finirait par réveiller Lynn. Et vu ses problèmes de sommeil depuis qu'elle était enceinte, il ne tenait pas à courir ce risque. Il se glissa hors de la couette, attrapa son peignoir au passage et sortit de la pièce en refermant doucement la porte derrière lui.

Quelle journée ! Dire au revoir à Paul à l'aéroport lui avait fait l'effet d'un abandon et son désir bien normal d'être à la maison avec Lynn d'un trait d'égoïsme. L'image de Ziggy n'avait cessé de le hanter pendant le trajet, lui donnant le regret de toutes les occasions manquées au cours des vingt dernières années. Et, au lieu d'une soirée reposante en compagnie de Lynn, il avait dû supporter les pleurnicheries de Mondo. Il lui faudrait aller au bureau le lendemain, mais il savait déjà qu'il ne serait bon à rien. Avec un soupir, il pénétra dans la cuisine, mit la bouilloire en marche. Peut-être qu'une tasse de thé l'aiderait à se rendormir.

La tasse à la main, il se promena à travers la maison, effleurant des objets familiers comme si c'étaient des talismans lui procurant une certaine sécurité. Il se retrouva dans la chambre d'enfant, penché sur le petit lit. Ça, c'était l'avenir, pensa-t-il. Un avenir valant la peine, un avenir lui offrant la possibilité de faire autre chose de sa vie que de gagner de l'argent et de le dépenser.

La porte s'ouvrit et Lynn se profila sur la lumière du couloir. « Je ne t'ai pas dérangée au moins ? demanda-t-il.

— Non, je me suis réveillée toute seule. Le décalage horaire ? » Elle entra et posa une main autour de sa taille.

« Probablement.

— Et Mondo n'a pas arrangé les choses, n'est-ce pas ? »

Alex hocha la tête. « Je m'en serais bien passé.

— Je suppose qu'il n'y a pas songé un seul instant. Mon égoïste de frère pense que nous sommes tous sur cette planète pour sa commodité personnelle. J'ai bien essayé de le convaincre de remettre à plus tard, tu sais.

— Je n'en doute pas. Il a toujours eu l'art de n'entendre que ce qu'il voulait. Mais ce n'est pas le mauvais type. Faible et égocentrique, c'est sûr. Mais pas méchant. »

Elle frotta sa tête contre l'épaule d'Alex. « Telle est la rançon de la beauté. Enfant, il était si mignon que tout le monde le gâtait partout où il allait. Je le détestais à cause de ça. C'était un objet d'adoration, un angelot à la Donatello. Il éblouissait. Puis les gens me regardaient et on voyait leur étonnement. Comment un tel prodige pouvait-il avoir une sœur aussi quelconque ? »

Alex se mit à rire. « Puis le vilain petit canard s'est lui-même changé en prodige. »

Lynn lui donna un coup de coude dans les côtes. « Une des choses que j'ai toujours admirées chez toi, c'est ta capacité à mentir de manière convaincante sur des détails absolument insignifiants.

— Je ne mens pas. À un moment donné vers quatorze ans, tu as cessé d'être quelconque pour devenir splendide. Crois-moi, je suis artiste.

— Arrête ton baratin. Non, question look, j'étais toujours dans l'ombre de Mondo. J'y ai réfléchi depuis. À ce que mes parents ont fait et que je ne veux pas faire à mon tour. Si notre enfant se révèle être une beauté, jamais je n'en ferai tout un plat. Je souhaite qu'il ait confiance en lui, mais pas qu'il ait ce sentiment que tout lui est dû. Ça a empoisonné Mondo.

— Là-dessus, ce n'est pas moi qui te contredirai. » Il posa une main sur le renflement de son ventre. « Tu as entendu, Junior ? Pas question d'attraper la grosse tête, compris ? » Il se pencha et posa un baiser sur le sommet du crâne de Lynn. « La façon dont Ziggy est mort, ça me terrifie. Mon seul désir, c'est voir grandir mon enfant, avec toi à mes côtés. Mais les choses sont si fragiles. Tout ce que Ziggy n'a pas dû terminer et qui ne le sera jamais. Je n'ai pas envie que ça m'arrive également. »

Lynn lui prit doucement sa tasse de thé et la posa sur la table à langer. Puis elle l'attira contre elle. « N'aie pas peur, tout ira bien. »

Il aurait bien aimé la croire. Mais il était encore trop imprégné de l'idée de sa propre vulnérabilité pour en être entièrement convaincu.

Karen Pirie bâilla à s'en décrocher la mâchoire tout en guettant le bourdonnement qui signalait l'ouverture de la porte. Elle la poussa alors, traversa le hall d'un pas lourd, non sans adresser un signe de tête à l'agent de sécurité en passant devant son bureau. Bon Dieu, ce qu'elle détestait les archives. On était la veille de Noël. Le reste de l'humanité se préparait pour les réjouissances. Et elle, où est-ce qu'elle était ? On aurait dit que sa vie entière s'était réduite à ces rangées de boîtes en carton, à ces sacs racontant les histoires pathétiques de crimes perpétrés par des imbéciles, des déséquilibrés ou des envieux. Mais là, quelque part, elle en était certaine, se trouvait l'objet qui lui livrerait la clé du meurtre énigmatique dont elle s'occupait.

Non que ce fût la seule direction possible pour ses recherches. Elle savait qu'à un moment ou à un autre, il lui faudrait réinterroger les témoins. Mais, dans ce genre de vieux dossiers, les éléments matériels revêtent une importance primordiale. Avec les techniques médico-légales modernes, les pièces à conviction d'une affaire peuvent fournir des preuves suffisamment solides pour rendre en grande partie superflues les dépositions des témoins.

Tout cela était bel et bien, se dit-elle. Mais des boîtes, il y en avait des centaines. Et il allait falloir les inspecter toutes. Jusque-là, elle avait dû en faire le quart. Avec pour seul résultat positif que monter et descendre les boîtes avec l'escabeau lui faisait les biceps. Au moins, elle avait des jours de congé à partir du lendemain. Et des paquets qu'elle déballerait sortiraient des choses bien plus appétissantes que des restes de vieilles affaires non résolues.

Elle échangea un salut avec l'employé de permanence et attendit qu'il eût ouvert la cage grillagée. Le pire dans cette besogne, c'était la procédure de sécurité. Identique chaque fois. Il lui fallait attraper la boîte sur le rayonnage et la poser sur la table où l'employé pouvait voir ce qu'elle faisait. Puis inscrire le numéro de l'affaire dans le registre et marquer son nom, le numéro et la date sur la feuille de papier fixée au couvercle. C'est seulement alors qu'elle pouvait l'ouvrir et regarder à l'intérieur. Une fois certaine que ce qui l'intéressait n'était pas dedans, elle devait la remettre à sa place et recommencer avec la suivante. La seule coupure dans cette routine assommante, c'était quand un autre policier venait vérifier quelque chose. Mais le répit était en général de courte durée dans la mesure où il avait invariablement la chance de connaître l'emplacement de ce qu'il cherchait.

Il n'existait pas de moyen simple de restreindre le champ. D'abord, Karen avait pensé que le plus facile serait d'examiner tout ce qui provenait de St Andrews. Les boîtes étaient classées par numéro d'affaire, autrement dit dans l'ordre chronologique. Comme on avait rassemblé les cartons de l'ensemble des postes de police de la région, ceux de St Andrews avaient été dispersés parmi la série. De sorte que cette possibilité était exclue.

Elle avait commencé par tout regarder à partir de 1978. Mais ça n'avait rien donné d'intéressant, si ce n'est un couteau appartenant à une affaire de 1987. Puis elle avait attaqué les années de part et d'autre. Cette fois, l'article mal classé avait été une tennis d'enfant, vestige de la disparition non élucidée d'un gamin de dix ans en 1969. Elle approchait à vive allure du point où elle craignait de passer à côté de ce qu'elle cherchait tellement elle avait l'esprit saturé.

Elle ouvrit une canette d'Irn-Bru light, but une lampée qui fit frétiller ses papilles, avant de se remettre au boulot : 1980. Troisième étagère. Elle se traîna jusqu'à l'escabeau, resté à l'endroit où elle l'avait laissé la veille. Puis elle grimpa dessus, tira la boîte dont elle avait besoin et redescendit avec précaution les marches en aluminium.

De retour à la table, elle remplit la paperasse. Après quoi elle souleva le couvercle. Super ! On aurait dit les rebuts d'une vente de charité. Laborieusement, elle retira les sacs un par un, vérifiant qu'aucun ne portait le numéro de l'affaire Rosie Duff sur l'étiquette adhésive. Un jean. Un tee-shirt sale. Une culotte de femme. Des collants. Un soutien-gorge. Une chemise à carreaux. Rien la concernant. Le dernier article ressemblait à un gilet de laine. Karen sortit l'ultime sac, n'espérant plus rien.

Elle regarda rapidement l'étiquette. C'est alors qu'elle battit des paupières, incapable d'en croire ses yeux. Elle examina à nouveau le numéro. Ne se faisant pas confiance, elle tira son calepin et compara le numéro griffonné sur la couverture avec celui du sac qu'elle tenait.

Il n'y avait pas d'erreur. Elle avait trouvé son premier cadeau de Noël.

29

Janvier 2004. Écosse

Il ne s'était pas trompé. Il y avait bien une sorte de schéma habituel. Que la période des fêtes avait bousculé, ce qui l'avait quelque peu inquiété. Mais à présent que le nouvel an était passé, la vieille routine avait repris ses droits. La femme sortait chaque jeudi soir. Il la vit s'encadrer dans la lumière alors que s'ouvrait la porte d'entrée. Quelques instants plus tard, les phares de sa voiture s'allumaient. Il ne savait pas où elle allait et ça lui était égal. La seule chose importante, c'est qu'elle n'avait pas dérogé à la règle, laissant son mari seul à la maison.

Il disposait, estimait-il, de quatre bonnes heures pour mener son plan à bien. Néanmoins, il se força à patienter. Pas la peine de prendre des risques maintenant. Autant attendre que les gens soient installés pour la soirée, avachis devant la télévision. Mais pas trop longtemps. Il ne tenait pas à ce que quelqu'un allant faire pisser une dernière fois son toutou de luxe l'aperçoive au moment où il décampait. La vie de banlieue, aussi prévisible que l'horloge parlante.

Il releva le col de sa veste pour s'abriter du froid et se mit à poireauter, le cœur battant. Ce qui se préparait n'était nullement un plaisir, seulement une nécessité. Après tout, il n'était pas une espèce de psychopathe. Juste un homme faisant ce qu'il avait à faire.

David Kerr changea de DVD et regagna son siège. C'était le jeudi soir qu'il satisfaisait son vice à demi caché. Pendant qu'Hélène sortait avec ses copines, il était enfoncé dans un fauteuil, les yeux scotchés à des séries américaines qu'elle qualifiait de « télé poubelle ». Ce soir, il avait déjà regardé deux épisodes de *Six Feet Under* et il actionnait la télécommande pour faire démarrer un de ses épisodes préférés de *The West Wing*. Il venait d'arrêter de fredonner le crescendo grandiose du thème du générique quand il crut entendre un bruit de verre cassé au rez-de-chaussée. Automatiquement, son cerveau en calcula les cordonnées et lui signala qu'il provenait de l'arrière de la maison. Probablement de la cuisine.

Il se redressa et coupa le son à l'aide de la télécommande. En entendant un nouveau fracas de verre, il se leva d'un bond. Qu'est-ce que ça pouvait bien être ? Le chat avait-il renversé quelque chose dans la cuisine ? Ou y avait-il une explication plus sinistre ?

Il regarda autour de lui, cherchant une arme potentielle. Il n'y avait pas beaucoup le choix, Hélène étant plutôt minimaliste en matière de décoration intérieure. Il s'empara d'un épais vase en cristal au goulot suffisamment mince pour offrir une bonne prise. Puis il traversa la pièce sur la pointe des pieds, l'oreille tendue, le cœur battant la chamade. Il lui sembla distinguer des crissements, comme si on marchait sur les bouts de verre. La colère se mêla à la peur. Un alcoolo ou un camé s'introduisant chez lui pour dérober de quoi se payer une bouteille ou une dose d'héroïne. Son instinct lui disait d'appeler la police et de se faire tout petit en attendant. Mais il craignait qu'elle fût trop longue à venir. Jamais un cambrioleur qui se respecte ne se contenterait de ce qu'on pouvait rafler dans la cuisine ; il partirait fatalement à la recherche d'objets plus précieux. Et tôt ou tard, il serait forcé de faire face à l'intrus. De plus, il savait d'expérience que, s'il appelait de cette pièce, le téléphone de la cuisine émettrait un déclic, révélant ce qu'il mijotait. Et cela risquait de fiche sacrément en rogne celui qui était en train de piller sa maison. Mieux valait tenter l'approche directe. Il avait lu quelque part que la plupart des cambrioleurs sont des lâches. Dans ce cas, peut-être qu'un lâche pouvait coller la frousse à un autre.

Respirant un grand coup pour se calmer, il écarta de quelques centimètres la porte de la salle de séjour. À l'autre bout du couloir, la cuisine était fermée, n'offrant aucune indication de ce qui se passait à l'intérieur. Mais à présent, il distinguait nettement des bruits. Tintements de couverts d'un tiroir qui coulisse. Claquement d'un battant de placard qu'on referme.

Tant pis. Il n'allait pas rester les bras croisés pendant qu'on saccageait la maison. Il traversa crânement l'entrée et ouvrit tout grand la porte de la cuisine. « Qu'est-ce qui se passe ici ? » lança-t-il dans le noir. Il tendit le bras vers l'interrupteur, mais quand il appuya dessus, rien ne se produisit. Dans la maigre lumière venant du dehors, il vit du verre scintiller par terre, près de la porte arrière ouverte. Mais il n'y avait personne en vue. Est-ce qu'ils étaient déjà repartis ? La peur lui donnait la chair de poule. Hésitant, il fit un pas en avant dans l'obscurité.

De derrière la porte surgit une masse en mouvement. David se retourna au moment où son assaillant le percutait. Taille moyenne, stature moyenne, les traits dissimulés par une cagoule, aurait-on dit. Il reçut un coup dans le ventre ; pas suffisant pour le faire se plier en deux, plus comme une piqûre que comme un coup de poing. Le cambrioleur recula, haletant. David s'aperçut alors que l'homme tenait un couteau à longue lame. Il sentit une douleur lui vriller les intestins. Il porta une main à son ventre et se demanda bêtement pourquoi c'était chaud et humide. Puis, abaissant son regard, il vit une tache sombre engloutir le blanc de son tee-shirt. « Vous m'avez poignardé », dit-il, d'abord incrédule.

Le cambrioleur ne répondit pas. Il ramena son bras en arrière et le projeta à nouveau avec le couteau. Cette fois, David sentit la lame s'enfoncer profondément dans sa chair. Ses jambes cédèrent sous lui, il hoqueta et s'effondra en avant. La dernière chose qu'il vit fut une paire de chaussures de marche assez usées. Il entendit une voix au loin. Mais les sons qu'elle produisait refusaient de former une suite logique. Un fouillis de syllabes n'ayant aucun sens. Tandis qu'il perdait peu à peu conscience, il ne put s'empêcher de se dire que c'était dommage.

Lorsque le téléphone sonna à minuit moins vingt, Lynn s'attendait à entendre Alex s'excuser pour l'heure tardive, expliquer qu'il venait juste de sortir du restaurant où il était allé dîner avec un client potentiel arrivé de Gothenburg. Elle n'était pas préparée aux gémissements qui l'assaillirent dès qu'elle décrocha le téléphone de la table de chevet. Une voix de femme, incohérente, mais manifestement angoissée. C'est tout ce qu'elle réussit à saisir de prime abord.

Elle profita d'une pause pour prendre la parole. « Qui est à l'appareil ? » demanda-t-elle, inquiète.

Nouveaux sanglots affolés. Puis, enfin, quelque chose ayant une résonance familière. « C'est moi... Hélène. Pour l'amour du ciel, Lynn, c'est affreux, affreux... » Sa voix se brisa et Lynn perçut des bribes de français indistinctes.

« Hélène ? Qu'y a-t-il ? Qu'est-il arrivé ? » Lynn s'était mise à crier, essayant de s'immiscer dans le flot de syllabes. Elle entendit une longue inspiration.

« C'est David. Je crois qu'il est mort. »

Lynn enregistra les mots, mais sans comprendre leur sens. « De quoi parles-tu ? Que s'est-il passé ?

— Je viens de rentrer à la maison, il est par terre dans la cuisine, il y a du sang partout et il ne respire plus. Lynn, qu'est-ce que je dois faire ? Je crois qu'il est mort.

— Tu as appelé une ambulance ? La police ? » Surréaliste. C'était surréaliste. Qu'elle fût capable d'une telle pensée dans un moment semblable, Lynn en était sidérée.

« Oui. Ils ne vont pas tarder. Mais j'avais besoin de parler à quelqu'un. J'ai peur, Lynn, j'ai si peur. Je ne comprends pas. C'est terrible, j'ai l'impression que je vais devenir folle. Il est mort, David est mort. »

Cette fois, les mots pénétrèrent son cerveau. Il lui sembla qu'une main glaciale lui écrasait la poitrine, entravant sa respiration. Des choses pareilles, ça ne pouvait pas arriver. On ne décroche pas le téléphone en s'attendant à entendre son mari pour apprendre que son frère est mort. « Tu n'en sais rien, dit-elle, incapable de trouver mieux.

— Il ne respire pas, je ne sens pas le pouls. Et il y a plein de sang. Il est mort, Lynn. J'en suis sûre. Qu'est-ce que je vais devenir sans lui ?

— Plein de sang... il a été victime d'une agression ?

— Qu'est-ce que ça pourrait être d'autre ? »

La peur s'abattit sur Lynn comme une douche froide. « Sors de là, Hélène. Va attendre la police dehors. Il est peut-être encore dans la maison. »

Hélène poussa un cri. « Mon Dieu. Tu crois ?

— Arrête de discuter et sors. Tu me rappelleras plus tard. Quand la police sera là. » La communication fut coupée. Lynn resta pétrifiée, complètement dépassée par les événements. Alex. Elle avait besoin d'Alex. Mais Hélène avait encore plus besoin de lui. Dans une sorte de brouillard, elle tapa le numéro de son mobile. Lorsqu'il répondit, le vacarme du restaurant à l'arrière-plan parut à Lynn bizarre et incongru. « Alex », dit-elle. Pendant un moment, rien d'autre ne lui vint.

« Lynn ? C'est toi ? Il y a un problème ? Ça ne va pas ? » Son anxiété était palpable.

« Si. Mais je viens d'avoir une conversation absolument terrifiante avec Hélène. Elle prétend que Mondo est mort.

— Attends une seconde, je n'entends rien. »

Le raclement d'une chaise tirée en arrière, puis le vacarme diminua. « C'est mieux, reprit Alex. Je n'ai pas compris ce que tu disais. Qu'est-ce qu'il y a ? »

Lynn sentit son sang-froid l'abandonner. « Alex, il faut que tu files tout de suite chez Mondo. Hélène vient d'appeler. Il est arrivé quelque chose d'épouvantable. Elle dit que Mondo est mort.

— Quoi ?

— Je sais, ça semble incroyable. Il paraît qu'il est étendu sur le carrelage de la cuisine, du sang partout. Je t'en prie, il faut que tu y ailles, pour savoir ce que c'est que cette histoire. » À présent, des larmes lui coulaient sur les joues.

« Hélène est là-bas ? À la maison ? Et elle dit que Mondo est mort ? Bon Dieu de bon Dieu ! »

Lynn étouffa un sanglot. « Je n'y comprends rien moi non plus. Je t'en prie, Alex, va voir ce qui se passe.

— D'accord. D'accord. J'y vais. Il s'est peut-être seulement fait mal. Peut-être qu'elle s'est trompée.

— Elle avait l'air catégorique.

— Ouais, ben, Hélène n'est pas médecin, non ? Écoute, raccroche. Je te rappellerai quand je serai là-bas.

— Je n'arrive pas à y croire. » Les larmes l'étranglaient, lui faisant avaler les mots.

« Lynn, tâche de rester calme, je t'en supplie.

— Calme ? Comment pourrais-je être calme ? Mon frère est mort.

— Ce n'est pas certain. Lynn, le bébé. Tu dois faire attention à toi. Te mettre dans tous tes états n'aidera pas Mondo, quel que soit ce qui s'est passé.

— Bon sang, grouille-toi, Alex ! s'écria Lynn.

— J'y vais tout de suite. » Comme l'appel se terminait, elle entendit le bruit de ses pas. Jamais elle n'avait eu autant besoin de lui. De même qu'elle aurait voulu être à Glasgow, près de son frère. En dépit de tout ce qu'il y avait eu entre eux, ils étaient du même sang. Elle n'avait pas besoin qu'Alex lui rappelle qu'elle était enceinte de presque huit mois. Elle n'était pas prête à faire quoi que ce soit qui mette son enfant en danger. Gémissant à voix basse tout en essuyant ses larmes, elle tenta de se rassurer. Mon Dieu, faites qu'Hélène se soit trompée !

Alex ne se souvenait pas d'avoir jamais roulé aussi vite. Un vrai miracle qu'il eût atteint Bearsden sans voir de lumières bleues clignoter dans son rétroviseur. Il n'arrêtait pas de se répéter qu'il y avait forcément une erreur. La mort de Mondo lui paraissait inconcevable. Pas si peu de temps après celle de Ziggy. Bien sûr, il existait des coïncidences terribles. Elles alimentaient le goût pour le morbide de la presse à sensation et des émissions télévisées de l'après-midi. Mais cela n'arrivait qu'aux autres. Du moins, jusqu'ici.

Ses espoirs fervents commencèrent à se désintégrer dès qu'il tourna dans la rue paisible où habitaient Mondo et Hélène. Devant la maison, trois voitures de police. Dans l'allée, une ambulance. Pas bon signe. S'il avait été en vie, Mondo serait parti depuis longtemps, l'ambulance fonçant toutes sirènes hurlantes jusqu'à l'hôpital le plus proche.

Se garant derrière les véhicules de police, il courut vers la maison. Un solide gaillard portant une veste jaune fluo lui barra le passage au bout de l'allée. « Je peux vous aider ?

— C'est mon beau-frère », répondit Alex en tentant de le contourner. L'agent le saisit par les bras, l'empêchant fermement d'aller plus loin. « Je vous en prie, laissez-moi passer. David Kerr... je suis marié à sa sœur.

— Je regrette. Personne n'a le droit d'entrer pour l'instant. Il s'agit de la scène d'un crime.

— Et Hélène ? Sa femme ? Où est-elle ? Elle a appelé la mienne.

— Mme Kerr se trouve à l'intérieur. Elle est absolument saine et sauve. »

Alex s'amollit. L'agent relâcha son étreinte. « Écoutez, j'ignore ce qui s'est passé ici, mais ce que je sais, c'est qu'Hélène a besoin d'aide. Pouvez-vous appeler votre chef pour demander qu'on me laisse entrer ? »

L'agent prit un air dubitatif. « Je vous le répète, c'est la scène d'un crime. »

Alex se mit à bouillonner de fureur. « Et c'est comme ça que vous traitez les victimes. En les maintenant coupées de leur famille ? »

Le policier porta la radio à sa bouche avec une expression résignée. Il se détourna à moitié, s'arrangeant pour continuer à bloquer l'accès de la maison, et marmonna quelque chose. L'appareil grésilla en retour. Après un bref échange étouffé, il pivota vers Alex. « Je peux voir une pièce d'identité ? » demanda-t-il.

Avec impatience, Alex sortit son portefeuille et en retira son permis de conduire. Se félicitant de l'avoir fait refaire, avec une photo toute neuve, il le tendit au policier. Celui-ci y jeta un coup d'œil et le lui rendit avec un signe de tête poli. « Très bien, allez-y. Un des inspecteurs vous attendra à la porte. »

Alex fonça. Ses jambes lui faisaient un effet bizarre, comme si elles appartenaient à quelqu'un d'autre et qu'il ne savait pas les faire fonctionner correctement. Comme il atteignait la porte, elle s'ouvrit brusquement et une femme d'une trentaine d'années l'examina d'un regard las et cynique, comme pour graver son signalement dans sa mémoire. « Monsieur Gilbey ? dit-elle en faisant un pas en arrière pour le laisser entrer.

— C'est exact. Que s'est-il passé ? Hélène a téléphoné à ma femme. Elle disait que Mondo était mort.

— Mondo ? »

Alex poussa un soupir, irrité de sa propre distraction. « Un sobriquet. On se connaît depuis l'école. David. David Kerr. »

La femme hocha la tête. « Je regrette d'avoir à vous annoncer que M. Kerr est effectivement décédé. »

Bon sang, se dit-il. Quelle formule ! « Je ne comprends pas. Qu'est-il arrivé ?

— Il est encore trop tôt pour être sûr, répondit-elle. Il semble qu'il ait été poignardé. Il y a des traces d'effraction à l'arrière de la maison. Mais nous ne pouvons pas dire grand-chose à ce stade, bien évidemment. »

Alex passa ses mains sur son visage. « C'est abominable. Seigneur, pauvre Mondo. Quelle tragédie ! » Il secoua la tête, ahuri. « Ça paraît complètement invraisemblable. Bon Dieu ! » Il respira à fond. Il aurait tout le temps de s'occuper de ses réactions plus tard. Ce n'était pas pour ça que Lynn lui avait demandé de venir. « Où est Hélène ? »

La femme lui ouvrit tout grand. « Dans la salle de séjour. » S'écartant, elle regarda Alex passer devant elle et se diriger droit vers la pièce donnant sur le jardin. Hélène l'appelait le grand salon, et il ressentit une pointe de culpabilité en se rappelant combien Lynn et lui s'étaient moqués de cette prétention. Il poussa la porte et entra.

Hélène était assise au bord d'un des vastes canapés couleur crème, recroquevillée comme une vieille femme. En l'entendant, elle leva la tête, les yeux bouffis. Ses longs cheveux noirs tombaient en désordre de chaque côté de sa figure, des mèches folles collées au coin de sa bouche. Ses vêtements étaient tout froissés, faisant songer à une parodie de son chic parisien habituel. Elle tendit les mains vers lui, implorante. « Alex », murmura-t-elle d'une voix brisée.

S'asseyant à côté d'elle, il passa un bras autour de ses épaules. Il ne se souvenait pas d'avoir jamais tenu Hélène aussi serrée. D'ordinaire, leurs salutations consistaient en une main posée avec légèreté sur un bras, une bise fugace donnée sur chaque joue. Il fut surpris de constater combien elle avait un corps musclé, et encore plus surpris de s'en être fait la remarque. Le choc l'avait secoué au point qu'il se sentait comme étranger à lui-même. « Je suis vraiment désolé », dit-il, sachant combien les mots étaient vains, mais incapable de les éviter.

Hélène se laissa aller contre lui, épuisée par le chagrin. Alex s'aperçut tout à coup qu'une femme policier était assise discrètement dans un coin. Elle devait avoir apporté une chaise de la salle à manger, songea-t-il de manière absurde. Autrement dit, pas de solitude pour Hélène en dépit de la perte atroce qu'elle venait de subir. De toute évidence, elle allait avoir à faire face aux mêmes soupçons que ceux qui s'étaient abattus sur Paul après la mort de Ziggy, même si cela ressemblait à un cambriolage ayant mal tourné.

« J'ai l'impression de vivre un cauchemar. Et tout ce que je voudrais, c'est me réveiller, dit Hélène avec lassitude.

— Tu es encore sous le choc.

— Je ne sais pas ce que je suis. Ni même où je suis. Plus rien n'a l'air réel.

— Je ne parviens pas à y croire non plus.

— Il était allongé par terre, expliqua-t-elle à voix basse. Couvert de sang. J'ai palpé son cou, pour voir si on sentait le pouls. Mais j'avais tellement peur de mettre du sang sur moi, tu sais. Est-ce que ce n'est pas monstrueux ? Il gisait là, inerte, et la seule chose à laquelle j'arrivais à penser, c'est qu'on avait fait de vous quatre des suspects parce que vous aviez essayé d'aider une fille mourante. Et que je ne voulais pas avoir le sang de David sur moi. » Ses doigts déchiquetaient convulsivement un mouchoir. « C'est affreux. Je ne voulais pas le toucher parce que je pensais à moi. »

Alex pressa son épaule. « Ça se comprend. Sachant ce que nous savons. Mais personne ne pourrait penser que tu aies quoi que ce soit à voir là-dedans. »

Hélène se racla la gorge et indiqua du regard la femme policier. « *On parle français, hein ?* »

Qu'est-ce que c'était que ça ? « *D'accord,* répondit Alex en se demandant si son galimatias de vacances était à la hauteur de ce qu'Hélène désirait lui dire. *Mais lentement.*

— J'utiliserai des mots simples, dit-elle en français. J'ai besoin de tes conseils. Tu comprends ?

— Oui. »

Hélène frissonna. « Que je puisse seulement songer à ça en ce moment, je n'en reviens pas. Mais je ne veux pas être tenue pour responsable. » Elle étreignit sa main. « Alex, j'ai peur. Je suis l'épouse étrangère, la suspecte.

— Je ne pense pas. » Il se voulait rassurant, mais ses paroles semblèrent couler sur Hélène sans laisser de trace.

Elle hocha la tête. « Alex, il y a une chose qui risque de me faire du tort. Beaucoup de tort. Une fois par semaine, je sortais seule. David croyait que je rencontrais des amies françaises. » Hélène roula le mouchoir en boule et le serra. « Je lui mentais. J'ai une liaison.

— Ah. » Après les nouvelles qu'avait déjà apportées la soirée, c'était trop. Il n'avait pas envie d'être le confident d'Hélène. Il ne l'avait jamais trouvée sympathique et il ne se sentait pas spécialement à même de garder ses secrets.

« David n'en avait pas la moindre idée. Dieu sait combien je regrette maintenant d'avoir agi ainsi. Je l'aimais, tu sais ? Mais il était sans cesse en demande. Et ce n'était pas toujours facile. Alors il y a déjà un certain temps, j'ai fait la connaissance d'une femme. Le contraire de David à tous points de vue. Et sans que je l'aie voulu, nous sommes devenues amantes.

— Ah », répéta Alex. Son français n'était pas suffisant pour demander comment elle avait pu faire ça à Mondo, comment elle pouvait prétendre aimer un homme qu'elle avait constamment trahi. Par ailleurs, se lancer dans une dispute en présence d'une femme flic n'était pas très malin. Il n'est pas besoin de connaître une langue étrangère pour déchiffrer les intonations et le langage du corps. Hélène n'était pas la seule à avoir l'impression de vivre un cauchemar. Un de ses plus vieux amis venait d'être assassiné et sa veuve avouait avoir une aventure lesbienne ? C'était plus qu'il ne pouvait en supporter pour l'instant.

« J'étais avec elle ce soir. Que les flics l'apprennent et ils penseront : "Ah tiens, elle a une maîtresse, alors elles sont sûrement de mèche." Mais c'est faux. Jackie n'était pas une menace pour mon mariage. Ce n'est pas parce que je couchais avec quelqu'un d'autre que j'avais cessé d'aimer David. Alors, est-ce qu'il vaut mieux que je dise la vérité ? Ou que je me taise en espérant qu'ils ne s'apercevront de rien ? » Elle s'écarta légèrement de manière à regarder Alex droit dans les yeux. « Je ne sais pas quoi faire, et j'ai une peur bleue. »

Alex sentait la réalité lui échapper. À quoi jouait-elle ? Essayait-elle de le rouler dans la farine pour le mettre de son côté ? Était-elle aussi innocente qu'elle le prétendait ? Il s'escrima à trouver les mots français pour exprimer ce qu'il voulait dire. « Je n'en sais rien non plus, Hélène. Je ne pense pas être la personne la mieux placée pour te répondre.

— J'ai besoin de ton avis. Vous êtes passés par là, vous savez ce que c'est. »

Alex avala une goulée d'air en regrettant de ne pas être n'importe où sauf là. « Ton amie, cette Jackie ? Est-ce qu'elle mentirait pour te protéger ?

— Oui. Elle n'a pas plus envie que moi d'être soupçonnée.

— Qui est au courant ?

— À notre sujet ? » Elle eut un haussement d'épaules. « Personne, je pense.

— Mais tu n'en es pas sûre ?

— On ne peut jamais être sûr.

— Dans ce cas, il est préférable que tu dises la vérité. Parce que, s'ils la découvrent par la suite, ce sera encore pire. » Alex se frotta à nouveau le visage, puis se détourna. « Comment peut-on être en train de parler de ça, alors que Mondo est mort depuis si peu de temps ? »

Hélène se recula brusquement. « Je sais, tu penses probablement que je m'en fiche. Mais j'ai tout le reste de ma vie pour pleurer l'homme que j'aimais. Et je l'aimais, ne t'y trompe pas. Mais à cet instant précis, je veux surtout être certaine de ne pas être impliquée dans une histoire où je n'ai rien à voir. Tu devrais être le premier à le comprendre.

— Très bien, dit Alex, revenant à l'anglais. Tu as déjà averti Sheila et Adam ? »

Elle secoua la tête. « J'ai seulement parlé à Lynn. Je ne savais pas quoi dire à ses parents.

— Tu veux que je m'en charge ? » Mais Hélène n'avait pas eu le temps de répondre que le mobile d'Alex se mit à carillonner dans sa poche. « Ça doit être Lynn, dit-il en le sortant et en vérifiant le numéro sur le cadran. Allô ?

— Alex ? » Lynn paraissait terrifiée.

« Je suis chez Mondo. Je ne sais pas comment te dire ça. Je suis vraiment, vraiment désolé. Hélène avait raison. Il est mort. Il semble que quelqu'un se soit introduit...

— Alex, l'interrompit Lynn. Je suis en train d'accoucher. Les contractions ont commencé juste après que je t'ai parlé tout à l'heure. Je pensais que c'était une fausse alerte, mais ça revient toutes les trois minutes.

— Oh bon Dieu ! » Il sauta sur ses pieds, jeta autour de lui des regards éperdus.

« Ne t'inquiète pas. C'est normal. » Lynn glapit de douleur. « Voilà que ça recommence. J'ai appelé un taxi, il devrait être ici d'une minute à l'autre.

— Qu'est-ce que...

— Va à l'hôpital. On se retrouvera dans la salle de travail.

— Mais Lynn, il est trop tôt, dit-il, reprenant enfin ses esprits.

— C'est le choc, Alex. Ça arrive. Je vais bien. Je t'en prie, ne t'affole pas. J'ai besoin que tu gardes ton sang-froid. Prends la voiture et viens me rejoindre à Édimbourg. Et sois prudent ! »

Alex avala sa salive. « Je t'aime, Lynn. Je vous aime tous les deux.

— Je sais. À tout à l'heure. »

La communication cessa. Alex regarda Hélène d'un air embarrassé. « Elle va accoucher, c'est ça ? dit-elle simplement.

— Oui, c'est ça.

— Alors vas-y.

— Il vaudrait mieux que tu ne sois pas seule.

— J'ai une amie à qui je peux passer un coup de fil. Ta place est auprès de Lynn.

— Quelle merde ! » Il remit le téléphone dans sa poche. « Je t'appellerai. Je repasserai dès que je pourrai. »

Hélène se leva et lui donna une tape sur le bras. « Allons, ne t'en fais pas. Tiens-moi au courant. Et merci d'être venu. »

Il se rua hors de la pièce.

30

Des bandes gris sale commencèrent à se dessiner dans l'obscurité barbouillée de vapeurs de sodium. Alex s'effondra sur un banc glacé près du Simpson Memorial Pavilion. Rien dans son existence ne l'avait préparé à une nuit semblable. Il se trouvait au-delà de la fatigue, dans un état second où il lui semblait qu'il ne dormirait plus jamais. Le trop-plein d'émotion était tel qu'il ne savait même plus ce qu'il ressentait.

Le trajet entre Glasgow et Édimbourg ne lui avait laissé aucune trace. Il savait qu'il avait appelé ses parents à un moment donné, gardait vaguement le souvenir d'une conversation fiévreuse avec son père. Des craintes se bousculaient dans sa tête. Toutes ces choses dont il savait qu'elles pouvaient tourner mal. Plus tout ce qu'il ne savait pas et qui pouvait tourner mal également. Comme un bébé né à trente-quatre semaines de gestation. Il aurait aimé être Weird pour pouvoir faire confiance à des choses moins faillibles que la médecine. Qu'est-ce qu'il ferait sans Lynn ? Qu'est-ce qu'il ferait avec un bébé sans Lynn ? Qu'est-ce qu'il ferait avec Lynn sans bébé ? Les augures ne pouvaient pas être pires : Mondo étendu sans vie dans une morgue ; et lui-même qui n'était pas là où il aurait dû être pendant la nuit la plus importante de sa vie.

Il avait abandonné la voiture dans la cour de l'hôpital et fini par trouver l'entrée de la maternité à la troisième tentative. En arrivant à l'accueil, il était essoufflé et en nage, soulagé que les infirmières soient tellement blasées qu'un type pas rasé, hagard et bafouillant ne s'inscrive même pas sur leur échelle de Richter.

« Mme Gilbey ? Ah oui, elle a été conduite directement en salle de travail. »

Alex se répétait les indications à voix basse en naviguant dans le bâtiment. Il appuya sur l'Interphone et scruta avec anxiété l'objectif de la caméra vidéo en espérant avoir l'air d'un futur père plutôt que d'un fou en cavale. Après ce qui lui parut une éternité, il entendit un bourdonnement et la porte s'ouvrit. Il ne savait pas à quoi il s'attendait au juste, mais ce n'était pas ce vestibule désert et ce silence surnaturel. Il hésita. Au même moment, une infirmière arriva d'un des couloirs convergents. « Monsieur Gilbey ? » demanda-t-elle.

Alex hocha frénétiquement la tête. « Où est Lynn ?

— Venez avec moi. »

Il la suivit. « Comment est-elle ?

— Tout va bien. » Elle se figea, une main sur la poignée de la porte. « Il faut que vous l'aidiez à rester calme. Elle est un peu stressée. Il y a eu deux plongeons du rythme cardiaque fœtal.

— Ce qui veut dire ? Est-ce que le bébé se porte bien ?

— Il n'y a rien à craindre. »

Il détestait quand un membre du corps médical disait ça. Cela avait toujours l'air d'un mensonge flagrant. « Mais il est beaucoup trop tôt. Elle n'en est qu'à sa trente-quatrième semaine.

— Tâchez de ne pas vous inquiéter. Ici, elle est dans de bonnes mains. »

La porte s'ouvrit et Alex se trouva confronté à une scène n'ayant aucun rapport avec les séances de préparation qu'ils avaient eues. Il était difficile d'imaginer quoi que ce soit de plus éloigné de leur rêve d'une naissance en douceur. Trois femmes vêtues d'un pyjama de bloc s'affairaient. Un écran à affichage électronique était posé à côté du lit, sous le regard attentif d'une quatrième femme en blouse blanche. Lynn était allongée sur le dos, les jambes écartées, les cheveux plaqués par la sueur. Elle avait le visage rouge et humide, les yeux agrandis par l'angoisse. La fine chemise de nuit d'hôpital lui collait au corps. Le tube d'un goutte-à-goutte installé à côté du lit disparaissait sous l'étoffe. « Sapristi, qu'est-ce que je suis contente que tu sois là, dit-elle d'une voix essoufflée. Alex, j'ai peur. »

Il se précipita vers elle, lui prit la main. Elle l'agrippa avec force. « Je t'aime, dit-il. Tu t'en sors très bien. »

La femme en blouse blanche se tourna vers lui. « Bonjour, je suis le Dr Singh. » Elle rejoignit la sage-femme au pied du lit. « Lynn, les battements de cœur du bébé nous inquiètent un peu. Les choses n'avancent pas aussi vite que je le voudrais. Il faut peut-être envisager une césarienne.

— Sortez-le, c'est tout ce que je demande », gémit Lynn.

Il y eut un soudain accès d'activité. « Le bébé est bloqué », déclara une des sages-femmes. Le Dr Singh examina brièvement l'écran.

« Le rythme cardiaque est bas », marmonna-t-elle. Puis tout se mit à aller beaucoup trop vite pour qu'Alex, accroché à la main moite de Lynn, puisse comprendre. Il entendit des phrases étranges. « Emmenez-la au bloc. » « Posez un cathéter. » « Ils ont bien signé le consentement éclairé ? » Puis le lit se mit en mouvement, la porte s'ouvrit, chacun dévalant le couloir au pas de charge.

Le monde devint une espèce de remous confus. Le temps semblait tantôt filer à toute allure, tantôt se traîner comme un escargot. Et tout à coup, alors qu'Alex avait presque perdu espoir, les mots magiques : « C'est une fille. Vous avez une fille. »

Ses yeux se remplirent de larmes et il pivota pour voir son enfant. Cramoisie et zébrée de sang, terriblement immobile et silencieuse. « Mon Dieu, dit-il. Lynn, c'est une fille. » Mais Lynn ne l'entendait pas.

Une sage-femme enveloppa rapidement le bébé dans une couverture et sortit à toute vitesse. Alex se leva. « Ça ne va pas ? » On lui fit quitter le bloc, hébété. Qu'était-il arrivé à son enfant ? Était-elle seulement en vie ? « Qu'est-ce qui se passe ? » demanda-t-il.

La sage-femme sourit. « Votre fille se porte à merveille. Elle respire par elle-même, ce qui est toujours le gros problème avec les enfants prématurés. »

Alex se laissa tomber sur une chaise. « Quand pourrai-je la voir ?
— Dans un petit moment, au service néonatal. On ne vous permettra pas de la prendre dans vos bras. Vous devrez probablement attendre un jour ou deux.
— Et Lynn ? demanda-t-il, s'en voulant soudain de ne pas avoir posé la question plus tôt.
— On est en train de lui mettre des points de suture. Elle a passé un mauvais moment. Quand on la ramènera, elle sera fatiguée et désorientée. Et aussi contrariée de ne pas avoir son bébé avec elle. Il vous faudra avoir de la force pour deux. »
Il ne se souvenait plus de rien, à part ce moment précis où il avait regardé dans la couveuse et fait la connaissance de sa fille. « Je peux la toucher ? » avait-il demandé, émerveillé. Sa tête minuscule paraissait si fragile, ses yeux étaient clos, quelques touffes sombres lui couvraient le crâne.
« Donnez-lui votre doigt », avait indiqué la sage-femme.
Allongeant le bras timidement, il avait caressé la peau ridée du dos de sa main. Les doigts minuscules s'étaient ouverts et l'avaient serré avec énergie. Et Alex s'était retrouvé captif.
Il était resté assis près de Lynn jusqu'à ce qu'elle se réveille et lui avait parlé de leur merveilleuse fille. Blême et épuisée, Lynn avait fondu en larmes. « Je sais que nous étions d'accord pour l'appeler Ella, mais j'aimerais l'appeler Davina. En souvenir de Mondo », dit-elle.
Cela le frappa soudain. Il n'avait pas repensé à Mondo depuis son arrivée à l'hôpital. « Oh, bon sang, s'exclama-t-il, le remords se mêlant à sa joie. C'est une excellente idée. Pardonne-moi, Lynn. Je ne sais plus où j'ai la tête.
— Tu devrais rentrer. Prendre un peu de repos.
— Il faut que je passe quelques coups de fil. Pour prévenir les gens. »
Lynn lui tapota la main. « Ça attendra bien. Tu as besoin de dormir. Tu as l'air exténué. »
Il était donc parti, promettant de revenir plus tard. Mais il n'avait pas franchi l'entrée de l'hôpital qu'il s'était rendu compte qu'il n'avait pas la force d'aller jusque chez lui. Pas tout de suite. Il avait déniché un banc et s'y était écroulé en se demandant comment il allait tenir les jours prochains. Il avait une fille, mais les bras toujours vides. Il avait perdu un

autre ami et n'osait pas penser à ce que cela signifiait. Et, d'une manière ou d'une autre, il allait devoir trouver l'énergie de soutenir Lynn. Jusqu'à maintenant, il ne s'était jamais trop préoccupé de l'avenir, persuadé que Ziggy ou Lynn seraient là en cas de besoin.

Pour la première fois dans sa vie d'adulte, il se sentit horriblement seul.

James Lawson entendit parler de la mort de David Kerr le lendemain matin en allant travailler. Il ne put réprimer un sourire de satisfaction en mesurant la portée de la nouvelle. Cela avait pris du temps, mais l'assassin de Barney Maclennan avait enfin eu ce qu'il méritait. Puis il se mit à songer, non sans un certain malaise, à sa conversation avec Robin. Il saisit le téléphone de bord. Aussitôt arrivé à l'hôtel de police, il se rendit à la brigade des affaires classées. Par chance, Robin Maclennan était seul, près de la cafetière électrique. Le crachotement de la machine couvrit le bruit de ses pas. Robin sursauta quand son patron dit brusquement : « Vous êtes au courant ?

— De quoi ?

— Davey Kerr a été assassiné. » Lawson plissa les yeux en scrutant l'inspecteur. « Hier soir. Chez lui. »

Robin haussa les sourcils. « Vous plaisantez.

— Je l'ai entendu à la radio. J'ai téléphoné à Glasgow pour m'assurer qu'il s'agissait de notre David Kerr. Et, ma foi, c'est bien lui.

— Que s'est-il passé ?

— À première vue, ça ressemblait à un cambriolage ayant tourné au vinaigre. Puis ils ont découvert qu'il avait reçu deux coups de couteau. Un cambrioleur ordinaire pris de panique aurait fort bien pu frapper une fois, mais ensuite il aurait détalé à toutes jambes. Celui-là a fait ce qu'il fallait pour que Davey Kerr n'aille pas bavarder.

— Et quelle est votre opinion ? demanda Robin en prenant la cafetière.

— Ce qui compte, ce n'est pas mon opinion, c'est celle de la police de Strathclyde. Ils étudient d'autres possibilités, comme ils disent. » Lawson attendit, mais Robin demeura silencieux. « Où étiez-vous hier soir, Robin ? »

Robin lui lança un regard noir. « Qu'essayez-vous d'insinuer ?

— Du calme, mon vieux. Je ne vous accuse de rien. Mais inutile de se le cacher, si quelqu'un avait un motif pour tuer Davey Kerr, c'est vous. Moi, je sais très bien que vous ne feriez pas une chose pareille. Je suis de votre côté. Je voulais juste m'assurer que vous possédiez un alibi, c'est tout. Vous en avez bien un ? » demanda Lawson avec un geste réconfortant de la main.

Robin rejeta ses cheveux en arrière. « Bon Dieu non ! C'était l'anniversaire de la mère de Diane et elle a emmené les gosses à Grangemouth. Ils ne sont pas rentrés avant onze heures. J'étais seul à la maison », conclut-il, le front barré d'un pli soucieux.

Lawson secoua la tête. « Ça n'a pas l'air fameux, Robin. La première chose qu'ils vont demander, c'est pourquoi vous n'étiez pas aussi à Grangemouth.

— Je ne m'entends pas avec ma belle-mère. Et cela depuis toujours. Alors Diane se sert de mon travail pour justifier que je ne vienne pas. Mais ce n'est pas comme si c'était la première fois. Comme si j'avais essayé de me défiler pour foncer à Glasgow tuer Davey Kerr, bordel ! » Il fit la moue. « N'importe quel autre soir, j'aurais été chez moi avec un alibi en béton Mais hier soir... merde ! Si jamais ils apprennent ce que Kerr a fait à Barney, je suis fichu. »

Lawson prit une tasse et se versa du café. « Ce ne sera pas par moi.

— Vous connaissez ce boulot ? Un paradis pour commères ! Ça se saura forcément. Ils se mettront à fouiller dans le passé de Davey Kerr et quelqu'un se souviendra que Barney est mort en le sauvant à la suite d'une stupide tentative de suicide. Si c'était votre dossier, est-ce que vous n'auriez pas envie de parler au frère ? Au cas où il aurait décidé que l'heure de régler les comptes avait sonné ? Je vous le répète, je suis dans un sacré pétrin. » Robin détourna la tête en se mordant la lèvre.

Lawson lui pressa le bras en un geste compatissant. « Je vais vous dire. Si quelqu'un de Strathclyde pose la question, vous étiez avec moi. »

Robin parut abasourdi. « Vous mentiriez pour me rendre service ?

— Nous mentirons tous les deux. Parce que nous savons l'un et l'autre que vous n'êtes pour rien dans la mort de Davey Kerr. Dites-vous que nous rendons service à la police. De cette manière, elle ne gaspillera pas son temps et son énergie avec vous alors qu'elle devrait être en train de chercher l'assassin. »

Robin hocha la tête sans enthousiasme. « Je suppose. Mais...

— Robin, vous êtes un bon flic. Un type honnête. Sinon, je ne vous aurais pas pris dans mon équipe. Je crois en vous et je ne tiens pas à ce que votre nom soit traîné dans la boue.

— Merci. Je vous suis très reconnaissant de votre confiance.

— De rien. Mettons-nous d'accord : je suis passé chez vous, nous avons bu deux ou trois bières et fait quelques parties de poker. Vous m'avez raflé une vingtaine de livres et je suis reparti vers onze heures. Ça vous va ?

— Très bien. »

Lawson sourit, choqua sa tasse contre celle de Robin et s'en alla. C'était ça, la principale qualité d'un chef, estimait-il. Se représenter ce dont vos subordonnées ont besoin et le leur fournir avant même qu'ils en aient ressenti la nécessité.

Le soir, Alex roulait à nouveau sur la route de Glasgow. Il était finalement rentré chez lui, où le téléphone n'arrêtait pas de sonner. Il avait parlé aux quatre grands-parents. Ses propres parents avaient été presque gênés de leur allégresse étant donné ce qui s'était passé à Glasgow. Le père et la mère de Lynn avaient tenu des propos incohérents, anéantis par la mort de leur fils. Il était encore beaucoup trop pour que la naissance de leur premier petit-enfant puisse les consoler. Ces coups de fil avaient laissé Alex comme un zombie.

À son réveil, il n'en revenait pas de n'avoir dormi que trois heures. Il se sentait aussi frais que s'il avait fait le tour du cadran. Douché et rasé, il avait attrapé un sandwich et l'appareil photo numérique avant de retourner à Édimbourg. Il avait trouvé Lynn dans une chaise roulante au service néonatal, contemplant avec ravissement leur fille. « Est-ce qu'elle n'est pas splendide ?

— Bien sûr. Tu l'as déjà prise dans tes bras ?

— Le plus beau moment de ma vie. Mais elle est si fluette, Alex. On croirait tenir de l'air. » Elle lui jeta un coup d'œil anxieux. « Ça va aller, n'est-ce pas ?

— Naturellement. Les Gilbey sont tous des battants. » Ils se prirent la main, priant de toutes leurs forces pour qu'il ait raison.

« J'ai tellement honte, Alex. Mon frère est mort, et la seule chose à laquelle je pense c'est Davina, combien elle est adorable...

— Oui, je sais. »

À la fin de l'après-midi, Alex avait tenu lui aussi sa fille dans ses bras. Il avait pris des dizaines de photos et l'avait fait admirer à ses parents. Adam et Sheila Kerr n'avaient pas eu le courage de faire le voyage, et leur absence avait rappelé à Alex qu'il ne pouvait pas rester éternellement à savourer les délices de sa nouvelle paternité. Lorsque l'aide-soignante apporta à Lynn le repas du soir, il se leva. « Il faudrait que je retourne à Glasgow. Voir si Hélène va bien.

— Tu n'as pas à te sentir responsable, protesta Lynn.

— Je sais. Mais c'est à nous qu'elle a téléphoné, lui rappela-t-il. Sa propre famille est loin. Elle aura peut-être besoin d'aide pour l'oganisation des obsèques. De plus, je dois bien ça à Mondo. Je n'ai pas été un très bon ami pour lui ces dernières années, et il n'y a plus moyen de rattraper ça. Malgré tout, il faisait partie de ma vie. »

Lynn le regarda avec un sourire triste, des larmes scintillant dans ses yeux. « Pauvre Mondo. Je n'arrête pas de penser à la frayeur qui a dû être la sienne. Au fait qu'il soit mort sans avoir pu dire au revoir aux êtres qu'il aimait. Quant à Hélène, je suis bien incapable d'imaginer ce qu'elle éprouve en ce moment. Rien qu'à l'idée qu'il pourrait t'arriver quelque chose, à toi ou à Davina...

— Il ne m'arrivera rien. Et à Davina non plus, répondit-il. Je te le promets. »

Tandis qu'il parcourait la distance entre la joie et la peine, c'est à cette promesse qu'il songeait. Il lui aurait été difficile de ne pas se sentir écrasé par les événements survenus depuis peu dans son existence. Mais il n'avait pas le droit de flancher. Trop de choses reposaient sur lui désormais.

En approchant de Glasgow, il appela Hélène. Le répondeur le dirigea vers un numéro de portable. Avec un juron, il se gara sur le bas-côté et le nota. Elle répondit à la deuxième sonnerie. « Alex ? Comment va Lynn ? Que se passe-t-il ? »

Cela l'étonna. Il avait toujours considéré Hélène comme quelqu'un de beaucoup trop obnubilé par ses propres problèmes pour se soucier de quiconque en dehors d'elle-même et de Mondo. « Nous avons une fille. Comme elle est prématurée, ils l'ont mise en couveuse. Mais elle se porte à merveille. Et elle est superbe.

— Et Lynn ?

— Encore un peu secouée, sur tous les plans. Mais ça ira. Et toi ?

— Ce n'est pas terrible. Mais je m'accroche.

— Écoute, je suis en route pour aller te voir. Où es-tu ?

— La maison est toujours une scène de crime, apparemment. Je ne peux pas y retourner avant demain. Je loge chez mon amie Jackie. Elle habite dans Merchant City. Tu veux venir ? »

Alex n'avait pas vraiment envie de voir la femme avec laquelle Hélène avait trahi Mondo. Il faillit suggérer un terrain neutre, mais ça semblait plutôt cruel dans les circonstances. « Indique-moi le chemin », dit-il.

L'appartement était facile à trouver. Il occupait la moitié du premier étage d'un de ces entrepôts rénovés qui étaient devenus un symbole de réussite pour les célibataires de la ville. La femme qui ouvrit la porte n'aurait pas pu être plus différente d'Hélène. Elle portait un jean usé avec des déchirures aux genoux, son tee-shirt sans manches proclamait « Plus femme que moi tu meurs » et laissait voir des muscles de lutteur de foire. Juste au-dessous de chaque biceps était tatoué un bracelet celte. Ses cheveux bruns coupés court se dressaient en épis maintenus par du gel et le regard qu'elle lui lança n'était pas moins acéré. Elle le scruta de ses yeux gris bleu. Il n'y avait aucun sourire de bienvenue sur ses lèvres. « Vous devez être Alex, dit-elle avec un accent qui indiquait clairement qu'elle était originaire de Glasgow. Vous feriez mieux d'entrer. »

Il la suivit dans le genre de loft dont on chercherait vainement la trace dans les pages des magazines de décoration. Aux antipodes de tout modernisme stérile, c'était l'antre de quelqu'un qui sait exactement ce qu'il aime et comment il l'aime. Le mur du fond était couvert d'étagères, bourrées de livres, de vidéos, de CD et de revues. Devant se trouvait un banc de musculation, avec des haltères posées à côté. L'espace cuisine offrait un désordre résultant d'un usage régulier et le coin salon était meublé de canapés qui devaient plus au confort qu'à l'élégance. Une table basse disparaissait sous des piles de journaux et de magazines. Les murs étaient décorés de photos géantes de sportives, de Martina Navratilova à Ellen MacArthur.

Hélène était recroquevillée au bout d'un canapé recouvert de tapisserie dont les accoudoirs témoignaient de la présence d'un chat. Alex traversa le parquet ciré jusqu'à sa belle-sœur qui avança le visage pour leur échange habituel de baisers aériens. Elle avait les yeux bouffis et cernés, mais à part ça, elle semblait avait retrouvé la maîtrise d'elle-même. « C'est gentil d'être venu, dit-elle. D'autant plus que, maintenant, tu as une petite fille.

— Comme je te l'ai dit, elle est encore à la maternité. Et Lynn est épuisée. J'ai pensé que je serais peut-être plus utile ici. Mais... » Il adressa un sourire à Jackie. « Je vois qu'on s'occupe bien de toi. »

Jackie haussa les épaules sans quitter son expression hostile. « Je suis journaliste free-lance, alors j'ai des horaires souples. Vous voulez boire quelque chose ? Il y a de la bière, du whisky ou du vin.

— Du café serait super.

— Je n'ai plus de café. Thé ? »

Comme c'est agréable quand les gens se mettent en quatre pour vous, songea-t-il. « Du thé fera très bien l'affaire. Lait, sans sucre, s'il vous plaît. » Il se percha sur le bout du canapé opposé à celui d'Hélène. On aurait dit que ses yeux avaient vu trop de choses. « Eh bien, comment ça va ? »

Elle battit des paupières. « J'essaie de ne rien sentir. De ne pas penser à David, parce que chaque fois j'en ai le cœur brisé. Il me paraît inconcevable que le monde puisse continuer à tourner alors qu'il n'est plus là. Mais il faut que je m'en sorte sans m'effondrer. La police est odieuse. Cette fille qui avait l'air de se barber dans un coin hier soir ? Tu te souviens ?

— La femme policier ?

— Oui. » Hélène poussa un grognement de dérision. « Il se trouve qu'elle a appris le français à l'école. Elle a compris notre petite conversation.

— Ah merde !

— Ah merde, en effet. L'inspecteur chargé de l'enquête a débarqué ici ce matin. Il m'a posé des questions sur Jackie et moi. M'a prévenue qu'il était inutile de mentir, que sa collègue avait tout entendu. Alors je lui ai dit la vérité. Il était très poli, mais j'ai bien vu qu'il avait des soupçons.

— Tu lui as demandé ce qui était arrivé à Mondo ?

— Naturellement. » Son visage se raidit. « Il n'a pas pu me dire grand-chose. La vitre de la porte de la cuisine a été cassée, peut-être dans un cambriolage. Mais ils n'ont relevé aucune empreinte. Le couteau ayant servi à poignarder David appartient à un ensemble. Celui du bloc de la cuisine. De prime abord, a-t-il déclaré, il semble que David ait entendu du bruit et qu'il soit descendu jeter un coup d'œil. Mais il a bien insisté sur le "de prime abord". »

Jackie revint avec un mug où le visage de Marilyn Monroe avait souffert d'être trop passé au lave-vaisselle. Le thé était presque noir. « Merci », dit Alex.

Jackie s'installa sur le bras du canapé, une main sur l'épaule d'Hélène. « Une bande de primates. Si la femme a un ou une amante, il s'ensuit forcément que l'une ou l'autre voulait se débarrasser du mari. Concevoir un monde où des adultes pourraient faire des choix plus subtils est hors de leur portée. J'ai essayé d'expliquer à ce flic qu'on pouvait avoir des relations sexuelles avec quelqu'un sans avoir envie d'égorger son conjoint. Ce crétin m'a regardée comme si je venais d'une autre planète. »

Là-dessus, Alex était de l'avis du flic. Certes, être marié à Lynn ne l'avait pas immunisé contre le charme des autres femmes. Mais ça l'avait dissuadé de passer à l'action. Dans son esprit, les liaisons extraconjugales étaient le fait de partenaires mal assortis. Il pouvait à peine imaginer combien il se serait senti désemparé si Lynn était rentrée à la maison en lui disant qu'elle couchait avec un autre homme. Il éprouva un élan de pitié pour Mondo. « Je suppose qu'ils n'ont pas d'autre piste, alors ils se concentrent sur toi.

— Sauf que, dans cette histoire, c'est moi la victime, pas le criminel, répliqua Hélène d'un ton amer. Je n'ai fait aucun mal à David. Mais il m'est impossible de le prouver. Tu sais toi-même combien il est difficile de dissiper les soupçons une fois que le doigt est pointé vers toi. Cela a rendu David tellement dingue, à l'époque, qu'il a tenté de se tuer. »

Alex ne put s'empêcher de frissonner à ce souvenir. « Ça n'ira pas jusque-là.

— Comptez sur moi, s'exclama Jackie. J'irai parler à un avocat demain matin. Ça ne va pas se passer ainsi. »

Hélène parut inquiète. « Tu es sûre que c'est une bonne idée ?

— Pourquoi ?

— Est-ce qu'on n'est pas censé tout dire à son avocat ? »

Hélène lança à Alex un étrange regard oblique.

« Sous couvert du secret professionnel, précisa Jackie.

— Pourquoi, quel est le problème ? demanda Alex. Il y a quelque chose que tu ne me dis pas, Hélène ? »

Jackie poussa un soupir en levant les yeux au ciel. « Bon Dieu, Hélène !

— Ça va, Jackie. Alex est de notre côté. »

Jackie regarda Alex d'un air qui signifiait qu'elle lisait en lui mieux que sa copine.

« Qu'est-ce que tu ne m'as pas dit ?

— Ce ne sont pas vos oignons, d'accord ?

— Jackie, protesta Hélène.

— Ça ne fait rien, Hélène. » Alex se leva. « Après tout, je ne suis pas obligé d'être ici, dit-il à Jackie. Mais j'aurais pensé que vous aviez besoin d'amis en ce moment. Surtout dans la famille de Mondo.

— Jackie, dis-lui, insista Hélène. Autrement, il repartira en pensant que nous avons vraiment quelque chose à cacher. »

Jackie jeta à Alex un regard furieux. « J'ai dû m'absenter une heure hier soir. Je n'avais plus d'herbe et nous avions envie d'un joint. Mon revendeur n'est pas le genre de type à fournir des alibis. Et de toute façon, la police ne le croirait pas. En clair, du point de vue purement pratique, l'une d'entre nous aurait fort bien pu tuer David. »

Alex sentit ses cheveux se dresser sur sa tête. Il repensa à ce moment la veille au soir où il avait eu le sentiment qu'Hélène le manipulait. « Vous devriez le raconter aux flics, lâcha-t-il. Qu'ils découvrent que vous avez menti et jamais ils ne croiront à votre innocence.

— Contrairement à vous, c'est ça ? » répliqua Jackie avec mépris.

Il se serait bien passé de toute cette hargne. « Je suis venu vous offrir mon aide, pas jouer les souffre-douleur, dit-il sèchement. Ont-ils parlé de rendre le corps ?

— L'autopsie sera pratiquée cet après-midi. Après quoi, nous serons autorisés à organiser les obsèques. » Hélène écarta les bras. « Je ne sais pas qui appeler. Qu'est-ce que je dois faire, Alex ?

— Cherche à « Pompres funèbres » dans les Pages jaunes. Mets un faire-part dans les journaux, puis contacte ses amis les plus proches. Si tu veux, je peux me charger de la famille. »

Elle hocha la tête. « Cela m'aiderait beaucoup. »

Jackie laissa échapper un ricanement. « Ils risquent de ne plus être très chauds pour rencontrer Hélène quand ils connaîtront mon existence.

— Mieux vaut éviter ça. Les parents de Mondo ont déjà bien assez de soucis, répondit Alex d'une voix glaciale. Hélène, il faudrait que tu prévoies un endroit pour la collation.

— La collation ? répéta Hélène.

— Oui, le jour de l'enterrement. »

Elle ferma les yeux. « Incroyable ! David est allongé sur une table de dissection et nous, on parle de se remplir la panse.

— Eh oui », murmura Alex. Il n'avait pas besoin de dire ce qu'il pensait ; le reproche flottait dans l'air entre eux.

« Votre fille, elle a déjà un nom ? » demanda-t-elle, cherchant manifestement un sujet qui ne prête pas à controverse.

Alex la regarda avec appréhension. « On voulait l'appeler Ella. Puis on a pensé... enfin, Lynn a pensé qu'elle aimerait bien l'appeler Davina. En souvenir de Mondo. Si tu n'y vois pas d'inconvénient, bien sûr. »

Les lèvres d'Hélène tremblèrent et des larmes coulèrent au coin de ses yeux. « Oh, Alex. Comme je regrette que nous n'ayons pas passé plus de temps avec Lynn et toi. »

Il secoua la tête. « C'est ça. Pour que nous nous sentions trahis également. »

Hélène sursauta comme si elle avait reçu un coup. Jackie s'approcha d'Alex, les poings serrés. « Je pense qu'il est temps que vous partiez.

— Moi aussi, répondit-il. On se verra à l'enterrement. »

31

Le directeur adjoint Lawson attira vers lui le dossier posé sur le bureau. « Je comptais beaucoup là-dessus, soupira-t-il.

— Moi également, admit Karen Pirie. Même s'ils n'ont pas prélevé d'échantillon biologique sur le cardigan à l'époque, je pensais qu'avec le matériel dont nous disposons aujourd'hui, on pourrait trouver une trace de quelque chose d'exploitable. Du sperme ou du sang. Mais il n'y a rien, à l'exception de ces taches de peinture bizarres.

— Dont nous étions déjà informés. Ce qui ne nous avait pas fait avancer d'un pas. » Lawson ouvrit le dossier d'un geste dédaigneux et se mit à parcourir le bref rapport. « Le problème, c'est que le cardigan n'a pas été trouvé avec le corps. Si ma mémoire est bonne, il avait été jeté par-dessus une haie dans le jardin de quelqu'un. »

Karen acquiesça. « Demeurant au 15. Il s'est écoulé plus d'une semaine avant qu'ils ne le récupèrent, date à laquelle il avait neigé, dégelé et plu, pour tout arranger. Identifié par la mère de Rosie Duff comme étant celui qu'elle portait lorsqu'elle est partie ce soir-là. Le sac à main et le manteau n'ont jamais été retrouvés. » Elle consulta le dossier bombé sur ses genoux. « Un manteau trois-quart, de couleur marron, de chez C&A, avec une doublure pied-de-poule marron et beige.

— On ne les a jamais retrouvés parce qu'on ne savait pas où chercher. Parce qu'on ne savait pas où elle avait été tuée. Après son départ du Lammas Bar, on aurait pu l'emmener n'importe où à, disons, une heure de trajet en voiture : de l'autre côté du pont vers Dundee, à l'autre bout de la Fife, n'importe où entre Kirriemuir et Dundee. Elle aurait pu être assassinée sur un bateau, dans une étable, ou ailleurs. La seule chose dont on était raisonnablement sûr, c'est qu'elle n'était pas morte dans le pavillon de Fife Park où résidaient Gilbey, Malkiewicz, Kerr et Mackie. » Lawson rendit le rapport médico-légal à Karen.

« Juste par curiosité... A-t-on fouillé les autres logements de Fife Park ? »

Lawson fronça les sourcils. « Je ne pense pas. Pourquoi ?

— Cela se passait, me semble-t-il, pendant les vacances universitaires. Pas mal de gens devaient être déjà partis pour Noël. Certaines maisons voisines étaient peut-être vides.

— Elles auraient été fermées à double tour. Si on avait signalé une effraction, nous l'aurions su.

— Vous savez comment sont les étudiants. Sans cesse fourrés les uns chez les autres. Il ne devait pas être très difficile de se procurer une clé. De plus, nos quatre lascars étaient en dernière année. S'ils avaient occupé un autre pavillon antérieurement, ils avaient peut-être conservé la clé. »

Lawson gratifia Karen d'un regard admiratif. « Quel dommage que vous n'ayez pas été là au moment de la première enquête. Je ne crois pas que cette direction ait été explorée. Trop tard à présent, bien sûr. Et vos recherches ? Où en êtes-vous ?

— J'ai pris quelques jours de congé lors des fêtes de fin d'année, répondit-elle, sur la défensive. Mais je suis restée tard et j'ai fini hier soir.

— Alors nous en sommes pour nos frais ? Les preuves matérielles concernant le meurtre de Rosie Duff ont disparu définitivement ?

— Ça en a tout l'air. La dernière personne à avoir touché à la boîte est l'inspecteur-chef Maclennan, une semaine avant sa mort. »

Lawson regimba. « Vous ne prétendez quand même pas que Barney Maclennan a supprimé les preuves d'une affaire en cours sur un homicide ? »

Karen fit promptement marche arrière. Elle n'était pas assez stupide pour dénigrer un collègue mort en héros. « Non, pas du tout. Simplement, il n'existe aucune trace écrite qui permettrait de savoir ce qui a bien pu arriver aux vêtements de Rosie Duff. »

Il poussa un nouveau soupir. « Ça remonte probablement à des années. Ils ont dû finir à la poubelle. Franchement, parfois on se demande. Parmi les gens qu'on engage, il y en a certains...

— L'autre éventualité, je suppose, c'est que l'inspecteur Maclennan les ait envoyés pour des examens complémentaires. Ou bien ils ne sont jamais revenus parce qu'il n'était plus là pour les réclamer ou bien le paquet s'est perdu dans les limbes, suggéra prudemment Karen.

— Possible. Mais, dans un cas comme dans l'autre, vous ne les retrouverez pas. » Lawson tambourina avec les doigts sur son bureau. « Enfin, c'est comme ça. Une affaire classée qui restera classée. Je ne suis pas pressé d'avertir le fiston. Il n'arrête pas de téléphoner pour savoir si ça avance.

— Je n'en reviens toujours pas que le médecin légiste ne se soit pas aperçu qu'elle avait eu un enfant, dit Karen.

— À votre âge, j'aurais eu la même réaction, reconnut Lawson. Mais c'était une vieille baderne, et les vieilles badernes commettent parfois des erreurs stupides. Je le sais d'autant plus que j'ai l'impression d'en prendre moi-même le chemin. De temps à autre, je me demande si cette affaire n'a pas la poisse depuis le départ. »

Sa déception était palpable et Karen n'ignorait pas ce que tout cela avait d'exaspérant car elle éprouvait la même chose. « Vous ne croyez pas que ça vaudrait la peine que je retente le coup avec les témoins ? Les quatre étudiants ? »

Lawson fit la grimace. « Ça risque de ne pas être de la tarte.

— Que voulez-vous dire ? »

Ouvrant le tiroir de son bureau, Lawson en tira un exemplaire du *Scotsman* vieux de trois jours. Il était replié à la rubrique nécrologique. Il le lui tendit en indiquant du doigt l'annonce suivante :

> KERR, DAVID MCKNIGHT, Hélène son épouse, Lynn sa sœur, Adam et Sheila Kerr ses parents, de Kirkcaldy, ont la douleur de faire part du décès du professeur David Kerr, Carden Grove, Bearsden, Glasgow. Les obsèques auront lieu

jeudi à 14 heures au crématorium de Glasgow, Western Necropolis, Tresta Road. Seules les fleurs de la famille sont acceptées.

Karen releva la tête, surprise. « Il ne devait pas avoir plus de quarante-six ou quarante-sept ans ? C'est plutôt jeune pour mourir.

— Vous auriez intérêt à faire plus attention aux nouvelles, Karen. Le maître de conférence de l'université de Glasgow poignardé dans sa cuisine par un cambrioleur jeudi soir ? Ça vous dit quelque chose ?

— Il ne s'agit tout de même pas de notre David Kerr ? Celui qui était surnommé Mondo ? »

Lawson hocha la tête. « Le "Crazy Diamond" en personne. J'ai parlé lundi à l'inspecteur chargé de l'affaire. Histoire de m'assurer que je ne me trompais pas. Apparemment, ils sont loin d'être convaincus par la théorie du cambriolage. L'épouse était partie batifoler. »

Karen fit la moue. « Mauvais.

— Très. Eh bien, que diriez-vous d'une petite virée à Glasgow cet après-midi ? Je pensais que nous pourrions peut-être faire nos adieux à l'un de nos suspects.

— Vous croyez que les trois autres viendront ? »

Lawson haussa les épaules. « C'étaient les meilleurs copains du monde, mais il y a vingt-cinq ans de cela. On n'a qu'à aller voir. Cependant, je ne crois pas qu'il y aura d'interrogatoire aujourd'hui. Laissons reposer un peu les choses. Inutile qu'on nous accuse d'insensibilité, n'est-ce pas ? »

La salle du crématorium était bondée. Mondo avait eu beau couper les ponts avec sa famille et ses vieux amis, on aurait dit qu'il n'avait pas eu de problème pour leur trouver des remplaçants. Alex était assis au premier rang, Lynn blottie contre lui. Cela faisait deux jours qu'elle était sortie de l'hôpital et elle se déplaçait encore comme une personne âgée. Il avait bien tenté de la convaincre de se reposer, mais il n'était pas question pour elle de rater l'enterrement de son seul frère. De plus, sans bébé à la maison, elle ne ferait que broyer du noir. Mieux valait qu'elle soit avec les siens. Il n'avait trouvé aucun argument à lui opposer. Aussi se tenait-elle là, immobile, serrant la main tremblante de son père pour le réconforter. Sa mère était assise de l'autre côté, le visage presque invisible derrière les plis d'un mouchoir blanc.

Hélène se tenait un peu plus loin, la tête basse, les épaules voûtées. Elle semblait être rentrée dans sa coquille, une barrière infranchissable la séparant du reste du monde. Au moins, elle avait eu le bon sens de ne pas arriver au bras de Jackie. Elle se leva péniblement pour l'hymne final.

Lorsque retentit l'ouverture du Vingt-Troisième Psaume mis en musique par Crimond, la gorge d'Alex se noua. Le chant vacilla quelque peu tandis que les gens cherchaient le ton, puis il repartit de plus belle. Quel cliché, songea-t-il, s'en voulant d'être ému par cet incontournable des enterrements. Les obsèques de Ziggy avaient été bien plus sincères, célébrant davantage l'homme que tout ce fatras superficiel. À sa connaissance, Mondo n'était jamais allé dans une église si ce n'est pour assister aux rites de passage traditionnels. Les lourdes tentures s'ouvrirent et le cercueil commença son ultime voyage.

Alors que s'éteignaient les accords du dernier verset, les rideaux se refermèrent. Le pasteur prononça la bénédiction, puis remonta l'allée centrale. La famille suivit, Alex fermant la marche, Lynn cramponnée à son bras. La plupart des visages n'étaient que des taches floues, mais, à mi-parcours, la silhouette efflanquée de Weird lui apparut. Ils échangèrent un bref signe de tête, puis Alex continua d'avancer. Il eut sa seconde surprise juste au moment de sortir. Même s'il n'avait pas revu James Lawson en chair et en os depuis des lustres, il connaissait son visage par les médias. Pas très délicat de sa part, se dit-il en prenant place dans la file pour recevoir les condoléances. Mariage et enterrement exigeaient l'un comme l'autre que l'on remercie les personnes qui s'étaient déplacées.

Cela parut durer une éternité. Sheila et Adam Kerr avaient l'air complètement hébétés. Non seulement ils avaient perdu un fils, mais il leur fallait affronter la sympathie de gens qu'ils n'avaient jamais vus et qu'ils ne reverraient jamais. Cette foule venue lui rendre un dernier hommage était-elle une consolation pour eux ? Pour Alex, elle symbolisait la distance qui les avait séparés, Mondo et lui, tout au long de ces dernières années. Il ne connaissait presque personne.

Weird était resté en arrière. Il serra doucement Lynn dans ses bras. « Je suis vraiment désolé. » Puis, à l'intention d'Alex, une main posée sur son épaule : « Je t'attends à l'extérieur. » Alex hocha la tête.

Enfin, les derniers participants sortirent. Bizarre. Plus de Lawson. Il avait dû sortir par une autre porte. C'était aussi bien. Aurait-il réussi à rester courtois, Alex n'en était pas certain. Il conduisit ses beaux-parents jusqu'au fourgon, aida Lynn à s'asseoir, s'assura que les autres étaient installés. « Je vous retrouve à l'hôtel. Je veux juste vérifier que tout est réglé ici. »

Il eut honte d'éprouver un moment de soulagement tandis que le véhicule descendait l'allée. Il s'était garé là un peu plus tôt, au cas où quelque chose réclamerait son attention après la cérémonie. Mais au fond de lui, il savait qu'il désirait surtout échapper au chagrin étouffant de sa famille.

Une main sur son épaule le fit se retourner. « Ah, c'est toi, dit-il en riant presque à la vue de Weird.

— Qui d'autre voulais-tu que ce soit ?

— Jimmy Lawson rôdait tout à l'heure à l'arrière du crématorium

— Jimmy Lawson le flic ?

— M. le directeur adjoint Jimmy Lawson, s'il te plaît, répondit Alex en se dirigeant vers l'endroit où les fleurs étaient exposées.

— Et qu'est-ce qu'il est venu faire ici ?

— Se frotter les mains ? Je ne sais pas. Il s'occupe de la réouverture des affaires non résolues. Peut-être voulait-il observer ses principaux suspects, voir si nous n'allions pas succomber à l'émotion, tomber à genoux et faire des aveux. »

Weird grimaça. « Je n'ai jamais aimé ces trucs catholiques. Nous devrions être suffisamment adultes pour assumer notre propre culpabilité. Ce n'est pas le boulot de Dieu de passer l'éponge afin que nous puissions recommencer à pécher. » Il s'arrêta et se tourna vers Alex. « Je tenais à te dire combien je suis content que tout se soit bien passé à l'hôpital.

— Merci, Tom. Tu vois, je n'ai pas oublié, pour le surnom.

— Le bébé est toujours là-bas ? »

Alex poussa un soupir. « Elle fait un peu de jaunisse, alors ils vont la garder encore quelques jours. C'est dur. Surtout pour Lynn. Avoir traversé tout ça et rentrer les mains vides. Sans parler de ce qui est arrivé à Mondo... »

Ils se remirent à marcher, jetant un coup d'œil aux fleurs. Un des participants s'approcha pour demander à Alex le chemin de l'hôtel, pour la collation. Lorsqu'il pivota en direction de Weird, celui-ci se penchait au-dessus d'une des couronnes. En s'approchant pour voir ce qui avait attiré son attention, il sentit son cœur bondir dans sa poitrine. C'était la réplique exacte de la couronne de Seattle : un cercle serré de roses blanches et de romarin. Weird détacha la carte et se redressa. « Le même message, dit-il en la tendant à Alex. *Du romarin pour ne pas oublier.* »

Alex sentit sa peau devenir moite. « Je n'aime pas ça.

— Ni moi non plus. Un peu gros pour une coïncidence. Ziggy et Mondo meurent tous les deux dans des circonstances suspectes... Qu'est-ce que je raconte ? Appelons les choses par leur nom. Ziggy et Mondo ont tous les deux été assassinés. Et la même couronne apparaît aux deux enterrements. Avec un message nous reliant tous les quatre au meurtre non éclairci d'une fille prénommée Rosemary.

— C'était il y a vingt-cinq ans. Si quelqu'un avait voulu se venger, il l'aurait certainement fait bien avant, non ? raisonna Alex autant pour se convaincre que pour convaincre Weird. Quelqu'un essaie de nous flanquer la trouille, voilà tout. »

Weird secoua la tête. « Tu as eu d'autres chats à fouetter ces derniers jours, mais moi, j'y ai réfléchi. Il y a vingt-cinq ans, tout le monde était aux aguets. Je n'ai pas oublié la fois où je me suis fait tabasser. Ni le soir où ils ont descendu Ziggy dans le Bottle Dungeon. Ni que Mondo en a été tellement retourné qu'il a essayé de se tuer. Si tout s'est arrêté, c'est parce que les flics ont passé un savon à Colin et Brian Duff pour qu'ils nous fichent la paix. Rappelle-toi, ce que tu m'as raconté à l'époque, Jimmy Lawson t'avait dit que, s'ils s'étaient calmés, c'est uniquement parce qu'ils ne voulaient pas causer davantage de chagrin à leur mère. Alors peut-être ont-ils décidé d'attendre.

— Mais vingt-cinq ans ? Est-ce que tu pourrais garder rancune à quelqu'un pendant vingt-cinq ans ?

— Ce n'est pas à moi qu'il faut poser la question. Mais il y a quantité de gens qui ne reconnaissent pas Jésus-Christ comme leur sauveur, et tu sais aussi bien que moi, Alex, qu'ils sont capables de tout. Nous ignorons ce qui s'est passé dans leur vie. Peut-être un événement est-il survenu qui a ravivé tout cela. Peut-être leur mère est-elle morte. À moins que la réouverture des vieilles affaires leur ait rappelé qu'ils avaient un compte à régler et qu'ils ne couraient probablement aucun risque à le faire maintenant. Tout ce que je sais, c'est que quelqu'un semble bien décidé à avoir notre peau. Et disposer du temps et des moyens pour y parvenir. » Weird regarda nerveusement autour de lui comme si son bourreau se trouvait parmi les membres du cortège qui se dirigeaient vers leurs voitures.

« Voilà que tu deviens parano. » Ce n'était pas l'aspect de la jeunesse de Weird dont Alex avait envie de se souvenir à cet instant.

« Je ne pense pas. Je crois plutôt que c'est moi le plus sensé ici.

— Alors, qu'est-ce que tu proposes ? »

Weird serra son manteau contre lui. « Je compte prendre un avion demain matin pour les États-Unis. Ensuite, j'enverrai ma femme et mes gosses quelque part à l'abri. Il y a plein de bons chrétiens qui vivent dans des régions reculées. Personne n'ira les chercher la-bas.

— Et toi ? » Alex sentait les soupçons de Weird le gagner peu à peu.

Weird sourit, de ce vieux sourire satisfait qui lui était coutumier. « Je vais faire une retraite. Les fidèles comprennent parfaitement que ceux qui les administrent ont besoin de solitude de temps à autre pour ranimer leur foi. Et ce qui est épatant, pour un pasteur dont les sermons sont télévisés, c'est qu'on peut enregistrer une vidéo quel que soit l'endroit où l'on se trouve. De cette manière, mes ouailles ne m'oublieront pas pendant mon absence.

— On ne peut pas se cacher éternellement. Tôt ou tard, il te faudra bien rentrer chez toi. »

Weird hocha la tête. « Je sais. Mais je n'ai pas l'intention de rester les bras croisés. Dès que nous serons hors de la ligne de mire, ma famille et moi, j'engagerai un détective privé pour découvrir qui a envoyé cette couronne aux obsèques de Ziggy. Parce que, dès que je le saurai, je saurai aussi de qui je dois me méfier. »

Alex poussa un brusque soupir. « Tu as songé à tout, à ce que je vois.

— Plus j'ai repensé à cette première couronne, plus je me suis posé de questions. Et j'ai échafaudé un plan. Au cas où. » Il posa une main sur le bras d'Alex. « Je te conseille d'en faire autant. N'oublie pas que tu as charge d'âmes à présent. » Weird serra son ami contre lui. « Prends soin de toi.

— Très touchant », dit durement une voix.

Weird s'écarta et se retourna. Tout d'abord, il ne parvint pas à situer l'homme au visage sinistre qui les regardait de travers, Alex et lui. Puis sa mémoire franchit les années, et il se retrouva devant le Lammas Bar, terrifié et meurtri. « Brian Duff », murmura-t-il.

Alex les regarda tour à tour. « Le frère de Rosie ?

— T'as deviné ! »

Les émotions confuses qui tourmentaient Alex depuis des jours se changèrent soudain en colère. « Vous êtes venu vous divertir ?

— La justice immanente, ce n'est pas comme ça que ça s'appelle ? Un petit fumier d'assassin en enterre un autre. Ouais, je suis venu me divertir. »

Alex fit un mouvement en avant, retenu par l'étreinte de Weird autour de son bras. « Laisse tomber, Alex. Brian, aucun de nous n'a touché à un cheveu de Rosie. Je sais qu'il vous faut quelqu'un à blâmer, mais ce n'était pas nous. Vous devez le croire.

— Je n'ai rien à croire de ce genre. » Il cracha par terre. « J'espérais bien que les flics allaient agrafer l'un de vous cette fois-ci. Vu que ça n'arrivera pas, c'est encore la meilleure chose qui pouvait se produire.

— Bien sûr que ça n'arrivera pas. Nous n'avons rien fait à votre sœur et les traces d'ADN le prouveront », s'écria Alex.

Duff poussa un grognement. « Quelles traces d'ADN ? Ces espèces d'idiots ont perdu les pièces à conviction. »

Alex demeura interdit. « Quoi ?

— Vous avez très bien entendu. Ce qui fait que vous êtes à nouveau à l'abri des foudres de la loi. » Sa lèvre se retroussa en un sourire sarcastique. « N'empêche, ça n'a pas sauvé votre copain, pas vrai ? » Il tourna les talons et s'éloigna sans un regard.

Weird secoua lentement la tête. « Tu le crois ?

— Quelle raison aurait-il de mentir ? soupira Alex. Moi qui pensais qu'on allait être enfin innocentés. Comment peuvent-ils être aussi incompétents ? Comment ont-ils pu perdre les seuls éléments qui auraient permis d'en finir une fois pour toutes avec ce merdier ? » Il agita un bras vers les couronnes.

« Ça t'étonne ? Ils ne se sont guère couverts de gloire la première fois. Pourquoi en irait-il autrement aujourd'hui ? » Weird tira sur le col de son manteau. « Alex, je suis désolé, mais il faut que je parte. » Ils se serrèrent la main. « Je t'appellerai. »

Alex demeura cloué sur place, abasourdi par la rapidité avec laquelle son univers venait d'être bouleversé. Si Brian Duff avait raison, cela expliquait-il les couronnes menaçantes ? Et dans ce cas, le cauchemar ne s'arrêterait-il jamais, tant que Weird et lui étaient encore en vie ?

Graham Macfadyen observait la scène depuis sa voiture. Les couronnes avaient été un coup de maître. Admirablement ficelé. Il ne s'était pas rendu à Seattle pour voir l'effet de la première, mais il était certain que Mackie et Gilbey avaient à présent compris le message. Preuve qu'il y avait bien un message à comprendre. Des innocents n'auraient pas sourcillé devant un tel rappel.

Leur réaction compensait l'écœurante hypocrisie qu'il avait dû supporter à l'intérieur du crématorium. De toute évidence, le pasteur n'avait pas connu David Kerr vivant. Rien d'étonnant alors qu'il ait pu le blanchir avec autant de brio une fois mort. Mais ça l'avait rendu malade, la manière dont chacun avait acquiescé docilement, gobant ces boniments, adhérant à cette fable avec des expressions pieuses.

Il se demanda quelle tête ils auraient faite s'il avait marché jusqu'à l'estrade et dit la vérité. « Mesdames, messieurs, nous sommes ici aujourd'hui pour incinérer un assassin. Cet homme que vous pensiez connaître a passé sa vie d'adulte à vous mentir. David Kerr feignait d'être un honnête habitant de cette ville. Mais la réalité, c'est qu'il y a bien des années, il a pris part au viol et à l'assassinat de ma mère, pour lesquels il n'a jamais été puni. Aussi, en parcourant les souvenirs que vous avez de lui, ne l'oubliez pas. » Oh oui, cela aurait effacé de leurs visages ces airs de chagrin compassé. Il regrettait presque de ne pas l'avoir fait.

Mais cela n'aurait servi qu'à se soulager. Ce qui n'était pas malin en l'occurrence. Mieux valait demeurer dans l'ombre. D'autant que son oncle était venu faire le boulot à sa place. Il n'avait aucune idée de ce que Brian avait raconté à Gilbey et à Mackie, mais cela les avait visiblement ébranlés. À présent, ils ne risquaient pas d'oublier ce qu'ils avaient fait jadis. Ils resteraient éveillés toute la nuit à se demander quand leur passé allait finir par les rattraper. C'était une pensée agréable.

Macfadyen regarda Alex Gilbey remonter dans sa voiture, apparemment indifférent à ce qui l'entourait. « Il ne sait même pas que j'existe, marmonna-t-il. Mais je suis là, Gilbey. Je suis là. » Mettant le moteur en marche, il partit rôder du côté du repas funéraire. Incroyable combien il était facile de s'infiltrer dans la vie des gens.

32

Davina faisait des progrès, leur dit l'infirmière. Elle respirait sans oxygène et sa jaunisse battait en retraite. En la tenant dans ses bras, Alex parvenait à oublier le cafard qui avait suivi l'enterrement de Mondo et l'inquiétude que lui avait communiquée Weird. Mais il aurait été plus agréable de rester assis avec sa femme et sa fille dans leur propre salle de séjour. C'est du moins ce qu'il avait cru jusqu'à sa conversation au crématorium.

Comme si elle lisait dans ses pensées, Lynn interrompit la tétée et le regarda. « Plus que deux ou trois jours et on la ramènera à la maison. »

Alex sourit, dissimulant le malaise que lui causaient ces paroles. « Je meurs d'impatience. »

Pendant le trajet de retour, il faillit parler de la couronne et des révélations de Brian Duff. Mais il ne voulait pas troubler Lynn, aussi garda-t-il le silence. Épuisée, elle alla se coucher directement, tandis qu'Alex ouvrait une bouteille de shiraz qu'il gardait pour une occasion spéciale. Il emporta le vin dans la chambre et remplit deux verres. « Est-ce que tu vas me dire ce qui te tourmente ? lança Lynn alors qu'il s'installait à côté d'elle.

— Oh, je pensais à Hélène et à Jackie. Je ne peux pas m'empêcher de me demander si Jackie est pour quelque chose dans l'assassinat de Mondo. Je ne prétends pas qu'elle l'ait tué. Mais j'ai l'impression qu'elle connaît des gens qui en seraient parfaitement capables, moyennant finances. »

Lynn se renfrogna. « Ce ne serait pas plus mal, si c'était elle. Cette garce d'Hélène mérite d'en baver. Comment a-t-elle pu tromper Mondo tout en jouant les épouses modèles ?

— À mon avis, son chagrin est sincère, Lynn. Je la crois quand elle dit qu'elle l'aimait.

— Ne te mets pas à la défendre.

— Je ne la défends pas. Mais en dépit de ses relations avec Jackie, elle tenait à lui. C'est évident. »

Lynn pinça les lèvres. « Bien, admettons. Mais ce n'est pas ça qui te chiffonne. Il s'est passé je ne sais quoi entre le moment où tu as quitté le crématorium et ton arrivée à l'hôtel. C'est Weird ? Il a dit quelque chose qui t'a contrarié ?

— Bon sang, tu es une véritable sorcière, gémit Alex. Ce n'était rien. Juste une mouche qui l'a piqué.

— Ça devait être l'abeille tueuse d'Alpha Centauri pour produire un tel effet alors que tu as bien d'autres soucis en tête. Pourquoi ne veux-tu pas me le dire ? Ce sont des trucs de mecs ? »

Alex poussa un soupir. Il n'avait jamais cru que l'ignorance était une bonne chose, pas dans un mariage où l'on est censé tout partager. « J'aime autant ne pas t'embêter avec ça. Tu as déjà assez de tracas en ce moment.

— Justement, Alex, tu ne penses pas que n'importe quelle diversion serait la bienvenue ?

— Pas ça, ma chérie. Il y a des choses qu'il vaut mieux passer sous silence.

— Pourquoi ai-je tant de mal à te croire ? » Elle appuya sa tête contre son épaule. « Allez, crache le morceau, tu te sentiras mieux après.

— En fait, je n'en suis pas sûr du tout. » Il poussa un nouveau soupir. « Je ne sais pas, mais je ferais peut-être mieux de t'en parler. Après tout, l'être raisonnable, c'est toi.

— Ce qu'on peut difficilement dire de Weird », remarqua-t-elle sèchement.

Il lui parla donc des couronnes mortuaires, s'efforçant de prendre un ton désinvolte. À sa grande surprise, Lynn n'invoqua pas l'habituelle paranoïa de Weird. « Voilà pourquoi tu essaies de te convaincre que Jackie a engagé un homme de main, déclara-t-elle. Cette histoire ne me plaît pas du tout. Weird a raison de s'inquiéter.

— Écoute, il y a sans doute une explication simple, protesta-t-il. Peut-être quelqu'un qui les connaissait tous les deux.

— Quand on sait la manière dont Mondo a coupé avec son passé ? Les seules personnes qui auraient pu les connaître tous les deux sont nécessairement de Kirkcaldy ou de St Andrews. Or personne là-bas n'a oublié l'affaire Rosie Duff. Et il fallait vraiment bien les connaître pour envoyer une couronne quand les faire-part indiquaient : "Seules les fleurs de la famille sont acceptées", fit remarquer Lynn.

— Malgré tout, ça ne signifie pas qu'on cherche à avoir notre peau, répondit Alex. Quelqu'un a voulu donner un coup de griffe, ça oui. Mais de là à commettre deux meurtres de sang-froid, il y a de la marge. »

Lynn secoua la tête, incrédule. « Sur quelle planète vis-tu, Alex ? Admettons à la rigueur que quelqu'un voulant donner un coup de griffe ait appris la mort de Mondo en lisant le journal. Au moins, cela se passait dans le même pays que le meurtre de Rosie Duff. Mais comment aurait-on pu envoyer des fleurs à temps pour l'enterrement de Ziggy à moins d'être dans le coup ?

— Je l'ignore. Le monde est si petit. La personne qui a envoyé la couronne avait peut-être un contact à Seattle. Ou bien un habitant de St Andrews a déménagé là-bas et il sera tombé par hasard sur Ziggy à la clinique. Ce n'est pas un nom très courant, et Ziggy n'était pas précisément monsieur Tout-le-Monde. Tu le sais toi-même, chaque fois que nous sortions avec Paul et lui à Seattle, il y avait toujours des gens pour venir le saluer. On n'oublie pas facilement le médecin qui a soigné votre gosse. Et si ça s'est passé ainsi, quoi de plus naturel que d'envoyer un mail pour prévenir un proche du décès de Ziggy ? Dans des endroits comme St Andrews, ce genre de nouvelles se répand comme une traînée de poudre. Ce n'est pas invraisemblable, non ? » La voix d'Alex tremblait de plus en plus tandis qu'il s'efforçait d'inventer une raison de ne pas croire ce qu'avait suggéré Weird.

« Un peu tiré par les cheveux, mais pourquoi pas, après tout. N'empêche, tu ne peux pas te contenter de ça. C'est un peu mince. Il faut que tu réagisses, Alex. » Lynn reposa son verre et serra son mari dans ses bras. « Tu ne peux pas prendre de risques, pas avec l'arrivée de Davina à la maison d'un jour à l'autre. »

Alex vida son vin. « Et qu'est-ce que je dois faire ? Me cacher avec vous deux ? Où irions-nous ? Et le travail ? Je ne peux pas laisser tomber mon gagne-pain, pas avec un enfant à nourrir. »

Lynn lui caressa la tête. « Calme-toi, Alex. Je ne parle pas d'une solution aussi radicale que celle de Weird. Tu m'as dit tout à l'heure que Lawson était à l'enterrement. Pourquoi n'irais-tu pas le voir ? »

Alex poussa un grognement. « Lawson ? L'homme qui a essayé de m'embobiner avec de la soupe aux lentilles et de la fausse compassion ? Que cette histoire démange depuis si longtemps qu'il est venu voir incinérer l'un de nous ? Tu crois qu'il me prêtera une oreille bienveillante ?

— Lawson avait peut-être ses soupçons, mais au moins il t'a évité de te faire passer à tabac. » Se glissant sous le duvet, Alex posa sa tête sur le ventre de Lynn. Elle s'écarta avec une grimace. « Attention à ma cicatrice », gémit-elle. Il changea de place, se blottissant contre son bras.

« Il me rira au nez.

— Ou bien il te prendra suffisamment au sérieux pour effectuer des recherches. Il n'est pas dans son intérêt de fermer les yeux sur des règlements de comptes, s'il s'agit bien de ça. Le reste mis à part, cela donne à la police l'air encore plus minable qu'elle ne l'est en réalité.

— Tu ne crois pas si bien dire, laissa tomber Alex.

— Comment donc ?

— Il s'est passé autre chose après l'enterrement. Le frère de Rosie Duff s'est pointé. Il tenait à ce que nous sachions, Weird et moi, qu'il était venu s'en payer une tranche.

— Oh ! Alex. C'est affreux. Pour vous et pour lui. Pauvre type. Ne pas pouvoir être en paix avec le passé après tout ce temps.

— Et ce n'est pas tout. Il nous a dit que la police de la Fife avait perdu les pièces à conviction de l'affaire Rosie Duff. Les preuves sur lesquelles nous comptions pour fournir l'ADN qui nous innocenterait.

— Tu veux rire !

— J'aimerais bien. »

Lynn secoua la tête. « Raison de plus pour que tu ailles parler à Lawson.

— Parce que tu crois qu'il a envie que je fourre mon nez là-dedans ?

— Je me moque de ce dont il a envie. Il faut que tu saches avec certitude ce qui se passe. Si quelqu'un en a après toi, peut-être que ce qui l'a poussé à agir, c'est de s'apercevoir qu'il n'obtiendrait jamais justice en fin de compte. Appelle Lawson demain matin. Fixe un rendez-vous avec lui. J'aurai l'esprit plus tranquille.

— S'il n'y a que ça pour te rassurer, c'est comme si c'était fait. Mais ne t'en prends pas à moi s'il estime que le justicier a raison et qu'il décide de me coffrer. »

Lorsque Alex téléphona pour rencontrer le directeur adjoint Lawson, la secrétaire lui fixa, à son grand étonnement, un rendez-vous l'après-midi même. Le bureau vide dans lequel on l'introduisit était environ deux fois plus grand que le sien. Les privilèges attachés au rang sont toujours plus visibles dans le secteur public, se dit-il en embrassant du regard l'immense table, la carte de la région encadrée avec soin ainsi que les diverses récompenses obtenues par James Lawson affichées bien en évidence. Il prit place sur le siège réservé aux visiteurs, non sans noter avec amusement qu'il était beaucoup plus bas que le fauteuil en face.

Il n'eut pas à attendre longtemps. Comme la porte derrière lui s'ouvrait, Alex se leva d'un bond. Les années n'avaient pas été tendres avec Lawson, pensa-t-il. Sa peau était ridée et son teint cireux, avec deux taches de couleur vive sur les joues, des veines éclatées, symptôme de quelqu'un qui boit trop ou qui passe trop de temps exposé aux rudes vents de l'est balayant la Fife. Cependant, le regard était toujours aussi pénétrant, constata Alex tandis que Lawson l'examinait des pieds à la tête. « Monsieur Gilbey, dit-il, désolé de vous avoir fait attendre.

— Ce n'est rien. Vous êtes sûrement très occupé. Je vous remercie de m'avoir reçu aussi vite. »

Lawson passa près de lui sans tendre la main. « Je suis toujours intéressé quand quelqu'un lié à une enquête désire me voir. » Il s'installa dans le fauteuil en cuir, tirant sur sa veste d'uniforme pour en ôter les plis.

« Je vous ai aperçu à l'enterrement de David Kerr.

— J'avais à faire à Glasgow. J'en ai profité pour lui rendre un dernier hommage.

— Je n'aurais pas cru la police de la Fife capable de tels égards pour Mondo », répliqua Alex.

Lawson eut un geste impatient. « Je suppose que votre visite a rapport avec la réouverture du dossier du meurtre de Rosemary Duff ?

— Indirectement, oui. Comment marche l'enquête ? Avez-vous fait des progrès ? »

Ces questions parurent irriter Lawson. « Il m'est impossible de discuter d'une affaire en cours avec quelqu'un dans votre position.

— De quelle position s'agit-il exactement ? Vous ne me considérez sûrement plus comme un suspect ? » Alex était plus courageux que l'étudiant de vingt ans qu'il avait été ; il n'allait pas laisser passer une telle remarque sans réagir.

Lawson remua des papiers sur son bureau. « Vous étiez un témoin.

— Et l'on ne peut pas dire aux témoins ce qui se passe ? Vous êtes bien pressé de parler aux journaux dès que vous dénichez quelque chose. Pourquoi aurais-je moins de droits qu'un journaliste ?

— Je ne parle pas non plus de l'affaire Rosie Duff aux journaux, répondit sèchement Lawson.

— Est-ce parce que vous avez perdu les pièces à conviction ? »

Lawson le regarda un long moment avec dureté. « Sans commentaire. »

Alex secoua la tête. « Ce n'est pas une réponse. Après tout ce que nous avons supporté pendant vingt-cinq ans, je pense que je mérite mieux que ça. Rosie Duff n'a pas été la seule victime dans cette histoire et vous le savez très bien. C'est peut-être le moment d'aller dire à la presse que les flics continuent à me traiter comme un criminel après toutes ces années. Et par la même occasion, je leur raconterai comment la police de la

Fife a saboté le réexamen du meurtre de Rosie Duff en perdant des preuves cruciales qui m'auraient disculpé et auraient pu conduire à l'arrestation du vrai coupable. »

La menace mit visiblement Lawson mal à l'aise. « Je n'ai pas l'habitude de céder à l'intimidation, monsieur Gilbey.

— Ni moi. Plus maintenant. Vous tenez vraiment à faire les gros titres pour avoir importuné une famille en deuil faisant ses adieux à son fils assassiné ? Ce même fils dont l'innocence demeure sujette à caution à cause de votre incompétence, à vous et à votre équipe ?

— Vous n'avez pas besoin de prendre cette attitude.

— Ah non ? Eh bien, ce n'est pas mon avis. Vous prétendez réexaminer une affaire non résolue. Je suis un témoin clé. La personne qui a découvert le corps. Et malgré ça, je n'ai pas eu le plus petit contact avec un représentant de la police. Ça ne sent pas précisément le zèle, pas vrai ? Et voilà que vous n'êtes même pas capable de prendre soin d'un sac de preuves. Il vaudrait peut-être mieux que je discute avec le policier menant les investigations plutôt qu'avec un bureaucrate prisonnier du passé. »

Le visage de Lawson se crispa. « Monsieur, il est exact qu'il y a un problème avec les pièces à conviction dans cette affaire. À un certain moment, au cours des vingt-cinq ans écoulés, les vêtements de Rosie Duff ont disparu. Nous continuons nos recherches, mais, jusqu'ici, la seule chose que nous ayons récupérée, c'est le cardigan trouvé à quelque distance du lieu du crime. Et sur lequel il n'y a rien qui soit susceptible d'une analyse biologique. Nous ne disposons plus d'aucun des vêtements qui se seraient prêtés à de nouveaux tests. De sorte que, pour l'heure, nous sommes dans l'impasse. En fait, l'inspecteur chargé de l'enquête souhaitait vous rencontrer pour revoir votre déposition initiale. Peut-être pourrions-nous arranger ça rapidement ?

— Bon Dieu ! s'exclama Alex. Alors finalement vous voulez m'interroger ? Vous n'y êtes vraiment pas. Nous, on continue à payer les pots cassés. Est-ce que vous vous rendez compte qu'en l'espace d'un mois, deux d'entre nous ont été assassinés ? »

Lawson haussa les sourcils. « Deux ?

— Ziggy Malkiewicz est mort lui aussi dans des circonstances suspectes. Juste avant Noël. »

Approchant un bloc-notes, Lawson dévissa un stylo-plume. « Je l'ignorais. Ça s'est passé où ?

— À Seattle, où il vivait depuis une dizaine d'années. Quelqu'un a posé une bombe incendiaire chez lui. Il est mort dans son sommeil. Vous pouvez vérifier auprès de la police là-bas. Le seul suspect qu'ils ont est le compagnon de Ziggy, ce qui est plutôt nul comme hypothèse.

— Je suis navré d'apprendre que M. Malkiewicz...

— Dr Malkiewicz, l'interrompit Alex.

— Dr Malkiewicz, corrigea Lawson. Je ne vois toujours pas ce qui vous fait penser que ces deux décès ont un rapport avec le meurtre de Rosie Duff.

— C'est la raison pour laquelle je voulais vous voir aujourd'hui. Pour vous expliquer pourquoi je pense qu'il y en a un. »

Lawson se renversa dans son fauteuil, se tapotant les doigts. « Je vous écoute, monsieur. Tout ce qui peut éclairer cette ténébreuse affaire m'intéresse. »

Alex raconta à nouveau l'histoire des couronnes. Assis dans ce bureau, au cœur de l'hôtel de police, cela lui sembla un peu mince. Il pouvait sentir le scepticisme de Lawson de l'autre côté de la table tandis qu'il s'efforçait de donner du poids à une hypothèse aussi incertaine. « Je sais que ça peut paraître délirant, conclut-il. Mais Tom Mackie en est suffisamment convaincu pour mettre sa famille à l'abri et entrer lui-même dans la clandestinité. Ce n'est pas quelque chose que l'on fait à la légère. »

Lawson lui adressa un sourire revêche. « Ah oui. M. Mackie. Peut-être les séquelles de ses trips des années 1970 ? J'ai entendu dire que les hallucinogènes pouvaient produire à longue échéance des complexes de persécution.

— Vous ne pensez pas que nous devrions prendre ça au sérieux ? Deux de mes amis sont morts dans des circonstances pour le moins étranges. Deux hommes qui menaient des existences paisibles, sans aucun lien avec le monde du crime. Qui apparemment n'avaient pas d'ennemis. Et à l'enterrement desquels est déposée une couronne faisant directement allusion à une enquête pour homicide dans laquelle l'un et l'autre ont été considérés comme suspects...

— Aucun d'entre vous n'a jamais été cité publiquement comme étant suspect. Et nous avons fait de notre mieux pour vous protéger.

— Certes. Mais même après ça, un de vos collègues est mort à cause des pressions pesant sur nous. »

Lawson se redressa brusquement. « Je suis content que vous vous en souveniez. Parce que personne dans cet immeuble ne l'a oublié non plus.

— Je n'en doute pas. Barney Maclennan a été la seconde victime du tueur. Et je pense que Ziggy et Mondo ont été ses victimes également. De manière indirecte, manifestement. Mais je suis persuadé que quelqu'un les a tués parce qu'il voulait se venger. Auquel cas, mon nom figure aussi sur la liste. »

Lawson poussa un soupir. « Je comprends que vous réagissiez ainsi. Mais je ne crois pas que quiconque ait délibérément conçu un programme de vengeance contre vous quatre. Je puis vous dire que la police de Glasgow suit actuellement plusieurs pistes prometteuses n'ayant rien à voir avec l'assassinat de Rosie Duff. Les coïncidences existent, et c'est ce que sont ces deux décès. Une coïncidence, rien de plus. Personne ne fait ce genre de chose, monsieur Gilbey. On n'attend pas vingt-cinq ans pour agir.

— Et les frères de Rosie ? Ils étaient plutôt partants pour nous faire la peau à l'époque. Vous m'avez dit que vous les aviez mis en garde. Que vous les aviez persuadés de ne pas causer de nouveaux ennuis à leur mère. Est-elle encore en vie ? N'ont-ils plus à se préoccuper de ça ? Est-ce pour cette raison que Brian Duff est venu nous narguer à l'enterrement de Mondo ?

— Il est exact que M. et Mme Duff sont morts tous les deux. Mais je ne pense pas que vous ayez quoi que ce soit à craindre des Duff. J'ai vu moi-même Brian il y a quelques semaines. Il ne semblait pas nourrir d'idées de vengeance. Et Colin travaille en mer du Nord. Il a passé Noël chez lui, mais il n'était pas dans le pays quand David Kerr est mort. » Il respira profondément. « Il a épousé une de mes collègues... Janice Hogg. Ironie du sort, c'est elle qui a secouru M. Mackie quand les Duff lui sont tombés dessus. Elle a quitté la police au moment de son mariage, mais je suis bien certain qu'elle n'encouragerait pas son mari à enfreindre la loi de façon aussi grave. Vous pouvez être tranquille à cet égard. »

Alex sentit la conviction dans la voix de Lawson, mais cela ne lui procura guère de réconfort. « Brian ne s'est pas montré précisément aimable hier, fit-il observer.

— Ça ne m'étonne pas. Cependant, soyons francs : ni Brian ni Colin n'étaient particulièrement malins. S'ils avaient décidé de vous tuer, vous et vos amis, ils se seraient ramenés dans un bar bondé et vous auraient fait sauter la cervelle avec un fusil de chasse. Les plans compliqués n'ont jamais été leur style, dit Lawson d'un ton pince-sans-rire.

— Ce qui exclut tout le monde, si j'ai bien compris. » Alex bougea sur son siège, s'apprêtant à se lever.

— Pas exactement, marmonna Lawson à voix basse.

— Que voulez-vous dire ? » demanda Alex, à nouveau tenaillé par l'appréhension.

Lawson avait une expression coupable, comme s'il en avait trop dit. « Ne faites pas attention, je réfléchissais tout haut.

— Pas si vite. Vous n'allez pas m'envoyer balader comme ça. Qu'est-ce que ça veut dire "pas exactement" ? » Alex se pencha en avant comme s'il était sur le point de sauter pardessus le bureau et de saisir Lawson par ses revers immaculés.

« J'aurais mieux fait de me taire. Désolé, je pensais comme un policier.

— C'est pour ça que vous êtes payé, non ? Allons, dites-moi. »

Lawson lança des regards à droite et à gauche comme s'il cherchait à s'éclipser. Il passa une main sur sa lèvre supérieure, puis inspira à fond. « Le fils de Rosie », répondit-il.

33

Lynn regarda fixement Alex sans cesser de bercer lentement sa fille. « Redis-moi ça.

— Rosie avait un fils. Ça n'est jamais apparu à l'époque. Pour une raison quelconque, le médecin légiste n'a rien remarqué lors de l'autopsie. Lawson reconnaît que c'était un vieux gâteux qui ne crachait pas sur la bouteille. Cela dit, la blessure aurait pu masquer les traces. Naturellement, ses parents n'en ont pas fait mention. Si les journaux avaient appris l'existence d'un gosse illégitime, Rosie aurait fait figure d'ignoble fille-mère. De victime innocente, elle aurait été ravalée au rang de garce n'ayant eu que ce qu'elle méritait. Ils voulaient à tout prix protéger sa réputation. Il est difficile de le leur reprocher.

— Je ne leur reproche rien. À voir avec quelle malveillance la presse t'a traité, n'importe qui aurait agi de la même façon. Mais comment se fait-il que cela remonte à la surface maintenant ?

— D'après Lawson, il a été adopté. L'année dernière, il a décidé de se mettre en quête de sa mère biologique. Il a retrouvé la femme qui dirigeait le foyer où Rosie avait séjourné quand elle était enceinte, et c'est alors qu'il a compris que les joyeuses retrouvailles n'auraient pas lieu.

— Ça a dû être terrible pour lui. Rechercher sa mère naturelle exige sûrement beaucoup de courage. On a déjà été rejeté une première fois... pour Dieu sait quelle raison... alors forcément on redoute une seconde gifle. Mais en même temps, l'espoir qu'elle vous accueillera à bras ouverts continue de vous tenailler.

— Je sais. Pour s'apercevoir ensuite que quelqu'un vous a privé de cette chance vingt-cinq ans auparavant. » Alex se pencha en avant et regarda sa fille. « Je peux la prendre un moment ?

— Bien sûr. Elle ne va sans doute pas tarder à s'endormir, dit Lynn en passant le bébé à Alex. Est-ce que Lawson pense que le fils en a après toi ?

— Selon lui, personne n'en a après moi. Il me prend pour un givré qui fait une montagne d'une taupinière. Son indiscrétion à propos du fils de Rosie l'a beaucoup gêné et il n'a pas cessé de me répéter que celui-ci ne ferait pas de mal à une mouche. Au fait, il s'appelle Graham. Lawson n'a pas voulu me donner son nom de famille. Apparemment, il travaille dans l'informatique. Calme, équilibré, tout ce qu'il y a de normal. »

Lynn secoua la tête. « J'ai du mal à croire que Lawson prenne tout ça aussi à la légère. Qui a envoyé les couronnes, à son avis ?

— Il n'en sait rien et il s'en moque. La seule chose qui l'ennuie, c'est que sa précieuse réouverture de vieilles affaires tombe à l'eau.

— Quelle bande de crétins ! Comment explique-t-il qu'ils aient perdu tout un carton de pièces à conviction ?

— Ils n'ont pas perdu tout le carton. Ils ont encore le cardigan. Apparemment, il a été trouvé séparément. Jeté par-dessus un mur dans le jardin de quelqu'un. Ils l'ont fait analyser en dernier, ce qui explique probablement qu'il ne se trouvait pas avec le reste. »

Lynn fronça les sourcils. « Plus tard, dis-tu. Est-ce qu'ils n'ont pas effectué une seconde perquisition chez vous ? Je me souviens vaguement de Mondo se plaignant qu'il y avait des flics pleins la maison plusieurs semaines après le meurtre. »

Alex fouilla dans sa mémoire. « En effet... Ils sont revenus le lendemain du nouvel an. Ils ont gratté de la peinture sur les murs et le plafond. Et ils voulaient savoir si nous avions fait des travaux de décoration. » Il ricana. « Tout à fait notre style ! Et d'après Mondo, l'un d'eux a parlé d'un pull. Il a cru qu'il s'agissait d'un vêtement à nous. Mais ce n'était pas le cas. Ils faisaient allusion au cardigan de Rosie, finit-il d'un ton triomphant.

— Il devait y avoir de la peinture dessus, dit Lynn d'un air songeur. C'est pourquoi ils ont prélevé des échantillons.

— Ouais, mais apparemment ils ne correspondaient pas. Sans quoi nous aurions été carrément dans la mélasse.

— Je me demande s'ils l'ont fait examiner de nouveau. Est-ce que Lawson t'a dit quelque chose à ce sujet ?

— Pas précisément. Juste qu'ils n'avaient plus les vêtements qui auraient pu faire l'objet de tests modernes.

— C'est ridicule. Maintenant, on arrive à faire des tas de choses avec la peinture. Les analyses que me fournissent les labos sont bien plus précises aujourd'hui qu'il y a seulement trois ou quatre ans. Ils devraient essayer. Il faut que tu retournes voir Lawson et que tu insistes pour qu'ils jettent un nouveau coup d'œil.

— Une analyse ne sert à rien sans point de comparaison. Lawson ne va pas en faire faire une juste parce que c'est moi qui le lui demande.

— Je pensais qu'il voulait résoudre cette affaire ?

— Lynn, s'il y avait quoi que ce soit à y gagner, ils l'auraient déjà fait. »

Lynn s'emporta soudain. « Bon sang, Alex, écoute-toi un peu. Est-ce que tu vas rester à attendre qu'un autre cataclysme vienne secouer notre existence ? Mon frère est mort. Quelqu'un n'a pas hésité à pénétrer chez lui pour l'assassiner. La seule personne qui aurait pu t'être d'un quelconque secours te prend pour un maboule. Je n'ai pas envie que tu meures, Alex. Je n'ai pas envie que ta fille grandisse sans le moindre souvenir de toi.

— Et moi, tu crois que j'en ai envie ? » Alex serra l'enfant contre sa poitrine.

« Alors cesse d'être aussi amorphe. Si vous avez raison, Weird et toi, la personne qui a tué Ziggy et Mondo s'en prendra forcément à vous aussi. La seule solution pour vous en tirer, c'est de démasquer l'assassin de Rosie. Si Lawson ne veut pas s'en charger, alors peut-être que tu devrais essayer. Tu as la meilleure motivation du monde, là, dans tes bras. »

Il aurait été difficile de le nier. Depuis la naissance de Davina, il était bouleversé, perpétuellement étonné de la profondeur de ses sentiments. « Je suis un fabricant de cartes de vœux, Lynn, pas un détective », protesta-t-il mollement.

Lynn le foudroya du regard. « Et combien d'erreurs judiciaires ont été réparées par la ténacité d'un simple quidam ?

— Je ne sais même pas par où commencer.

— Tu te souviens de cette série sur les techniques médico-légales qui est passée à la télé il y a deux ou trois ans ? »

Alex laissa échapper un gémissement. Il n'avait jamais partagé la passion de sa femme pour les films à suspense. Sa réaction habituelle aux feuilletons policiers mettant en scène Frost, Morse ou Wexford était de s'emparer d'un calepin pour travailler à des idées de cartes. « Vaguement.

— Un des spécialistes expliquait qu'il leur arrivait fréquemment de ne pas faire état de certains éléments dans leurs rapports. Des traces impossibles à analyser, par exemple. Si ça n'est d'aucune utilité pour les enquêteurs, ils ne s'embêtent pas à les inclure. D'autant plus que la défense risquerait de s'en servir pour créer la confusion dans l'esprit des jurés.

— Je ne vois pas où ça nous mène. Même si nous arrivions à mettre la main sur les rapports originaux, nous ne saurions pas pour autant ce qui a été laissé de côté.

— Non. Mais si nous retrouvions le médecin qui les a rédigés, il se souviendrait peut-être de quelque chose qui n'avait aucune importance à l'époque, mais qui pourrait en avoir aujourd'hui. Il est même possible qu'il ait conservé ses notes. » Sa colère avait fait place à l'enthousiasme. « Qu'est-ce que tu en penses ?

— Je pense que tes hormones t'ont brouillé les idées, répondit Alex. Tu crois peut-être que, si je téléphone à Lawson pour lui demander qui a établi le rapport médico-légal, il va me le dire ?

— Bien sûr que non. » Sa lèvre se retroussa de dégoût. « Mais il le dirait à un journaliste, non ?

— Les seuls journalistes que je connaisse sont ceux qui tiennent la rubrique vie pratique des suppléments du dimanche.

— Eh bien, appelle-les et demande-leur s'ils n'ont pas un collègue qui pourrait te donner un coup de main. » Lynn parlait avec fermeté. Quand elle était dans ce genre d'humeur, il était inutile d'essayer de la contredire, il le savait. Mais, alors qu'il se résignait à faire le tour de ses contacts, une idée lui vint à l'esprit. Cela permettrait, se dit-il, de faire d'une pierre deux coups. Évidemment, cela pouvait aussi se retourner contre lui. Il n'y avait qu'un moyen de le savoir.

Les parkings d'hôpitaux constituaient d'excellents postes de surveillance, pensa Macfadyen. Un tas d'allées et venues, des gens attendant dans leur voiture. Un bon éclairage, de sorte que vous étiez sûr de voir votre proie arriver ou partir. Personne ne faisait attention à vous ; vous pouviez rester là des heures sans avoir l'air louche. Pas comme ces petites rues de banlieue où tout le monde voulait savoir ce que vous fabriquiez.

Il se demanda quand Gilbey devrait ramener sa fille à la maison. Il avait appelé le service néonatal pour avoir le renseignement, mais on n'avait rien voulu lui dire, sinon que le bébé se portait bien. Tous ceux qui s'occupaient de gosses étaient tellement soucieux de sécurité ces temps-ci.

Le ressentiment qu'il éprouvait envers l'enfant de Gilbey était énorme. Lui, personne ne lui tournerait le dos. Personne ne le remettrait à des inconnus avec qui courir sa chance. Des inconnus qui l'élèveraient dans la crainte permanente d'une éventuelle bêtise. Ses parents adoptifs ne l'avaient pas maltraité, dans le sens où ils ne l'avaient pas battu. Mais ils l'avaient amené à se sentir constamment insuffisant et fautif. Et ils n'avaient pas hésité à mettre ses défauts sur le compte de son sang vicié. Mais ce n'étaient pas seulement la tendresse et l'amour qui lui avaient manqué. Les histoires de famille dont on l'avait nourri dans son enfance étaient les histoires d'autres gens, pas les siennes. Il était un étranger pour son propre passé.

Jamais il ne pourrait se regarder dans une glace et y voir un reflet des traits de sa mère. Jamais il n'aurait conscience de ces étranges similitudes qui naissent au sein du cercle familial, quand les réactions d'un enfant reproduisent celles de ses parents. Il flottait, sans attaches. La seule vraie famille qu'il avait encore ne voulait pas de lui.

Et le rejeton de Gilbey aurait tout ce qui lui avait été refusé, bien que son père fût responsable de ce que lui, il avait perdu. Cela restait sur le cœur de Macfadyen, torturait son âme meurtrie. Ce n'était pas juste. Cet enfant ne méritait pas la sécurité, le foyer affectueux qui lui étaient donnés.

L'heure était venue de dresser des plans.

Weird embrassa chacun de ses enfants tandis qu'ils montaient dans le break familial. Il ne savait pas quand il les reverrait et les quitter dans ces conditions lui brisait le cœur. C'était pourtant une souffrance infime comparée à ce qu'il éprouverait s'il ne faisait rien et les mettait en danger par son inaction. Quelques heures de route et ils seraient à l'abri dans les montagnes, derrière la palissade d'un groupe évangélique survivaliste dont le chef avait jadis été diacre dans l'église de Weird. Même le FBI aurait du mal à dénicher ses enfants là-bas, à plus forte raison un tueur assoiffé de vengeance travaillant en solo.

Une partie de lui-même estimait qu'il dramatisait les choses, mais ce n'était pas celle qu'il était prêt à écouter. Des années de dialogue avec Dieu avaient raffermi sa capacité de décision. Weird prit sa femme dans ses bras et la serra contre lui. « Merci d'avoir bien voulu m'écouter.

— Mais je t'ai toujours écouté, Tom, murmura-t-elle en caressant la soie de sa chemise. Promets-moi de prendre soin de toi comme tu prends soin de nous.

— Un dernier coup de fil à passer, après quoi je suis parti. Là où je vais, il ne sera pas facile de me suivre ou de me retrouver. Nous demeurerons cachés un moment et, avec l'aide du Seigneur, nous surmonterons ce danger. » Il l'embrassa longuement. « Que Dieu vous accompagne. »

Il se recula et attendit qu'elle eût grimpé à bord et mis le moteur en marche. Les gosses agitèrent les mains, tout excités à l'idée d'une aventure qui les arrachait à l'école. Il regarda le break gagner le bout de la rue, puis rentra en toute hâte dans la maison.

Un collègue de Seattle lui avait indiqué un détective privé sérieux et discret. Weird composa le numéro de portable et attendit. « Ici Pete Makin, fit une voix à l'autre bout du fil avec un accent traînant de l'Ouest.

— Monsieur Makin ? Je m'appelle Tom Mackie. Révérend Tom Mackie. Votre nom m'a été communiqué par le révérend Polk.

— J'ai toujours apprécié les pasteurs qui donnent du travail à leurs ouailles, dit Makin. En quoi puis-je vous être utile ?

— J'ai besoin de savoir qui a envoyé une couronne particulière à un enterrement ayant eu lieu récemment dans votre ville. Est-ce que ce serait possible ?

— Pourquoi pas ? Avez-vous des détails ?

— J'ignore le nom du fleuriste qui l'a préparée, mais elle était arrangée de manière très caractéristique. Un cercle de vingt-cinq roses blanches garnies de romarin. La carte disait : *Du romarin pour ne pas oublier.*

— Du romarin pour ne pas oublier, répéta Makin. Vous avez raison, ce n'est pas banal. Je ne crois pas avoir jamais vu quoi que ce soit de ce genre. La personne qui l'a faite doit sûrement s'en souvenir. Maintenant, pouvez-vous me dire où et quand ont eu lieu ces obsèques ? »

Weird lui donna les renseignements, épelant avec soin le nom de Ziggy. « Combien de temps vous faut-il pour obtenir une réponse ?

— Tout dépend. L'entreprise de pompes funèbres sera peut-être en mesure de me fournir une liste des fleuristes avec qui ils travaillent habituellement. Mais dans le cas contraire, il me faudra ratisser un secteur assez large. Cela peut prendre plusieurs heures comme plusieurs jours. Laissez-moi vos coordonnées et je vous tiendrai au courant.

— Je risque de ne pas être très facile à joindre. J'appellerai tous les jours si vous n'y voyez pas d'inconvénient.

— Aucun problème. Mais j'aurai besoin d'un acompte avant de commencer. »

Weird eut un sourire ironique. À présent, même les hommes d'église n'inspiraient plus confiance. « Je vous adresserai un virement. Combien vous faut-il ?

— Cinq cents dollars suffiront. » Makin confia à Weird ses coordonnées bancaires. « Dès que j'aurai reçu l'argent, je me mettrai à la tâche. Merci de votre appel, révérend. »

Weird reposa le téléphone, étrangement rassuré par la conversation. Pete Makin n'avait pas perdu de temps à lui demander pourquoi il désirait cette information, pas plus qu'il n'avait exagéré les difficultés de la besogne. Un type franc du collier, se dit Weird. Il monta au premier, troqua ses habits ecclésiastiques contre un jean confortable, une chemise beige et une veste en cuir. Son sac était déjà prêt ; la seule chose qui manquait, c'était la Bible posée sur sa table de chevet. Il la fourra dans une des poches de devant, parcourut la pièce du regard, puis ferma les yeux pour une brève prière.

Quelques heures plus tard, il émergeait du parking longue durée de l'aéroport d'Atlanta. Il était dans les temps pour son vol à destination de San Diego. À la tombée de la nuit, il aurait franchi la frontière, un touriste quelconque dans un motel bon marché de Tijuana. Ce n'était pas l'ambiance qu'il aurait choisie normalement, et ça le rassurait d'autant plus.

Son poursuivant, quel qu'il fût, n'irait pas le chercher là.

Jackie lança à Alex un regard noir. « Elle n'est pas là.

— Je sais. C'est vous que je voulais voir. »

Elle croisa ses bras sur sa poitrine. Cette fois-ci, elle portait un jean en cuir et un tee-shirt noir moulant. Un diamant scintillait à un de ses sourcils. « Pour me faire la morale, hein ?

— Qu'est-ce qui vous dit que votre vie privée m'intéresse ? » répondit Alex calmement.

Elle haussa les sourcils. « Vous êtes écossais, vous êtes un homme, elle fait partie de votre famille.

— Ma parole, vous en voulez à la terre entière ! Écoutez, si je suis ici, c'est parce qu'il me semble que nous pouvons nous rendre mutuellement service, vous et moi. »

Jackie releva la tête d'un air insolent. « Les mecs, ce n'est pas mon truc. Vous ne l'avez pas encore compris ? »

Exaspéré, Alex fit mine de repartir. Pourquoi avait-il pris le risque de mettre Lynn en colère ? « Je vois que je perds mon temps. Je pensais que vous seriez peut-être sensible à une proposition susceptible de vous tirer du pétrin.

— Et pourquoi me tendriez-vous une perche ? »

Il s'immobilisa, un pied dans l'escalier. « Pas à cause de votre charme naturel, Jackie. Parce que ça me permettrait d'avoir l'esprit tranquille.

— Alors que vous vous dites que j'ai probablement tué votre beau-frère ? »

Alex poussa un grognement. « Croyez-moi, je dormirais beaucoup mieux si j'en étais convaincu. »

Jackie se hérissa. « Car alors la gouine n'aurait que ce qu'elle mérite ?

— Vous ne pourriez pas oublier vos préjugés cinq minutes ? rétorqua Alex avec agacement. L'unique raison pour laquelle je serais ravi que vous ayez tué Mondo, c'est que cela voudrait dire que je suis en sécurité. »

Jackie inclina la tête sur le côté, intriguée malgré elle. « J'avoue que je ne vous suis pas très bien.

— Vous tenez à en discuter sur le palier ? »

Elle désigna la porte et recula. « Bon, entrez. Comment ça, vous seriez *en sécurité* ? demanda-t-elle tandis qu'il se dirigeait vers le siège le plus proche et s'asseyait.

— J'ai une théorie sur la mort de Mondo. Je ne sais pas si vous êtes au courant, mais un autre de mes amis a été tué dans des circonstances louches il y a quelques semaines. »

Jackie hocha la tête. « Hélène m'en a parlé. Quelqu'un avec qui vous étiez à l'université, David et vous, c'est ça ?

— On s'est connus tout jeunes. On était quatre. À l'école on était d'excellents copains et on est allés à la fac ensemble. Une nuit, en rentrant ivres d'une fête, on est tombés par hasard sur une jeune femme...

— Je sais ça aussi », l'interrompit Jackie.

Alex fut surpris d'éprouver un tel soulagement de ne pas devoir récapituler en détail ce qui s'était passé après la mort de Rosie. « Bien. Alors vous connaissez le contexte. Je sais que ça va vous paraître insensé, mais, à mon avis, la raison pour laquelle Mondo et Ziggy sont morts, c'est que quelqu'un s'est mis en tête de venger Rosie Duff. C'est la fille qui est morte, précisa-t-il.

— Pourquoi ? » Malgré elle, Jackie était à présent tout ouïe, la tête en avant, les coudes sur ses genoux. Une bonne histoire avait toujours le don de juguler momentanément son agressivité.

« Ça a l'air dérisoire », dit Alex, puis il lui parla des couronnes. « En fait, son prénom était Rosemary », finit-il.

Elle plissa le front. « Merde, y a de quoi vous donner la chair de poule ! Je n'ai jamais vu une couronne pareille. Difficile de l'interpréter autrement que comme une allusion à cette fille. Je comprends que ça vous mette dans tous vos états.

— Mais les flics, non. Ils me traitent comme si j'étais une petite vieille qui a peur du noir.

— Nous connaissons tous les deux l'intelligence de la

police, dit Jackie avec un grognement de mépris. Eh bien, que puis-je faire, d'après vous ? »

Alex parut embarrassé. « Lynn a eu l'idée que, si nous parvenions à découvrir qui a vraiment tué Rosie voilà tant d'années, celui qui cherche à nous éliminer comprendrait qu'il doit s'arrêter. Avant qu'il soit trop tard pour les deux d'entre nous qui restent.

— Ça tient debout. Ne pouvez-vous pas convaincre la police de rouvrir le dossier ? Avec toutes les techniques dont ils disposent aujourd'hui...

— Il est déjà rouvert. La police de la Fife procède actuellement à un réexamen des affaires non élucidées et celle-ci en fait partie. Mais les flics semblent avoir fait chou blanc, surtout parce qu'ils ont perdu les preuves matérielles. Lynn a pensé que, si nous arrivions à retrouver le médecin légiste qui a établi le rapport initial, il nous en dirait peut-être plus long que ce qu'il a écrit dedans. »

Jackie hochait la tête. « Ils laissent parfois des détails de côté pour éviter de donner des armes à la défense. Vous voulez donc que je mette la main sur ce type et que je lui tire les vers du nez ?

— Quelque chose comme ça. Vous pourriez raconter que vous faites un reportage sur l'affaire, tournant autour de la première enquête. Peut-être que vous réussirez même à persuader la police de vous fournir des éléments qu'elle n'est pas disposée à me montrer ? »

Elle eut un haussement d'épaules. « Ça vaut la peine d'essayer.

— Alors vous êtes d'accord ?

— Je serai franche avec vous, Alex. Je ne peux pas dire que vous sauver la mise me passionne beaucoup. Mais vous avez raison. Je joue gros jeu, moi aussi. Vous aider à trouver qui a tué David me sortirait de ce guêpier. Bon. À qui devrais-je m'adresser ? »

34

Le mot sur le bureau de James Lawson disait simplement : « L'équipe des affaires classées aimerait vous voir dès que possible. » Ça ne donnait pas l'impression de nouvelles catastrophiques. Il pénétra dans la pièce avec un air d'optimisme prudent, immédiatement justifié par la vue d'une bouteille de Famous Grouse et d'une demi-douzaine de gobelets en plastique dans les mains de ses inspecteurs. Il sourit. « Ça ressemble bigrement à une fête ! » s'exclama-t-il.

Robin Maclennan s'avança et lui offrit un whisky. « La police de Manchester vient de téléphoner. Ils ont arrêté un type soupçonné d'avoir commis un viol il y a quinze jours à Rochdale. Son empreinte génétique avait déjà été répertoriée. »

Lawson l'arrêta dans son élan. « Lesley Cameron ? » Robin acquiesça.

Lawson prit le whisky et leva son gobelet en un toast muet. Comme pour Rosie Duff, il n'avait jamais oublié le meurtre de Lesley Cameron. Étudiante, elle avait été violée et étranglée alors qu'elle retournait à sa résidence universitaire. Et comme dans le cas de Rosie, on n'avait jamais retrouvé l'assassin. Pendant un moment, les enquêteurs avaient essayé de relier les deux affaires. Mais il n'y avait pas assez de points communs. Et alléguer qu'il n'y avait pas eu d'autres meurtres avec viol à St Andrews durant la même période était un peu mince. Il était alors un jeune inspecteur de police judiciaire et il se rappelait les discussions. Personnellement, il n'avait jamais soutenu l'hypothèse. « Je m'en souviens bien, dit-il.

— Des tests ADN ont été effectués sur ses vêtements, mais quand on a interrogé le serveur à l'époque, ça n'a rien donné, continua Robin, son visage maigre révélant des rides d'expression jusque-là invisibles. J'ai donc mis ça en veilleuse et orienté mes recherches vers les criminels sexuels ultérieurs. Sans résultat. C'est alors qu'il y a eu ce coup de fil de la police de Manchester. On dirait qu'on va peut-être arriver à quelque chose. »

Lawson lui donna une tape sur l'épaule. « Bien joué, Robin. Vous irez l'interroger là-bas ?

— Et comment ! Je suis impatient de voir la tête que fera ce salaud quand il saura sur quoi je veux lui poser des questions.

— Voilà d'excellentes nouvelles. » Lawson adressa au reste de l'équipe un sourire épanoui. « Vous voyez ? Parfois, il suffit de peu de chose pour réussir. Comment est-ce que ça se passe pour les autres ? Karen, vous avez pu retrouver l'ex-petit ami de Rosie Duff ? Celui que l'on pense être le père de Macfadyen ? »

Karen acquiesça. « John Stobie. Il a été entendu par les flics du coin. Et eux aussi ont obtenu un résultat, si l'on peut dire. Il semble que Stobie possède l'alibi parfait. Il s'est cassé la jambe dans un accident de moto à la fin de novembre 1978. La nuit où Rosie a été tuée, il avait un plâtre de la cuisse aux orteils. Il est impossible qu'il ait sillonné les rues de St Andrews au milieu d'une tempête de neige. »

Lawson haussa les sourcils. « Mon Dieu, on dirait que M. Stobie a des os particulièrement fragiles. Je suppose qu'ils ont jeté un coup d'œil à son dossier médical.

— Stobie leur en a donné la permission. Et il semble qu'il ait dit la vérité. Point final. »

Tournant légèrement le dos aux autres, Lawson souffla à Karen : « Comme vous dites. » Il soupira. « Peut-être que je devrais refiler les coordonnées de Stobie à Macfadyen. Pour ne plus l'avoir sur le paletot.

— Il continue à vous enquiquiner ?

— Deux fois par semaine. Je commence à regretter qu'il soit apparu comme par miracle.

— Il me reste encore à interroger les trois autres témoins. »

Lawson fit la moue. « En fait, il n'y en a plus que deux. Apparemment, Malkiewicz est mort dans un incendie suspect juste avant Noël. Et Alex Gilbey s'est mis dans la tête que, si David Kerr a été tué lui aussi, c'est qu'une espèce de justicier dingo essaie de les zigouiller l'un après l'autre.

— Quoi ?

— Il est venu me voir il y a quelques jours. C'est du délire pur et simple, et je ne tiens pas à apporter de l'eau à son moulin. Alors il vaudrait peut-être mieux laisser tomber ces interrogatoires. Du reste, je ne vois pas à quoi ça nous servirait après tout ce temps. »

Karen faillit protester. Non qu'elle espérât grand-chose d'une discussion avec ces témoins. Mais elle était trop acharnée pour abandonner de gaieté de cœur une direction inexplorée. « Vous ne pensez pas qu'il pourrait avoir raison ? Je veux dire, c'est tout de même une drôle de coïncidence. Macfadyen entre en scène, s'aperçoit que nous n'avons plus aucun espoir d'attraper l'assassin de sa mère, et voilà que, brusquement, deux des suspects de l'époque passent l'arme à gauche. »

Lawson roula les yeux. « Vous êtes restée trop longtemps enfermée dans cette salle, Karen. Vous vous mettez à avoir des hallucinations. Bien sûr que Macfadyen n'est pas en train de se trimbaler en jouant les Charles Bronson. C'est un informaticien respectable, bonté divine, pas un redresseur de torts allumé. Et nous n'allons pas lui faire l'affront de l'interroger sur deux meurtres qui n'ont même pas eu lieu dans notre secteur.

— Non, monsieur. » Karen poussa un soupir.

Lawson posa une main paternelle sur son bras. « Allons, laissons Rosie Duff de côté pour le moment. Ça ne mène nulle part. » Il retourna vers le groupe. « Robin, est-ce que la sœur de Lesley Cameron n'est pas psychologue judiciaire ?

— C'est exact. Le docteur Fiona Cameron. Elle a pris part à l'affaire Drew Shand à Édimbourg il y a quelques années.

— Je m'en souviens. Alors, vous devriez peut-être lui passer un coup de fil de courtoisie. Pour l'informer que nous interrogeons un suspect. Et en glisser un mot également à notre porte-parole. Mais seulement après avoir parlé au Dr Cameron. Je ne tiens pas à ce qu'elle le lise dans les journaux avant de l'avoir entendu de notre bouche. » C'était manifestement la fin de la conversation. Ayant terminé son whisky, Lawson se dirigea vers la porte. Il s'arrêta sur le seuil et se retourna. « Encore bravo, Robin. Cela redore notre blason. Merci. »

Weird repoussa son assiette. Du graillon pour touriste, et avec ça en quantité suffisante pour nourrir toute une famille de Mexicains misérables pendant un jour ou deux, pensa-t-il avec morosité. Il détestait être arraché ainsi à son train-train quotidien. Tout ce qui rendait sa vie agréable paraissait un rêve lointain. Il y a des limites aux consolations que l'on peut tirer de la foi. Preuve, s'il en était besoin, de la distance qui le séparait de ses propres idéaux.

Tandis que le serveur emportait les restes de son burrito spécial, Weird sortit son téléphone et appela Pete Makin. Les salutations terminées, il alla droit au but. « Avez-vous des nouvelles ?

— Négatives seulement. Le directeur de l'entreprise de pompes funèbres m'a donné le nom de trois boutiques qui lui expédient d'habitude les fleurs. Mais aucune n'a confectionné de couronne comme celle que vous m'avez décrite. Elles s'accordent à dire que c'est assez insolite. Si c'était une des leurs, elles s'en souviendraient.

— Et maintenant ?

— Eh bien, répondit Makin avec son accent traînant, il doit y avoir cinq ou six autres fleuristes dans le voisinage immédiat. Je vais faire la tournée, pour voir ce que je peux glaner. Ça prendra peut-être un jour ou deux. Demain, je dois aller au tribunal témoigner dans une affaire d'escroquerie. Je ne pourrai sans doute pas m'en occuper avant le lendemain. Mais ne vous inquiétez pas, révérend. Je m'y remets dès que possible.

— Je vous remercie de votre franchise. Je vous passerai un coup de fil dans deux jours pour savoir où vous en êtes. » Weird rangea le téléphone dans sa poche. Ce n'était pas encore fini. Loin de là.

Jackie mit des piles neuves dans son magnétophone, vérifia qu'elle avait des stylos dans son sac et descendit de voiture.

Elle avait été agréablement surprise par l'obligeance du service de presse, qu'elle avait appelé après la visite d'Alex.

Elle avait préparé son boniment. Un article de magazine comparant les méthodes utilisées dans les enquêtes criminelles il y a vingt-cinq ans avec celles en usage aujourd'hui. Il lui avait semblé que la meilleure façon de se renseigner sur une vieille affaire, c'était en conjonction avec des investigations en cours, comme dans le cas des enquêtes que la police de la Fife avait rouvertes. Cela lui permettrait de parler à un policier parfaitement au courant du contenu du dossier. Elle insista sur le fait que le but n'était pas de critiquer la police ; il s'agissait uniquement des changements engendrés, sur le plan de la procédure comme dans la pratique, par les progrès scientifiques et les modifications de la loi.

Le fonctionnaire l'avait rappelée le lendemain. « Vous avez de la chance. Nous avons justement une affaire qui date d'à peu près vingt-cinq ans. Et il se trouve que notre directeur adjoint a été le premier policier arrivé sur les lieux. Il veut bien vous accorder une interview. Je me suis aussi arrangé pour que vous puissez rencontrer la détective Karen Pirie, qui s'occupe de la nouvelle enquête. Elle connaît chaque détail sur le bout des doigts. »

C'est ainsi qu'elle s'était retrouvée dans le bastion de la police de la Fife. D'ordinaire, elle ne se sentait pas nerveuse avant un entretien. Cela faisait trop longtemps qu'elle était dans le métier pour avoir encore le trac. Des interviewés, elle en avait rencontré de tous les genres : des timides, des effrontés, des excités, des poltrons, des m'as-tu-vu et des blasés, des criminels endurcis et des victimes innocentes. Mais cette fois-ci, elle avait assurément une poussée d'adrénaline dans le sang. Elle n'avait pas menti en disant à Alex qu'elle jouait gros jeu. Elle était restée éveillée pendant des heures après leur discussion, consciente de l'ampleur du tort que risquait de lui causer la mort de David Kerr. Aussi avait-elle soigné les préparatifs, revêtant une tenue de style classique et s'efforçant d'avoir l'air aussi inoffensive que possible. Pour une fois, elle avait plus de trous que d'anneaux aux oreilles.

Le directeur adjoint Lawson n'avait rien du jeune agent qu'elle s'était imaginé, pensa-t-elle en s'installant en face de lui. Il faisait l'effet d'un de ces individus qui portent tous les soucis du monde sur leurs épaules et, à cette minute, ils avaient l'air de peser particulièrement lourd. Il ne devait pas avoir dépassé la cinquantaine, mais il aurait semblé plus à sa place sur un terrain de pétanque que dirigeant des enquêtes criminelles d'un bout à l'autre de la Fife. « Drôle d'idée, votre article, remarqua-t-il, après les présentations.

— Pas vraiment. Il y a tellement de choses que les gens considèrent à présent comme allant de soi dans les investigations policières. Il est bon de leur rappeler tout le chemin parcouru en un laps de temps relativement court. Bien sûr, j'ai besoin de beaucoup plus de renseignements que je ne pourrai en utiliser dans mon texte final. On finit toujours par jeter quatre-vingt-dix pour cent du fruit de ses recherches.

— Et pour qui est cet article ? demanda-t-il sur le ton de la conversation.

— *Vanity Fair* », répondit Jackie avec aplomb. Il était toujours préférable de mentir au sujet des commandes. Ça rassurait les gens de penser que vous n'étiez pas en train de leur faire perdre leur temps.

« Eh bien, je suis à votre disposition, dit-il avec une allégresse forcée en écartant les bras.

— Je vous remercie. Je sais que vous devez être très occupé. Alors revenons-en à cette fameuse nuit de décembre 1978, si vous le voulez bien ? Comment avez-vous été mêlé à cette affaire ? »

Lawson respira bruyamment par le nez. « Ce soir-là, j'étais de service dans la voiture de patrouille. Ce qui voulait dire que j'étais sur la route toute la nuit, excepté lors des arrêts pour se rafraîchir. Je ne roulais pas constamment, vous comprenez. » Un coin de sa bouche se souleva en un demi-sourire. « À l'époque, nous connaissions déjà les restrictions budgétaires. Je n'étais pas censé faire plus de soixante kilomètres par jour. Alors je sillonnais le centre-ville à l'heure de la fermeture des pubs, puis je me trouvais un endroit tranquille et j'y restais en attendant un appel. Ce qui n'arrivait pas très souvent. St Andrews était une ville assez paisible, surtout pendant les vacances universitaires.

— Ça devait être plutôt barbant, dit-elle avec compassion.

— Vous ne croyez pas si bien dire. J'avais l'habitude de prendre un transistor avec moi, mais il n'y avait pas grand-chose d'intéressant à écouter. En général, je me garais près de l'entrée du Jardin botanique. J'aimais bien me poster là. C'était joli et calme, et en l'espace de quelques minutes on pouvait être à n'importe quel point de la ville. Ce soir-là, il faisait un temps affreux. Il avait neigé presque toute la journée et, vers minuit, ça faisait une couche assez épaisse. Ce qui m'avait permis de passer une nuit tranquille ; le temps avait retenu la plupart des gens chez eux. C'est alors que, aux environs de quatre heures, je vis une silhouette surgir au milieu des flocons. Je descendis de voiture et, pour dire la vérité, pendant un instant je me suis demandé si je n'allais pas me faire attaquer par un cinglé d'ivrogne. Le jeune gars était essoufflé, couvert de sang, le visage en sueur. Il balbutia qu'il y avait une fille sur Hallow Hill qui avait été victime d'une agression.

— Ça a dû vous faire un choc, souffla Jackie.

— D'abord, j'ai cru à un canular d'étudiant bourré. Mais il était très insistant. Il m'a dit qu'il l'avait trouvée par hasard dans la neige et qu'elle saignait abondamment. J'ai vite compris qu'il ne mentait pas et qu'il était réellement bouleversé. Alors j'ai envoyé un message radio pour dire qu'on m'avait signalé une femme blessée sur Hallow Hill et que j'allais voir. J'ai fait monter le garçon dans la voiture...

— C'était Alex Gilbey, n'est-ce pas ? »

Lawson leva les sourcils. « Vous avez bien potassé votre leçon. »

Elle eut un haussement d'épaules. « J'ai lu les coupures de presse, voilà tout. Vous avez donc ramené Alex Gilbey à Hallow Hill ? Qu'est-ce que vous avez trouvé là-bas ? »

Lawson hocha la tête. « À notre arrivée, Rosie Duff était déjà morte. Il y avait trois autres jeunes autour du corps. Mon devoir était alors de veiller à ce qu'on ne touche à rien et de demander des renforts. En attendant leur arrivée, j'ai fait redescendre les quatre étudiants en bas de la colline. Je nageais complètement, je l'admets volontiers. Je n'avais jamais rien vu de tel et, à ce stade, j'ignorais si je ne me trouvais pas en compagnie de quatre tueurs par cette nuit de tempête.

— Sûrement, s'ils l'avaient tuée, la dernière chose qu'ils auraient faite aurait été de courir chercher de l'aide ?

— Pas nécessairement. C'étaient des jeunes gens intelligents, tout à fait capables de jouer la comédie. Il m'a paru préférable de ne rien dire qui puisse indiquer que j'avais des soupçons, de crainte qu'ils ne détalent dans l'obscurité en nous laissant avec un problème encore plus énorme sur les bras. Après tout, je ne savais absolument pas qui ils étaient.

— Visiblement, vous avez réussi puisqu'ils ont attendu l'arrivée de vos collègues. Que s'est-il passé ensuite ? Je veux dire, du point de vue de la procédure ? » Jackie écouta consciencieusement Lawson raconter la suite des événements jusqu'au moment où il avait conduit les quatre jeunes gens au poste.

« Là s'est arrêtée ma participation directe à l'affaire, conclut-il. Les recherches ultérieures ont été menées par la brigade criminelle. Nous avons dû faire appel à d'autres divisions, nos propres effectifs n'étant pas suffisants pour une affaire de cette envergure. » Lawson repoussa son siège. « Maintenant, si vous voulez bien m'excuser, je vais demander à l'inspectrice Pirie de monter vous voir. Elle est mieux placée pour discuter du dossier avec vous. »

Jackie ramassa son magnétophone, mais ne l'arrêta pas. « Vous avez gardé un souvenir très précis de cette soirée », dit-elle, une pointe d'admiration dans la voix.

Lawson pressa le bouton de l'Interphone. « Voulez-vous prier Karen de venir me voir, Margaret ? » Il adressa à Jackie un sourire de contentement. « Dans ce métier, il faut être méticuleux. J'ai toujours pris soigneusement des notes. Et il faut vous rappeler que les meurtres sont plutôt rares à St Andrews. Au cours des dix ans que j'ai passés là-bas, je n'en ai rencontré qu'une poignée. Alors bien sûr, ça m'est resté en tête.

— Et vous n'avez jamais pu arrêter personne ? »

Lawson pinça les lèvres. « Non. Et pour des officiers de police, croyez-moi, c'est dur à accepter. Tout laissait supposer qu'il s'agissait des quatre jeunes qui avaient découvert le corps, mais il n'y a jamais eu que des preuves indirectes contre eux. À cause de l'endroit, j'ai pensé à une sorte de meurtre rituel païen. Mais ça n'a rien donné et ce genre de chose ne s'est jamais produit dans le secteur. Je regrette d'avoir à dire que l'assassin de Rosie Duff s'en est tiré. Naturellement, les individus qui commettent de tels crimes ont tendance à recommencer. Si ça se trouve, il est actuellement sous les verrous pour un autre meurtre. »

On frappa à la porte. « Entrez », lança Lawson. La femme qui pénétra dans la pièce était tout le contraire de Jackie. Autant la journaliste était mince et souple, autant Karen Pirie était robuste et sans grâce. Leur seul point commun était la lueur d'intelligence manifeste que chacune reconnaissait chez l'autre. Lawson fit les présentations, puis les guida prestement vers la sortie. « Bonne chance pour votre article », dit-il avant de refermer la porte derrière elles.

Karen se dirigea vers une volée de marches menant à l'étage. « Vous êtes basée à Glasgow ?

— J'ai passé toute ma vie ici. C'est une grande ville. On en voit de toutes les couleurs, comme on dit.

— Pratique pour une journaliste. Eh bien, qu'est-ce qui vous intéresse dans cette affaire ? »

Rapidement, Jackie exposa à nouveau son projet d'article. Karen parut satisfaite. Elle ouvrit la porte de la salle de la brigade et la fit entrer. Jackie observa les panneaux couverts de photographies, de cartes et de notes de service. Assises derrière des ordinateurs, deux personnes levèrent la tête avant de se replonger dans leur tâche. « Au fait, il va de soi que tout ce que vous verrez ou entendrez dans cette pièce concernant les enquêtes en cours ou toute autre affaire est strictement confidentiel. Me suis-je bien fait comprendre ?

— La chronique judiciaire n'est pas mon rayon. Je m'intéresse uniquement à ce que je vous ai dit. Vous n'avez donc pas à craindre de coup fourré, d'accord ? »

Karen sourit. Elle avait rencontré pas mal de journalistes dans sa carrière, dont la plupart lui avaient paru capables de chiper un cornet de glace à un gamin de trois ans. Mais cette femme semblait différente. Quel que fût son but réel, elle n'était pas le genre à y aller par quatre chemins. Karen indiqua à Jackie une longue table à tréteaux appuyée contre un mur où elle avait disposé les matériaux de la première enquête. « J'ignore ce que vous désirez comme détails, dit-elle, le regard fixé sur la pile de dossiers devant elles.

— J'aurais besoin de me représenter la manière dont l'enquête a progressé. Quelles pistes ont été suivies. Et bien sûr – Jackie arbora une de ses expressions piteuses bien rôdées –, parce que c'est du journalisme et non de la fiction, il me faudrait le nom des intéressés et leur profil. Agents de police, médecin légiste, experts. Ce genre de chose. » Elle avait un baratin du tonnerre.

« Je peux vous donner leur nom, naturellement. Pour ce qui est de leur profil, je suis un peu juste. Je n'avais que trois ans quand l'affaire a éclaté. Sans compter que l'officier supérieur dirigeant les recherches, Barney Maclennan, a trouvé la mort au cours de l'enquête. Vous le saviez, n'est-ce pas ? » Jackie hocha la tête. Karen reprit : « Le seul protagoniste que j'ai rencontré est David Soanes, le type de l'équipe médico-légale. C'est lui qui a fait le boulot, bien que ce soit en fait son patron qui ait signé le rapport.

— Pourquoi ça ? demanda nonchalamment Jackie en s'efforçant de ne pas laisser voir sa joie d'avoir obtenu ce qu'elle désirait aussi facilement et aussi vite.

— C'est la pratique habituelle. C'est toujours le chef du labo qui signe, même s'il n'a touché à aucune des pièces à conviction. Ça impressionne le jury.

— Autant pour les témoignages d'expert, dit Jackie sur un ton sarcastique.

— Si l'on veut coffrer les fripouilles, il faut faire ce qu'il faut », répondit Karen, dont le ton las indiquait une évidence ne nécessitant aucune explication. « Et en l'occurrence, on n'aurait pas pu être mieux servi. David Soanes est un des types les plus méticuleux que je connaisse. » Elle sourit. « D'ailleurs, c'est maintenant lui qui signe les rapports des autres. Il est devenu professeur de sciences judiciaires à l'université de Dundee. Le département qui réalise toutes nos expertises médico-légales.

— J'aimerais bien le rencontrer. »

Karen haussa les épaules. « Il est assez accessible. Eh bien, on commence par où ? »

Au bout de deux heures plus ou moins fastidieuses, Jackie réussit à s'esquiver. Elle en savait plus sur les procédures policières dans la Fife à la fin des années 1970 qu'elle n'aurait osé l'espérer. Il n'y avait rien de plus frustrant que d'obtenir les informations dont vous aviez besoin au début d'une interview et d'avoir ensuite à faire semblant, de peur de se trahir.

Naturellement, Karen ne lui avait pas laissé voir le rapport initial. Mais Jackie n'en demandait pas tant. Elle avait ce qu'elle était venue chercher. À présent, c'était à Alex de jouer.

35

Alex contemplait le couffin. Enfin elle était là, à sa place. Leur fille, chez eux. Enveloppée dans une couverture blanche, le visage chiffonné par le sommeil, Davina le mettait en extase. Elle n'avait plus ces traits tirés qui lui avaient causé une telle inquiétude les premiers jours. À présent, elle avait le même aspect que les autres bébés, son visage s'individualisant peu à peu. Il aurait aimé la dessiner à chaque seconde pour ne pas rater une seule nuance des changements par lesquels elle passait.

Le timbre lointain de la sonnette l'arracha soudain à ses dévotions. Il donna à sa fille la plus légère des caresses, puis sortit de la pièce. Il atteignit la porte d'entrée quelques secondes après Lynn, qui sembla abasourdie en apercevant Jackie sur le pas de la porte. « Qu'est-ce que vous faites ici ? s'exclama-t-elle.

— Alex ne vous en a pas parlé ? répondit Jackie d'une voix désinvolte.

— Parlé de quoi ? demanda Lynn en se tournant vers Alex.

— J'ai demandé à Jackie de m'aider.

— Exact. » Jackie semblait plus amusée que vexée.

« À *elle* ? s'écria Lynn sans même essayer de cacher son mépris. Une femme qui avait une raison de tuer mon frère et les relations qu'il faut pour le faire ? Alex, qu'est-ce qui t'a pris ?

— Elle a quelque chose à y gagner elle aussi. Ce qui veut

dire que je peux lui faire confiance. Elle ne se retournera pas contre nous pour faire la une, expliqua-t-il, s'appliquant à calmer Lynn avant que Jackie ne prenne la mouche et ne reparte sans révéler ce qu'elle avait appris.

— Je ne veux pas d'elle chez moi », répliqua Lynn d'un ton catégorique.

Alex leva les mains. « Bon, très bien. Je prends mon manteau. Nous irons au pub, si ça vous convient, Jackie. »

Elle haussa les épaules. « Comme vous voudrez. Mais c'est vous qui réglez. »

En silence, ils descendirent la rue menant au pub. Alex n'avait pas envie de s'excuser pour l'hostilité de Lynn et Jackie ne voulait pas s'embêter à en faire une histoire. Lorsqu'ils furent installés avec deux verres de vin, Alex leva les sourcils d'un air interrogateur. « Alors ? Qu'est-ce que ça a donné ? »

Jackie prit une mine satisfaite. « J'ai le nom du médecin légiste qui s'est tapé la corvée dans l'affaire Rosie Duff. Et le plus beau, c'est qu'il est toujours dans le circuit. Professeur à Dundee. Il s'appelle David Soanes, et apparemment c'est un crack.

— Quand allez-vous le voir ?

— Je n'ai pas l'intention d'aller le voir. Ça, c'est votre boulot.

— Mon boulot ? Je ne suis pas journaliste. Pourquoi me parlerait-il à moi ?

— C'est vous que ça regarde. Vous lui exposerez votre situation et vous lui demanderez s'il n'a pas des renseignements qui seraient susceptibles de prouver votre innocence.

— Je ne sais pas comment mener une interview, protesta Alex. Et pourquoi Soanes me dirait-il quoi que ce soit ? Il ne tient sûrement pas à donner l'impression de s'être rendu coupable de négligence.

— Alex, vous avez réussi à me faire courir des risques alors que, en toute sincérité, je ne vous aime pas beaucoup ni votre harpie d'épouse à la mentalité étriquée. Je pense donc que vous n'aurez aucun mal à persuader David Soanes de vous confier ce que vous désirez savoir. D'autant plus que ce que vous lui demandez, ce ne sont pas des choses qu'il aurait négligées. Seulement qui ne se prêtaient pas à l'analyse et qu'il n'a pas inclues, à juste titre, dans son rapport. S'il aime son travail, il aura sans doute le désir de vous aider. De plus, il y a beaucoup moins de chance qu'il se montre bavard avec une journaliste qui risquerait de le faire passer pour un incapable. » Jackie avala un peu de vin, fit la grimace et se leva. « Dès que vous aurez de quoi me sortir de la mélasse, faites-moi signe. »

Assise dans la véranda, Lynn regardait les lumières de l'estuaire. Dans l'air humide, elles étaient entourées d'un léger halo qui leur donnait un aspect mystérieux. Elle entendit la porte d'entrée se refermer et Alex crier : « Je suis là ! » Il n'avait pas eu le temps de la rejoindre que le timbre de la porte carillonna à nouveau. Quel que fût le visiteur, elle se sentait d'humeur massacrante.

Les murmures se firent de plus en plus distincts à mesure que les pas se rapprochaient. Pourtant, elle n'arrivait toujours pas à savoir qui c'était. Puis la porte s'ouvrit et Weird entra. « Lynn, lança-il. Il paraît que tu as une fille adorable à me montrer.

— Weird ! s'exclama-t-elle, stupéfaite. Tu es bien la dernière personne à laquelle je m'attendais.

— Bien. Espérons que tout le monde pense de même. » Il la regarda avec une expression soucieuse. « Tu tiens le coup ? »

Lynn se laissa aller dans ses bras. « Je sais que ça a l'air stupide, étant donné qu'on le voyait très peu, mais Mondo me manque.

— Bien sûr. Comme à nous tous. Et il en sera toujours ainsi. Il faisait partie intégrante de nous-mêmes, et maintenant il n'est plus là. De savoir qu'il se trouve auprès du Seigneur ne nous console que dans une certaine mesure de ce que nous avons perdu. » Ils restèrent silencieux un moment, puis Lynn se dégagea.

« Mais qu'est-ce que tu fais ici ? demanda-t-elle. Je croyais que tu étais rentré directement aux États-Unis après les obsèques ?

— En effet. J'ai expédié ma femme et mes gosses à la montagne, là où ils seront à l'abri de quiconque en aurait après moi. Puis j'ai pris la poudre d'escampette. Franchi la frontière mexicaine. Lynn, ne va surtout pas au Mexique si tu n'as pas un estomac en acier. La nourriture est la pire de la planète, mais le plus indigeste, c'est le contraste entre les richesses extraordinaires de l'Amérique et la pauvreté terrifiante de ces Mexicains. J'en avais honte pour mes compatriotes d'adoption. Savez-vous que, pour soutirer de l'argent aux touristes désirant être pris en photo, les Mexicains vont jusqu'à peindre des rayures sur leurs ânes afin de les faire ressembler à des zèbres ? Voilà à quoi on les a réduits.

— Épargne-nous les sermons, Weird. Va à l'essentiel », grogna Lynn.

Weird sourit. « J'avais oublié combien tu pouvais être directe. Eh bien, après l'enterrement, j'étais plutôt inquiet. Alors j'ai engagé un détective privé de Seattle. Pour savoir qui avait envoyé cette couronne aux funérailles de Ziggy. Et j'ai eu la réponse. Une réponse qui me donnait une bonne raison de revenir ici. Sans compter que c'est le dernier endroit où quelqu'un lancé à ma poursuite s'attendrait à me trouver. Beaucoup trop près de l'endroit fatal !

— C'est fou ce que tu es devenu comédien au fil du temps ! s'exclama Alex. Vas-tu enfin nous dire ce que tu as déniché ?

— L'homme qui a envoyé la couronne vit ici, dans la Fife. À St Monans, pour être précis. J'ignore qui c'est et quels sont ses liens avec Rosie Duff. Mais il s'appelle Graham Macfadyen. »

Alex et Lynn échangèrent un regard anxieux. « Nous savons de qui il s'agit, dit Alex. Ou, du moins, nous pouvons faire quelques suppositions raisonnables. »

À présent, c'était au tour de Weird d'avoir l'air perplexe et frustré. « Alors qui est-ce ?

— Le fils de Rosie Duff », répondit Lynn.

Les yeux de Weird s'agrandirent. « Elle avait un fils ?

— Personne n'était au courant à l'époque. Il a été adopté à sa naissance. Il devait avoir trois ou quatre ans lorsqu'elle est morte, expliqua Alex.

— Par exemple, dit Weird. En tout cas, ça paraît logique, non ? Je parie qu'il a seulement découvert récemment que sa mère avait été assassinée !

— Il est allé voir Lawson au moment de la réouverture des affaires classées. Ça faisait seulement quelques mois qu'il s'était mis à rechercher sa mère naturelle.

— S'il pensait que vous étiez tous les quatre responsables

du meurtre, voilà votre mobile, dit Lynn. Nous avons besoin d'en apprendre davantage sur ce Macfadyen.

— À commencer par l'endroit où il se trouvait la semaine où Ziggy est mort, dit Alex.

— Par quel moyen ? » demanda Lynn.

Weird leva une main. « Atlanta est le siège de Delta Airlines. Une de mes ouailles occupe un poste assez important là-bas. Je suppose qu'il lui est possible de se procurer les manifestes des passagers. Apparemment, les compagnies aériennes s'échangent ces informations régulièrement. J'ai obtenu le numéro de la carte de crédit de Macfadyen, ce qui accélérera peut-être les recherches. Je l'appellerai tout à l'heure, si ça ne vous ennuie pas.

— Bien sûr que non », dit Alex. Puis il dressa l'oreille. « Ce n'est pas Davina que j'entends ? » Il marcha vers la porte. « Je la ramène.

— Bravo, Weird, dit Lynn. Je ne t'aurais jamais pris pour un aussi fin limier.

— Tu oublies que j'ai été mathématicien, et même un assez bon. Tout le reste, ce n'était qu'une tentative désespérée pour ne pas devenir comme mon père. Ce que, grâce au ciel, j'ai réussi à éviter. »

Alex revint, Davina geignant dans ses bras. « Je crois qu'elle a faim. »

Weird se leva pour scruter le minuscule fardeau. « Ma foi, dit-il, d'une voix soudain adoucie, elle est ravissante. » Il regarda Alex. « Maintenant, tu comprends pourquoi je suis bien décidé à m'en sortir sain et sauf. »

Dehors, sous le pont, Macfadyen observait la scène en contrebas. Cela avait été une soirée mouvementée. D'abord, la femme avait déboulé. Il l'avait aperçue aux funérailles, avait vu la veuve de Kerr repartir dans sa voiture. Il les avait suivies jusqu'à un appartement de Merchant City, puis, deux jours plus tard, il avait suivi Gilbey jusqu'à ce même appartement. Il se demandait quel était le lien entre eux, comment elle s'insérait dans le tableau d'ensemble. Était-elle seulement une amie de la famille ? Ou plus que ça ?

Dans tous les cas, on l'avait reçue comme un chien dans un jeu de quilles. Gilbey et elle étaient allés au pub, où ils avaient à peine eu le temps de prendre un verre. Puis, quand Gilbey avait regagné la maison, s'était produite la vraie surprise. Mackie était de retour. Il aurait dû être au calme dans sa Géorgie, à administrer son troupeau. Et voilà qu'il était à nouveau ici, dans la Fife, en compagnie de son complice de surcroît. On ne laissait pas tout tomber comme ça sans une bonne raison.

C'était la preuve. On le devinait à l'expression de leur visage. Ce n'étaient pas de joyeuses retrouvailles. Ni même une soirée guillerette pour fêter la sortie de maternité de la fille de Gilbey. Ces deux-là avaient quelque chose à cacher, et qui les avait réunis dans ce moment de crise : la peur. Ils étaient terrifiés à l'idée que l'instrument de vengeance qui s'était abattu sur leurs deux amis puisse les frapper à leur tour. Et ils se blottissaient l'un contre l'autre pour se protéger.

Macfadyen eut un sourire sinistre. La main glacée du passé s'avançait inexorablement vers Gilbey et Mackie. Ils n'auraient pas le sommeil tranquille cette nuit. Et il fallait qu'il en soit ainsi. Il avait un plan à leur sujet. Et plus ils auraient peur, mieux ce serait quand viendrait l'heure de mettre ce plan à exécution.

Ils avaient vécu vingt-cinq ans dans la paix, ce qui était plus, beaucoup plus que sa mère n'en avait eu. Maintenant, c'était fini.

36

Le jour se leva, gris et lugubre, la vue depuis North Queensferry noyée dans un brouillard maussade. Quelque part au loin, une corne de brume lança son appel misérable. Pas rasé et abruti par le manque de sommeil, Alex était accoudé à la table de la cuisine, regardant Lynn allaiter Davina. « C'était une bonne ou une mauvaise nuit ? demanda-t-il.

— Entre les deux, je suppose, répondit Lynn à travers un bâillement. À cet âge-là, ils prennent le sein fréquemment.

— Une heure, trois heures et demie, six heures et demie. Tu es sûre que c'est un bébé et pas un fou de Bassan ? »

Lynn sourit. « Comme les premières fleurs de l'amour se fanent vite, lança-t-elle d'un ton moqueur.

— Si c'était vrai, je me serais plaqué l'oreiller sur la tête pour me rendormir au lieu de me lever pour te faire du thé et la changer, rétorqua Alex, sur la défensive.

— Weird ne serait pas là, tu pourrais dormir dans la chambre d'ami. »

Il secoua la tête. « Je n'en ai pas envie. On verra par la suite.

— Tu as besoin de dormir. Tu as une entreprise à gérer. »

Alex poussa un grognement. « En tout cas, pendant les rares moments où je n'ai pas à parler à des médecins légistes à l'autre bout du pays.

— Exact. Ça ne t'ennuie pas que Weird soit là ?

— Pourquoi est-ce que ça m'ennuierait ?

— Je me posais juste la question. Tu connais ma méfiance

naturelle. J'ai toujours pensé que, de vous quatre, c'était le seul à avoir pu tuer Rosie. Alors je suppose que de le voir débarquer comme ça me met un peu mal à l'aise. »

Alex semblait gêné. « Est-ce que ce n'est pas précisément ce qui l'exclut comme suspect ? Quel motif aurait-il de nous tuer au bout de vingt-cinq ans ?

— Il aurait pu entendre parler de la réouverture des affaires classées et avoir peur que l'un de vous ne le dénonce après tout ce temps.

— Il faut toujours que tu en rajoutes, hein ? Écoute, il ne l'a pas tuée, Lynn. Ce n'est pas dans sa nature.

— On peut faire des choses terribles sous l'emprise de la drogue. Et, si je me souviens bien, Weird n'y allait pas de main morte dans ce domaine. Il avait la Land Rover ; Rosie Duff le connaissait sans doute suffisamment pour accepter qu'il la raccompagne chez elle. Et puis il y a eu cette conversion spectaculaire. Ça aurait pu être la conséquence de sa culpabilité. »

Il secoua la tête. « C'est un ami. Je l'aurais su. »

Lynn poussa un soupir. « Tu as probablement raison. C'est vrai que j'ai tendance à m'emballer. Sans compter que j'ai les nerfs à fleur de peau en ce moment. Désolée. »

Tandis qu'elle parlait, Weird entra. Douché et rasé, il respirait la santé et la vigueur. Alex le toisa. « Mon Dieu, on dirait Tigger.

— Le matelas est super », proclama-t-il. Il regarda autour de lui, aperçut la cafetière électrique. Puis, traversant la cuisine, il se mit à ouvrir les placards à la recherche des tasses. « J'ai dormi comme un bébé.

— J'en doute, répondit Lynn. À moins que tu ne te sois réveillé en pleurant toutes les trois heures. Tu n'es pas censé souffrir du décalage horaire ?

— Jamais souffert de ça de ma vie, répondit-il gaiement en se versant du café. Eh bien Alex, quand est-ce qu'on va à Dundee ?

— Il faut d'abord que je téléphone pour prendre rendez-vous.

— Tu es fou ? Pour donner à ce type une chance de dire non ? » répliqua Weird en farfouillant dans la boîte à pain. Il sortit du *farl*[1] et se lécha les babines. « Mmm. Voilà des années que je n'en ai pas mangé.

— Ne te gêne surtout pas.

— Ne t'en fais pas pour ça », répondit Weird en ouvrant le réfrigérateur pour prendre du beurre et du fromage. « Non, Alex. Pas de coups de fil. On se pointe à l'improviste et on leur fait clairement comprendre qu'on ne s'en ira pas avant d'avoir vu le professeur Soanes.

— Vous ne pensez pas que ça risque de le mettre de mauvais poil ? demanda Lynn.

— Au contraire, ça lui montrera qu'il ne s'agit pas d'une plaisanterie. À mon avis, c'est ainsi qu'agiraient deux types qui craignent pour leur peau. Ce n'est pas le moment d'être poli, doux et obéissant. C'est le moment de dire : On a réellement la trouille et vous pouvez nous aider. »

Alex grimaça. « Tu es sûr de vouloir venir avec moi ? » Le regard désapprobateur que lui lança Weird aurait arrêté net un adolescent. Alex leva les mains en un geste de capitulation. « Bon, d'accord. Laisse-moi une demi-heure. »

Lynn le regarda s'éloigner, une lueur d'inquiétude dans les yeux.

« Ne crains rien, Lynn. Je veillerai sur lui. »

Lynn éclata de rire. « Je t'en prie, Weird. Si je n'avais que ça pour me rassurer... »

Il avala une bouchée de son *farl* et la considéra. « Je ne suis plus la personne dont tu te souviens, Lynn, dit-il d'un ton grave. Oublie l'ado révolté. L'alcool et la drogue. Songe que j'ai toujours fait mes devoirs et que je les rendais à temps. Je donnais l'impression de dérailler, mais au fond, j'étais aussi solide qu'Alex. Je sais que vous riez tous sous cape d'avoir un télé-évangéliste sur votre liste de cartes de vœux – de fort jolies cartes, du reste. Mais derrière le show, je suis très sérieux dans ce que je crois et ce que je fais. Quand je dis que je veillerai sur Alex, tu peux être sûre qu'il sera autant en sécurité avec moi qu'avec n'importe qui d'autre.

— Pardon, Weird. C'est juste que j'ai du mal à faire abstraction du temps où je te connaissais mieux. »

---

1. Gâteau de flocons d'avoine, souvent de forme triangulaire. *(NdE)*

Il finit son café et se leva. « Je sais. Je continue à penser à toi comme à une gamine sans cervelle rêvant de David Cassidy.

— Salaud !

— À présent, je vais prier un moment, dit-il en se dirigeant vers la porte. Alex et moi avons besoin de toute l'aide qu'il est possible de se procurer. »

La façade de l'Old Fleming Gymnasium n'aurait pas pu être plus éloignée de l'image que se faisait Alex d'un laboratoire de médecine légale. Caché au bout d'une étroite venelle, l'édifice était couvert d'un siècle de pollution. Il n'était pas sans charme, son unique étage bien proportionné, avec de grandes fenêtres en arc dans le style italien. Simplement, il ne faisait pas l'effet d'un endroit abritant le summum de la science médico-légale.

Weird était visiblement de cet avis. « Tu es sûr que c'est là ? » demanda-t-il, hésitant à l'entrée de la ruelle.

Alex désigna l'autre côté de la rue. « Voilà le café OTI. D'après le site web de l'université, c'est là qu'il faut tourner.

— Ça ressemble plus à une banque qu'à un gymnase ou à un laboratoire. » Néanmoins, il suivit Alex le long de la venelle.

La réception était tout aussi énigmatique. Un jeune homme avec une bonne dose de psoriasis et une tenue de beatnik des années 1950 était assis derrière une table, occupé à taper sur un clavier d'ordinateur. Il les scruta par-dessus les épaisses montures noires de ses lunettes. « Je peux vous aider ?

— Nous souhaiterions voir le professeur Soanes, répondit Alex.

— Vous avez rendez-vous ? »

Alex secoua la tête. « Non. Mais nous lui serions très reconnaissants s'il pouvait nous recevoir. C'est à propos d'une vieille affaire sur laquelle il a travaillé. »

Le jeune homme fit osciller sa tête d'un côté à l'autre comme une danseuse indienne.

« J'ai bien peur que ce ne soit pas possible. Il est extrêmement occupé.

— Nous aussi, intervint Weird en se penchant en avant. Et

ce dont nous voulons lui parler est une question de vie ou de mort.

— Ça alors, répliqua le jeune homme. Le Tommy Lee Jones de Tayside. » La remarque aurait pu paraître insultante, mais l'air d'admiration amusé qu'il lui conféra en ôtait toute méchanceté.

Weird le fusilla du regard. « On peut attendre, suggéra Alex avant que les hostilités n'éclatent.

— Vous n'aurez pas le choix. Il dirige un séminaire en ce moment. Laissez-moi jeter un coup d'œil à son emploi du temps de la journée. » Il fit crépiter le clavier. « Pouvez-vous revenir à trois heures ? » demanda-t-il au bout de quelques instants.

Weird se renfrogna. « Passer cinq heures à Dundee ?

— C'est parfait, répondit Alex en lui lançant un regard furieux. Allez, Tom. » Ils laissèrent leurs noms, le numéro du mobile d'Alex, mentionnèrent l'affaire qui les intéressait et battirent en retraite.

« Le charme incarné ! s'exclama Alex tandis qu'ils retournaient à la voiture.

— N'empêche, on est arrivé à quelque chose. Si ç'avait été la soumission incarnée, on aurait eu du mal à décrocher un créneau avant la fin du trimestre. Bon, qu'est-ce qu'on va faire pendant les cinq heures qu'on a devant nous ?

— On pourrait aller à St Andrews, proposa Alex. C'est juste de l'autre côté du pont. »

Weird se figea. « Tu plaisantes ?

— Non. Je n'ai jamais été aussi sérieux. Ça nous sera sûrement utile de nous rafraîchir la mémoire. Ce n'est pas comme si quelqu'un allait nous reconnaître après toutes ces années. »

Weird porta sa main à sa poitrine à l'endroit où sa croix se trouvait d'habitude et maugréa, tandis que ses doigts effleuraient le tissu vide. « D'accord. Mais pas question que j'aille au Bottle Dungeon. »

Rouler dans St Andrews se révéla une expérience étrange, surprenante. D'une part, n'ayant pas eu de voiture quand ils étaient étudiants, ils n'avaient jamais vu la ville du point de vue d'un automobiliste. D'autre part, la route était bordée de constructions nouvelles. La masse de béton de l'Old Course Hotel ; le cylindre néoclassique du musée de l'Université ; le

Centre de la vie marine derrière l'inébranlable Royal and Ancient Clubhouse. Weird regardait par la fenêtre, mal à l'aise. « Ça a changé.

— Évidemment. Ça fait presque un quart de siècle.

— Tu as dû revenir assez souvent. »

Alex secoua la tête. « Je n'y ai pas remis les pieds depuis vingt ans. » Il longea lentement les Scores, finit par glisser sa BMW sur une place laissée libre par une femme en Renault.

Ils sortirent en silence et se mirent à arpenter les rues jadis familières. C'était un peu, pensa Alex, comme revoir Weird après toutes ces années. La silhouette était semblable. Il était impossible de la confondre avec celle de quelqu'un d'autre et vice versa. Mais l'aspect extérieur était différent. Certains changements étaient subtils, d'autres brutaux. Il en allait de même de leur promenade dans St Andrews. Plusieurs boutiques étaient encore en place, leurs façades identiques. Paradoxalement, c'étaient celles-là qui paraissaient incongrues, comme si elles avaient échappé à l'évolution du reste de la ville. La confiserie était toujours là, monument à l'appétit national pour le sucre. Alex reconnut le restaurant où ils avaient mangé leur premier repas chinois, aux saveurs aussi exotiques que déconcertantes pour des palais n'ayant connu que la bonne vieille cuisine familiale. Ils étaient alors quatre, insouciants et sûrs d'eux, sans le moindre pressentiment de leur destin troublé. *Et maintenant ils n'étaient plus que deux.*

L'université était incontournable. Dans cette localité de seize mille âmes, un tiers des habitants subsistait grâce à elle. Si ses bâtiments étaient soudain tombés en poussière, cela aurait laissé comme un village édenté. Des étudiants remontaient les rues d'un pas pressé, certains vêtus de la toge de flanelle rouge caractéristique qui les protégeait contre le froid. Il était difficile de croire qu'ils en avaient fait autant autrefois.

Alex les revit alors, Ziggy et Mondo en toges ultra-chics, lui-même et Weird achetant les leurs d'occasion. Tout cela lui semblait tellement éloigné, comme s'il s'agissait d'un film et non d'un souvenir.

En approchant de la Porte Ouest, ils aperçurent la devanture du Lammas Bar à travers l'arche en pierre. Weird s'arrêta brusquement. « Ça me fout le bourdon. J'en ai assez, Alex. Fichons le camp d'ici. »

Alex n'était pas tout à fait mécontent de la proposition. « Alors on retourne à Dundee ?

— Non, je ne pense pas. Une des raisons pour lesquelles je suis revenu, c'est de confondre ce Graham Macfadyen à propos des couronnes. St Monans n'est pas très loin, n'est-ce pas ? Allons voir ce qu'il a à dire pour sa défense.

— C'est le milieu de journée. Il sera à son travail, fit remarquer Alex en accélérant le pas pour se maintenir à la hauteur de Weird.

— On peut toujours jeter un coup d'œil à l'endroit où il habite. Et peut-être même y retourner après avoir vu le professeur Soanes. » Il ne servait à rien de discuter avec Weird quand il était dans une telle humeur, se dit Alex avec résignation.

Macfadyen ne comprenait pas ce qui passait. Lorsqu'il les avait vus partir en voiture, il s'était senti grandement récompensé d'avoir fait le guet depuis sept heures du matin. Les deux complices mijotaient quelque chose, c'était évident. Il les avait filés à travers la Fife jusqu'à Dundee, puis avait remonté à son tour la ruelle. Et dès qu'ils étaient entrés dans le vieux bâtiment en grès, il s'était précipité dans leur sillage. Mais l'écriteau sur la porte disait : DÉPARTEMENT DES SCIENCES JUDICIAIRES, ce qui l'avait laissé perplexe. Que cherchaient-ils ? Pourquoi étaient-ils là ?

En tout cas, ils n'étaient pas restés longtemps. Moins de dix minutes plus tard, ils repartaient. Il faillit les perdre aux abords du Tay Bridge, mais réussit à les rattraper alors qu'ils ralentissaient pour prendre la route de St Andrews. Ayant eu du mal à se garer, il avait fini par se mettre devant une sortie de voiture.

Il ne les avait pas perdus de vue dans la ville, et pourtant ils ne semblaient pas avoir de dessein précis. Ils étaient revenus sur leurs pas à deux reprises, montant puis redescendant North Street, Market Street, South Street. Heureusement, le grand escogriffe, Mackie, se détachait dans la foule, de sorte qu'ils n'étaient pas trop difficiles à repérer. C'est alors que, subitement, il comprit que cette balade sans but apparent les rapprochait de plus en plus de la Porte Ouest. Ils se dirigeaient vers le Lammas Bar. Ils avaient le toupet d'aller revoir l'endroit où ils avaient connu sa mère et ourdi leur sinistre complot.

De la sueur perlait sur sa lèvre supérieure malgré le froid humide de la journée. Les signes de leur culpabilité se multipliaient d'heure en heure. L'innocence les aurait tenus éloignés du Lammas Bar, l'innocence et le respect. Mais la culpabilité les attirait là comme un aimant, il en était certain.

Il était tellement absorbé par ses pensées qu'il faillit leur rentrer dedans. Sans crier gare, ils s'étaient arrêtés au milieu du trottoir et lui avait continué sur sa lancée. Son cœur cognant dans sa poitrine, il les dépassa en tournant la tête. Il s'engouffra dans l'entrée d'une boutique et jeta un coup d'œil derrière lui, ses mains moites serrées dans ses poches. Il ne put en croire ses yeux. Ils s'étaient dégonflés. Ils avaient tourné le dos à la Porte Ouest et descendaient South Street dans la direction d'où ils étaient venus.

Il fut presque obligé de courir tandis qu'ils enfilaient une série de ruelles et de venelles. Leur préférence pour des passages étroits plutôt que les larges artères lui semblait être un signe évident d'une conscience coupable. Gilbey et Mackie se cachaient, cherchant à échapper aux regards accusateurs qu'ils devaient imaginer dans chaque rue.

La temps qu'il regagne sa voiture, ils roulaient déjà vers la cathédrale. Avec un juron, Macfadyen bondit au volant et démarra en trombe. Il les avait pratiquement rejoints lorsque le destin lui joua un sale tour. Au bas de Kinkell Braes, il y avait des travaux sur la chaussée, avec une voie unique commandée par des feux alternés. Gilbey fonça juste au moment où l'orange devenait rouge, comme s'il avait deviné qu'il lui fallait prendre le large. S'il n'y avait pas eu de véhicules entre eux, Macfadyen aurait pris le risque de passer au rouge. Mais une camionnette transportant des pièces détachées lui barrait le chemin. Il abattit son poing sur le volant en vociférant tandis que les minutes s'écoulaient avant que le feu ne repasse au vert. La camionnette se mit à grimper au pas, Macfadyen collé derrière. Mais il fallut cinq bons kilomètres avant qu'il puisse la doubler et il savait en son for intérieur qu'il n'avait aucune chance de rattraper la BMW de Gilbey.

Il en aurait pleuré. Il n'avait pas la moindre idée de l'endroit où ils se rendaient. Rien dans leur matinée ahurissante ne permettait de le deviner. Il pensa rentrer chez lui pour voir s'il n'y avait pas des nouvelles fraîches. Mais il ne serait guère avancé. Ce n'était pas Internet qui allait lui dire où Gilbey et Mackie étaient allés.

La seule chose dont il pouvait être sûr, c'est que, tôt ou tard, ils regagneraient North Queensferry. Se maudissant de sa maladresse, il décida qu'il ferait aussi bien de retourner là-bas.

Au moment où Graham Macfadyen dépassait l'embranchement qui l'aurait ramené à son domicile, Weird et Alex étaient campés devant chez lui. « Content ? » demanda Alex. Weird avait déjà remonté l'allée et frappé à la porte, sans résultat. Puis il avait fait le tour de la maison, lorgnant par les fenêtres. Alex était persuadé que la police allait arriver d'un instant à l'autre, alertée par un voisin curieux. Mais ce n'était pas le genre de quartier où les gens sont chez eux toute la journée.

« Au moins, on sait où le trouver, dit Weird. Il a l'air de vivre seul.

— Qu'est-ce qui te fait croire ça ? »

Weird lui lança un regard qui voulait dire : ouvre un peu les yeux !

« Pas trace de présence féminine, hein ?

— Absolument aucune, répondit Weird. Bon, tu avais raison. C'était une perte de temps. » Il consulta sa montre. « Cherchons un pub correct où manger un morceau. Puis on remettra le cap sur Dundee. »

37

Le professeur David Soanes était un petit homme rondouillard. Les joues roses avec une frange de mèches blanches sur un crâne luisant et les yeux bleus réellement pétillants, il ressemblait étrangement à un père Noël, la barbe en moins. Il fit entrer Alex et Weird dans une minuscule alcôve où il y avait à peine assez de place pour son bureau et deux chaises destinées aux visiteurs. La pièce était spartiate, l'unique décoration étant un certificat le proclamant citoyen libre de la ville de Srebrenica. Alex préférait ne pas penser à ce qu'il avait dû faire pour obtenir cette récompense.

D'un geste de la main, Soanes les invita à s'asseoir et s'installa derrière la table, son ventre rond frottant contre le rebord. Il fit la moue et les considéra. « Fraser m'a dit que vous désiriez discuter de l'affaire Rosie Duff », dit-il après un long moment. Sa voix était aussi moelleuse qu'un plum-pudding. « Mais d'abord, j'ai une ou deux questions à vous poser. » Il jeta un coup d'œil à un bout de papier. « Alex Gilbey et Tom Mackie. C'est bien ça ?

— Tout à fait, répondit Alex.

— Et vous n'êtes pas journalistes ? »

Alex sortit une de ses cartes de visite et la lui passa. « Je dirige une société qui fabrique des cartes de vœux. Tom est pasteur. Nous ne sommes pas journalistes, non. »

Soanes examina la carte avec attention, l'inclinant pour vérifier le relief des lettres. Il leva un sourcil dru et blanc. « Pourquoi vous intéressez-vous à l'affaire Rosie Duff ? » demanda-t-il à brûle-pourpoint.

Weird se pencha en avant. « C'est nous qui avons découvert son corps inanimé dans la neige il y a vingt-cinq ans, avec deux amis. Vous avez probablement eu nos vêtements sous votre microscope. »

Soanes inclina légèrement la tête sur le côté. Les rides aux coins de ses yeux se tendirent imperceptiblement. « Cela remonte à longtemps. Pourquoi êtes-vous ici aujourd'hui ?

— Nous pensons que quelqu'un nous a dans le collimateur », répondit Weird.

Cette fois, les sourcils de Soanes se soulevèrent tous les deux. « Je ne vous suis pas. Quel rapport avec moi ou avec Rosemary Duff ? »

Alex posa une main sur le bras de Weird. « Sur les quatre de cette nuit-là, deux sont morts. En l'espace de seulement un mois et demi. Assassinés l'un et l'autre. Je sais, cela pourrait être juste une coïncidence. Mais aux deux enterrements se trouvait une couronne disant*: Du romarin pour ne pas oublier*. Et nous pensons que ces couronnes ont été envoyées par le fils de Rosie Duff. »

Soanes fronça les sourcils. « J'ai bien peur, messieurs, que vous ne vous soyez trompés d'adresse. Vous devriez en parler à la police de la Fife, qui réexamine actuellement un certain nombre d'affaires classées, dont celle-ci. »

Alex secoua la tête. « J'ai déjà essayé de ce côté-là. Le directeur adjoint Lawson n'a rien trouvé de mieux que de me dire que j'étais paranoïaque. Que les coïncidences existent et que je devrais cesser de me faire du mouron. Mais je pense qu'il a tort. Je pense que quelqu'un veut nous tuer parce qu'il est persuadé que nous avons tué Rosie. Et la seule façon que je vois de nous sortir de là, c'est de trouver le vrai coupable. »

Une expression impénétrable apparut sur le visage de Soanes à la mention du nom de Lawson. « Néanmoins, je ne comprends toujours pas la raison de votre visite. Mon rôle dans cette affaire a pris fin il y a vingt-cinq ans.

— C'est parce qu'ils ont perdu les pièces à conviction, lança Weird, incapable de rester longtemps sans entendre le son de sa propre voix.

— Vous devez faire erreur. Nous avons procédé à des analyses sur un article récemment. Mais les tests ADN étaient négatifs.

— Vous avez le cardigan, expliqua Alex. Mais les objets importants, les vêtements avec le sang et le sperme, eux, ont disparu. »

L'intérêt de Soanes grimpa visiblement en flèche. « Ils ont perdu les pièces à conviction ?

— C'est du moins ce que Lawson a déclaré », répondit Alex.

Soanes secoua la tête d'un air incrédule. « Terrifiant. Encore que pas totalement étonnant sous la direction actuelle. » Une ride désapprobatrice barrait son front. Alex se demanda ce que la police de la Fife avait pu faire d'autre qui ait déplu à Soanes. « Eh bien, sans les principales preuves matérielles, je ne vois vraiment pas en quoi je pourrais vous être utile. »

Alex avala une goulée d'air. « Je sais que c'est vous qui avez effectué les examens au départ. Et j'ai cru comprendre que les experts judiciaires ne font pas nécessairement état de tous les résultats de leurs analyses. Je me demandais s'il n'y avait pas quelque chose dont vous n'auriez pas parlé à l'époque. Je pense notamment à de la peinture. Parce que la seule chose qu'ils n'ont pas perdue, c'est le cardigan. Or, après l'avoir trouvé, ils sont venus chez nous prélever des échantillons de peinture.

— Et pourquoi vous dirais-je quoi que ce soit de ce genre, à supposer qu'il y ait quelque chose à dire ? Ça ne me semble guère conforme au règlement. Après tout, vous étiez des suspects en quelque sorte.

— Nous étions des témoins, pas des suspects ! répliqua Weird, furieux. Et cela vaudrait mieux pour vous parce que, si vous ne le faites pas et que nous soyons tués, vous aurez plutôt du mal à vous mettre en règle avec Dieu et avec votre conscience.

— Et aussi parce que les scientifiques sont censés s'intéresser à la vérité », ajouta Alex. *C'est le moment de se jeter à l'eau,* pensa-t-il. « Et que vous semblez être un homme pour qui la vérité a de l'importance. Contrairement à la police, qui ne se soucie que de résultats. »

Soanes posa un coude sur le bureau et se mit à tripoter sa lèvre inférieure, découvrant la chair humide et rose. Il les regarda un long moment avec une expression pensive. Après quoi il se redressa, l'air décidé, et ouvrit la chemise en carton qui était le seul autre objet sur son bureau. Il jeta un coup d'œil au contenu, puis releva la tête et croisa leur regard impatient. « Mon rapport portait principalement sur le sang et le sperme. Le sang était uniquement celui de Rosie Duff, le sperme vraisemblablement celui de l'assassin. Comme son propriétaire souffrait d'une hémospermie, il nous a été possible d'établir son groupe sanguin. » Il parcourut rapidement quelques pages. « Il y avait un certain nombre de fibres. Des brins d'une moquette marron bon marché, assez courante dans le commerce, et d'autres d'un modèle gris utilisé par plusieurs constructeurs automobiles pour leur milieu de gamme. Et aussi des poils de chien pouvant provenir de l'épagneul du patron du pub où elle travaillait. Tout cela figure en détail dans mon rapport. »

Il vit le regard de déception d'Alex et eut un petit sourire. « Mais il y a aussi mes notes. »

Retirant une liasse de feuilles écrites à la main, il la lorgna un moment avant de tirer de sa poche de veste une paire de lunettes demi-lune à monture en or, qu'il percha sur son nez. « Me relire a toujours été une gageure, dit-il d'un ton pince-sans-rire. Ça fait des années que je n'ai pas regardé tout ça. Bon, voyons voir. Le sang... le sperme... la boue. » Il tourna deux pages couvertes d'une écriture minuscule et serrée. « Les poils... Ah voilà... la peinture. » Il frappa la feuille du doigt, releva la tête. « Qu'est-ce que vous savez sur la peinture ?

— La mate pour les murs, la brillante pour le bois, répondit Weird. C'est à peu près tout. »

Soanes sourit pour la première fois. « La peinture se compose de trois éléments principaux. Il y a le médium, qui est normalement un polymère. C'est la matière solide, celle qui reste sur votre blouse si vous ne la nettoyez pas tout de suite. Il y a le solvant, en général une substance organique. Le premier se dissout dans le second pour créer une solution d'une viscosité appropriée à un pinceau ou à un rouleau. Le solvant a rarement une signification judiciaire car il se sera évaporé depuis longtemps dans la plupart des cas. Enfin, il y a le pigment, qui donne la couleur. Parmi les pigments les plus couramment utilisés, on trouve le bioxyde de titane et l'oxyde de zinc pour le blanc, les phythalocyanines pour le bleu, le chrome de zinc pour le jaune et l'oxyde de cuivre pour le rouge. Mais chaque lot de peinture possède sa propre signature microscopique. De sorte qu'il est possible d'analyser une tache et de déterminer son origine. Il existe d'énormes archives d'échantillons de peinture auxquels on peut comparer des exemples individuels. Et bien sûr, autant que la peinture elle-même, nous étudions la tache physique. Est-ce une éclaboussure ? Une gouttelette ? Une écaille ? » Il pointa son doigt en l'air. « Avant d'aller plus loin, je tiens à préciser que je ne suis pas un expert dans ce domaine. La peinture n'est pas ma spécialité.

— Je ne l'aurais jamais cru, déclara Weird. Eh bien, que disent vos notes à propos de la peinture sur le cardigan de Rosie ?

— Votre ami aime aller à l'essentiel, n'est-ce pas ? fit observer Soanes à Alex, heureusement plus amusé qu'irrité.

— Nous savons combien votre temps est précieux », répondit Alex, non sans éprouver un sentiment de dégoût pour sa propre flagornerie.

Soanes retourna à ses notes. « Exact, dit-il. La peinture en question était de la laque polyuréthane aliphatique bleu clair. Pas très employé pour les maisons. Le genre de produit que l'on s'attendrait davantage à rencontrer sur un bateau ou quelque chose fait en fibre de verre. Nous n'avons rien trouvé qui corresponde exactement, même si cela se rapprochait de deux peintures pour bateaux de notre bibliothèque de références. Le plus intéressant, c'était le profil des gouttelettes. Elles avaient la forme de minuscules larmes. »

Alex fronça les sourcils. « Qu'est-ce que ça veut dire ?

— Que la peinture n'était pas sèche quand elle a coulé sur le tissu. C'étaient de toutes, toutes petites gouttes durcies provenant sans doute d'une surface sur laquelle Rosie Duff se trouvait. Probablement de la moquette.

— Autrement dit, quelqu'un a peint quelque chose dans l'endroit où elle était ? Et de la peinture est tombée par terre ? demanda Weird.

— Presque à coup sûr. Mais il me faut revenir sur cette forme bizarre. Si de la peinture avait coulé d'une brosse ou éclaboussé une moquette, les gouttes n'auraient pas eu cet aspect. Et toutes les gouttes que nous avons examinées dans cette affaire avaient le même profil.

— Pourquoi ne pas l'avoir mis dans votre rapport ? demanda Alex.

— Parce que nous ne possédions aucune explication. Un procureur ne peut pas se permettre qu'un expert témoignant à la barre réponde : "Je ne sais pas." Un bon avocat aurait gardé les questions sur la peinture pour la fin et ce que les jurés auraient surtout retenu, c'est l'image de mon patron secouant la tête et reconnaissant qu'il ignorait la réponse. » Soanes remit ses papiers dans la chemise. « Nous n'en avons donc pas parlé. »

Et maintenant, la seule question qui importe réellement, pensa Alex. « Est-ce que, si vous examiniez de nouveau ces pièces, vous pourriez obtenir des résultats différents ? »

Soanes le dévisagea par-dessus ses lunettes. « Moi personnellement ? Non. Mais un expert en peinture, peut-être. Évidemment, vingt-cinq ans après, les chances de déterminer la provenance de cette peinture sont insignifiantes.

— Tel est bien notre problème, dit Weird. Pouvez-vous le faire ? Voulez-vous le faire ? »

Soanes secoua la tête. « Comme je vous l'ai dit, je suis très loin d'être un expert dans ce domaine. Et même si je l'étais, je ne pourrais pas autoriser de tests sans une demande officielle. Et la police de la Fife n'a pas réclamé de tests pour la peinture. » Il referma la chemise avec fermeté.

« Pourquoi ça ? demanda Weird.

— Parce qu'ils pensent, je présume, que ce serait de l'argent jeté par les fenêtres. Je vous le répète, les chances de retrouver cette peinture à un stade aussi tardif sont infinitésimales. »

Alex s'affaissa sur sa chaise, découragé. « Et jamais je n'arriverai à faire changer Lawson d'avis. Magnifique ! Je crois que vous venez de signer notre arrêt de mort.

— Je n'ai pas dit qu'il était impossible de faire quelques tests, rétorqua doucement Soanes. J'ai dit qu'ils ne pouvaient pas être faits ici.

— Comment pourraient-ils être faits ailleurs ? répliqua Weird sur un ton belliqueux. Personne n'a d'échantillons. »

Soanes tira à nouveau sur sa lèvre. Puis il poussa un soupir. « Nous n'avons plus les échantillons biologiques. Mais nous avons encore la peinture. J'ai vérifié tout à l'heure. » Il rouvrit la chemise et en sortit une feuille de plastique divisée en compartiments. À l'intérieur une dizaine de lames de microscope. Soanes en retira trois et les aligna sur le bureau. Alex les fixa du regard avec avidité. Il pouvait à peine en croire ses yeux. Les particules de peinture faisaient penser à de minuscules flocons de cendre de cigarette bleue.

« Quelqu'un pourrait analyser ça ? dit-il sans oser y croire

— Bien sûr », répondit Soanes. Il prit un sac en papier dans son tiroir, le posa sur les lames et poussa le tout vers Alex et Weird. « Prenez-les. Nous en avons d'autres que nous pouvons analyser indépendamment en cas de besoin. Il faudra que vous me donniez une signature, naturellement. »

La main de Weird s'avança, enveloppant les lames. Il les mit précautionneusement dans le sac en papier, puis glissa celui-ci dans sa poche. « Merci. Où est-ce que je signe ? »

Tandis que Weird griffonnait son nom au bas d'un bloc, Alex regardait Soanes avec curiosité. « Pour quelle raison faites-vous ça ? »

Soanes ôta ses lunettes et les rangea avec soin. « Parce que je déteste les mystères non éclaircis, répondit-il en se levant. Presque autant que le travail policier mal fait. Sans parler d'avoir votre mort sur la conscience si jamais votre théorie se révélait exacte. »

« Pourquoi va-t-on par là ? questionna Weird alors qu'ils atteignaient les faubourgs de Glenrothes et qu'Alex mettait son clignotant pour tourner à droite.

— Je voudrais dire à Lawson que c'est Macfadyen qui a envoyé les couronnes. Et essayer de le convaincre de demander à Soanes d'analyser les échantillons.

— Du temps perdu, grommela Weird.

— Pas plus que de retourner à St Monans frapper à la porte d'une maison vide. »

Weird ne dit rien, laissant Alex continuer jusqu'à l'hôtel de police. À l'accueil, ce dernier demanda à voir Lawson. « C'est au sujet de l'affaire Rosemary Duff », précisa-t-il. On leur indiqua une salle d'attente où ils rongèrent leur frein en lisant les affiches sur le doryphore, les personnes disparues et les violences domestiques. « C'est curieux comme on peut se sentir coupable rien que d'être ici, murmura Alex.

— Pas moi, dit Weird. Il est vrai que je relève d'une autorité supérieure. »

Au bout de quelques minutes, une femme trapue vint vers eux. « Je suis l'inspectrice Karen Pirie. Malheureusement, le directeur adjoint Lawson n'est pas disponible. Mais c'est moi la détective responsable de l'affaire Rosemary Duff. »

Alex secoua la tête. « Je veux voir Lawson. J'attendrai.

— Je crains que ce ne soit pas possible. Il est absent pour deux jours.

— Parti pêcher, lança Weird avec ironie.

— Oui, en effet. Au Loch... » commença Karen Pirie, prise au dépourvu, avant de s'interrompre.

Weird parut encore plus surpris. « Vraiment ? C'était juste une façon de parler. »

Karen s'efforça de dissimuler son trouble. « Vous êtes monsieur Gilbey, n'est-ce pas ? dit-elle en regardant attentivement Alex.

— C'est exact. Comment avez-vous... ?

— Je vous ai vu à l'enterrement du professeur Kerr. Je suis désolée pour vous.

— C'est pour ça que nous sommes ici, dit Weird. Nous pensons que la personne qui a tué David Kerr projette de nous tuer également. »

Karen respira à fond. « Le directeur adjoint Lawson m'a fait part de son entretien avec M. Gilbey. Et, comme il vous l'a déclaré à ce moment-là, continua-t-elle en se tournant vers Alex, vos craintes ne reposent sur aucun fondement réel. »

Weird poussa un grognement exaspéré. « Et si nous vous disions que c'est Graham Macfadyen qui a envoyé ces couronnes ?

— Des couronnes ? » Karen avait l'air perplexe.

« Je croyais que vous étiez au courant ? » répliqua Weird.

Alex intervint, non sans se demander comment les pêcheurs s'en sortaient avec Weird. Il parla à Karen des étranges couronnes de fleurs et constata avec plaisir qu'elle avait l'air sérieusement intriguée.

« C'est bizarre, je vous l'accorde. Mais ça ne fait pas pour autant de M. Macfadyen un assassin.

— Comment aurait-il eu connaissance des meurtres autrement ? demanda Alex, cherchant sincèrement une réponse.

— Toute la question est là, n'est-ce pas ? ajouta Weird.

— Il aura appris le décès du professeur Kerr par les journaux. Il en a largement été question. Quant à M. Malkiewicz, j'imagine qu'il ne devait pas être très difficile d'avoir l'information. Avec Internet, nous vivons dans un tout petit monde », répondit Karen.

Alex eut à nouveau l'impression de sombrer. Pourquoi chacun semblait-il aussi rebelle à ce qui lui apparaissait à lui comme une évidence ? « Pour quelle raison aurait-il envoyé ces couronnes, à moins de penser que nous sommes responsables de la mort de sa mère ?

— Entre vous croire responsables et chercher à vous tuer, il y a un grand pas, répondit Karen. Je comprends que vous vous sentiez sous pression, monsieur Gilbey. Mais rien dans ce que vous venez de me dire ne laisse supposer que vous soyez en danger. »

Weird semblait au bord de la crise d'apoplexie. « Il faudra que combien d'entre nous se fassent zigouiller pour que vous vous décidiez à prendre les choses au sérieux ?

— Vous a-t-on menacés ? »

Weird se rembrunit. « Non.

— Avez-vous reçu des coups de téléphone inexplicables ?

— Non.

— Avez-vous vu quelqu'un rôder autour de chez vous ? »

Weird se tourna vers Alex, qui secoua la tête.

« Alors, je regrette, mais je ne peux rien faire.

— Si, répliqua Alex. Vous pouvez demander une nouvelle analyse de la peinture qui se trouvait sur le cardigan de Rosie. »

Karen ouvrit de grands yeux. « Comment êtes-vous au courant pour la peinture ?

— Nous étions des témoins, répondit Alex avec une pointe d'énervement dans la voix. En réalité, des suspects, le nom mis à part. Vous croyez peut-être que nous n'avons rien remarqué quand vos collègues sont venus gratter les murs et coller des bouts de Scotch sur la moquette ? Eh bien, qu'en dites-vous, constable Pirie ? Qu'en dites-vous d'essayer vraiment de savoir qui a tué Rosie Duff ? »

Piquée au vif, Karen se redressa. « C'est exactement ce que je fais depuis deux mois. Et ce qui a été décidé, c'est qu'une nouvelle analyse serait une dépense inutile étant donné le peu de probabilité de retrouver la source de cette peinture après tout ce temps. »

La colère qu'Alex s'efforçait de contenir depuis des jours éclata soudain. « Une dépense inutile ? S'il existe une seule chance, il est de votre devoir de la saisir ! s'écria-t-il. Ce n'est pas comme si vous aviez d'autres dépenses à faire en analyses. Maintenant que vous avez perdu les seuls éléments qui auraient peut-être pu nous blanchir. Avez-vous la moindre idée du tort causé par votre incompétence ? Vous nous avez empoisonné la vie. Lui s'est fait tabasser... » Il indiquait Weird. « Ziggy s'est fait jeter dans le Bottle Dungeon. Il aurait pu y rester. Mondo a tenté de se tuer et Barney Maclennan y a laissé sa peau. Et si Jimmy Lawson n'était pas arrivé au bon moment, j'aurais pris une raclée également. Alors ne me parlez plus de dépenses inutiles. Faites votre fichu boulot, nom d'un chien ! » Alex tourna les talons et sortit.

Weird ne bougea pas, les yeux toujours rivés sur Karen Pirie. « Est-ce bien clair ? Dites à Jimmy Lawson de remballer ses cannes à pêche et de nous garder en vie. »

38

James Lawson incisa l'abdomen et plongea la main dans la cavité, refermant les doigts sur les viscères gluantes. Ses lèvres se tordirent en une moue de dégoût, sa méticulosité foncière choquée par le glissement des organes visqueux contre sa peau. Il sortit les entrailles, veilla à ce que sang et mucus ne dépassent pas les bords du journal qu'il avait étalé en prévision. Puis il ajouta la truite aux trois qu'il avait déjà attrapées dans l'après-midi.

Pas mal pour cette époque de l'année, songea-t-il. Il en ferait frire deux pour son souper et mettrait les deux autres dans le mini-réfrigérateur de la caravane. Elles feraient un bon petit déjeuner avant d'aller reprendre le travail. Il se leva et ouvrit la pompe alimentant l'évier en eau froide. Il faudrait qu'il pense à apporter deux jerricanes de vingt litres en remplacement la prochaine fois qu'il viendrait. Il avait vidé ce qui restait dans la citerne le matin, et même s'il pouvait compter, en cas d'urgence, sur le maraîcher qui lui louait le terrain, il préférait ne pas abuser de sa gentillesse. Depuis vingt ans qu'il avait installé la caravane à cet endroit, il avait toujours réussi à se débrouiller tout seul. Ce qui lui convenait parfaitement. Juste lui, la radio et une pile de thrillers. Un lieu discret où il pouvait regonfler ses accus loin des soucis du boulot et de la vie de famille.

Il ouvrit une boîte de pommes de terre nouvelles, les égoutta et les coupa en dés. Tandis que la grande poêle à frire chauffait, il replia le journal autour des viscères de poisson et le fourra dans un sac en plastique. Il ajouterait la peau et les arêtes après son repas, puis laisserait le sac sur les marches de la caravane afin de l'emporter le lendemain en partant. Il n'y avait rien de pire que de dormir dans la puanteur des détritus de pêche.

Posant un morceau de lard dans la poêle, il le regarda grésiller jusqu'à ce qu'il fût devenu transparent, puis mit les pommes de terre. Il les remua et, comme elles commençaient à brunir, il ajouta avec soin les deux truites qu'il assaisonna de quelques gouttes de citron. Le crépitement familier le réjouit, l'arôme laissant augurer des délices à venir. Quand ce fut fait, il versa la nourriture sur une assiette et s'assit à la table pour dîner. Et quel minutage ! Tandis que son couteau s'enfonçait sous la peau croustillante de la première truite, l'air du générique de *The Archers* retentit à la radio.

Il en était à la moitié de son repas quand il perçut quelque chose d'anormal. Une porte de voiture se referma. Il n'avait pas entendu le bruit du moteur, mais le claquement de la porte était suffisamment fort pour dominer la bande-son de l'émission. Il se figea un instant, puis allongea le bras pour éteindre la radio, l'oreille tendue. Furtivement, il écarta le rideau de quelques centimètres. Juste au-delà de la barrière du champ, il distingua la forme d'une voiture. De taille petite à moyenne avec hayon arrière, se dit-il. Golf, Astra, Focus, un truc dans ce genre-là. À cause de l'obscurité, il était difficile d'être plus précis. Il scruta l'intervalle entre la barrière et sa caravane. Aucun mouvement.

Les coups secs à la porte le firent sursauter. Qui ça pouvait être, bon sang ? À sa connaissance, les seules personnes à savoir exactement où se trouvait son coin de pêche étaient le maraîcher et sa femme. Il n'avait jamais amené ici ni collègues ni amis. Quand ils allaient pêcher ensemble, il les retrouvait un peu plus loin le long de la rive à bord de son canot, bien résolu à préserver son intimité.

« Une minute ! » cria-t-il, sautant sur ses pieds et s'approchant de la porte, puis saisissant au passage le couteau avec lequel il avait vidé le poisson. Il y avait un tas de malfrats qui ne rêvaient que de le voir bouffer les pissenlits par la racine et il n'allait pas se laisser surprendre sans défense. Un pied contre la porte, il l'ouvrit légèrement.

Dans la lumière argentée tombant sur les marches se tenait Graham Macfadyen. Il fallut un moment à Lawson pour le reconnaître. Depuis leur dernière rencontre, il avait perdu du poids. Ses yeux brillaient fiévreusement au-dessus de ses joues creuses et ses cheveux étaient raides et graisseux. « Qu'est-ce que vous fichez là ? demanda Lawson.

— J'ai besoin de vous parler. Ils m'ont dit que vous aviez pris deux jours, alors j'ai pensé que vous étiez ici. » Le ton de Macfadyen était neutre, comme s'il n'y avait rien d'anormal à ce qu'un citoyen ordinaire aille frapper à la porte de la caravane de pêche d'un directeur adjoint de la police judiciaire.

« Comment diable m'avez-vous trouvé ? » insista Lawson, rendu agressif par l'anxiété.

Macfadyen haussa les épaules. « De nos jours, ça n'a rien d'un exploit. Vous avez donné une interview au *Fife Record* la dernière fois que vous êtes monté en grade. C'est sur leur site web. Vous avez dit que vous aimiez la pêche, que vous aviez une cabane sur les bords du Loch Leven. Il n'y a pas beaucoup de routes en bordure de la rive. J'ai tourné un peu en cherchant votre voiture. »

Il y avait quelque chose dans ses manières qui glaçait Lawson jusqu'aux os. « Ce n'est pas le lieu approprié. Venez me voir à mon bureau si vous voulez discuter d'affaires de police. »

Macfadyen parut contrarié. « C'est important. Ça ne peut pas attendre. Et je ne parlerai à personne d'autre. Vous connaissez ma situation. C'est vous que je dois voir. Et comme je suis là, pourquoi ne pas m'écouter ? C'est dans votre intérêt, d'ailleurs. Je suis le seul qui puisse vous aider. »

Lawson fit mine de refermer la porte, mais Macfadyen appuya une main sur le battant. « Si vous ne me laissez pas entrer, je resterai dehors à brailler. » La nonchalance de son ton contrastait avec son expression déterminée.

Lawson pesa le pour et le contre. Macfadyen ne lui paraissait pas représenter un danger. Mais on ne sait jamais. Et puis, le cas échéant, il avait le couteau. Mieux valait l'écouter jusqu'au bout et être débarrassé de lui. Il laissa la porte s'ouvrir en grand et recula, sans tourner le dos à son visiteur indésirable.

Macfadyen le suivit à l'intérieur. De manière tout à fait inattendue, il sourit et dit : « Vous avez drôlement bien arrangé ça. » Puis son regard tomba sur la table et il prit un air contrit. « Vous étiez en train de manger. Je suis vraiment désolé.

— Ça ne fait rien, mentit Lawson. Que vouliez-vous me dire ?

— Ils sont ensemble. Ils se sont réunis pour tenter d'échapper à leur sort.

— Qui ça ? »

Macfadyen poussa un soupir agacé comme s'il avait affaire à un novice à l'esprit particulièrement lent. « Les assassins de ma mère. Mackie est de retour. Il loge chez Gilbey. Ça leur donne une impression de sécurité. Mais ils se trompent, naturellement. Jusqu'ici, je ne croyais pas au destin, mais il n'y a pas d'autre façon de décrire ce qui leur est arrivé dernièrement. Gilbey et Mackie en ont sûrement conscience aussi. Ils doivent avoir peur que l'heure ait sonné pour eux comme elle a sonné pour leurs copains. Et de fait, c'est le cas. À moins qu'ils ne soient prêts à payer le prix. Se retrouver comme ça... c'est un aveu. Vous le comprenez bien.

— Vous avez peut-être raison, répondit Lawson d'un ton conciliant. Mais ce n'est pas le genre d'aveu qu'on peut présenter devant un tribunal.

— Je sais, dit Macfadyen avec impatience. Mais ils sont dans un état d'extrême vulnérabilité. Ils ont la frousse. C'est le moment de profiter de cette faiblesse pour enfoncer un coin entre eux. Vous devez les arrêter maintenant, les forcer à dire la vérité. Je les ai observés. Ils sont à deux doigts de craquer.

— Nous n'avons aucune preuve, fit observer Lawson.

— Ils avoueront. De quelle autre preuve avez-vous besoin ? » Macfadyen n'avait toujours pas détaché les yeux du policier.

« C'est bien souvent ce que croient les gens. Mais en Écosse, des aveux ne sont pas suffisants pour condamner quelqu'un. Il faut qu'ils soient corroborés par des preuves.

— C'est absurde, protesta Macfadyen.

— C'est la loi.

— Mais il faut absolument faire quelque chose. Arrachezleur des aveux puis trouvez les preuves nécessaires. C'est votre boulot », répliqua Macfadyen en élevant la voix.

Lawson secoua la tête. « Ce n'est pas comme ça que ça marche. Écoutez, je vous promets d'aller parler à Mackie et à Gilbey. Mais c'est tout ce que je peux faire. »

Macfadyen serra le poing droit. « Vous vous en moquez, n'est-ce pas ? Tout le monde s'en moque !

— Non, c'est faux, répondit Lawson. Mais j'ai l'obligation d'agir dans le cadre de la loi. Et vous aussi. »

Macfadyen fit un gargouillis bizarre, comme un chien s'étranglant avec un os de poulet. « Je pensais que vous comprendriez », dit-il d'une voix glaciale en ouvrant brutalement la porte, qui alla cogner contre le mur.

Déjà il avait disparu, englouti par les ténèbres. La froide humidité de la nuit envahit la caravane, la lourde odeur des marécages recouvrant les relents de cuisine. Lawson resta immobile dans l'encadrement bien après que la voiture de Graham Macfadyen eut remonté le chemin en marche arrière, ses yeux comme deux ronds sombres frémissant d'inquiétude.

Lynn était leur sésame auprès de Jason McAllister. Et elle n'aurait laissé Davina à personne, même pas à Alex. C'est pourquoi ce qui aurait dû être une simple petite balade à Bridge of Allan s'était transformé en une véritable expédition. C'est fou tout ce qu'il faut emporter avec un bébé, se dit Alex en faisant son troisième et dernier voyage jusqu'à la voiture, courbé sous le poids à la fois du siège d'enfant et de Davina. Poussette. Sac à dos avec couches, lingettes, bavoirs, deux jeux de vêtements de rechange au cas où. Des couvertures de réserve, au cas où également. Un pull-over propre pour Lynn, parce que les renvois n'atterrissaient pas toujours sur le bavoir. Le kangourou. Il s'estimait heureux de ne pas avoir à déboulonner le lavabo des toilettes.

Il passa la ceinture de sécurité arrière à travers les fentes du siège portable et tira dessus. Jamais encore il ne s'était fait de souci au sujet de la fiabilité des ceintures, mais il se surprit à se demander si elles tiendraient en cas de choc. Il se pencha, redressa le bonnet de laine de sa fille endormie, l'embrassa et retint son souffle en la voyant remuer. Pourvu qu'elle ne se mette pas à hurler jusqu'à Bridge of Allan, supplia-t-il. Il s'en voudrait terriblement.

Lynn et Weird le rejoignirent et ils s'entassèrent tous dans la voiture. Quelques minutes plus tard, ils étaient sur l'autoroute. Weird lui donna une tape sur l'épaule. « Tu sais, sur les autoroutes, on a le droit de dépasser soixante à l'heure, dit-il. Si ça continue, on va être en retard. »

Réprimant ses craintes au sujet de son précieux chargement, Alex appuya sur l'accélérateur. Il était aussi désireux que Weird de faire avancer leurs investigations. Et à ce stade, Jason McAllister semblait être l'homme qu'il leur fallait. En raison de son travail de restauration, Lynn était devenue une spécialiste des matériaux utilisés aux différentes époques. Ce qui signifiait qu'elle devait avoir son propre expert, capable d'analyser des échantillons de l'original afin de lui permettre d'être le plus fidèle possible. Et naturellement, il arrivait que l'authenticité d'une œuvre d'art soit mise en cause. Les échantillons de peinture étaient alors examinés afin de savoir s'ils dataient de la bonne période, si leur composition correspondait à celle d'autres œuvres du même peintre dont la provenance était attestée. Pour la partie scientifique de ces recherches, elle s'en remettait à Jason McAllister.

Il travaillait dans un laboratoire privé près de l'université de Stirling. La majeure partie de son temps était consacrée à l'analyse de fragments de peinture provenant d'accidents automobiles, soit pour la police, soit pour des compagnies d'assurances. De temps à autre, il s'occupait de cas plus juteux : meurtre, viol ou agression grave, mais ils étaient beaucoup trop rares pour ses multiples talents.

Lors du vernissage d'une exposition Poussin, il avait confié à Lynn qu'il était un passionné de peinture. Tout d'abord, elle avait trouvé quelque peu prétentieux, de la part de ce jeune type un tantinet bizarre, de proclamer ainsi son amour pour le grand art. Puis elle s'était rendu compte qu'il pensait exactement ce qu'il disait. Ni plus, ni moins. Ce qui suscitait son enthousiasme, ce n'était pas ce qui était représenté sur la toile : c'était la composition du médium employé pour réaliser le tableau. Il lui donna sa carte en lui faisant promettre de téléphoner la prochaine fois qu'elle aurait un problème. Quel que fût le labo avec lequel elle travaillait, il ferait forcément mieux, lui assura-t-il à plusieurs reprises.

En l'occurrence, Jason ne pouvait pas mieux tomber. Lynn en avait par-dessus la tête du crétin arrogant sur lequel elle devait compter, un macho de la vieille école, incroyablement condescendant avec les femmes. Il n'avait en fait qu'un diplôme de laborantin, ce qui ne l'empêchait pas de la traiter comme une subalterne dont l'opinion n'avait aucun intérêt. Aussi, avec une restauration importante à l'horizon, elle avait été effrayée à l'idée de collaborer à nouveau avec lui. Jason lui avait fait l'effet d'un cadeau du ciel. Même au début, jamais il ne lui avait parlé comme à une enfant. Plutôt l'inverse. Il avait tendance à la considérer comme une égale et elle ne comptait plus le nombre de fois où elle avait dû lui dire d'aller moins vite et de s'exprimer dans un langage à peu près compréhensible. Mais elle préférait ça de beaucoup.

Lorsque Alex et Weird étaient rentrés avec les échantillons de peinture, Lynn avait aussitôt téléphoné à Jason. Comme elle s'y attendait, il avait réagi à la manière d'un gosse qui s'entend dire qu'il va passer l'été à Disneyland. « J'ai une réunion, mais j'en serai débarrassé vers dix heures. »

Le laboratoire était un bâtiment moderne d'un étage, plutôt coquet, situé en retrait de la route sur une vaste pelouse. Des fenêtres haut perchées se découpaient dans les murs de brique bruns et des caméras vidéo couvraient chaque angle d'approche. Ils durent franchir deux portes de sécurité avant d'atteindre l'accueil. « J'ai été dans des prisons moins bien surveillées, commenta Weird. Qu'est-ce qu'ils fabriquent ici ? Des armes de destruction massive ?

— Ils effectuent des tests pour le Parquet et pour la Défense, expliqua Lynn pendant qu'ils attendaient Jason. Il faut donc qu'ils puissent montrer que les objets qu'on leur confie sont à l'abri.

— Ils font l'ADN et tout le bazar ? demanda Alex.

— Pourquoi ? Tu as des doutes sur ta paternité ? plaisanta Lynn.

— Pour ça, j'attendrai qu'elle devienne une ado infernale, répondit-il. Non, c'est juste par curiosité.

— En effet, et ils analysent les cheveux, les fibres et bien entendu la peinture. » Pendant qu'elle parlait, ils furent rejoints par un solide gaillard qui passa un bras autour de son épaule.

« Vous avez amené la petite, déclara-t-il en se penchant pour regarder dans le porte-bébé. Dites donc, elle est superbe. » Il adressa un sourire à Lynn. « D'habitude, les nouveau-nés ont une tête comme si le chien couchait dessus. Mais elle a l'air d'une vraie petite demoiselle. » Il se redressa. « Jason », murmura-t-il en regardant l'un après l'autre Weird et Alex.

Les présentations faites, ils le suivirent le long d'un étroit couloir aux murs bleu ciel. Puis Jason les fit pénétrer dans un laboratoire impressionnant. Des instruments mystérieux scintillaient un peu partout. Les plans de travail étaient propres et bien rangés, et le technicien qui examinait un échantillon au moyen d'un engin ressemblant pour Alex à une sorte de microscope futuriste ne bougea pas un muscle en les entendant entrer. « J'ai l'impression de polluer l'atmosphère rien qu'en respirant, dit-il.

— Avec la peinture, ce n'est pas un problème, dit Jason. S'il s'agissait d'ADN, vous ne seriez même pas autorisés à mettre les pieds ici. Eh bien, dites-moi exactement ce que vous attendez de moi. »

Alex fit le récit de ce que Soanes leur avait révélé la veille. « Il pense qu'il n'y a aucune chance d'en dénicher la source, mais peut-être que la forme des gouttelettes vous dira quelque chose », ajouta-t-il.

Jason examina les particules. « Elles ont l'air d'avoir été conservées dans de bonnes conditions, ce qui est toujours un plus.

— Qu'est-ce que vous allez leur faire ? » demanda Weird.

Lynn poussa un grognement. « La question que j'aurais voulu éviter. »

Jason se mit à rire. « Ne l'écoutez pas, elle aime bien jouer les ignorantes. Nous disposons de tout un éventail de techniques qui servent à analyser le médium et le pigment. Outre la microspectrophotométrie, qui permet de déterminer la couleur, il est possible d'établir la composition de manière encore plus précise. Spectrométrie infrarouge à transformée de Fourier, chromatographie en phase gazeuse et microscopie électronique à balayage. Ce genre de machins. »

Weird avait l'air hébété. « Ce qui vous dit quoi ? demanda Alex.

— Des tas de choses. Si c'est un éclat, de quel type de surface il provient. Avec les peintures de voiture, une fois l'analyse effectuée, nous nous référons à notre base de données pour connaître le constructeur, le modèle et l'année de fabrication. Avec les gouttelettes, nous pouvons faire pratiquement pareil, sauf que, bien sûr, nous n'aurons pas de détails sur la surface puisque la peinture n'a jamais adhéré à une surface.

— Tout ça va prendre longtemps ? demanda Weird. C'est juste que nous sommes un peu pressés.

— Je m'en occuperai durant mon temps libre. Deux jours ? Je ferai le maximum. Mais je préfère ne pas bâcler le travail. Si vous avez raison, nous risquons tous d'avoir à témoigner devant un tribunal, alors il vaut mieux ne pas aller trop vite. Je vous donnerai également un reçu attestant que c'est de vous que je tiens ces échantillons, au cas où quelqu'un essaierait de prétendre le contraire.

— Merci, Jason, dit Lynn. Je vous revaudrai ça. »

Il arbora un sourire épanoui. « Dans la bouche d'une femme, c'est le genre de phrase que j'adore. »

39

Dans ses articles, Jackie Donaldson avait eu l'occasion d'évoquer les coups frappés à la porte au petit matin, la bousculade jusqu'à la voiture de police rangée le long du trottoir, le trajet à toute allure à travers les rues désertes et l'attente insupportable dans une pièce exiguë imprégnée de l'odeur de tous les pauvres bougres qui étaient passés là. Mais il ne lui était jamais venu à l'esprit qu'elle pourrait en faire l'expérience à ses dépens.

Elle avait été tirée du sommeil par le bourdonnement de l'Interphone. Il était 3 h 47, avait-elle noté, avant d'attraper son peignoir et de se diriger vers la porte d'un pas incertain. Lorsque l'inspecteur Darren Heggie s'était annoncé, sa première pensée avait été pour Hélène. Sinon, pourquoi serait-il venu à une heure pareille ? Mais elle n'avait pas protesté. Elle savait que ça n'aurait servi à rien.

Heggie avait fait irruption chez elle accompagné d'une femme en civil et de deux agents en uniforme à la traîne, l'air légèrement mal à l'aise. Il n'avait pas perdu de temps en bavardages. « Jacqueline Donaldson, je vous demande de me suivre. Vous êtes soupçonnée de complicité de meurtre. Sans mise en examen, la période de détention provisoire est d'un maximum de six heures. Il vous est possible de communiquer avec un avocat. Tout ce que vous êtes tenue de nous dire, c'est votre nom et votre adresse. Comprenez-vous la raison de votre garde à vue ? »

Elle eut un petit grommellement de dédain. « Je comprends que vous en avez le droit. Mais je ne comprends pas *pourquoi* vous le faites. »

Heggie lui avait déplu au premier regard. Son menton pointu, ses yeux de fouine, sa coiffure ridicule, son complet bon marché et son air important. Mais il s'était montré poli et même quelque peu gêné lors de leurs rencontres précédentes. Pour l'heure, il était toute brutale efficacité. « Allez vous habiller, je vous prie. Ma collègue restera avec vous. Nous vous attendrons dehors. » Il se détourna et poussa les agents sur le palier.

Déconcertée, mais bien décidée à ne pas le montrer, Jackie regagna le coin chambre à coucher du loft. Elle prit un tee-shirt et un pull-over dans le tiroir, attrapa le jean posé sur la chaise. Et les laissa tomber. Si les choses tournaient mal, elle risquait de se retrouver devant un juge avant d'avoir pu se changer. Elle farfouilla au fond de l'armoire à la recherche d'une tenue convenable. Puis, tournant le dos à l'agente qui ne la quittait pas des yeux, elle se mit à s'habiller. « Il faut que j'aille aux toilettes.

— Alors laissez la porte ouverte, répondit la femme, imperturbable.

— Vous avez peur que je me drogue ou quoi ?

— C'est pour votre propre sécurité », répliqua-t-elle, une pointe d'ennui dans la voix.

Jackie fit ce qu'on lui disait, puis elle lissa ses cheveux avec un peu d'eau froide. Elle se regarda dans la glace en se demandant quand elle serait en mesure de le faire à nouveau. À présent, elle savait ce qu'avaient éprouvé ceux sur qui elle avait écrit. Et c'était atroce. Elle avait les nerfs à fleur de peau comme si elle n'avait pas dormi pendant plusieurs jours et elle respirait difficilement. « Quand pourrai-je appeler mon avocat ? demanda-t-elle.

— Quand nous serons au poste », fut la réponse.

Une demi-heure plus tard, elle était enfermée dans une petite pièce avec Tony Donatello, un jeune avocat pénaliste dont elle avait fait la connaissance au cours de ses premiers mois comme reporter à Glasgow. Ils étaient plus accoutumés à se retrouver dans des bars que chez les flics, mais Tony eut le tact de ne rien dire. Il fut assez délicat aussi pour ne pas lui rappeler que, la dernière fois qu'il l'avait représentée, elle avait été reconnue coupable. « Ils veulent t'interroger au sujet de la mort de David, dit-il. Mais je suppose que tu avais déjà deviné.

— Côté meurtre, c'est le seul auquel j'aie jamais été mêlée. Tu as téléphoné à Hélène ? »

Tony eut une petite toux sèche. « Ils se trouvent qu'ils l'ont embarquée également.

— J'aurais dû y penser. Eh bien, quelle est la stratégie ?

— As-tu fait quoi que ce soit ces dernières semaines qui pourrait être interprété comme ayant un lien avec la mort de David ? » demanda Tony.

Jackie secoua la tête. « Non, rien. Il ne s'agit pas de je ne sais quel complot sordide, Tony. Hélène et moi, nous ne sommes pour rien dans le meurtre de David.

— Jackie, je ne veux rien savoir d'Hélène. Ma cliente, c'est toi, et c'est de tes faits et gestes que je m'occupe. S'il y a le moindre détail – une remarque fortuite, un mail désinvolte, n'importe quoi – qui risquerait de donner de toi une mauvaise image, on ne répondra à aucune question. Bouche cousue. En revanche, si tu es sûre de ne rien avoir à craindre, on répondra. À toi de choisir. »

Jackie se mit à tripoter l'anneau de son sourcil. « Écoute, il y a une chose que tu dois savoir. Je n'étais pas avec Hélène tout le temps. Je me suis absentée à peu près une heure. Pour aller voir quelqu'un. Il m'est impossible de dire qui c'est, mais de toute façon, il n'est pas assez clean pour me fournir un alibi qui tienne la route. »

Tony parut inquiet. « Mauvais. Peut-être que tu devrais la boucler.

— Je n'y tiens pas. Tu sais bien que ça ne ferait que me donner l'air encore plus suspecte.

— C'est toi qui décides. Mais vu la situation, je pense que le silence est la meilleure solution. »

Jackie réfléchit un long moment. Elle ne voyait pas comment la police pourrait découvrir son absence. « Je leur parlerai », finit-elle par dire.

La salle d'interrogatoire n'avait rien qui puisse surprendre un habitué des poncifs des feuilletons policiers du petit écran. Jackie et Tony étaient assis en face de Heggie et de l'agente qui l'avait accompagné à l'appartement. À cette distance, la lotion après-rasage de Heggie sentait le rance. Deux cassettes tournaient en tandem dans l'appareil au bout de la table. Les formalités expédiées, Heggie attaqua bille en tête. « Cela fait combien de temps que vous connaissez Hélène Kerr ?

— Environ quatre ans. Je les ai rencontrés, elle et son mari, à une soirée donnée par un ami commun.

— Quelle est la nature de vos relations ?

— D'abord et avant tout, nous sommes amies. Et aussi amantes de temps à autre.

— Depuis combien de temps êtes-vous amantes ? » Heggie avait des yeux avides comme si imaginer Jackie et Hélène ensemble était presque aussi satisfaisant que l'auraient été des aveux.

« À peu près deux ans.

— Et cela se produit fréquemment ?

— Nous nous voyons un soir par semaine en général. Nous faisons l'amour la plupart du temps. Mais pas toujours. Comme je vous l'ai dit, l'amitié est l'élément le plus important de notre relation. » Jackie trouvait plus difficile qu'elle ne s'y serait attendue de garder son sang-froid et de parler avec de la distance sous le regard incisif de ses interrogateurs. Mais elle savait qu'il lui fallait à tout prix demeurer calme ; que tout éclat serait interprété comme le signe de bien plus que de la simple nervosité.

« David Kerr savait-il que vous couchiez avec sa femme ?

— Je ne pense pas.

— Cela devait être irritant pour vous qu'elle reste avec lui », suggéra Heggie.

Astucieux, se dit-elle. Et désagréablement proche de la vérité. Elle avait conscience que, sous la surface, elle n'était pas désolée de la mort de David Kerr. Elle aimait Hélène et elle était lasse des miettes que lui laissait celle-ci. Cela faisait longtemps déjà qu'elle voulait davantage. « Je savais depuis le début qu'elle ne quitterait pas son mari. C'était parfait de mon côté.

— J'ai du mal à le croire. Vous étiez rejetée en faveur de son mari et ça ne vous dérangeait pas ?

— Ce n'était pas un rejet. Cet arrangement nous convenait à toutes les deux. » Jackie se pencha en avant, comptant sur le langage du corps pour donner l'impression de la sincérité.

« Juste un peu de distraction. J'aime ma liberté. Je n'ai pas envie d'être enchaînée.

— Vraiment ? » Il consulta ses notes. « Alors le voisin qui vous a entendues pousser des cris et vous bagarrer ment ? »

Jackie se souvenait de cette dispute. Elles avaient été suffisamment rares pour qu'elle n'ait pas oublié. Deux mois auparavant, elle avait demandé à Hélène de venir à la fête qu'organisait une amie pour ses quarante ans. Hélène l'avait regardée d'un air stupéfait. C'était en dehors des règles établies, même pas un sujet dont il y avait lieu de discuter. Pour Jackie, cela avait été la goutte d'eau qui fait déborder le vase et une violente querelle avait éclaté. La situation avait pris soudain une autre tournure lorsque Hélène avait menacé de rompre définitivement. Devant cette perspective insupportable, Jackie avait capitulé. Mais elle n'avait pas l'intention d'en faire part à Heggie et à son sous-fifre. « C'est probable. On n'entend pas un bruit à travers les murs de ces lofts.

— Sauf si les fenêtres sont ouvertes, répliqua Heggie.

— Quand cette conversation hypothétique a-t-elle eu lieu ? » intervint Tony.

Nouveau coup d'œil aux notes. « Fin novembre.

— Vous êtes sérieux en prétendant que ma cliente avait ses fenêtres ouvertes fin novembre à Glasgow ? laissa-t-il tomber avec dédain. C'est tout ce que vous avez ? Des ragots et des papotages de voisins curieux ayant trop d'imagination ? »

Heggie l'observa un long moment avant de répondre. « Votre cliente a des antécédents de violence.

— Non, absolument pas. Elle a écopé d'une condamnation pour avoir blessé un agent alors qu'elle faisait un reportage sur une manifestation. L'un de vos zélés collègues l'avait prise pour une contestataire. Ce n'est pas ce que j'appellerais des antécédents de violence.

— Elle lui a flanqué un coup de poing en pleine figure.

— Après qu'il l'eut traînée sur le sol en l'agrippant par les cheveux. Si cela avait été l'agression brutale que vous évoquez, croyez-vous que le juge se serait contenté de lui coller six mois avec sursis ? Si vous n'avez rien de plus, je ne vois pas de raison pour que vous reteniez ma cliente. »

Heggie leur lança à tous deux un regard noir. « Vous étiez avec Mme Kerr le soir où son mari a été tué ?

— En effet », répondit Jackie avec prudence. C'est là où la glace devenait mince. « C'était notre jour habituel. Elle est arrivée vers six heures et demie. Nous avons mangé du poisson que j'étais sortie acheter, nous avons bu du vin et nous sommes allées nous coucher. Elle est partie aux environs de onze heures. Exactement comme de coutume.

— Quelqu'un peut-il le confirmer ? »

Jackie haussa les sourcils. « Je ne sais pas ce qu'il en est pour vous, mais en ce qui me concerne, quand je fais l'amour, je n'invite pas tout le quartier. Le téléphone a sonné deux fois, mais je n'ai pas répondu.

— Nous avons un témoin qui prétend vous avoir vue monter dans votre voiture à approximativement neuf heures ce soir-là, annonça Heggie d'un air triomphal.

— Il s'est sûrement trompé de jour, dit Jackie. J'ai passé toute la soirée avec Hélène. Est-ce encore un de mes voisins homophobes que vous avez persuadé de témoigner contre moi ? »

Tony remua sur sa chaise. « Vous avez entendu la réponse de ma cliente ? Si vous n'avez rien d'autre, je suggère que nous en finissions maintenant. »

Heggie respira profondément. « Si vous le permettez, maître, j'aimerais vous faire part d'une déposition que nous avons obtenue hier.

— Puis-je la voir ? demanda Tony

— Chaque chose en son temps. Denise ? »

La femme policier ouvrit une chemise qu'elle avait gardée sur ses genoux et posa une feuille de papier devant lui. Heggie passa sa langue sur ses lèvres avant de parler. « Hier, nous avons arrêté un petit dealer de bas étage. Il s'est empressé de nous proposer son aide dans l'espoir que nous considérions son affaire sous un jour plus favorable. Mademoiselle Donaldson, connaissez-vous Gary Hardie ? »

Le cœur de Jackie fit un bond dans sa poitrine. Qu'est-ce que ça venait faire là-dedans ? Ce n'était pas Gary Hardie qu'elle avait rencontré ce soir-là, ni même un de ses copains. « Je sais qui c'est », répondit-elle pour gagner du temps. Ce n'était guère compromettant ; quiconque en Écosse lisait un journal ou regardait la télévision avait ce nom en mémoire. Quelques semaines auparavant, Gary Hardie était sorti libre du tribunal de grande instance de Glasgow à l'issue du plus sensationnel procès pour meurtre qu'ait connu la ville depuis un bout de temps. Au cours des débats, il s'était fait diversement qualifier de prince de la drogue, de monstre n'ayant aucun respect de la vie humaine et d'esprit du mal. Parmi les accusations que les jurés avaient entendues figurait celle d'avoir payé un tueur à gages pour éliminer un de ses concurrents.

« L'avez-vous déjà rencontré ? »

Jackie sentit de la transpiration perler au creux de ses reins. « Dans un contexte purement professionnel, oui.

— Sa profession ou la vôtre ? » demanda Heggie, tirant sa chaise plus près de la table.

Jackie roula les yeux avec dérision. « Oh, de grâce, inspecteur. Je suis journaliste. C'est mon boulot de parler aux gens qui font l'actualité.

— Combien de fois avez-vous rencontré Gary Hardie ? » insista Heggie.

Jackie souffla de l'air par le nez. « Trois fois. Je l'ai interviewé il y a un an pour un reportage sur les gangs de Glasgow. Puis alors qu'il attendait d'être jugé en vue d'un article que je comptais écrire une fois le procès fini. Et j'ai bu un verre avec lui il y a deux semaines. Il est important de garder le contact. C'est comme ça que j'arrive à dégoter des histoires que les autres n'ont pas. »

Heggie parut sceptique. Il jeta un coup d'œil à la déposition. « Où cette rencontre a-t-elle eu lieu ?

— Au Ramblas. C'est un café-bar à...

— Je connais », la coupa Heggie. Il jeta un nouveau coup d'œil au papier devant lui. « Lors de cette rencontre, une enveloppe a changé de mains. De vous à Hardie. Une enveloppe volumineuse, mademoiselle. Voulez-vous nous dire ce que contenait cette enveloppe ? »

Jackie s'efforça de ne pas laisser voir sa stupeur. Tony s'agita à côté d'elle. « J'aimerais parler à ma cliente seul à seule, se hâta-t-il de déclarer.

— Non, ça va, Tony, dit Jackie. Je n'ai rien à cacher. Lorsque j'ai parlé à Gary pour fixer le rendez-vous, il m'a dit que quelqu'un lui avait montré l'article de magazine et qu'il aurait bien aimé avoir la photo dont on s'était servi. J'ai donc fait faire des tirages et je les ai apportés avec moi au Ramblas. Si vous ne me croyez pas, vous pouvez vérifier auprès du labo photo. Ils ne font pas beaucoup de noir et blanc. Ils s'en souviennent sans doute. J'ai aussi le reçu avec mes autres notes de frais. »

Tony se pencha. « Vous voyez, inspecteur ? Rien d'inquiétant. Juste une journaliste essayant de faire plaisir à un de ses contacts. Si votre fameuse déposition se limite à ça, alors il n'y a pas de raison pour que ma cliente reste ici une minute de plus. »

Heggie avait l'air quelque peu contrarié. « Avez-vous demandé à Gary Hardie de tuer David Kerr ? » questionna-t-il.

Jackie secoua la tête. « Non.

— Avez-vous demandé à Gary Hardie de vous indiquer quelqu'un qui accepterait de tuer David Kerr ?

— Non. Cette idée ne m'est même jamais venue à l'esprit. » Jackie levait à présent la tête, le menton en avant, la peur au ventre.

« Il ne vous est jamais arrivé d'imaginer combien la vie serait plus agréable sans David Kerr ? Et combien il vous serait facile de remédier à ça ?

— Des conneries ! » Elle abattit la paume de ses mains sur la table. « Pourquoi perdez-vous votre temps avec moi alors que vous devriez être en train de faire votre travail ?

— Je fais mon travail, répondit calmement Heggie. C'est pour ça que vous êtes là. »

Tony regarda sa montre. « Plus pour longtemps, inspecteur. Soit vous arrêtez ma cliente, soit vous la laissez partir. Cet entretien est terminé. » Il posa une main sur celle de Jackie.

Dans une salle d'interrogatoire de police, une minute fait l'effet d'un temps très long et Heggie fit traîner le silence une bonne minute, les yeux rivés sur Jackie. Puis il recula sa chaise. « Interrogatoire terminé à six heures vingt-cinq. Vous êtes libre de vous en aller », déclara-t-il à contrecœur. Il appuya sur la touche arrêtant les magnétophones. « Je ne vous crois pas, mademoiselle Donaldson, dit-il en se levant. Je pense que vous vous êtes mises d'accord, Hélène Kerr et vous, pour faire assassiner David Kerr. Je pense que vous la vouliez pour vous toute seule. Je pense que vous êtes sortie ce soir-là pour payer le tueur. Et j'ai bien l'intention de le prouver. » Avant de sortir, il se retourna. « Ceci n'est qu'un début. »

Au moment où la porte se refermait derrière les policiers, Jackie se couvrit le visage avec ses mains. « Bordel de merde ! »

Tony rassembla ses affaires, puis posa un bras autour de ses épaules. « Tu t'y es très bien prise. Ils n'ont rien.

— J'ai vu juger des gens pour moins que ça. Ils n'en démordront pas. Pas avant d'avoir trouvé quelqu'un qui puisse témoigner m'avoir vue hors de mon appartement ce soir-là. Bon sang, d'où est-ce qu'ils ont bien pu sortir Gary Hardie ?

— J'aurais préféré que tu m'en parles avant, fit observer Tony en desserrant sa cravate et en s'étirant.

— Désolée. Je ne me serais jamais douté qu'il en serait question. Ce n'est pas comme si Gary Hardie occupait une place centrale dans ma vie. Ni comme s'il avait quoi que ce soit à voir avec cette histoire. Tu me crois, n'est-ce pas, Tony ? » Elle semblait inquiète. Si elle n'était même pas capable de convaincre son propre avocat, alors elle n'avait aucune chance contre la police.

« L'important, ce n'est pas ce que je crois. C'est ce qu'ils sont en mesure de prouver. Et pour l'instant, ils n'ont rien qu'un bon avocat ne démolirait en quelques minutes. » Il bâilla. « Géniale comme soirée, hein ? »

Jackie se leva. « Sortons de ce trou infect. Même l'air est irrespirable. »

Tony sourit. « Il faudrait offrir à Heggie une lotion potable pour son prochain anniversaire. Je ne sais pas ce qu'il se met, mais ça sent le putois en chaleur.

— Même Paco Rabane ne suffirait pas à lui donner un air humain, renchérit Jackie. Ils retiennent aussi Hélène ici ?

— Non. (Tony aspira une grosse goulée d'air.) Il vaudrait sans doute mieux que vous ne vous voyiez pas pour le moment. »

Elle lui lança un regard où se mêlaient chagrin et déception. « Pourquoi ?

— Parce que, si vous restez à l'écart l'une de l'autre, il leur sera plus difficile de prétendre que vous êtes de mèche. Vous rencontrer risquerait de donner l'impression que vous mijotez quelque chose.

— Mais c'est stupide, dit-elle d'une voix ferme. Nous sommes amies, nom d'un chien. Amantes. Où est-ce qu'on va chercher soutien et réconfort ? En nous évitant, nous aurons l'air de ne pas avoir la conscience tranquille. Si Hélène le désire, je la verrai. Un point c'est tout. »

Il haussa les épaules. « Comme tu veux. La consultation est payante que le client suive les conseils ou non. » Il s'effaça pour la laisser passer dans le couloir. Jackie ayant signé pour récupérer ses affaires, ils se dirigèrent ensemble vers la sortie.

Tony poussa la porte donnant sur la rue, puis se figea. Malgré l'heure matinale, trois cameramen et une poignée de journalistes faisaient cercle sur le trottoir. Dès qu'ils aperçurent Jackie, des cris fusèrent. « Hé, Jackie, on t'a arrêtée ? » « Est-ce que vous avez engagé un tueur, ta petite amie et toi ? » « Quel effet est-ce que ça fait d'être soupçonnée de meurtre, Jackie ? »

Elle avait participé à ce genre de scène des kyrielles de fois, mais jamais sous cet angle. Elle avait cru qu'il n'y avait rien de pire que d'être tirée du lit au milieu de la nuit et traitée comme un assassin par la police. À présent, elle savait qu'elle s'était trompée. La trahison, comme elle venait de s'en rendre compte, avait un goût infiniment plus amer.

40

Dans le bureau de Graham Macfadyen, seule la lueur glauque des ordinateurs tenait les ténèbres à distance. Sur les deux moniteurs dont il ne se servait pas pour l'instant, les économiseurs d'écran montraient une succession d'images qu'il avait numérisées. Des photos de journal granuleuses représentant sa mère ; des vues mornes de Hallow Hill ; la pierre tombale du Western Cemetery ; et les photos qu'il avait prises ces derniers jours d'Alex et de Weird.

Assis devant son PC, Macfadyen rédigeait un document. Il avait d'abord envisagé de porter plainte officiellement contre l'inertie de Lawson et de ses subordonnés. Mais en jetant un coup d'œil au site web du ministère de l'Intérieur, il avait compris la futilité d'une telle démarche. Toute plainte serait examinée par la police de la Fife elle-même, et elle n'allait pas critiquer les actes de son directeur adjoint. Il voulait la justice, pas qu'on se débarrasse de lui avec de belles promesses.

Aussi avait-il décidé de consigner toute l'histoire et d'envoyer des copies à son député à Westminster, à son représentant au Parlement écossais et à tous les grands organes d'information du pays. Mais plus il écrivait et plus il craignait de passer pour un détraqué voyant des complots imaginaires partout. Ou même pire.

Tout en mâchonnant la peau autour de ses ongles, Macfadyen réfléchit à ce qu'il devait faire. Il terminerait le récit dévastateur de l'incompétence de la police de la Fife et de son refus de prendre au sérieux la présence de deux criminels sur son territoire. Mais il lui faudrait autre chose pour retenir l'attention. Quelque chose qui rendrait impossible de ridiculiser ses plaintes ou d'ignorer la manière dont le destin avait pointé incontestablement un doigt vers les coupables du meurtre de sa mère.

Deux décès auraient dû suffire à produire le résultat escompté. Mais les gens étaient si aveugles. Ils ne parvenaient même pas à voir ce qui crevait les yeux. Après tout ce qui s'était passé, justice n'avait toujours pas été rendue.

Il ne restait plus que lui pour faire en sorte qu'elle le soit.

La maison avait commencé à ressembler à un camp de réfugiés. Alex était attaché à l'existence que Lynn et lui s'étaient bâtie au fil des années : repas intimes, promenades le long du rivage, expositions, films, sorties chez des amis de temps à autre. Il avait conscience que bien des gens les auraient trouvés pantouflards. Mais peu lui importait. Il aimait sa façon de vivre. Il savait que les choses changeraient avec la venue d'un enfant et il souhaitait ce changement de tout cœur, même s'il n'en mesurait pas toutes les conséquences. Ce qu'il n'avait pas prévu, c'était Weird dans la chambre d'ami. Ni l'arrivée d'Hélène et de Jackie, l'une éperdue et l'autre écumante de rage. Il se sentit envahi, tellement ballotté entre la douleur des uns et la colère des autres qu'il ne savait plus ce qu'il ressentait lui-même.

Il avait été stupéfait de trouver les deux femmes à sa porte, en quête d'un asile pour échapper à la presse campant devant chez elles. Comment avaient-elles pu imaginer qu'elles seraient les bienvenues ? Lynn leur avait dit d'aller à hôtel, mais Jackie avait fait valoir que personne n'aurait l'idée de venir les chercher là. Exactement comme Weird, avait-il songé avec abattement.

Hélène avait éclaté en sanglots et demandé pardon pour avoir trompé Mondo. Jackie avait tenu à rappeler à Lynn qu'elle avait pris des risques pour aider Alex. Ce qui n'avait pas empêché Lynn de répéter qu'il n'y avait pas de place pour elles. C'est alors que Davina s'était mise à hurler et que Lynn leur avait claqué la porte au nez après avoir lancé un regard à Alex le défiant de les laisser revenir. Weird était sorti les rattraper alors qu'elles remontaient en voiture. À son retour une heure plus tard, il raconta qu'il leur avait réservé une chambre, sous son nom, dans un motel voisin. « Elles ont un petit chalet au milieu des arbres. Personne n'est au courant. Elles seront très bien. »

L'esprit chevaleresque de Weird avait provoqué un certain malaise en début de soirée, mais, le vin aidant, leur objectif commun l'avait peu à peu emporté sur leur embarras. Ils étaient assis à la table de la cuisine, les volets fermés, les bouteilles se vidant au fil des palabres. Mais parler de ce qui les rongeait n'était pas suffisant ; il leur fallait de l'action.

Weird était à fond pour aller voir Graham Macfadyen et exiger des explications au sujet des couronnes. Proposition que les deux autres avaient aussitôt rejetée : sans preuve de son implication dans les meurtres, ils ne feraient que mettre Macfadyen sur ses gardes au lieu de provoquer des aveux.

« Qu'il soit sur ses gardes, je m'en fiche, avait rétorqué Weird. Ça le décidera peut-être à s'arrêter avant qu'il soit trop tard et à nous laisser tranquilles.

— À moins qu'il ne se volatilise et ne se mette à concocter des stratagèmes encore plus subtils. Il n'est pas pressé, Weird. Il a toute la vie devant lui pour venger sa mère, fit remarquer Alex.

— À supposer que ce soit effectivement lui et pas le tueur à gages de Jackie, dit Lynn.

— C'est pourquoi il nous faut absolument les aveux de Macfadyen. S'il se contente de s'évanouir dans la nature, on ne sera pas blanchis pour autant. »

La conversation continua ainsi, seulement interrompue par les cris de Davina lorsque la faim la réveillait. Ils évoquèrent à nouveau le passé, Alex et Weird passant en revue les préjudices que leur avaient causés les rumeurs nocives qui avaient assombri leur dernière année à St Andrews.

Le premier à en avoir assez fut Weird. Il vida son verre et se leva. « J'ai besoin de prendre l'air, annonça-t-il. Personne ne m'obligera à me terrer jusqu'à la fin de mes jours. Je vais faire un tour. Quelqu'un m'accompagne ? »

Il n'y avait pas de candidats. Alex s'apprêtait à préparer le dîner et Lynn s'occupait de Davina. Weird emprunta le ciré d'Alex et se dirigea vers le rivage.

Contre toute attente, les nuages qui avaient plané toute la journée avaient disparu. Le ciel était dégagé, avec un quartier de lune flottant entre les deux ponts. La température était descendue de plusieurs degrés et Weird serra le col du ciré dans la bise venant du Firth. Il pivota en direction des ombres sous le pont de chemin de fer, sachant qu'en haut de la butte il aurait une vue superbe de l'estuaire vers Bass Rock et, au-delà, de la mer du Nord.

Déjà, il ressentait les bienfaits du dehors. À l'air libre, un homme était toujours plus près de Dieu, sans le brouhaha de ses semblables. Il pensait avoir fait la paix avec son passé, mais les événements récents lui avaient remis en tête de manière pénible ses liens avec le jeune homme qu'il avait été jadis. Il avait besoin d'être seul, de raffermir sa certitude dans les changements qui avaient eu lieu. En marchant, il songeait à toute la distance qu'il avait parcourue, au poids des bagages qu'il avait laissés en chemin grâce à sa croyance dans la rédemption offerte par la religion. Ses pensées se faisaient plus radieuses, son cœur plus léger. Il appellerait sa famille un peu plus tard dans la soirée. Il avait envie du réconfort de leurs voix. Quelques mots avec sa femme et ses enfants, et il se sentirait comme un homme se réveillant d'un cauchemar. Cela ne changerait rien sur le plan pratique. Il le savait. Mais cela lui donnerait davantage de courage pour affronter ce que lui réservait l'avenir.

Le vent avait repris de plus belle, hurlant et sifflant à ses oreilles. Il s'arrêta pour souffler, conscient du bourdonnement lointain de la circulation sur le pont routier. Aux abords du pont de chemin de fer le vacarme d'un train retentit. Il se pencha en arrière et tendit la nuque pour le regarder passer, tel un jouet d'enfant, à cinquante mètres au-dessus de sa tête.

Il ne vit ni n'entendit le coup qui le mit à genoux en une terrible parodie de prière. Le second coup l'atteignit dans les côtes et l'envoya s'écraser sur le sol. Il crut entrevoir une forme sombre armée de ce qui ressemblait à une batte de baseball avant que le troisième coup ne s'abatte sur ses épaules. Sous l'effet de la douleur, ses pensées se mirent à tourbillonner frénétiquement dans sa tête. Il essaya de se traîner hors de portée, agrippant des touffes d'herbe. Mais un quatrième coup le frappa à l'arrière des cuisses et il s'écroula à plat ventre, incapable de s'enfuir.

Puis, aussi subitement que l'attaque avait commencé, tout fut fini. Il lui sembla être revenu vingt-cinq ans en arrière. À travers souffrance et vertiges, il eut vaguement conscience de cris et des jappements incongrus d'un petit chien. Il sentit une haleine chaude et fétide, suivie d'une langue rêche lui léchant la figure. Qu'il fût encore capable de sentir quoi que ce soit était une bénédiction. « Tu m'as protégé de mes ennemis », essaya-t-il de dire. Puis tout s'assombrit.

« Je n'irai pas à l'hôpital », insista Weird. Il l'avait répété tellement de fois qu'Alex commençait à se demander si ce n'était pas un signe irréfutable de commotion cérébrale. Il était assis à la table de la cuisine, raidi par la douleur et non moins inflexible s'agissant des soins médicaux. Son visage avait perdu toute couleur. Une longue bosse allait de sa tempe droite à l'arrière de son crâne.

« Tu as sûrement des côtes cassées », fit valoir Alex. Pas pour la première fois non plus.

« Qu'ils ne banderont même pas, répliqua Weird. J'ai déjà connu ça. Ils me donneront des analgésiques et me diront de les prendre tant que la douleur persiste.

— Je crains davantage un traumatisme crânien, dit Lynn en revenant avec une tasse de thé bien fort. Bois, ça te fera du bien. Et si tu vomis à nouveau, c'est que c'est grave. On t'emmènera à l'hôpital de Dunfermline. »

Weird frissonna. « Non, surtout pas Dunfermline.

— S'il arrive encore à plaisanter sur Dunfermline, c'est qu'il ne va pas si mal, remarqua Alex. Tu te souviens de quelque chose au sujet de l'agression ?

— Je n'ai rien vu venir et, après le premier coup, j'avais la tête qui tournait. Il m'a semblé apercevoir une silhouette. Probablement celle d'un homme. Ou peut-être d'une grande femme. Avec une batte de base-ball. Est-ce que ce n'est pas absurde ? Se taper tout ce trajet pour retourner en Écosse et se faire tabasser à coups de batte de base-ball.

— Tu n'as pas distingué ses traits ?

— Il devait porter un masque. Je n'ai même pas vu la tache claire d'un visage. Je suis tombé presque aussitôt dans les pommes. Quand j'ai repris connaissance, votre voisin était agenouillé près de moi, l'air absolument terrifié. C'est alors que j'ai vidé mes tripes sur son clebs. »

En dépit de l'affront fait à son jack russell, Eric Hamilton avait aidé Weird à se relever et à parcourir les quatre cents mètres les séparant de la maison de Gilbey. Il avait vaguement marmonné qu'il avait dû surprendre l'agresseur puis, coupant court à leurs effusions, il avait disparu dans la nuit sans même un whisky de remerciement.

« Il ne nous trouve pas très fréquentables, expliqua Lynn. C'est un comptable à la retraite qui nous prend pour des artistes bohèmes. Alors ne t'en fais pas, ça n'a pas brisé l'amitié du siècle. Quoi qu'il en soit, il faut absolument téléphoner aux flics.

— Attendons demain matin. Nous pourrons parler directement à Lawson. Peut-être que, cette fois, il nous prendra au sérieux, dit Alex.

— Tu crois que c'était Macfadyen ? demanda Weird.

— On n'est pas à Atlanta, répondit Lynn. C'est un petit village paisible de la Fife. Je n'ai jamais entendu parler d'agression à North Queensferry. Et si tu voulais détrousser quelqu'un, est-ce que tu choisirais un grand gaillard dans la quarantaine alors qu'il y a tous les soirs des retraités qui baladent leur chien le long du rivage ? Ce n'était pas un hasard, c'était prémédité.

— Je suis d'accord, dit Alex. C'est la même méthode. On monte une mise en scène pour donner l'impression qu'il s'agit d'autre chose qu'un meurtre. Incendie, cambriolage, agression. Si Eric n'avait pas fait son apparition, tu serais mort à l'heure qu'il est. »

Avant que quelqu'un ait eu le temps de répondre, on sonna à la porte. « J'y vais », dit Alex.

Lorsqu'il revint, il était suivi d'un agent de police. « M. Hamilton a signalé l'incident, expliqua-t-il. L'agent Henderson est venu prendre une déposition. Voici M. Mackie », ajouta-t-il.

Weird réussit à esquisser un sourire. « Merci de vous être dérangé. Vous ne voulez pas vous asseoir ?

— Si vous pouviez juste me donner quelques détails », dit l'agent Henderson en sortant un calepin et en s'installant à la table. Il déboutonna sa pèlerine, mais ne fit pas un geste pour l'enlever.

Weird déclina son nom et son adresse, expliqua qu'il était en visite chez de vieux amis, Alex et Lynn. En apprenant qu'il était pasteur, Henderson parut embarrassé, comme s'il avait honte qu'on ait pu agresser un homme d'église dans son secteur. « Que s'est-il passé exactement ? »

Weird lui raconta le peu dont il se souvenait. « Désolé de ne pas pouvoir vous en dire davantage. Il faisait sombre. Et j'ai été pris au dépourvu.

— Il ne vous a pas adressé la parole ?

— Non.

— Il ne vous a pas demandé d'argent ou de lui remettre votre portefeuille ?

— Rien. »

Henderson secoua la tête. « Sale affaire. Tout à fait inhabituelle par ici. » Il leva la tête vers Alex. « Je suis surpris que vous n'ayez pas téléphoné vous-même.

— Nous étions surtout inquiets pour l'état de santé de Tom, intervint Lynn. Nous avons essayé de le persuader d'aller à l'hôpital, mais il semble déterminé à faire preuve de stoïcisme. »

Henderson hocha la tête. « Je pense que Mme Gilbey a raison. Ce serait pas mal qu'un médecin jette un coup d'œil à vos blessures. De plus, il y aurait une trace officielle de l'étendue des dégâts si jamais on met la main sur le coupable.

— Peut-être demain matin, répondit Weird. Pour le moment, je n'en peux plus. »

Henderson referma son calepin et repoussa sa chaise. « Nous vous tiendrons informé si nous découvrons quoi que ce soit.

— Il y a autre chose que vous pourriez faire pour nous, monsieur l'agent », dit Alex.

Henderson lui lança un regard interrogateur.

« Je sais que ça peut paraître bizarre, mais serait-il possible qu'une copie de votre rapport soit adressée au directeur adjoint Lawson ? »

Henderson sembla sidéré par cette requête. « Désolé, je ne vois pas très bien...

— Ce n'est pas pour vous offenser, mais il s'agit d'une histoire longue et compliquée que nous sommes tous trop fatigués pour vous raconter maintenant. M. Mackie et moi sommes en relation avec le directeur adjoint Lawson à propos d'une affaire extrêmement sensible et il y a des chances pour qu'il ne s'agisse pas d'une banale agression. J'aimerais qu'il ait le rapport, simplement pour qu'il sache ce qui s'est passé ce soir. J'irai le voir demain matin de toute façon, et ce serait bien qu'il soit au courant. » Quiconque avait vu Alex solliciter de ses employés un effort supplémentaire n'aurait pas été surpris par cette obstination tranquille.

Henderson réfléchit, de l'incertitude dans les yeux. « Ce n'est pas la procédure normale, dit-il d'une voix hésitante.

— Je sais. Mais ce n'est pas une situation normale non plus. Ça ne vous retombera pas dessus, je vous le promets. Si vous préférez attendre que le directeur adjoint vous contacte... » Alex laissa la phrase en suspens.

Henderson finit par se décider. « J'en enverrai un exemplaire à l'hôtel de police. En précisant que c'est vous qui m'avez prié de le faire. »

Alex le reconduisit. Sur le perron, il vit la voiture de police redescendre l'allée jusqu'à la rue. Il se demanda qui était là dans l'obscurité, attendant son heure. Un frisson le parcourut. Mais ce n'était pas le froid de la nuit.

41

Le téléphone sonna à sept heures pile. Cela réveilla Davina et flanqua un choc à Alex. Depuis l'agression contre Weird, le moindre bruit parvenait jusqu'à sa conscience, exigeant analyse et évaluation des risques. Quelqu'un là, dehors, les traquait, Weird et lui, et tous ses sens étaient en alerte. Résultat, il avait à peine dormi. Il avait entendu Weird circuler dans le noir, probablement à la recherche d'une nouvelle dose de calmants. Ce n'était pas un bruit nocturne habituel et son cœur s'était mis à battre à toute vitesse avant qu'il ne comprenne de quoi il retournait.

Il décrocha en se demandant si Lawson était déjà à son bureau, le rapport de Henderson dans la corbeille du courrier. Il n'était pas préparé à entendre la voix joyeuse de Jason McAllister. « Salut, Alex, lança l'expert judiciaire en peinture. Je sais que les nouveaux parents sont toujours debout au chant du coq, alors je me suis dit que ça ne vous dérangerait pas que j'appelle si tôt. Écoutez, j'ai des informations pour vous. Je peux venir maintenant et vous faire le topo avant de partir travailler. Ça vous va ?

— Formidable », répondit Alex d'une voix pâteuse. Lynn repoussa la couette, le regard vitreux, et alla sortir sa fille du berceau en grommelant.

« Génial. Je suis là dans une demi-heure.

— Vous connaissez l'adresse ?

— Bien sûr. Je suis venu voir Lynn deux ou trois fois. À

plus. » McAllister ayant raccroché, Alex se leva alors que Lynn revenait avec le bébé.

« C'était Jason, dit-il. Il arrive. Je ferais bien d'aller prendre une douche. Tu ne m'avais pas dit que c'était le petit-cousin du géant vert. » Il se pencha et embrassa la tête de sa fille tandis que Lynn lui donnait le sein.

« Il est parfois limite, admit Lynn. Je donne à manger à Davina, puis j'enfile un peignoir et je vous rejoins.

— Je ne peux pas croire qu'il ait obtenu un résultat aussi vite.

— Il est comme toi à l'époque où tu as démarré ton affaire. Il aime tellement ce qu'il fait que le temps qu'il y passe n'a pas d'importance. Et il a envie de partager son plaisir avec tout le monde. »

Alex s'immobilisa, un bras tendu vers sa robe de chambre. « J'étais comme ça ? Et tu n'as pas demandé le divorce ? »

Il trouva Weird dans la cuisine, l'air mal en point. La seule couleur sur son visage venait des ecchymoses s'étalant autour de ses deux yeux comme du maquillage. Il était assis gauchement, une tasse dans ses mains. « Tu as une tête de déterré, dit Alex.

— Ce qui correspond parfaitement au reste. » Il avala une gorgée de café et tressaillit. « Qu'est-ce que c'est que cette maison sans antalgiques efficaces ?

— C'est qu'on n'a pas l'habitude de se faire amocher », lança Alex par-dessus son épaule en allant répondre à la porte. Jason pénétra dans la pièce, tout excité, et écarquilla les yeux de manière presque comique en voyant l'état de Weird. « Merde alors ! Qu'est-ce qui vous est arrivé ?

— Un type avec une batte de baseball, dit succinctement Alex. On ne plaisantait pas en vous disant que c'était peut-être une question de vie ou de mort. Je n'en reviens pas que vous ayez déjà quelque chose », ajouta-t-il en versant du café à Jason.

Celui-ci haussa les épaules. « Quand je m'y suis mis, j'ai tout de suite vu que ce n'était pas spécialement compliqué. J'ai fait la microspectrophotométrie pour établir la couleur, puis j'ai passé ça dans le chromatographe à gaz pour la composition. Malheureusement, je n'ai rien qui colle dans ma base de données. »

Alex poussa un soupir. « C'est bien ce qu'on craignait. »

Jason leva un doigt. « Minute, mon vieux. J'ai plus d'un tour dans mon sac. Il y a deux ans, j'ai rencontré un type à un congrès. Spécialiste mondial de la peinture. Il travaille pour le FBI et se targue d'avoir la plus vaste base de données de la planète Terre. Alors je lui ai demandé de faire des comparaisons avec ce qu'il possède et, eurêka ! on a trouvé. » Il écarta les bras comme s'il espérait des applaudissements.

Lynn entra au moment où il finissait de parler. « Et alors, qu'est-ce que c'est ? demanda-t-elle.

— Je ne veux pas vous assommer avec des détails techniques. Elle a été fabriquée par une petite entreprise du New-Jersey dans les années 1970 pour la fibre de verre et certains types de plastique moulé. La clientèle visée était les constructeurs et propriétaires de bateaux. À cause de son fini particulièrement résistant aux éraflures et qui ne s'écaillait pas même dans des conditions climatiques extrêmes. » Il ouvrit son sac à dos, farfouilla dedans et finit par en tirer un nuancier établi par ordinateur. Un rectangle bleu clair était entouré au feutre noir. « Ça ressemble à ça, dit-il, faisant passer la feuille. La bonne nouvelle concernant la qualité du fini, c'est que si, par miracle, le lieu du crime a survécu, il y a des chances pour que la peinture originale y soit encore. Elle était surtout distribuée le long de la côte Est des États-Unis, mais on l'exportait également au Royaume-Uni et aux Antilles. La société a fait faillite à la fin des années 1980, de sorte qu'il est impossible de savoir par quels détaillants elle était vendue ici.

— Alors Rosie aurait pu être tuée à bord d'un bateau ? » demanda Alex.

Jason fit un bruit dubitatif avec les lèvres. « Dans ce cas, ça devait être un bateau d'une sacrée taille.

— Pourquoi ? »

D'un geste théâtral, il sortit des papiers de son sac à dos. « C'est là que la forme des gouttes de peinture entre en scène. De minuscules larmes, voilà ce que nous avons. Et une ou deux toutes petites fibres, qui me font sérieusement penser à de la moquette. Ce qui m'inspire le scénario suivant : ces gouttes sont tombées d'une brosse alors qu'on peignait quelque chose – il s'agit d'une peinture très motile, ce qui veut dire qu'elle produit d'infimes gouttelettes. La personne occupée à peindre ne s'en est probablement même pas aperçue. C'est typiquement le genre de fines éclaboussures que l'on obtient en travaillant au-dessus de sa tête, particulièrement les bras tendus. Et comme il n'y a pratiquement pas de différence dans la forme des gouttes, on peut supposer que la peinture a été appliquée au-dessus de la tête et à une distance égale. Ce qui fait qu'il est peu probable qu'il s'agisse d'une coque. Car, même si on l'avait retournée pour peindre l'intérieur, comment expliquer la présence de moquette ? Et la taille des gouttelettes présenterait des variations parce que la surface serait plus ou moins près, vous voyez ? » Il marqua un temps d'arrêt, lança un regard circulaire. Chacun hochait la tête, subjugué par son enthousiasme.

« Bon, ça nous mène où ? Si c'était un bateau, alors votre homme peignait sans doute le toit de la cabine. L'intérieur du toit. Je me suis livré à quelques expériences avec une peinture tout à fait similaire. Pour obtenir cet effet, il m'a fallu lever la main assez haut. Or les petits bateaux n'ont pas beaucoup de hauteur de plafond. J'en conclus qu'il s'agit d'un bateau assez gros.

— Si c'était bien un bateau, déclara Lynn. Ça n'aurait pas pu être quelque chose d'autre ? Une remorque ? Ou une caravane ?

— Possible. Mais on ne met tout de même pas de la moquette dans une remorque, non ? Cela aurait pu être aussi une remise, ou un garage. Vu que les peintures destinées à la fibre de verre marchent également très bien avec l'amiante et qu'il y en avait énormément dans les années 1970.

— Alors nous ne sommes pas plus avancés », dit Weird, de la déception dans la voix.

La conversation partit dans plusieurs directions. Mais Alex n'écoutait plus. Son cerveau tournait à plein régime, un flot de pensées provoqué par ce qu'il venait d'entendre. Des liens naissaient entre des bouts d'information apparemment sans rapport, dessinant une chaîne. Et une fois ouverte la porte à l'impensable, tant de choses deviennent logiques. Mais comment procéder à partir de là ?

Il se rendit compte soudain qu'il avait décroché. Ils le regardaient tous les trois, attendant une réponse à une question qu'il n'avait pas entendue. « Quoi ? fit-il. Pardon, j'étais complètement ailleurs.

— Jason demande si tu veux qu'il rédige un rapport officiel, dit Lynn. Pour pouvoir le montrer à Lawson.

— Oui, excellente suggestion. C'est magnifique, Jason, vraiment impressionnant. »

Tandis que Lynn raccompagnait Jason jusqu'à la porte, Weird lança à Alex un regard pénétrant. « Toi, tu as une idée derrière la tête. Je te connais.

— Non. Je me creusais simplement la cervelle pour essayer de savoir qui, au Lammas, possédait un bateau. Il y avait certainement quelques pêcheurs, non ? » Se retournant, il glissa des toasts dans le grille-pain.

« Maintenant que tu en parles... On devrait peut-être en toucher un mot à Lawson, dit Weird.

— Ouais. Dis-lui quand il appellera.

— Pourquoi ? Où est-ce que tu vas ?

— J'ai besoin de me rendre au bureau pour quelques heures. Ça fait un moment que je ne m'occupe plus de rien. Une entreprise ne tourne pas toute seule. Il y a plusieurs réunions ce matin auxquelles je ne peux pas couper.

— Tu crois que c'est prudent de te balader en voiture tout seul ?

— Je n'ai pas le choix. Mais je ne pense pas courir de danger en plein jour sur l'autoroute. Et je serai rentré avant la nuit.

— Cela vaudrait mieux. » Lynn entra, portant les journaux du matin. « On dirait que Jackie avait raison. On ne parle que d'elles en première page. »

Alex mâcha son toast, perdu dans ses pensées, tandis que les deux autres parcouraient la presse. Sans qu'ils le remarquent, il ramassa le nuancier que Jason avait laissé et le fourra dans sa poche de pantalon. Il profita d'une pause dans la conversation pour annoncer qu'il partait, embrassa sa femme et le bébé endormi, puis quitta la maison.

Il sortit la BMW du garage et prit la direction du pont menant à Édimbourg. Mais arrivé au rond-point, au lieu de prendre la A90 vers le sud, il s'engagea sur la bretelle en direction du nord. À cette heure, l'assassin était déjà à pied d'œuvre. Il n'avait pas de temps à gaspiller dans des réunions.

Lynn monta dans sa voiture avec un sentiment de soulagement dont elle n'était pas fière. Elle commençait à souffrir de claustrophobie dans sa propre maison. Elle ne pouvait même pas se réfugier dans son atelier et retrouver son calme en restaurant un tableau. Elle savait qu'elle n'aurait pas dû prendre le volant, pas si peu de temps après la césarienne, mais elle avait besoin de s'échapper. La nécessité de faire des courses lui avait fourni l'excuse parfaite. Elle avait promis à Weird qu'un employé du supermarché lui porterait les choses lourdes. Puis, après avoir enveloppé Davina chaudement et l'avoir calée dans le porte-bébé, elle avait filé.

Elle décida de profiter au maximum de sa liberté en allant jusqu'au grand magasin Sainsburys de Kirkcaldy. S'il lui restait assez d'énergie après les courses, elle passerait voir ses parents. Ils n'avaient pas vu Davina depuis qu'elle était revenue de l'hôpital. Une visite de leur petite-fille contribuerait peut-être à les tirer de leur tristesse. Ils avaient besoin de penser à l'avenir plutôt qu'au passé.

Alors qu'elle quittait l'autoroute à Halbeath, le voyant d'essence s'alluma soudain. Logiquement, il lui restait bien assez de carburant pour faire l'aller et retour à Kirkcaldy, mais avec le bébé à bord, elle ne voulait courir aucun risque. À l'embranchement pour l'aire de services, elle mit son clignotant et roula jusqu'aux pompes, sans prêter la moindre attention à la voiture qui la suivait depuis son départ de North Queensferry.

Lynn fit le plein, puis se hâta d'aller payer à l'intérieur. Pendant qu'elle attendait que sa carte de crédit fût acceptée, elle jeta un coup d'œil dehors.

D'abord, elle ne comprit même pas. C'était tellement absurde, invraisemblable. Puis elle saisit la portée de la scène. Elle se mit à crier à tue-tête et se rua vers la porte, le contenu de son sac s'éparpillant sur le sol.

Une VW Golf gris métallisé était garée derrière sa voiture, le moteur allumé et la porte du conducteur grande ouverte. La porte du passager de sa propre voiture était également écartée, dissimulant quelqu'un se penchant à l'intérieur. Comme elle poussait les lourds battants, un homme se redressa, ses épais cheveux bruns lui couvrant les yeux. Il agrippait le porte-bébé de Davina. Il lança un regard dans sa direction, puis se précipita vers l'autre voiture. Les cris perçants de Davina déchiraient l'air.

Flanquant le porte-bébé sur le siège du passager, il grimpa à bord. Lynn l'avait presque rejoint. C'est alors qu'il mit brutalement en prise et démarra, ses pneus crissant sur l'asphalte.

Indifférente à la douleur de sa cicatrice à moitié guérie, Lynn s'élança juste au moment où la Golf passait devant elle à toute allure. Ses doigts impuissants se refermèrent sur du vide et, emportée par son élan, elle s'affala sur les genoux. « Non ! hurla-t-elle en tapant du poing par terre. Non ! » Elle essaya de se relever pour regagner sa voiture et poursuivre la Golf. Mais ses jambes refusaient de la porter. Elle s'écroula sur le sol, dévorée d'angoisse.

En reprenant l'A92 depuis l'aire de services de Halbeath, Graham Macfadyen exultait. Il avait réussi. Il tenait le bébé. Il jeta un bref coup d'œil pour s'assurer que tout allait bien. Le marmot avait cessé de brailler dès qu'ils s'étaient trouvés sur la chaussée à quatre voies. Il avait entendu dire que les nouveau-nés aimaient la sensation de rouler en voiture et c'était sûrement le cas pour celui-là, avec ses yeux bleus le fixant sans curiosité ni appréhension. Un peu plus loin, il prendrait de petites routes pour éviter la police. Il s'arrêterait alors et l'attacherait convenablement. Il ne tenait pas à ce qu'il lui arrive quoi que ce soit. Pas encore. C'était Alex Gilbey qu'il voulait punir, et plus dur serait son calvaire si le bébé demeurait vivant et apparemment en bonne santé. Il le garderait en otage aussi longtemps qu'il lui serait utile.

Cela avait été d'une facilité presque risible. Tout de même, les gens devraient faire plus attention à leurs enfants. C'était étonnant qu'il n'y en ait pas davantage qui tombent dans les mains d'inconnus.

Maintenant, ils seraient bien forcés de l'écouter. Il ramènerait le bébé chez lui et fermerait les portes à clé. Un siège, voilà ce que ce serait. Les médias rappliqueraient en masse et il pourrait leur expliquer ce qui l'avait poussé à commettre un acte aussi extrême. En apprenant que la police de la Fife protégeait les assassins de sa mère, ils comprendraient sa réaction.

Et si ça ne marchait toujours pas, eh bien, il lui restait une dernière carte. Il jeta un coup d'œil au bébé assoupi.

Lawson allait regretter de ne pas l'avoir écouté.

42

Alex avait quitté l'autoroute à Kinross. Il avait traversé ce paisible bourg maraîcher pour sortir à l'autre extrémité, en direction du Loch Leven. Lorsqu'elle avait lâché que Lawson était parti pêcher, Karen Pirie avait prononcé le mot « Loch » avant de s'arrêter net. Or il n'y avait qu'un seul lac dans toute la Fife où un pêcheur digne de ce nom accepterait de tremper sa canne. Alex ne pouvait pas s'empêcher de repenser à ce qu'il venait d'apprendre. Parce qu'il savait au fond de lui qu'aucun d'eux n'était coupable et qu'il n'imaginait pas Rosie se promenant seule dans une tempête de neige, proie facile pour n'importe quel cinglé, il avait toujours cru qu'elle avait été tuée par son mystérieux petit ami. Et si vous avez en tête de séduire une fille, vous ne l'emmenez pas dans une remise ou un garage. Vous l'emmenez là où vous habitez. C'est alors que lui était revenue à l'esprit une phrase anodine prononcée au cours d'une des conversations la veille. L'inconcevable était soudain devenu la seule chose ayant un sens.

La masse brumeuse de Bishop Hill apparut à sa droite, tel un dinosaure endormi, le privant de l'usage de son portable. Indifférent à ce qui pouvait se passer ailleurs, il était tout à sa mission. Il savait exactement ce qu'il cherchait. Simplement, il ne savait pas où le trouver.

Il roulait lentement, tournant dans tous les chemins de ferme et les routes transversales menant vers le lac. Une légère brume s'accrochait à la surface de l'eau d'un gris acier, étouffant les sons et donnant à sa quête un caractère sinistre dont il se serait bien passé. À chaque grillage où il aboutissait, il s'arrêtait, descendait de voiture et se penchait pour scruter les champs, de peur de rater sa proie. Les chevilles mouillées par les hautes herbes, il regretta de ne pas avoir mis des vêtements plus pratiques. Mais il n'avait pas voulu que Lynn le soupçonne d'aller ailleurs qu'au bureau.

Il prit son temps, se déplaçant méthodiquement le long de la rive. Il passa près d'une heure dans un petit camping pour caravanes, mais en vain. Cela ne l'étonna pas vraiment. Il ne s'attendait pas à découvrir l'objet de sa traque là où tout le monde avait accès.

À l'heure où sa femme affolée racontait son histoire aux enquêteurs, Alex buvait du café dans un salon de thé en bordure de route, étalant du beurre sur des petits pains faits maison et s'efforçant de se réchauffer après le terrain de camping. Pas un instant il ne se doutait de ce qui venait de se produire.

Le premier policier arrivé à la station-service avait trouvé une femme hagarde, poussant des hurlements, de la crasse sur les mains et les genoux de son jean. L'employé, désemparé, se tenait tout près, tandis que des clients furieux repartaient en voyant qu'ils ne seraient pas servis.

« Faites venir Jimmy Lawson, et tout de suite ! » ne cessait-elle de lui crier pendant que l'employé expliquait ce qui s'était passé.

Sans tenir compte de sa requête, le policier s'était mis à réclamer d'urgence des secours par radio. C'est alors qu'elle le saisit par sa veste, le criblant de postillons tout en exigeant la présence du directeur adjoint. Il avait alors tenté de se dégager, lui avait conseillé de prévenir son mari, un ami, quelqu'un, sur quoi elle l'avait repoussé avec mépris avant de retourner à l'intérieur de la station-service en fulminant.

Dans le tas de ses affaires jonchant le sol, elle retira son mobile. Elle essaya le numéro d'Alex, mais une voix lui répondit que la ligne était indisponible. « Bon Dieu ! » Ses doigts pressant maladroitement les touches, elle réussit à appeler chez elle.

« Tom, il a enlevé Davina ! beugla-t-elle dès que Weird répondit. Ce salaud a enlevé ma fille !

— Quoi ? Qui ça ?

— Je ne sais pas. Macfadyen, je pense. Il a volé mon bébé. » Les larmes avaient surgi, ruisselant le long de ses joues et la faisant suffoquer.

« Où es-tu ?

— À l'aire de services de Halbeath. Je me suis arrêtée pour prendre de l'essence. J'ai été absente juste une minute... » expliqua-t-elle d'une voix haletante avant de laisser tomber le téléphone. Elle s'accroupit, appuyée à un étalage de bonbons. Puis, mettant ses bras autour de sa tête, elle éclata en sanglots. Elle aurait été bien en peine de dire combien de temps s'était écoulé lorsqu'elle entendit une voix de femme au ton doux et rassurant. Elle leva la tête vers le visage de l'inconnue.

« Je suis l'inspectrice Cathy McIntyre, déclara celle-ci. Pouvez-me dire ce qui est arrivé ?

— Il s'appelle Graham Macfadyen. Il habite St Monans, répondit Lynn. Il m'a volé mon bébé.

— Vous le connaissez ?

— Non. Mais il en veut à mon mari. Il croit qu'Alex a tué sa mère. C'est faux, naturellement. Il est complètement déjanté. Il a déjà assassiné deux personnes. Ne le laissez pas tuer mon bébé. » Les mots se bousculant dans la bouche de Lynn donnaient à penser qu'elle n'était pas dans son état normal. « Je sais, j'ai l'air insensé, mais je ne le suis pas. Il faut à tout prix que vous contactiez le directeur adjoint James Lawson. Il est au courant. »

Cathy McIntyre parut hésiter. Elle n'était pas à la hauteur et elle le savait. Jusque-là, tout ce qu'elle avait réussi à faire, c'était de signaler une Golf gris métallisé conduite par un homme brun aux voitures de patrouille et aux effectifs à pied. Appeler le directeur adjoint serait peut-être la meilleure façon de se tirer de ce mauvais pas. « Laissez-moi faire », dit-elle en ressortant pour réfléchir à la décision à prendre.

Assis dans la cuisine, Weird se maudissait de son impuissance. Les prières, c'était très bien, mais il aurait fallu bien plus de calme intérieur pour accomplir quoi que ce soit d'utile de cette manière. Son imagination ne cessait de galoper, faisant défiler des scènes où il voyait ses propres enfants aux mains d'un ravisseur. Il savait qu'à la place de Lynn, il aurait été incapable de réagir de manière rationnelle. Ce qu'il fallait, c'était trouver des actes concrets qui puissent être d'une aide quelconque.

Il avait essayé de joindre Alex. Mais son mobile ne répondait pas et on ne l'avait pas vu au bureau de la matinée, ni même eu de ses nouvelles. Un de plus sur la liste des disparus. Weird n'en était pas totalement surpris ; il avait bien vu qu'Alex avait une idée en tête.

Il saisit le téléphone, ce geste bien que minime lui arrachant une grimace de douleur, et demanda aux renseignements le numéro de la police de la Fife. Il eut besoin de tout son pouvoir de persuasion pour arriver jusqu'à la secrétaire de Lawson. « Il faut absolument que je parle au directeur adjoint. C'est urgent. On vient d'enlever un enfant et je possède des informations vitales », expliqua-t-il à cette créature aussi douée pour les réponses évasives que lui pour les paroles suaves.

« M. Lawson est en réunion, répondit-elle. Si vous voulez bien me laisser votre nom et votre numéro de téléphone, je lui demanderai de vous rappeler.

— Vous ne m'avez pas écouté ? Il y a un bébé dont la vie est en danger. Si jamais il lui arrive quoi que ce soit, vous pouvez parier votre retraite que j'irai parler à la presse et à la télé dans l'heure qui suit pour leur raconter la manière dont vous sabotez votre boulot. Si Lawson ne vient pas au bout du fil immédiatement, c'est vous qui serez le bouc émissaire.

— Il est inutile de prendre cette attitude, monsieur. Quel est votre nom déjà ?

— Révérend Tom Mackie. Il me parlera, je vous le promets.

— Ne quittez pas, je vous prie. »

Il pesta intérieurement contre le concerto grosso frénétique servant de musique de fond. Après ce qui lui fit l'effet d'une attente interminable, une voix qu'il reconnut malgré les années résonna à ses oreilles. « J'espère que cela en vaut la peine, monsieur Mackie. On m'a tiré d'une réunion avec le directeur pour vous parler.

— Graham Macfadyen a enlevé le bébé d'Alex Gilbey. Et pendant ce temps-là, vous, vous étiez assis à une réunion ! répliqua-t-il d'un ton brusque.

— Qu'est-ce que vous dites ?

— Que vous avez un enlèvement d'enfant sur les bras. Il y a environ un quart d'heure, Macfadyen a kidnappé Davina Gilbey. Elle n'a que deux semaines, cette gamine, bon sang de bois !

— J'ignore tout de cette histoire, monsieur. Pouvez-vous me dire ce que vous savez ?

— Lynn Gilbey s'est arrêtée pour prendre de l'essence à l'aire de services de Halbeath. Pendant qu'elle payait, Macfadyen a pris le bébé resté dans la voiture. Vos gaillards sont déjà sur place, alors comment se fait-il que personne ne vous ait averti ?

— Mme Gilbey a-t-elle reconnu Macfadyen ? L'a-t-elle déjà rencontré ? demanda Lawson.

— Non. Mais qui d'autre aurait cherché à atteindre Alex de cette façon ?

— Les rapts d'enfant peuvent avoir toutes sortes de motifs, monsieur Mackie. Cela n'a peut-être rien de personnel. » La voix s'était faite apaisante, sans résultat.

« Bien sûr que c'est personnel ! s'écria Weird. Hier soir, j'ai failli être battu à mort. Le rapport doit être sur votre bureau. Et ce matin, la gosse d'Alex est victime d'un enlèvement. Vous comptez refaire le coup de la coïncidence ? Parce que, cette fois-ci, ça ne prend pas. Vous avez intérêt à mettre la main sur Macfadyen avant qu'il n'arrive malheur à ce bébé.

— L'aire de services de Halbeath, dites-vous ?

— Oui. Allez-y tout de suite. Vous avez les moyens de faire bouger les choses.

— Laissez-moi parler à mes hommes qui sont sur le terrain. En attendant, essayez de vous calmer.

— Ouais, bien sûr. Il n'y a rien de plus facile.

— Où est M. Gilbey ?

— Je n'en ai aucune idée. Il était censé aller à son bureau, mais il ne s'est pas encore montré.

— Très bien, je m'en occupe. Quel que soit l'individu qui l'a enlevé, nous retrouverons le bébé et nous le ramènerons à ses parents.

— Vous parlez comme un flic faux-cul de série télé, vous savez ça, Lawson ? Secouez-vous. Retrouvez Macfadyen. » Là-dessus, Weird raccrocha brutalement. Il essaya de se dire qu'il venait de remporter une victoire, mais ce n'était pas ce qu'il ressentait.

Rien à faire. Il ne pouvait pas rester là à se tourner les pouces. Il attrapa à nouveau le téléphone et demanda aux renseignements le numéro des taxis.

Lawson regarda fixement l'appareil. Macfadyen avait dépassé les bornes. Il aurait dû le prévoir. À présent, il était trop tard pour le retirer de la circulation. Tout cela risquait de finir par lui échapper. Qui sait ce qui pouvait se produire ensuite ? S'efforçant de garder un semblant de calme, il appela la salle des opérations pour demander un rapport sur ce qui se passait à Halbeath.

Il avait à peine entendu les mots Volkwagen Golf gris métallisé qu'il revit la maison, la voiture garée dans l'allée. Aucun doute. Macfadyen avait perdu la boule.

« Passez-moi l'officier qui commande là-bas », ordonna-t-il. Il tambourina avec ses doigts sur le bureau en attendant que la communication fût établie. Le scénario de cauchemar ! À quel jeu pouvait bien jouer Macfadyen ? Voulait-il se venger sur Gilbey du mal fait à sa mère ? Ou poursuivait-il un plan plus tordu ? Dans tous les cas, l'enfant courait un danger. D'ordinaire, s'agissant de vol de bébé, la motivation du ravisseur était simple. Il rêvait d'un marmot qui lui appartienne. Il prenait soin de lui, l'entourait d'amour et d'attention. Mais là, c'était différent. L'enfant n'était qu'un pion dans les calculs machiavéliques de Macfadyen. Et s'il pensait punir un meurtre, alors le meurtre risquait d'être sa carte finale. Les conséquences d'une telle hypothèse étaient bien trop effrayantes. Lawson sentit son estomac se serrer rien qu'à cette idée. « Allons », grommela-t-il.

Enfin, une voix grésilla sur la ligne. « Inspectrice McIntyre », entendit-il. Au moins, c'était une femme qui était sur le terrain, songea Lawson avec soulagement. Il se souvenait de Cathy McIntyre. Elle était sergent à la brigade criminelle quand lui-même était superintendant à Dunfermline. C'était un officier consciencieux, respectueux du règlement.

« Cathy, ici le directeur adjoint Lawson.

— Oui, monsieur. J'allais justement vous appeler. La mère

du bébé enlevé, une certaine Lynn Gilbey. Elle a demandé après vous. Elle semble penser que vous savez de quoi il s'agit.

— C'est bien à bord d'une VW Golf gris métallisé que le ravisseur s'est enfui ?

— Oui. On visionne la bande des caméras vidéo pour obtenir le numéro d'immatriculation, mais on ne dispose que d'images de la voiture en mouvement. Comme il était garé juste derrière Mme Gilbey, il est impossible de lire les plaques avec le véhicule à l'arrêt.

— Que quelqu'un continue à travailler là-dessus pour l'instant. Mais je crois savoir qui c'est. Il s'appelle Graham Macfadyen. Il habite 12 Carlton Way, St Monans. Et je suppose que c'est là qu'il détient l'enfant. À mon avis, il visait à créer une situation de prise d'otage. Alors retrouvez-moi là-bas, à l'entrée de la rue. Ne venez pas avec toute une meute et faites amener Mme Gilbey dans une voiture séparée. Silence radio avec elle. Je vais donner des instructions à l'équipe spécialisée dans les négociations d'otages et je vous mettrai au courant sur place. Ne lambinez pas, Cathy. À tout à l'heure. »

Lawson raccrocha, puis plissa les yeux dans un effort de concentration. Libérer des otages était l'une des besognes les plus ardues incombant à des policiers. Informer les familles des disparus était de la gnognotte en comparaison. Il rappela la salle des opérations pour demander la mobilisation de l'équipe de négociation d'otages et d'une unité d'intervention armée. « Ah, et trouvez-moi aussi un ingénieur des télécoms. Je veux qu'il soit complètement coupé du monde extérieur. » Pour finir, il téléphona à Karen Pirie. « Rendez-vous dans cinq minutes sur le parking, aboya-t-il. Je vous expliquerai en cours de route. »

Il était à mi-chemin de la porte quand le téléphone se mit à sonner. Il hésita à répondre, fit demi-tour. « Lawson.

— Allô, monsieur Lawson. Ici, c'est Andy, au bureau de presse. Je viens d'avoir le *Scotsman* au sujet d'une histoire assez étrange. Il paraît qu'ils ont reçu un mail d'un type qui prétend avoir enlevé un bébé parce que la police de la Fife protège les assassins de sa mère. Il vous rend personnellement responsable de cette situation. Le mail est extrêmement long et détaillé, apparemment. Ils vont me l'adresser. Ils demandent si c'est vrai sur le fond. Est-ce qu'il y a eu un enlèvement d'enfant ?

— Bon Dieu de bon Dieu, gémit Lawson. J'avais l'horrible pressentiment qu'il allait se passer un truc de ce genre. Écoutez, nous avons à faire face à une situation très délicate. Oui, un bébé a effectivement été enlevé. Je ne connais pas encore moi-même tous les éléments. Vous n'avez qu'à vous renseigner auprès de la salle des opérations, ils vous raconteront ça de A à Z. J'ai bien peur que vous ne receviez une flopée de coups de fil à ce sujet, Andy. Donnez un maximum d'informations opérationnelles. Organisez une conférence de presse en fin d'après-midi, le plus tard possible. Et insistez bien sur le fait que le type est siphonné et qu'il est impossible d'accorder foi à ses élucubrations.

— Alors la thèse officielle est qu'il s'agit d'un fou.

— À peu près. Mais nous devons agir avec la plus grande prudence. La vie d'un enfant est en jeu. Je ne tiens pas que des journalistes irresponsables poussent le lascar à cran. Est-ce clair ?

— Je m'y mets tout de suite. À plus tard. »

Lawson jura tout bas, puis se rua vers la porte. Ça allait être une journée d'enfer.

Weird demanda au chauffeur de taxi de faire un crochet par le centre commercial de Kirkcaldy. Une fois là, il lui tendit une liasse de billets. « Rendez-moi un service, mon vieux. Vous voyez dans quel état je suis. Allez m'acheter un cellulaire. Un de ces engins où l'on paie à la minute. Et deux cartes en plus. J'ai besoin de passer des coups de fil. »

Un quart d'heure après, ils avaient repris la route. Il sortit la feuille sur laquelle il avait griffonné les numéros du portable d'Alex et de Lynn. Il essaya à nouveau Alex. Toujours pas de réponse. Mais où était-il, juste ciel ?

Macfadyen considéra le bébé d'un air perplexe. Il ne l'avait pas plus tôt porté à l'intérieur qu'il s'était mis à pleurer, mais il n'avait pas eu le temps de s'en occuper. Il devait expédier des mails, pour avertir la planète de ce qui se passait. Tout était prêt. Il lui suffisait de se connecter et, grâce à quelques clics de souris, son message parviendrait à chaque organe d'information du pays et à la plupart des sites de news. Maintenant, ils seraient bien obligés de l'écouter.

Il abandonna les ordinateurs et retourna dans la salle de séjour, où il avait laissé le porte-bébé par terre. Il savait qu'il n'aurait pas dû le quitter, que la police pourrait les séparer et lancer un assaut, mais les cris lui cassaient les oreilles et il l'avait posé à côté pour arriver à se concentrer. Il avait tiré les rideaux dans la pièce, comme il l'avait fait dans les autres. Il avait même cloué une couverture sur la fenêtre de la salle de bains, dont la vitre dépolie était d'habitude sans rien. Il savait comment fonctionnait ce genre d'opération ; moins les flics sauraient ce qui se passait à l'intérieur, mieux cela vaudrait.

Le bébé continuait à donner de la voix. Les hurlements n'avaient pas tardé à se changer en pleurnicheries, mais dès qu'il était entré, les braillements avaient recommencé. Le son lui vrillait le crâne, l'empêchant de penser. Il devait absolument le faire taire. Il le leva avec précaution et le tint contre lui. Les cris redoublèrent, au point qu'il les sentait résonner dans sa poitrine. Peut-être que sa couche était sale, pensa-t-il. Il l'allongea sur le sol et ôta la couverture qui l'enveloppait. En dessous, il y avait une veste en laine. Il la retira, puis défit les boutons-pressions à l'intérieur des jambes, enleva le tricot de corps. De combien de vêtements cette mioche avait-elle besoin ? Peut-être avait-elle seulement trop chaud.

Il alla chercher un rouleau d'essuie-tout et s'agenouilla. Il détacha les bandes qui maintenaient la couche autour du ventre et eut un mouvement de recul. C'était répugnant. Verdâtre, bonté divine ! Plissant le nez de dégoût, il arracha la couche sale, essuya ce qui collait aux fesses. En toute hâte, avant une nouvelle éruption, il posa le bébé sur un épais tampon d'essuie-tout.

Et avec tout ça, elle continuait à pleurer. Bon sang, qu'est-ce qu'il fallait faire pour que cette petite garce la boucle ? Il avait besoin qu'elle reste en vie, au moins pour un moment encore, mais ce vacarme le rendait cinglé. Il gifla le visage écarlate et obtint un bref instant de répit. Mais dès que le bébé, stupéfait, eut à nouveau gonflé ses poumons, les beuglements repartirent de plus belle.

Et s'il fallait lui donner à manger ? Retournant à la cuisine, il versa un peu de lait dans une tasse. Après quoi il s'assit, cala le bébé dans le creux de son bras comme il l'avait vu faire à la télévision. Il lui enfonça un doigt dans la bouche et essaya de faire couler le liquide. Le lait dégoulina le long du menton avant d'atterrir sur sa chemise. Il fit une nouvelle tentative, et cette fois ce furent des contorsions, assorties de coups de pied et de coups de poing. Était-il possible qu'elle ne sache pas avaler ? Pourquoi se comportait-elle comme si on voulait l'empoisonner ? « Qu'est-ce que tu as, bon Dieu ? » s'exclama-t-il. Le bébé se raidit dans ses bras, hurlant encore plus fort.

Il continua à s'escrimer, sans succès. Et tout à coup, les cris cessèrent. Le bébé s'endormit instantanément comme si quelqu'un avait actionné un interrupteur. La seconde précédente, c'étaient des lamentations, puis ses paupières s'étaient fermées et plus rien. Macfadyen se leva lentement du canapé et le remit dans le porte-bébé en se forçant à faire preuve de douceur. La dernière chose qu'il aurait pu supporter à cet instant, c'est que ce boucan infernal reprenne.

Il retourna à ses ordinateurs, avec l'idée de consulter quelques sites pour voir s'ils parlaient déjà de l'histoire. Il ne fut qu'à moitié surpris de trouver sur ses écrans le message « Connection interrompue ». Il s'attendait à ce qu'on coupe ses lignes téléphoniques. Il en faudrait plus pour l'arrêter. Il ôta un cellulaire de son chargeur, le relia à un ordinateur portable par un petit câble, puis appuya sur les touches. D'accord, c'était comme voyager à dos de mulet après avoir conduit une Ferrari. Mais même si cela prenait un temps affreusement long pour afficher une page, il était toujours en ligne.

S'ils pensaient pouvoir le museler aussi facilement, ils allaient être déçus. Il irait jusqu'au bout, jouant les prolongations s'il le fallait. Et il jouait pour gagner.

43

L'enthousiasme d'Alex diminuait de plus de plus. La seule chose qui le faisait continuer, c'était le sentiment tenace que la réponse qu'il cherchait désespérément était là, quelque part. Qu'il ne pouvait pas en être autrement. Il avait ratissé le pourtour sud du lac et maintenant il remontait vers la rive nord. Il ne comptait plus le nombre de champs dans lesquels il avait pénétré. Il s'était trouvé nez à nez avec des oies, des chevaux, des moutons et même, une fois, un lama. Il se rappelait vaguement avoir lu que les bergers en mettaient avec leurs troupeaux pour faire fuir les renards, mais il n'arrivait pas à imaginer comment cette grosse masse nonchalante avec des cils à faire crever de jalousie un top model pourrait effrayer un renard.

Le chemin dans lequel il roulait passait devant une ferme misérable : bâtiments délabrés, gouttières affaissées et encadrements de fenêtres à la peinture écaillée. La cour ressemblait à une casse où des machines prenaient la rouille depuis des générations. Un colley famélique à l'air revêche tira sur sa chaîne en poussant des aboiements aussi rageurs qu'inutiles sur son passage. À une centaine de mètres après l'entrée de la ferme, les ornières se faisaient plus profondes avec des brins d'herbe poussant au milieu. Alex traversa les flaques dans de grandes gerbes, grimaçant en entendant une pierre racler le dessous de la carrosserie.

Une porte se dessina dans la haute haie. Il s'arrêta d'un air las, contourna l'avant de la voiture et se pencha par-dessus les barres de métal. Il tourna la tête d'un côté et vit quelques vaches brunes et sales qui ruminaient tristement. Il regarda rapidement de l'autre côté. Il n'en crut pas ses yeux. Était-ce bien elle ?

Il tripota la chaîne rouillée retenant la porte. Puis il entra dans le champ après avoir remis le lien autour du poteau. Il s'avança sans se soucier de la boue et du fumier qui s'accrochaient à ses luxueux mocassins. Plus il se rapprochait de son objectif, plus il était certain d'avoir trouvé ce qu'il cherchait.

Il n'avait pas vu la caravane depuis vingt-cinq ans, mais sa mémoire lui disait que c'était bien celle-là. Bicolore, comme dans son souvenir : beige en haut et vert olive en bas. Certes, les couleurs s'étaient fanées, mais elles étaient encore reconnaissables. En approchant, il vit qu'elle était toujours en bon état. Des parpaings empilés aux quatre coins maintenaient les roues au-dessus du sol et il n'y avait pas de mousse sur le toit ni sur les rebords. Le caoutchouc autour des fenêtres avait été traité avec un enduit pour qu'il reste étanche, comme il put le constater en faisant le tour avec prudence. Il n'y avait pas de signe de vie. Des rideaux de couleur claire étaient tirés. À une vingtaine de mètres de la caravane, un portillon dans la clôture conduisait au lac. Alex aperçut un canot sur la rive.

Il se retourna et regarda fixement. Il n'en revenait pas. Combien y avait-il de chances ? se demanda-t-il. Probablement plus qu'il n'aurait semblé à première vue. On se débarrassait d'un meuble, d'un tapis, d'une voiture. Mais une caravane continuait d'exister, comme animée d'une vie propre. Il songea au vieux couple qui habitait en face de chez ses parents. Depuis qu'il était gosse, ils avaient toujours eu la même caravane minuscule à deux couchettes. L'été, chaque vendredi soir, ils la fixaient à leur voiture et partaient sur les routes. Pas très loin, juste le long de la côte, à Leven ou Elie. Quelquefois, plus intrépides, ils franchissaient le Forth, poussant jusqu'à Dunbar ou North Berwick. Et le dimanche soir, ils revenaient, tout contents, comme s'ils avaient traversé le pôle Nord. Il n'était donc pas étonnant que l'agent Jimmy Lawson eût gardé la caravane dans laquelle il avait habité pendant qu'il construisait sa maison. D'autant plus que tout pêcheur à la ligne avait besoin d'un abri. La plupart des gens auraient fait la même chose.

Sauf que, bien sûr, la plupart des gens ne se seraient pas cramponnés à la scène d'un crime.

« Vous croyez Alex maintenant ? » demanda Weird à Lawson. Recroquevillé sur lui-même, il se tenait les côtes pour empêcher leur frottement de lui faire un mal de chien, de sorte que ses paroles n'avaient pas exactement l'effet voulu.

La police ne l'avait pas précédé de beaucoup, et lorsqu'il était arrivé, c'était apparemment le chaos. Des hommes en gilets pare-balles et casquettes de sport tournaient en rond, armés de fusils, tandis que, çà et là, d'autres policiers effectuaient d'obscures besognes de leur cru. Curieusement, personne ne sembla faire attention à lui. S'extrayant tant bien que mal du taxi, il se mit à observer la scène. Il ne mit pas longtemps à repérer Lawson, penché au-dessus d'une carte étalée sur le capot d'une voiture. La femme flic qu'Alex et lui avaient rencontrée à l'hôtel de police se tenait à son côté, un portable à l'oreille.

Weird s'approcha, la colère et l'appréhension faisant office de calmants. « Hé, Lawson, lança-t-il quand il ne fut plus qu'à quelques mètres. Alors vous êtes satisfait ? »

Lawson pivota avec un tressaillement, comme pris en faute. Il resta bouche bée en reconnaissant Weird malgré le visage meurtri. « Tom Mackie ? dit-il d'une voix hésitante.

— Lui-même. Vous croyez Alex maintenant ? Sa gosse est là-dedans avec ce dingue. Il a déjà tué deux personnes et vous, vous restez planté là dans l'espoir qu'il vous facilite les choses en faisant une troisième victime. »

Lawson secoua la tête, de l'anxiété dans les yeux. « Ce n'est pas vrai. Nous faisons tout notre possible pour récupérer le bébé des Gilbey sain et sauf. Et que Graham Macfadyen soit coupable de quoi que ce soit à part cet enlèvement, vous n'en savez rien.

— Ah non ? Et qui d'autre a tué Ziggy et Mondo, à votre avis ? Qui m'a fait ça, d'après vous ? » Il pointa un doigt vers son visage. « Il aurait pu me démolir hier soir.

— Vous l'avez vu ?

— Non, j'étais trop occupé à essayer de rester en vie.

— Dans ce cas, nous en sommes toujours au même point. Pas de preuve, monsieur Mackie. Pas l'ombre d'une preuve.

— Écoutez-moi, Lawson. Nous avons vécu avec la mort de Rosie Duff pendant vingt-cinq ans. Subitement, voilà que son fils surgit de nulle part. Et que se passe-t-il ensuite : deux d'entre nous sont assassinés. De grâce, mon vieux, pourquoi êtes-vous le seul qui ne parvienne pas à y voir un rapport de cause à effet ? » Weird criait à présent, sans se rendre compte que plusieurs flics le regardaient, impassibles mais vigilants.

« Monsieur Mackie, je m'évertue à monter une opération délicate. Que vous soyez là à lancer des accusations sans fondement n'aide vraiment pas. Les théories, c'est très bien, mais nous, nous fonctionnons avec des preuves. » La colère de Lawson était à présent manifeste. À côté de lui, Karen Pirie avait terminé son appel et se rapprochait discrètement de Weird.

« Pour trouver des preuves, encore faudrait-il les chercher.

— Je n'ai pas à enquêter sur des meurtres qui ont lieu en dehors de ma juridiction, répliqua-t-il sèchement. Vous me faites perdre mon temps, monsieur Mackie. Et comme vous l'avez souligné, la vie d'un enfant est peut-être en jeu.

— Vous allez me payer ça, maugréa Weird. Tous les deux, ajouta-t-il en se tournant pour englober Karen dans sa condamnation. Vous étiez prévenus et vous n'avez rien fait. S'il touche à un cheveu de cette gamine, je vous jure, Lawson, que vous le regretterez jusqu'à la fin de vos jours. Bon, où est Lynn ? »

Lawson frissonna intérieurement au souvenir de l'arrivée de Lynn Gilbey. Bondissant de la voiture de police, elle s'était jetée sur lui, criblant sa poitrine de coups de poing et criant comme une forcenée. Mue par un réflexe, Karen Pirie avait ceinturé cette furie.

« Dans le véhicule blanc là-bas. Karen, accompagnez M. Mackie jusqu'à la fourgonnette de l'unité d'intervention. Et restez avec lui et Mme Gilbey. Je ne tiens pas à ce qu'ils courent dans tous les sens alors qu'il y a des tireurs d'élite dans les parages.

— Attendez seulement que ce soit terminé ! lança Weird tandis que Karen l'entraînait. Nous aurons une petite explication, vous et moi.

— N'y comptez pas, monsieur Mackie, répondit Lawson. Je suis un officier supérieur et me menacer est un délit grave. Allez donc réciter des prières. Faites votre boulot et je ferai le mien.

Carlton Way faisait l'effet d'une ruelle dans une ville fantôme. Rien ne bougeait. C'était toujours calme dans la journée, mais à ce moment il régnait un silence oppressant. L'ouvrier qui travaillait de nuit au numéro 7 avait été tiré de son lit par des coups frappés à la porte de derrière. L'esprit embrumé, il s'était vu intimer l'ordre de s'habiller et de suivre les deux agents de police debout sur le seuil avec qui il avait franchi la clôture au fond de son jardin, puis traversé les terrains de jeux jusqu'à la grand-route. Là, on lui avait débité une histoire tellement invraisemblable qu'il aurait probablement cru à un canular sans la quantité impressionnante de forces de police et le barrage isolant Carlton Way du monde extérieur.

« Toutes les maisons sont vides à présent ? demanda Lawson à l'inspectrice McIntyre.

— Oui, monsieur. Et le seul moyen de communication dans celle de Macfadyen est une ligne téléphonique qui nous est réservée. Les hommes de l'unité d'intervention sont déployés autour du bâtiment.

— Très bien. Allons-y. »

Deux voitures de police et une fourgonnette remontèrent à la file Carlton Way. Elles se garèrent l'une derrière l'autre devant chez Macfadyen. Lawson descendit du véhicule de tête et alla rejoindre le médiateur, John Duncan, derrière la fourgonnette, hors de vue de la maison. « On est sûrs qu'il est là-dedans ? demanda Duncan.

— D'après les techniciens. Thermographie, ou je ne sais quoi. Il y a le bébé avec lui. Ils sont en vie tous les deux. »

Duncan tendit à Lawson une paire d'écouteurs et prit le combiné qui lui donnerait une ligne dans la maison. On décrocha à la troisième sonnerie. Silence. « Graham ? C'est vous ? dit Duncan d'une voix ferme mais cordiale.

— Qui est à l'appareil ? Macfadyen semblait étonnamment détendu.

— Je m'appelle John Duncan. Je suis ici pour voir comment

nous pouvons résoudre cette situation sans qu'il arrive du mal à quiconque.

— Je n'ai rien à vous dire. Je veux parler à Lawson.

— Il n'est pas ici pour l'instant, mais tout ce que vous me direz, je le lui transmettrai.

— C'est Lawson et personne d'autre. » Le ton de Macfadyen était aimable et désinvolte comme s'il parlait du temps ou de football.

« Je vous le répète, M. Lawson n'est pas ici pour l'instant.

— Je ne vous crois pas. Mais admettons que vous disiez la vérité. Je ne suis pas pressé. J'attendrai que vous soyez allé le chercher. » On n'entendit plus rien. Duncan regarda Lawson. « Fin du premier round. Laissons-lui cinq minutes, puis je rappellerai. Il finira bien par se déballonner.

— Vous croyez ? Il m'avait l'air plutôt relax. Et si je lui parlais ? Ça lui donnera peut-être l'impression qu'il va obtenir ce qu'il désire.

— Il est encore trop tôt pour les concessions. Avant que nous lui accordions quoi que ce soit, il faut d'abord qu'il lâche quelque chose. »

Avec un long soupir, Lawson se détourna. Il sentait que la situation lui échappait et c'était une impression qu'il détestait. Les médias allaient faire leur cirque et les chances d'une issue atroce étaient bien, bien supérieures à celles du contraire. Les sièges, il connaissait. Et ça finissait presque toujours mal.

Alex examinait ses options. En toute autre circonstance, l'attitude sensée aurait été de ficher le camp sans attendre et de prévenir la police. Elle avait les moyens d'envoyer des spécialistes, qui démonteraient la caravane morceau par morceau à la recherche de la moindre goutte de sang ou de peinture susceptible de constituer un lien irréfutable avec la mort de Rosie. Mais comment aurait-il pu agir ainsi alors que la caravane en question était celle du directeur adjoint ? Lawson stopperait immédiatement toute enquête, la torpillerait avant même qu'elle ait commencé. La caravane disparaîtrait sans doute dans un incendie, attribué à des vandales. Et il resterait quoi ? Rien que des coïncidences. Comme la présence de Lawson si près de l'endroit où Alex avait découvert le corps. À l'époque, personne n'avait tiqué. À la fin des années 1970, la police continuait d'être au-dessus de tout soupçon, les bons faisant la chasse aux méchants. Personne ne s'était même demandé pourquoi Lawson n'avait pas vu l'assassin transporter Rosie jusqu'à Hallow Hill alors qu'il était garé face au chemin le plus direct. Mais on vivait à présent dans un monde nouveau, un monde où il était possible de mettre en doute l'intégrité d'un homme comme James Lawson.

Si c'était Lawson le mystérieux petit ami de Rosie, il était naturel qu'elle ait tenu son identité secrète. Ses voyous de frères n'auraient sûrement pas apprécié qu'elle sorte avec un flic. Et puis il y avait la manière dont Lawson avait toujours surgi, semble-t-il, quand lui-même ou ses amis étaient en butte à une menace, comme s'il s'était institué leur ange gardien. La culpabilité, pensa Alex. La culpabilité pouvait produire un tel effet sur un individu. Tout en ayant tué Rosie, Lawson était resté suffisamment intègre pour ne pas vouloir qu'un autre paie à sa place.

Sauf qu'il n'y avait pas la plus petite preuve dans tout ça. Après vingt-cinq ans, les chances de dénicher quelqu'un ayant vu Rosie en compagnie de Jimmy Lawson étaient nulles. Le seul élément tangible se trouvait à l'intérieur de la caravane et si Alex ne faisait pas quelque chose maintenant, ensuite il serait trop tard.

Mais que pouvait-il faire ? Il n'était pas versé dans les techniques de cambriolage. Entre s'introduire subrepticement dans une voiture comme quand il était adolescent et crocheter une serrure, il y avait des années-lumière. D'ailleurs, s'il forçait la porte, Lawson serait sur ses gardes. À un autre moment, il aurait sans doute pensé à des gosses ou à un vagabond. Mais pas maintenant. Pas avec le regain d'intérêt suscité par l'affaire Rosie Duff. Il ne pouvait pas se permettre de prendre la chose à la légère. Et il serait certainement tenté de mettre le feu.

Alex se recula pour réfléchir. Il y avait, remarqua-t-il, une lucarne sur le toit. Peut-être arriverait-il à se glisser à l'intérieur. Mais comment grimper là-haut ? Il n'y avait qu'une solution. Il retourna jusqu'à la grille en pataugeant dans la boue, la maintint ouverte à l'aide d'une cale et roula dans le champ détrempé. Pour la première fois de sa vie, il regretta de ne pas faire partie de ces crétins qui circulent en ville dans un bon gros 4 × 4. Mais non, il lui fallait être Monsieur Classe avec sa BMW 535. Et s'il s'embourbait ?

Il avança lentement jusqu'à la caravane et s'arrêta le long d'un côté. Il ouvrit le coffre, défit la trousse à outils. Des pinces, un tournevis, une clé. Il fourra dans sa poche tout ce qui lui parut pouvoir servir, retira sa veste de costume et sa cravate, puis referma le coffre. Il se hissa sur le capot, ensuite sur le toit de la voiture. De là, il n'y avait pas loin jusqu'au sommet de la caravane. S'agrippant tant bien que mal, il réussit à se hisser dessus.

Là-haut, ce n'était pas très ragoûtant. Plutôt visqueux et glissant. Des saletés se collaient à ses vêtements et à ses mains. La lucarne était un dôme en plastique surélevé, d'environ 70 × 30 cm. Ça allait être une sacrée gymnastique. Il coinça le tournevis sous le rebord et essaya de lever.

D'abord, il ne se passa rien. Mais après plusieurs tentatives, en divers endroits le long du cadre, la lucarne glissa lentement vers le haut. S'essuyant le visage du revers de la main, il lorgna à l'intérieur. Il y avait un bras pivotant en métal, muni d'un système de réglage maintenant la lucarne en place et permettant de la lever ou de la baisser. Cela empêchait aussi qu'elle ne s'ouvre de plus de quelques centimètres. Il allait falloir le dévisser et le remettre ensuite.

Il tâtonna pour trouver le bon angle. Il était difficile d'avoir une prise sur les vis, qui n'avaient pas dû bouger depuis leur pose un quart de siècle plus tôt. Il peina, s'acharna, jusqu'au moment où une première vis tourna dans son logement, puis une deuxième. Enfin, la lucarne se balança librement.

Il regarda en bas. Ce n'était pas si compliqué. S'il descendait avec précaution, il pourrait probablement atteindre la banquette courant le long d'un côté du séjour. Il avala une goulée d'air, agrippa le rebord et se laissa glisser.

Il crut que ses bras allaient se déboîter sous le poids de son corps suspendu. Il battit des jambes frénétiquement, à la recherche d'un appui, mais au bout de quelques secondes il se laissa simplement tomber.

Dans la maigre lumière, il lui sembla que bien peu de choses avaient changé depuis qu'il s'était assis là tant d'années auparavant. Pas un instant il ne lui était venu à l'esprit que c'était l'endroit où Rosie avait connu une fin tragique. Il n'avait été alerté par aucune odeur suspecte, ni taches de sang révélatrices, ni sixième sens.

Il était si proche du but à présent qu'il n'osait pas regarder vers le plafond. Et si Lawson l'avait repeint une dizaine de fois depuis ? Resterait-il des traces ? Il attendit que son cœur ait retrouvé un rythme proche de la normale puis, murmurant une prière au dieu de Weird, il renversa la tête et regarda.

Merde ! Le plafond n'était pas bleu. Il était crème. Tout ça pour rien. Eh bien, il n'allait pas repartir les mains vides. Il monta sur la banquette, choisit un coin où ça ne risquait pas de se remarquer. Avec l'extrémité tranchante du tournevis, il gratta la peinture, recueillant les flocons dans une enveloppe qu'il avait sortie de son porte-documents.

Lorsqu'il en eut rassemblé une quantité suffisante, il redescendit et choisit un éclat assez large. Il était crème d'un côté et bleu de l'autre. Les jambes tremblantes, il s'assit lourdement, en proie à l'émotion. De sa poche, il tira le nuancier de Jason et observa le rectangle bleu qui avait réveillé des souvenirs visuels vieux de vingt-cinq ans. Soulevant le bord du rideau pour laisser entrer le jour, il posa le morceau de peinture sur l'échantillon bleu clair. On le distinguait à peine.

Des larmes lui picotèrent les yeux. Était-ce le mot de l'énigme ?

44

Duncan avait fait trois nouvelles tentatives, mais Graham Macfadyen tenait absolument à parler à Lawson et à lui seul. Il lui avait fait entendre les cris de Davina, et c'était la seule concession qu'il eût consentie. Exaspéré, Lawson décida qu'il en avait assez.

« Le temps passe, le bébé est traumatisé, les médias ne cessent de nous harceler. Passez-moi le téléphone. Maintenant, c'est moi qui m'en occupe. »

Duncan regarda le visage rouge de son chef et tendit le combiné. « Je vais vous aider à gérer ça. »

Lawson établit la communication. « Graham ? C'est moi, James Lawson. Je suis désolé que ça m'ait pris si longtemps. J'ai cru comprendre que vous vouliez me parler ?

— Un peu que je veux vous parler. Mais avant de commencer, je préfère vous avertir que je suis en train d'enregistrer. En ce moment, notre conversation est diffusée en direct via un service webcast. Les médias ont tous reçu l'url, de sorte qu'ils sont probablement pendus à chacune de nos paroles. À propos, il est inutile d'essayer de fermer le site. Je me suis arrangé pour qu'il aille de serveur en serveur. Le temps de découvrir d'où il provient, il sera déjà ailleurs.

— Ce n'était pas nécessaire, Graham.

— Au contraire. Vous avez cru pouvoir m'isoler en coupant les lignes téléphoniques, mais vous pensez comme un homme du siècle dernier. Moi, je suis l'avenir, Lawson, et vous le passé.

— Comment se porte le bébé ?

— Une emmerdeuse. Elle n'arrête pas de brailler. Ça me prend la tête. Sinon, tout va bien. Du moins, jusqu'ici. Il n'est encore rien arrivé.

— Vous lui faites du mal en la privant de sa mère.

— Ce n'est pas ma faute. C'est celle d'Alex Gilbey. Ses copains et lui m'ont privé de la mienne. En la tuant. Alex Gilbey, Tom Mackie, David Kerr et Sigmund Malkiewicz ont assassiné ma mère, Rosie Duff, le 16 décembre 1978. Ils l'ont d'abord violée, après quoi ils l'ont poignardée. Et la police de la Fife ne les a jamais mis en examen.

— Graham, l'interrompit Lawson, c'est de l'histoire ancienne. Ce qui nous intéresse pour l'instant, c'est le futur. Votre futur. Et plus vite nous mettrons fin à cette situation, mieux cela vaudra pour vous.

— Ne me prenez pas pour un idiot, Lawson. Je sais qu'on me flanquera en prison. Que je libère mon otage ou non n'a pas d'importance. Le résultat sera le même. Alors ne faites pas affront à mon intelligence. Je n'ai rien à perdre, mais je peux m'arranger pour ne pas être le seul à trinquer. Voyons, où en étais-je ? Ah oui. Les assassins de ma mère. Vous ne les avez jamais inculpés. Et quand vous avez rouvert le dossier récemment, en clamant haut et fort que l'ADN résoudrait les vieux crimes, vous vous êtes aperçus que vous aviez perdu les preuves matérielles. Comment avez-vous pu faire ça ? Comment avez-vous pu perdre une chose aussi capitale ?

— On s'égare, chuchota Duncan. Reparlez du bébé.

— Enlever Davina n'y changera rien, Graham.

— Ça vous empêche de passer le meurtre de ma mère à la trappe. À présent, le monde entier va être au courant de votre attitude.

— Graham, je fais tout mon possible pour que justice soit faite. »

Un rire hystérique éclata à l'autre bout du fil. « Oh, ça, je sais. Simplement, je ne crois pas beaucoup à votre façon de faire. Moi, je veux qu'ils souffrent dans ce monde, pas dans l'autre. Ils meurent comme des martyrs. Et ce qu'ils sont en réalité est complètement occulté. Voilà à quoi aboutissent vos méthodes.

— Graham, c'est la situation présente dont il nous faut discuter. Davina a besoin de sa mère. Pourquoi ne pas la lui rendre ? Vous pourrez nous faire part de vos griefs ensuite. Je vous promets que nous vous écouterons.

— Vous êtes fou ? C'est le seul moyen d'attirer votre attention, Lawson. Et j'ai bien l'intention d'en profiter au maximum. » La conversation s'arrêta brutalement cependant qu'on raccrochait à l'autre bout.

Duncan s'efforça de cacher sa déception. « Eh bien, au moins, on sait ce qui le turlupine.

— Il a complètement pété les plombs. On ne peut pas négocier avec lui s'il diffuse tout ça aux quatre coins du globe. Qui sait quelles salades il inventera la prochaine fois ? On devrait le découper en rondelles au lieu de se prêter à son jeu. » Lawson abattit sa main contre la paroi de la camionnette.

« Pas avant qu'il soit sorti avec le bébé.

— Bon sang de bon sang ! s'exclama Lawson. Dans une heure, il fera nuit. Nous allons prendre la maison d'assaut. »

Duncan parut stupéfait. « C'est absolument contraire aux règles.

— Et enlever un bébé ? » Alors qu'il retournait à grands pas à sa voiture, Lawson lança par-dessus son épaule : « Je ne vais tout de même pas rester là à ne rien faire alors que la vie d'un bébé est en jeu. »

C'est avec un formidable soulagement qu'Alex atteignit le sentier. À plusieurs reprises, il avait vraiment cru qu'il ne sortirait pas du champ sans l'aide d'un tracteur. Mais il avait réussi. Il saisit son téléphone pour appeler Jason et lui dire qu'il arrivait avec quelque chose qui risquait de l'intéresser. Pas de tonalité. En ronchonnant, il se mit à remonter prudemment le chemin défoncé en direction de la route principale.

Il approchait de Kinross quand la sonnerie du téléphone retentit. Il l'empoigna. Quatre messages. Il pressa les touches afin d'en prendre connaissance. Le premier était de Weird, un message bref pour le prier de téléphoner chez lui dès que possible. Le deuxième était encore de Weird, pour lui donner le numéro d'un portable. Les deux derniers provenaient de journalistes qui lui demandaient de les rappeler.

Qu'est-ce qui pouvait bien se passer ? Il s'arrêta sur le parking d'un pub aux abords de la ville et composa le numéro de portable. « Alex ? Dieu soit loué, dit Weird d'une voix hachée. Tu n'es pas en train de conduire ?

— Non, je me suis garé. Qu'y a-t-il ? J'ai eu les messages...

— Alex, il faut que tu restes calme.

— Qu'est-ce que ça signifie ? Davina ? Lynn ? Qu'est-il arrivé ?

— Alex, il s'est produit un sale truc. Mais tout le monde est sain et sauf.

— Bon sang, est-ce que tu vas m'expliquer ? rugit Alex, pris de panique.

— Macfadyen a enlevé Davina, répondit-il en parlant lentement et distinctement. Il la retient en otage. Mais elle va bien. Il ne lui a pas fait de mal. »

Alex eut l'impression d'une main plongeant dans sa poitrine pour lui arracher le cœur. Tout l'amour qu'il avait découvert en lui sembla se changer en un mélange de colère et de rage. « Et Lynn ? Où est-elle ? bredouilla-t-il.

— Avec nous, devant la maison de Macfadyen à St Monans. Ne quitte pas, je vais te la passer. » Quelques secondes s'écoulèrent, puis il entendit une voix pitoyable rappelant vaguement celle de Lynn.

« Où étais-tu, Alex ? Il a volé Davina. Il a pris notre bébé. » Il distingua les larmes sous la voix rauque.

« J'étais dans un endroit accidenté. Pas de réception. J'arrive, Lynn. Tiens bon. Empêche-les de faire quoi que ce soit. J'ai des informations qui changent tout, tu entends ? Surtout, qu'ils ne bougent pas, d'accord ? Ça va aller. Repasse-moi Weird, s'il te plaît. » Sans attendre, il démarra et quitta le parking.

« Alex ? dit Weird d'une voix dont la tension était manifeste. Tu en as pour combien de temps ?

— Je suis à Kinross. Peut-être quarante minutes ? Weird, je connais la vérité. Je sais ce qui est arrivé à Rosie et je suis en mesure de le prouver. Quand Macfadyen entendra ça, il comprendra qu'il n'a plus besoin de se venger. Tu dois à tout prix les empêcher de faire quoi que ce soit qui mette Davina en danger jusqu'à ce que j'aie pu lui parler. C'est de la dynamite !

— Je ferai de mon mieux. Mais ils nous ont interdit de nous en mêler.

— Sers-toi de n'importe quel moyen. Et veille sur Lynn.

— Bien sûr. Viens vite, hein ? Dieu te bénisse. »

Alex écrasa la pédale d'accélérateur et se mit à conduire comme il ne l'avait encore jamais fait. Il regretta presque de ne pas se faire agrafer pour excès de vitesse. Afin d'être escorté jusqu'à East Neuk par de braves agents de la circulation. Voilà ce qu'il lui aurait fallu à cet instant.

Lawson parcourut des yeux la salle paroissiale qu'ils avaient réquisitionnée. « L'unité d'assistance technique est capable de les localiser. Jusqu'ici, Macfadyen est resté presque tout le temps dans une pièce située à l'arrière de la maison. Le bébé est tantôt avec lui, tantôt dans la pièce de devant. Ça devrait être assez simple. On profitera d'un moment où ils sont séparés. Une équipe ira par devant et récupérera le bébé. L'autre passera par l'arrière pour s'occuper de lui. On attendra la tombée de la nuit. Les lampadaires seront éteints. Je ne veux pas de bavures. Il faut qu'on sorte le bébé de là vivant et indemne. Macfadyen, c'est une autre paire de manches. Il s'agit d'un déséquilibré. Nous ignorons s'il est armé ou non. Nous avons des raisons de penser qu'il a déjà tué deux personnes. Hier soir encore, il semble qu'il ait commis une agression. S'il n'avait pas été surpris, je suis persuadé qu'il aurait tué à nouveau. Il déclare lui-même ne rien avoir à perdre. S'il fait mine de saisir une arme, je vous autorise à ouvrir le feu. Des questions ? »

Un silence plana. Les policiers du groupe d'intervention étaient rompus à ce genre d'opération. La pièce était devenue un réservoir de testostérone et d'adrénaline. C'était le moment où la peur se voit appliquer un autre nom.

Macfadyen tapa sur le clavier, cliqua avec la souris. La connection par le truchement du portable était d'une lenteur effroyable, mais il avait enfin réussi à charger sa conversation avec Lawson sur le site web. Il renvoya un mail aux organes d'information qu'il avait déjà contactés en leur indiquant qu'ils pouvaient suivre le siège comme s'ils étaient aux premières loges en se rendant sur son site, où ils entendraient par eux-mêmes ce qui se passait.

Il ne se faisait aucune illusion quant à ses possibilités de maîtriser l'issue finale. Mais il était bien décidé à décrocher la une des journaux. Si ça coûtait la vie au bébé, alors tant pis. Il y était prêt. Il en avait l'étoffe, il le savait. Et peu importait que son nom devînt synonyme de monstre dans la presse populaire. Il ne serait pas seul dans ce cas. Même si Lawson avait décrété un black-out médiatique, l'information était déjà partie. Il ne pouvait pas bâillonner Internet, empêcher les faits de se répandre. Et il avait sûrement compris à présent que Macfadyen avait gardé un atout en réserve.

La prochaine fois qu'ils appelleraient, il le sortirait. Il révélerait toute l'étendue de la duplicité de la police. Il apprendrait au monde entier dans quelle décadence était tombée la justice en Écosse.

L'heure du jugement allait sonner.

Alex fut arrêté à un barrage. On voyait un tas de véhicules de police-secours, des barrières rouge et blanc interdisant l'entrée de Carlton Way. Il descendit la vitre, conscient d'avoir l'air sale et débraillé. « Je suis le père, expliqua-t-il au policier qui se penchait pour lui parler. C'est mon bébé qui se trouve à l'intérieur. Ma femme est là quelque part. Il faut que je la rejoigne.

— Vous avez des papiers d'identité ? » demanda l'agent.

Il sortit son permis de conduire. « Je m'appelle Alex Gilbey. Je vous en prie, laissez-moi passer. »

L'agent compara son visage avec la photo sur le permis, s'éloigna pour parler dans sa radio. Il revint un moment plus tard. « Excusez-nous, monsieur Gilbey, nous devons nous montrer prudents. Si vous voulez bien vous ranger sur le côté, quelqu'un va vous conduire auprès de votre femme. »

Alex suivit un autre policier en veste jaune jusqu'à un minibus. Il avait à peine ouvert la porte que Lynn bondit de son siège et se jeta dans ses bras. Elle tremblait de tous ses membres et il sentit son cœur battre à grands coups contre lui. Il n'y avait pas de mots pour le mal dont ils souffraient. Ils restèrent là, cramponnés l'un à l'autre, en proie à une angoisse palpable.

Pendant un long moment, personne ne parla. Puis Alex dit : « Ça va aller. Je vais nous sortir de ce cauchemar. »

Lynn leva la tête vers lui, les yeux rouges et bouffis. « Comment, Alex ? Tu ne peux rien faire.

— Si. Maintenant, je connais la vérité. » Jetant un coup d'œil par-dessus l'épaule de Lynn, il vit Karen Pirie assise près de la porte, à côté de Weird. « Où est Lawson ?

— En réunion, répondit Lynn. Il ne va pas tarder à revenir. Tu pourras le voir à ce moment-là. »

Alex secoua la tête. « Ce n'est pas à lui que je veux parler. C'est à Macfadyen.

— J'ai bien peur que ce ne soit pas possible, monsieur Gilbey. Des négociateurs aguerris s'en occupent. Ils savent ce qu'ils font.

— Vous ne comprenez pas. Il y a certaines choses qu'il a besoin d'entendre et que je suis seul à pouvoir lui dire. Je n'ai pas l'intention de le menacer. Ni même de le supplier. »

Karen poussa un soupir. « Je sais ce que vous éprouvez, monsieur. Vous risqueriez d'aggraver la situation en croyant agir pour le mieux. »

Alex se dégagea doucement des bras de Lynn. « Il s'agit de Rosie Duff, non ? Si cette histoire est arrivée, c'est parce qu'il pense que je suis pour quelque chose dans le meurtre de Rosie Duff, n'est-ce pas ?

— Ça en a tout l'air, en effet, répondit prudemment Karen.

— Et si je vous disais que je suis à même de répondre aux questions qu'il se pose ?

— Si vous possédez des informations relatives à l'affaire, c'est à moi que vous devez en parler.

— Le moment venu, je vous le promets. Mais Graham Macfadyen mérite d'être le premier à entendre la vérité. Je vous en prie. Faites-moi confiance. J'ai mes raisons. C'est la vie de ma fille qui est en jeu actuellement. Si vous ne me laissez pas parler à Macfadyen, j'irai de ce pas raconter à la presse ce que je sais. Et, croyez-moi, ça risque de ne pas vous plaire. »

Karen considéra le problème. Gilbey paraissait calme. Presque trop. Elle n'avait pas l'habitude de ce genre d'embrouillamini. D'ordinaire, elle aurait demandé des instructions. Mais Lawson était occupé ailleurs. La personne la mieux placée pour s'occuper de ça était sans doute le négociateur. « Allons voir l'inspecteur Duncan. C'est lui qui a discuté avec Macfadyen. »

Elle sortit du minibus et appela un des policiers en tenue. « Restez avec Mme Gilbey et M. Mackie, je vous prie.

— Je vais avec Alex, protesta Lynn. Je ne le laisserai pas. »

Alex lui prit la main. « On y va tous les deux », dit-il à Karen.

Elle savait que c'était peine perdue. « D'accord, venez », répondit-elle en se dirigeant vers le cordon qui bloquait l'entrée de la rue.

Alex ne s'était jamais senti aussi alerte. Il avait conscience du jeu de ses muscles à chacun de ses pas. Ses sens semblaient plus aiguisés, les sons, les odeurs amplifiés presque jusqu'à la limite du supportable. Jamais il n'oublierait ce court trajet. C'était le moment le plus important de sa vie et il était résolu à faire ce qu'il fallait, comme il fallait. Pendant sa course folle jusqu'à St Monans, il avait préparé ce qu'il dirait, et il était certain d'avoir trouvé les mots qui rendraient la liberté à sa fille.

Karen les conduisit à une fourgonnette blanche. Dans le crépuscule grandissant, le décor avait pris un aspect mélancolique, reflétant l'état d'esprit des assaillants. Karen frappa à la paroi de la camionnette et la porte coulissa. La tête de John Duncan apparut dans l'entrebâillement. « Inspectrice Pirie ? Que puis-je pour vous ?

— Voici M. et Mme Gilbey. Il désire parler à Macfadyen. »

Duncan haussa les sourcils avec effroi. « Je ne pense pas que ce soit une bonne idée. Macfadyen ne veut parler qu'au directeur adjoint Lawson. Et celui-ci a donné des ordres pour qu'il n'y ait plus de coups de fil jusqu'à son retour.

— Il prendra la peine de m'écouter, répondit Alex d'une voix pesante. S'il fait ça, c'est parce qu'il veut qu'on sache qui a tué sa mère. Il croit que c'est moi et mes amis, mais il se trompe. Je viens de découvrir la vérité et c'est à lui de l'entendre en premier. »

Duncan ne put dissimuler sa stupeur. « Vous dites que vous savez qui a tué Rosie Duff ?

— C'est exact.

— Alors il est indispensable qu'un de mes collègues prenne votre déposition », répliqua-t-il d'un ton ferme.

Un frémissement de colère passa sur le visage d'Alex, trahissant l'effort qu'il faisait pour se maîtriser. « C'est ma fille qui est là-dedans. Je peux mettre un terme à cette situation. Chaque minute pendant laquelle vous me faites lanterner est une minute où elle est en danger. Je ne parlerai qu'à Macfadyen. Et si vous ne voulez pas, j'alerterai la presse. Je dirai que je possède le moyen de faire cesser ce siège et que vous m'empêchez de m'en servir. Vous tenez vraiment à ce que ce soit l'épitaphe de votre carrière ?

— Vous ne savez pas vous y prendre. Vous n'êtes pas un négociateur expérimenté. » Alex comprit que Duncan jouait son va-tout.

« Votre expérience ne semble pas avoir donné beaucoup de résultat, intervint Lynn. Dans son travail, Alex passe les trois quarts de son temps à négocier avec des gens. Il est excellent pour ça. Laissez-le essayer. Nous en prenons l'entière responsabilité. »

Duncan se tourna vers Karen. Elle eut un haussement d'épaules. Il respira à fond, poussa un soupir. « J'écouterai la conversation. Si j'estime que les choses dérapent, je mettrai fin à l'appel. »

Alex se sentit ivre de joie. « Très bien. Allons-y. »

Duncan prit le téléphone, fixa des écouteurs sur ses oreilles. Il en tendit une paire à Karen et le combiné à Alex. « C'est à vous. »

La sonnerie retentit. Une fois. Deux fois. Trois fois. Au milieu de la quatrième, on décrocha. « Vous revoilà, Lawson ? » dit la voix à l'autre bout.

Il avait l'air tellement calme, pensa Alex. Le contraire d'un homme qui a enlevé un bébé, lequel oscille entre la vie et la mort. « Ce n'est pas Lawson. C'est Alex Gilbey.

— Je n'ai rien à vous dire, espèce de salaud d'assassin !

— Accordez-moi une minute. Il faut que je vous parle.

— Si c'est pour nier avoir tué ma mère, inutile de gaspiller votre salive, je ne vous croirai pas.

— Je sais qui l'a tuée, Graham. Et j'en ai la preuve. Ici, dans ma poche. Des éclats de peinture, identiques à celle qui se trouvait sur ses vêtements. Je les ai pris cet après-midi dans une caravane près du Loch Leven. » Pas de réaction, si ce n'est le bruit d'une respiration. Alex s'obstina. « Il y avait quelqu'un d'autre à cet endroit la fameuse nuit. Quelqu'un auquel personne n'a prêté attention parce qu'il avait de bonnes raisons d'y être. Quelqu'un qui est allé retrouver votre mère après le travail et l'a ramenée à sa caravane. J'ignore ce qui s'est passé, mais je suppose qu'elle a refusé de coucher avec lui et qu'il l'a violée. Lorsqu'il a retrouvé ses esprits, il s'est rendu compte qu'il ne pouvait pas prendre le risque qu'elle aille raconter son histoire. Pour lui, ç'aurait été la fin de tout. Alors il l'a poignardée. Et il l'a transportée jusqu'à Hallow Hill, où il l'a laissée pour morte. Et si personne ne l'a jamais soupçonné, c'est qu'il était du bon côté de la barrière. » Maintenant, Karen Pirie le regardait fixement, bouche bée, pétrifiée d'horreur cependant qu'elle mesurait les implications de ce qu'il était en train de dire.

« Son nom, murmura Macfadyen.

— Jimmy Lawson. C'est Jimmy Lawson qui a tué votre mère, Graham. Pas moi.

— Lawson ? » C'était presque un sanglot. « Vous blaguez, Gilbey.

— Non, Graham. Je vous le répète, j'ai la preuve. Qu'est-ce que vous risquez à me croire ? Finissons-en tout de suite et il vous sera possible de voir enfin le coupable puni. »

Il y eut un long silence. Duncan s'approcha lentement et fit mine d'arracher le téléphone à Alex. Celui-ci se détourna, serrant le combiné plus fort. C'est alors que Macfadyen se remit à parler :

« Je croyais qu'il faisait ça parce que c'était le seul moyen d'obtenir un semblant de justice. Et je n'étais pas d'accord avec lui parce que je voulais que vous souffriez. Mais c'était uniquement pour se protéger », dit-il à Alex, ahuri, qui ne comprenait rien à ses paroles.

« Qu'il faisait quoi ?

— Tuer vos copains. »

45

Un manteau de ténèbres enveloppait Carlton Way. Au sein de l'obscurité, des silhouettes plus sombres se déplaçaient, des armes automatiques pressées contre leur gilet pare-balles, avec la démarche silencieuse d'un lion traquant une antilope. Près de la maison, ils se déployèrent en éventail, s'accroupissant de manière à rester sous les fenêtres et se regroupant de part et d'autre de la porte d'entrée et de celle de derrière. Chaque homme s'efforçait de contrôler sa respiration, le cœur battant comme un tambour l'appelant à la bataille. Les doigts vérifiaient la position des écouteurs. Personne ne voulait rater le signal de passer à l'action quand il viendrait. Si jamais il venait. L'heure n'était plus aux états d'âme. Quand l'ordre serait donné, ils feraient ce qu'ils avaient à faire.

Au-dessus de leur tête, l'hélicoptère volait en cercles, les techniciens rivés à leurs écrans d'imagerie thermique, de la sueur picotant leurs yeux et mouillant leurs paumes. Il leur appartenait de choisir le moment propice. Tant que les deux formes claires resteraient séparées, ils pouvaient donner le feu vert. Si jamais elles se fondaient en une seule, chacun attendrait. Il n'y avait pas de place pour l'erreur. Pas avec une vie en jeu.

À présent, tout dépendait d'un seul homme. Le directeur adjoint James Lawson descendit Carlton Way, conscient qu'il s'agissait du dernier coup de dés.

« Que voulez-vous dire ? demanda Alex, s'escrimant à donner un sens aux propos de Macfadyen.

— Je l'ai vu hier soir. Avec la batte de base-ball. Sous le pont. Taper sur votre copain. Je croyais qu'il voulait la justice. Je croyais que c'était pour cette raison qu'il agissait ainsi. Mais si Lawson a tué ma mère... »

Alex se raccrocha à la seule chose dont il était sûr. « Il l'a tuée, Graham. J'en ai la preuve. » Soudain, la communication fut coupée. Déconcerté, Alex se tourna vers Duncan. « Qu'est-ce qui se passe, bon Dieu ?

— Ça suffit ! lança Duncan en ôtant ses écouteurs. Je ne vais pas laisser diffuser de telles balivernes. Qu'est-ce que c'est que cette histoire, Gilbey ? Vous avez manigancé ça avec Macfadyen pour faire porter le chapeau à Lawson ?

— Je n'y comprends rien, reconnut Lynn.

— C'était Lawson, dit Alex.

— J'ai entendu, Lawson a tué Rosie, répondit-elle en agrippant son bras.

— Pas seulement Rosie. Il a tué aussi Ziggy et Mondo. Et il a tenté de tuer Weird. Macfadyen l'a vu, ajouta Alex pensivement.

— J'ignore à quoi vous jouez... » commença Duncan. Il fut arrêté net par l'arrivée de Lawson. Pâle et en nage, le directeur adjoint parcourut le groupe des yeux avec un étonnement mêlé à l'évidence de colère.

« Vous deux, qu'est-ce que vous faites là ? » s'écria-t-il en désignant Alex et Lynn. Il se tourna vers Karen. « Je vous avais dit de la garder dans la fourgonnette de l'unité d'intervention. Bon sang, qu'est-ce qui m'a fichu un cirque pareil ? Faites-les sortir d'ici ! »

Il y eut un moment de silence, puis Karen Pirie déclara : « Des accusations graves ont été formulées et il est nécessaire que nous en parlions...

— Karen, nous ne sommes pas ici pour polémiquer. Nous sommes au beau milieu d'une opération de vie ou de mort », répliqua Lawson. Il leva sa radio à ses lèvres. « Tout le monde est en place ? »

D'un geste, Alex lui prit l'engin des mains et le jeta violemment. « Écoutez-moi, espèce de fumier ! » Mais il n'eut pas le temps d'en dire davantage que Duncan l'avait terrassé. Alex lutta avec le policier, dégageant suffisamment sa tête pour hurler : « Nous savons la vérité, Lawson. Vous avez tué Rosie. Et mes amis. Mais c'est fini. Vous ne pouvez plus jouer la comédie. »

Les yeux de Lawson lancèrent des éclairs. « Vous êtes aussi cinglé que lui. » Il se pencha, ramassa la radio, tandis que deux agents se précipitaient sur Alex.

« S'il vous plaît, dit Karen d'une voix pressante.

— Pas maintenant, Karen », rugit Lawson. Il se détourna, sa radio à nouveau à ses lèvres. « Est-ce que tout le monde est en place ? »

Les réponses grésillèrent dans l'écouteur, suivies presque aussitôt par la voix du commandant de l'assistance technique à bord de l'hélicoptère. « Ne tirez pas. La cible est avec l'otage. »

Lawson n'hésita qu'une seconde. « Allez-y. Allez, allez, allez. »

Macfadyen était prêt à affronter le monde extérieur. Les paroles d'Alex Gilbey lui avaient rendu sa foi dans la possibilité d'une justice. Il lui ramènerait sa fille. Pour s'assurer le libre passage, il prendrait un couteau avec lui. Un sauf-conduit final pour parcourir la distance le séparant des policiers.

Il était à mi-chemin de l'entrée, Davina fourrée sous le bras comme un colis, un couteau de cuisine dans sa main libre, quand son univers vola en éclats. Les portes cédèrent devant et derrière lui. Des cris fusèrent, une cacophonie assourdissante. Des fusées blanches explosèrent, l'aveuglant. Instinctivement, il plaqua l'enfant contre sa poitrine, levant en même temps la main tenant le couteau. Au milieu du chaos, il crut entendre crier : « Lâchez-la ! »

Il se sentait paralysé. Il n'arrivait pas à s'y résoudre.

Le premier tireur crut la vie de l'enfant menacé. Il écarta les jambes, serra son arme dans son poing et visa la tête.

46

Avril 2004. Blue Mountains, Géorgie

Le soleil printanier rayonnait au-dessus des arbres tandis qu'Alex et Weird émergeaient sur la crête. Weird se dirigea vers un rocher en surplomb, se hissa dessus et s'assit, ses longues jambes se balançant dans le vide. De son sac à dos, il tira une petite paire de jumelles. Il les braqua sur le pied de la colline, puis les passa à Alex.

« Tout en bas, légèrement à gauche. »

Alex fit le point et parcourut le paysage en contrebas. Tout à coup, il reconnut le toit de leur cabane. Les silhouettes galopant dehors étaient celles des gosses de Weird. Les adultes assis à la table de pique-nique, Paul et Lynn. Et le bébé gesticulant sur la couverture par terre, Davina. Il vit sa fille écarter tout grand les bras et pousser des gloussements en regardant les arbres. Son amour pour elle le transperça de part en part.

Il avait bien failli la perdre. Lorsqu'il avait entendu le coup de feu, il avait cru que son cœur était sur le point d'éclater. Le hurlement de Lynn avait retenti dans sa tête comme la fin du monde. Une éternité s'était écoulée avant qu'un des flics armés ne sorte avec Davina dans les bras, et même cela n'avait rien de rassurant. À son approche, il ne voyait que du sang.

Mais c'était uniquement le sang de Macfadyen. Le tireur d'élite avait atteint sa cible le plus simplement du monde.

Quant à Lawson, son visage aurait aussi bien pu être taillé dans le granit pour l'absence d'expression qui était la sienne.

Dans la confusion qui avait suivi, Alex s'était arraché à sa femme et à sa fille, le temps de prendre Karen Pirie à part. « Il faut que vous mettiez cette caravane sous scellés.

— Quelle caravane ?

— La caravane dont se sert Lawson pour aller pêcher. Au bord du Loch Leven. C'est là qu'il a tué Rosie Duff. La peinture du plafond est identique à celle qui se trouvait sur le cardigan de Rosie. Avec un peu de chance, il reste peut-être aussi des traces de sang. »

Elle lui lança un regard de dégoût. « Vous ne pensez tout de même pas que je vais prendre cette connerie au sérieux !

— C'est la vérité. » Il sortit l'enveloppe de sa poche. « J'ai la peinture qui montrera que j'ai raison. Si vous laissez Lawson retourner à la caravane, il la détruira. Les preuves s'envoleront en fumée. Il faut l'en empêcher. Je n'invente rien, continua-t-il, s'acharnant à la convaincre. Duncan a tout entendu. Macfadyen a vu Lawson attaquer Tom Mackie hier soir. Votre patron ne reculera devant rien pour se couvrir. Mettez-le en garde à vue et la caravane sous scellés. »

Karen était demeurée impassible. « Vous voulez que j'arrête le directeur adjoint ?

— La police de Strathclyde n'a pas hésité à arrêter Hélène Kerr et Jackie Donaldson sur la base d'éléments beaucoup moins solides. » Alex se força à rester calme. Il ne pouvait pas croire que les choses étaient en train de lui glisser entre les doigts. « Si Lawson n'était pas qui il est, vous n'hésiteriez pas un instant.

— Mais il est qui il est. Un officier supérieur hautement respecté.

— Raison de plus. Vous vous imaginez peut-être que ce ne sera pas en première page de tous les journaux demain matin ? Si vous pensez que Lawson est innocent, alors qu'il se justifie.

— Votre femme vous appelle », avait répondu Karen d'une voix glaciale avant de s'éloigner, le laissant en plan.

Mais elle avait pris bonne note. Elle n'avait pas arrêté Lawson, mais elle avait quitté discrètement les lieux, accompagnée de deux agents. Le lendemain matin, Alex avait reçu un coup de fil de Jason, aux anges, l'informant qu'il avait appris par le téléphone arabe que ses collègues de Dundee avaient pris possession d'une caravane tard dans la soirée. « C'est en bonne voie. »

Alex abaissa les jumelles. « Ils savent que tu les espionnes ? »

Weird eut un grand sourire. « Je leur dis que Dieu voit tout et que j'ai une ligne directe avec lui.

— Oui, c'est ça. » Alex s'allongea en arrière, laissant le soleil sécher les gouttes de sueur sur son visage. La montée avait été raide, à couper le souffle. Pas le loisir de discuter. C'était la première fois qu'il était seul avec Weird depuis qu'ils avaient débarqué la veille. « Karen Pirie est venue nous voir la semaine dernière, dit-il.

— Comment va-t-elle ? »

C'était, avait fini par comprendre Alex, une question typique de Weird. Non pas « Qu'avait-elle à dire ? » mais plutôt « Comment va-t-elle ? » Il avait trop longtemps sous-estimé son ami. Peut-être aurait-il la possibilité de réparer ça à présent. « J'ai l'impression qu'elle a été rudement secouée. Elle et la plupart des flics de la Fife. Découvrir brusquement que votre directeur adjoint est un violeur doublé d'un meurtrier en série, il y a de quoi vous en fiche un coup. Ça n'en finit pas de faire des vagues. À mon avis, la moitié des effectifs croit toujours que nous avons inventé cette histoire, Graham Macfadyen et moi.

— Et Karen est passée te faire son rapport ?

— En quelque sorte. Elle a été dessaisie du dossier, naturellement. Ce sont des inspecteurs d'une autre juridiction qui mènent l'enquête, mais elle est devenue copine avec l'un d'eux. Ainsi, elle continue à être au courant. Qu'elle ait tenu à nous informer des derniers développements est tout à son honneur.

— À savoir ?

— Les analyses concernant la caravane sont terminées. En plus de la peinture qui s'est révélée identique à celle du cardigan, ils ont trouvé de minuscules taches de sang là où la banquette touche le sol. Ne disposant pas de l'ADN de Rosie, ils ont effectué des prélèvements sur ses frères et sur le corps de

Macfadyen. Et on est pratiquement certain que le sang dans la caravane de Lawson est celui de Rosie Duff.

— C'est incroyable, fit Weird. Après tout ce temps, se faire pincer à cause d'un éclat de peinture et d'une goutte de sang.

— Un de ses anciens collègues a rapporté que Lawson se vantait de s'envoyer en l'air durant son service de nuit avec des filles qu'il ramenait à la caravane. Et nous sommes là pour témoigner qu'il était tout près de l'endroit où le corps a été trouvé. D'après Karen, le procureur a un peu renâclé au début, mais il a fini par engager des poursuites. Après quoi, Lawson s'est littéralement effondré. On aurait dit, raconte-t-elle, qu'il n'avait plus la force de porter ce fardeau. Il paraît que c'est un phénomène assez fréquent. Acculé, l'assassin éprouve le besoin de soulager sa concience de tous les méfaits qu'il a commis.

— Et pourquoi a-t-il fait ça ? »

Alex poussa un soupir. « Il sortait avec elle depuis déjà plusieurs semaines, mais elle refusait de lui céder. À l'en croire, elle voulait bien aller jusqu'à un certain point, mais pas au-delà. Et ça le rendait fou. Lorsqu'elle a menacé de tout dire à la police, il s'est emporté. Il a pris son couteau de pêche et il l'a poignardée. Comme il neigeait, il s'est dit qu'il n'y aurait personne dans les parages et il l'a déposée sur Hallow Hill, pour donner l'impression d'un meurtre rituel. Il affirme avoir été horrifié en se rendant compte qu'on nous soupçonnait. Il ne tenait pas à se faire prendre, mais il n'avait pas non plus envie que quelqu'un d'autre endosse son crime

— Très généreux de sa part ! s'exclama Weird avec ironie.

— C'est sans doute vrai. Je veux dire, avec un simple petit mensonge, il aurait pu nous flanquer dans la mélasse. Une fois Maclennan au courant pour la Land Rover, il lui suffisait de raconter qu'il l'avait vue un peu plus tôt et que ça lui était sorti de l'esprit. Soit sur le chemin de Hallow Hill, soit devant le Lammas à l'heure de la fermeture.

— Seul le Seigneur connaît la vérité, mais je suppose qu'on peut lui accorder le bénéfice du doute. Il devait se croire à l'abri au bout de toutes ces années. Il n'y avait jamais eu l'ombre d'un soupçon.

— Non. C'est sur nous que c'est retombé. Pendant vingt-cinq ans, Lawson avait mené une existence apparemment sans taches. Et voilà que le directeur de la police annonce la réouverture des affaires classées. D'après Karen, Lawson avait bazardé les preuves matérielles dès la première fois où l'ADN avait été utilisé avec succès devant un tribunal. Comme elles étaient gardées à St Andrews, il n'y n'avait pas de problème d'accès. Le cardigan a bien été égaré lors du transfert des pièces à conviction, mais le reste des vêtements, les affaires avec les échantillons biologiques, c'est lui qui s'en est débarrassé. »

Weird fronça les sourcils. « Comment se fait-il que le cardigan ait atterri si loin du corps ?

— Alors qu'il retournait à la voiture de patrouille, Lawson l'a trouvé par terre dans la neige. Il était tombé alors qu'il portait le corps sur la colline. Il l'a fourré dans la haie la plus proche. Il n'était pas question qu'il le laisse traîner dans sa voiture. Si bien que, toute preuve matérielle ayant disparu, le réexamen des enquêtes non résolues ne devait pas trop l'inquiéter.

— Et c'est alors que Graham fait son entrée en scène. Le fils naturel dont l'existence même lui avait été cachée à cause de la soif de respectabilité de la famille de Rosie. Et celui-là n'allait pas se résigner facilement. Mais ce que je ne comprends toujours pas, c'est pourquoi il a décidé de nous éliminer un par un, dit Weird.

— Selon Karen, Macfadyen le harcelait sans cesse. Demandant un nouvel interrogatoire des témoins. Nous en particulier. Pour lui, c'était clair : nous étions les coupables. Parmi les documents retrouvés dans son ordinateur figurait un compte rendu de ses conversations avec Lawson. À un moment donné, il dit avoir été surpris que Lawson, assis dans sa voiture de patrouille, n'ait rien vu. Lorsqu'il lui en a parlé, Lawson a paru très énervé, ce que Macfadyen a pris pour de la colère, alors qu'en réalité Lawson n'avait aucune envie qu'on se penche sur ce qu'il avait fait cette nuit-là. Sa présence sur les lieux allait de soi, et pourtant il suffisait de nous retirer de l'équation pour voir que la seule personne dans le secteur au moment du crime, c'était lui. S'il n'avait pas fait partie de la police, il aurait été le principal suspect.

— D'accord, mais pourquoi nous tomber dessus après tout ce temps ? »

Alex changea de position, embarrassé. « Ça, c'est le plus difficile à digérer. Selon Lawson, il était victime d'un chantage.

— Un chantage ? De la part de qui ?

— De Mondo. »

Weird semblait abasourdi. « Mondo ? Tu plaisantes ! Il s'imagine qu'on va gober des sornettes pareilles ?

— Je ne crois pas que ce soient des sornettes. Tu te souviens du jour où Barney Maclennan est mort ? »

Weird frissonna. « Je ne suis pas près de l'oublier.

— Lawson était en tête avec la corde. Il a vu ce qui se passait. Il prétend que Maclennan se cramponnait à Mondo, mais que Mondo s'est affolé et l'a forcé à lâcher prise. »

Weird ferma les yeux un instant. « J'aimerais pouvoir dire que je n'y crois pas, mais il faut bien admettre que Mondo en était tout à fait capable. N'empêche, je ne vois pas le rapport avec le chantage.

— Après qu'ils eurent remonté Mondo, c'était la confusion. Lawson s'est chargé de l'accompagner à l'hôpital. Dans l'ambulance, il lui a dit qu'il avait tout vu et qu'il veillerait à ce qu'il paie le prix intégral. C'est alors que Mondo a lâché sa bombe : il avait aperçu Rosie montant dans la voiture de patrouille un soir devant le Lammas. Lawson savait qu'il serait dans de sales draps si ça s'ébruitait. De sorte qu'ils ont conclu un pacte : Mondo ne dirait rien de ce qu'il avait vu, en échange de quoi Lawson ferait de même de son côté.

— Ce n'était pas du chantage, mais un pacte de destruction mutuelle, remarqua Weird d'une voix sévère. Qu'est-ce qui a mal tourné ?

— Dès que la révision des affaires classées a été annoncée, Mondo est allé trouver Lawson pour lui rappeler ses engagements et exiger qu'on le laisse tranquille. Il n'avait pas envie que sa vie soit brisée une seconde fois. Et il a ajouté qu'il possédait une assurance. Qu'il n'était pas le seul à savoir. Mais, naturellement, il n'a pas précisé lequel d'entre nous il avait mis soi-disant dans la confidence. C'est pourquoi Lawson insistait tellement pour que Karen se concentre sur les preuves matérielles plutôt que de nous interroger à nouveau. Pour se donner le temps de nous éliminer. Sauf qu'il a été un peu trop malin. Il a voulu fabriquer un suspect pour le meurtre de Mondo en révélant à Robin Maclennan comment son frère était réellement mort. Mais avant que Lawson ait pu passer à l'acte, Robin a contacté Mondo, qui, pris de panique, est retourné voir Lawson. » Alex eut un sourire désabusé. « C'est la petite affaire qui l'appelait dans la Fife le soir où il est venu chez moi. Bon, passons. Mondo a accusé Lawson de ne pas respecter sa part du marché. Plus mûr et plus sage, ou du moins le pensait-il, il a menacé de balancer son histoire le premier. Après quoi, si Lawson l'accusait d'avoir tué Barney Maclennan, il aurait l'air d'un homme aux abois qui n'a plus d'autre ressource que la médisance. » Alex passa une main sur son visage.

Weird poussa un grognement. « Pauvre imbécile de Mondo !

— L'ironie, c'est que, si Graham Macfadyen n'avait pas été complètement obsédé, Lawson aurait peut-être réussi à nous tuer tous les quatre.

— Comment ça ?

— Si Graham ne nous avait pas pistés via Internet, jamais il n'aurait appris la mort de Ziggy et il n'aurait pas envoyé cette couronne. Et alors nous n'aurions pas fait le rapprochement entre les deux meurtres. Lawson aurait pu nous abattre tout à loisir. Il s'est appliqué à rendre les choses le plus glauque possible, jusqu'à m'informer de l'existence de Graham tout en faisant comme si ça lui avait échappé. Et, bien évidemment, il a raconté à Robin Maclennan comment Mondo avait tué son frère, histoire de se donner une petite assurance. Après avoir assassiné Mondo, ce vieux renard est même allé voir Robin pour lui offrir un alibi. Ce que Robin a accepté, sans songer une seconde que ça marchait dans l'autre sens... que c'était lui qui procurait un alibi au véritable meurtrier. »

Weird frissonna et ramena ses jambes sous lui, les genoux serrés contre la poitrine. Une douleur lui vrilla les côtes, le faisant souvenir de sa blessure. « Mais pourquoi m'attaquer ? Il devait bien se rendre compte que, si l'un ou l'autre avait été mis dans la confidence, il l'aurait dénoncé au moment de la mort de Mondo. »

Alex soupira. « À ce stade, il ne lui restait plus qu'à aller jusqu'au bout. L'histoire des couronnes nous avait permis d'établir un lien entre deux décès qui auraient dû paraître sans rapport. À partir de ce moment-là, son seul espoir était de faire porter le chapeau à Macfadyen. Et Macfadyen ne se serait pas contenté de deux d'entre nous. Il nous aurait descendus tous les quatre. »

Weird secoua la tête. « Quel imbroglio sordide. Pourquoi a-t-il choisi Ziggy comme première victime ?

— C'est banal à pleurer. Apparemment, il avait déjà fait des réservations pour des vacances aux States lorsqu'on a annoncé la réouverture des affaires classées. »

Weird passa sa langue sur ses lèvres. « Autrement dit, ça aurait aussi bien pu être moi.

— Absolument. Il aurait suffi qu'il décide d'aller pêcher sur la côte Est. »

Weird ferma les yeux, se tapotant les doigts, les mains posées sur le ventre. « Où en est l'inculpation pour le meurtre de Mondo ?

— Pas très loin, malheureusement. Lawson s'est bien mis à table, sauf qu'il n'existe aucune preuve. Il avait pris toutes les précautions. Il n'a pas d'alibi, bien entendu. Mais il prétend avoir passé la soirée dans sa caravane. Même si l'un de ses voisins venait affirmer ne pas avoir vu sa voiture ce soir-là, il serait tout de même à l'abri.

— Alors il risque de se tirer d'affaire ?

— On dirait. En Écosse, il ne peut pas y avoir de condamnation sur de simples aveux. Il faut des éléments matériels. En revanche, la police de Glasgow a cessé de harceler Hélène et Jackie. C'est toujours ça de gagné. »

De frustration, Weird abattit le plat de sa main sur le rocher. « Et Ziggy alors ? Est-ce que la police de Seattle a pu faire mieux ?

— Un peu, mais pas tant que ça. Nous savons que Lawson a passé la semaine précédant l'assassinat aux États-Unis, soi-disant pour une partie de pêche dans le sud de la Californie. Sauf que, lorsqu'il a ramené la voiture de location, le compteur indiquait environ 3 500 kilomètres de plus que ce qu'aurait donné une utilisation normale dans la région.

— L'équivalent d'un aller-retour à Seattle, c'est ça ?

— Exact. Mais c'est pareil, il n'y a pas de preuves matérielles. Lawson est bien trop futé pour avoir réglé quoi que ce soit avec sa carte de crédit ailleurs que dans le sud de la Californie. Karen m'a dit que la police de Seattle faisait le tour des quincailleries et des motels, mais pour l'instant ça n'a rien donné.

— C'est incroyable ! Il va aussi s'en sortir pour ce meurtre-là !

— Je croyais que tu t'en remettais à un jugement bien plus puissant que celui des hommes ?

— Le jugement de Dieu ne nous dispense pas de nos responsabilités morales, répondit Weird sans la moindre ironie. Parmi les gestes de dévouement que l'on peut avoir envers son prochain figure celui de le protéger de ses propres impulsions. Incarcérer un criminel est simplement un cas limite.

— Les criminels doivent sûrement en être très touchés. Karen m'a raconté autre chose à propos de l'agression dont tu as été victime. Il n'y aura pas d'inculpation pour tentative de meurtre.

— Quoi ! Je leur avais pourtant dit que j'étais prêt à revenir témoigner quand ils voulaient. »

Alex se remit en position assise. « C'est que, sans Macfadyen, il n'y a personne pour attester que c'est effectivement Lawson qui t'est tombé dessus. »

Weird poussa un soupir. « Bon. En tout cas, il paiera pour le meurtre de Rosie. Ça au moins, il n'y échappera pas. En définitive, que son agression contre moi reste impunie ne change pas grand-chose. Tu sais, je me suis toujours piqué d'être un type avisé. Mais en allant faire un tour ce soir-là, je me suis exposé par simple bravade. Je me demande si j'aurais été aussi courageux, c'est-à-dire aussi bête, en sachant que j'étais surveillé non pas par une personne, mais par deux.

— Une chance pour nous, en fait. Sans Macfadyen, rien ne nous aurait permis d'établir la présence sur les lieux de Lawson et de sa voiture.

— Je m'étonne qu'il ne soit pas intervenu alors que Lawson me tabassait, dit Weird avec amertume.

— La présence d'Eric Hamilton l'en a peut-être empêché. On ne le saura jamais.

— De toute façon, le plus important, c'est d'avoir enfin découvert qui était responsable de la mort de Rosie. C'est une croix que nous portons depuis vingt-cinq ans, un poids dont nous sommes enfin soulagés. Grâce à toi, le venin qui nous empoisonnait tous les quatre depuis tout ce temps a été neutralisé. »

Alex le scruta d'un regard curieux. « Ça ne t'est jamais arrivé de te demander...

— Si c'était l'un d'entre nous ? »

Alex fit oui de la tête.

Weird réfléchit. « Je savais que ce n'était pas Ziggy. Déjà à l'époque, les femmes ne l'intéressaient pas, et il ne semblait guère désireux de s'amender. Pour ce qui est de Mondo, il lui aurait été impossible de ne pas en parler. Quant à toi, Alex... eh bien, je ne voyais pas comment tu aurais pu la trimballer jusqu'au sommet de Hallow Hill. Tu n'as jamais eu les clés de la Land Rover. »

Alex eut l'air choqué. « C'est la seule raison que tu avais de me croire innocent ? »

Weird lui sourit. « Tu aurais été parfaitement capable de le garder pour toi. Dans les situations tendues, tu peux être d'un sang-froid remarquable. Mais quand ça explose, c'est l'apocalypse. Tu avais l'air de drôlement en pincer pour cette nana... Pour être franc, l'idée m'a bien traversé l'esprit. Mais en apprenant qu'elle avait été attaquée ailleurs et transportée là-haut ensuite, j'ai compris que ce n'était pas toi. Tu as été sauvé par la logistique.

— Merci de ta confiance, dit Alex, blessé.

— C'est toi qui as posé la question. Et de ton côté ? Sur qui portaient tes soupçons ? »

Alex eut la bonne grâce de prendre l'air confus. « La possibilité que ce soit toi m'a bien effleuré l'esprit. Surtout lorsque tu as rencontré Dieu. Cette conversion ressemblait tout à fait à un geste de culpabilité. » Regardant par-delà la cime des arbres, il contemplait l'horizon lointain, là où les flancs de coteaux s'enchevêtraient dans la brume bleutée. « J'ai souvent pensé combien ma vie aurait été différente si Rosie avait accepté de venir à la fête. Elle serait encore en vie. De même que Ziggy et Mondo. Notre amitié n'aurait pas été minée. Et nous aurions pu vivre sans ce fardeau.

— Si ça se trouve, tu aurais épousé Rosie plutôt que Lynn, suggéra Weird avec un petit sourire en coin.

— Non, sûrement pas, affirma Alex en fronçant les sourcils.

— Tu crois ? Il ne faut jamais sous-estimer la fragilité des fils dont est faite notre vie. Tu avais un sacré béguin pour elle.

— Qui aurait fini par s'émousser. Du reste, elle voulait mieux que le petit jeunot que j'étais. Elle était beaucoup trop mûre pour moi. Et puis, déjà à cette époque, je savais que c'était Lynn qui me sauverait.

— De quoi ? »

Alex sourit, d'un petit sourire sibyllin. « De tout et de rien. » Il regarda la cabane et la clairière en bas, là où son cœur était retenu prisonnier. Pour la première fois depuis vingt-cinq ans, il avait l'impression d'avoir un avenir et pas seulement un boulet à traîner avec lui. Et cela lui semblait être un cadeau bien mérité.

Remerciements

C'est non sans un certain soulagement que l'on écrit un roman qui ne nécessitepas beaucoup de recher-ches. Néanmoins, je suis très reconnaissante de l'aide que m'ont fournie en coulisse Sharon au *That Café*, Wendy au *St Andrews Citizen*, le Dr Julia Bray de l'université de St Andrews et le Dr Sue Black, anthropologue judiciaire.

Comme chaque fois, j'ai profité des suggestions de mes éditeurs Julia Wisdom et Anne O'Brien, de ma conseillère éditoriale Lisanne Radice, de mon agent Jane Gregory, ainsi que de ma conseillère juridique et première lectrice Brigid Baillie.

Dans la même collection

Claude Amoz	Le caveau	5741
	Dans la tourbe	5854
Russell Andrews	L'affaire Gideon	7408
Brigitte Aubert	Rapports brefs et étranges avec l'ombre d'un ange	6842
Matthieu Baumier	Les apôtres du néant	6733
William Bayer	Mort d'un magicien	6088
	Pièges de lumière	6492
Stéphanie Benson	Le diable en vert	6952
	La mort en rouge	7776
	Requiem en bleu	7854
Laurent Botti	Pleine brume	5579
Nicolas Bouchard	La ville noire	6575
Philippe Bouin	Les croix de paille	6177
	La peste blonde	6360
Denis Bretin	Sable Noir	7952
Andrea H. Japp		
Xavier Mauméjean		
Jean-Bernard-Pouy		
François Rivière		
Maud Tabachnik		
Serge Brussolo	Le livre du grand secret	5704
Philippe Carrese	Graine de courge	5494
Thomas H. Cook	Les instruments de la nuit	5553
Philippe Cousin	Le pape est dans une pièce noire, et il hurle	5764
Pierre Conesa	Dommages collatéraux	7609
Alec Covin	Les loups de Fenryder	7985
William Diehl	Eurêka	7787
Stephen Dobyns	Persécution	5940
	Sépulture	6359
Thea Dorn	La reine des cerveaux	6705
Stella Duffy	Les effeuilleuses	5797
	Beneath the Blonde	5766
James Elliott	Une femme en danger	4904
	Adieu Eddie !	6682
Linda Fairstein	L'épreuve finale	5785
	Un cas désespéré	6013
	La noyée de l'Hudson	6377
Giorgio Faletti	Je tue	7828
Robert Ferrigno	Frères de sang	7497

Christopher Fowler	Psychoville	5902
Nicci French	Jeux de dupes	5578
	Mémoire piégée	5833
Lisa Gardner	Jusqu'à ce que la mort nous sépare	5742
	La fille cachée	6238
	Tu ne m'échapperas pas	7811
Kathleen George	Voleurs d'enfants	6912
Caroline Graham	Ange de la mort	6511
	Un corbeau au presbytère	7536
	Sang bleu	7798
Robert Harnum	La dernière sentinelle	6087
	Une ballade américaine	6857
Andrea H. Japp	La voyageuse	5705
	Petits meurtres entre femmes	5986
	Le ventre des lucioles	6361
	Le denier de chair	7406
	La saison barbare	7800
Iris Johansen	Course à mort	7411
	Dernière cible	7642
Brigitte Kernel	Un animal à vif	6608
	Autobiographie d'une tueuse	6871
Yasmina Khadra	Le dingue au bistouri	5985
Andrew Klavan	À la trace	6116
Guillaume Lebeau	L'agonie des sphères	5957
Éric Legastelois	Putain de cargo!	5675
Philip Le Roy	Pour adultes seulement	5771
	Couverture dangereuse	6175
David L. Lindsey	Mercy	3123
Robert Littell	L'amateur	7770
Philippe Lobjois	Putsch rebel club	5998
Colette Lovinger-Richard	Crimes et faux-semblants	6261
	Crimes de sang à Marat-sur-Oise	6510
	Crimes dans la cité impériale	6993
John Lutz	JF partagerait appartement	3335
Bonnie MacDougal	Moralité douteuse	7349
Michael Marshall	Les Hommes de Paille	7407
	Les morts solitaires	7799
Anne Matalon	Petit abécédaire des entreprises malheureuses	6660
Jean-Pierre Maurel	Malaver s'en mêle	5875
Nigel McCrery	L'oiseau de nuit	5914
	Effets secondaires	6012
	La toile d'araignée	6333
Val McDermid	Le tueur des ombres	6778
	Au lieu d'exécution	6779

Denise Mina	Garnethill	6574
	Exil	6176
	Résolution	7405
Estelle Monbrun	Meurtre chez tante Léonie	5484
	Meurtre à Petite Plaisance	5812
(avec Anaïs Coste)	Meurtre chez Colette	6978
Françoise Monfort	La baie des innocents	6602
Viviane Moore	Tokyo des ténèbres	6437
Béatrice Nicodème	La mort au doux visage	7314
Joyce Carol Oates	Le ravin	7853
Gemma O'Connor	Adieu à la chair	7777
Robert B. Parker	La femme perdue	7653
T. Jefferson Parker	Pacific Tempo	3261
	L'été de la peur	3712
David Pascoe	Fugitive	7984
Michael Prescott	L'arracheur de visages	6237
	Le tueur des bois	6661
Douglas Preston, Lincoln Child	La chambre des curiosités	7619
Danuta Reah	Toujours la nuit	6442
	L'assassin du parc	6609
	Le col du Serpent	6826
Robert Richardson	Victimes	6248
Philip Rosenberg	La lutte des seigneurs	7608
Greg Rucka	Protection rapprochée	7315
	La pire des trahisons	7537
	Ècran de fumée	7823
Jacques Sadoul	Carré de dames	5925
Walter Satterthwait	Miss Lizzie	6115
John Saul	La présence	5961
Laurent Scalese	L'ombre de Janus	6295
Lisa Scottoline	La minute de vérité	6953
Boris Starling	Vendredi saint	6722
	Vipère noire	7652
Whitley Strieber	Billy	3820
Dominique Sylvain	Travestis	5692
	Techno bobo	6114
	Sœurs de sang	6573
	Vox	6755
Maud Tabachnik	Un été pourri	5483
	La mort quelque part	5691
	L'étoile du Temple	5874
	Le festin de l'araignée	5997
	Gémeaux	6148
	La vie à fleur de terre	6440
	La honte leur appartient	6913
Boston Teran	Méfiez-vous des morts	7410
Carlene Thompson	Tu es si jolie ce soir	5552

	Noir comme le souvenir	3404
	Rhapsodie en noir	5853
	Six de cœur	6732
Charles Todd	Héritage mortel	7340
Fred Vargas	Debout les morts	5482
	Un peu plus loin sur la droite	5690
	Ceux qui vont mourir te saluent	5811
	Sans feu ni lieu	5996
	L'homme à l'envers	6277
	L'homme aux cercles bleus	6201
	Coule la Seine	6994
	Pars vite et reviens tard	7461
Michael White	Rêves de loups	7810

8025

Achevé d'imprimer en France (Manchecourt)
par Maury-Eurolivres
le 3 avril 2006.
Dépôt légal avril 2006. ISBN 2-290-34998-4

Éditions J'ai lu
87, quai Panhard-et-Levassor, 75013 Paris
Diffusion France et étranger : Flammarion